名人與媒體推薦

像拼圖一般，許多看似單純、無關的零星資訊，在一波波的殺人事件中，慢慢拼湊成有意義的圖形。《黑與藍》這本書描述站在正義一方、同時具有騾子脾氣的英國探長，緊追不捨地調查一樁樁糾結不清的謀殺案。然而，努力工作的他，似乎不太討喜，竟在此時因故被上級調查塵煙往事，差點被打入冷宮。在綁手綁腳、多方掣肘的劣勢下，他仍然擇善固執、抽絲剝繭，搏命在險惡的環境裏尋找真相。

小說涵蓋了社會結構性的犯罪、警政系統的黑暗面，以及兇手與警探爾虞我詐的對峙。我很欣賞作者在簡潔的文字裏蘊藏「山雨欲來風滿樓」的爆發力，加上環環相扣的緊張情節，讀者眼前隨時都能浮現精彩的「電影畫面」。最後的伏筆，則讓人萬分期待另一回合的鬥智。

——台中市市長　胡志強

我從來不是嗜讀「推理／犯罪小說」的那種書迷，對於這個文類的歷史脈絡、師承傳統，幾乎一無所知，也曾試著讀讀那些眾口鑠金的名作，卻總是不得其門而入，於是我相信這不會是那些書的問題，而該是我的問題了。

然而《黑與藍》改變了這件事。我在不敢對自己抱什麼期望，預期不會投入超過十五分鐘的心情下，潦潦草草地翻開了這本書。沒想到便無論如何放不下來，一頭栽進了那個世界，心情隨著情節起起落落，直到終卷，纔大大舒了一口氣。

藍欽俐落而幾無一絲贅肉的白描手法，天生便是這類故事最完美的載體。再者，《黑與藍》固然有著硬漢、美人、惡棍、腐敗的體制、隔代的詛咒、不堪回首的過往等等並不出人意料的元素，然而，在編織故事之網的同時，藍欽彷彿也帶著一絲絲的不忍，甚至可以說是款款的柔情，來逼視這些人世間最不堪的情狀。愈往後讀，這種情意愈明白。到末了，我們幾乎想給雷博思探長一個深深的擁抱了。（那些不斷穿插出現的老歌老團老唱片，不也象徵著一個個早已逝去的黃金年代？彼時我們不都比現在更美麗、更勇敢、更願意相信未來？）

在這之前，我對藍欽和他的雷博思探長一無所知。讀完《黑與藍》，我忍不住想一口氣讀完所有他的書。謝謝雷博思探長，他重新燃起了我對「推理／犯罪小說」的熱情和想望。

——馬世芳（music543.com站長，作家，廣播人）

「看似案外案的一連串事件，竟然是一連串案內案的集合，加上鐵漢雷博思探長的黑色幽默混搭，成就這一本一開始讀就會捨不得放下、讓你邊看邊傻笑的書。」

——誠品網路書店營運長　薛良凱

「個人不能幫助，也不能挽救時代，個人只能表現時代的失落。」祈克果早這樣論定了。偏偏有人就是無法制止內心的騷動沸騰，不能自已地必須去跟長河落日拔河，往山頂滾動大石頭。彼輩無藥可救，不得安寧的老靈魂，註定得日以繼夜地在城市廢墟中遊蕩行走，無望地與一件又一件的血腥兇殺案、一個又一個的殘酷殺人魔對決格鬥。在紐約，他名叫馬修．史卡德；在洛杉磯，他被呼為哈利．鮑許；越過了大西洋，他是諾丁罕的查理．芮尼克，以及，最新入列，落腳愛丁堡的約翰．雷伯思。「約翰，我們不是牧師。我是說，這是工作對吧？有時你得把這些放到一邊。」但他就是放不下，於是只能以生命的蒼白來表現時代的失落——比勞倫斯．卜洛克更曲折一些，比約翰．哈威更繁複一些，比麥可．康納利更深沈一些，請鼓掌歡迎，伊恩．藍欽（Ian Rankin），蘇格蘭黑色之王（King of Tartan Noir），要讓你心傷難說的那一個。

——遠流文化出版人　傅月庵

伊恩．藍欽的魅力光芒在《黑與藍》中綻放無遺，在那樣的蘇格蘭城市間，未來的死亡靜靜地等待著過去的罪與罰，交纏為更危險的惡之華。當記憶中潛伏著的血跡不斷向生命咆哮，雷博思探長該如何在內外在均傾斜的正義結構中，尋找到真相的可能？這個系列是任何讀者都不該錯過的當代犯罪小說經典。

——中興大學台灣文學所助理教授　陳國偉（遊唱）

伊恩．藍欽的《黑與藍》結合犯罪、推理、驚悚和警察小說的特質，跨越遼闊的時空，而人物的刻畫與場景的描述，乃至對社會問題的關懷，又有英國小說的傳統優點，成就了一本精采的大眾小說。

——翻譯文字工作者　景翔

雷博思一開始便處於一種不利而曖昧的位置：他腹背受敵，卻毫不放棄——然而這樣的特質，卻使他得以立足於蘇格蘭貧瘠的荒土。然而，這回的戰場一路延伸到了冰冷海洋，更牽涉到黝黑珍貴的石油……看雷博思如同默默的洋流，似緩實疾的完結這一切，是一種莫大的享受。

——台大推理研究社公關　路那

「藍欽的語言趣味與能量、場景與角色的盛大嘉年華會、筆調與氣氛，讓他與眾不同。他的作品就像永遠極速運轉的變速箱，總是在燃燒起火的邊緣。這是最棒的犯罪小說：敘事裡塞滿了一個需要知道真相的世界。」

——《華盛頓郵報》

「沒有人能向藍欽這樣捕捉愛丁堡的黑色特質。」

——《每日電訊報》

「藍欽再度證明他是獨具一格的大師。他精彩地把愛丁堡的黑暗面寫得栩栩如生……藍欽的敘事技巧，在於他充滿自信地把不同的故事線編織成一個整體。」

——《每日郵報》

「伊恩・藍欽目前是英國犯罪小說界影響力最大的作家，他作品的銷量佔了英國市場的十分之一強。而他的名氣與銷售量確實有文學才華作為支撐。」

——Time Out雜誌

「藍欽佳作不斷……他的簡潔文體就像文學脫漆劑，剝除矯飾以展露底層黑暗的現實，令人震撼。」

——《獨立報》

「他的小說充滿能量……基本上，他是史蒂文生（《金銀島》等名著作者）文學傳統裡，那具有浪漫主義的說書人。……他的文筆生動簡潔，一如史蒂文生，但是他文字的彈性與韻律卻開啓了詩意表現的可能性，這是藍欽獨樹一幟的地方。」

——《蘇格蘭週日報》

「藍欽鋪陳對話，就像西洋棋大師一樣精準。」

——《愛爾蘭時報》

「沒有其他作家在自己的文類中，能創作出跟這本書一樣豐富多元的作品：你也許可以說藍欽具有狄更斯的特質。」

——《英國文學評論雜誌》

「雷博思是大師手筆的創作……藍欽已經以實力名列第一流犯罪小說作家。」

——《觀察家週刊》

黑與藍

BLACK & BLUE

Ian Rankin

伊恩・藍欽

黃政淵 譯

國家圖書館出版品預行編目資料

黑與藍／伊恩．藍欽（Ian Rankin）著；黃政淵
譯．--初版．--臺北市：臉譜出版：家庭
傳媒城邦分公司發行，2007.11
面；　公分．--（M小說；1）
譯自：Black & blue
ISBN 978-986-6739-17-0（平裝）

873.57　　96020444

M小說 01

黑與藍
Black & Blue

作　者　伊恩．藍欽 Ian Rankin
譯　者　黃政淵
執行編輯　陳嫻若
主　編　冬陽
封面設計　聶永眞
發行人　涂玉雲
出　版　臉譜出版

發　行　英屬蓋曼群島商家庭傳媒股份有限公司城邦分公司
台北市民生東路二段141號2樓
讀者服務專線：02-25007718；25007719
服務時間：週一至週五9:30～12:00；13:30～17:00
24小時傳眞服務：02-25001990；25001991
讀者服務信箱E-mail：service@readingclub.com.tw
劃撥帳號：19863813 書虫股份有限公司
城邦網址：http://www.cite.com.tw
臉譜推理星空網站：http://www.faces.com.tw

香港發行　城邦（香港）出版集團
香港灣仔駱克道193號東超商業中心1樓
電話：852-25086231／傳眞：852-25789337

馬新發行　城邦（馬新）出版集團【Cite(M)Sdn Bhd】
41, Jalan Radin Anum, Bandar Baru Sri Petaling,
57000 Kuala Lumpur, Malaysia.
電話：603-90578822　傳眞：603-90576622
E-mail：cite@cite.com.my

初版一刷　2007年11月26日
初版十刷　2013年 1月25日

定價360元（本書如有缺頁、破損、倒裝，請寄回更換）

感謝愛丁堡的陳威廷先生幫忙勘誤校對。

《推薦序》沒了兇手，故事一樣好看

既晴

現代歐美推理作家多如過江魚，更不乏能人異士（請不要再跟我爭辯是日本推理作家多還是歐美推理作家多這種人數上的問題了，答案很明顯），每年挾書報媒體之勢堂皇出道的新人更是大有人在，不過，我之所以會很早就知道藍欽的大名，則完全是因爲「時代」使然。

因爲，他的這部傑作《黑與藍》正好在一九九七年得獎（英國犯罪小說作家協會CWA金匕首獎）。而那一年，剛好是在歐美推理大叢書「謀殺專門店」推出的第一年，也是我開始著迷於歐美推理、開始瞭解試圖歐美推理的時候。當時，要說是台灣出版歐美推理的極盛之年，恐怕也不爲過（當然，現在依然出得非常多，但此刻尚有日本推理勢力並列）。

此外，這部作品在今年出版的時機也相當巧合。還記得大衛林區（David Finch）的《索命黃道帶》？這部電影告訴我們，眞實罪案改編的電影，不需要像《黑色大理花》（我指的是電影）那樣非得「生」一個兇手出來，故事才會好看。

藍欽在《黑與藍》裡作了一個非常有趣的實驗。首先，他發現了聖經約翰這麼一個充滿想像空間、至今仍未落網的連續殺人魔，他決定將這個人物寫進書裡，而且，他也想要像其他推理作家作過的事情那樣，靠自己的腦袋、文筆設想出一個說服力十足的兇手，但是他知道這樣做的後果大概都會變成怎樣——通常不會有什麼好下場，而且再怎麼設想，也不會比保有目前的想像空間更有眞實魅力。

那麼，藍欽該怎麼設計他的故事？首先，他決定製造一個copycat（模倣犯），一個追隨聖經約翰的連續殺人魔——聖經強尼。他的作案手法與聖經約翰相似但不同，他的目的看起來像是在嫁禍給聖經約翰，但也許更可能是表達他對「前輩」的景仰。

當然，警方沒有那麼笨。他們沒有被這拙劣的手法所欺騙。他們握有聖經約翰所有的犯罪線索，絕不會跟這個想要沾光的後輩混爲一談。但是，雖然警方抓不到聖經約翰（儘管已經是很久以前的事情了），但他們至少可以設法抓聖經強尼。

藍欽眞正別出心裁的構想是，他先設計了一個虛構的聖經強尼，然後再藉著這名行事招搖的年輕殺人魔，誘使聖經約翰重出江湖。因爲，這個正牌的連續殺人魔有其自尊，他無法允許別人隨便盜版。聖經約翰就像是個經驗老道的偵探一樣（我們不是常說，偵探與兇手都瞭解犯罪，只是立場相對），打算在警察找到聖經強尼以前將他處理掉。

當然，警方沒有那麼笨（再說一次）。他們也注意到，在他們追查聖經強尼的同時，正宗的聖經約翰似乎也出動了。結果，這就形成了一個「貓捉老鼠」的三角競賽。

除了聰明的「聖經約翰出場」技術以外，藍欽也在《黑與藍》裡細膩地描繪了蘇格蘭的北陸生活，以及包括毒品與黑道、石油與環保在內的社會面貌。這樣的舞台眞的非常適合「打不死」的探長雷博思。其中最棒的應該就是這本書的書名，眞是太符合雷博思常被人飽以老拳的行事風格了——《黑與藍》，這不就是台語的「黑青」？

本篇作者為推理小說作家

《推薦序》

他將搖滾樂化為文字，譜下一曲犯罪故事

冬陽

六〇年代末期，蘇格蘭格拉斯哥出了一個令人聞風色變的連續殺人犯「聖經約翰」。根據目擊者供詞，他是個穿著高尚的紅髮年輕男子，熟知聖經，時常出沒巴洛藍舞廳，並從那裡前後帶走三名女子，毆打、強暴之後再勒斃她們，最後在格拉斯哥最大規模的追捕行動中消失，從此人間蒸發。

二十五年後，蘇格蘭地區出現「聖經約翰」模仿案，三個月內三名女子先後遭勒斃謀殺，媒體稱這個血腥的模仿犯為「聖經強尼」。

此刻，約翰·雷博思探長協助調查「聖經強尼」一案，桌上散放相關報導和調查資料，以及一杯摻了水的純麥威士忌，坐在桌前聽滾石合唱團的《黑與藍》（Black & Blue）專輯，細細思索著……

闔上書本，又一次思考這本書在我閱讀地圖上的座標位置。

如果以小說類型來區分，《黑與藍》落在犯罪推理小說（Crime & Mystery）這個類別肯定沒問題，但似乎無法解釋小說中不斷出現的搖滾樂團、樂手、專輯的名字，以及帶有弦外之音的句句歌詞的意義。若以寫作的背景及角色身分來看，這本書被擺在警探／警察程序小說（Police Procedural）的位置也毫無疑義，但又難以說明我為何時時在主人公約翰·雷博思探長的身上看到「CSI犯罪現場：邁阿密」裡大衛·卡羅素飾演的何瑞修警探、「急診室的春天」中喬治·克隆尼扮演的羅斯醫生，抑或是推理小說家勞倫斯·卜洛克筆下的私家偵探馬修·史卡德。

小說裡不時出現的搖滾樂（甚至大剌剌地直接將專輯名作為書名），或許與作者伊恩·藍欽的生平經歷有

關：他曾是龐克樂團主唱、年輕時因對流行音樂的喜好進而從事填詞創作，之後正式踏上寫作之路。但我願意大膽地私下揣度，伊恩．藍欽是借用了小說，將搖滾樂化爲文字，譜下一曲殘酷、黑暗、濃郁卻又動人的犯罪故事。

彈奏這首名爲《黑與藍》的搖滾樂的眾樂手各司其職卻又搭配精準，多線經營的巧妙布局猶如鼓、吉他、貝斯、鍵盤交互展現層次分明，最終都將纏繞在整首歌（整本書）的靈魂人物，那個奮力嘶吼的主唱雷博思探長身上，逐步撥開片片謎霧，串起指向事件眞相的種種線索——看似毫不相干的連續殺人犯「聖經強尼」案、鑽油平台工人慘死案、二十年前的冤獄案等等等等，在雷博思探長穿針引線的調查過程中，找到了隱而未現的接點……

《黑與藍》故事的進行全繫在一位反骨的、偏執的、堅持自我信念的探長身上，透過他的視線與腳步，從蘇格蘭南端的愛丁堡、格拉斯哥追往東北方的亞伯丁甚至踏入北海，從二十幾年前的冤獄案與連環謀殺案追查到當下相關的警察黑幫云云。藍欽流暢地掌控了整本書的速度與節奏，引領一部近三十萬字的小說騰空飛馳，轟轟然往眞相前行。《華盛頓郵報》是這麼稱讚他的：「他的作品就像永遠急速運轉的變速箱，總是在燃燒起火的邊緣。」《每日郵報》指出：「藍欽的敘事技巧，在於他充滿自信地把不同的故事線編織成一個整體。」《蘇格蘭週日報》的書評最貼切：「他的文筆生動簡潔，一如史蒂文生，但是他文字的彈性與韻律卻開啓了詩意表現的可能性。」於是，藍欽的文字表現不再受到類型的侷限，雷博思探長的故事不僅僅受推理迷的關注，跳脫出犯罪小說的框架，成爲一種普遍的、大眾的、文學的閱讀。

歡迎您此刻進入伊恩．藍欽筆下的犯罪故事。

黑與藍人物表

愛丁堡克雷米勒警局

雷博思——原爲愛丁堡聖里奧納德警局探長，在本書中被調任到俗稱「阿帕契要塞」的克雷米勒警局。曾有過一次婚姻，後與警局的同事婕兒·譚普勒成爲情侶，直到不久之前婕兒升爲他的長官爲止。

吉姆·麥克阿斯其爾——督察長，現爲雷博思的長官。

麥克雷——探員，雷博思同事

貝恩——探員，雷博思同事

愛丁堡聖里奧納德警局

婕兒·譚普勒——督察長。

布萊思·何姆斯——雷博思從前的搭檔。

席芳——雷博恩從前的屬下女警。

格拉斯哥高凡警局

齊克·安克藍姆——督察長，奉命重新開案調查二十年前的警員誣陷案，並把矛頭指向雷博思。

傑克·莫頓——福寇克地區探員，奉調到格拉斯哥總局協助調查，雷博思從前的老搭檔兼好友。

亞伯丁葛蘭皮恩刑事調查局

愛德華・葛羅根——督察長，負責「聖經強尼」的案子。

魯多維契・郎斯登——負責外海鑽油平台的警員。

雷鳥石油

威爾少校——蘇格蘭裔美國人，後來回鄉創立雷鳥石油。

海頓・富萊契——威爾少校的公關主任。

史都華・敏契爾——雷鳥石油人事經理。

亞倫・米其森——鑽油平台上的維修人員，遭逢不明原因致死。

傑可・哈利——米其森的同事，在米其森死亡後，他便失去蹤影。

威利・福特——米其森的同事，在海上工作

格拉斯哥黑幫

喬瑟夫・托爾——人稱「喬叔」，是當地的黑道老大

東尼・艾爾——眞名爲安東尼・肯恩，「喬叔」的手下，但後來背叛喬叔而離開。將人頭套塑膠袋殺害是他的「註冊商標」。

莫基・托爾——綽號史坦利，喬叔的兒子。

喔，我竟然看到了這一天：如此的叛國行為把我們都賣了。
願我灰白的頭顱，與布魯斯❶與忠誠的華勒斯❷同葬。
但直到臨終之前，我都要用所有的精力大聲吶喊：
我們被英格蘭黃金收買出賣——吾國竟有竊國賊一堆❸！

羅伯特・伯恩斯❹，出自〈吾國竟有竊國賊一堆〉（A Parcel of Rogues in a Nation）

「如果你有專業上的擔當❺……說你可以依照自己的設定重寫歷史，那你就可以辦得到❻。」

詹姆士・艾洛伊（James Ellroy）

---

❶一三一四年，領導蘇格蘭抵抗英格蘭軍隊入侵的國王King Robert the Bruce。

❷Sir William Wallace（約一二七〇～一三〇五），率領蘇格蘭人反抗英格蘭統治，追求蘇格蘭獨立的民族英雄，其事蹟曾被改編爲美國電影《梅爾吉勃遜之英雄本色》（Brave Heart）。

❸這首詩旨在控訴一七〇七年蘇格蘭國會議員，收受英格蘭賄賂而通過統一法案（the Treaty Of Union），自願降格成爲英格蘭的一個省份。

❹Robert Burns，一七五九～一七九六，蘇格蘭著名民族詩人，終身鼓吹民族獨立。

❺引文出自艾洛伊接受英國《Crime Time》雜誌的訪問，主題是談他的《Underworld USA》三部曲中，歷史與虛構之間的關係。全文請見：http://www.crimetime.co.uk/interviews/ellroy03.html.

❻詩中的擔當，原文爲Stones字首大寫爲作者所加。這是一語雙關的文字遊戲，Stones是滾石合唱團的暱稱。

第一部

空洞的首府

疲憊了幾個世紀
這個空洞的首府❼像頭巨獸般打呼
囚困在睡夢中，夢想著自由
卻沒有信仰……

席尼．古瑟．史密斯❽，出自〈慈悲凱蒂之國〉（*Kynd Kittock's Land*）

❼意指蘇格蘭首府愛丁堡。
❽Sydney Goodsir Smith，一九一五～一九七五，二十世紀蘇格蘭詩壇重要詩人。

第一章

「再告訴我一遍，你爲什麼殺了他們。」

「我說過了，就是一股欲望。」

雷博思再看了一下自己的筆記，「你剛剛用的詞是『衝動』。」

那個歪在椅子上的男人點頭。他身上有異味。「欲望，衝動，還不是一樣。」

「是嗎？」雷博思捻熄他的菸，錫製菸灰缸裡塞了太多菸蒂，有兩根被擠出來掉到鐵桌上。「我們先談談第一個受害者。」

坐在雷博思對面的男人發出不耐的唉聲。他名叫威廉．克勞福．山德，綽號叫「克勞」，四十歲，單身，獨居在克雷米勒的公寓裡，已經失業六年。他用抽搐的手撥弄著油膩的黑髮，摸著頭頂上一大塊禿掉的頭皮。

「第一個死者，」雷博思說，「告訴我們。」

會說「我們」，是因爲這個小房間裡還有另外一個刑事調查組的人，他名叫麥克雷，雷博思跟他還不熟。目前爲止，他在克雷米勒一個熟人也沒有。麥克雷靠著牆壁，雙手交叉在胸前，瞇著眼睛，看起來像是休息中的機器。

「我勒死了她。」

「用什麼？」

「一條繩子。」

「從哪裡弄到這條繩子？」

「在店裡買的，不記得在哪裡了。」

停頓三拍，「然後你做了什麼？」

「在她死了之後？」山德在椅子上動了一下，「我脫掉她的衣服跟她親熱。」

「跟死屍親熱？」

「她身體還是暖的。」

雷博思站了起來，他椅子摩擦地面的聲音，似乎嚇到了山德。他不難對付。

「你在哪裡殺了她？」

「公園。」

「哪裡的公園？」

「在她家附近。」

「她家住哪？」

「亞伯丁❾的波姆爾路。」

「山德先生，你去亞伯丁做什麼？」

他聳肩，手指沿著桌邊遊走，留下汗水與油垢的痕跡。

「不要這樣摸比較好，」雷博思說，「桌面邊緣很銳利，你可能會被割傷。」

麥克雷哼了一口氣，雷博思走到牆邊瞪著他，他稍微點點頭，然後雷博思回到桌邊。

「描述那個公園。」他靠在桌邊休息，再拿出一根香菸，點了火。

「就是一個公園。就是有樹啊、草啊、兒童遊樂區什麼的。」

「鐵門有鎖上嗎？」

❾蘇格蘭主要海港，也是英國北海石油工業的重鎮。

「什麼？」

「那時是深夜，公園的鐵門有鎖上嗎？」

「我不記得了。」

「你不記得。」停頓兩拍。「你在哪裡遇到她？」

他很快地回答：「在舞廳。」

「山德先生，你看起來不像會去舞廳的人。」麥克雷又哼了一聲。「描述那個舞廳給我聽。」

山德又聳聳肩，「就像一般的舞廳：很暗、閃爍的燈光、吧台。」

「第二名受害者呢？」

「一樣的方法。」山德的眼珠是深色，臉孔瘦削。但是他開始享受這一刻，慢慢又陶醉在自己的故事裡，「我在一家舞廳遇到她，提議要帶她回家，殺了她然後再幹她。」

「這次不用『親熱』這個詞啦？你有帶走什麼紀念品嗎？」

「啊？」

雷博思把菸灰彈到地板上，有點灰掉到他鞋子上。「你有沒有從犯罪現場帶走任何東西？」

山德想了想，搖搖頭。

「命案是在哪裡發生的？」

「沃李斯頓墓園。」

「離她家很近嗎？」

「她住在英弗利斯路。」

「你用什麼勒死她？」

「那條繩子。」

「同一條？」山德點點頭。「你整天把繩子放在口袋裡嗎？」

「沒錯。」

「你現在身上帶著這條繩子嗎？」

「我把它丟了。」

「你可眞是讓我們難辦事啊。」山德愉快地扭動著身體。停頓四拍。「第三個死者呢？」

「在格拉斯哥，」山德背誦著，「凱文林公園。她叫茱蒂絲・凱恩斯，她要我喊她茱茱。我用同樣的方法做了她。」他靠在椅背上，身體坐直，雙手交叉在胸前。雷博思伸出一隻手摸著他的額頭，像是用宗教治病的手勢。然後他稍微一推，毫無防備的山德被連人帶椅推倒在地上。雷博思半跪在他前面，抓著他的襯衫把他拉起來。

「你是個騙子！」他斷聲說，「你知道的一切都是從報紙看來的，你編造的東西全是垃圾！」他把山德放開，站了起來。抓過山德衣服的手感覺濕濕的。

「我沒有說謊。」山德趴在地上說，「我告訴你像福音一樣千眞萬確！」

雷博思把抽了一半的菸捻熄，又從菸灰缸裡擠出幾根菸蒂。雷博思拿起一根菸蒂丟向山德。

「你不打算起訴我犯罪？」

「你當然會被起訴，罪名是浪費警察的時間。你會被關進索頓監獄裡一段時間，再加上一個喜歡肛交的室友。」

「我們通常只會把人放走。」麥克雷說。

「把他關進拘留室。」雷博思下了命令，然後離開了房間。

「但是我就是他！」山德被麥克雷從地上拉起來的時候還堅稱說：「我是聖經強尼！我是聖經強尼！」

「克勞，你還差得遠呢。」麥克雷說，然後給了他一拳讓他安靜下來。

雷博思需要洗個手，用水沖沖臉。兩個制服員警在廁所裡說笑抽菸，他們一看到雷博思進來就止住笑聲。

「長官，」其中一個問，「你在餅乾盒❿裡偵訊誰？」

「又是一個喜劇演員。」雷博思說。

「這裡有太多這種人了。」第二個警員說。雷博思不知道他所謂的這裡是否意指警局，還是指整個城市。這裡是愛丁堡最艱苦的單位，頂多只能在這裡忍耐兩年，沒有正常人可以幹超過兩年。克雷米勒大概是蘇格蘭首府最難對付的區域，這座警局完全符合其外號——阿帕契要塞⓫、布朗克斯區⓬。警局位於一排商店後的死巷，是一棟死氣沉沉的低矮建築，後面有一些更死氣沉沉的公寓建築。因爲位處死巷，暴民可以輕易地把警局封鎖起來，這裡已經被包圍過許多次了。的確，克雷米勒是絕佳的派任單位。

雷博思知道自己爲什麼被派到這裡。他得罪了一些人，有份量的大人物。他們沒有辦法給他致命一擊，所以就把他送到這裡來反省改過。因爲他知道這不是永久的，所以這裡也不像地獄那麼糟。就當作是悔過吧。人事調動令上面解釋說，他是來代理一位住院的同僚，也說他會負責監督克雷米勒舊警局的關閉作業。所有的東西都慢慢被搬到鄰近的全新警局建築裡。現在這裡只剩下一堆包裝箱與空空如也的櫥櫃。警局同仁並不特別花力氣去偵辦目前的案件，也不特別歡迎新任探長約翰．雷博思。與其說是警察局，這裡感覺還比較像醫院病房，所有的病人都徹底被麻醉了。

他漫步回刑事組辦公室——他們暱稱爲「小屋」的地方。途中他經過麥克雷跟山德，後者雖然被拉向拘留室，還是宣稱自己犯了罪。

「我是聖經強尼！我他媽的就是！」

還差得遠呢。

現在是六月一個星期二的晚上九點，小屋裡只剩下警佐貝恩，綽號達德。他從雜誌裡抬起頭——《執勤花絮》，一本大愛丁堡區域警察署⓭的刊物——雷博思搖搖頭。

「我認爲不是他。」貝恩說，然後翻了一頁雜誌，「克勞自己胡亂自首是出了名的，所以我才把他留給你。」

「你的良心就只有地毯固定釘那麼大。」

「但是我也像釘子一樣犀利，別忘了這一點。」

雷博思坐在自己的辦公桌前，想著要怎麼寫偵訊報告。又是一個小丑，又是浪費時間，而聖經強尼還在逍遙法外。

一九六〇年代末期，格拉斯哥出了一個令人聞風色變的「聖經約翰」⓮。他是個穿著高尚的紅髮年輕男人，他熟知聖經，也常去巴洛藍舞廳。他在那裡帶走三個女人，毆打、強暴之後再勒斃她們，然後他就在格拉斯哥最大規模的追捕行動中消失了，從此人間蒸發，目前本案仍懸而未破。從最後一個受害者的妹妹口中，警方得到聖經約翰清楚的外型描述。她跟姊姊曾經與他近距離共處兩個小時，甚至還一起搭計程車。她先下車，她的姊姊透過後車窗對她揮手告別……。但她的描述並沒有什麼幫助。

現在又出了一個聖經強尼。媒體很快就創造出這個名詞，三個女人被打、被強暴、被勒死，只因為這一點，媒體就把這件案子跟聖經約翰扯在一起比較。其中兩個死者是在夜店與舞廳被帶走，有模糊的筆錄指稱目擊到一個男人跟受害者跳過舞。他穿著入時，害羞，這一點符合對聖經約翰的描述。但是如果他還活著，也已經五十幾歲了，可是這個新的兇手被指稱是在二十五到三十歲之間。因此，聖經強尼是聖經約翰的繼承人。

兩案當然有很多差異，但是媒體並不在乎。其中之一是，聖經約翰案的受害者全在同一家舞廳跳過舞；而聖經強尼在蘇格蘭四處找受害者。這一點當然造成常見的推論：他是個長途卡車司機，或是公司業務員。警方沒有排除任何可能性，甚至包含聖經約翰在四分之一個世紀之後重出江湖，而兇手是二十幾歲的目擊證詞有誤──看起來無懈可擊的目擊證詞也曾經出錯。警方隱藏了一些關於聖經強尼案的事情──他們也用同樣的方法處

❿ biscuit-tin，在一場訪問中，作者表示他自己發明了一些綽號，用「餅乾盒」當作偵訊室的綽號是其中之一。
⓫ Fort Apache，十九世紀美國政府為了鎮壓印地安人所設的軍事要塞，位於今日的亞歷桑那州。
⓬ the Bronx，美國紐約行政區，曾經是黑手黨猖獗的地區。
⓭ Lothian and Borders Police，掌管愛丁堡與周邊城鎮的警察單位。
⓮ Bible John，真人真事。強尼（Johnny）是約翰（John）的暱稱。

理聖經約翰案。這樣才能幫助他們排除幾十起冒名自首事件。

麥克雷晃進辦公室時，雷博思才剛要開始寫報告。他走路的方式就是這樣左右搖晃，不是因爲他酒醉或嗑藥，而是因爲他眞的過胖，某種新陳代謝的毛病。他的鼻竇也有問題，總是可以聽到他用力卻窘迫的呼吸聲；他的聲音聽起來像是木刨摩擦在木材上的聲音。他在局裡的綽號是「大肥」。

「你把克勞帶出去了？」貝恩問。

麥克雷下巴指向雷博思的辦公桌，「上面要用妨礙公務來辦他。」

「這才是眞正的浪費時間。」

麥克雷晃著走向雷博思。他的頭髮深黑，髮尾滑溜地捲起。他小時候可能拿過什麼可愛兒童獎，但那已經是遙遠的往事。

「拜託。」他說。

雷博思搖搖頭，繼續打字。

「媽的。」

「去他媽的。」貝恩站起來說，他把椅背上掛著的外套拿起來，然後對麥克雷說：「喝一杯？」

麥克雷長嘆了一聲，「正合我意。」

直到他們離開之前，雷博思都摒息以待，雖然自己並不期望他們會邀自己一起去。他們就是故意這樣孤立他。他停止打字，從底層抽屜裡拿出一瓶運動飲料的瓶子，打開瓶蓋，聞聞酒精含量百分之四十三的威士忌，然後灌了一口。他把瓶子放回去之後，丟了一顆薄荷糖到嘴裡。

感覺好多了，就像馬文．蓋依⑮唱的：「我現在可以看清楚了。」

他從打字機裡抽出報告揉成一團，然後打電話到値勤櫃台，叫他們拘留克勞．山德一個小時，然後把他放了。雷博思才把話筒放下，電話又響起。

「雷博思探長。」

「我是布萊恩。」

布萊恩‧何姆斯警佐仍然隸屬於聖里奧納德警局，他們還是保持聯絡。今晚他的聲音一點抑揚頓挫都沒有。

「有麻煩？」

何姆斯笑了，卻沒有笑意，「全世界的麻煩都落到我頭上。」

「那就告訴我最近發生的那一個。」雷博思單手打開菸盒，叼了根菸，點上火。

「你狀況已經這麼慘，我不知道是否還該向你抱怨。」

「克雷米勒沒那麼糟。」雷博思環視沉悶的辦公室。

「我是指另外一件事。」

「喔。」

「我……我也許惹上了一件麻煩事……」

「怎麼了？」

「一個曾經被逮捕的嫌犯。他把我害慘了。」

「你揍了他。」

「他是這麼說的。」

「提出申訴了？」

「已經進入申訴程序。他的律師想要力爭到底。」

「只有你跟他兩個各說各話？」

「對。」

「警方不會管這件事。」

⓯ Marvin Gaye，美國著名節奏藍調歌手。

「我想也是。」

「或者叫席芳掩護你。」

「她那天休假，跟我一起偵訊的是葛藍米斯。」

「那就不行了。他的膽子比老鼠還小。」

停頓一拍。「你不問我到底有沒有打人？」

「我完全不想知道，明白嗎？嫌犯是誰？」

「瘋狗敏多。」

「天啊，這個酒鬼可是比檢察官還瞭解法律。好吧，我們去找他聊聊。」

離開警局感覺眞好。他把車窗搖下，微風不冷。警局配發的車很久沒清理了，裡面有巧克力包裝紙、洋芋片空袋、壓扁的柳橙汁空包、黎貝那（Ribena）果汁瓶。蘇格蘭飲食的核心是糖與鹽；再加上酒精，就連靈魂也有了。

敏多住在南克勒克街上的公寓二樓。過去雷博思曾經來過這裡幾次，但都不是愉快的經驗。路邊停滿了車，所以他就並排停車。天空裡，粉紅色的晚霞被暗夜包圍，節節敗退。天空之下，滿是橘色的車燈，街道喧囂。前面路上的電影院可能正在散場，首先出來的人強迫自己離開還在營業的酒吧。空氣中可以聞到烹調晚餐的味道：熱麵糊、披薩食材、印度香料。

布萊恩·何姆斯站在二手用品義賣商店外，手插在口袋裡。沒有開車，也許他是從聖里奧納德警局走過來的。兩個人點頭打了招呼。

何姆斯看起還很疲倦。幾年前他還年輕又有幹勁。雷博思知道家庭生活是得付出代價的，他在自己的婚姻裡也體驗過，多年前他就離婚了。何姆斯的同居人要他辭職，她希望他可以有多點時間陪她。她希望他在家的時候能夠把心力放在她身上，而不是埋首於案件、臆測、勾心鬥角與晉升的策略。通常警察跟工作伙伴要比跟自己的終生伴侶來得親近。當你調進刑事調查局時，他們跟你握手、給了你一張紙。

這張紙就是你的離婚協議書。

「你知道他在上面嗎？」雷博思問。

「我打過電話給他，是他接的。聽起來酒快醒了。」

「你有說什麼嗎？」

「你以爲我那麼笨？」

雷博思看著公寓的窗戶。一樓是店面，敏多住在鎖匠的樓上，應該會有人覺得這很諷刺。

「好，你跟我上來，但是你留在樓梯間，聽到出了狀況再進來。」

「這樣沒問題嗎？」

「我只是要跟他講話。」雷博思把手放到何姆斯肩膀上，「放輕鬆。」

樓下大門沒鎖，他們無言地爬上螺旋階梯。雷博思按了門鈴，深吸一口氣。敏多剛把門拉開，雷博思就用肩膀撞了進去，兩個人都衝進了玄關，然後他把門大力關上。

敏多正要動手打人，卻認出了來人是誰。然後他吼了一聲，大步走回客廳。半套的廚房很小，像櫥櫃般從地板一直延伸到天花板的狹窄空間就是浴室。只有一個房間，廁所裡有個娃娃屋大小的洗手台。愛斯基摩雪屋都比這間公寓大。

「你他媽的要幹嘛？」敏多伸手拿起一瓶高酒精含量的啤酒，站著把它喝光。

「來說幾句話。」雷博思看看房內四周，沒有異狀，但是他放在兩側的手還是準備好可以動手。

「這是非法侵入民宅。」

「你繼續囉嗦的話，我就讓你看看什麼叫非法入侵。」

敏多漫不在乎地皺著臉。他三十多歲，看起來卻比實際年齡老了十五歲。他年輕時吸食過各類毒品：甲基安非他命、海洛英、安非他命。他現在正在參加戒毒專案。吸毒的時候，他不過是個討厭的小麻煩；不吸毒時，他是不折不扣的混蛋跟瘋狗。

「我聽說你被整得很慘。」他說。

雷博思靠近他一步說：「瘋狗，你聽到的沒錯。所以你想想我還有什麼好顧忌的。反正我已經玩完了，也許就會為所欲為。」

敏多抬起手說：「放輕鬆一點。你有什麼問題？」

雷博思放鬆自己的臉部，「瘋狗，你就是我的問題。你指控了我的同事。」

「他扁了我一頓。」

雷博思搖頭說，「我也在訊問現場，什麼都沒看到。我有件事來找何姆斯警佐，然後留在現場。所以如果他攻擊你，我應該會知道吧？」

他們沉默地面對面站著。然後敏多轉身倒進房裡唯一的扶手椅，看起來就要生氣了。雷博思彎腰撿起地板上的一件東西：愛丁堡旅客住宿指南。

「要去住好旅館？」他翻閱著羅列著飯店、B＆B⑯與不附餐飲民宿的清單，他對敏多揮揮這本指南，「要是裡面任何一家出了事，我們一定先來找你。」

「這是擾民。」敏多輕聲地說。

雷博思把指南丟下。敏多現在不怎麼瘋狂，看起來相當頹喪，彷彿生命在拳擊手套裡放了馬蹄鐵給了他一拳。雷博思轉身離開，走到門口時聽到敏多喊他的名字。這個小個子的男人站在玄關另一端，把寬大的黑色T恤拉上來到肩膀，他轉身讓雷博思看他的背。光線很暗，只有一盞四十瓦的燈，燈罩上滿是蟲屍。即便如此，雷博思還是可以看得清楚。一開始他以為是刺青，但其實是淤青，肋骨、側面、腰部上到處都是。自殘？有可能，這總是有可能的。敏多把T恤放下，眼睛眨都不眨地狠狠瞪著雷博思。雷博思自己開了門走出公寓。

「還好吧？」布萊恩·何姆斯緊張地說。

「我們要說的故事是：我有事到警局找你，偵訊時我也在現場。」

何姆斯大聲地呼出一口氣，「這樣就可以了？」

「就這樣。」

也許約翰．雷博思的語氣讓何姆斯緊張起來，他看到雷博思瞪著他，然後先把眼睛別開。到了外面，他伸出手說：「謝了。」

但是雷博思沒有握他的手，轉身走遠了。

他開車經過空洞的首府，道路兩旁都是價值六位數字的房子。近來愛丁堡居，大不易，可能得用盡所有的財產才能購屋。他盡量不要去想他剛做的事情，不要想布萊恩．何姆斯做過的事情。寵物店男孩（Pet Shop Boys）樂團的歌在他腦中響起：〈這是罪惡〉（It's a Sin），接著下一首曲子是邁爾斯．戴維斯（Miles Davis）的〈那又如何〉（So What）。

他本來開往克雷米勒，然後想想還是回家好了，他祈禱著沒有記者守候在他家門口。到家時，他把今晚的事情也帶回家了，必須泡在水裡，把這些事情刷洗掉。他感覺自己像一塊老舊的鋪地石板，每天被人踐踏。有時候在街上晃蕩，或是在警局過夜還輕鬆一點。有時候他整晚開車兜風，不只穿過愛丁堡，還開到里斯經過那些攬客的妓女，然後經過海濱，有時甚至開到南昆士費利，再從弗斯大橋北上，沿著M90高速公路穿過法夫郡，經過柏斯，一路開到丹地，然後再調頭南下，通常那時候已經很累了，如果必要的話就在路邊停車睡覺。兜風可以把時間耗掉。

他想起自己開的是警局用車，如果他們需要的話，可以過來取車。當他開到瑪其蒙，他在雅登街上找不到停車位，結果停在雙黃線上。外面沒有記者，他們有時候晚上也得睡覺。他沿著華倫公園路走到他最喜歡的炸魚薯條⓱專賣店，他們賣的食物份量很大，也有牙膏與衛生紙捲供人選購。他慢慢走回家，今晚很適合散步，公寓樓梯才走到一半，他的傳呼機響了起來。

⓰ Bed and breakfast，英國附早餐的平價住宿旅館。
⓱ Fish and chips，英國通俗小吃。

第二章

他名叫亞倫・米其森，正在家鄉的酒吧喝酒，他並不招搖，但是臉上的表情讓人感覺他並不缺錢。他跟兩個男人聊天，其中一個說了個笑話，很好笑。下一回酒由他們請客，然後他又買了一輪。他說了自己一千零一個老笑話，他們擦掉笑出來的眼淚。他們又點了三杯酒。他跟他們在一起很開心。

在愛丁堡他沒有多少朋友。曾是他朋友的人討厭他，也討厭他豐厚的薪水。他沒有家人，自從他有記憶以來就是獨自一人。這兩個男人就是他的伙伴。他不懂自己爲什麼要回家，也不清楚自己爲什麼把愛丁堡當作家鄉。他有一間還在付房貸的公寓，但是既沒裝潢也沒放任何家具，只是一個空殼子。他沒有什麼回家的理由，但是重點是大家有家可回。你連續工作了十六天，你就應該想到家裡的事。你談著家裡的事，說著回家之後你要做的事——喝酒、女人、上夜店。有些同事住在亞伯丁附近，但是很多人的家在更遠的地方。他們等不及這十六天結束，然後可以開始十四天的休假。

今天是他連休的第一天。

十四天的假期剛開始過得很慢，然後越接近尾聲就過得越快，然後你開始想爲什麼沒有好好運用時間。連休的第一個晚上是最漫長的，你必須熬過這一夜。

他們到另一家酒館續攤。他其中一個新朋友提著一個舊式的愛迪達包包，紅色塑膠皮、側邊有口袋、背帶斷裂。當他十四、五歲上學時也有一個同樣的提袋。

「那裡面裝什麼?」他開玩笑說，「你的玩具?」

他們大笑，拍拍他的背。

他們在這間酒館開始小杯小杯地喝烈酒。酒館裡塞滿了女人。

「你一定老是想著做這件事。」其中一個朋友說，「要是我在鑽油平台上工作，我一定想要到頭爆開。」

「或是想到眼睛瞎掉。」另一個說。

他露齒而笑，「我沒那麼欲求不滿。」他又乾了一杯「黑心」，並不習慣喝深褐色蘭姆酒。石港的一個漁夫介紹他喝這種酒。OVD牌與黑心牌，他比較喜歡喝黑心牌，他喜歡這個名字。

他們需要外帶一些酒，讓派對繼續開下去。他累了，先前搭直升機從海上鑽油平台飛到陸地，再從亞伯丁坐了三個小時火車。他的朋友們在吧台前買酒：一瓶貝爾牌威士忌、一瓶黑心牌、一些啤酒、洋芋片、香菸。買了這麼多東西花了不少錢。他們三人平均分攤，所以這兩個人並沒有對他的錢動歪腦筋。

酒館外很難招到計程車，車子不少，但都有人坐了。他試著招手叫車時，他們得把他從路上拉回來。他步履蹣跚，一腳跪在地上，他們扶他站起來。

「所以你到底在鑽油平台上做什麼？」其中一個問。

「讓油井不要倒下來。」

一輛計程車停下來讓一對情侶下車。

「這是你媽嗎？還是你已經飢不擇食到老女人都好？」他問那個剛下車的男人。他的兩個朋友要他閉嘴，把他推到遠處。「你們沒看到她嗎？」他問，「臉就像一袋彈珠一樣。」他們不打算去他的公寓，因爲那裡什麼都沒有。

「去我們住的地方吧。」他的朋友們說。所以除了坐在車內看街燈之外，他們一時無事可做。愛丁堡跟亞伯丁一樣是小城，不像格拉斯哥或倫敦。亞伯丁有錢但沒什麼格調，而且也很令人害怕，治安比愛丁堡還差。這趟計程車彷彿永遠都到不了目的地。

「我們在哪裡？」

「尼地里。」有人說。他不記得他們的名字，也不好意思問。終於計程車停了。外面的街道昏暗，看起來像是整個爛區域都沒交電費。他把這個想法說出來。

他們又大笑得流淚，拍拍他的肩膀。

三樓高的公寓，鋪石子外牆。大部分的窗戶都被鐵板或是空心磚封起來。

「你們住在這裡？」他說。

「又不是每個人都付得起房貸。」

的確沒錯。在很多方面來說，他是很幸運。他們用力推開大門，兩個朋友一左一右，手放在他的背上一起走進去。建築物的內部又濕又爛，破爛的床墊、馬桶座、水管與拆下來的牆壁底板堵塞著樓梯。

「非常有益健康的環境。」

「到了樓上就比較好了。」

他們爬了兩樓，然後看到兩扇開著的門。

「亞倫，這一間。」

所以他就走進去了。

這裡沒有電，但是其中一個朋友拿著手電筒。這裡是個垃圾堆。

「兩位，我看不出來你們這麼落魄。」

「廚房還可以。」

所以他們帶著他穿過這裡，來到廚房。他看到一張木椅，上面的椅墊已經不見。塑膠地板也殘破不堪。他酒醒得很快，但是還不夠快。

他們把他抓到椅子上，他聽到膠帶被撕開的聲音，然後被膠帶一圈圈地綁在椅子上。接著膠帶纏著他的頭，塞住他的嘴，接著是他的腳，然後往下一直纏到腳踝。他想要大叫，可是嘴裡卻咬著膠帶。他的頭部側邊中了一拳，眼睛與耳朵一時都看不清聽不見。頭部受創處很痛，彷彿剛被鋼梁撞到，牆壁上飛舞著亂影。

「看起來眞像木乃伊，不是嗎？」

「是啊，等一下他就要哭著找爸爸了。」

那個愛迪達提袋就在他面前，拉鍊是開著。

「現在，」其中一個說，「就等我把玩具拿出來。」

鉗子、拔釘鐵鎚、釘槍、電動螺絲起子、還有一把鋸子。

冷汗流進眼睛又流出來，鹽分刺激著他的眼睛。他知道發生了什麼事，卻仍然無法相信。他們什麼都不說，忙著把特厚的聚乙烯膠膜鋪在地板上。然後他們把他連人帶椅搬到塑膠膜上。他扭動著身體，想要大叫，眼睛緊閉，用力想掙脫綁住他的膠帶。當他打開眼睛時，他看到一個透明塑膠袋。他們用塑膠袋由上而下套住他的頭，然後用膠帶纏在頸部封口。他鼻子吸了一口氣，塑膠袋開始收縮。其中一個人拿起鋸子然後放下，改拿一把鐵鎚。

出於純粹的恐懼，亞倫·米其森站了起來，椅子還綁在他身上。廚房窗戶就在他面前，本來已經被木板封住，但是木板已經被拆掉了。窗框還在那裡，但是只剩下殘缺的窗戶玻璃。那兩個男人忙著處理他們的工具，他跌跌撞撞地穿過他們，從窗戶摔出去。

他們不想看他墜樓的樣子。他們只是收起工具，胡亂地把塑膠膜折疊起來，把所有東西放進愛迪達提袋裡，然後拉上拉鍊。

「爲什麼是我？」雷博思打電話回警局時問道。

「因爲，」他的上司說，「你剛調到這裡，在那一區還沒有樹立任何敵人。」

雷博思心裡想補充說，更何況，你根本找不到麥克雷或貝恩。

是一個出門遛灰色獵犬的居民報的案，「丟到街上的東西很多，但是從沒見過這種東西。」

當雷博思到現場時，已經有兩輛巡邏車停在那裡，形成一道封鎖線，但是並無法阻擋居民聚集。有人發出豬一般的嗯哼聲。這裡的人沒有什麼原創性，非常守舊。此地的公寓大多已經廢棄，等著被拆除，裡面的居民已經被搬遷。有些建築物裡還是有住人，但雷博思可不想住在這種地方。

屍體已經被宣佈死亡，現場可謂相當可疑，現在鑑識組與攝影人員已經開始聚集，助理檢察官正在跟法醫科特醫生講話。科特看到雷博思，對他點頭打招呼，但是他眼裡卻只看到屍體。公寓周遭圍著老式的尖頂圍籬，屍體就被叉在上面失血而死，現在都還有血滴下來。剛開始他以爲屍體變形得很厲害，但是走近一點他才看出來，一張椅子的一半在墜樓過程中毀損，剩下的被銀色的膠帶綁在身體上。屍體頭上包著本來是透明的塑膠袋，但是現在袋子裡的血已經半滿。

科特醫生走過來說：「不知道他嘴裡是不是咬著柳橙。」

「這是個笑話嗎？」

「我本來要打電話給你的。很遺憾聽到你……唉……」

「克雷米勒沒那麼糟。」

「我不是指這件事。」

「我知道你不是。」雷博思抬頭看，「他從幾層樓摔下來？」

「看起來是從三樓摔下來的，那一扇窗戶。」

他們身後傳出一陣聲響。一個員警在路邊嘔吐著，他同事的手環抱著他的肩膀幫他催吐。

「把屍體放下來。」雷博思說，「把這個可憐蟲放進屍袋裡。」

「沒有電。」某人說，並給雷博思一支手電筒。

「走在地板上安全嗎？」

「目前還沒有人摔下去。」

雷博思走進公寓裡，像這種爛地方他看過幾十次。幫派在這裡四處噴漆撒尿，有些人把所有可賣錢的東西拆走：地板、房間門、電線、天花板上的裝飾。客廳裡，一張缺一隻腳的桌子翻過來三腳朝天，上面蓋著皺巴巴的毯子與幾張報紙。這裡完全不像一個家，浴室裡什麼都沒有，只有安裝盥洗用具留下來的洞。浴室牆上有個破洞，你可以透過洞口看到隔壁的公寓，一個完全相同的景象。

鑑識組的注意力集中在廚房上。

「發現了什麼？」雷博思問，有人用手電筒照著角落。

「長官，一整袋的酒。威士忌、蘭姆酒、一些零食。」

「派對時間。」

雷博思走到窗戶邊，一個員警站在那裡，俯瞰著街道，有四個人正在想辦法把屍體從圍籬上弄下來。

「死者醉得一塌糊塗。」那個年輕警員轉頭對雷博思說，「長官，你猜這個酒鬼自殺的機率大不大？」

「穿制服的小子，不要多嘴。」雷博思回頭看著廚房說：「我要塑膠袋與裡面東西上的指紋。如果是從賣場買的，上面應該會有價格標籤。如果沒有標籤，那可能是從酒吧買的。我們要找的很可能是兩個人，賣他們酒的人應該可以描述他們的樣子。他們怎麼來到這裡的？自用交通工具？巴士？計程車？我們必須把這點搞清楚。他們怎麼知道這個地方？本地人？我們需要問問附近的居民。」他現在往門口走去，認出幾個聖里奧納德警局的年輕刑警還有克雷米勒警局的制服警員。「我們稍後再分工。這件案子可能是可怕的意外，或是擦槍走火的惡作劇，無論如何，死者不是自己一個人在這裡。我要知道他跟誰在一起。謝謝，晚安。」

公寓外，他們在把椅子跟屍體分開前，爲椅子與綁住屍體的膠帶進行最後的攝影。椅子與他們找到的所有碎片會被封存帶走。混沌的命案現場變得井井有條，實在很怪異。科特醫生說他明天早上才會驗屍，雷博思同意了。他上了巡邏車，心裡想著這要是自己的車有多好，這輛紳寶駕駛座下藏著半瓶威士忌。很多酒館都還開著，因爲他們有午夜賣酒的牌照。但是他開車回警局，距離現場不到一英里。麥克雷與貝恩看起來才剛進來，但是他們已經聽說了這個案子。

「謀殺？」

「差不多。」雷博思說，「他被綁在椅子上，頭被塑膠袋包住，嘴巴被膠帶封住。也許他是被推下去的，也許他是跳樓或墜樓。跟他在一起的人匆忙離開，忘了把他們外帶的酒拿走。」

「有毒癮嗎？是遊民嗎？」

雷博思搖頭說：「看起來他穿的是新牛仔褲，腳上穿的也是新耐吉球鞋。皮包裡有很多現金，也有提款卡跟信用卡。」

「所以我們知道他是誰？」

雷博思點頭說：「亞倫．米其森，住址在莫里森街。」他晃晃一串鑰匙，「有人想一起去嗎？」

貝恩跟著雷博思一起去，留下麥克雷「鎮守要塞」──他們在阿帕契要塞很常用這個說法。貝恩說他不適合當乘客，所以雷博思讓他開車。警佐「達德」．貝恩小有硬漢的名氣，這個名聲跟著他從丹地到福寇克再到愛丁堡，丹地跟福寇克也不是什麼清閒的地方。他的右眼下方有個疤，是被刀子攻擊後留下來的紀念品。他的手指常常無意識地摸著刀疤。他身高五呎十一吋，比雷博思矮兩、三吋，也許體重也比雷博思少了十磅。左撇子的他以前常跟中量級業餘拳手比賽，結果讓他一耳高一耳低，鼻子有半張臉那麼大。他開始發白的頭髮推剪得很短。已婚，有三個兒子。雷博思在克雷米勒倒是沒看到什麼事情可以證明他的硬漢名聲，他是一個普通刑警，按照規矩填寫表格，調查也完全照章行事。雷博思才剛擺脫掉一個宿敵──阿利斯特．富勞爾探長，他現在晉升到某個邊界的警局，整天追逐著幹綿羊與飆拖拉機的罪犯──可不希望再替自己找一個死對頭。

亞倫．米其森的公寓位於設計師建築群集的街區，被規畫為金融區。這裡本來是洛西安路旁邊的荒地，現在變成會議中心與公寓，附近還有一家新飯店，一家保險公司也把企業總部設在喀里多尼安飯店的樓上。這裡還有很多空地可以擴張、鋪路。

「太誇張了。」貝恩邊停車邊說。

雷博思試著回想過去這個區域看起來的樣子，雖然只是一兩年前的事，卻還是想不太起來。本來只是一個大坑洞？還是有舊建築被拆毀？他們的位置距離托菲城警局不到半英里；雷博思以為自己熟知整個城市叢林，但是現在發現自己根本什麼都不知道。

鑰匙圈上有六支鑰匙，其中一支打開了大門。明亮的大廳裡有一整面牆都是信箱，他們在三一二室的信箱上找到了米其森的名字。雷博思用另外一支鑰匙打開信箱，把郵件取出來。有些只是垃圾郵件——「迅速開啓！你可能已經獨得人生大獎！」——還有一張信用卡帳單。他打開帳單來看，消費地點包含亞伯丁HMV唱片行、愛丁堡運動用品店——那雙耐吉花了他五十六塊半英鎊——一家咖哩餐廳，也在亞伯丁。隔了兩週之後，又出現了這家咖哩餐廳。

他們搭著狹小的電梯上到四樓⓲，貝恩沿著走道的鏡子假裝在打拳擊，然後找到了三一二室。雷博思打開門鎖，看到玄關牆壁上的警報系統正在閃燈，於是用另外一支鑰匙解除警報。貝恩找到了電燈開關，把門關上。公寓裡聞得到油漆與水泥、地毯與亮光漆的氣味，全新且無人居住。整個房子裡沒有一件家具，只有一台電話機放在地上，旁邊有一個攤開的睡袋。

「生活可眞簡單。」貝恩說。

廚房設備齊全，洗烘兩用機、電爐、洗碗機、冰箱都有，但是洗烘兩用機上的封條還在，冰箱裡也只有說明書、備用燈泡跟一組儲藏櫃。洗碗槽下的櫃子裡有個垃圾箱，把櫃子打開時，垃圾箱蓋自動往下旋轉打開。雷博思看到垃圾箱裡面有兩個壓扁的啤酒罐跟染成紅色的包裝紙，聞起來有沙威瑪⓳的味道。公寓只有一間臥室，裡面空無一物，壁櫃裡沒有衣服，就連大衣掛勾也沒有。但是貝恩從小小的浴室裡拖出一個東西，藍色的凱力摩牌（Karrimor）背包。

「看起來他回家，洗了澡，換了衣服，然後就立刻溜出去了。」

他們開始清空背包，除了衣物之外，他們找到一台個人音響還有一些卡帶——音園合唱團（Soundgar-

⓲英國把一樓稱爲ground floor，二樓叫做一樓，所以三一二室其實是在四樓。
⓳kebab，土耳其燒烤料理。

den）、實驗失敗的傀儡樂團（Crash Test Dummies）、群豬跳舞樂團[20]（Dancing Pigs）——還有一本伊恩・班克斯[21]的小說《惠特》（*Whit*）。

「我也想要買這本書。」雷博思說。

「拿去吧。又沒人看到。」

雷博思看著貝恩，他的眼睛似乎沒有藏著惡意，但是雷博思還是搖頭拒絕。他不能再讓別人抓到把柄。他從背包側邊口袋拿出一個手提袋，裡面是全新的卡帶——尼爾・楊（Neil Young）、珍珠果醬樂團（Peral Jam）、另一張群豬跳舞樂團的唱片。收據來自亞伯丁的HMV唱片行。

「我猜，」雷博思說，「他在亞伯丁工作。」

從背包另外一邊的口袋，貝恩拿出一張折成四折的傳單。他打開傳單，讓雷博思看到是什麼東西。上面有一張鑽油平台的彩色照片，標題是「雷鳥石油破壞生態平衡」，副標題是「一個小小的建議[22]——撤回海上石油鑽探設施」。傳單裡除了有幾段文字，還有彩色圖表與統計數字。雷博思讀著開頭的第一句話：

「千百萬年前，微生物在河海裡生存然後死亡。」他抬頭看了貝恩一眼，「牠們犧牲了生命，讓我們今日可以駕車四處跑。」

「我覺得史派克[23]也許是在石油公司工作。」

「他名叫亞倫・米其森。」雷博思淡淡地說。

雷博思終於回到家的時候，天已經微亮。他打開音響，把音量調到聽得見的程度，然後到廚房洗了一個杯子，倒進一吋深的拉弗艾（Laphroaig）威士忌，然後從水龍頭加了一點點水。有些純麥威士忌必須加點水。他坐在廚房桌前看著攤在桌上的報紙、聖經強尼的剪報、聖經約翰案件的影本。他曾經到國家圖書館看舊報紙微縮膠捲，快速瀏覽過一九六八到七〇年的大事。他注意到的新聞有：羅西斯（Rosyth）準備辭去皇家海軍司令、在茵弗高登興建五千萬英鎊石化廠的計畫被公開、《圓桌武士》在美國ABC電視台播放。

一本叫《蘇格蘭應該如何治理》的小書打廣告促銷。關心蘇格蘭自治的讀者投書。誠徵行銷經理，年薪兩千五百鎊。在史崔索蒙的新屋價值七千九百九十五鎊。潛水夫在格拉斯哥搜索線索。吉姆．克拉克（Jim Clark）贏得澳洲一級方程式賽車冠軍。同時，史帝夫．米勒樂團（Steve Miller Band）的成員在倫敦因毒品被捕，愛丁堡的停車位已經接近飽和……

一九六八年。

雷博思自己也跟一個舊書商買了這幾年的舊報紙，收購價遠比當年一份六便士的價格來得高。一九六九年八月的一個週末，聖經約翰犯下第二樁命案，同時北愛情勢惡化，而美國伍斯塔克音樂節有三十萬人參與狂歡。眞是諷刺的對照。第二個受害者被她自己的姊姊在一棟廢棄的公寓裡發現……雷博思試著不要想亞倫．米其森的事，專注在這些舊新聞上。他微笑地讀著八月二十號的頭條：「唐寧街宣言」。亞伯丁拖網漁船罷工……一家美國電影公司尋找十六組風笛……羅伯特．麥斯威爾㉔的波加蒙（Pergamon）出版社出售案被政府喊停。另外一個頭條：「格拉斯哥暴力犯罪率遽降」——把這種話對受害者講吧。十一月，報導指稱蘇格蘭的謀殺案比率是英格蘭與威爾斯的兩倍，那年有五十二件謀殺案起訴中，刷新了紀錄。死刑存廢開始引起辯論。愛丁堡發生反越戰遊行，而鮑勃．霍伯㉕去越南勞軍。滾石合唱團在洛杉磯表演兩場，每場的收入是七萬一千英鎊，成爲當時史上最賺錢的搖滾演唱會。

十一月二十二號，聖經約翰的畫像出現在媒體上。那時候媒體已經幫他取了這個綽號。嫌犯畫像出現到第三件命案發生之間的三個星期，案情毫無進展。第二件命案發生之後拖了將近一個月，警方才公佈了聖經約翰的嫌犯畫像。雷博思想著爲什麼拖延了這麼久……

---

⑳伊恩．藍欽年輕時加入的龐克樂團，沒多久旋告解散。

㉑Iain Banks，蘇格蘭著名小說家，亦以科幻小說聞名。

㉒A modest proposal，典出愛爾蘭文學家Jonathan Swift一篇著名諷刺散文。

㉓美國影集《魔法奇兵》（Buffy: the Vampire Slayer）中曾遭吸血鬼攻擊的人物Spike，貝恩是拿死者流血過多的死狀開玩笑。

㉔一九二三～一九九一，英國媒體大亨，生意手段頗引人爭議。

㉕Bob Hope，美國老牌演員。

他無法解釋爲何聖經約翰案讓他這麼執迷。也許他是用這件懸案來逃避另一件案子——史佩凡案。但是他想他的動機應該不止於此。聖經約翰案對蘇格蘭來說，代表了六十年代的尾聲；這個罪犯把一個十年的結束與下一個十年的開始搞得天翻地覆。對很多人來說，他毀了傳進蘇格蘭的那一點愛與和平運動。雷博思不想看到二十世紀以相同的方式結束，他想要抓到聖經強尼。但是調查途中，他對目前案件的興趣卻轉向了，他開始專心在聖經約翰案上，執著到翻出舊案的假設，並且花了不少錢買當年的報紙。一九六八到六九年，雷博思正在服役，軍隊訓練他如何傷人殺人，然後派他到各地駐紮——終於他也被派到北愛爾蘭。他覺得自己錯過了當代很重要的一個時期。

但至少他還活著。

他把杯子跟酒瓶拿到客廳，坐進他的椅子裡。他不知道看過多少屍體，只知道自己並沒有越來越習慣看到死人。他聽說過貝恩在丹地第一次看屍體解剖的事，那個法醫叫耐史密斯，稱他是殘酷的混蛋還算是客氣。他大概知道這是貝恩的第一次，於是徹底地解剖屍體給貝恩看，就像個廢鐵商拆解一輛車一樣。他把內臟舉起來，鋸開頭骨，雙手捧著發亮的腦——現在因爲害怕感染C型肝炎，已經沒有人敢隨便這麼做。當耐史密斯開始切開生殖器時，貝恩當場昏倒在地上。但是他還算勇敢，留在現場沒有逃走，也沒有嘔吐。也許等到磨合期過了之後，雷博思跟貝恩可以共事。也許吧。

他俯瞰著凸窗外的街道，他還是把車停在雙黃線上。對面某間公寓還亮著燈，總是還有人醒著開著燈。他喝著酒，不想喝得太急，聽著滾石合唱團的《黑與藍》（Black and Blue）。這張專輯受到黑人音樂與藍調音樂的影響，不是他們最棒的專輯，但也許是他們最成熟的專輯。

亞倫·米其森現在躺在牛門街的冷凍櫃裡，他被綁在椅子上死掉，雷博思不知道爲什麼。寵物店男孩的歌〈這是罪惡〉，然後接到閃爍孿生子樂團[26]（Glimmer Twins）的〈笨蛋才哭泣〉（Fool to Cry）。米其森的公寓跟雷博思的在某些方面沒什麼不同：少有人在家，比較像是基地而不像一個家。他把剩下的酒喝完，再倒了一杯，然後把地板上的被套拉到下巴。

這樣又結束了一天。

幾個小時後他醒過來，眨眨眼，起身，走進浴室。沖個澡，刮鬍子，換了衣服。他夢到聖經強尼案，卻把它跟聖經約翰案搞混了。命案現場的警察穿著緊身西裝、薄薄的黑領帶、白色尼龍襯衫、圓頂帽。一九六八年，聖經約翰殺了第一個人。這一年對雷博思來說，代表了凡．莫里森㉗的《星際數週》（Astral Weeks）專輯。一九六九年，出現了第二個跟第三個受害者；滾石合唱團出了《任血流淌》專輯（Let It Bleed）。一九七〇年警方仍在追捕嫌犯，而雷博思想要去威特島音樂節卻沒去成。但是那時聖經約翰當然已經消失無蹤……他希望聖經強尼趕快去死吧。

廚房裡什麼吃的都沒有，只有一堆報紙。最近的雜貨店已經倒閉，但是走到次遠的商店也不算遠。算了，他在上班途中停車買早餐好了。他望出窗外，看到一輛淺藍色的廂型車並排停車，擋住三輛住戶的車子。攝影器材在後車箱裡，兩男一女站在人行道上啜飲著外帶咖啡。

「媽的。」雷博思邊打著領帶邊說。

穿上外套之後，他走出去面對記者不斷的提問。一個男人扛著攝影機，另外一個男人負責訪問。

「探長，可以談一下嗎？我們是瑞剛烈特㉘（Redgauntlet）電視台的《司法正義》節目。」雷博思認出這個人是伊蒙．布林，而那個女人是凱麗．伯傑斯，這個節目的製作人。布林是撰稿者兼主持人，自戀，是個非常討人厭的傢伙。

「探長，請教一下史佩凡案，我們眞的只需要幾分鐘的時間，讓大家都能把眞相——」

㉖滾石合唱團核心人物，主唱 Mick Jagger 和吉他手 Keith Richards 組成的雙人團體。〈笨蛋才哭泣〉也是《藍與黑》專輯中的曲子。

㉗ Van Morrison，愛爾蘭著名民謠歌手。

㉘ Redgauntlet，恰巧與蘇格蘭著名歷史小說同名。

「我已經知道眞相了。」雷博思看到攝影機還沒準備好。他快速轉身，自己的鼻子差點碰到記者的鼻子。他想到瘋狗敏多說的「騷擾」，敏多根本不知道什麼是騷擾，雷博思現在面對的才是。

「你會感覺像是臨盆。」他說。

布林眨眼說，「什麼意思？」

「當外科醫生把攝影機從你的屁眼拉出來的時候。」雷博思把車窗上的違規停車罰單扯下來，打開車門上車。攝影機終於開始拍攝，卻只拍到一輛傷痕累累的紳寶九〇〇快速倒車離開現場。

早上雷博思要跟自己的上司吉姆．麥克阿斯其爾督察長開會。督察長的辦公室就像局裡其他地方一樣雜亂，空箱子等著被裝滿然後標示，半空的書架，陳舊的綠色檔案櫃抽屜開著，裡面塞滿成堆的文件，這些東西都要以似乎井然有序的方式運出去。

「這是世界上最難的謎題，」麥克阿斯其爾說，「如果一切能夠毫髮無損地搬遷，這才是奇蹟，就像拉斯流浪者隊㉙要拿到歐洲足球冠軍盃一樣難。」

督察長跟雷博思一樣都是法夫郡人，在麥西爾出生長大，那時候造船廠還在生產船隻，而不是幫石油工業生產開採平台。他又高又壯，比雷博思還年輕。他不是以共濟會弟兄的方式握手㉚，也還沒結婚，因此不免引起謠言說督察長是老玻璃。雷博思自己並不在意，但如果自己的長官是同性戀，他希望長官沒有隱藏什麼不可告人之事。因爲當你想要保守一個祕密時，你就會成爲勒索者與污衊者的攻擊對象，你的內在跟外在都會被摧毀。老天，這一點雷博思可是點滴在心頭。

無論如何，麥克阿斯其爾長相英俊，有一頭濃密的黑髮，完全沒有白頭髮，也沒有染髮的跡象，五官從各個角度看來都鮮明俊美，眼睛、鼻子與下巴的排列方式，讓他就算沒有笑意看起來也像在微笑。

「所以，」長官說，「你怎麼看這個案子。」

「我還不確定。一個失控的派對、一場爭吵……他們連酒都還沒開始喝。」

「我心裡第一個疑問：他們怎麼聚在一起？死者可能是自己來到現場，有人正在做不該做的事，被他嚇了一跳——」

雷博思搖搖頭，「計程車司機確認載了三個人到那裡。他也做了外型描述，其中一個跟死者相當符合。司機最注意死者，因爲他的行爲舉止最糟糕。另外兩個人很安靜，甚至非常清醒。司機對這兩人的外型描述幫不了我們太多忙。他在莫爾酒吧載到這三個客人，我們跟員工談過，是他們賣酒給他們外帶。」

長官順了順自己的領帶，「我們對死者知道多少？」

「只知道他跟亞伯丁有關係，也許是在石油產業工作。他不常住在愛丁堡的公寓，讓我認爲他的工作必須連續值班兩星期，再休假兩星期。也許他有時候根本就不回家。他賺的錢足夠爲金融區的公寓繳房貸，他最近的信用卡消費紀錄有兩週的空窗期。」

「你認爲這段期間他在海上工作？」

雷博思聳肩，「我不知道現在是否還是這種工作型態，但是早期我有朋友去油井工作過，他們連續工作兩星期沒有休假。」

「這倒值得追下去。我們也必須查到他的家屬。優先調查他的資料與正式身分證明。我心裡第一個疑問：動機。我們已經有穩當的假設了嗎？」

雷博思搖頭，「有太多的可能性了。他們是剛好在現場找到膠帶跟塑膠袋嗎？我想這是他們帶來的。你記得克雷雙胞胎兄弟㉛怎麼收拾掉綽號『帽子』的傑克．麥克維堤？你太年輕，應該不知道這個案子。他們邀請他去狂歡派對。他收了錢要辦一件事卻沒辦成，又沒辦法把錢還給他們兩兄弟。命案現場在地下室，當他走下來喊著要女人跟酒的時候，沒有看到女人跟酒，卻被朗尼抓住，而瑞吉用刀子捅死他。」

㉙ Raith Rover，蘇格蘭老牌職業足球隊。
㉚ 與一般握手不同的地方在於，握手時大拇指會按在對方的食指底部關節處。
㉛ Kray twins，六十年代倫敦的黑幫老大。

「所以這兩個人引誘米其森走進那棟廢棄的公寓？」

「也許。」

「目的爲何？」

「他們首先把他綁起來，再用塑膠袋套住他的頭，所以他們並沒有問題要問。他們只想先嚇壞他再把他殺了。我認爲他們純粹是要他的命，只是手段有些兇殘。」

「所以他是被丟出去還是自己跳出去？」

「這重要嗎？」

「約翰，這很重要。」麥克阿斯其爾站起來靠著檔案櫃，雙手交叉在胸前，「如果是他自己跳的，就算他們已經打算要殺他，這還是等同自殺。他們套住他的頭，把他綁在椅子上，這也許是一樁過失殺人罪。他們的辯詞會是他們只是想要嚇嚇他，可是他卻驚嚇過度，做出他們沒有想到的行爲——自己從窗戶跳出去。」

「他一定是被嚇到發狂才會幹這種事。」

麥克阿斯其爾聳肩，「但這還不是謀殺。關鍵是他們到底是想要恐嚇他還是要殺他？」

「我一定會問問這兩個人。」

「這件案子感覺起來跟黑道有關，也許是毒品，或是他欠錢不還，或是他敲了某人一筆。」麥克阿斯其爾坐回椅子上，打開一個抽屜，拿出一罐Irn-Bru㉜提神飲料，開了罐喝了起來。他下班從來不去酒館，團隊辦案有突破也不一起喝威士忌。他只喝無酒精飲料的習慣，更讓說他是同性戀的人言之鑿鑿。他問雷博思要不要也來一罐。

「長官，我値勤時不喝這個。」

麥克阿斯其爾忍住一個嗝，「約翰，多找一些死者的背景資料，看看有沒有什麼線索。記得追著鑑識組要外帶酒類上的指紋，向法醫追驗屍結果。他吸不吸毒，這是我心裡第一個疑問。要是他吸毒，我們就比較好辦事了。破不了案，我們又不知道案情是怎麼回事——我可不想把這種案子帶到新警局。約翰，你瞭解嗎？」

「完全瞭解，長官。」

他轉身要離開，但是長官話還沒說完：「那件麻煩事……那個叫什麼名字來著？」

「史佩凡？」雷博思猜他指的是這個。

「史佩凡，對。是不是還沒平靜下來？」

「平靜得像墳墓一樣。」雷博思說了謊，然後走出辦公室。

32 蘇格蘭最受歡迎的無酒精飲料。

第三章

這天晚上雷博思人在英吉司頓表演場館的搖滾演唱會，主秀是一個美國大牌歌手，還有幾個英國成名樂團暖場。雷博思做這種工作已經很久了，今晚他所屬的團隊有八個人，分別代表四個不同警局，他們支援（也就是保護）「公平交易標準局」的偵測員。任務是找出盜版貨，包括T恤、紀念手冊、卡帶與CD，而這些樂團的經紀公司也全力支持他們，所以他們可以自由進出後台，隨意取用飲料與食物，還有裝著官方商品的福袋。那個發放福袋的小助理對著雷博思微笑。

「也許你的小孩或孫子會喜歡……」他把福袋塞給雷博思。他隨便應了兩句，然後直接走到提供酒類飲料的帳棚。看到這麼多種酒，他無法下定決心，最後拿了一瓶啤酒，然後又想要喝一點「黑灌木」威士忌，於是悄悄把這瓶沒開過的酒塞進自己的福袋裡。

警方有兩輛廂型車停在會館外面，離舞台後方很遠，裡面裝滿了仿冒商品與販售者。麥克雷調整著鐵拳環，晃回廂型車。

「大肥，你發現了什麼？」

麥克雷搖搖頭，抹掉眉頭上的汗水，他看起來像是長大後變醜的可愛小孩。

「有個小鬼想要抵賴。」他說，「他帶著一個手提箱，我一拳把它打破了一個洞，然後他就不敢反抗了。」

麥克雷看著廂型車後面那幾個人緊挨在一起，有兩個已經壞到無藥可救的小鬼，還有兩個老江湖。他們只會被處以一天工資的罰鍰，損失的貨品也是先簽帳批來的。暑假才剛開始，還有很多音樂節。

「他媽的爛東西。」

麥克雷指的是演唱會的音樂。雷博思聳聳肩，他還滿喜歡這些音樂的，心想也許他要帶幾張盜錄演唱會實況CD回家。他請麥克雷喝「黑灌木」，麥克雷直接對嘴灌了一口，彷彿喝的是檸檬水。然後雷博思又請他吃一顆薄荷糖，他把糖丟進嘴裡，點頭表示感謝。

「驗屍結果今天下午出來了。」大肥說。

雷博思本來要打個電話過去，但是他找不到空檔。「然後呢？」

麥克雷把糖咬碎成粉末，「墜樓是致死的原因，除此之外就沒什麼了。」

墜樓致死，這樣一來要直接以謀殺罪起訴的機率很低。「毒物檢測呢？」

「還在進行中。蓋茲教授說，當他們切開胃部時，聞到很濃的深褐色蘭姆酒味道。」

「袋子裡有一瓶。」

麥克雷點頭說：「死者喝了這種烈酒。蓋茲說沒有看到使用藥物的徵兆，但是我們得等檢驗結果出來。我翻過米其森的電話本。」

雷博思微笑說：「我也看過。」

「我知道，我打了其中一個電話，發現你已經先打過了。沒有什麼驚喜嗎？」

雷博思搖頭說：「我打電話給亞伯丁的雷鳥石油公司，人事部經理會回電給我。」

一個公平交易標準局的官員走向他們，懷裡抱著T恤跟紀念手冊，臉部因為用力而發紅，薄領帶的領結鬆了。一個李文斯頓警局（單位綽號：F部隊）的警官，押著犯人跟在他後面。

「貝克斯特先生，快結束了吧？」

這個公平交易標準局的官員把T恤丟下，然後撿起一件擦臉。

「差不多了。」他說，「我去集合我的屬下。」

雷博思轉身對麥克雷說：「我好餓。去看看他們給大明星準備了什麼好吃的。」

有些樂迷想要衝過保全人員，大部分是青少年，男女各一半。有幾個想辦法混了進來，在柵欄後四處找他們臥室牆壁海報上的明星。當他們真的發現明星，又害怕或害羞得不敢上前攀談。

「有小孩嗎？」雷博思問麥克雷。

「還來不及生小孩就離婚了。你呢？」

「一個女兒。」

「成年了？」

「有時候我覺得她比我還老成。」

「現在的小孩比我們那時候早熟得多。」雷博思聽到這句話笑了，麥克雷整整比他年輕十歲。

一個女孩被兩個大個子保全拖出這一區，她尖叫反抗著。

「吉米．卡森斯。」麥克雷指著一個保全人員說，「你認識他嗎？」

「他以前在里斯警局待過一陣子。」

「去年退休的，才四十七歲，幹了三十年警察。現在不但有退休金還有工作。讓人想到自己的前途。」

「我倒認爲他應該會想念警界生涯。」

麥克雷微笑說：「當警察可能變成一種習慣。」

「這就是你離婚的理由？」

「我敢說這是一部分原因。」雷博思想到布萊恩．何姆斯，爲他擔心。這個後輩身上的壓力越來越大，影響了他的工作跟個人生活。雷博思也經歷過這些。

「你認識泰德．米其？」

雷博思點頭，他來阿帕契要塞接的就是米其的位置。

「醫生說是癌症末期，他卻不讓他們開刀，說刀子有違他的宗教。」

「我聽說他還在時很擅長用警棍。」

其中一個暖場樂團走進了大帳棚，現場響起零星的掌聲。五個二十來歲的年輕人，打著赤膊，披著浴巾，情緒亢奮——也許只是因爲表演的關係。坐在一張桌子旁的一群女生擁抱親吻著他們，連連發出歡呼聲。

「我們他媽的讓觀眾爽死了！」

雷博思與麥克雷無言地喝著酒，希望不要被當成演唱會工作人員，不過也沒有人這樣看待他們。

當他們走到外面時，天色已經夠暗，燈光秀也比較看得出來了。還有煙火，這提醒了雷博思現在是遊客旺季。不久就會看到煙火幫夜空刺青，就算人遠在瑪其蒙，關上窗戶還是聽得到。

一個主要暖場樂團準備要上台，被一組攝影人員緊追不捨，而攝影組後面還跟著一群平面攝影記者。麥克雷看著這隊人馬行進。

「你大概很驚訝這些人竟然不是來拍你。」他調皮地說。

「去你的。」雷博思回答，然後往舞台邊走去。演唱會通行證以顏色區分，他的通行證是黃色，允許他走到舞台側翼，他就在那裡看演唱會。音響系統很糟糕，但是附近有大螢幕，他就只看著螢幕。觀眾似乎很開心，人海的波浪起起伏伏，看起來像一片被砍下來的頭顱。他想到威特島音樂節，還有其他錯過的音樂節，那時候的知名樂團現在都消失了。

他想到洛森．蓋帝斯，這個人曾是他的導師、上司與保護者，他的記憶飄回二十年前。

二十來歲的約翰．雷博思只是一個刑警探員，想要把夢魘一般的軍旅生涯拋到腦後。那時正努力讓妻子與剛出生的女兒成為他生活的全部。雷博思也許想找一個父親角色來認同，結果他找到了愛丁堡市警局探長洛森．蓋帝斯。蓋帝斯當時四十五歲，當過軍人，曾經在婆羅洲衝突㉝中服役。他會說一些在叢林戰爭裡聽披頭四的故事，但是英國人已經對維持殖民霸權最後的掙扎失去興趣。他們兩人發現有共同的價值觀，夜裡也都會冒冷汗，夢到自己行動失敗。雷博思是刑事調查組的新人，而蓋帝斯無所不知。他可以輕鬆地想起他們如何成為朋友，輕鬆到可以原諒一些衝突：蓋帝斯勾引過雷博思的年輕嬌妻，差一點就成功了。雷博思在蓋帝斯家的派對上酒醉睡著，在黑暗中醒來之後對著一座梳妝台尿尿，以為自己找到了廁所。喝了酒吧打烊之前最後一杯

㉝ The Borneo conflict，一九六四年，剛建國的馬來西亞與印尼在婆羅洲發生衝突，身為前宗主國的英國派出大軍援助馬來西亞。

酒，兩人打過幾次架，揮拳打沒多久就變成摔角比賽。

原諒這些事情很容易，但是後來他們遇上了一件謀殺案調查，而藍尼．史佩凡是蓋帝斯的頭號嫌犯。蓋帝斯跟史佩凡已經玩了好幾年貓捉老鼠的遊戲，史佩凡涉及了重傷罪、拉皮條、搶劫數輛運送香菸的貨車，傳言甚至還說他涉及一兩件命案、幫派犯罪、綁標。史佩凡跟蓋帝斯同時入伍加入蘇格蘭國防軍（Scots Guards），也許他們的梁子是那時就結下的，但是他們雙方都沒有提過這件事。

一九七六年的耶誕節，在史萬斯頓附近的農地上發現了可怕的事情：一具無首女屍。屍體的頭在幾乎是一週後的元旦被發現在庫利的一塊農地裡。當時的氣溫低於零度，從腐壞的情形來看，法醫判斷屍體的頭被割下之後，曾經放在室內一段時間，而身體是死後立刻被丟到田裡。格拉斯哥警察對此案有些興趣，因為六年前的聖經約翰案仍在偵辦當中。由死者的衣物描述，一位民眾說可能是他兩週沒看到過的鄰居。送牛奶的人送了好幾天，直到他確認應該沒人在家，可能女主人沒告訴他一聲就離家度耶誕節。

警方強行打開前門，看到玄關地毯上有未開封的耶誕卡片，爐子上有一鍋湯，已經發了霉，一台收音機輕聲地播放著。親人被找來認屍，證明死者是依麗莎白．萊恩德，朋友都叫她的小名艾絲。她三十五歲，已經跟一個商船水手離婚，在一家釀酒廠做速記跟打字的工作。她人緣很好，個性外向。她的前夫雖是頭號嫌犯，但是卻有牢不可破的不在場證明：當時他的船在直布羅陀海峽上。警方列出死者的友人清單，特別是男友。名單中出現了一個名字：藍尼。警方不知道他的姓，只知道艾絲跟他交往了幾個星期。她一起喝酒的朋友描述了藍尼的外型，洛森．蓋帝斯馬上認出他就是藍尼．史佩凡。蓋帝斯很快地做出了假設：藍尼知道艾絲在釀酒廠工作後立刻鎖定她。他也許在找一個內線，也許想要搶劫貨車或是潛入酒廠偷東西。艾絲拒絕幫他，他一怒之下殺了她。

蓋帝斯覺得這個推論很合理，但是卻很難說服其他人。他們既找不到證據，也無法確定死亡時間，誤差值可能高達二十四小時，因此史佩凡毋須提供不在場證明。搜索過他家與他的朋友家之後，並未發現血跡，什麼都沒找到。他們還有其他線索要查，可是蓋帝斯卻忘不了史佩凡，讓雷博思幾乎快瘋掉。他們大聲爭執好幾次，也不再一起上酒吧喝酒。高層跟蓋帝斯談過，說他的偏執對調查有害。他被命令休假，兇殺案組的同仁還為他募款。

然後有一天晚上，蓋帝斯來到雷博思家門口，懇求他幫個忙。蓋帝斯看起來像一個星期沒闔眼，也沒換衣服。他說他一直在跟蹤史佩凡，發現他正躲在史塔克橋某處。如果他們動作快的話，他應該還在那裡。雷博思知道這是錯的，警察抓人有一定的程序。但是蓋帝斯全身發抖，眼神狂野，根本不可能弄到搜索票之類的東西。雷博思堅持由他開車，蓋帝斯告訴他怎麼走。

史佩凡還在車庫裡，裡面堆滿了瓦楞紙箱，十一月時去偷一間倉庫的戰利品。史佩凡正在幫數位鬧鐘收音機裝插頭，準備要帶到舞廳與酒吧兜售。在一堆箱子後面，蓋帝斯發現一個塑膠購物袋，裡面有一頂女帽與一個奶油色的肩背包，這兩樣東西後來都證實屬於艾絲・萊恩德。蓋帝斯拿起購物袋的時候，史佩凡大聲表明自己沒有犯罪，還問他袋子裡面裝了什麼。一直到調查結束，他都不停喊冤，審判之後，他被判無期徒刑。蓋帝斯跟雷博思都有出庭，蓋帝斯回復正常的樣子，露出滿足的神情，而雷博思則有一點不安。他們必須編出一個故事：有人匿名給了貨物偷竊案的線索，剛好就遇到史佩凡……這個故事感覺似是而非。事後，蓋帝斯不想再談這個案子，這很不尋常，因為他們不管辦案成不成功，總是會邊喝酒邊分析案子。然後蓋帝斯辭職，讓大家很驚訝，因為再過一兩年他就要晉升了。他去幫忙父親的賣酒生意——對現役警察總是有打折——賺了些錢，才五十五歲就退休，過去十年都跟妻子艾妲住在蘭薩羅特島㉞。

十年前雷博思收到他的一張明信片，上面寫著蘭薩羅特島「淡水不多，但還夠調杯威士忌，托列斯（Torres）紅酒完全不需摻水」。那裡的地貌幾乎跟月球一樣，「黑色的火山灰是不種花的好藉口！」他就只寫了這些東西。從此雷博思沒再聽到他的消息，而他也沒把自己的地址寫上去。這也罷了，朋友來來去去。蓋帝斯曾經是個有用的朋友，教了雷博思很多東西。

㉞ Lanzarote，位於西非外海，屬西班牙統治的度假勝地。

鮑伯·迪倫的歌：〈不要回首〉（Don't Look Back）。

回到現下：燈光秀刺激著雷博思的眼睛，他眨著帶淚的眼睛，走離舞台，回到飲食服務帳棚。大明星與他們的隨從，愛死媒體的注意力、閃光燈與問題。一切只是香檳泡沫。雷博思拍掉肩膀的頭皮屑，決定該是去找自己車子的時候。

史佩凡案本來應該結案了，哪怕囚犯自己如何大聲抗議。但是在監獄裡，史佩凡卻開始寫作，他的稿子被朋友或是收賄的監獄管理員偷帶出來。有些文章開始被發表——剛開始是小說，早期的一篇故事贏得某家報紙徵文的首獎。後來作者的眞實身分與現況被披露之後，這家報紙挖到了更大的新聞。他寫了更多，也發表了更多。然後史佩凡寫了一齣電視劇，在德國某處贏得獎項，在法國又拿到另一個獎，還在美國播映，估計全球看過這齣戲的觀眾有兩千萬人。接著有續集，又出了小說，然後出現了一些紀實的文章——史佩凡的早年生涯，但是雷博思知道最後他會寫到那個地方。

這時候媒體已經出現了支持他提前假釋的巨大聲浪，可是史佩凡攻擊一個囚犯，對方傷重到腦部受損，於是假釋也就不可能了。史佩凡的監獄創作正値高峰，這個囚犯一直嫉妒史佩凡受到各方矚目，打算在史佩凡囚室外的走道謀殺他。這是自衛傷人。爭議出現了：要不是司法誤判，史佩凡也不會陷於這種充滿惡意的環境。史佩凡自傳的第二部結束在艾絲·萊恩德命案，還提到兩個構陷他的警官——洛森·蓋帝斯與約翰·雷博思。史佩凡眞正痛恨的是蓋帝斯，雷博思只是小配角、蓋帝斯的附庸。媒體對本案更有興趣了。雷博思認爲這是他復仇的幻想，在長年監禁中不斷計畫，史佩凡終於發瘋了。但是每當他讀到史佩凡的作品，總看到對讀者的強力操縱，然後回想到蓋帝斯跑到他家門口的那個晚上，想到後來他們一起說的謊話……

然後藍尼·史佩凡自殺死了。他用一把手術刀割開喉嚨，傷口大到可以把手放進去。謠言四起：他是被監獄管理員謀殺的，好讓他不能完成自傳的第三部，這本書裡詳細描述他在數間蘇格蘭監獄裡的日子與受到的凌虐。

或者，他們讓嫉妒他的囚犯進入他的囚房裡。

或者就只是自殺。他留下一封遺書、三份散落在地上的手稿，一直到最後都還堅稱自己沒有犯下艾絲・萊恩德命案。媒體開始挖新聞，史佩凡的生活與死亡是大新聞。而現在……還有三件事。

第一件：未完成的自傳第三部已經被出版——一個文評說這本書「令人心碎」，另一個說是「巨大的成就」。這本書現在還高掛暢銷排行榜，王子街上的書店櫥窗都可以看到史佩凡的臉盯著你。雷博思盡量避免走這條路。

第二件：一個被釋放的囚犯告訴記者說，他是史佩凡生前最後一個見面講話的人。據他說，史佩凡最後說過的話是：「神知道我是無辜的，但是我已經厭倦反覆告訴世人這一點。」這篇報導讓這個囚犯從報社賺到七百五十鎊，很明顯可以看出來，這是讓好騙的媒體上當的謊話。

第三件：全新的《司法正義》節目上檔，這個節目對犯罪、司法體系與冤獄有嚴厲批判的觀點。第一季的節目收視率很高，俊帥的主持人伊蒙・布林擄獲不少女性觀眾。現在第二季正在籌備中，而史佩凡案——有切下來的頭、指控、媒體寵兒的自殺——將成爲這一季的第一集。

洛森・蓋帝斯人在國外，地址不詳，他們只能追著雷博思拍攝。

艾力克斯・哈維（Alex Harvey）的歌曲：〈陷害〉（Framed），接著傑叟羅圖（Jethro Tull）的〈活在過去〉（Living in the Past）。

他回家前先到牛津酒吧——雖然是繞遠路，但總是值得。酒吧裡的吊燈與燈光設計有一種沉靜的催眠效果，不然常客也不會站著一看這些燈就是幾個小時。酒保等他點飲料，而雷博思近來沒有照舊慣點的酒，正所謂變化是生活的調劑。

「深褐蘭姆酒，再加半品脫[35]貝斯特啤酒。」

他好幾年沒碰深褐蘭姆酒，他不認爲年輕人會喝這個，但是亞倫・米其森卻喝了。這是討海人喝的酒，這

[35] 約二百八十毫升。

是他認為米其森在海上工作的理由之一。雷博思給了酒錢，一口氣喝光小杯裡味道微酸的酒，然後用啤酒漱口。他發現自己喝得太快了。酒保轉身找他錢。

「強，給我一品脫啤酒。」

「再來一杯蘭姆酒？」

「拜託，不要。」雷博思揉揉眼睛，跟他旁邊那個愛睏的男人討了一根香菸。史佩凡案……把雷博思拉回過去，逼著他面對記憶，他想自己記憶是不是耍了他。二十年了，這件事還是沒了結，就像聖經約翰一樣。他搖搖頭，不想再回顧歷史，卻想到亞倫·米其森，想到他頭朝下摔到頂端尖銳的圍籬上。當你看到他們準備動手對付你，而你的手被緊綁在椅子上，所以你只剩下一個選擇：你如何面對自己的滅亡？睜開眼睛還是閉上？

他走到吧台另一邊去打電話，丟了銅板，卻不知該打給誰。

「忘了電話號碼？」當雷博思把銅板退出來時，一個酒客問。

「是啊，」他說，「撒馬利亞㊱生命線電話幾號？」

令人驚訝地，這個酒客竟然知道這個電話號碼。

他的答錄機閃了四次燈，表示有四通留言。他拿起翻開到第六頁的操作手冊，「播放留言」那一項被紅筆圈起來，文字也畫了線。他依照手冊操作，答錄機開始啓動。

「我是布萊恩。」是布萊恩·何姆斯。雷博思打開「黑灌木」倒了一杯，聽著留言：「我只想說……嗯，謝了。敏多撤回申訴，所以我沒事了。希望有機會可以報答你。」他的聲音一點力氣也沒有，聽起來已經疲累得不想說話。留言到此結束，雷博思品嚐著威士忌。

嗶：第二通留言。

「探長，我還在加班，所以就給你個電話。我們先前講過話，我是史都華·敏契爾，雷鳥石油的人事經理。我可以確定亞倫·米其森是我們的員工。如果你有傳真號碼的話，我可以把細節傳給你。明天打電話到我辦公室。再見。」

再見，找到線索了。除了死者的音樂品味之外，他又多得到了一些資訊，讓他鬆了一口氣。雷博思還在耳鳴，演唱會加上酒精的結果，他的脈搏跳得很厲害。

第三通留言：「這裡是豪登侯，我想你很急，但是我找不到你。刑警總是這個樣子。」雷博思認得這個聲音是彼特．修威特，警察鑑識組位於豪登侯路。彼特看起來只有十五歲，但是他大概二十多歲，伶牙俐齒，腦袋也很靈光，專長是指紋辨識。「我這裡沒有完整的指紋，但是有幾枚還不錯，你猜怎麼著？指紋的主人在電腦資料庫裡，曾經因使用暴力被判罪。想知道名字的話，回個電話給我。」

雷博思看看手錶。彼特老是喜歡吊人胃口。已經十一點了，他不是回家了，就是去外面狂歡，而雷博思也沒有他家的電話號碼。他踢了沙發一下，心想今晚沒出門就好了，去抓賣盜版貨的人只是浪費時間。不過他還是弄到一瓶「黑灌木」跟一袋CD、永遠不會穿的T恤、一張四個小鬼的海報（上面的特寫近到可以看到青春痘）。他看過這四個人的臉，卻忘記在哪裡……

還剩一通留言。

「約翰？」一個女人的聲音，他認得這個聲音。

「如果你在家的話，請你接起電話。我討厭答錄機。」停頓，等了一會兒，嘆氣，「好吧，聽我說，現在我們不是……我的意思是，現在我不是你的上司，出來社交一下如何？吃個晚飯什麼的。打電話到我家或辦公室，好嗎？既然還有留言時間。我想，你不會永遠待在阿帕契要塞的。保重。」

雷博思坐下來，看著答錄機停止運作。婕兒．譚普勒，督察長，曾經是他「重要的另一半」，她最近才變成他的上司，她面若冰霜，表面下有著看不到的冰山。雷博思再喝了一杯，敬了答錄機一杯。一個女人要求跟他約會，上一次發生這種事情是哪一年的事？他站起來走去浴室，在盥洗用品櫃的鏡子裡檢視著自己，他磨磨

36 Samaritans，英國慈善組織，提供自殺預防與心理諮商服務。

自己的下巴笑了。朦朧的眼睛，稀疏的長髮，平舉時手會顫抖。

「約翰，你氣色眞好啊。」是啊，他可以當蘇格蘭最會說謊的人。婕兒．譚普勒看起來就像他們初識時一樣年輕，竟然會邀他出來約會？他搖搖頭，笑個不停。不可能，一定有什麼事情……她隱藏著某個盤算。

回到客廳，他把福袋裡的東西清空，發現海報上那四個人和一張CD封面上的人一樣。他認出來了，是群豬跳舞樂團。米其森也有他們的卡帶，包括最新的專輯。他想起餐飲服務帳棚裡那幾張臉，「我們他媽的讓觀眾爽死了！」米其森至少有兩張他們的唱片。

奇怪的是他卻沒有他們演唱會的門票……

他的門鈴簡短地響了兩聲。他走到玄關，看看時間，已經十一點二十五分了。他透過窺視孔看著外面走道，他不敢相信他的眼睛，他把門整個拉開。

「其他採訪的同事呢？」

凱麗．伯傑斯站在那裡，肩上揹著沉重的包包，頭髮塞進太大的綠色扁帽裡，兩耳旁邊各垂下一綹頭髮。她既可愛又犬儒，一副「不要隨便開我玩笑」的神情。這種人雷博思早就見識過了。

「應該都在床上睡覺了。」

「你是說伊蒙．布林不是像吸血鬼睡在棺材裡？」

她帶著戒心微笑，調整了一下肩上背包的重心。「你自己也知道，」她沒有看著他，擺弄著自己的背包，「拒絕跟我們討論案情對你並沒有好處，並不會讓你的形象比較好。」

「我又不是釘在牆上欣賞的美女海報。」

「我們並沒有偏袒某一方，這不是《司法正義》的節目方針。」

「是嗎？我並不喜歡晚上有人到我家門口瞎扯……」

「你還沒聽說嗎？」現在她看著他了。「我想你也應該還不知道，沒那麼快。我們派了一組人到蘭薩羅特島，想要訪問洛森．蓋帝斯。今晚我接到一通電話……」

雷博思知道她表情與語調的意思，他在很多沉重的場合，也用這種方式告訴家屬與友人噩耗……

「發生了什麼事？」

「他自殺了。顯然他妻子死後，他苦於嚴重的憂鬱症。他是舉槍自盡。」

「喔，天啊。」雷博思轉身走回客廳找那瓶威士忌，雙腿沉重。她跟著他進來，把包包放在咖啡桌上。他拿起酒瓶示意，她點了頭。他們乾了一杯。

「艾俎什麼時候死的？」

「約一年前，我想是死於心臟病發作。他們有個女兒，住在倫敦。」

雷博思記得他女兒，一個臉蛋鼓鼓的小女孩，戴著牙套，名叫愛琳。

「你們也像糾纏我一樣纏著蓋帝斯？」

「探長，我們並不『糾纏』別人。我們只希望各方都有發表意見的機會，這對節目來說很重要。」

「你們的節目。」雷博思搖頭，「這下好了，你們沒有節目可做了吧？」

喝了酒讓她臉紅，「完全相反，蓋帝斯先生自殺可能會被視爲認罪。這可是天大的新聞頭條。」她恢復自信，雷博思懷疑她早先的害羞可能只是演戲。他意識到她正站在他的客廳，地板上堆滿了唱片、CD、空酒瓶跟書。他不能讓她看到廚房：聖經約翰與聖經強尼的資料遍布在桌上，證明了他的偏執。「這正是我來此目的……的其中之一。我可以用電話告訴你這個新聞，但是我想這種事情還是面對面說比較好。現在只剩下你了，也就是唯一的證人……」她手伸進包包裡，拿出一台看起來很專業的卡式錄音機與麥克風。雷博思放下酒杯走向她，伸出了手。

「可以給我嗎？」

她猶豫了一下，然後把錄音器材交給他。雷博思拿著器材走到玄關，門還是開著。他走到樓梯，把手伸過扶手，然後把器材放開。錄音器材摔下兩層樓，外殼撞到石頭地板裂成碎片。她就站在他身後。

「你必須賠償！」

「把帳單寄給我，看看我會不會付。」

他走回公寓，把門帶上。他把門鏈拉上，暗示他不會開門了。他透過窺視孔監視著等她離開。

他坐在窗戶邊的椅子上，想著洛森．蓋帝斯的事。他是典型的蘇格蘭人，不會為此哭泣。足球賽敗戰、英勇動物的故事、酒館打烊之後播放〈蘇格蘭之花〉㊲，這些才是哭泣的時機。他曾經為愚蠢的事情哭過，但今晚眼睛卻固執地不肯掉下一滴淚。

他知道他的麻煩大了。他們現在只有他可以採訪了，而且他們會加倍努力救這個節目。更何況，伯傑斯說的對，囚犯自殺、警察自殺——這是天大的新聞。但是雷博思不想成為他們的新聞來源。就像他們一樣，他想知道眞相，但是動機不同。他甚至連自己想知道的動機都說不出來。只剩一條路：開始自己調查。只有一個問題，他越深入調查，就越有可能讓自己的名聲陷入危機——雖然所剩不多——更重要的是，洛森．蓋帝斯曾是他的導師、伙伴與朋友，蓋帝斯的名聲也可能被毀掉。接下來的問題是，他不夠客觀，他沒辦法自己調查自己。他需要有人代替他調查。

他拿起電話，按下七個號碼，話筒傳來一個愛睏的聲音。

「喂？」

「布萊恩，我是約翰。抱歉這麼晚打電話給你，我需要你還我一個人情。」

他們在紐克雷侯的停車場碰面。UCI電影院的燈還亮著，午夜場電影還在放映。保齡球館已經打烊，麥當勞也是。何姆斯與奈兒．史泰普敦搬到達丁斯頓公園附近的房子，可以眺望波特貝羅高爾夫球場與貨運機場。何姆斯說貨運班機起降並不會讓他晚上睡不著。他們可以在高爾夫球場見面，但是雷博思不想這麼靠近奈兒。他已經幾年沒見過她，連社交場合上也沒碰過，他們兩個都聰明地知道對方會不會出席。兩人的關係有舊傷痕，奈兒卻偏執地摳著結痂處。

所以他們碰面的地方離何姆斯家有兩三英里，周遭都是打烊的商店——DIY商店、鞋子大賣場、玩具反斗城——兩個人就算下班之後還是警察。

尤其是下了班之後。

他們的眼睛發亮，用兩側與頭上的車子後視鏡看有沒有人跟監。儘管沒有看到任何人，他們還是用隱諱的方式說話。

「這個電視節目的事，我需要先有一些子彈才能跟他們談。但是這對我來說關係太直接，我需要你去查史佩凡案——案件紀錄、審判經過。你只要讀完這些檔案就好，看看你有什麼想法。」

何姆斯坐在雷博思紳寶轎車的乘客席，他看起來就是已經脫了衣服上床睡覺，只不過睡沒多久就要起床換上日班值勤的衣服。他的頭髮凌亂，襯衫兩顆鈕釦沒扣，穿了鞋但沒穿襪子。他忍住一個呵欠，搖搖頭。

「我不懂。你要我找什麼東西？」

「只是看看有沒有不對勁的地方。就是……我不知道。」

「你是認眞的？」

「洛森．蓋帝斯自殺了。」

「老天。」但是何姆斯連眼睛也沒有眨，除了對陌生人死訊的同情，這件案子裡的人對他來說都是歷史。他自己心裡有太多事情。

「還有一件事，」雷博思說，「你也許可以找到一個被放出來的罪犯，他說他是最後一個跟史佩凡說話的人。我忘記他的名字，但是當時所有的報紙都有報導。」

「有一個問題：你認爲蓋帝斯陷害了藍尼．史佩凡嗎？」

雷博思表現出思考的樣子，然後聳肩。「讓我告訴你一個故事。跟我寫在調查書面報告的故事不同。」

雷博思開始說實話：蓋帝斯出現在他家門口，太過輕易地找到死者的肩背包，蓋帝斯曾經很瘋狂，後來卻異常地鎭靜。他們兩人捏造的匿名線報故事。何姆斯無言地聽著。電影院開始散場，年輕情侶擁抱著，漫步走

㊲ Flower of Scotland，蘇格蘭國歌。

向他們的車子，彷彿快要躺下來的樣子。引擎噪音、廢氣與頭燈開始聚集，牆上拖著長長的人影，停車場正在淨空。雷博思把他的故事講完了。

「還有一個問題。」

雷博思等著，但是何姆斯卻不知該如何措辭。最終他放棄了，搖搖頭。雷博思知道他在想什麼，他知道雷博思脅迫了敏多，儘管雷博思相信敏多的確有申訴何姆斯的理由。現在他知道雷博思曾經說謊保護洛森．蓋帝斯，並讓罪名成立。他心中的問題有兩個──雷博思說的是實話嗎？這個坐在駕駛座的探長有多卑鄙？在離開警界之前，何姆斯可以讓自己變得多卑鄙？

雷博思知道奈兒每天都對他嘮叨，想要慢慢說服他。他還年輕，可以轉行，哪一行都好，只要是清白、沒風險的行業就可以。他還有時間可以跳出來，但時間所剩不多。

「好。」何姆斯說，他打開了車門，「我會盡快開始。」他停頓了一下，「但是如果我發現有違法的事，藏在角落的東西……」

雷博思打開車燈，開啓遠光燈。他發動車子開走了。

第四章

雷博思很早就醒來。他的大腿上有一本沒闔上的書，他看了睡著前閱讀的最後一段，完全不記得內容。門縫邊躺著郵件：這麼多公寓樓梯，有誰會想要當愛丁堡郵差？他的信用卡帳單消費紀錄：兩家超市、三家酒品賣場、鮑伯珍品黑膠唱片行。某個週六下午，在牛津酒館酒過三巡之後，衝動地買了這些唱片——全新的法蘭克·札帕（Frank Zappa）的《抓狂》（Freak Out）專輯、地下絲絨樂團（Velvet Underground）那張封面是剝開香蕉的專輯、披頭四的《佩伯士官》（Sergeant Pepper）單聲道唱片，裁剪人像組成的封面還在。他還沒放過這幾張已經有磨損的地下絲絨與披頭四唱片。他到瑪其蒙路買東西，然後在廚房餐桌上吃早餐，餐巾是聖經約翰／聖經強尼的資料。聖經強尼案頭條：「抓住這個禽獸！」、「娃娃臉殺手犯下第三起命案」、「警方籲請社會大眾保持警覺」。這些標題跟二十五年前聖經約翰案的新聞差不多。

聖經強尼犯下的第一件命案發生在亞伯丁的杜絲公園。來自法夫郡皮坦威姆的蜜雪兒·史翠琛，很自然地被亞伯丁的朋友取了綽號叫做蜜雪兒·菲佛，跟美國女明星的姓名諧音，但是她長得完全不像：又瘦又小、淡褐色的及肩長髮，暴牙。她是羅伯特·高登大學的學生，被強暴然後勒斃，有一隻鞋不見了。

六週後，出現了第二名受害者：安琪拉·瑞德爾，她的朋友都叫她安琪。她生前在伴遊公司上班，曾經在里斯碼頭掃黃行動中被捕，她也是一個藍調樂團的主唱，聲音沙啞，唱得太用力了。一家唱片公司現在把她樂團唯一的試聽帶變成單曲CD，賣給那些病態或好奇的人。愛丁堡刑事調查局曾經花了很多時間——數千個工時——挖掘安琪·瑞德爾的過去，找出她的老客戶、朋友、樂迷，看看有沒有嫖客或是瘋狂藍調樂迷可能是兇手。案發現場是沃李斯頓墓地，常有重型機車飛車黨、業餘黑魔術師、變態與怪客出沒。在發現屍體之後，深夜在這裡遇到打瞌睡的警方監視小組的機率，比遇到被釘上十字架的貓來得高。

經過了一個月，此時這兩件命案已經被串連起來，安琪．瑞德爾不只被強暴勒斃，她身上一條特殊項鍊也不見了，這條項鍊購於考克伯恩街，上面掛著一排兩吋大的金屬十字架。然後發生了第三樁命案，這一次在格拉斯哥：死者是茱蒂絲．凱恩斯，綽號「茱茱」，領有失業救濟金，但是她還是在一家小吃店上夜班，午餐時段到一家酒館打工，週末早上到旅館當清潔工。當她的屍體被發現時，現場並沒有出現她的雙肩背包，她的朋友發誓說她不論到哪兒都會帶著背包，就連去舞廳或是在倉庫舉辦的電音銳舞派對也背著。

這三個女人的年紀分別是十九歲、二十四歲、二十一歲，在三個月期間內被謀殺。聖經強尼犯下第三起命案至今已經經過兩個星期，第一件命案與第二件間隔六週，然後整整經過一個月後，犯下了第三件命案。大家都在等待更糟的命案新聞何時會出現。雷博思喝著咖啡，吃著牛角麵包，檢視著三個死者的照片，從報紙剪下放大之後，畫面的粒子很粗。這三個年輕女人微笑著，彷彿是對著攝影師展現笑容。照相機總是呈現假象。

雷博思對三個死者知道得很多，對聖經強尼卻所知甚少。雖然沒有任何警察會在公開場合承認這一點，無能的警察沒有任何具體行動。這是聖經強尼的戲，警方等著他因爲過於自信、無聊、想被逮捕的欲望、或是良知而露出馬腳。警方等著他某個朋友、鄰居、親人出面，也許匿名用電話通報線索；等著一個人出自善意舉發兇手。他們都在等待著。雷博思的手指滑過安琪．瑞德爾最大的一張照片，他認識她，他曾經參與那次掃黃任務，在里斯逮捕了她與許多妓女。那晚的氣氛不錯，很多笑話，結了婚的警察也被嘲弄。大部分的妓女都明白例行公事，安慰著沒經驗的同行。安琪．瑞德爾曾經撫著一個女的頭髮安慰她，有毒癮的她非常歇斯底里。雷博思喜歡安琪的風格，也負責偵訊她，她讓他大笑。兩週後，他開車到商業街，看她過得好不好。她告訴他時間就是金錢，想跟她聊天可得花錢，但是如果他想要一些比夏天熱氣更具體的東西，她可以給他打折。他又被逗笑了，然後在一家開到深夜的咖啡館請她喝茶吃布里迪鹹派（bridie）。兩週後，他又到里斯報到，但是其他妓女說她那晚不在，所以什麼也沒發生。

然後她被強暴、毆打、勒斃。

這件案子讓他想到「世界盡頭」命案㊳，以及其他年輕女人被殺的案子，有很多件都還是懸案。「世界盡頭」命案發生在一九七七年十月，史佩凡案發生的前一年，兩個少女在大街上的「世界盡頭」酒吧喝酒。第二天早上她們的屍體被發現了，她們被毆打，雙手被綁住，被人勒死，她們的包包與珠寶都不見了。雷博思沒有參與這件命案的調查，但認識承辦的警官——他們帶著無法完成工作的挫折感，這種挫折感將跟著他們進墳墓。很多刑警都是這樣想，當你調查謀殺案，你的客戶就是沉默冰冷的死者，但是死者仍然吶喊著正義。這一定是真的，因爲有時候如果你認眞聆聽，你就會聽到死者的吶喊。雷博思坐在窗邊的椅子上，他曾經聽過很多失望的哭喊。某天晚上他聽到安琪．瑞德爾在哭喊，讓他心痛不已，因爲他認識她也喜歡她。那一刻起，這件案子就變成私事，他沒有辦法不管聖經強尼案。他對原版的聖經約翰案的好奇心，更讓他無法自拔。他常常回到過去，越來越少花時間關注現在的事。有時候他得用盡力氣才能回到當下。

雷博思有幾通電話要打。首先打給鑑識組的彼特．修威特。

「探長早，昨晚跟你出遊的女伴一定是美女吧？」

他的語氣有點諷刺，雷博思看著窗外朦朧的陽光。「彼特，昨晚玩得很瘋吧？」

「何止瘋？瘋到犛牛都開始跳舞了。我猜你應該聽到我的留言了？」雷博思已經準備好紙筆，「我在威士忌酒瓶上採到幾枚不錯的指紋，有大拇指跟食指。我試著從塑膠袋跟綁住死者的膠帶上採指紋，卻只弄到一些殘缺的指紋，沒有什麼對偵查有幫助的東西。」

「彼特，拜託，直接告訴我指紋是誰的。」

「雖然你們抱怨我們在電腦上花了很多錢……在十五分鐘內我就發現符合指紋的人，他名叫安東尼．艾利斯．肯恩，有殺人未遂、傷害的前科，後來被放出來。你認識他嗎？」

「不認識。」

㊳一九七七年，兩名少女在該酒吧飲酒後失蹤，次日屍體被發現。目前仍爲愛丁堡警方追查中的懸案。

「他以前都在格拉斯哥活動。過去七年來沒有被定罪過。」

「我到警局之後會查查他的底細。彼特，謝了。」

下一通要打到雷鳥石油的人事部門。這是長途電話，他要等到了阿帕契要塞之後再打。他看了窗外一眼，電視台的人沒有在外面。他穿上外套，往門口走去。

他走進上司的辦公室，麥克阿斯其爾正在牛飲Irn-Bru飲料。

「我們從指紋找到一個人，安東尼．艾利斯．肯恩，曾經有暴力犯罪前科。」

麥克阿斯其爾把空罐丟進垃圾桶，他的辦公桌堆滿了從檔案櫃第一層取出的舊文件，地板上有打包用的空箱。

「死者的家屬與朋友呢？」

雷博思搖頭說：「死者是雷鳥石油的員工，我會打電話給人事部經理確認細節。」

「約翰，這件事是第一要務。」

「是，長官。」

但是當他走回「小屋」，坐在位子上，他想要先打電話給婕兒．譚普勒，可是又決定不要，因為貝恩也在座位上，這通電話他不希望有人聽到。

「達德，」他說，「找一下安東尼．艾利斯．肯恩的資料，鑑識組那邊在酒瓶上發現他的指紋。」貝恩點點頭，開始敲打鍵盤。雷博思打電話到亞伯丁，報上姓名之後，要求總機轉接史都華．敏契爾。

「探長早。」

「敏契爾先生，謝謝你的留言。你有亞倫．米其森的員工資料嗎？」

「就在我面前。你想知道什麼？」

「他的家屬。」

敏契爾翻了翻文件，「他似乎沒有任何家屬。我確認一下他的履歷表。」漫長的停頓，雷博思慶幸自己不是從家裡打這通電話。「探長，亞倫·米其森似乎是孤兒。我這裡有他的教育背景，裡面提到一所育幼院。」

「沒有家屬？」

「資料裡沒提到有家屬。」

雷博思已經在一張紙上寫下米其森的名字，現在他在名字下方畫著線，除此之外還是一片空白。「米其森先生在公司擔任什麼職務？」

「他是……我看看，他在平台維修部門工作，是個油漆匠。我們在謝德蘭（Shetland）群島有個基地，也許他在那裡工作。」他又翻翻文件，「不對，米其森先生就在平台上工作。」

「幫平台上油漆？」

「還有一般的維修工作。探長，鋼鐵可是會鏽蝕的。你絕對想不到北海腐蝕油漆的速度有多快。」

「他在哪一個鑽油平台工作？」

「不是油井，是一個開採平台。這個我得查一下。」

「可以麻煩你查一查嗎？可以請你把他的個人資料傳眞給我嗎？」

「你說他死了？」

「上次我看到他的時候還是死人。」

「那就應該沒問題了。給我你那邊的號碼。」

雷博思把號碼給他，結束通話。貝恩揮手要他過來，雷博思跨過辦公室站在他旁邊，這樣才能看清楚電腦螢幕。

「這個傢伙是個瘋子。」貝恩說。他的電話響起，他接起來，然後開始講話。雷博思讀著螢幕上的資料，綽號東尼·艾爾，年輕時就有前科。他今年四十四歲，在格拉斯哥的史崔克萊（Strathclyde）警署很出名。東尼·艾爾成年之後，大多受雇於喬瑟夫·托爾，綽號叫「喬叔」，他是格拉斯哥眞正的黑道老大，他的兒子跟東尼．艾爾這類人是他的打手。貝恩此時把話筒放下。

「喬叔，」他沉吟著，「要是東尼．艾爾還在爲他工作的話，這件案子的性質就會改變了。」

雷博思想起上司說過的話：「這件案子感覺起來跟黑道有關。」毒品或是欠債不還，也許麥克阿斯其爾的想法沒錯。

「你知道這意味著什麼嗎？」貝恩說。

雷博思點頭，「我得到格拉斯哥一趟。」蘇格蘭的兩個主要城市，愛丁堡與格拉斯哥，雖然距離只有五十分鐘的車程，但是關係不太融洽，過去兩個城市互相指責對方，直到現在還是有心結。雷博思在格拉斯哥刑事調查局有幾個熟人，他回到座位上打電話給他們。

「如果你想知道喬叔的事，」第二通電話裡，朋友告訴他，「最好去問齊克．安克藍姆。等一下，我給你他的電話。」

查爾斯．安克藍姆是高凡警局的督察長，綽號齊克。雷博思花了半個小時想要找到他，結果卻徒勞無功，於是他到外面走走。阿帕契要塞前面的商店都安裝了鐵捲門跟鐵窗，大部分的店主是亞裔，就連店員是白人的店也不例外。穿著T恤，身上有刺青的男人在街上晃蕩、抽菸。他們的眼睛就像雞窩裡的黃鼠狼一樣令人不信任。

來顆蛋吧？不用了，朋友，我最討厭吃蛋了。

雷博思買了香菸跟報紙，走出商店的時候，腳踝被一台嬰兒推車撞到，一個女人叫他走路要他媽的看路。她忙亂地拖著一個蹣跚學步的娃娃走遠了。她二十歲，也許二十一歲，頭髮染成金色，兩顆門牙不見了，她連手肘上都有刺青。馬路對面的廣告看板叫他花兩萬鎊買一輛新車。看板後面的低價超市沒什麼生意，一些小孩用停車場當作滑板練習場。

回到小屋，麥克雷正在講電話，他把話筒遞給雷博思。

「安克藍姆督察長打來的，回你電話。」雷博思靠著他的辦公桌休息。

「喂？」

「雷博思探長？我是安克藍姆，我聽說你想找我講話？」

「長官，謝謝你回電。我想談的話題只有五個字：喬瑟夫．托爾。」

安克藍姆哼了一聲，他有西岸口音，尾音拖長，有鼻音，講話聽起來總是有些高傲。「黑幫老大喬叔？我們親愛的教父？他做了什麼我不知道的事嗎？」

「你認識他的手下，一個叫做安東尼．肯恩的人？」

「東尼．艾爾？」安克藍姆確認說，「他幫喬叔做事好多年了。」

「過去式？」

「很久沒聽說他的消息了。傳說他背叛了喬叔，於是喬叔就讓史坦利管事，不再讓東尼．艾爾參與任何事。」

「史坦利是誰？」

「喬叔的兒子。這不是他的本名，但是因爲他的嗜好，所以大家都這麼稱呼他。」

「嗜好是？」

「他收藏史坦利牌美工刀。」

「你認爲史坦利把東尼．艾爾幹掉了？」

「這個嘛，屍體還沒出現，就某種病態的角度來說，有屍體才能證明有命案發生。」

「東尼．艾爾還活得好好的。他幾天前經過我們這裡。」

「我知道了。」安克藍姆沉默了一會兒，雷博思可以聽到背景音有嘈雜的講話聲、無線電、警察電台的聲音。「頭套了塑膠袋？」

「你怎麼知道？」

「這是東尼．艾爾的註冊標記。所以他又重出江湖了？探長，我想我們兩個最好談談。星期一早上，你可以找到高凡警局嗎？不，等一下，我們約在帕提克警局，黨巴頓路六一三號。我九點在那裡開會，所以約十點？」

「十點沒問題。」

「到時候見。」

雷博思放下話筒，「星期一早上十點我要到帕提克警局。」

「你這個可憐蟲。」貝恩說，語氣似乎很認真。

「你要我們公佈東尼．艾爾的外貌描述嗎？」麥克雷問。

「立刻公佈。看看我們能不能在星期一之前抓到他。」

在一個美好的星期五晚上，聖經約翰搭飛機返回蘇格蘭。他到了機場，第一件事就是買報紙。在書報攤上，他看到一本新出版的二次世界大戰書籍，也順便買了。他坐在機場大廳裡翻閱著報紙，沒有發現關於「自大狂」的新聞。他把報紙留在座位上，然後到行李運送轉盤去取旅行箱。

他搭計程車到格拉斯哥，但決定不要住在城裡。他並不是害怕待在自己過去犯案的獵場，只是住在這裡並沒有什麼好處。格拉斯哥當然讓他回想起苦樂參半的回憶，在六十年代末期，這個城市改變了面貌：郊區的舊貧民窟被剷平，蓋起水泥建造的新貧民窟。新路、新橋、新高速公路，整個城市曾是一個大工地。他覺得整個翻修過程還沒結束，彷彿這個城市還沒得到自己看得順眼的模樣。

聖經約翰也能體會這種問題。

從皇后街火車站，他搭火車到愛丁堡，用手機打電話到常住的飯店預約房間，報公司的帳。他打電話給妻子，告訴她會住在哪裡。他隨身帶著筆記型電腦，在火車上做了一些工作。工作讓他放鬆，讓大腦忙碌是最棒的。「現在你們去作工罷、草是不給你們的、磚卻要如數交納[39]。」聖經出埃及記。當年的媒體跟警察都幫了他很大的忙，他們對罪犯的描述都說他名叫約翰，並且「喜歡引用聖經」。可是這兩者都不對，他的別名（middle name）是約翰，而他偶爾才會引用聖經。近年來他又開始上教堂，但是現在他後悔了，他不應該認爲自己已經安全了。

這個世界上沒有安全這回事，就算到了來生也沒有。

他在「乾草市場」站下火車——夏天這裡比較容易叫到計程車——但是當他走到陽光下，他決定要走路到飯店，只不過是五到十分鐘的腳程。他的行李箱有輪子，他的側背包也不是很重。他深呼吸，聞到汽車廢氣與一點啤酒花的氣味。瞇眼睛讓他受不了，於是他停步戴上了太陽眼鏡，世界立刻看起來舒服多了。他在商店櫥窗裡看到自己的映像，他只看到一個厭倦旅行的平凡生意人。他的臉或體態都沒有任何特殊之處，而他的服裝總是很保守：奧斯丁．李德（Austin Reed）西裝、道伯圖（Double Two）襯衫，就像一個穿著高尚的成功生意人。他看看領結有沒有打好，舌頭舔過嘴裡的兩顆假牙——二十五年前動整型手術的結果。他就像一般人一樣等到綠燈過了馬路。

登記住房沒花多久時間。他坐在飯店房間的小圓桌旁，打開筆記型電腦，插上電源，把一百一十伏特變壓器換成二百二十伏特的。他鍵入密碼，然後雙擊名稱爲「自大狂」的檔案。裡面是他觀察聖經強尼的筆記，他爲這個連續殺人犯建立了人格側寫。這個檔案建得相當漂亮。

聖經約翰知道自己有著警方沒有的東西：對連續殺人狂內心世界的第一手瞭解。他知道連續殺人狂怎麼思考、怎麼生活、必須說什麼謊、做什麼僞裝、在平凡的表面下過著怎樣的祕密生活。這一點讓他在這場賽局中取得優勢，加上一些運氣，他應該可以比警察更先找到聖經強尼。

他目前有幾條追查的路線。一、聖經強尼的殺人習慣。很明顯地，「自大狂」熟悉聖經約翰案，他是怎麼知道的？年輕的「自大狂」只有二十多歲，根本不可能記得聖經約翰案。因此他一定是從某處聽聞或閱讀到這件舊案，然後自己私下繼續研究細節。關於聖經約翰案，這幾十年來陸續出過一些相關書籍。如果聖經強尼認

㊴《聖經．出埃及記》，第五章第十八節。

眞的話，他應該會讀過所有他找得到的書；但是有些書已經絕版了，所以他一定去過二手書店找書或是利用圖書館。搜找聖經強尼的範圍可以縮小到這個方向上。

另一條相關的路線：報紙。「自大狂」不太可能有管道任意取閱二十五年前的報紙，所以他一定又是去圖書館。很少圖書館會保存這麼久以前的報紙，所以搜查的範圍又漂亮地縮小了。

然後就是「自大狂」本身。因爲缺乏經驗或勇氣，很多殺人狂在犯案初期都會犯錯。但是聖經約翰自己很特別，他是在第三件命案時犯下眞正的錯誤，他竟然跟死者的妹妹共乘計程車。有沒有人逃過「自大狂」的魔掌？這意謂著聖經約翰將瀏覽近期的報紙，找出在亞伯丁、格拉斯哥、愛丁堡發生的女性遇襲事件，然後找出聖經強尼偷跑或是失敗的行動。這會花很多時間，但是對聖經約翰來說有心理治療的效果。

他脫了衣服沖個澡，然後換上比較休閒的服裝：深藍獵裝搭卡其褲。他決定不要冒險使用房內電話——櫃台會紀錄他打出去的號碼——所以他走到飯店外面的陽光裡。現在的電話亭裡都沒有分類電話簿，所以他走進一家酒吧，點了一杯通寧水，向女酒保借電話簿。女酒保還不滿二十歲，鼻子裝了釘環，頭髮染成粉紅色，她微笑著把電話簿遞給他。聖經約翰回到自己的桌子，拿出筆記本記下一些電話號碼，然後走到酒吧後面找公共電話。雖然電話就在廁所旁邊，但是就現在要打的電話來說已經夠隱密了，更何況現在酒吧裡幾乎沒人。他打電話到幾家古書店跟三所圖書館，雖然並沒有什麼實質成果，但是他的心裡很滿足。當他決定要幹這件事時，就知道這會是漫長的過程。儘管他有第一手經驗，但是警方有眾多人力、電腦與宣傳機器。不過警方只能公開地調查，他知道自己調查「自大狂」的行動比起警方要隱密得多。但另外一方面，進行調查就得冒著讓自己陷入險境與暴露身分的風險。

所以他曾自問：他有多想抓到「自大狂」？

他的答案：非常想。他的確非常想抓到「自大狂」。他在喬治四世橋附近耗掉整個下午，這裡是蘇格蘭國家圖書館與中央流通圖書館的所在地。他過去曾經在這裡做過研究——爲了工作，也爲了他近來主要的興趣讀了一些二次世界大戰的資料。他也到本地二手書店轉轉，問他們有沒有賣關於眞實犯罪的書籍。他告訴店員說，聖經強尼案引起了他的興趣。

「我們只有半個書櫃的眞實犯罪書籍。」第一家書店的店員說，並且指出書櫃的位置。聖經約翰假裝對這些書有興趣，然後回到櫃台。

「沒有什麼書。你們也幫忙找書嗎？」

「我們沒有這種服務。」店員說，「但是我們可以登記客人的預約……」她拿出一本厚重的老式登記本，然後翻開到某頁，「如果你寫下你要找的書，你的姓名與地址，如果我們剛好有這本書，我們會跟你聯絡。」

「好。」

聖經約翰拿出筆，慢慢地寫著，同時查看著最近的登記內容。他往前翻了一頁，眼睛瀏覽著預約清單上的書名與主題。

「大家的興趣可眞是不同啊？」他說，對著店員微笑。

他在另外三家用同樣的手法調查，但是沒有發現「自大狂」的蹤跡。然後他走到國家圖書館在克斯衛賽路的新館，那裡收藏著最近的報紙。他瀏覽了一個月份的《蘇格蘭人報》、《格拉斯哥論壇報》與《新聞報導報》，記下了一些攻擊與強暴的新聞。當然，即便有逃過一死的受害者，也不見得會被報導出來。美國人對他現在做的事有個說法：狗屎差事。

他回到國家圖書館本館，觀察裡面的館員，想要找一個特殊的對象。當他認爲已經找到他要找的人，他查了圖書館的開放時間，然後決定等待。

閉館時，他站在國家圖書館的外面，儘管天色已晚，還是戴著太陽眼鏡[40]。他隔著緩慢的街道車流望著中央圖書館。他看到一些館員零星或成群地離開，然後發現他要找的那個年輕男人。那男人走在維多利亞街上，聖經約翰過了馬路跟著他。街上還有很多行人，有遊客、酒客、也有一些要回家的人。他混在人群裡輕快地走

[40] 因爲緯度與日光節約時間，英國的夏天晚上要到九點、十點才會完全天黑。

著，眼睛盯著目標。在「青草市場㊶」，年輕人走進遇到的第一家酒館。聖經約翰停步想著：館員是在回家之前喝杯小酒？還是跟朋友有約，也許要喝一整晚？他決定走進酒館。

吧台很暗，充滿辦公室文員的嘈雜聲，雖然把西裝外套掛在肩膀上，女人啜著長杯裡的通寧水。館員獨自坐在吧台，聖經約翰擠到他旁邊，點了一杯柳橙汁。他對館員的啤酒杯點點頭。

「再來一杯？」

當年輕館員轉頭看聖經約翰時，他靠近館員輕聲說：「我想告訴你三件事。第一，我是個記者。第二，我想要給你五百鎊。第三，其中絕對沒有不法情事。」他停頓一下，「現在你還想來杯啤酒嗎？」

年輕人還是瞪著他，終於他點了頭。

「這表示你要那杯酒還是現金？」聖經約翰也微笑著。

「酒。你最好多告訴我一點關於錢的事情。」

「這是個無聊的差事，否則我就自己動手了。你們圖書館不是有書籍借閱的紀錄嗎？」

館員想了一下，然後點頭，「有些已經輸入電腦，有些還登記在卡片上。」

「要是電腦的話就快了，但是卡片可能就會花你一些時間。相信我，這筆錢還是很容易賺。要是有人查閱舊報紙的話會如何？」

「應該會有紀錄。我們談的是在多久以前查閱報紙？」

「過去三到六個月的查閱紀錄。他們查閱的會是一九六八到七〇年的報紙。」

他用一張二十鎊大鈔付了兩杯酒的錢，他故意打開皮包讓館員看到裡面還有很多錢。

「這也許會花一點時間。」館員說，「我得交叉比對本館跟新館的紀錄。」

「如果你可以盡快辦成這件事，我會再多給你一百。」

「我需要的是細節。」聖經約翰點頭，遞過一張名片，上面有名字跟假地址，但沒有電話號碼。

「不要試圖聯絡我，我會打電話給你。你的名字是？」

「馬克・堅金斯。」

「馬克，就先這樣。」聖經約翰拿出兩張五十鎊鈔票，塞進館員胸口的口袋。「這是訂金。」

「這是怎麼一回事？」

聖經約翰聳聳肩，「聖經強尼的事。我們正在確認他跟一件舊案的關係。」

館員點頭說：「你要查哪些書的借閱紀錄？」

聖經約翰給他一張列印出來的清單，「再加上報紙，《蘇格蘭人報》跟《格拉斯哥論壇報》，從六八年二月到六九年十二月。」

「你想知道什麼？」

「查閱過這些書報的人。我需要名字跟地址，你可以辦得到嗎？」

「實體報紙存放在新館，我們這裡只有微縮膠捲。」

「你的意思是？」

「我也許需要找一個新館的同事幫忙。」

聖經約翰微笑說：「我們報社不在乎多花一點錢，只要有結果就好了。你的朋友會想要多少……？」

❹❶ Grassmarket，愛丁堡著名鬧區。

第二部

說悄悄話的雨

當殘酷與虛榮造成的災難
降臨到我頭上的時刻，提醒我。

游泳者樂團（The Bathers），〈花豹大街〉（Ave the Leopards）

第五章

蘇格蘭話描寫天氣的詞彙特別豐富，「dreich」與「smirr」只是其中兩個。

雷博思花了一個小時才開到「雨城」格拉斯哥，但又花了四十分鐘才找到黨巴頓路。他以前沒來過這裡，帕提克警局在九三年搬到現址，但他去過綽號叫「海軍陸戰隊」的舊址。對格拉斯哥不熟的人，在市區開車如同夢魘，會覺得這裡像是由單行道與標示不清的路口組成的迷宮。雷博思得下車兩次打電話問路，在雨中排隊等著進入公共電話亭。這不是眞正的雨，而是「smirr」，細密的雨霧，你還搞不清楚怎麼回事，全身就被打濕。這是從西邊大西洋吹過來的水氣。在這個「dreich」（陰濕）的星期一早上，這種天氣可眞是雷博思所需要的。

當他抵達警局時，他注意到停車場裡的一輛車，裡面坐了兩個人，香菸煙霧從打開的車窗裡飄出來，車裡的收音機開著。一定是記者，正在値班等待聖經強尼案的新發展。到了這個階段，記者們分組輪班留守，這樣才能去其他地方。値班觀察狀況的記者如果發現新動態，會立刻通知其他的記者。

當雷博思終於推開警局的門，他聽到零星的掌聲。他走到値勤櫃台。

「終於找到地方了？」値勤警佐問，「我們還打算派出搜索隊去找你。」

「安克藍姆督察長在哪裡？」

「會議中。他叫你上去等。」

於是雷博思上到二樓，發現整個刑事調查組辦公室變成一大間命案偵辦中心。牆上有照片：茱蒂絲．凱恩斯，綽號茱茱，生前與死後的照片。更多的案發現場照片——凱文林公園裡，一個被灌木叢包圍且有遮蔽物的地點。牆上貼著出勤班表，大部分是一般的查訪，你不會期望在這種例行公事裡發現大突破，但還是得盡力。

警員們敲打著鍵盤，也許是用蘇格蘭刑案紀錄辦公室❶的電腦，甚至是用「福爾摩斯❷」——全英國犯罪紀錄電腦資料庫。所有的謀殺案，除了當場立刻解決的案子之外，都會在「福爾摩斯」裡建檔。有專屬的刑警與員警團隊負責維護資料庫、輸入資料、確認並交叉比對。雷博思不太喜歡新科技，但就連他也看得出來，這比過去的索引卡片系統有更多優點。他經過一台電腦，看到有人正在輸入筆錄。然後他抬頭看到一張認識的臉，他走向那個人。

「哈囉，傑克，我以爲你還在福寇克？」

傑克．莫頓探長轉身，不可置信地睜大了眼睛。他從辦公桌站了起來，用力握了握雷博思的手。

「我還在福寇克，」他說，「但是他們這裡人手不足。」他環顧辦公室，「這一點並不難理解。」

雷博思上下打量傑克．莫頓，不敢相信自己所看到的。上次他們見面的時候，傑克至少比現在胖了十幾公斤，他這個老煙槍的咳嗽可以震破巡邏車擋風玻璃。現在他甩掉了多餘的肥肉，嘴上也沒有叼著香菸。還有，他的頭髮有專業的人梳理，穿著看起來很昂貴的西裝，發亮的黑色皮鞋，挺直的襯衫與領帶。

「你是怎麼搞的？」

莫頓微笑著拍拍自己近乎平坦的肚子，「我只是某天在鏡子裡看到自己，不能理解爲什麼鏡子照到我竟然不會碎掉。我已經戒酒、戒菸，還加入健身俱樂部。」

「就這樣？」

「這是個生死交關的決定，不能再猶豫下去。」

「你看起來容光煥發。」

「約翰，我希望我也可以這樣對你說。」

---

❶ Scottish Criminal Records Office。

❷ HOLMES，Home Office Large Enquiry System。

雷博思正在想要如何反諷回去時，安克藍姆督察長進來了。

「雷博思探長？」他們握手，督察長握著雷博思的手不放，他的眼睛仔細打量著雷博思。「抱歉讓你等這麼久。」

安克藍姆五十歲出頭，穿著跟傑克．莫頓一樣講究。他的頭幾乎全禿了，但是留著史恩．康納萊的髮型，搭配著濃黑的落腮鬍。

「傑克爲你介紹過這裡了嗎？」

「還沒，長官。」

「這裡是格拉斯哥偵辦聖經強尼案的中心。」

「這裡是距離凱文林公園最近的警局嗎？」

安克藍姆微笑說：「距離案發現場的遠近只是考量之一。茱蒂絲．凱恩斯是第三個受害者，媒體已經把本案跟聖經約翰案做了連結。這裡存放了聖經約翰案的所有檔案。」

「我有機會看看這些檔案嗎？」

安克藍姆看了他一會兒，然後聳肩說：「來，我帶你去看看。」

雷博思跟著安克藍姆沿著走道進入另一個辦公室。空氣裡有一股霉味，比較像圖書館而不像警察局。雷博思看到霉味的來源：整個房間裝滿了舊紙箱、彈簧檔案夾、成堆被線串在一起而頁角蜷曲的舊紙張。四個刑警——兩男兩女——正在審視一切與聖經約翰案有關的檔案。

「這堆東西本來存放在儲藏室。」安克藍姆說，「我們把這些拖出來的時候，灰塵有多少你都不知道。」

他對一個檔案夾吹了口氣，揚起細小的灰塵。

「你眞的認爲這兩件案子有關連？」

這個問題每個蘇格蘭警察都在互相討論，因爲這兩個案子、這兩個兇手有可能根本沒有共通點。如果是如此，警方只是白白浪費許多人力與時間。

「有的。」安克藍姆說。雷博思也相信是有關連的。「我的意思是，他們的犯案手法很接近，而且聖經強尼也在命案現場取走紀念品。我們幸運地得到聖經強尼的外型描述，但是我確信他是在模仿他的偶像。」安克藍姆看著雷博思，「你不這麼認爲嗎？」

雷博思點頭。他看著這些資料，恨不得可以研究它們幾個星期，他也許可以發現沒有人注意過的事情……這當然是個夢想，一個白日夢，但是有時在漫長的夜晚裡，這卻是強烈的動機。雷博思有當年的報紙，但是上面的訊息僅限於警方願意公開的案情。他走到一排書架旁，讀著檔案夾書脊上的標示：宅配、計程車公司、美髮師、裁縫店、假髮供應商。

「假髮供應商？」

安克藍姆微笑說：「他的短髮，有人認爲也許是假髮。他們查訪美髮師，問他們是否認得這個髮型。」

「去裁縫店查訪是因爲兇手穿著西裝。」

安克藍姆又瞪了他一眼。

雷博思聳肩說：「我對這件案子有興趣。這是什麼？」他指著牆上的圖表。

「兩案的雷同與差異之處。」安克藍姆說，「當年的交際舞廳與現在的夜店。外型描述：高瘦、害羞、赤褐色頭髮、體面的衣著……我的意思是，聖經強尼幾乎可以當聖經約翰的兒子了。」

「我也是一直這樣問著自己。假設聖經強尼是在模仿他的英雄，假設聖經約翰還活在某個地方……」

「聖經約翰死了。」

雷博思眼睛盯著那張圖表，「但是先假設他沒死，我是說，他會覺得高興？還是火大？他會怎麼反應？」

「不要問我。」

「格拉斯哥的死者沒有去夜店。」雷博思說。

「她最後被目擊活著的地點不是夜店。但是那晚她曾經去過一家，他有可能從那裡跟蹤她到演唱會。」

聖經強尼在夜店遇到第一個與第二個死者，九〇年代的夜店等於六〇年代的舞廳，只不過更吵、更暗、更危險。夜店裡狂歡的人雖多，受害者的朋友看著聖經強尼與受害著離開走進夜裡，卻只能概略地描述聖經強尼的外型。但是第三個死者茱蒂絲．凱恩斯卻是在一家酒吧樓上的演唱會被盯上。

「我們還有其他的類似案件。」安克藍姆說，「格拉斯哥在七○年代末期有三件懸案，死者都有一件私人物品消失了。」

「聖經約翰彷彿從未停止犯案。」雷博思喃喃說。

「我們有太多條線要追，但是線索卻太少。」安克藍姆把雙手交叉在胸前，「聖經強尼對這三個城市瞭解多少？他是隨機挑夜店？還是本來就知道這些地方？他在事前就選好作案地點嗎？他有可能是酒廠送貨員嗎？一個DJ？音樂記者？也許他是他媽的旅行指南作家。」安克藍姆乾笑了一聲，按摩著自己的額頭。

「還是有可能是聖經約翰本人再度犯案。」

「探長，聖經約翰已經死了、被埋葬了。」

「你眞的這樣想？」

安克藍姆點頭。不是只有他一個人這樣想，很多警察都自以爲知道聖經約翰是誰，也認爲他已經死了。但是也有些人懷疑這一點，包括雷博思在內。就算發現吻合的DNA，恐怕還是無法改變他的想法。聖經約翰有可能還逍遙法外。

有證人描述聖經強尼的年紀是二十歲代後半，但是目擊證人的證詞通常是不一致的。因此，原始的聖經約翰模擬照片與畫像又被拿出來，媒體也幫忙散布這些圖像。警方也使出慣用的心理戰技巧——在媒體上請求兇手出面：「你的確需要幫助，我們希望你跟我們聯絡。」這是唬人的，而兇手反駁的方式就是沉默。

安克藍姆指著一面牆上的照片，一九七○年的嫌犯模擬圖，被電腦變老二十幾歲，加上鬍子跟眼鏡，頭頂與太陽穴附近的頭髮變得稀疏。這些照片也已經向大眾公布。

「符合這張照片的人到處都是，不是嗎？」安克藍姆說。

「讓你煩心，長官？」雷博思等著安克藍姆邀請他直呼他的名。

「我當然很煩心。」安克藍姆的臉放鬆下來，「你爲什麼這麼關心這個案子？」

「沒什麼特殊理由。」

「我是說，我們又不是來這裡談聖經強尼案，對不對？我們是來談喬叔的。」

「長官，你隨時可以開始。」

「那就走吧，看看在這棟他媽的建築裡，我們有沒有辦法找到兩張椅子坐。」

結果他們站在走廊裡，手上拿著從販賣機買來的咖啡。

「我們知道他用什麼勒斃死者嗎？」雷博思問。

安克藍姆眼睛一睜，「還要談聖經強尼？」他嘆了一口氣，「不管是什麼東西，它不太會留下特定的痕跡。最新的理論是用洗衣繩，你知道，就是那種尼龍做的、包著塑膠膜的東西。鑑識組已經測試過大約兩百種可能性，從繩索到吉他弦。」

「兇手取走紀念品的事你怎麼看？」

「我想我們應該公開這些物品。我知道將這件事情祕而不宣，可以幫助我們排除亂投案的瘋子，但是我誠心地認爲，我們應該尋求大眾的幫助。我的意思是，死者的那條項鍊很特殊，如果有人發現或看到那條項鍊……那我們就中大獎了。」

「你們找了一個靈媒來幫忙，對不對？」

安克藍姆看起來有些惱火，「這不是我個人的主意，是某個高層王八蛋的點子。這種表演會吸引媒體注意，但是高層還是決定要這麼做。」

「他沒有幫上忙嗎？」

「我們告訴他，我們需要他證明他的能力，要求他預測埃爾（Ayr）賽馬場兩點十五分那一場的冠軍。」

雷博思笑說：「然後呢？」

「他說他可以看到字母S與P，還有一個穿著粉紅色黃點衣服的騎師。」

「聽起來很不賴。」

「問題是，這一場賽馬根本不存在。所以如果你問我的話，這種巫術與靈媒預知罪犯特性的伎倆根本就是浪費時間。」

「所以你們沒有進一步的線索？」

「不多。案發現場沒有唾液，也沒有毛髮。這混蛋用了保險套，然後連包裝袋一起帶走。我打賭他也戴了手套。我們在死者的外套上找到一些纖維，鑑識組還在分析中。」安克藍姆把杯子拿到嘴邊吹著氣，「探長，你到底想不想聽喬叔的事？」

「這正是我來的目的。」

「我還以為你忘了。」雷博思聳聳肩，安克藍姆深吸了一口氣說：「好吧，聽著。他控制了很多靠肌肉吃飯的工作，我是說正格的，他投資了好幾家健身房。事實上，只要是非法的勾當，他幾乎統統有投資：高利貸、索取保護費、應召站、賭博。」

「毒品？」

「也許。喬叔身上有很多也許。等你讀到檔案就知道我的意思。他就像泰國浴一樣滑溜，很難被逮到小辮子——他也經營按摩院。他控制了很多計程車，那些故意不把計程表打開的計程車；就算他們打開計程表，費率也調得很高。這些計程車司機都在領失業救濟金，享受各種社會福利。我們接觸了其中幾個，但是他們不肯說任何指控喬叔的話。要是社會福利部❸要開始找明明有工作卻冒領救濟金的人，調查員就會收到一封信，上面寫著他們的住址、配偶姓名、日常作息、小孩的名字、小孩上的學校……」

「我懂你意思。」

「所以他們開始申請要調到其他部門，同時得去看醫生，因為他們晚上睡不著覺。」

「好，喬叔不是格拉斯哥的年度傑出人士。他住在哪裡？」

安克藍姆喝光他的咖啡，「這就有趣了，他住在地方公有住宅裡。但別忘了，羅伯特．麥斯威爾也住在公有住宅裡。你該去看看他住的地方。」

「我打算要這麼辦。」

安克藍姆搖頭說：「他不會理你的，你連門都進不去。」

「要打賭嗎？」

安克藍姆瞇著眼睛說：「你聽起來很有自信。」

傑克．莫頓走過他們兩人，眼珠轉了轉，這是他對人生的評語。他在口袋裡找著零錢。當他等著販賣機倒出他的飲料時，他轉身面對他們。

「齊克，在『大廳』見？」

安克藍姆點頭說：「一點？」

「好。」

「他的同夥呢？」雷博思問，注意到安克藍姆還沒開口讓自己叫他的綽號。

「喔，他有很多同夥。他的保鑣是那些健身狂，他親自挑選的。還有一些瘋子，不折不扣的病態傢伙。健身狂也許看起來像一回事，但是那些瘋子才是眞正管事的。東尼．艾爾是其中之一，他喜歡帶著塑膠袋到處跑，愛玩電動工具。喬叔還有一兩個像他那樣的角色，還有喬叔的兒子莫基。」

「史坦利美工刀先生？」

「全格拉斯哥的急診室都可以證明他的確有這種嗜好。」

「但是東尼．艾爾已經不在這裡混了？」

安克藍姆搖頭，「但是我已經先替你打探風聲，今天應該會有回音。」

---

❸ The Department of Social Security，現已併入勞動與年金部（the Department for Work and Pensions）。

三個男人推開走道一端的門。

「唉呀，」安克藍姆意有所指地說，「那個有預言水晶球的人來了。」

雷博思在一本雜誌的封面上看過這個人：阿都斯．禪恩，美國靈媒。他幫過美國警察追捕過「開心麥克」，這個綽號的起因是有個人經過他某次殺人的現場，這個路人隔著牆並不知道另一邊發生了什麼事，只聽到兇手低沉的咯咯笑聲。禪恩告訴警方他所預見的兇手住處，當警方終於逮捕開心麥克之後，媒體指出他所住的地方跟禪恩所畫的圖案有驚人的相似處。

接下來幾個星期，阿都斯．禪恩成爲全球的新聞人物。他的名氣大到足以讓一家蘇格蘭小報出錢，請他在緝捕聖經強尼的行動中提供靈視。警方高層在別無他法的情況下，也願意配合靈媒的工作。

「齊克，早。」另外一個人說。

「泰利，早。」

泰利看著雷博思，等著被引見。

「這位是約翰．雷博思探長；這位是湯普生督察長。」

湯普生督察長伸出手，雷博思與他握手。他是個共濟會成員，跟半數的警察一樣。雷博思雖然不屬於共濟會，但是已經學會模仿他們握手的方式。

湯普生轉身面對安克藍姆說：「我們正要帶禪恩先生再去看一些證物。」

「不只是要看，」禪恩糾正他說，「我需要碰觸證物。」

湯普生的左眼抽動了一下。很明顯地，他跟安克藍姆一樣懷疑靈媒。「對，禪恩先生，這邊請。」

這三個人走遠了。

「那個沉默的人是誰？」

安克藍姆聳肩說：「報社派出來照顧禪恩的人。靈媒所做的一切他們都要參與。」

雷博思點頭說：「我認識他，或者應該說我多年前認識他。」

「我想他姓史蒂文斯。」

「吉姆．史蒂文斯。」雷博思說，他繼續點著頭，「順帶一提，這兩個兇手之間還有一點不同。」

「什麼？」

「聖經約翰殺害的女人都正值生理期。」

雷博思獨自坐在桌前閱讀喬瑟夫．托爾所有的檔案。他的收穫不大，只得知喬叔很少被送進法庭。雷博思心想這是怎麼回事。喬叔似乎總是知道警察何時監視他或是他的行動，也知道什麼時候大事不妙，狗屎就要砸上風扇。因此，警方從來沒有找到任何證據，或是證據並不足以把他送進牢裡。他被罰款過幾次，但僅止於此。警方曾經發動幾次大規模調查，但是因爲具體證據不足，或是監控行動被發現無功而返，彷彿喬叔有個厲害的靈媒在幫他。但是雷博思有個更合理的解釋：刑事調查組有人把情資洩漏給黑幫老大。雷博思想到這裡大家似乎都穿著漂亮的西裝，有名錶跟好鞋，充滿了富裕與高人一等的氣派。

這是西岸的骯髒事，留給他們自己清理門戶。在檔案快結束之處，有手寫的筆記，他猜是安克藍姆的筆跡：

「喬叔已經不需要親手殺人了。他的手下已經夠危險了，而且這個混蛋的勢力越來越大。」

他找到一具電話，他拿起來打了通電話到巴林尼監獄。安克藍姆並不在附近，他起身走走。他就知道自己最後會走回那個充滿霉味、裝滿老魔頭聖經約翰檔案的房間。格拉斯哥的人還在談論他，甚至在聖經強尼還未出現前也是。聖經約翰已經成爲夜間嚇唬兒童的鬼怪，成爲一整個世代的恐怖故事。他是你古怪的鄰居，或是住樓上的那個沉默男人，他是那個開著無窗廂型車的快遞員。他是你所想像的任何人。在七〇年代初期，父母曾經這樣警告小孩：「乖一點，不然聖經約翰就會來抓你！」

鬼怪的化身，現在竟然正在製造下一代。

值班的刑警似乎一起離開午休，雷博思獨自一人在辦公室裡。他讓門開著，但不知爲何要這麼做，然後仔細研讀這些文件。警方總共做了五千份筆錄。雷博思讀了幾個報紙的標題：「舞廳唐璜心懷殺機」、「緝捕虐殺女性兇手之百日記事」。在偵辦此案的第一年，警方偵訊了超過五千個嫌犯，但是排除了他們涉案的可能性。當第三個死者的妹妹提供了仔細的兇手外型描述，警方所知道的兇手如下：藍灰色眼珠；牙齒整齊，但是右上方有一顆牙齒疊著另一顆；偏好的香菸品牌是「大使館」（Embassy）；他曾提到成長過程中嚴格的家教，也引述聖經裡的章節。但是那時候已經太晚了，聖經約翰已經成為歷史。

聖經約翰與聖經強尼還有一個不同點：命案之間的間隔。聖經強尼每隔幾週就會殺人，但是聖經約翰殺人並沒有固定週期的間隔。聖經約翰第一次犯案是在六八年二月，接下來隔了幾乎十八個月，一直等到六九年八月他才犯下第二件命案。然後又過了兩個半月，他犯下最後一樁命案。第一個跟第三個死者是在星期四晚上被殺，第二個是在週六晚上被殺。十八個月是很長的間隔，雷博思熟知各種推論：聖經約翰人在海外，也許是個商船船員或是海軍水手，或者隨軍駐紮在國外。也許他在坐牢，為其他比較輕微的案子服刑。但這些都只是假設。三個受害者都是母親，但是到目前為止，聖經強尼殺的女性都未生子。聖經約翰案的受害者正值生理期這件事是否重要？她們都生過小孩的事實有無重要性？他把一塊衛生棉塞到第三個死者的腋下，這是一種儀式。很多協助辦案的心理學家都解讀過這個行為，他們的理論：聖經告訴聖經約翰，女人都是妓女，當已婚女人跟著他離開舞廳時，就證明了這一點。她們月經來潮令他生氣，並滿足他嗜血的慾望，所以他殺了她們。

雷博思知道總是有人相信，這三件命案之間除了情境雷同之外，並沒有任何連結。他們推論兇手是三個不同的人，也認為連結三件命案的唯一因素是高度的巧合。雷博思並不相信什麼巧合，他還是相信有強烈動機的兇手是存在的。

有些了不起的警察都參與過這件案子的偵辦：湯姆．顧德（Tom Goodall），他緝捕過吉米．波友❹（Jimmy Boyle），彼得．曼紐埃❺（Peter Manuel）認罪時他也在場。顧德過世之後，艾芬史東．達格利許（Elphinstone Dalgliesh）與喬．比提（Joe Beattie）接棒。比提曾經長時間盯著嫌犯的照片，有時候還用放大鏡。他覺得如果聖經約翰走進一個人多擁擠的空間裡，他也能把他認出來。這件案子讓一些警官著了魔，讓他們的生涯一落千丈。這麼多人投入偵辦，卻沒有任何結果，對警方的辦案方法與系統都是一大諷刺。他又再度想起洛森．蓋帝斯……

雷博思抬起頭，發現有人站在門口看著他。那兩個人走進辦公室，他站了起來。是阿都斯．禪恩與吉姆．史蒂文斯。

「有什麼發現？」

史蒂文斯聳肩說：「現在說還太早。阿都斯感應到幾個線索。」他伸出手，雷博思與他握手。史蒂文斯微笑說：「你還記得我，對不對？」雷博思點頭說：「剛剛在走廊的時候我還不太確定。」

「我以為你在倫敦。」

「我三年前搬回來了，我現在是自由特稿記者。」

「並且兼任保鑣，我知道。」

雷博思視線轉向阿都斯．禪恩，但是這個美國靈媒並沒有聽他們說話。他的手掌在附近一張桌子上的文件上方移動。他身材瘦小，中年人，戴著鐵框眼鏡，鏡片是藍色的。他的嘴唇微開，可以看到他細小的牙齒。雷博思覺得他有點像扮演《奇愛博士》的彼得．謝勒❻。外套上的連身帽蓋著他的頭，他移動時會發出咻咻的聲音。

「這是什麼東西？」他問。

「聖經約翰，聖經強尼的老祖宗。他們也找了個靈媒，傑拉德．克洛賽（Gerard Croiset），來協助偵辦聖經約翰案。」

「那個荷蘭靈媒？」禪恩輕聲說，「有得到什麼結果嗎？」

---

❹蘇格蘭人，一九六七年因謀殺罪被判處無期徒刑，在獄中成為知名的雕塑家與作家。
❺蘇格蘭犯罪史上最惡名昭彰的病態連續殺人犯，一九五八年因殺害七條人命而被處以絞刑。
❻Peter Seller，英國著名演員，在經典政治諷刺電影《奇愛博士》（Dr. Strangelove）裡，扮演主角。

「他描述了一個地點，指出那裡有兩個店員與一個老人，說他們可以協助調查。」
「然後？」
「然後，」史蒂文斯插嘴說，「一個記者發現了看起來像他描述的地點。」
「但是那裡沒有店員，」雷博思接著說，「也沒有老人。」
禪恩抬起頭說：「懷疑主義對案情沒有幫助。」
「你可以說我是不可知論者。」
禪恩微笑，伸出他的手。雷博思與他握手，感覺到他的掌心發燙，雷博思的手臂傳來一陣刺痛。
「很可怕吧？」吉姆．史蒂文斯說，他彷彿可以知道雷博思的心裡在想什麼。
雷博思對四張辦公桌上的資料揮揮手，「禪恩先生，你感應到什麼了嗎？」
「只有無盡的悲傷與痛苦。」他拿起嫌犯的模擬照片，「我可以看到旗子。」
「旗子？」
「美國星條旗、納粹十字旗。還有裝滿東西的行李箱……」他閉上眼睛，眼皮跳動著，「在一棟現代感的房子的閣樓。」他睜開眼睛，「就看到這些。距離這裡很遠，很遠。」
史蒂文斯拿出筆記本，他很快地用速記做筆記。門口站了另一個人，看到他們三個聚在一起很訝異。
「探長，」安克藍姆說，「該吃午飯了。」
他們乘一輛值勤警車到西區，安克藍姆開車。他似乎有點不一樣了，他對雷博思更感興趣，同時也更具戒心。他們的對話變得有一搭沒一搭。
安克藍姆指著人行道旁邊漆著條紋的交通錐，那裡是街上唯一的空位。
「下車把那個移開，好嗎？」
雷博思照辦，把交通錐擺到人行道上。安克藍姆一分不差地把車子倒進這個位置。

「看起來你停車技術練得不錯。」

安克藍姆把領帶拉直，「代客停車。」

他們走進「大廳」，一家看起來很時尚的酒吧，裡面有太多看起來不好坐的吧台高腳椅，牆上是黑白相間的磁磚，天花板吊著電吉他與木吉他。

吧台後面有寫在黑板上的菜單，三個店員忙著應付午餐時間的人潮，空氣中的香水味比酒精的氣味濃。粉領族在高分貝的音樂聲中大聲講話，慢慢喝著華麗的飲料。有時候會有一兩個男人陪著她們，微笑不語，年紀比較老一點。他們穿的西裝告訴別人他們是管理階層，是這些女妖精的上司。桌上的手機與傳呼機比杯子還多，就連店員身上也有這些通訊產品。

「你想要來點什麼？」

「一品脫啤酒。」雷博思說。

「吃的呢？」

雷博思瀏覽完菜單，「有沒有肉食？」

「野味派❼。」

雷博思點頭，他們跟吧台之間隔著一列桌子，但是安克藍姆還是讓店員注意到他。他踮起腳，越過前面那些頭髮燙得像稻草的青少年點餐。青少年們轉身兇惡地瞪著他，因爲他插隊了。

「小姐們，沒關係吧？」他斜著眼瞪著他們，他們把頭轉回去。

他帶著雷博思穿過吧台區，走道裡面的角落，那裡有張桌子上滿是綠色食物：沙拉、法式鹹派、鱷梨沾醬。那張桌子只幫安克藍姆留了座位，雷博思自己拉了張椅子來。三個刑警坐在那裡，沒有人喝啤酒。安克藍姆介紹他們給雷博思認識。

❼ game pie，用某種野味肉類（鹿肉、兔肉等）做成的鹹派。

「你已經認識傑克。」傑克・莫頓點頭，嚼著印度麵包。「這兩位是安迪・藍納克斯警佐與比利・伊格斯頓探長。」這兩個人簡單地打了招呼，對眼前的食物比較有興趣。雷博思左顧右盼。

「我們點的飲料呢？」

「有點耐性，老兄，耐性。這不就來了嗎。」

酒保端著一個盤子走過來，上面有雷博思的啤酒與野味派，安克藍姆的鮭魚沙拉與琴酒加通寧水。

「十二鎊十便士。」酒保說。安克藍姆給他三張五鎊鈔票，說不用找了。他舉杯向雷博思。

「敬我們齊聚一堂。」

「我們如何？」雷博思接著說。

「日漸凋零，死人一群❽。」傑克・莫頓也舉杯說，但杯中物看起來似乎是水。他們都喝了飲料，開始用餐，交換今日的小道消息。附近有一桌粉領女子，伊格斯頓與藍納克斯偶爾試著跟她們搭話，但那些女人自顧自地聊天。雷博思心想，衣裝不見得可以帶來男性魅力。他覺得悶得不舒服，桌上空間不夠，椅子也離安克藍姆太近，音樂拿他當沙袋練習拳擊。

「你怎麼看喬叔的事？」安克藍姆終於問了這個問題。

雷博思嚼著一塊半月形的硬派，其他人似乎也在等著他的答案。

「我想今天我會找時間去拜訪他。」

安克藍姆笑了，「如果你是說真的，告訴我，我們會借你防彈衣。」其他人也笑了，然後繼續吃東西。雷博思想著到底有多少喬叔的賄款流進格拉斯哥刑事調查局。

「約翰跟我，」傑克・莫頓說，「一起辦過『繩結與十字』❾案。」

「是嗎？」安克藍姆看起來很感興趣。

雷博思搖頭說：「舊事一樁。」

莫頓聽出他語氣裡的意思，低頭吃東西，伸手拿杯子。

舊事一樁，非常、非常痛苦的回憶。

「談到舊事，」安克藍姆說，「聽說你在史佩凡案上遇到一點麻煩。」他不帶善意地微笑，「我在報紙上讀到的。」

「都只是電視節目的炒作。」雷博思只說了這句評論。

「齊克，我們在DNA上遇到的麻煩更大。」伊格斯頓說。他又高又瘦，個性嚴謹，讓雷博思聯想到會計師的形象。雷博思敢打賭，他擅長處理公文，但是不太能在街頭辦案——像他這種人，每個警局至少需要一個。

「DNA就像瘟疫一樣蔓延。」藍納克斯吼道。

「各位，這是社會的問題，」安克藍姆說，「社會把他們也變成我們的問題。」

「DNA？」

安克藍姆轉身對雷博思說：「Do Not Accommodate，不可收容的人。市政府趕出很多有問題的住戶，他們連夜間遊民臨時收容所也拒收——大部分有毒癮、還有賣淫女性、回歸社區的精神病患，可是社區卻叫他們立刻滾出去。所以這些人就在街頭流浪，製造麻煩，讓我們頭痛。他們什麼都來，大庭廣眾下注射海洛英，過度服用注射用鎮定劑Temazepam。」

「他媽的嚇死人。」藍納克斯說。他小捲的頭髮是薑黃色的，雙頰深紅，臉上到處是雀斑，金色的眉毛跟睫毛。他是這桌唯一抽菸的人，雷博思也點了一根加入他。傑克．莫頓用指責的眼神看著他。

「那你們能怎麼辦？」雷博思問。

「我告訴你，」安克藍姆說，「我們下個週末會把他們全抓起來，塞進好幾輛巴士裡，然後把這些人全部丟到王子街鬧區。」

---

❽蘇格蘭酒令，蘇格蘭語原文：「Here's tae us; wha's like us? Gey few, and they're a'deid.」。

❾藍欽的第一本小說，也是雷博思探案系列第一部《Knots and Crosses》（一九八七）。

整桌的人對著外地訪客大笑，指揮的是安克藍姆。雷博思看了看錶。

「趕著要去哪裡嗎？」

「對，我該走了。」

「聽著，」安克藍姆說，「如果你眞的受邀到喬叔的住處，我想要被告知。今晚七點到十點我會在這裡。」

雷博思點頭，對大家揮手道別，然後離開。

到了外面他感覺好多了。他開始走路，並不知道自己要往哪裡去。市中心的街道規劃是美式，由單行道組成的棋盤系統。愛丁堡也許有些歷史古蹟，但是格拉斯哥的規模卻是史無前例的龐大，相較之下，愛丁堡只是個模型城市。雷博思一直走，直到發現一家比較像他會去的酒吧。他知道爲了即將進行的拜會，他必須先喝點酒壯膽。酒吧裡有一架電視機無聲地播放，並沒有播放音樂。那裡的人壓低了音量交談，他連旁邊那兩個人在講什麼都聽不懂，他們的腔調太重了。這裡唯一的女人是酒保。

「今天來點什麼？」

「威雀牌威士忌，雙份。我還要外帶半瓶。」

他倒了一點水到杯裡，心想在這裡吃兩份派，喝兩杯威士忌，恐怕還不到「大廳」價位的一半。但是安克藍姆付了「大廳」的帳單，從高級西裝的口袋裡掏出三張簇新的五鎊鈔票。

「請給我一杯可樂就好。」

雷博思回頭看這個新顧客：傑克．莫頓。

「你跟蹤我。」

莫頓微笑說：「約翰，你看起來氣色好。」

「你和你的好友們氣色看起來好過頭了。」

「我是不收黑錢的。」

「你不收？那有誰收了？」

「約翰，拜託，我是在開玩笑。」莫頓坐在他旁邊，「我聽說洛森・蓋帝斯的死訊。這是否意謂著整件事會慢慢銷聲匿跡？」

「有可能。」雷博思喝光他的酒，「你看。」他指著酒吧角落的一台機器，「傑利糖豆（Jelly bean）販賣機，二十便士可以買一把。傑克，我們蘇格蘭人有兩件事很出名：愛吃甜食，愛喝酒。」

「我們還有兩件事很有名。」莫頓說。

「什麼？」

「逃避問題，卻總是有罪惡感。」

「你是指喀爾文主義⑩？」雷博思咯咯笑，「老天，傑克，我還以為近來你唯一認識的喀爾文是卡文・克萊先生。」

傑克・莫頓盯著雷博思的眼睛看，「告訴我為什麼人可以讓自己這樣消沉下去。」

雷博思哼了一聲，「你有多少時間可以聽我講？」

莫頓回答：「聽完為止。」

「傑克，根本就講不完。來一杯真正的飲料吧。」

「我喝的是真正的飲料。你正在喝的東西才不是飲料。」

「那麼是什麼？」

「逃避的藉口。」

傑克說他會開車送雷博思去巴林尼監獄，並沒有問他為什麼要去那裡。他們開車走M8高速公路去監獄所

⑩Calvinism，基督教教派之一，以創始人John Calvin命名。喀爾文與名牌服飾卡文・克萊（Calvin Klein）的卡文是同一個英文字，雷博思以此開了一個玩笑。

在地里第里，傑克路很熟。車程中他們沒說什麼話，直到傑克問了那個一直懸在兩人之間的問題。

「珊米好嗎？」

雷博思的女兒，現在已經成人了。傑克已經快十年沒有見過她了。

「她很好。」雷博思立刻改變話題，「我並不認為安克藍姆喜歡我。他一直在……摸清我的底細。」

「他是個很精明的傢伙，對他態度好一點。」

「有什麼特別理由嗎？」

傑克．莫頓吞下他的答案，搖搖頭。他們下了交流道，開在康伯諾德路上，已經離監獄不遠。

「聽著，」傑克說，「我不能待在這裡。告訴我你會待多久，我派巡邏車來接你。」

「一個小時應該夠了。」

傑克．莫頓看看錶，「一個小時。」他伸出手說：「約翰，很高興再度重逢。」

雷博思用力地握著他的手。

第六章

卡菲提，綽號「大葛」，已經在會客室等著雷博思。

「稻草人，見到你眞是令人驚喜。」

稻草人是卡菲提給雷博思取的綽號。帶雷博思進來的監獄警衛似乎不打算離開，再加上房間裡本來就有兩個警衛看著卡菲提。他曾經逃出巴林尼監獄一次，現在既然被抓回來，他們不打算讓他有任何脫逃機會。

「嗨，卡菲提。」雷博思在他對面坐下。卡菲提在監獄裡變老了，皮膚失去日曬的褐棕色，肌肉也鬆垮了些，在所有不該長肉的地方累積脂肪。他的頭髮變少，而且白得很快；他的下巴與臉頰有鬍渣。「我給你帶了一點東西。」他看著警衛，慢慢把那半瓶酒拿出口袋。

「不行。」一個警衛厲聲說。

「稻草人，你別擔心。」卡菲提說，「我有很多酒可以喝，這裡的酒多到幾乎可以在裡面游泳。你有這個心意就好了。」

雷博思把酒瓶放回口袋裡。

「我猜你有事要我幫忙？」

「是的。」

卡菲提交叉雙腿坐著，氣定神閒，「什麼事？」

「你認識喬瑟夫．托爾嗎？」

「沒有人不認識喬叔，就連狗也知道他。」

「對。但是你認識他本人嗎？」

「又如何？」卡菲提的笑容多了一分興趣。

「我要你打電話給他，要他跟我談談。」

卡菲提考慮著這個請求，「爲什麼？」

「我想問他安東尼．肯恩的事。」

「東尼．艾爾？我以爲他已經死了。」

「他在尼地里的一樁命案裡留下指紋。」雷博思才不管上司說過的話，他把這件案子當成謀殺案。他知道「謀殺」這個字眼會讓卡菲提留下深刻印象，的確沒錯，他的嘴唇圍成「O」形，並吹了一聲口哨。

「這實在太蠢了。東尼．艾爾以前沒有這麼笨。要是他還在爲喬叔工作……兩人可能會大吵一架。」雷博思知道，在卡菲提心裡，這件命案已經跟喬叔扯上關係，他希望喬叔可以因此進來巴林尼監獄當他的獄友。他們之間有新仇舊恨，爭搶地盤的糾紛。舊帳總是算不完，而卡菲提下定了決心。

「你得幫我弄到電話。」

雷博思站起來，走到那個厲聲說不行的警衛，他把威士忌偷偷放進那人的口袋裡。

「我們得讓他打個電話。」他說。

他們左右夾著卡菲提，走到走廊上的一座公共電話。他們必須通過三道閘門。

「這是近來我離外面最近的一次。」卡菲提開著玩笑說。

警衛們沒有笑，雷博思拿出打電話需要的銅板。

「現在，」卡菲提說，「看看我還記不記得……」他對雷博思眨眼，按下七個號碼，等待著。

「喂？」他說，「你是誰？」他聽了那人報上姓名。

「我沒聽過你這個人。聽著，告訴喬叔，大葛有話跟他說。就這樣跟他說。」他等著，看了雷博思一眼，舔了舔嘴唇，「他說什麼？告訴他我是從巴林尼監獄打電話給他，所剩的銅板不多。」

雷博思又投了一枚銅板。

「好，」卡菲提開始生氣了，「告訴他說他的背上有刺青。」他把話筒蓋著對雷博思說，「喬叔不喜歡宣揚刺青的事。」

雷博思盡量貼近聽筒，聽到一個平板刺耳的聲音。

「莫里斯．傑拉德．卡菲提，是你嗎？我還以爲有人想騙我。」

「嗨，喬叔，生意還好嗎？」

「還可以。誰在你旁邊聽這通電話？」

「剛剛算過，有三隻猴子跟一個條子。」

「你總是喜歡找人來聽你說話，這是你的毛病。」

「喬叔，你的建議很有道理，可惜來得太晚，晚了好多年。」

「他們想怎樣？」他們——條子是雷博思，三隻猴子是警衛。

「愛丁堡刑事調查局的條子想跟你說話。」

「談什麼？」

「東尼．艾爾。」

「有什麼好說的？東尼已經一整年沒幫我做事了。」

「那你就這樣告訴那位好警察。東尼似乎又開始玩老把戲了，愛丁堡有具屍體，命案現場有東尼的指紋。」

聽筒傳來某人的低吼。

「喬叔，你哪裡有狗是不是？」

「告訴那個警察，我跟東尼沒有任何關係。」

「我猜他想親耳聽你說這句話。」

「讓他聽電話。」

卡菲提看著雷博思，他搖搖頭。

「他想要看著你的眼睛聽你說這句話。」

「這傢伙是玻璃圈的嗎？」

「喬叔，他是老派作風的警察，你會喜歡他的。」

「爲什麼他去找你？」

「我是他最後的希望。」

「你他媽幹嘛答應幫他？」

卡菲提立刻接話說：「因爲半瓶威士忌。」

「老天，巴林尼監獄比我想像得還缺酒。」他的聲音聽起來比較柔和一點了。

「你送一瓶酒過來，我馬上叫他死到一邊去。」

一陣粗啞的笑聲，「老天爺，卡菲提，我想念你。你還得關多久？」

「問我的律師們。」

「你是不是還在管事？」

「你認爲呢？」

「我是這麼聽說的。」

「你沒有聽錯。」

「叫那個混蛋過來，告訴他我只給他五分鐘。也許最近我會找時間去看你。」

「喬叔，最好不要來，會客時間結束時，他們可能會不小心把你也關起來。」

一陣大笑，通話結束，卡菲提把話筒放回去。

「稻草人，你欠我人情。」他大聲地說，「所以我要你回報我：把那個老混蛋收拾掉。」

但是雷博思已經走向外面的自由空氣。

警車已經在門口等他，莫頓沒有失信。雷博思已經把喬瑟夫．托爾檔案的地址背起來，他要警員送他去那裡。他坐在後座，前面坐著兩個制服員警，那個坐在乘客座的員警回頭。

「那裡不是喬叔住的地方嗎？」

雷博思點頭，那兩個警員交換了一個眼神。

「把我載到那裡。」雷博思命令說。

下班時間，車流量大。格拉斯哥就像橡皮一樣，往四面八方延伸。他們來到這片公有住宅，看起來就像愛丁堡同樣規模的公有住宅，灰色的碎石子牆面、荒涼的兒童遊樂場、柏油路面、裝著鐵窗的商店零零落落。騎著腳踏車的小孩們停下來看警車，眼睛就像衛兵一樣警覺。染成金髮、身材走樣的母親，推著嬰兒推車。他們慢慢開車深入住宅區，窗戶後面有人看著他們，街角有男人聚在一起講話。這裡是城中之城，整齊劃一，了無生氣，剩下的只有頑強。門頂三角牆上寫著「絕不屈服」，北愛獨立運動的標語在這裡一樣適用。

「與人有約嗎？」

「有。」

「感謝上帝你不是亂闖進來。」

「附近有其他巡邏車嗎？」

前面乘客座那個警員緊張地笑了，「長官，這裡是蠻荒地帶。蠻荒地帶自有其法則與秩序。」

「如果你有他那麼多錢，」駕駛說，「你會想住在這裡嗎？」

「他在這裡出生長大。」雷博思說，「我相信他的房子應該有點與眾不同。」

「不同？」駕駛哼了一聲，「那你就自己看看吧。」

車子停在死巷入口，雷博思看到死巷盡頭的兩棟房子，它們與周邊房子只有一點不同：外牆鋪著石板。

「其中一棟？」雷博思問。

「兩扇門隨便你選。」

雷博思下了車，又俯身靠著車子說：「不准把車開走。」他用力把車門關上，走進死巷。這兩棟並排房子，他選了左手邊那棟。裡面有人開了門，一個大塊頭男人讓他進門，大塊頭身上的T恤繃得很緊。

「你就是那個條子？」他們站在狹窄的玄關裡，雷博思點頭，「從這裡進去。」

雷博思打開通往客廳的門，看看左右的環境。兩棟房子共用的牆已經被打通，所以客廳變成兩倍大，客廳往內延伸到幾乎不可能的長度。雷博思聯想到《誰博士》⓫的塔地斯時光旅行機器，他自己一人走向房子的後面，屋後還加蓋了很大一片，包括一個不小的溫室。理論上剩下能做花園的土地應該很少，但是外面卻有很大一片草地。屋後接著公有的遊憩空地，雷博思看得出來喬叔應該侵佔了很大一塊地來當作自家的花園。

喬叔也當然沒有房屋拓寬許可。

他這種人哪需要什麼許可？

「我希望你的耳朵已經洗乾淨了。」有人說。雷博思回頭，看到一個小個子的駝背男人進來。他一手夾著一根菸，另一手拿著助走杖。他拖著地毯拖鞋走向一張老扶手椅，一屁股坐了下去，雙手握著扶手，因爲他長年把手上的髮油抹在扶手上，所以扶手發著油光。助走杖則放在他的大腿上。

雷博思看過他的照片，但是跟實際上看起來有不少差距。喬瑟夫．托爾眞的看起來像是叔伯輩，他七十幾歲，身體很結實，曾經當過煤礦工人，有著礦工的臉和手。他的額頭滿是皺紋，稀薄的白髮往後梳，上了髮油。他的下巴方正，眼睛有水光，眼鏡掛在脖子上。當他把香菸湊到嘴邊時，雷博思看到他的手指被尼古丁燻黃，指甲有淤傷且倒長進肉裡。他在寬鬆的運動衫上面套著同樣寬鬆的羊毛衣，毛衣有縫補過的痕跡，線頭露了出來。他咖啡色的褲子很寬大，膝蓋部位有污漬。

「我的耳朵沒有問題。」雷博思一邊往前走一邊說。

「很好，因爲我話只說一次。」他吸吸氣，調整自己的呼吸，「安東尼．肯恩曾經爲我工作了十二、三年，不是持續性的，而是短期合約。然後一年前，或再早一點，他告訴我他要離開，他想當自己的老闆。我們和氣地分道揚鑣，從此我沒再見過他。」

雷博思指著一張椅子，喬叔點頭示意他可以坐下。雷博思慢慢調整一個舒服的坐姿。

「托爾先生——」

「大家都叫我喬叔。」

「就跟史達林的綽號⑫一樣？」

「小子，你以爲你是第一個說這個笑話的人嗎？問你的問題。」

「當東尼離開你旗下，他打算做什麼？」

「他沒有說細節，我們臨別之前的對話很……簡短。」

雷博思點頭，心想：我有個叔叔長得跟你很像，可是名字我想不起來了。

「如果你要的就是這些……」喬叔好像就要站起來的樣子。

「喬叔，你記得聖經約翰嗎？」

喬叔皺著眉頭，明白這個問題，卻不明白問題的用意。他彎腰伸手到地板上的菸灰缸，把菸熄掉。「我記得很清楚。幾百個警察在街上找人，對生意很不好。我們百分之百配合，我也派了人追查了這個王八蛋好久，找了好幾個月！現在又出現一個新混蛋。」

「聖經強尼？」

喬叔指著自己說：「我是個生意人，濫殺無辜讓我受不了。我旗下所有的計程車司機——」他停頓一下，「我投資了一家本地的計程車公司——我要求每個司機要把眼睛跟耳朵打開。」他用力地呼吸著，「如果我得到什麼線索，就會立刻通知警方。」

「非常熱心公益。」

⑪Dr. Who，英國老牌科幻電視影集，塔地斯（Tardis）是誰博士的時光旅行機器，雖然外觀只有一個電話亭大，裡面卻大得多。

⑫「喬叔」是二次大戰時西方媒體給史達林的綽號。

喬叔聳肩，「公眾事務就是我的生意。」又停頓一下，他皺眉說：「這跟東尼．艾爾有什麼關係？」

「沒關係。」喬叔看起來並沒被說服，「你就當我離題了。我可以抽菸嗎？」

「你留在這裡的時間不夠讓你慢慢抽根菸。」

雷博思還是點了菸，安穩地坐著，「東尼．艾爾去了哪裡？」

「他沒有寄明信片給我。」

「你一定多少知道他的去向。」

喬叔想了一下，可是他應該不需要花時間想答案，「我想是南方吧，也許是倫敦，他在那裡有朋友。」

「倫敦？」

喬叔沒有看著雷博思，他搖頭說：「我聽說他往南方去了。」

雷博思站起來。

「時間已經到了嗎？」喬叔吃力地站起來，用助走杖幫自己站穩。「我們才剛開始互相認識。愛丁堡近來如何？你知道我們以前怎麼說愛丁堡嗎？穿毛皮大衣但沒穿內褲⑬。」喬叔的大笑轉為劇烈的咳嗽，喬叔雙手緊抓助走杖，膝蓋幾乎要撐不住。

雷博思等到他笑完。老人的臉已經變成赭色，還冒出汗水。「這個說法也許是真的。但是在這個社區我沒看到太多毛皮大衣，更別提內褲了。」

喬叔露齒而笑，是黃色的假牙。「卡菲提說我會喜歡你，你知道嗎？」

「什麼？」

他的笑容沉了下來，「他錯了。現在我看過你了，更是懷疑他為何把你送來這裡。不可能只為了半瓶酒，卡菲提也沒賤到這種地步。小伙子，你最好回去愛丁堡。好好照顧自己，我聽說那裡治安已經不像以前那麼好。」

雷博思走到客廳另外一端，決定要從另外一個前門出去。門旁邊有個樓梯，有人剛好下樓，幾乎與他撞在一起。這個高大的男人穿著品味很差，臉看起來就是腦袋不太靈光的樣子，手臂上有薊跟風笛手的刺青。他大概二十五歲，雷博思記得他也在檔案裡：瘋狂的莫基．托爾，綽號史坦利。喬瑟夫．托爾的妻子是難產而死，其實她那時已經老得不適合懷孕了，但是他們前兩個小孩都死了，一個早夭，另一個死於車禍。所以只剩下史坦利這個唯一的接班人，但是身爲老么的他，智商似乎是最低的。

他充滿恨意與威脅性地瞪了雷博思好久，然後大步跑向他父親。他穿著細條紋西裝褲搭T恤，穿著白襪跟運動鞋——雷博思還沒有遇過一個懂得穿衣服的黑道，他們很會花錢，但沒有品味——他的臉上有六顆不小的疣。

「喂，老爸，我跑車的鑰匙掉了，備用鑰匙在哪？」

雷博思自己開門出來，看到巡邏車還在那裡，讓他鬆了一口氣。男孩們騎著腳踏車兜圈子，像印地安人般開著派對，心裡轉著割人頭皮的念頭。他走離死巷時，看著路旁停著的車子：新的路華（Rover）高級轎車、寶馬（BMW）3系列跑車、舊款的大型賓士、還有幾輛比較普通的車子。這裡要是二手車賣場，他應該不會花錢買車，改到其他地方看車。

他穿過兩輛腳踏車，打開後車門上車。駕駛發動引擎，雷博思轉頭看見史坦利正要蹦蹦跳跳地走向寶馬跑車。

坐在乘客席的警員說，「在我們離開之前，你有檢查過手指腳趾都還在嗎？」

「到西區。」雷博思說，他靠在座椅上，閉上眼睛。他需要喝一杯。

他到「馬蹄鐵」酒吧喝了一杯威士忌，然後出去搭計程車。他告訴司機說他要去貝托費爾德的蘭賽德路。打從一進去聖經約翰案檔案室，他就知道他會走這一趟。他其實可以要巡邏車載他去，但是他不想解釋他對這

---

⑬ Fur coat nae knickers，傳統民間嘲笑愛丁堡的話。

件案子為什麼有興趣。

聖經約翰殺害的第一個女人住在蘭賽德路。她是個護士，跟父母同住。那晚她出去跳舞時，她的父親幫她照顧她的小兒子。雷博思知道她本來要去希望街上的「崇高」舞廳，但是中途卻決定改去巴洛藍舞廳。要是她沒有改變計畫，就不會遇害了。到底是什麼力量把她推往巴洛藍舞廳？可以說一切都是命嗎？

他叫司機等他，他下車在街道上走來走去。她的屍體就在附近被發現，就在卡邁可巷的修車廠外面，衣服跟手袋都不見了。警方花了很多時間精力搜索這些東西，也盡了最大努力查訪那晚去過巴洛藍舞廳的人，可是有個問題：星期四之夜惡名昭彰，因為那是二十五歲以上男女專屬的夜晚，很多結了婚的男女都會去，把配偶與結婚戒指拋到腦後。很多人根本不應該在那裡出現，因此也不願出面作證。

計程車的引擎還在運轉，計程表也還在跑。雷博思不知道他想在這裡發現什麼，但是他還是很慶幸自己來到這裡。在這條街上很難看到一九六八年的情景，也完全感覺不到當年的氛圍。人事已經全非。

他知道麥奇斯街是第二個死者居住並遇害的街道。聖經約翰有這個特性：他會把受害者帶到她們住家附近再殺害，這可能意謂他很有信心，也可能顯示他猶豫不決。一九六九年八月，警方幾乎要放棄偵辦第一件命案，而巴洛藍舞廳又開始熱鬧起來。那天是星期六晚上，死者把三個小孩托給住在隔壁公寓的姊姊。那個年代的麥奇斯街都是公寓，但是當計程車到這裡時，雷博思看到的都是並排的獨棟房子與衛星天線。公寓建築早就消失了，一九六九年時就已經準備要被拆毀，很多戶都沒人住。她的屍體在其中一棟荒廢的公寓裡被發現，被人用她自己的襯衣勒斃。她有些東西不見了，包括手袋在內。雷博思沒有下車，因為覺得沒有必要。司機轉頭看著他。

「為了聖經約翰案而來？」

雷博思驚訝地點頭，司機點了根菸。他大概五十歲，濃厚的灰白鬈髮，氣色紅潤，藍色眼珠裡閃著男孩般的亮光。

「當年我也是計程車司機。我從來沒辦法真的忘記這件事情。」

雷博思想起標有「計程車公司」的檔案夾，「警察問過你問題嗎？」

「有啊，但他們主要是想要我們幫忙找嫌犯，你知道，如果我們載到他的話。但是他看起來就像一般顧客，很多人都符合對嫌犯的描述。我們差點動私刑拷問幾個人，警方必須發證明給一些人，上面寫著：『此人非聖經約翰』並且由警察局長簽名。」

「你覺得他後來怎麼了？」

「唉，誰知道？至少他收手了，這比較重要，對不對？」

「如果他眞的收手的話。」雷博思輕聲說。第三個地址是蘇格鎭的伯爵街，死者的屍體在萬聖節被發現。她的妹妹整個晚上都跟死者在一起，提供了當晚非常詳盡的經過：搭公車到格拉斯哥十字路口，走到蓋羅門街……到幾家商店買東西……在商旅酒館喝酒……然後到巴洛藍舞廳。她們遇到兩個名叫約翰的男人，但是這兩個男人似乎處不來。其中一個坐公車走了，另一個留下來跟她們聊天並共乘計程車。這件事困擾著雷博思，也困擾著之前的很多警探：為什麼聖經約翰要留下這麼好的目擊證人？為什麼明知死者的妹妹可以清楚指出他的特徵，他還是動手殺人？因為如此，警方才知道他的穿著、談話內容與交疊的門牙。為什麼他這麼粗心大意？他是故意要嘲弄警察，還是另有原因？也許他已經快離開格拉斯哥，所以可以隨便犯下最後一件案子？但是他要去哪裡？到一個沒有人認識他的地方——澳洲、加拿大、還是美國？

往伯爵街的半路上，雷博思說改變心意，要司機轉往「陸戰隊」。舊帕提克警局曾經是聖經約翰案的偵辦中心，現在空無一物，近乎荒廢。如果你把鎖頭打開，你還是可以進入這棟建築，小孩子也一定找到了不用開鎖就可以進去的方法。但是雷博思只坐在外面凝視著。曾經有很多男人被帶到這裡偵訊，被排在一起讓證人指認。官方紀錄是警方讓目擊證人指認過五百個人，但是還有很多人接受過非正式的偵訊。第三個死者的妹妹與喬．比提站在一起，專注地看著這些人的臉孔、體型與說話方式。然後證人搖搖頭，喬．比提又得重新開始調查。

「你接下來應該去看巴洛藍舞廳吧？」司機說。雷博思搖頭，他覺得夠了，巴洛藍舞廳不會讓他發現什麼他不知道的事。

「你知道一家叫『大廳』的酒吧嗎？」他說，而司機點了頭，「我們就往那裡去吧。」

他付了車資，外加五鎊小費，並請司機開收據。

「朋友，抱歉，我不開收據。」

「你該不會是在喬瑟夫．托爾手下工作吧？」

司機瞪了他一眼，「聽都沒聽過。」然後他打了一檔，加速駛離。

「大廳」裡，安克藍姆站在吧台旁，看起來很悠閒，他被兩男兩女包圍著，是他們注意力的核心。酒吧裡滿是下了班的白領、汲汲營營的專業人士、噴了香水的女人。

「探長，喝點什麼？」

「我請客。」他指著安克藍姆與其他四人的杯子，但是安克藍姆笑了。

「你不要請他們喝酒，他們是記者。」

「反正輪到我請了，」其中一個女人說，「你要喝什麼？」

「我媽說不要接受陌生人請你喝酒。」

她微笑──發亮的唇膏、眼影、疲憊的臉裝出熱誠的樣子。「我是珍妮佛．德萊黛爾。」雷博思知道她爲什麼疲憊，想要裝出「哥兒們」的樣子工作是很累的。梅麗．韓德森告訴過他這一點，這一行的工作型態改變得很慢，兩性平權那一套場面話，根本無法改變舊規矩。

音響播放著傑夫．貝克（Jeff Beck）的〈嗨，雨過天晴〉（Hi-Ho Silver Lining）。愚蠢的歌詞，但這首老歌已經傳唱超過二十多年。像「大廳」這種裝模作樣的地方還能播放這首老歌，讓他感到寬慰。

「其實，」安克藍姆說，「我們該走了。對不對，約翰？」

「對。」稱呼他的名是一種暗示：安克藍姆想要脫身。

記者們看起來不再高興了。他們拚命把問題丟向安克藍姆，他們要聖經強尼案的新聞，什麼都好。

「要是有新進展的話，我一定會說。但是目前沒有什麼可說的。」安克藍姆舉起兩手，試著安撫這四個記者。雷博思看到其中一個把隨身聽錄音機放在吧台上。

「什麼都好。」一個男人說，他甚至看了雷博思一眼，但是雷博思並不涉入目前的狀況。

「如果你要新聞，」安克藍姆說，一邊擠過這些人，「請一個靈媒來辦案吧。謝謝你們請我喝酒。」

到了外面，安克藍姆的微笑就消失了。剛剛在裡面，他不過是演了一場戲。「那些混蛋就像水蛭一樣。」

「就像水蛭一樣，他們也有其用處。」

「沒錯，但是你想跟他們一起喝酒嗎？我沒開車，你介意走路嗎？」

「去哪裡？」

「我們遇到的第一家酒吧。」

結果他們走過了三家酒吧，因爲那幾家不是警察可以安心喝酒的地方。終於他們找到了一家外觀讓安克藍姆喜歡的酒吧。還在下雨，但雨勢不大。雷博思感覺到汗水把他的襯衫黏在背上。儘管下雨，還是有人出來賣《大議題》雜誌⓮，卻沒有人買，大家都懶得做善事。

他們把身上的水甩乾，然後坐在吧台的椅子上。雷博思點了威士忌跟琴酒加通寧水，點了一根菸，遞了一根給安克藍姆，他搖頭拒絕。

「你去了哪裡？」

「喬叔家。」還有其他地方。

「你做了什麼？」

「我跟喬叔講話。」並向他致意……

「面對面？」雷博思點頭，安克藍姆打量著他，「在哪裡？」

⓮ Big Issue，讓遊民販賣維生的公益雜誌。

「在他家。」

「『龐德羅莎⑮』？你沒有搜索票，他卻讓你進去？」

「那個地方沒什麼問題。」

「你抵達之前，他大概花了半小時把所有贓物都搬上樓。」

「我到的時候，他兒子在樓上。」

「一定是守著臥室的門。你有看到伊芙嗎？」

「她是誰？」

「喬叔的情婦。不要被他那副退休老人的演技騙了。伊芙大概五十歲，外型還不錯。」

「我沒看到她。」

「你要是看到她，一定會記住她。那個抖個不停的老混蛋有沒有說出什麼？」

「沒什麼。他發誓東尼‧艾爾已經有一年沒爲他工作，從此沒看過這個人。」

一個男人走進酒吧，一看到安克藍姆就掉頭想走，但是安克藍姆已經在鏡子裡看到他，所以那個人走到安克藍姆面前，把頭髮上的雨水撥掉。

「嗨，齊克。」

「達斯狄，你好嗎？」

「還好。」

「混得還好吧？」

「齊克，你又不是不知道我的狀況。」那個人低著頭，意有所指地說，然後他擠到酒吧的深處。

「只是一個認識的人。」安克藍姆解釋說，他的意思就是這是他的線民。那個人點了「一半一半」：先喝一杯威士忌，接著喝半品脫啤酒。他開了一包「大使館」牌香菸，因爲過於避免看向吧台，反而讓他更可疑。

「喬叔就只告訴你這些？」安克藍姆問，「我很好奇，你是怎麼跟他接上線的？」

「一輛巡邏車把我載到那裡，接下來我用走的。」

「你明知我的意思。」

「喬叔跟我有共同的朋友。」雷博思把威士忌喝光。

「共同的朋友？」安克藍姆問，雷博思點頭。「我知道你去過巴林尼監獄。」傑克·莫頓告的密？「我不認爲那裡有很多人可以直接跟喬叔講話……『大葛』卡菲提？」雷博思無聲地鼓掌。安克藍姆這次眞的笑了，不像剛剛是表演給記者看的。「那個老混帳沒有再告訴你什麼嗎？」

「他只說他認爲東尼·艾爾已經搬到南方去了，也許去了倫敦。」

安克藍姆把酒杯裡的檸檬撿起來丟掉，「眞的？有意思。」

「爲什麼？」

「因爲我的朋友跟我報告過一件事，」安克藍姆的頭些微動了一下，坐在角落的那個線民滑下凳子走了過來。「告訴雷博思探長你告訴過我的事情。」

達斯狄舔了舔他薄到幾乎不存在的嘴唇。他看起來像那種爲了讓自己感到受人重視而告密的人，而不只是爲了錢或報復。

「傳言是，」他說，他還是低著頭，雷博思只看到他的頭頂，「東尼·艾爾在北方工作。」

「北方？」

「丹地……東北方。」

「亞伯丁？」

「在那邊沒錯。」

「做什麼？」

⑮ The Ponderosa，美國舊西部影集《Bonanza》中，主角一家人居住的牧場名稱。在此成了喬叔住宅的綽號。

他很快地聳聳肩，「獨立運作，誰知道他做什麼。他就是被看到在那邊出現。」

「達斯狄，謝了。」安克藍姆說。達斯狄走回他在角落的位置。安克藍姆對女酒保比了手勢，「再來兩杯，」他說，「再給達斯狄一杯一樣的。」他轉向雷博思說：「所以你相信誰？喬叔還是達斯狄？」

「你認爲他說謊只是爲了開我玩笑？」

「或是爲了要整你。」

沒錯，騙他到倫敦那麼遠的地方，錯誤的調查方向可能會影響辦案，浪費警方的時間、人力與精力。

「死者在亞伯丁工作。」雷博思說。

「條條大路通亞伯丁。」他們的酒來了，安克藍姆付了一張二十鎊鈔票，「不用找了，剩下的付達斯狄點的其他飲料，再把剩餘的錢給他。有一鎊是給你的。」

她點頭，很清楚這個慣例。雷博思用力地想著，有好幾條線索指向北方。他想要去亞伯丁嗎？去那裡可以讓他遠離《司法正義》節目，也許可以讓他不去想洛森．蓋帝斯的事。從這個角度看來，今天他彷彿放了一天假。愛丁堡有太多煩人的舊事，格拉斯哥也是——吉姆．史蒂文斯、傑克．莫頓、聖經約翰與他殺害的女人……

「傑克告訴你我去了巴林尼監獄？」

「我用階級壓他，不要怪罪傑克。」

「他變了很多。」

「他對你嘮叨？我在想爲什麼他在午餐的時候追出去找你。改過向善的人總是有一股熱情。」

「我不懂你的意思。」雷博思把杯子舉到唇邊，順暢地把酒倒進嘴裡。

「他沒說嗎？他加入了AA，我指的可不是汽車協會的救難服務，而是匿名戒酒組織。」安克藍姆停頓一下，「但再想想，也許這對他而言眞的是救他度過難關。」他眨眨眼，微笑著。他的微笑有種令人討厭的東西，彷彿知道別人的祕密或動機讓他很開心——一種看不起他人的微笑。

「他以前是個酒鬼。」安克藍姆接著說，「我的意思是，他現在還是個酒鬼。他們說，一朝是酒鬼，一生是酒鬼。他在福寇克出過一次事情，結果進了醫院，幾乎昏迷。他冒冷汗、嘔吐，還在幻象中看到黏液從天花板滴下來。這件事情讓他嚇死了，他出院第一件事就是查撒馬利亞生命線的號碼，然後他們轉介他到果汁教會⓰去。」他看看雷博思的酒杯，「老天，你喝得眞快。再來一杯。」女酒保立刻端上一杯酒。

「謝了，我會喝。」雷博思說，他希望自己可以激昂一點，「反正你好像很有錢，西裝也很高級。」

安克藍姆眼裡的笑意不見了，「阿宅爾街有家西服店，現役警察都打九折。」他瞇起眼睛，「你有話直說。」

「其實沒什麼，只是當我看喬叔的檔案時，老是注意到他似乎總是有警方內部情報。」

「小子，說話小心點。」

叫他小子讓他很不舒服，安克藍姆是故意的。

「這個嘛，」雷博思接著說，「大家都知道西岸對收黑錢很開放，你知道的，不一定是收錢，有可能是手錶、刻了姓名的手鍊、戒指、甚至可能是幾套西裝……」

安克藍姆環顧酒吧四周，彷彿想要找證人來聽雷博思的話。

「探長，你可以指出那些人收黑錢嗎？或者對愛丁堡刑警來說，謠言就可以當證據？我聽說在費特斯⓱警察總部裡的櫃子，已經沒有任何空間，因爲裡面塞滿了死人骸骨。」他拿起酒杯，「有一半的死人身上似乎到處都有你的指紋。」

他又微笑了，眼睛閃著光，眼尾有笑紋。雷博思心想：「他怎麼知道？」雷博思轉身要離開，安克藍姆的聲音跟著他走出酒吧。

「我們不能都跑去找巴林尼監獄的朋友！探長，我們會再見面……」

⓰ the Juice Church，匿名戒酒組織的核心思想是基督教信仰。這個綽號諷刺的另外一點是，參加匿名戒酒組織的人必須從此滴酒不沾。

⓱ Fettes，警察總部的所在地。在之前的雷博思探案系列中，他曾經在該地任職。

第七章

亞伯丁。

去亞伯丁就可以遠離愛丁堡，那裡沒有《司法正義》節目、沒有阿帕契要塞、不必在狗屎堆裡打滾。去亞伯丁是個不錯的主意。

但是雷博思在愛丁堡還有事情要做。他想要在白天勘驗命案現場，所以就開車去了那裡，他把自己的紳寶留在阿帕契要塞，開了一輛沒人用的警車去。吉姆．麥克阿斯其爾要他辦這件案子的原因：他在此地是新人，所以還沒有樹敵。雷博思想著怎麼有可能在尼地里交到朋友。這個地方白天看起來更荒涼：封起來的窗戶、柏油路上的碎玻璃看起來像砲彈碎片、孩子們在陽光下興致缺缺地玩著，當他的車子經過時，他們瞇著眼睛，抿著嘴巴。

這個社區有很多建築物已經被拆掉了，因此可以看到後面比較好的雙併獨棟房子。衛星天線是一種地位象徵：表示屋主失業的狀態。此社區有一家廢棄的酒館，外面貼滿了誠徵保險業務員的廣告，還有一家什麼都賣的雜貨店，窗戶上貼滿錄影帶海報。孩子們把雜貨店當作他們的基地，像是一群騎著越野腳踏車的強盜嚼著泡泡糖。雷博思慢慢開車經過，眼睛盯著他們。命案發生的公寓不在社區的邊緣，所以從尼地里大街並看不見這間公寓。雷博思心想：東尼．艾爾不是走這條路進來的，如果他是隨機挑選作案地點，那麼在大街附近還有其他的廢棄公寓可以用。

兩個人再加上死者，東尼．艾爾還有共犯。

這個共犯熟知此地的狀況。

雷博思走上樓梯，這間公寓已經被警方封鎖，但是他有兩道鎖的鑰匙。客廳還是老樣子，翻倒的桌子上有一條毯子。他心想不知誰睡過這裡，也許他們看過什麼事情。他知道找到這些遊民的機會小於百分之一，想要讓他們說實話的機率更低。廚房、浴室、臥房、走道，他靠著牆壁走，以免踩破地板摔下去。這一棟沒有人住，但是隔壁棟的二樓跟三樓的幾扇窗戶還有玻璃。雷博思敲敲二樓的門，一個外表邋遢的女人應門，有個嬰兒抱著她的脖子。他並不需要自我介紹。

「我什麼都不知道，什麼都沒看到、沒聽到。」她打算把門關上。

「你結婚了嗎？」

她又把門打開，「干你什麼事？」

雷博思聳肩，她反問得好。

「我老公現在大概正在喝酒。」她說。

「你有幾個小孩？」

「三個。」

「那你們應該需要更大的居住空間。」

「我們也是這樣跟他們說的。但是他們只說我們在搬遷名單上。」

「老大幾歲？」

她眯著眼睛說：「十一歲。」

「他有可能看到什麼事情嗎？」

她搖頭說：「那他一定會告訴我。」

「你先生呢？」

她微笑說：「他總是醉茫茫，看什麼東西都是兩個影。」

雷博思也微笑說：「如果你聽到任何事情……無論是小朋友或是你先生……」

「好啊。」她慢慢地把門關上，沒讓雷博思覺得被冒犯。

雷博思爬上一層樓梯，樓梯間裡有狗屎跟用過的保險套，他盡量不要把兩者連在一起。公寓門上有簽字筆塗鴉——王八蛋、中洛錫安哈茨足球隊⑱、性交漫畫。這裡的住戶已經放棄把這些塗鴉擦掉。雷博思按了門鈴，無人應門，他又按了一次。

裡面傳來一句：「滾開！」

「可以說幾句話嗎？」

「你是誰？」

「刑警。」

鐵鍊被扯動，門打開了兩吋。雷博思看到了半張臉，是個老女人，或者是個老男人。他亮出他的警察證件。

「你別想把我趕出去。就算他們要拆房子，我還是會在這裡。」

「我並不想趕你搬家。」

「啊？」

雷博思提高音量說：「沒有人要趕你搬家。」

「他們就想把我趕走，但是我不搬，你就這樣跟他們說。」雷博思聞到一股口臭，有肉類的味道。

「你聽說了隔壁棟發生的事嗎？」

「啊？」

雷博思從門縫窺視裡面，報紙跟貓食空罐亂丟在玄關裡。他再試一次。

「隔壁棟有人被殺了。」

「小子，不要跟我耍花樣！」她的語氣帶著憤怒。

「我沒有要什麼……啊，算了。」雷博思轉身下樓。突然間外面的世界在溫暖的陽光下看起來比較美好。

一切都是相對的。他走到雜貨店，問了孩子們一些問題，並給他們一人一顆薄荷糖。他沒得到什麼線索，卻有了個藉口可以進去雜貨店。他買了一包超涼薄荷糖，放進口袋裡晚點再吃，問了櫃台那個亞裔少女幾個問題。她十五歲，也許十六，非常漂亮。高掛在牆上的電視播放著錄影帶，畫面是香港黑道瘋狂的槍戰。她沒什麼可告訴他的。

「你喜歡尼地里嗎？」他問。

「還好啦。」她的口音是純正的愛丁堡腔，她的眼睛盯著電視。

雷博思開車回阿帕契要塞。小屋裡沒人。他喝了一杯咖啡，抽了一根香菸。尼地里、克雷米勒、威斯特海爾、繆爾浩斯、匹爾頓、格藍頓……這些地方似乎都是社會工程裡的可怕實驗：穿著白袍的科學家把一些家庭放進這個迷宮或那個迷宮，看看他們會發生什麼事情？他們克服環境的能力有多強？他們有沒有可能找到迷宮的出口？……在他愛丁堡所住的區域裡，要六位數字才能買一棟三房公寓。他心想他可賣了房子，突然變得很有錢……但是當然就沒地方住了，賣屋的錢也不夠他搬到城裡更好的地方。他意識到自己其實就跟尼地里或克雷米勒的居民差不多，都困在一個地方，只不過他的牢籠高級一點，如此而已。

他的電話響起，他接起來之後，恨不得自己沒接這通電話。

「雷博思探長？」一個女人的聲音，聽起來像行政人員，「明天可以到費特斯警察總部面談嗎？」

雷博思感覺背脊發涼，「什麼面談？」

她的聲音帶著冷靜的笑意說：「我沒有這方面的資訊。這是助理警察局長辦公室下的命令。」

助理警察局長柯林．卡斯威爾，雷博思叫他「追逐局長大位的傢伙」。他是約克夏郡⓳人，在英格蘭人來說已經比較接近蘇格蘭人。他已經在大愛丁堡區警察署任職兩年半，目前爲止還沒有人說他的壞話，這一點應該可以列入金氏世界紀錄。上一任副局長離職之後，卡斯威爾拚命爭取了幾個月，結果他們指派了另一個人來接

⓲ Heart of Midlothian Football Club。

⓳ 英格蘭北方與蘇格蘭臨接的區域。

任，但是他接受了這個結果。有人說他太善良，所以永遠當不上局長。大愛丁堡區域警察署本來有一個副局長，兩個助理局長，但是其中一個助理局長職位現在變成「企業服務督察長」，沒有任何警察知道這個職位的工作內容爲何。

「幾點？」

「兩點，面談應該不會太久。」

「你們會提供茶跟餅乾嗎？要不然我就不去了。」

對方嚇了一跳，然後意識到他是在開玩笑，鬆了一口氣，「探長，我們會盡量準備。」

雷博思放下話筒，電話卻又響起，他接了起來。

「約翰，我是婕兒，你聽到我的留言了嗎？」

「聽到了，謝謝。」

「喔。我想也許你打過電話給我。」

「嗯。」

「約翰？有什麼事不對勁嗎？」

他搖頭說：「我不知道。卡斯威爾想見我。」

「原因是？」

「沒人告訴我。」

婕兒嘆了一口氣，「你這次又惹上什麼事情？」

「我絕對沒惹事，我對上帝發誓這是眞話。」

「在新單位惹上新敵人了？」她說話的同時，貝恩跟麥克雷走了進來。雷博思跟他們點頭打招呼。

「沒有什麼敵人。你以爲我犯了什麼錯嗎？」

麥克雷與貝恩脫掉外套，假裝對這通電話沒有興趣。

「聽著，關於我的留言……？」

「是，督察長？」麥克雷與貝恩解除他們的偽裝。

「我們可以見面嗎？」

「應該可以。今晚一起吃飯？」

「今晚……好，可以。」

她住在莫寧賽區，雷博思住在瑪其蒙……那就在托爾十字路見面吧。

「伯漢街。」雷博思說，「那家有百葉窗的印度餐廳。八點半。」

「沒問題。」

「督察長，到時候見。」

貝恩與麥克雷做著自己的事，安靜了一兩分鐘。然後貝恩咳了一聲，開口說：「雨城如何？」

「我活著回來了。」

「發現任何關於喬叔與東尼．艾爾的事？」貝恩的手指摸向眼睛下方的傷疤。

雷博思聳肩說：「也許有發現，也許什麼都沒發現。」

「好吧，那就不要告訴我們。」麥克雷說。他坐在辦公桌的樣子很好笑，他把椅腳鋸短了一吋，這樣才能把他的腿塞進抽屜底下的空間。雷博思剛來的時候，曾經問過麥克雷爲什麼不把桌子墊高一吋。麥克雷從來沒想過這個問題，鋸椅子是貝恩的點子。

「沒什麼好說的。」雷博思辯白說，「只有一件事——據說東尼．艾爾現在自己接工作，在東北方活動，所以我們必須聯絡葛蘭皮恩刑事調查局，打聽他的消息。」

「我會把東尼．艾爾的資料傳眞給他們。」麥克雷說。

「我想沒有什麼新線索出現吧？」雷博思問。

麥克雷與貝恩搖頭。

「但是我可以告訴你一個祕密。」貝恩說。

「什麼？」

「在伯漢街上至少有兩家印度餐館有百葉窗。」

雷博思看著他們大笑，然後問他們調查死者背景的結果。

「資料不多。」貝恩說，他靠著椅背，揮舞著一張紙。雷博思起身接過這張紙。

亞倫．米其森，獨子，生於格藍吉茅斯，他的母親死於難產，父親日漸消沉，兩年後也過世了。還是幼兒的亞倫被國家收容，因為他沒有其他親戚。他待過育幼院，然後到寄養家庭，接著被收養。但是他是個不守規矩的小孩，常常尖叫、發怒，然後長時間生著悶氣。他總是逃家，於是又回到育幼院。長大後變成沉默的青少年，還是常常悶悶不樂，情緒偶爾會爆發，但是在某些學校的科目上表現優異——英文、地理、藝術、音樂——大致上還算乖。比起寄養家庭，他還是喜歡育幼院的生活。他十七歲離開學校，因為看過一部關於北海石油開採平台的紀錄片，他覺得自己還挺喜歡那種生活。遺世獨立，集體生活的形態跟育幼院差不多。他喜歡群體生活、宿舍、共用臥室。他是個油漆工，工作形態不固定——在陸上工作，也在海上平台工作。曾經在RGIT-OSC接受過一段時間的訓練……

「什麼是RGIT-OSC？」

麥克雷就等著他問這個問題，「羅伯特．高登技術學院的海上求生訓練中心⑳。」

「這是不是也叫做羅伯特．高登大學？」

貝恩與麥克雷互看了一下，聳聳肩。

「沒關係。」雷博思說，他心想，聖經強尼殺害的第一個女人是羅伯特．高登大學的學生。

米其森曾經在謝德蘭群島的蘇倫沃轉運場，以及其他幾個地點工作。至於朋友與同事，後者很多，但是前者沒有幾個。愛丁堡這方面遇到死巷：沒有一個鄰居曾經看過他一眼。亞伯丁那邊的線索稍微樂觀一點，死者在那裡有兩個朋友，一個在鑽油平台上，另一個在蘇倫沃……

「這兩個人願意接受訪談嗎？」

貝恩說：「老天，你該不會打算北上吧？才去過格拉斯哥，現在又要去北方——你今年不是度過假了嗎？」

麥克雷發出尖銳的笑聲。

雷博思說：「我好像變成你們嘲弄的標靶。今天我想到一件事—選了那間公寓犯案的人一定熟悉當地的狀況，我認爲是當地人。你們在尼地里不是有線民嗎？」

「當然有。」

「那就去問問他們有沒有聽說過東尼．艾爾那樣的人，他也許曾經在酒吧跟夜店流連，物色一個當地人幫忙。死者的公司那邊有沒有什麼線索？」

貝恩拿起另一張紙揮了揮，微笑著。雷博思又得站起來去拿這張紙。

雷鳥石油的名字源自湯姆．博德㉑，他跟藍道．威爾少校一起創辦了這家公司。

「少校？」

貝恩聳肩說：「他們是這麼稱呼他的：威爾少校。」

威爾跟博德都是美國人，但是兩人的家族都源自蘇格蘭。博德死於一九八六年，威爾成爲唯一掌權的人。雷鳥石油是從海底汲取石油與天然氣的公司中，規模比較小的一家。

雷博思意識到自己對石油工業幾乎一無所知，他腦裡的印象大多是災難——阿爾發風笛手鑽油平台㉒、布列爾油輪㉓。

雷鳥石油的英國總部在亞伯丁，在戴斯機場附近。但是他們的全球總部在美國，在阿拉斯加、非洲與墨西

⑳ Robert Gordon Institute of Technology's Offshore Survival Centre。

㉑ Thom Bird，取其姓名組成的 T-Bird 是雷鳥的簡稱。

㉒ Alpha Piper。這座平台於一九八八年發生爆炸，造成一百六十七人死亡。

㉓ The Braer。一九九三年，這艘油輪在英國外海發生大規模漏油意外。

哥灣，他們都有油氣資產。

「很無聊吧？」麥克雷說。

「你在開玩笑嗎？」

「只是隨便聊聊。」

雷博思站起來，穿上外套，「儘管我可以一整天聽你們美妙的聲音……」

「你要去哪裡？」

「從這個警局到另一個警局。」

他回到聖里奧納德警局時，似乎沒有引起任何人的興趣。幾個制服警察停步跟他打招呼，原來他們根本就不知道他被調職了。

「眞不知道這是表示我無足輕重，還是你們的位階太低？」

在刑事調查組辦公室，他看到席芳·克拉克坐在她的位子上。她正在講電話，當他經過時，她揮揮筆打招呼。她穿著白色的短袖上衣，可以看到她的手臂曬得很黑，頸子與臉蛋也曬黑了。

雷博思繼續四處張望，有幾個人不怎麼熱情地跟他打招呼。他很少回來自己原本任職的警局，雖然他還把這裡當作自己的「家」。他想到亞倫·米其森與他空洞的公寓：米其森之所以回到愛丁堡，一定是因爲他曾經在這裡有個家。

終於他看到了布萊恩·何姆斯，他正認眞地跟一個女警調情。

「哈囉，布萊恩，你太太好嗎？」

女警羞紅著臉，含糊地說了個藉口就離開。

「你眞是他媽的幽默。」何姆斯說。女警一走，他看起來死氣沉沉，肩膀鬆垮，皮膚灰白，鬍子也沒刮乾淨。

「你答應幫我的事……」雷博思提醒他。

「我正在辦。」

「然後？」

「我正在辦！」

「放輕鬆點，小伙子，我們是朋友。」

何姆斯的氣似乎消了，他揉揉眼睛，抓抓頭髮。

「抱歉，」他說，「我只是累了。」

「咖啡會對你有幫助嗎？」

「你得買一桶給我喝才夠。」

警局餐廳只能提供特大杯咖啡。他們坐下來，何姆斯撕開好幾包糖，全倒進咖啡裡。

「那天晚上，」他說，「瘋狂敏多……」

「我們不談那件事。」雷博思堅定地說，「已經過去了。」

「這裡有太多的過去。」

「蘇格蘭人除了過去之外還有什麼？」

「你們兩個看起來就像參加『18—30度假俱樂部』的修女一樣開心。」席芳．克拉克拉了張椅子坐下來。

「度假愉快嗎？」

「很放鬆。」

「天氣好像很差。」

她一手摸著另一手的手臂，「在海灘上曬了好久才有這種膚色。」

「你總是一派認眞。」

她啜了一口低糖百事可樂，「爲什麼你們心情都這麼低落？」

「你不會想知道的。」

她抬起一邊的眉毛，但是什麼也沒說。兩個疲憊的老男人，遇上一個做過日光浴且充滿活力的年輕女人。雷博思知道晚上約會時得讓自己振作一點。

「所以，」他輕鬆地問何姆斯說，「我請你去調查的那件事……？」

「進度很慢。如果你要聽我的意見，」他抬頭看著雷博思，「寫這些紀錄的人是個虛與委蛇的專家，寫了很多迴避重點的東西。我猜就算是最隨便的讀者也不會深入探究，只好放棄。」

雷博思微笑說：「爲什麼他要這麼寫？」

「讓他人不想讀下去。他大概認爲他們會跳到結論的地方，略過中間這些廢話。也就是說，你可以利用這種方法隱藏事情，把祕密埋在文字裡。」

「不好意思，」席芳說，「我是不是誤闖了共濟會的聚會？我是否不應該理解對話中隱藏的密碼？」

「克拉克弟兄，絕非如此。」雷博思說，然後站起來，「也許何姆斯弟兄會告訴你一切。」

何姆斯看著席芳說：「如果你答應不向我炫耀度假有多愉快的話。」

「我是無心的，」席芳挺直了背脊，「我知道你不喜歡海灘天體營。」

雷博思特別提早赴約。貝恩沒有說謊：的確有兩家餐廳裝了木製百葉窗。這兩家餐廳的距離只有八十碼，於是雷博思在它們之間來回走動。他看到婕兒走過托爾十字路的街角，便向她揮手。她並沒有過度打扮：看起來嶄新的牛仔褲，奶油白上衣，還有一件黃色的喀什米爾毛衣綁在她脖子上。她戴著太陽眼鏡，帶著金項鍊，腳蹬兩吋高跟鞋——她喜歡在走路的時候發出聲音。

「哈囉，約翰。」

「嗨，婕兒。」

「就是這家餐廳嗎？」

他看了餐廳一眼，「如果你要的話，前面路上還有另外一家。這裡也有法國餐廳、泰國餐廳……」

「這家就好了。」她拉開門，走在他前面，「你有訂位嗎？」

「我不認爲他們生意會很好。」雷博思說。餐廳裡並非沒有顧客，但是窗邊還有兩個人的桌子，就在爆音的音響喇叭正下方。婕兒取下她棕色的皮製肩包，放在她椅子下面。

「要點飲料嗎？」侍者問。

「我要威士忌加蘇打。」婕兒說。

「威士忌，什麼都不加。」雷博思說。第一個侍者離開後，另一個送上菜單、印度麵包與醃菜。侍者離開後，雷博思看看四周，發現別桌沒有人注意他們，於是伸手用力把喇叭線扯掉。他們頭上的音樂聲消失了。

「好多了。」婕兒微笑說。

「所以，」雷博思把餐巾攤在大腿上說，「這是公事還是社交？」

「兩者都是。」婕兒坦承說。飲料送上來時，她暫時住口。侍者覺得有什麼地方不對勁，然後終於知道是爲什麼，他抬頭看著無聲的喇叭。

「這很容易就可以修好。」他說。他們搖搖頭，然後研究菜單。點完東西之後，雷博思舉起酒杯。

「乾杯。」

「乾杯。」婕兒喝了一大口酒，然後吐了一口氣。

「所以，」雷博思說，「社交禮貌之後……該談公事了吧。」

「你知道蘇格蘭警察裡有多少女性升上督察長嗎？」

「我知道，跟瞎木匠的手指一樣少。」

「沒錯。」她停頓了一下，把刀叉排列整齊，「我不想搞砸。」

「沒有人想搞砸。」

她看著雷博思微笑著。雷博思的世界裡充滿搞砸的人，他的生命就像塞滿搞砸經驗的倉庫。這些把自己搞砸的人比笨重的八軌卡帶㉔還難改變。

「好吧，」他說，「所以我是這方面的專家。」

「很好啊。」

「並不好，」他搖頭說，「因爲我現在還在把事情搞砸。」

她微笑說，「已經五個月了，約翰，我還沒抓到任何要犯。」

「但是即將出現轉機？」

「我不知道。」她又灌了一口酒壯膽，「有人告訴我一件毒品交易的情報……大案子。」

「依照準則，你必須把情報傳給蘇格蘭重案組。」

她看了他一眼，「把功勞奉送給那些懶惰鬼？約翰，省省吧。」

「我自己也從來不相信什麼準則。但是……」但是他不希望婕兒把事情搞砸。他知道這對她而言很重要，也許重要過頭了。她需要冷靜綜觀全局，正如同他也需要冷靜看待史佩凡案。

「誰給你這個情報？」

「佛格斯·麥魯爾。」

「怕死鬼佛仔？」雷博思抿起嘴唇，「他不是富勞爾的線民之一嗎？」

婕兒點頭，「他調職之後，我接收了他的線民名冊。」

「老天，你用什麼代價跟他交換？」

「這你別管。」

「大部分富勞爾的線民都比他們告密的對象還壞。」

「無論如何，他把名冊給了我。」

「怕死鬼佛仔……」

佛格斯·麥魯爾有一半的人生在私人醫院進進出出。他是個緊張兮兮的傢伙，他喝過最濃的飲料是阿華田，他能夠承受最刺激的節目是《寵物大競賽》。他是個藥罐子，對英國製藥產業的利潤有不少貢獻。雖然如此，他經營著一個不錯的小事業帝國，遊走在法律邊緣地帶：他本行是珠寶商，但是他也賣波斯地毯、被火燒壞或是被水泡過的商品、破產拍賣品。怕死鬼佛仔是個出櫃的同性戀，但是很低調——不像雷博思認識的那幾個同志法官那樣招搖。

婕兒咬著麵包，上面的恰尼酸甜醬（chutney）滴到另外一塊麵包上。

「那你的問題是？」雷博思問。

「你跟佛格斯．麥魯爾熟嗎？」

雷博思聳肩，說謊道：「只聽過他而已。爲什麼這麼問？」

「因爲我想要確定情報正確無誤之後才行動。」

「婕兒，這就是利用線民的問題，你不一定能夠查證他們說的話。」

「沒錯，但是我可以在找個人衡量他的話。」

「你要我跟他談談？」

「約翰，雖然你有一些缺點——」

「我的缺點遠近馳名。」

「——你很會看人的性格，你對線民也夠瞭解。」

「我要是上《大天才》㉕節目，這會是我的專長主題。」

「我只想知道你是否認爲他瞭解狀況。我可不希望費了很大的工夫啓動調查工作，也許還建立監視網、竊聽電話，甚至還進行僞裝誘捕行動，結果卻栽了個大跟斗。」

㉔卡式錄音帶盛行之前的一種錄音卡帶，約是卡式錄音帶的八倍大。

㉕The Mastermind，英國老牌益智問答節目。

「我了解，但是你也知道，要是向重案組隱瞞這件事，他們可會火大。他們擁有應付這種案子的人力與經驗。」

她只是凝視著他說，「你什麼時候開始照章行事？」

「我們不是在談我的事。我是局裡的叛逆警察沒錯，他們一定認為有我一個已經太多了。」

食物上桌，盤盤碟碟擺滿了桌子，還有一塊大到可以在上面謀劃如何征服世界的南餅㉖。

他們彼此互看，知道他們已經沒有那麼餓了。

「再來兩杯一樣的。」雷博思說，接著把空杯遞給侍者。他對婕兒說：「那把佛仔的線報告訴我。」

「很含糊。有些毒品要藏在古董裡運到北方去，然後交到毒販的手上。」

「毒販是……？」

她聳肩說：「麥魯爾說是美國人。」

雷博思蹙眉說：「誰？他們是賣方嗎？」

「不對，他們是買家。賣方是德國人。」

雷博思心裡想過所有愛丁堡的大毒販，想不到其中有任何美國人。

「我知道你在想什麼。」婕兒說，讀出了他的心思。

「有新角色想要開始販毒？」

「麥魯爾認為毒品是要運到更北邊去。」

「丹地？」

她點頭，「還有亞伯丁。」

又是亞伯丁。老天，真是個充滿惡意的城市。「那這又怎麼跟佛仔扯上關係？」

「他的一樁買賣可以作為絕佳運毒掩護。」

「他出面幫忙掩護？」

她點頭。她嚼著一塊雞肉，用南餅沾著醬汁。雷博思看著她吃東西，回想起關於她的小細節：她咀嚼時耳朵會動，她眼睛掃過好幾道菜的樣子，她飯後會摩擦雙手的手指……她的脖子皮膚上出現了環狀紋路，五年前還沒有這樣。也許現在她去美髮院時，得染一下髮根。但是她看起來很不錯，美極了。

「所以？」她問。

「他就只告訴你這些？」

「他怕死了這些毒販，怕到不敢叫他們滾開。但是他並不想被警察抓起來，當成從犯送進監獄裡。這就是為什麼他會告密的原因。」

「儘管他已經怕得要死？」

「嗯哼。」

「這件事預計什麼時候發生？」

「等他們打電話給他的時候。」

「婕兒，我不知道。如果這條線報是個掛勾，你連一條他媽的手帕都掛不住，更別說是一件大衣。」

「非常生動的比喻。」

她說話的時候盯著他的領帶看。這是一條花俏的領帶，但他是故意的：他希望這條領帶可以分散他人注意力，忽略他沒燙過的襯衫上少了一顆鈕釦。

「好，我明天去找他談，看看我有沒有辦法再從他身上擠出一點資訊。」

「溫和一點。」

「他會像我手上的補土一樣軟。」

他們只吃了一半的食物，但還是覺得很撐。咖啡與薄荷糖上了桌，婕兒把這兩顆薄荷收進袋子裡，而雷博

㉖ nan，一種印度麵餅。

思點了第三杯威士忌。他已經預想到他們站在餐廳外面的情景，他可以提議陪她走路回家，或是邀她回他公寓。只不過她不能留宿，因爲早上也許會有記者站崗。

約翰．雷博思，裝模作樣的混蛋。

「你爲什麼在微笑？」她問。

「人家說，微笑不用則消失。」

帳單他們各付一半，酒錢跟餐費一樣多。然後他們到了餐廳外面，夜涼如水。

「我有沒有可能叫到計程車？」婕兒來回看著街道兩端。

「酒吧還沒打烊，所以你應該沒問題。我的車就在公寓……」

「約翰，謝了。我沒問題的。你看，現在就來了一輛。」她向計程車招手，司機打了方向燈靠邊停，發出煞車的噪音。「告訴我你談的結果如何。」她說。

「談完我會立刻打電話給你。」

「謝了。」她親了他的臉頰，把手放在他肩上好穩住重心。然後她上了計程車，把車門拉上，告訴司機她家地址。雷博思看著計程車慢慢回轉，融入往托爾十字路的車流。

雷博思原地站了一會兒，低頭看著鞋子。她只想要他幫個忙，就這樣。知道自己在某些事情上還派得上用場，感覺還不錯。「怕死鬼佛仔」、佛格斯．麥魯爾，來自過去的名字，曾經是藍尼．史佩凡的朋友，值得他明天早上去拉索確認一下。

他聽到另一輛計程車開過來——聽引擎聲一定沒錯。黃色空車燈是亮的，他揮手招車，上了車。

「去牛津酒吧。」他說。

聖經約翰越思考「自大狂」的事情……他就越瞭解這個人……他就越確定亞伯丁會是關鍵。

他坐在書房裡，房門鎖著不受外界的干擾，他凝視著筆記型電腦上的「自大狂」檔案。第一個與第二個死者的間隔是六週，第二個跟第三個只距離四週。聖經強尼是個飢渴的小惡魔，但是到目前爲止他都還沒再犯案。如果他已經殺了人，那他應該還在玩弄屍體。但是這不是「自大狂」的風格，他迅速地殺了她們，然後展示屍體給全世界看。聖經約翰已經查過舊報紙，發現兩則新聞——出處都是《新聞報導》報亞伯丁版。一個女人從夜店要回家的路上遇襲，有個男人試圖把她拖進巷子裡，她大聲尖叫把他嚇跑了。有天晚上聖經約翰曾經開車到案發現場，他站在那條巷子裡，慢慢等到夜店散場。附近有一片住宅區，住在那裡的人要回家一定會經過這個巷口。表面上看來，這裡是個絕佳的地點，但是「自大狂」太過緊張，準備得也不夠。他也許在這裡等了一兩個小時，站在陰影中，以免被別人看到。他一直鼓足作案的勇氣，當他終於選了一個受害者，卻沒有辦法迅速制服對方。受害者只是尖叫就把他嚇跑了。

對，這很有可能就是「自大狂」。他反省自己這次的失敗，想出一個更好的計畫：走進夜店裡，跟受害者搭訕……讓受害者放鬆之後，再發動攻擊。

第二篇新聞報導：一個女人抱怨有人在她家後花園偷窺。警察接到報案之後，在她家廚房門發現有人試圖強行進入的痕跡。這也許跟第一篇故事有關係，也許沒有。第一則新聞發生在首件命案八週之前，第二則新聞比第一則還要更早四個星期。從這裡可以看出以月爲單位的作案模式，另外一個模式：偷窺者變成攻擊犯。當然，他可能還錯過了其他城市的新聞，所以其他的假設也是有可能的，但是聖經約翰樂於繼續追亞伯丁這條線。第一件命案發生在亞伯丁，通常第一個死者都與連續殺人犯住在同一個城市。一旦兇手開始有信心，他就會往外發展。但是第一件成功的犯罪是非常重要的。

有人小心地輕敲書房房門，「我煮了咖啡。」

「我馬上出去。」

他回到電腦螢幕上。他知道警方會忙著合成兇手的圖像，建立兇手的人格側寫。他想起當年一個精神科醫師爲他建立的人格側寫。你看到他們名字後面掛著一長串頭銜——BSc、BL、MA、MB、ChB、LLB、DPA、FRCPath——你就以爲他們是權威。這些頭銜對發現兇手全貌沒什麼意義，就像他們對他的描寫一樣無意義。多年前，聖經約翰在一本書裡讀到自己的「人格側寫」。裡面只有幾件事講對了，他也嘗試修正這幾個問題。理論上，連續殺人犯內向、沒幾個親近的朋友，所以他強迫自己變得愛跟一大群人在一起。此類型的人缺乏上進心，也害怕與成年人接觸，所以他就做了一份非常需要認眞上進與人際往來的工作？至於其他的理論……大部分都是垃圾。

連續殺人犯常有同性戀活動的歷史——他不是同性戀。

他們通常未婚——約克夏郡開膛手㉗就有結婚。

他們腦袋裡通常有兩個聲音，一善一惡。他們收集武器，還幫武器取綽號。很多連續殺人犯都喜歡穿著女性衣物。有些對黑魔法或怪獸有興趣，也會收集虐待狂色情刊物。很多兇手都有個私密空間，裡面放了一些斗蓬、洋娃娃、潛水服之類的物品。

他環顧他的書房，搖搖頭。

那個精神科醫師只說對了幾點。的確，他自認非常自我中心——就像占人口半數的男性一樣。對，他非常愛乾淨。對，他對二次世界大戰有興趣（但不只是對納粹或是集中營有興趣）。對，他是非常擅長說謊——或者應該說，人類很容易被謊言欺瞞。對，他很早就開始計畫殺人的事，正如同「自大狂」現在一樣。

那個圖書館員還沒完成舊報紙調閱者名冊，他調查對聖經約翰案資料有興趣的人也沒有什麼結果。這是壞消息，但是也有好消息。由於近來媒體對聖經約翰案突然又產生興趣，他得到其他懸案的詳細報導，一共有七件。五件發生在一九七七年，一件發生在七八年，還有一件年代比較接近現在。這讓他想出第二個假設：「自大狂」出道時先犯下前面六件案子，然後隔了很久才又開始犯案。他也許出國了，或是在某個監獄或收容所裡，甚至是有了某個伴侶讓他不再覺得需要殺人。如果警方辦案仔細的話——他懷疑這一點——他們應該會調查最近離婚的男人，找出那些在七八或七九年結婚的人。聖經約翰並沒有資源可以進行這樣的調查，令他沮喪。

他起身凝視著書架，卻視而未見。有人說「自大狂」就是聖經約翰，而目擊證人的描述有誤。因此警方與媒體又把聖經約翰的模擬照片與畫像拿了出來。

危險。他知道唯一可以打破這種理論的方法，就是找出「自大狂」。模仿並不是最誠懇的奉承形式，還可能會要人命。他必須找出「自大狂」，不然就是引導警方找到他。他決意要以這兩種方式之一來解決「自大狂」。

㉗the Yorkshire Ripper，本名Peter Sutcliffe，因在一九七五到一九八〇年之間殺害十三名女性而遭判刑，目前（二〇〇七年）仍在獄中服刑。他的妻子一直到他一九八一年被逮捕之後才訴請分居。他的長期逍遙法外，是英國警方建立福爾摩斯犯罪紀錄電腦資料庫的原因之一。

第八章

早上六點，他喝著今天的第一杯酒，用酒來結束一場好眠。

他太早起床了，穿好衣服之後他決定去散步。穿過美多思公園，他走向喬治四世橋與大街方向，在考克伯恩街左轉。現在這條街是青少年與嬉皮的購物天堂；雷博思還記得過去考克伯恩街市場破敗的樣子。安琪拉．瑞德爾曾在考克伯恩街的商店買了一條項鍊，也許那天他帶她去咖啡館時，她正戴著那條項鍊，但是他並不這麼認爲。他不再想下去，轉進一個通道，走下一段陡峭的階梯，在市場街左轉。他現在正對著威佛利車站，附近有家酒吧開著。這家酒吧服務了上夜班的工作者，讓他們在回家睡覺之前可以喝兩杯。但是你在裡面也會看到商人，靠著酒來讓自己面對即將開始的一天。

因爲附近有報業辦公室，這裡的常客是印刷工人與助理編輯，因此酒吧裡總是有早報，油墨才剛乾。這裡的人認識雷博思，而他從來沒被打擾過。就算是有個記者在這裡喝酒，他們也不會對他採訪的事問東問西——這是這裡不成文的規矩，從來沒有人破壞過。

這個早上，有三個青少年攤在一張桌子旁，並不太碰他們的酒。從他們狼狽愛睏的樣子，雷博思知道他們剛完成了「二十四小時狂飲」。白天還算容易，早上六點開始喝——在類似這裡的酒館——然後在各家酒館喝到午夜或淩晨一點打烊爲止。再晚之後就得去夜店與賭場，然後到洛西安路一家營業到早上六點的披薩店，結束這場馬拉松。這時候你再回到這裡來喝最後一杯酒。

這家酒吧很安靜，沒有電視或廣播，水果盤賭博電玩也還沒插電：這是另一條不成文的規矩。這個時間，你在這裡就是喝酒看報紙。雷博思把一些水倒進他的威士忌，拿著酒杯跟報紙走到桌邊。窗戶外的陽光是皮膚色的，而天空是牛奶白。這次散步很舒服，他喜歡城市安靜的時刻：計程車與早起的人，清晨第一批被遛的狗，清新乾淨的空氣。但還是可以看到前晚留下的殘跡：一個垃圾桶被翻倒，美多思公園的長椅椅背被破壞，交通筒被放到候車亭屋頂上。這家酒吧也是一樣：昨夜的悶熱還未散去。雷博思點了一根菸，讀他的報紙。

他注意到內頁裡的一則新聞：亞伯丁將舉辦國際會議，主題是海洋污染防治與石油產業應扮演的角色。十六個國家將會派出代表出席。報導旁邊還有一則短文：位於謝德蘭群島東北方一百英里的班那克石油與天然氣油田，其「經濟效益週期」即將結束，將要進行停產作業。環保人士正在關切班那克主要開採平台的議題，這座鋼筋水泥打造的平台重達二十萬噸。他們想要知道其擁有者雷鳥石油，打算如何處理這座平台。根據法律，這家公司已經向工商部石油天然氣局提出停產計畫，但是計畫內容仍未公開。

環保人士表示，在英國大陸棚上有超過兩百座石油天然氣開採設施，它們都有一定的生產年限。政府將支持的解決方案似乎是，把大部分的深海平台留在原地，僅給予最低限度的維護。還有人提議以其他方式利用這些平台——其中包括監獄與賭場大飯店。政府與石油公司討論的是成本效益，以及如何在成本、安全與環保之間取得平衡。抗議人士的標語卻是：不計代價保護環境。環保團體由於在布蘭特史巴海上儲油槽㉘爭議中打敗殼牌石油公司，士氣大振，於是也計畫要在班那克案上施加壓力，並將在亞伯丁國際會議會場附近，舉辦集會遊行與露天演唱會。

亞伯丁，這麼快就成為雷博思生活的中心。

他喝完威士忌，決定不要喝第二杯，卻又改變心意。他翻著剩下的報紙，裡面沒有任何聖經強尼的新聞。他翻到地產廣告版，查了一下瑪其蒙．辛恩斯地區的行情，他看了一些新屋廣告而發笑：「五層樓豪華大宅，優雅居住環境……」「車位另售，兩萬鎊。」蘇格蘭有些地方光用兩萬鎊就可以買到一整棟房子，也許還含車庫。他接著瀏覽鄉鎮房地產，看到更誇張的價格，以及過度美化的房地產照片。城市東南方的海岸一棟有觀景

㉘Brent Spar。一九九五年，殼牌（Shell）公司打算把此停用油槽丟進海裡，並獲得英國政府支持，造成環保人士大規模的抗爭。最後殼牌公司妥協，將油槽拖到岸上拆解。

窗與海景的房子，價位跟他在瑪其蒙的公寓一樣。繼續做夢吧，水手……

他走路回家，上車開往克雷米勒，這個區域根本就沒出現在房地產廣告版上，在短期內應該也不可能。

值夜人員即將下班，雷博思看到他從來沒看過的警察。他打聽了一下，昨夜很平靜；拘留室是空的，偵訊室也是空的。在小屋裡，他坐在位子上，看到桌上有新的文件等著他。他取了一杯咖啡回來，拿起第一份文件閱讀。

關於亞倫·米其森的很多線索都斷了。刑警已經訪問過他育幼院的院長。確認過他的銀行帳號後發現分文未少。亞伯丁刑事調查局沒有提供任何東尼·艾爾的消息。制服員警送來一個給雷博思的包裹，郵戳蓋著亞伯丁，上面貼的標籤寫著：雷鳥石油。

雷博思打開包裹，裡面是公關資料，還有人事部史都華·敏契爾寫的便條。這六本A4公關簡介，印刷精美，全彩印刷，但是裡面只說出最低限度的事實。雷博思寫過五千份報告，很清楚含混掩飾的文件長什麼樣子。敏契爾還夾帶了一張傳單「雷鳥石油——追求平衡」，跟米其森背包側邊袋子裡的傳單一樣。雷博思打開傳單來看，裡面有班那克油田的地圖，油田位置在格狀劃分的地圖區塊被標示出來。有個附註寫道，北海被劃分成一個個一百平方英里大小的區域，石油公司得先投標取得這些區域的探勘權。班那克正在國家經濟海域的邊界上，再往東幾英里，你會遇到更多油田，但那是挪威而非英國的油田。

「班那克將是雷鳥石油第一座進入嚴格停產程序的油田。」雷博思讀到這些文字。停產似乎有七種處理方式，從留置原地到完全移除都有。這家公司的提議是封存，把設施留到以後再處理。

「眞是一點也不令人意外。」雷博思喃喃自語，他讀到封存「可以節省經費，留作未來探勘與發展的費用」。

他把手冊放回信封，再塞進抽屜裡，然後回到其他文件上。底層藏著一張傳眞文件，他把這張傳眞拉了出來。史都華·敏契爾在昨天晚上七點發出這張傳眞：關於亞倫·米其森兩個同事的更多資料。在蘇倫沃轉運站工作的叫傑可．哈利，目前度假中，正在謝德蘭群島某處健行賞鳥，也許還沒有聽說友人的死訊。另一個在海上工作的叫威利．福特，目前他十六天工作週期已經過了一半，「當然」他已經聽說亞倫．米其森的事。

雷博思拿起電話，從抽屜裡拿出敏契爾的便條。他在便條上找到電話，按下撥號按鍵。雖然時間還早，但還是……

「人事部。」

「請找史都華．敏契爾。」

「我就是。」賓果！敏契爾是個忠實員工，很早就開始工作。

「敏契爾先生，我是雷博思探長。」

「探長，我接到電話算你運氣好。通常我都任由電話去響，只有如此我才能在上班時間之前處理一些工作。」

「敏契爾先生，你的傳眞——爲什麼你說威利．福特『當然』已經知道亞倫．米其森的死訊？」

「因爲他們一起工作，我不是已經告訴你了嗎？」

「在海上？」

「對。」

「敏契爾先生，在哪一座平台上？」

「我沒有告訴過你嗎？是班那克。」

「即將被封存的那一座？」

「是的，我們的公關團隊正在爲這件事忙碌。」他停頓一下，「探長，這很重要嗎？」

「也許並不重要。」雷博思說，「但還是謝謝你。」他掛上電話，手指在話筒上敲點著。

他去了一趟商店，買了內餡是鹹牛肉與洋蔥的麵包捲當早餐。麵包的麵粉太多，黏在他口腔上方，於是他買了杯咖啡把食物沖下去。他回到小屋時，貝恩與麥克雷已經坐在位子上，抬著腳讀八卦小報。貝恩正在吃甜甜圈，麥克雷打的嗝裡有香腸的氣味。

「有線報嗎？」雷博思問。

「目前沒有。」貝恩說話時，眼睛還是盯著報紙。

「東尼・艾爾？」

輪到麥克雷回答：「他的資料已經傳到蘇格蘭所有警察單位，沒有任何回音。」

「我親自打過電話給葛蘭皮恩刑事組。」貝恩補充說，「我要他們查米其森去過的那家印度餐廳。他似乎是個常客，也許餐廳的人會知道什麼。」

「幹得好，達德。」雷博思說。

「他可不只是臉蛋漂亮。」麥克雷說。

天氣預報說今天是晴時多雲偶陣雨。雷博思開車往拉索時，他覺得晴雨似乎是以十分鐘的間隔交叉出現。先是烏雲密佈，然後出現一束束陽光，接著藍天再現。有一刻天空似乎無雲，雨卻下了起來。

拉索周圍都是農地，聯合運河㉙流經其北方邊界。夏天這裡是大受歡迎的景點，你可以在此搭船遊運河、餵鴨、或是在河岸餐廳用餐。此地距離M8高速公路不過一英里，距離登豪斯機場也只有兩英里。雷博思相信自己的方向感，開車走在開爾德路上。佛格斯・麥魯爾的房子在侯克羅夫特公園，他知道自己可以找到地方，整個小鎮也只不過十幾條街道。大家都知道麥魯爾在家工作，雷博思決定不預先打電話，他不希望麥魯爾預先知道他的到來。

當他抵達拉索時，他只花了五分鐘就找到侯克羅夫特公園。他找到佛仔的地址，停車，走到門邊。裡面沒有人在的跡象，他再按了一次門鈴，網狀的窗簾讓他看不到房屋內部。

「應該先打個電話過來。」雷博思喃喃地說。

一個女人走路經過，她的㹴犬扯著狗鍊。這隻小狗嗅聞著人行道，發出難聽的嗚咽聲。

「他不在家嗎？」她說。

「不在。」

「怪了，他的車在這裡啊。」她的頭點向路邊一輛富豪汽車，接著就被狗拉著往前走。這是一輛藍色的九四〇廂型車，雷博思透過車窗望進去，只看到裡面非常乾淨。他看看里程表：跑得很少。這是一輛新車，輪胎側壁都還發著亮光。

雷博思回到自己的車上──里程數是那輛富豪的五十倍──他決定走格拉斯哥路回到市區。但正當他要開過運河橋梁時，他看到一輛警車停在一家餐廳停車場的遠端，就在通往運河的小路上，旁邊還停了一輛救護車。雷博思煞車，然後倒車進入停車場，慢慢開往事故現場。一個制服員警跑來趕他，但雷博思已經準備好自己的警察證件。他停車後走出車外。

「發生什麼事？」他問。

「有人穿著衣服跳進水裡。」員警跟著雷博思走向防波堤，有幾艘遊船停泊在那裡，幾個看起來像是遊客的人似乎正要搭船。雨又開始下了，雨滴零落地打在運河水面上。鴨群保持著距離不敢靠近，一具屍體從水裡被撈起來，衣服濕透，躺在防波堤的木板上。一個看起來像是醫生的人正在檢查生命跡象，但他臉上並不抱希望。餐廳的後門開著，員工們站在那裡，表情充滿興趣與恐懼。

醫生搖搖頭。其中一個女性觀光客哭了起來，她的男性友人一手抱著他的攝影機，一手攬著她。

「他應該是滑倒後摔下來，」某人說，「頭撞到了。」

醫生檢查了屍體的頭部，發現一道乾淨的傷口。

雷博思抬頭轉向餐廳員工，「有人看到任何事情嗎？」眾人搖頭，「是誰報的案？」

㉙ Union Canal，連結愛丁堡與格拉斯哥的運河，興建於十九世紀初。

「是我。」那個女性觀光客說，口音是英格蘭腔。

雷博思轉身面對醫生，「他在水裡已經有多久？」

「我只是家醫科醫生，不是專家。但是如果你要我猜測的話……並不久。絕對沒有過夜。」一件物品從屍體的外套口袋裡滾出來，卡在兩片木板中間。是一個褐色的小瓶子，上面有白色塑膠瓶蓋，裡面裝著處方藥物。雷博思看著泡得發腫的臉，認出這個人年輕時的容貌，他曾經在一九七八年訊問過他與藍尼．史佩凡的關係。

「他是本地人。」雷博思告訴大家說，「他名叫佛格斯．麥魯爾。」

他試著打電話聯絡婕兒．譚普勒，但是找不到她，最後在六個不同地方留言給她。回到家之後，他把皮鞋擦亮，換上他最好的西裝，選了一件最不皺的襯衫，然後找了一條最嚴肅的領帶（僅次於他參加葬禮打的那一條）。

時間是下午一點半，他該去費特斯了。

路況不算太糟，紅綠燈也幫他的忙，彷彿不希望延遲他的約會。他提早到了大愛丁堡區域警察總部，本來想要開車繞繞，但他知道這樣只會讓他更緊張。於是他走了進去，走進位於二樓的命案偵辦小組，這是一間大辦公室，周邊有幾個高階警官的隔間。這是愛丁堡警方爲了偵辦聖經強尼犯下的三件命案所成立的單位，也是調查安琪拉．瑞德爾命案的核心。雷博思認識一些值勤的警察，對他們點頭微笑。牆壁上掛滿了地圖、照片、圖表——試圖要整理出秩序。警察很大一部分的工作，是把事情整理出一個秩序：製作時間表、確認細節、清理活人與死人留下的爛攤子。

今天下午值勤的人看起來都累了，沒什麼精神。他們等在電話旁，等著可能會出現的密報、未出現的連結、某個人名或是看到某件事情。有人開玩笑地畫了聖經強尼的模擬圖：頭上長彎角，張開的鼻孔噴煙，嘴有尖牙還吐蛇信。

鬼怪一個。

雷博思仔細一看，發現模擬圖是用電腦畫的，而草稿是過去聖經約翰的模擬圖。加上了角跟尖牙，他看起來有點像阿利斯特·富勞爾……

他檢視著安琪·瑞德爾生前的照片，但眼睛避開她的解剖照片。他記得逮捕她的那一晚，記得她坐在他的車裡聊天，活力幾乎有點太過充沛了。在每張照片裡，她的髮色似乎都染得不一樣，彷彿她從來都沒對自己滿意過。也許她只是需要不斷改變，逃離她過去的樣子，以大笑來停止哭泣。馬戲團小丑臉上的微笑是畫上去的……

雷博思看看手錶，心想：他媽的，時候到了。

第九章

在這間舒適且鋪著地毯的辦公室裡，只有柯林．卡斯威爾一個人等著雷博思。

「坐下吧。」卡斯威爾稍稍站起來迎接雷博思，但隨即又坐下。雷博思坐在他對面，研究著書桌，找著線索。這個約克夏人很高，身體彎向他的啤酒肚。他日漸稀疏的頭髮是棕色，小鼻子，幾乎跟哈巴狗的鼻子一樣扁。他皺皺鼻子說：「抱歉，沒辦法滿足你對餅乾的需求，但如果你要的話，我們可以提供茶或咖啡。」

雷博思記起他在哪通電話中說：「你們會提供茶跟餅乾嗎？要不然我就不去了。」有人把他的話呈報上去。

「謝謝長官，不用了。」

卡斯威爾打開一個檔案夾，拿起一張報紙剪報，「洛森．蓋帝斯過世真是令人遺憾。我聽說當年他是個傑出的警察。」

這份剪報跟洛森．蓋帝斯自殺有關。

「是，長官。」雷博思說。

「他們說這是懦夫尋求解脫的行徑，但是我知道我沒有自殺的膽量。」他抬起頭，「你呢？」

「長官，我希望我永遠也不需要知道我有沒有這種膽量。」

卡斯威爾微笑，把剪報放回去，闔上檔案夾。「約翰，我們正受到媒體的砲轟。一開始只有那個電視節目，現在似乎大家都想加入這個馬戲團。」他瞪著雷博思說，「這不是好事。」

「不是，長官。」

「所以我們已經決定了——局長跟我共同決定，我們必須處理這件事。」

雷博思吞了一口口水，「你要重新調查史佩凡案？」

卡斯威爾拂去檔案上看不見的灰塵，「不是現在。既然沒有新事證，所以也沒有必要重新調查。」他很快地抬起頭，「除非你知道我們有重新調查的理由？」

「長官，這件舊案早已經結案。」

「你試試看跟媒體這麼說。」

「相信我，我已經試過了。」

「我們將展開內部調查，只是爲了確認當時我們沒有忽略什麼……或有什麼失當之處……讓我們可以安心。」

「也就是認爲我有嫌疑。」雷博思可以感覺到自己的毛髮豎立起來。

「除非你有什麼不可告人之處。」

「長官，拜託，你一旦重新開始調查，大家看起來都會很可疑。現在史佩凡與蓋帝斯都死了，只剩下我一個人去揹黑鍋。」

「除非有什麼黑鍋可揹。」

雷博思突然站起來。

「探長，坐下。我話還沒說完。」

雷博思坐了下來，雙手緊抓著椅子扶手。他覺得自己要是放手，也許就會飛起來衝破天花板。卡斯威爾停頓了一會兒，讓自己恢復冷靜。

「爲了讓事情保持客觀，調查將由本局之外的人指揮，他將直接對我報告。他們會審閱原始檔案……」

雷博思心想，警告何姆斯。

「……並進行任何必要的後續調查，然後提出他們的報告。」

「這件事會被公開嗎？」

「等我拿到最後報告再說。我只能說，這個調查不會只是粉飾太平。如果調查中發生任何違反規則之處，一定會嚴加處置。這樣你清楚嗎？」

「是，長官。」

「現在你有沒有什麼要告訴我的？」

「我們兩人私下談，還是你想叫負責調查的強手也一起進來談？」

卡斯威爾只把這句話當成開玩笑，「我不確定他可以被稱做強手。」

是個男的。

「長官，誰負責指揮調查？」

「史崔克萊警署的查爾斯·安克藍姆督察長。」

喔，親愛的耶穌他媽的基督。他跟安克藍姆最後一次見面時，還指控安克藍姆貪腐。安克藍姆早就知道他會負責這次調查，那天他就知道了，雷博思想起他微笑的樣子，彷彿隱藏著祕密；他打量雷博思的樣子，彷彿他們有可能會成爲敵手。

「長官，安克藍姆督察長跟我之間恐怕有些過節。」

卡斯威爾瞪著他，「可以說明嗎？」

「不行，長官，恕難從命。」

「那我想我可以改請富勞爾督察長負責。他現在可是大紅人，逮到那個國會議員的兒子種大麻……」

雷博思嚥下口水，「長官，我傾向讓安克藍姆督察長調查。」

卡斯威爾吼道：「這不是由你決定，是嗎，探長？」

「不是，長官。」

卡斯威爾嘆了口氣，「安克藍姆已經知道狀況。我們就讓他調查吧……如果你沒有意見的話？」

「謝謝長官。」我怎麼會這個樣子，雷博思心想，竟然感謝他派安克藍姆來調查我……「長官，我可以離開了嗎？」

「不行。」卡斯威爾看著他手上的檔案，而雷博思盡量把他的心跳慢下來。卡斯威爾讀著一份報告，突然頭也不抬地開口說話：

「你今天早上去拉索做什麼？」

「長官？」

「運河裡打撈出一具屍體。我聽說你人在那裡，而那裡並不是你的管區克雷米勒。」

「我只是剛好在那個區域。」

「就是你指認出死者的身分？」

「是，長官。」

「有你在眞是方便。」他的語氣非常諷刺，「你怎麼會認識他？」

老實說，還是什麼都不說，兩個都不好，還是掩飾一下：「長官，我認出他是我們的線民之一。」

卡斯威爾抬起頭，「誰的線民？」

「富勞爾督察長的。」

「你打算要偷偷利用這個線民？」雷博思閉緊嘴巴，讓卡斯威爾自己下結論。「而同一天早上，他卻摔進運河裡……太過巧合了吧？」

雷博思聳肩說：「長官，有時候就是這麼巧。」他眼睛直視卡斯威爾，兩人互瞪。

「你可以離開了，探長。」卡斯威爾說。

雷博思一直走到走廊才眨眼睛。

他從費特斯打電話到聖里奧納德警局，手還在發抖。但是婕兒不在那裡，也似乎沒人知道她人在哪。雷博思請總機傳呼她，然後請總機轉接到刑事組，席芳接起電話。

「布萊恩在那裡嗎？」

「我幾個小時沒看到他了。你們兩個是不是在祕密搞什麼事情？」

「這附近唯一被搞的是他媽的我本人。你看到他的時候，叫他回電，也把同樣的訊息傳給婕兒．譚普勒。」

她還來不及說話，雷博思就把電話掛了。也許她會願意幫忙，但是目前雷博思並不想再扯進其他人。他說了謊以保護自己……保護婕兒．譚普勒……婕兒……他有問題要問她，緊急的問題。他試了她家的電話，留言在答錄機上，然後又打了何姆斯家裡的電話，另外一台電話答錄機，同樣的留言：打電話給我。

等等，認眞想想。

他要何姆斯去讀史佩凡案的檔案，這表示他得去調出檔案。當大倫敦路警局被火燒成平地，很多檔案也付之一炬。但是比較舊的檔案卻沒事，因爲都被運到他地以節省空間。這些檔案跟其他像骸骨的古董檔案，都被存放在葛藍頓港附近的倉庫裡。雷博思以爲何姆斯會把檔案借出來，也許他並沒有……

從費特斯開車到倉庫要十分鐘，但雷博思七分鐘就趕到了。當他看到何姆斯的車停在停車場裡，不禁露齒而笑。雷博思走到大門，把門拉開，看到一個廣大昏暗還有回音的空間。整座倉庫裡排滿綠色的鐵架，塞滿了特厚的紙箱，箱子裡裝著一九五〇年代到一九七〇年代大愛丁堡區域警察總部的檔案——那時候還叫做愛丁堡市警局。文件不斷被送進來：索引卡小木盒上掛著標籤，等著要被開封。這裡看起來正在重新進行整理——有蓋塑膠箱取代了紙箱。一個年老的小個子男人，很瘦，留著黑鬍子，戴著厚重的眼鏡，大步走向雷博思。

雷博思給他看自己的證件，「我正在找一個同事，何姆斯警佐，我想他也許正在查閱一些舊檔案。」

那個男人仔細地看了證件，然後走向登記簿，寫下雷博思的姓名與階級，再加上他抵達的日期與時間。

「這有必要嗎？」雷博思問。

這個男人顯露出一輩子沒被人問過這個問題的表情，「只是文書作業。」他回話道，然後看看倉庫四周的檔案，「這是有必要的，要不然我不會在這裡。」

然後他微笑，眼鏡反射著頭頂上的燈光，「往這邊走。」

他帶著雷博思走進兩邊堆著箱子的走道，然後右轉，猶豫了一下，接著左轉。他們走到一塊空地，而布萊恩．何姆斯正坐在那裡的一張舊書桌前，桌上還嵌有墨水池。那裡沒有椅子，所以他坐在翻過來的箱子上。他的手肘靠在書桌上，雙手抱頭。書桌上有盞檯燈，照亮了這個景象。管理員咳嗽一聲。

「有人要找你。」

何姆斯轉頭，看到要找他的人是誰之後站了起來。雷博思很快地轉向管理員。

「謝謝你幫忙。」

「小事。反正我沒有太多訪客。」

這個小個子男人拖著腳步走了，腳步聲慢慢往遠處去了。

「別擔心。」何姆斯說，「我沿路有灑麵包屑，可以找到原路出去。」他看看四周，「這難道不是你看過最令人發毛的地方嗎？」

「這裡絕對名列前五名。布萊恩，聽著，出問題了。」他舉起右手，「這是風扇，」然後舉起左手，「這是狗屎。」他雙手互相拍擊，倉庫傳來回音。

「告訴我。」

「在重新調查史佩凡案之前，卡斯威爾先啓動內部調查。他找來負責調查的人，最近卻跟我發生摩擦。」

「你眞傻。」

「我眞傻。所以很快他們一定會來這裡取走檔案，我可不想讓看到他們把你一起帶走。」

何姆斯看著那一大疊檔案，每一份封面的黑墨水都褪色了。「檔案可能會消失，不是嗎？」

「有可能，但是有兩個問題。第一，這樣非常可疑。第二，我想登記簿先生知道你正在看的是一些檔案。」

「這倒是眞的，」他同意說，「而且還被他登記在紙上。」

「還紀錄了你的名字。」

「我們可以試試塞錢給他。」

「他看起來不是那種人，他來這裡工作並不是爲了錢，對不對？」

何姆斯看起來若有所思，他看起來也很糟：鬍子亂刮一通，頭髮沒梳，也該去理髮。他的眼袋看起來可以裝五十公斤的煤。

「聽我說，」他終於開口，「我已經看了一半……超過一半。如果今晚我熬夜，也許再加快我的速度，我明天應該可以看完。」

雷博思慢慢地點頭，「到目前爲止，你有什麼想法？」他幾乎不敢碰觸這些檔案，也不敢翻閱。這不是歷史，這是考古。

「我認爲你的打字沒有進步。我實話直說：在字裡行間我可以讀到有些閃閃躲躲的事情。我可以看出來你在掩飾什麼，改寫了眞實狀況來符合你版本的故事。當年你的技巧還不夠純熟，但是蓋帝斯的版本讀起來就比較好、比較有自信。他掩蓋了某些東西，也不怕簡化一些事情。但我想知道的是，到底他跟史佩凡一開始是怎麼結下梁子？要是我們知道這件事，我們就知道蓋帝斯在玩什麼把戲，也知道他願意爲此付出多大的代價。」

雷博思再度擊掌，但這一次他輕聲地拍手。

「進展不錯。」

「所以再給我一天，看看我能再發現些什麼。約翰，我想幫你這個忙。」

「萬一他們抓到你的話。」

「我會找到說詞脫身的，別擔心。」

雷博思的傳呼機響了，他看著何姆斯。

「你越早離開，」何姆斯說，「我就可以越早開始讀檔案。」

雷博思拍拍他的肩膀，回頭走在成箱檔案之中。布萊恩・何姆斯是個朋友，很難想像他會痛扁瘋狂敏多一頓。精神分裂症是警察的盟友：雙重人格是很方便的……

他問管理員可不可以用電話。牆上有一台，他打電話回覆傳呼。

「我是雷博思探長。」

「是，探長，你一直想聯絡譚普勒督察長。」

「對。」

「我有她的下落了，她在拉索的一家餐廳。」

雷博思用力掛上電話，罵著自己怎麼沒早點想到。

麥魯爾的屍體躺過的木板走道，已經被風吹乾了，已經沒有跡象顯示這裡最近曾經死人。鴨子划過水面，一艘遊船剛載了六個遊客離開。晚餐時間的顧客在餐廳裡嚼著食物，他們看著窗外運河邊的兩個人影。

「我有半天都在開會，」婕兒說，「我一個小時前才聽說這件事。這是怎麼回事？」

她雙手插進大衣口袋，是一件奶油白的Burberry名牌大衣。她看起來很悲傷。

「你問法醫吧。麥魯爾頭上有道傷口，但是這並沒辦法告訴我們什麼。他可能是滑倒時撞傷頭部。」

「或者他可能是被攻擊然後推下水。」

「或者他是自己跳水。」雷博思打了一陣寒顫，這件案子讓他想起米其森的選擇。「我猜測法醫鑑識會告訴你他是生前或死後落水。現在我告訴你他大概是生前落水的，但還是無法回答我們的疑問：這是意外？還是自殺？還是有人攻擊他再推他下水。」他看著婕兒轉身走在運河邊拉船用的路徑上，然後趕上她。又開始下起零星小雨，他看著雨滴落在她的大衣上，斑斑點點地把大衣的顏色變沉。

「我的大案子㉚沒了。」她的語氣有些尖銳。雷博思把她的領子翻起來，她意會到他開的玩笑，微笑著。

「會有其他大案子上門的。」他告訴她，「你這件案子已經鬧出一條人命——別忘了。」她點頭。「知道嗎？」他說，「助理警察局長今天下午找我去他辦公室。」

㉚ big collar（直譯：大衣領），俚語make a collar的意思是捕獲犯人。

「史佩凡案？」

他點頭，「而且他想知道我今天早上來這裡做什麼。」

她轉頭看著他，「你怎麼說？」

「我什麼都沒說。但問題是……麥魯爾跟史佩凡有關係。」

「什麼？」現在她把所有的注意力放在他身上。

「他們多年前是朋友。」

「老天，你怎麼不告訴我？」

雷博思聳肩說：「這似乎不是什麼問題。」

婕兒認眞地思考著，「但如果卡斯威爾把麥魯爾跟史佩凡連結起來……？」

「那麼怕死鬼佛仔變水鬼的同一天早上，我在這裡出現就顯得有點可疑。」

「你得告訴他實話。」

「我不這麼認爲。」

她轉向他，雙手緊抓著他的西裝翻領說：「你是爲了保護我不受影響。」

雨越下越大，她的頭髮裡的水珠閃著光。

「應該說什麼糟糕的後果我都不怕。」他說，然後牽著她的手走進酒吧。

他們吃了點心，但是兩個人都沒有食慾。雷博思點了威士忌，婕兒點了高地礦泉水。他們坐在包廂裡，隔著桌子互望。這家餐廳只有三分之一滿，附近沒有人可以聽到他們講話。

「還有誰知道？」雷博思說。

「我第一個告訴你。」

「反正他們也可能知道。也許佛仔的勇氣消失了，也許他服從了他們，也許他們就是猜到了。」

「有太多的也許。」

「我們還有什麼籌碼？」他停頓下來嚼食物，「你接收的其他線民呢？」

「他們如何？」

「線民會聽說一些事情，也許佛仔不是唯一一個知道這次毒品交易的人。」

婕兒搖頭說：「那時我問他，他似乎確信這件事非常祕密。你一直假設他是被殺的，但記住，他長久以來都膽子小，有精神上的問題。也許他只是恐懼到無法承受的地步。」

「婕兒，幫我們兩個一個忙，緊跟著這件案子的調查過程。看看鄰居怎麼說：他今天早上有沒有訪客？有沒有陌生人或可疑人物出現？看看你可不可以檢查他的電話通聯紀錄？我打賭這件案子將以意外結案，所以沒有人會太認眞查案。對他們施加壓力，必要的話拜託人幫忙。他通常早上都會去散步嗎？」

她點著頭，「還有其他疑問嗎？」

「有……誰有他家的鑰匙？」

婕兒打了幾通電話，他們喝咖啡等著一個刑警把鑰匙帶來，直接從太平間送來的。婕兒問著史佩凡案的事，但是雷博思只給她模糊的答案。然後他們討論聖經強尼、亞倫．米其森……都是警察話題，避開談到任何私事。但是有一刻他們四目相交，相互微笑，他們知道那些問題不管他們問不問都在那裡。

「所以，」雷博思說，「你現在要怎麼辦？」

「關於麥魯爾給我的情報？」她嘆口氣，「沒有什麼可以繼續調查的方向，線報太模糊了——沒有名字、沒有細節、也沒有交易的日期……沒有用了。」

「也許吧。」雷博思拿起鑰匙晃動，「就看你要不要去搜查看看。」

拉索的人行道很窄，爲了保持他跟婕兒的距離，他得走在馬路上。他們沒有說話，也不需要說話。這是他們第二天晚上在一起，雷博思樂於分享一切，但親密的接觸除外。

「這是他的車。」

婕兒繞著這輛富豪走，透過車窗窺視內部。在儀表板上有一顆小燈閃著紅光：防盜警報器。「皮椅內裝。看起來就像剛從展示間開出來。」

「怕死鬼佛仔的標準座車：舒適且安全。」

「這我就不知道了，」婕兒打趣說，「這輛車是渦輪加速版。」

雷博思沒注意到這一點，他想到他自己的舊紳寶，「不知道這輛車接下來會被如何處置……」

「這就是他的房子？」

他們走到門前，用了兩把鑰匙開門。雷博思把玄關的燈打開。

「你知道有多少警察已經來過這裡？」雷博思問。

「據我所知，我們是第一批。爲什麼問？」

「只想做一兩個情境假設。萬一有人進來看到他在這裡，然後恐嚇他，再叫他出門散步……」

「然後？」

「那他還能鎮靜地上兩道門鎖？所以他若不是沒那麼害怕……」

「或是跟他在一起的人上了兩道門鎖，他猜測這是麥魯爾的習性。」

雷博思點頭，「還有一點，防盜警報系統。」他指著牆壁上的一個箱子，上面亮著綠燈。「警報器沒開。如果他很慌張，他也許會忘記。如果他認爲他沒有生還的可能性，他也不會浪費氣力。」

「如果只是出去散個步，也許他也不會特別打開警報器。」

雷博思接受這個觀點，「最後一個情境：跟他在一起的人忘記或根本不知道有警報器。門上了兩道鎖，但是防盜警報系統沒開——這兩種行爲並不一致。像佛仔這種開富豪車的人，我猜他的行爲永遠都有其一致性。」

「我們看看他有什麼值得偷的東西。」

他們走進客廳，裡面擠滿了家具、小裝飾品、現代的東西、看起來傳了好幾代的東西。但雖然塞滿東西，客廳還是整齊且一塵不染，地板上鋪著看起來很昂貴的地毯——絕不是被火燒過的貨品。

「假設有人眞的來找他的話，」婕兒說，「我們應該蒐集這裡的指紋。」

「絕對要做。盡快叫鑑識組過來。」

「是，長官。」

雷博思微笑，「抱歉，長官。」

他們走在房裡時，都把手放在口袋裡：人手想摸東西的反射動作是很強烈的。

「沒有掙扎的跡象，看起來也沒有東西被放錯位置。」

「同意。」

穿過客廳還有一條比較短的走道，通往一間客房與一個曾經是會客室的空間，麥魯爾把這裡變成辦公室。裡面到處都是文件，在一張折疊餐桌上有一部看起來很新的電腦。

「我想我們得有人檢查這台電腦。」婕兒說，她並不是太喜歡這個工作。

「我討厭電腦。」雷博思說。他注意到鍵盤旁邊有一本厚厚的便條紙。他從口袋裡伸出一隻手，捏著便條紙的邊緣，對著光線檢查。他發現上面有上一張便條書寫後留下的痕跡，婕兒也靠過來看。

「不要告訴我。」

「我看不出來寫了什麼，我不認爲用鉛筆描黑這些痕跡會有用。」

他們看著彼此，異口同聲地說：「送去鑑識組。」

「接著檢查垃圾桶？」婕兒說。

「你檢查，我上樓去看看。」

雷博思回到前面的大廳，看到更多扇門，一一打開：一個舊式小廚房，牆上掛著家庭照片；一間廁所；一個儲藏室。他爬上樓梯，腳踩有消音效果的厚地毯。這是一棟安靜的房子，雷博思覺得就算是麥魯爾在家時也是這麼安靜。樓上有另外一間客房、一間大浴室——跟廚房一樣是舊式的——還有一間主臥室。雷博思把搜查重心放在老地方：床底下、床墊與枕頭，還有櫥櫃、抽屜、衣櫃。一切都被偏執地擺放整齊：羊毛衣摺疊整齊並依照顏色疊放；脫鞋與鞋子排成一排——棕色的先排在一起，然後是黑色的。一座小書櫃上擺著普通的書：《地毯與東方藝術的歷史》、《法國酒莊巡禮攝影集》。

真是單純的生活。

或者怕死鬼佛仔的齷齪勾當都藏在其他地方。

「有任何發現嗎？」婕兒在一樓樓梯口喊著。雷博思沿著走廊走回去。

「沒有，但是你也許應該派人搜查他做生意的地方。」

「明天立刻去辦。」

雷博思下樓，「你有何發現？」

「什麼都沒有，就是一些垃圾桶裡的東西。沒有東西寫著：『毒品交易，星期五下午兩點半，地毯拍賣場。』」

「可惜。」雷博思微笑說，他看看錶，「想再喝一杯嗎？」

婕兒搖頭，「我該回家了，今天是漫長的一天。」

「又一個漫長的日子。」

「又一個漫長的日子。」她抬頭看著他，「你呢？你打算再去喝一杯？」

「你的意思是？」

「我的意思是你酒喝得比以前多。」

「你的意思是？」

她認真地看著他說：「我的意思是我希望你別喝那麼多。」

「所以我應該喝多少，醫生？」

「不要誤解我的意思。」

「你怎麼知道我喝多少酒？是誰在幫我宣傳？」

「我們昨晚一起吃飯，記得嗎？」

「我只喝了兩到三杯威士忌。」

「那在我離開之後呢？」

雷博思吞了口口水，「我直接回家睡覺。」

她哀傷地微笑說：「你這個騙子。其實你是直接到酒館報到，一輛巡邏車看到你離開威佛利車站後面的酒吧。」

「有人監視我！」

「只不過是還有人關心著你。」

「我不相信。」雷博思把門用力拉開。

「你要去哪裡？」

「我他媽的需要喝杯酒。你想要的話可以一起來。」

第十章

當他開車到雅登街時，他看到一群人在他公寓樓下大門口外。他們不斷換著站姿，講著笑話，試圖要保持高昂的士氣。其中一兩個人拿著報紙包著的薯條吃——很棒的諷刺，因爲他們看起來應該是記者。

「糟了。」

雷博思開車經過他們但繼續前進，從後視鏡看著他們。反正這裡也沒有停車位，於是他在路口右轉，然後再左轉，最後停在瑟雷斯譚游泳俱樂部（Thirlestane Baths）外面的停車位。他把車子引擎熄火，搥了方向盤幾下。他可以像以前那樣開車兜風，也許開上M九〇高速公路，高速開往丹地再回來，但是他現在不想這麼做。他做了幾個深呼吸，感覺到脈搏猛烈跳動著，並且開始耳鳴。

「來吧。」他說，然後下了車。他走瑪其蒙彎路去買薯條，然後往回家的方向走去，掌心透過層層包裹的報紙感覺到油炸物的熱度。他慢慢地走在雅登街上，他們沒預料到他會走路過來，等到有人發現他時，他已經幾乎走到他們旁邊。

瑞剛烈特電視台也派了攝影組來——攝影師、凱麗．伯傑斯、伊蒙．布林。在近距離相接的情況下，布林把香菸丟到路上，抓起麥克風。攝影機上裝了燈。強光總是讓人瞇著眼睛，結果讓你看起來有罪，所以雷博思把眼睛睜得大大的。

一個記者首先提問：「探長，你對史佩凡案有何評論？」

「這件案子即將重新調查是眞的嗎？」

「當你聽到洛森．蓋帝斯自殺，你有何感想？」

聽到這個問題，雷博思看向凱麗．伯傑斯，她若無其事地低頭看著人行道。他已經踏上走道半途，離大門只有一呎，但是卻被記者們包圍，彷彿是在濃湯裡泅泳。他停步轉身面對他們。

「各位媒體的先生女士，我要做一個簡短的聲明。」

他們面面相覷，眼神裡有著驚奇，然後舉起他們的錄音機。外圍的幾個老鳥，已經太常到這裡而失去任何興趣，但也拿起了筆記本跟筆。

嘈雜聲漸歇，雷博思舉起他手上那包薯片。

「謹代表蘇格蘭的薯片消費者，感謝你們提供我們宵夜的包裝材料。」

他們還來不及想到該說什麼，他就已經進門了。

進了公寓，他沒有開燈，走到客廳的窗戶旁窺視樓下的情形。一些記者們搖著頭，用手機打電話回公司問是否可以下班，還有一兩個已經走向他們的車子。伊蒙·布林對著攝影機說話，還是像平常一樣自傲。一個年輕的記者在布林的後腦杓用手指比起V字，當作布林的兔子耳朵。

雷博思看往道路另一邊，發現一個人靠著一輛車站著，雙手交叉。他抬頭凝視著雷博思家的窗戶，臉上帶著微笑。他分開雙手，給雷博思一陣無聲的鼓掌，然後上了他的車發動引擎。

吉姆·史蒂文斯。

雷博思轉身回到房間，打開一盞可動式立燈，坐在他的椅子上吃薯片。但是他還是沒什麼食慾。他想著到底是誰把消息洩漏給這群禿鷹。卡斯威爾今天下午才告訴他這件事，而他只跟布萊恩·何姆斯與婕兒·譚普勒提過。答錄機瘋狂地閃著燈：四個新留言。他想辦法不看說明書來操作答錄機，他順利啓動了答錄機，可是聽到格拉斯哥腔卻破壞了他的成就感。

「雷博思探長，我是安克藍姆督察長。」他的聲音清脆且一副公事公辦的語氣，「我只是要告訴你，我明天也許會到愛丁堡開始進行調查，我們越早開始，就越早結束。這樣對大家都好，對不對？我已經在克雷米勒留言要你回電，但是你似乎都不在警局。」

「謝謝，晚安。」雷博思大吼。

嗶，第二通留言。

「探長，又是我。要是能知道你下一兩週的動態，會對我非常有幫助，也能夠讓你以最有效率的方式利用你的時間。如果你可以盡量詳盡地把行程打一張（breakdown）給我，我會很感謝。」

「我覺得我他媽的正在崩潰（breakdown）。」

他回到窗戶旁，記者們逐漸散去，瑞剛烈特電視台的攝影機已經裝進他們的旅行車。雷博思一聽到第三通留言的聲音，瞠目結舌地看著答錄機。

「探長，調查辦公室會設在費特斯，我也許會帶一個我的人跟著去，但除此之外，我會用費特斯的警官與一般職員。所以明天早上起，你可以打電話到那裡聯絡我。」

雷博思走到答錄機旁，低頭瞪著它，心裡賭著氣：有種再留一通……有種再留一通……

嗶，第四通留言。

「探長，明天下午兩點，我們進行第一次的調查會議。讓我知道是否——」

雷博思抓起答錄機往牆壁一丟，蓋子被撞開，錄音帶掉了出來。

他的門鈴響起。

他透過窺視孔看是誰來找，他不敢相信自己的眼睛。他把門敞開。

凱麗．伯傑斯退後一步，「老天，你看起來很兇。」

「我覺得我快發狂了。你到底找我幹嘛？」

她伸出藏在背後的手，手裡握著一瓶麥卡倫牌（Macallan）威士忌，「我是來和解的。」她說。

雷博思看著酒瓶，然後看著她說：「你想用這種方法讓我上當？」

「絕對不是。」

「你身上有沒有麥克風或是攝影機？」

她搖頭，棕色的捲髮掉到她臉頰上與眼睛旁邊。雷博思走進玄關。

「算你好運，我剛好酒癮犯了。」他說。

她先走進客廳，讓他有機會可以打量她的身體，每一部分都像怕死鬼佛仔的家一樣整潔。

「聽著，」他說，「很抱歉砸了你的錄音機。把帳單寄給我，說真的。」

她聳肩，然後看到他的答錄機，「你是跟科技產品有仇嗎？」

「才進來十秒鐘你就開始問問題。你在這裡等我，我去拿杯子。」他走進廚房，關上門，然後把桌上的剪報與報紙收集起來，全部塞進櫥櫃裡。他洗了兩個杯子，然後慢慢地擦乾，眼睛直視著洗碗槽上緣的牆壁。她想要什麼東西？當然是資訊。婕兒的臉浮現在他心裡，她請他幫個忙，結果有個人死了。至於凱麗·伯傑斯……也許她該爲蓋帝斯的自殺負責。他拿著杯子走過去，而她正蹲在音響前面研究著專輯名稱。

「我從來沒有擁有過一台唱盤。」她說。

「我聽說唱盤是未來的重要產品。」他開了那瓶麥卡倫，倒了酒。「我沒有冰塊，不過我應該可以去冰箱冷凍櫃鑿一塊冰。」

她站起來接過杯子，「喝純的就可以。」

她穿著緊身黑色牛仔褲，臀部與膝蓋都褪色了，牛仔外套有絨毛襯裡。他注意到她的眼睛有點凸，拱形眉毛——他認爲這形狀是天生的，不是拔毛修整出來的。她的顴骨形狀很漂亮。

「坐吧。」他說。

她坐在沙發上，雙腿稍微張開，手肘放在膝蓋上，把那杯酒捧在面前。

「這不是你今天第一杯酒，對不對？」她問。

他啜了口酒，然後把杯子放在椅子扶手上，「我想要的話隨時可以不喝。」他把手張開，「你看。」

她微笑，喝口酒，視線越過杯緣看著他。他試著解讀她表現出來的訊號：賣弄風情、輕佻、放鬆、眼神銳利、功於心計、愉快……

「誰把調查的事透露給你？」他問。

「你的問題是誰洩漏消息給媒體，還是我本人？」

「隨便。」

「我不知道誰開始傳這件事，但是一個記者告訴另一個，就這樣傳開了。我一個在《蘇格蘭星期天週報》的朋友打電話給我，她知道我們正在採訪史佩凡案。」

雷博思心裡想著吉姆．史蒂文斯，他像個球隊經理般站在邊線。史蒂文斯在格拉斯哥工作；齊克．安克藍姆也在格拉斯哥工作。安克藍姆知道雷博思跟史蒂文斯是老對頭，於是把消息放出來……混蛋。難怪他不讓雷博思叫他的綽號齊克。

「我幾乎可以聽到你動腦的齒輪聲。」

他淡淡地微笑說：「我開始瞭解幾件事情是怎麼回事了。」他伸手拿酒瓶──他把酒瓶放在伸手可及的位置。凱麗．伯傑斯靠著沙發椅背，坐在曲著的雙腳上四處張望。

「房子不錯，很大。」

「需要重新裝潢。」

她點頭，「牆楣裝飾是該整理一下，也許窗戶附近也可以裝潢一下。但我應該會把那個丟掉。」她指的是壁爐上的畫：一艘停在港口裡的漁船。「那是哪裡？」

雷博思聳肩說：「一個不存在的地方。」他也不喜歡這幅畫，但是卻沒考慮過要丟掉它。

「你可以把那扇門拆掉，」她繼續說，「看起來應該會比較舒服。」她看到他的表情，「我才剛在格拉斯哥買了房子。」

「好事一樁。」

「就我的喜好來說，天花板太高了，但是……」她此時意識到他的語氣有些不耐，於是住口。

「抱歉，」雷博思說，「我不太擅長閒聊。」

「但是你很會諷刺。」

「因爲我常常練習。你的節目進行得如何？」

「我以爲你不想討論這個。」

雷博思聳肩說：「總比DIY裝潢房子來得有趣。」他起身再爲她添酒。

「節目進行得還好。」她抬頭看著他，他的眼睛只看著她的杯子。「你要是同意接受訪問的話會更好。」

「不行。」他坐回他的椅子。

「不行。」她重複他的話，「無論有沒有你，節目都會播放，檔期已經敲定了。你讀過史佩凡的書了沒？」

「我不太喜歡小說。」

她轉頭看著音響旁邊成堆的書籍，它們證明他說謊。

「我很少遇到不喊冤的罪犯，」雷博思說，「這是求生的本能。」

「那我猜你也從來沒遇過司法誤判？」

「我看過很多誤判，只不過這種『誤判』是錯把罪犯放走的那一種。整個司法體系都沒什麼正義可言。」

「我可以引述你這句話嗎？」

「我們這次的談話內容絕對不能上媒體。」

「你應該在說話之前先把這點講清楚。」

他對她搖搖手指，「不能上媒體。」

她點頭，向他舉杯敬酒，「敬你說的『不能上媒體』。」

雷博思把酒杯放在唇邊，但沒有喝。威士忌讓他放鬆，加上疲倦，以及一顆快爆炸的腦袋，這是非常危險的組合。他知道他得小心一點，現在立刻提高警覺。

「想聽音樂嗎？」他問。

「你在巧妙地改變話題嗎？」

「問題總問個沒完。」他走到音響旁，放進《多管閒事》（Meddle）專輯的卡帶。

「誰的音樂？」她問。

「平克佛洛伊德（Pink Floyd）樂團。」

「喔，我喜歡他們。這是新專輯嗎？」

「不是。」

他讓她談她的工作，談她怎麼入行，讓她從童年開始談她的人生。她偶爾會問關於他過去的問題，但是他搖搖頭，引領她回去講她自己的故事。

她需要休息一陣子，他想。但是她已經對她的工作著魔了，也許這就是她唯一准許自己休息的方式：跟他在一起，所以也算是工作。這又是罪惡感造成的，罪惡感與工作倫理。他想到一個故事：第一次世界大戰某個耶誕節，敵對雙方從壕溝裡爬出來互相握手，踢場足球，然後回到壕溝再度拿起武器……

一個小時之後，他們各喝了四杯威士忌，她躺在沙發上一手枕在頭底，另外一手放在肚子上。她已經脫掉外套，只穿著白色的運動衫。她的袖子捲起來，在燈光下她的手毛變成金黃色。

「最好搭計程車……」她輕聲說，《管鐘㉜》（Tubular Bells）專輯在背景播放著，「這又是誰的專輯？」

雷博思什麼也沒說，也不需要說，因爲她已經睡著了。他是可以把她叫起來，幫她叫計程車，或是自己載她回去。深夜這個時間開車到格拉斯哥不用一個小時。但是他爲她蓋上毯子，把音樂的音量調到最低，讓他勉強可以聽到專輯裡維夫．史湯蕭（Viv Stanshall）的念白。他坐在窗邊的椅子上，用大衣蓋著身體。壁爐裡的天然氣火爐已經打開，讓屋裡暖了起來。他要等她自己醒過來，然後問她要搭計程車還是讓他開車送她，由她決定。

他必須思考很多事、計畫很多事。對於明天安克藍姆的問話，他有一個應付的點子。他在腦海裡琢磨著、研究著、發展著這個想法。他有很多事情得想……

他醒來時看到街燈的銀光，感覺自己沒有睡著很久。他看了沙發一眼，發現凱麗．伯傑斯已經不在了。正當他打算再闔上眼睛時，他注意到她的牛仔外套還躺在地板上，還是她原來丟的位置。

他從椅子站起來，頭還是很暈，但突然間他希望自己清醒一點。玄關的燈是亮的，廚房的門開著，裡面的燈也亮著……

她站在餐桌旁，一手拿著止痛藥，另一手拿著一杯水，剪報攤開在她面前。她看到他時嚇了一跳，然後低頭看著餐桌。

「我本來是在找咖啡，想著喝點咖啡也許可以醒酒。可是我卻發現這些。」

「辦案資料。」雷博思一語帶過。

「我不知道你還參與偵辦聖經強尼案。」

「我沒有。」他把剪報收起來，放回櫥櫃裡，「我沒有咖啡，都泡完了。」

「水就可以。」她吞下那幾顆藥丸。

「宿醉？」

她吞了一大口水，搖搖頭，「我想也許我該走了。」她看著他，「我無意偷翻你的東西，我很希望你能相信我。」

雷博思聳聳肩，「如果這件事上了你們的節目，我們都會知道。」

「爲什麼對聖經強尼有興趣？」

「沒有理由。」他看得出來她不能接受這個解釋，「很難說清楚。」

「試試看。」

「我不知道……就說是我純眞年代的尾聲吧。」

他喝了兩杯水，讓她自己漫步回客廳。她回來的時候已經穿上外套，現在正把長髮翻到領子外面。

㉜英國當代音樂作曲家Mike Oldfield於一九七三年推出的經典專輯。

「我該走了。」

「你要我送你去哪嗎?」她搖頭。「剩下的酒怎麼辦?」

「也許我們改天再喝完。」

「我不敢保證酒會留到那時候。」

「那也沒關係。」她走到前門,開了門,然後轉身面對他。

「拉索有個人溺死,你聽說了嗎?」

「聽說了。」他面無表情地說。

「佛格斯・麥魯爾,我最近才訪問過他。」

「是嗎?」

「他是史佩凡的朋友。」

「這一點我不知道。」

「你不知道?這就有趣了,他告訴我你當年把他拉去偵訊。探長,對此有何看法?」她冷笑說,「我想大概沒有。」

他鎖上門,聽到她走下樓梯的聲音,然後回到客廳,站在窗戶邊看著樓下。她右轉,走向美多思公園方向搭計程車。對面的公寓還有一戶人家燈還亮著,他沒有看到史蒂文斯的車子在附近。雷博思凝視著玻璃上自己的映像。她知道史佩凡跟麥魯爾有關係,也知道雷博思曾經訊問過麥魯爾。這正是安克藍姆需要的情報。雷博思的形影回瞪著他自己,嘲諷般地異常冷靜。他用盡自己的意志力,才阻止自己一拳搥向玻璃。

第十一章

雷博思正在逃跑，彷彿自己是移動的標靶，早晨的宿醉並沒有讓他的動作慢下來。他首先打包，行李箱只裝了半滿，再把傳呼機留在壁爐台上。然後到他去做定期檢驗的修車廠爲他的紳寶徹底檢查一番：胎壓與機油等等。十五分鐘的檢查花了十五鎊，而他們唯一發現的問題是方向盤鬆了。

「反正我的駕駛技術也馬馬虎虎。」他對他們說。

他得打幾個電話，但是不能用公寓裡那支電話，也不能去阿帕契要塞或其他警局打。他想到那幾家很早開門的酒吧，但是那些地方就像他的辦公室──很多人知道他會在那些地方工作，安克藍姆很有可能找到那裡去。所以他利用附近的洗衣店，搖頭拒絕洗衣服務的促銷──本週一律九折。什麼時候起洗衣店也開始需要促銷活動？

他用兌幣機把五鎊鈔票換成銅板，買了咖啡，再到另一台販賣機買巧克力餅乾，然後拉了張椅子到裝在牆上的電話邊。第一通電話打到布萊恩．何姆斯家裡，最後一次舉紅牌要他停止「調查」。沒人接聽，他也沒有留言。第二通電話打到何姆斯的辦公室。他裝出不同的聲音說話，聽到一個年輕的刑警說布萊恩目前還沒進辦公室。

「要留訊息給他嗎？」

雷博思沒說話就把話筒掛上。也許布萊恩在家進行「調查」，但不接電話。這是有可能的。第三通電話打到婕兒．譚普勒的辦公室。

「我是婕兒．譚普勒督察長。」

「我是約翰。」雷博思看看洗衣店四周，兩個顧客埋首於雜誌，洗衣機與圓筒式烘衣機的馬達發出輕微的聲響，空氣中有衣物柔軟劑的氣味，女店長正在把洗衣粉倒進一台機器裡。背景播放的音樂是戴夫與安索．柯林斯（Dave and Ansel Collins）的雷鬼歌曲〈雙槍管〉（Double Barrel），歌詞很蠢。

「你要聽最新進展嗎？」

「要不然我怎麼會打電話？」

「雷博思探長，你講話眞是婉轉。」

「我又不是莎黛㉝。佛仔的事你辦得怎麼樣？」

「便條本已經送到鑑識組，目前還沒有結果。鑑識組今天會去他的房子，做採集指紋之類的工作。他們很好奇爲什麼需要出這趟任務。」

「你沒有告訴他們？」

「我用階級壓他們，要不然階級是做什麼用的？」

雷博思微笑說，「那台電腦呢？」

「我今天下午會過去親自檢查所有的磁碟片。我也會詢問鄰居關於訪客、陌生車輛之類的事。」

「佛仔的店面呢？」

「我半個小時之內就會去他的店。我的表現如何？」

「到目前爲止我沒有什麼抱怨之處。」

「很好。」

「我晚點會打電話給你，看看你那邊進行得如何。」

「你聽起來怪怪的。」

「怎麼個怪法？」

「你好像在進行什麼祕密的事。」

「我不是那種人。再見，婕兒。」

下一通電話打到阿帕契要塞刑事組的專線，是麥克雷接的電話。

「哈囉，大胖，」雷博思說，「有沒有我的留言？」

「少開玩笑了，找你的電話多到話機都發燙，我得戴石綿手套才能接電話。」

「安克藍姆督察長？」

「你怎麼猜得到？」

「你人到底在哪裡？」

「超能力。我一直試著要跟他聯絡上。」

「休息中，我大概得了感冒什麼的。」

「你的聲音聽起來還好。」

「我是裝出堅強的樣子。」

「你在家嗎？」

「我在朋友家，她在照顧我。」

「是嗎？多告訴我一點細節。」

「現在不行。大胖，聽著，如果安克藍姆再打電話來……」

「他一定會打。」

「告訴他我正試著聯絡他。」

「你的南丁格爾的電話是？」

但雷博思已經掛斷電話。他打電話回自己的公寓，確認電話答錄機在他摔過之後還是可以運作。他有兩通留言，都是安克藍姆留的。

㉝ Sade，英國著名女歌手。

「饒了我吧。」雷博思悄聲說。他喝完咖啡，吃完餅乾，坐在那裡瞪著滾筒式烘衣機的窗子。他的頭感覺起來也像在滾筒裡看著外面。

他再打了兩通電話，分別到雷鳥石油與葛蘭皮恩警局刑事組，然後決定迅速到布萊恩·何姆斯家跑一趟，至於奈兒在不在就只好碰碰運氣。這是一棟狹長的並排房子，兩個人住剛好。門前有一片小花園，亟需整理。門口兩邊掛著盆栽，但都需要澆水。他還以爲奈兒是園藝愛好者。

沒有人應門，他走到窗邊窺探房子裡面。他們家沒有網狀窗簾，現在有些年輕情侶不在乎這個。客廳一團亂像是被轟炸過，地板上報紙、雜誌、食物包裝紙、杯盤與空啤酒杯到處亂丟。廢紙簍裡的啤酒罐滿到掉出來。空洞的房間裡，電視還開著：日間肥皂劇裡一對皮膚曬成古銅色的情侶正在面對面。聽不見他們說話，讓他們的角色更具說服力。

雷博思決定詢問一下鄰居，一個蹣跚學步的孩子開了門。

「嗨，小朋友，你媽媽在家嗎？」

一個年輕女人從廚房裡走出來，用乾抹布擦著雙手。

「抱歉打擾你，」雷博思說，「我在找住在隔壁的何姆斯先生。」

她望出門外，「他的車子都停在同一個地方，但現在不在。」她指著雷博思的紳寶所停的位子。

「你今天早上應該沒有看見他太太吧？」

「好久沒看到她了。」那女人說，「她以前都會拿糖果過來給戴蒙吃。」她摸摸小孩的頭髮。他聳聳肩打發她，然後快步走回何姆斯家。

「還是謝謝你。」雷博思說。

「他今天晚上應該會在家，他晚上不太出門。」

雷博思點頭，當他走到車子旁時頭還在點。他坐在駕駛座，雙手摩擦著方向盤。她離家出走了，這是多久以前的事？爲什麼那個頑固的笨蛋什麼都不跟他說？喔，對了，大家都知道警察會釋放情緒，把個人難題說出來。雷博思本身就是個標準案例。

他開車到檔案庫去，卻沒看到何姆斯，但是管理員說他昨晚一直待到檔案庫關門。

「他看起來像是已經完成工作的樣子嗎？」

管理員搖頭，「他說今天他會再見到我。」

雷博思曾想要留個訊息，但是他決定不能冒險。他回到車上，駕車離去。

他開車經過匹爾頓與謬爾浩斯，不想太早走上昆士費利路。出城的的車流不算太壅塞——至少還在動。他已經準備好零錢交弗斯大橋過路費。

他正在往北走，這一趟不只是到丹地，他要去亞伯丁。他不確定自己是在逃跑，還是在正面衝突。也可能兩者都是，膽小鬼偶爾也會變英雄。他把一捲卡帶放進音響，是羅伯特．威厄特（Robert Wyatt）的〈岩石底部〉（Rock Bottom）。

「老羅，我知道摔到那裡是什麼滋味。」歌曲接著唱道：「振作起來，也許它根本不會發生。」

他一邊唸著這句歌詞一邊換卡帶，深紫樂團（Deep Purple）唱著〈跳火坑〉（Into the Fire），他知道不應該再加快車速了。

第三部

毛靴城❶

❶ Furry Boot Town，亞伯丁的俗稱。

第十二章

雷博思上次來亞伯丁已經是幾年前的事，而且只待了一個下午。他是來拜訪一個姑姑，現在她已經不在人世，他是聽說了她的葬禮才知道她過世了。她以前住在匹托第里體育場附近的一棟老房子，周圍都是新建築物。這棟房子現在應該已經被夷爲平地。雖然此地盛產花崗岩，亞伯丁卻有種變動不居的感覺。近來這個城市的發展全靠石油，但是石油卻不可能永久生產。雷博思在菲佛郡長大，他看過那裡因爲煤礦發生過同樣的事情：沒有人想到煤礦有挖完的一天。煤開採殆盡時，希望也一起消失了。

林伍德、巴斯蓋特、克來德群島都經歷過類似的過程，卻似乎沒有人從中學習到任何東西。

雷博思想起石油開發初期，低地人❷急忙湧往北方去找高工資的艱苦工作，他們的背景包含失業的造船工人與鋼鐵工人、輟學者，與學生。這是蘇格蘭的淘金熱，星期六你坐在愛丁堡或格拉斯哥的酒吧裡，翻開報紙賽馬版，圈選著理想的賽馬，談論著你如何可以逃離此地北上淘金。那裡有日漸珍稀的工作機會，小漁港搖身一變成爲迷你的達拉斯❸，整個過程令人無法置信，就像變魔術一樣。

大家看美國影集《朱門恩怨❹》裡的J.R.如何使盡心機致富，很容易就會幻想在東北岸也在上演著同樣的情節。美國人也大舉入侵，這些混混、粗人與碼頭工人可不喜歡海邊小鎭平靜無爭的生活，他們喜歡放縱狂歡，於是從零開始建造他們的王國。所以淘金熱開始傳出黑暗的故事：妓院、械鬥、醉酒鬧事。到處都有貪腐，而參與的玩家開口就是幾百萬美金。本地人雖然討厭美國人入侵，卻也收他們的錢，接受他們提供的工作機會。對住在亞伯丁以南的藍領階級男性來說，傳言似乎是眞的，那裡不僅是男人的世界，更是苦工的世界，你需要放下自尊，讓他們用錢收買。有人去了幾個星期就回來，搖著頭叨絮著那裡的奴工生活、連續工作十二小時、以及夢魘般的北海。

在地獄與淘金勝地之間的中間地帶，大概就是接近眞相的地方，並不像傳說得那麼有趣。經濟上來說，東北方因石油獲益，相對地來說並沒有爲此付出什麼沉重的代價。亞伯丁就像愛丁堡一樣，市中心並不允許過度的商業開發以免破壞景觀，但是在郊區你可以看到一般的工業區與低矮的廠房，其中很多都跟海上石油探勘業有關係：「開闔」企業（On-Off）、葛蘭皮恩石油、普拉科技（PlatTech）……

但是在抵達終點之前，雷博思盡量沿著海岸公路走，心裡想著什麼樣的國族心態會在懸崖頂端設計出這樣的高爾夫球場。他在一座加油站停下來休息，買了一份亞伯丁地圖，找到葛蘭皮恩警局總部的位置。警局位於市中心的皇后街，他希望單行道街道系統不會造成他的麻煩。他這輩子去過亞伯丁六次，有三次是在兒時去度假。雖然亞伯丁已經是個現代城市，他還是像很多低地人一樣嘲笑它：那裡住的都是口音怪異的北方佬與魚販。當他們問你從哪裡來，聽起來像是說「你從毛靴來❺？」因此亞伯丁有了「毛靴城」的綽號，但是亞伯丁人自稱住在「花崗市」。雷博思知道在摸清楚這個地方之前，不能亂開這些玩笑。

往市中心的路上交通遇到瓶頸，但沒關係，這讓他有時間可以研究地圖與街道名稱。他找到皇后街並停車，走進警察總部報上身分。

「我先前跟一位山克斯刑警講過電話。」

「我幫你問問刑事組。」櫃台這個制服員警說。她請他坐下，於是他坐下來觀察這個警局進出的人物。他可以區分誰是便衣，誰是罪犯——只要四目相交，你就知道。有兩個男人留著刑警的鬍子，濃密但是修得很整齊。他們年紀輕，所以想讓外表看起來老成一點。他對面坐著幾個青少年，看起來溫順，但眼睛裡卻閃著光。他們年輕的臉上有雀斑，嘴唇慘白。其中兩個是金髮，一個是紅髮。

---

❷地理上與文化上，蘇格蘭大致被區分爲北方的高地（Highlands）與南方的低地（Lowlands）。
❸Dallas。一九三〇年代，美國德州因石油而蓬勃發展的城市。
❹英文原名正是Dallas，CBS自一九七八年起連續播映十三季的肥皂劇，故事圍繞著達拉斯以石油致富的尤恩（Ewing）一家人。
❺「Where are you from?」被發音成「Furry boot ye frae?」。

「雷博思探長？」

有個男人站在他右邊，可能已經在那裡等了兩分鐘以上。雷博思站起來跟他握手。

「我是朗斯登警佐，山克斯把你的訊息傳給我了，關於石油公司的事？」

「此地一家石油公司的一個員工從愛丁堡的一棟公寓摔下來。」

「跳樓？」

雷博思聳肩說，「案發現場還有其他人，其中一個是知名的罪犯叫安東尼・艾利斯・肯恩，我聽說他在這一帶活動。」

朗斯登點頭，「對，愛丁堡刑警打聽過這個名字，但我從沒聽過這個人，抱歉。通常我們會派石油產業聯絡警官來照顧你，但是他正在度假，所以就由我來代班。你在此地的期間，我會擔任你的嚮導。」朗斯登微笑說，「歡迎來到銀色之城。」

銀色代表著穿過城市的黛河；銀色代表建築物在陽光下的顏色——灰色的花崗岩建材變得閃閃發光；銀色代表石油產業勃發所帶來的財富。當雷博思開車載他到聯合街（Union Street）時，朗斯登這樣解釋著銀色的含意。

「另一個關於亞伯丁的迷思是，」朗斯登說，「這裡的人很窮。但你等著看星期六下午的聯合街好了，一定是全英國最熱鬧的商業區。」

朗斯登穿著藍色的獵裝，上面有發亮的銅扣，搭配灰色褲子與無鞋帶的皮鞋。他藍白條紋的襯衫很高雅，領帶是鮭魚般的粉紅色。這身打扮讓他看起來像是某個高級高爾夫俱樂部的祕書，但是他的臉跟身體卻是另一個樣子。他六呎二吋，清瘦，金色短髮凸顯著他的美人尖。他的眼睛滴過眼藥水而有一點發紅，眼珠是銳利的藍色。他手上沒戴婚戒，年紀介於三十到四十歲之間。雷博思無法判斷他講的是哪裡的口音。

「英格蘭人？」

「我是吉林翰人，」朗斯登說，「但我家在各地搬來搬去，因爲我父親是軍人。你聽口音的功夫很厲害，大部分的人以爲我是東南方的人。」

他們開車往旅館的路上，雷博思宣布他也許至少會住一晚以上。

「沒問題，」朗斯登說，「我知道一間適合的旅館。」

這家旅館位於聯合路（Union Terrace），外面有花園，朗斯登叫他把車停在入口外面。他從口袋裡拿出一張卡片，壓在擋風玻璃上，卡片寫著：「葛蘭皮恩警察執行勤務中」。雷博思把他的行李從後車箱拿出來，但是朗斯登堅持要幫他提。在櫃台，朗斯登也打理好一切。一個行李服務員把行李箱提上樓梯，雷博思跟在後面。

「我只是要確定你喜歡你的房間，」朗斯登說，「我在酒吧等你。」

房間位於三樓，有著雷博思看過最高的窗戶，讓他可以俯瞰外面的花園。房間很熱，服務員把窗簾拉上。「有陽光時總是很熱。」他解釋道。雷博思看看房間其他地方，這也許是他住過最高級的飯店。服務員正在盯著他看。

「什麼，房間裡沒有香檳？」

服務員並不覺得好笑，所以雷博思搖搖頭，給了他一張一鎊的紙鈔。服務員向他解釋如何收看客房電影，告訴他客房服務、餐廳與其他設施的事，然後把鑰匙交給雷博思。他跟著服務員下了樓。

酒吧很安靜，午餐時間的人潮已經回去工作了，留下許多用過的杯盤。朗斯登坐在吧台邊一張高凳上，嚼著花生米看MTV音樂頻道，面前有一杯啤酒。

當雷博思坐在他旁邊時，他說：「忘了問你習慣喝什麼。」

「來一杯一樣的。」雷博思對酒保說。

「房間還好嗎？」

「老實說，對我來言有點太貴了。」

「別擔心，葛蘭皮恩刑事組會埋單。」他眨眨眼，「這是我們的待客之道。」

「那我得常來才行。」

朗斯登微笑說：「那麼告訴我你來這裡想做什麼？」

雷博思看了電視螢幕一眼，看到滾石合唱團在他們的新歌裡扭腰擺臀。老天，他們看起真老，像史前石柱❻跟著藍調節奏搖擺。

「想跟那家石油公司談談，也許看看能不能找到幾個死者的朋友。查查東尼．艾爾有沒有在這裡出沒。」

「東尼．艾爾？」

「安東尼．艾利斯．肯恩的綽號。」雷博思從口袋裡拿出一包菸，「你介意嗎？」

朗斯登搖頭兩次，第一次是表示他不介意，第二次是拒絕雷博思請他抽的菸。

「乾杯。」雷博思說，然後喝了一大口啤酒。他咂咂嘴，口感不錯，好啤酒，但是霓虹燈管卻有點讓他分心。「聖經強尼的案子進行得如何？」

朗斯登抓了一些花生米丟進嘴裡，「不算是全無進展。你負責偵辦他在愛丁堡犯下的命案？」

「間接有點關係。我偵訊過幾個自稱是兇手的瘋子。」

朗斯登點頭，「我也幹過這樣的事，有幾個讓我氣得想要勒死他們。我也偵訊過一些RPO。」他作出苦臉說。RPO：登記有案的潛在犯罪者（Registered Potential Offender），這些人總是被當成嫌犯，名單裡有性變態、性攻擊犯、暴露狂與偷窺狂。遇到聖經強尼這種案子，這些人都得被偵訊，並提出不在場證明以接受警方查證。

「希望你偵訊過他們之後可以洗個澡。」

「至少洗過六次。」

「沒有新線索？」

「沒有。」

「你認爲兇手是本地人？」

朗斯登聳肩說：「我沒有既定的想法，你得保持開放的心態。爲什麼你有興趣？」

「什麼？」

「對聖經強尼的興趣。」

這次輪到雷博思聳肩，他們無語對坐了一會兒，直到雷博思想到一個問題：「石油產業聯絡警官的工作是什麼？」

「簡單地說就是跟石油產業保持聯繫，他們在這裡的地位很重要。葛蘭皮恩警察的管區不只在陸地上，也包括海上設施。如果在某個平台發生竊案或是鬥毆，或是任何他們願意報警的事件，都是由我們負責調查。結果你可能得搭三個小時柴油鸚鵡到地獄去。」

「柴油鸚鵡？」

「就是直昇機。三個小時才飛得到，途中你吐得一場糊塗，只爲了調查某件小案子。感謝主我們不是很常插手那邊的事，那裡是眞正的邊疆地帶，有他們自己維持秩序的方法。」

格拉斯哥有個制服警察也用同樣的話描述喬叔的社區。

「你的意思是他們自己做警察的工作？」

「他們的手段是有點惡劣，但是有效。如果這樣可以讓我不必來回搭六個小時直昇機，我不會爲此說抱歉。」

「那亞伯丁呢？」

「除了週末之外還算平靜，但週六晚上的聯合街就像西貢鬧區一樣。這裡有很多不滿的小鬼，他們在錢堆與金錢故事裡成長，現在他們要求也分一杯羹，可是現在這些錢已經沒有了。老天，熱錢消失得眞快。」雷博思看到自己已經把啤酒喝完，但是朗斯登只喝了幾口。

「我喜歡不怕慢慢喝酒的人。這一輪我請。」雷博思說。酒保已經站定位等他們點酒，但朗斯登不要再喝

❻ Stonehenge，一群巨石被排列成圓形，英格蘭知名的史前古蹟。

一杯，所以雷博思只客氣地點了半品脫啤酒，只為了給人好的第一印象。

「房間你要住多久都可以。」朗斯登說，「酒錢不要付現金，記在房間的帳上。三餐不包在住宿費裡，但是我可以給你幾家餐廳的地址。告訴他們你是警察，你會發現帳單非常合理。」

「嘖嘖。」雷博思說。

朗斯登再度微笑，「我不會把這些地方告訴一些警察，但是我覺得我們挺合得來。我的感覺對不對？」

「有可能。」

「我很少感覺錯誤。誰知道呢，說不定我下個派駐地就是愛丁堡，有熟人總是比較有利。」

「說到這個，我不希望很多人知道我來到這裡。」

「喔？」

「媒體正追著我跑，他們正在製作關於一個案子的節目，陳年舊案，而他們想採訪我。」

「我瞭解。」

「他們也許會試著找出我在哪裡，假裝是我的同事打電話來……」

「除了我跟山克斯之外，沒有人知道你在這裡。我會盡量不讓其他人知道這件事。」

「感謝。他們也許會自稱是安克藍姆，就是那個記者的名字。」

朗斯登眨眨眼，把碗裡剩下的花生米吃完，「我不會洩漏你的祕密。」

他們把酒喝完，朗斯登說他得回警局，並給雷博思他辦公室與家裡的電話，並記下雷博思的房號。

「要是有什麼我可以幫忙的，打個電話給我。」

「謝了。」

「你知道要怎麼到雷鳥石油嗎？」

「我有地圖。」

朗斯登點頭說：「今晚呢？想一起出來吃飯嗎？」

「好。」

「我七點半到這裡。」

他們再度握手。雷博思看著他離開，然後回到酒吧喝杯威士忌。他依照建議，把酒錢記在帳上，然後把酒拿上房間。關上窗簾之後，房間比較涼快一點，但還是很悶。他看看窗戶能不能開，但是不行，這些窗戶至少有十二呎高。他再把窗簾拉上，然後躺在床上把鞋子脫掉，在腦海裡重新播放他跟朗斯登的對話。這是他的習慣，通常會想到他應該說卻沒說的話，或是想到更好的說話方式。突然間他坐起來，朗斯登提到雷鳥石油，但是雷博思不記得曾經告訴過他那家公司的名稱，也許雷博思是告訴過他……或者跟山克斯刑警在電話上提過，然後山克斯再告訴朗斯登。

他再也無法放鬆，所以他搜了房間一遍。在其中一個抽屜裡，他發現關於亞伯丁的資料：旅行資訊、公關資料。他坐在梳妝台前開始讀這些資料，他熱切地讀著裡面的事實。

在葛蘭皮恩地區有五萬人在石油天然氣產業工作，佔了所有勞動人口的百分之二十。從七〇年代初期到現在，人口增加了六萬人，住宅數增加了三分之一，在亞伯丁周遭創造了許多新的郊區，而城市周圍開發了一千英畝的工業用地。亞伯丁機場的旅客人數增加了十倍，現在是全世界最繁忙的直昇機機場。在這些文件中完全沒有負面的評論，除了提到一個叫老托利的小漁村：這個村子在哥倫布發現新大陸後的第三年創立，當東北方發現石油，整個村子被夷爲平地，作爲殼牌石油公司的供應基地。雷博思舉杯向這個村子的記憶致敬。

他沖了個澡，換了衣服，然後往酒吧的方向走去。一個看起來很慌亂的女人擠到他旁邊，她穿著格子長裙與白上衣。

「你是來參加國際會議的嗎？」

他搖頭，然後想起他讀過這件事：關於北海污染之類的會議。最後那個女人領著三個肥胖的生意人離開旅館。雷博思走進大廳，看到一輛加長轎車把他們載走。他看看時間，該走了。

要找到戴斯機場很容易，只要跟著往機場的指標走就可以，當然他也在空中看到直昇機。機場附近的土地混雜著農地、新旅館與大型工業廠房。雷鳥石油的總部在一棟平常的六角形三層樓建築裡，外表大部分都被黑玻璃覆蓋。前面有停車場，然後是一個造景花園，裡面有條蜿蜒的路通往建築物本身。遠方可以看到輕型飛機正在起降。

接待區寬敞而明亮，玻璃櫥窗裡有北海油田與一些雷鳥石油開採平台的模型。班那克是最大也是最老的產油平台，一輛雙層巴士模型擺在平台模型旁邊，相較之下看起來很小。牆壁上有巨大的彩色照片與圖表，還有一堆裱框的獎狀。接待人員告訴他，他拜訪的對象正在等他，要他搭電梯到二樓。雷博思在電梯裡的鏡子裡檢查自己的儀容。他想起搭著電梯到亞倫·米其森的公寓時，貝恩跟著鏡中自己的影像假裝在打拳擊。雷博思知道要是現在他也做同樣的事，他的鏡中形影搞不好會贏。他再嚼碎了一顆薄荷糖。

一個漂亮的小姐等著他，她請他跟著她走，他樂於從命。他們通過一個無隔間的大辦公室，只有一半的辦公桌有人坐。多台電視上播放著跑馬燈快訊、股價指數、CNN頻道。他們走出辦公室來到另一條走道，腳下的地毯更厚，更聽不見腳步聲了。到了第二扇門，門沒關，小姐以手勢請他進去。門上有史都華·敏契爾的名牌，所以雷博思猜測這個站起來跟他握手的人就是敏契爾。

「雷博思探長？終於有榮幸見面。」

人家說講話的聲音很少會跟臉孔與身體連得起來，這是真的。敏契爾講話很有權威，可是看起來卻太年輕——頂多二十來歲，臉上有一層光澤，臉頰紅潤，短髮往後抹。他戴著金屬圓框眼鏡，濃黑的眉毛讓他的臉有些頑皮的神色。他穿褲子還是愛用紅色寬吊帶，當他轉身時，雷博思看到他後面的頭髮已經開始留起馬尾。

「咖啡或茶？」小姐問。

「薩賓娜，我們沒時間。」敏契爾說。他對雷博思張開雙臂表示抱歉，「探長，計畫有變，我得參加北海國際展覽會。我已經試過要先知會你一聲。」

「沒關係。」雷博思心裡卻想：媽的。如果他打電話到阿帕契要塞，那他們不就會知道我人在這裡。

「我想我們應該坐我的車，在去那邊的路上談。我應該只要待半小時左右，如果你有任何問題，我們可以那時再聊。」

「沒問題。」

敏契爾聳著肩穿上外套。

「檔案。」薩賓娜提醒他。

「確認打勾。」他拿起六份檔案塞進公事包裡。

「名片。」

他打開他的記事本，看到裡面還有名片，「打勾。」

「手機。」

他拍拍口袋，點頭，「車子準備好了嗎？」

薩賓娜說她會查查，然後就去打電話。

「我們也可以在樓下等。」敏契爾說。

「打勾。」雷博思說。

他們等著電梯。電梯來的時候，裡面已經有兩個男人，但還有空間可再進去兩個人。敏契爾猶豫了一下，彷彿就要提議等下一部電梯，但是雷博思已經踏進電梯，所以他也跟了進去，並向電梯裡那個年紀比較大的人微微鞠躬。

雷博思在鏡子裡看到那個比較老的男人回瞪著他。他銀黃的長髮從額頭往後梳，貼在雙耳後面。他把雙手放在頂部是純銀的手杖上，穿著鬆垮的亞麻西裝。他看起來活像是田納西．威廉斯❼筆下的角色，臉部輪廓很深，皺著眉頭，雖然年紀大了，但是走路只有一點點駝背。雷博思低頭，看到他穿著一雙已經穿了很久的運動鞋。他從口袋裡掏出一本記事本，一邊握著手杖，一邊快速地寫下一些東西，然後把那一頁撕下來交給另一個

❼ Tennessee Williams，美國著名劇作家，代表作有《慾望街車》等。

男人，這個人讀完之後點點頭。

電梯到了一樓開啓，敏契爾用手把雷博思往後拉，好讓這兩個人先出去。雷博思看著他們昂首闊步走到前門，那個拿著紙片的人繞去櫃台打了通電話。一輛紅色捷豹（Jaguar）轎車直接停在外面，一個穿著特殊制服的司機爲這位大老開後車門。

敏契爾用手指摸著眉毛。

「那是誰？」

「威爾少校。」

「早知道是他，我就該問他爲什麼現在加油都不再送贈獎貼紙❽？」

敏契爾現在並沒有聽笑話的心情。

「他爲什麼要在記事本上寫字？」

「少校很少說話，用紙筆他可以把意思表達得比較清楚。」雷博思笑了出來，心想少校根本就是無法與人溝通。「我不是在開玩笑，」敏契爾說，「我在他公司裡工作了這麼久，從來沒有聽他說超過三句話。」

「他的聲音有問題嗎？」

「沒有，他的聲音有點沙啞，但也並不奇怪。其實，這是因爲他的美國口音。」

「那又如何？」

「他希望自己講的是蘇格蘭腔英文。」

捷豹車開走之後，他們走到外面的停車場。「他對蘇格蘭有一種執迷，」敏契爾接著說，「他的父母是蘇格蘭移民，以前老是告訴他關於『家鄉』的事。他完全上癮了，雖然他一年只有三分之一的時間待在這裡——雷鳥石油的事業版圖橫跨全球——但是你可以看得出來他很不想離開這裡。」

「還有什麼是我該知道的嗎？」

「他絕對禁酒，哪個員工要是被他聞到身上有酒味就完了。」

「他有結婚嗎？」

「鰥夫。他的老婆葬在伊列島之類的地方。這輛是我的車。」這是一輛午夜藍的馬自達跑車，低底盤的流線型車身只容得下兩個賽車座椅，敏契爾的公事包幾乎已經塞滿了座椅後方的空間。他啟動引擎之前，先把手機接到車上。

「他有個兒子。」敏契爾繼續說，「但我想也已經死了，不然就是被逐出家門。少校絕口不提兒子的事。你想要聽好消息還是壞消息？」

「先聽聽壞消息。」

「還是沒有傑可・哈利的消息，他去健行之後還沒回來。他幾天前就應該回來了。」

「反正我也想到蘇倫沃去一趟。」雷博思說。萬一安克藍姆有辦法查出他在亞伯丁的話，他就更得去那裡一趟。

「沒問題，我們會讓你搭直昇機過去。」

「好消息是什麼？」

「好消息是，我已經幫你安排好搭另一架直昇機去班那克找威利・福特談談。因為是單日往返，所以你不需要接受求生訓練。相信我，這的確是好消息。在訓練中，他們會把你綁在直昇機模擬器裡，然後把你丟進游泳池裡。」

「你受過訓？」

「是啊，一年往返超過十次以上的人就得受訓。那次訓練可把我嚇壞了。」

「但直昇機還算安全吧？」

❽Green Shield stamps，英國六、七十年代非常盛行的行銷手段。消費者購物後可獲得一定數量的贈獎貼紙，集到一定數量之後，可以兑換各類禮品。

「別擔心這一點。現在你可說是相當幸運，剛好遇到空窗期。」他看到雷博思茫然的表情，「我是說氣候的空窗期，沒有任何大風暴在成形中。石油是全年營運的事業，卻也有季節性。我們不能隨時往返產油平台，必須看天氣的臉色。如果我們想要把平台拖到海上，我們就需要等到空窗期，然後祈禱一切平安。海上的天氣……」敏契爾搖搖頭，「有時會讓你信仰上帝。」

「就像舊約聖經裡寫的那樣？」雷博思說。敏契爾微笑點頭，然後打了通電話。

他們離開戴斯機場周邊，上了唐河大橋，跟著指標來到亞伯丁展覽與會議中心。雷博思等到他講完電話才問問題。

「威爾少校要去哪裡？」

「正是我們現在所在的地點，他要發表一場演說。」

「我以為你剛剛說他不開口講話。」

「他並不開口。跟他在一起的那個人叫海頓．富萊契，是他的公關軍師。富萊契會朗讀講稿，少校會坐在他旁邊聽。」

「這樣算不算是怪人一個？」

「如果有一億美金身價就不是。」

第十三章

會議中心停車場停滿高階主管的座車：賓士、寶馬、捷豹，偶爾還可看到賓利或勞斯萊斯。一群司機聚在一起抽菸，交換八卦故事。

「如果你們都騎腳踏車來的話，對你們的形象應該有幫助。」雷博思說，同時看到會場入口處的稜柱型拱門外有一場示威遊行。屋頂上有人垂放下一幅白底綠字的大型標語：「不要殺死我們的海洋！」保全人員正在屋頂上試著扯掉標語，但是態度仍保持平和。有個拿著擴音器的人帶領著大家喊口號。有些示威者穿著全套戰鬥服裝，戴著抗輻射頭盔；有些人打扮成人魚，還有一條充氣的鯨魚模型在空中被風吹得東搖西晃，繫住它的繩子有可能會被扯斷。制服員警巡邏監控著示威活動，對著肩膀上的無線電講話。雷博思猜測裝重裝備的貨車應該就在附近：鎮暴盾牌、防護面具、美式鎮暴短棒……但目前這場示威看起來還不像會有暴力衝突。

「我們必須穿過他們。」敏契爾說，「我恨透這種場面。我們在環保上花了數百萬鎊，我自己甚至還是綠色和平組織、樂施會❾等公益組織的成員，可是我每一年卻還是看到同樣的場面。」他拿起公事包與手機，用遙控器鎖車並啓動防盜警鈴，然後走向門口。

「你得有與會者名牌才能進去，」他說，「但你若亮出警察證，我想要進去應該也沒問題。」

他們已經走進主要的示威會場。可攜式音響系統播放著背景音樂，是一首關於鯨魚或威爾斯的歌❿。雷博思從主唱的唱腔認出這是群豬跳舞樂團的歌。人群把各式傳單塞給他，他每種都拿一份，並向他們道謝。一個

❾ Oxfam，一九四二年創立於英國牛津，宗旨爲對抗飢荒的慈善組織。「樂施會」爲其香港分會所取的中文名稱。
❿ 鯨魚（whales）與威爾斯（Wales）諧音。

走在他們前面的年輕女人，活像隻關在籠裡的美洲豹，她掌控著擴音器，聲音有鼻音，操美國腔。

「現在所做的決定會影響你孩子們的孫子！未來是不能標價出售的！爲了大家好，未來優先！」

雷博思經過她時，被她看了一眼。她面無表情，沒有仇恨或控訴，純粹只是工作。她漂成金色的頭髮綁成短短的馬尾，其中夾雜著一些發亮的小辮子，她的額頭中間也垂下一條辮子。

「殺死海洋就等於殺死地球！地球比利潤重要！」

還沒走到門口，雷博思就已經被他們說服了。

會場內有一個垃圾桶，有一堆傳單被丟在那裡，但是雷博思把他的傳單折起來放進口袋。兩個警衛想要看他的證件，但如同敏契爾所料，他的警察證件可讓他通行無阻。會場大廳裡有更多警衛在巡邏——穿制服的保全人員，頭戴閃亮但毫無意義的帽子。這些保全令人生畏的和善態度，也許是受過一天速成訓練的成果。大廳裡滿是穿西裝的人，廣播系統播送著各類訊息。這裡還有靜態展覽，堆滿文宣品的桌子，還有天知道是在賣什麼的展售會。有些攤位看來生意不錯。敏契爾先告辭，說他半個小時內可以跟雷博思在大門口碰頭。他說他得去社交一下，這似乎就意謂著跟人握手、微笑，然後換下一個人。他的人影很快就消失在雷博思的視線裡。

雷博思並沒看到什麼海上油井的照片，而就算有也僅是張力柱與半潛水船隻。會場最受矚目的似乎是FPSD——海面生產、儲存與卸載系統（Floating Production, Storage and Offloading Systems），它就像艘油輪，讓平台再也無用武之地。輸油管可以直接連接FPSD，它可儲存高達三十萬桶石油。

「這眞是令人嘆爲觀止，對吧？」一個穿著業務員西裝的北歐人對雷博思說。他點點頭。

「不需要平台。」

「使用年限到的時候，拆除更容易，既便宜又環保。」他停頓一下，接著說，「有興趣租一座嗎？」

「那我該把它泊在哪裡？」那個業務員還來不及理解雷博思的意思，他就走開了。

也許是拜靈敏的鼻子之賜，他輕易地就找到了酒吧。他在吧台遠端坐下，點了杯威士忌與一碗零嘴。他午餐只吃了加油站賣的三明治，所以他猛吃零嘴。一個男人走過來站在他旁邊，用一條很大的白色手帕擦臉，點了一杯加很多冰的汽水。

「爲什麼我還來參加這種東西？」這男人吼道，他的口音混合了美國腔與英國腔。他又高又瘦，褐髮已經開始稀薄。他脖子附近的肉已經鬆垮，讓他看起來已經超過五十歲，但是他也可能只有四十五歲。雷博思對他的問題並沒有答案，所以不發一語。酒來了，他一口氣乾了，然後再點一杯。「要來一杯嗎？」他問那男人。

「不用了，謝謝。」

那男人注意到雷博思沒戴識別證，「你是來開會的嗎？」

雷博思搖頭，「我是觀察者⓫。」

「報社的人？」

雷博思再度搖頭。

「我想也不是。只有在出紕漏的時候，石油才會被報導。石油產業比核能產業來得大，獲得的報導卻不到核能的一半。」

「這不是很好嗎？如果新聞只報壞事的話？」

那男人想了想，然後笑了，露出他完美的牙齒，「你說的沒錯。」他又擦了擦臉，「所以你到底在觀察什麼？」

「現在我已經下班了。」

「你眞好命。」

「你是做哪一行的？」

「我像狗一樣拚命工作。但我得告訴你，我的公司快放棄銷貨給石油產業了。他們寧願買美國貨或北歐貨。去他媽的，難怪蘇格蘭越來越慘……難怪我們要獨立。」這男人搖搖頭，身體傾向吧台，雷博思也做出同

⓫觀察者（Observer）是英國週末出刊的報紙，所以對方以爲他是該報記者。

樣的姿勢，以示跟他是一夥的。「我主要的工作是參加這類無聊的會議，回家之後還是搞不清楚這些會議的意義何在。你確定不要一起喝一杯？」

「好吧。」

所以雷博思讓那男人請他喝杯酒。他說「去他媽」的方式，讓雷博思認爲他並不常罵髒話。這只不過是他拉近兩人距離的方式，表示他是以男人對男人的姿態說話，彷彿這是一次非正式的交談。雷博思請他抽菸，但是這位新朋友搖頭拒絕。

「好多年前就戒了。我想我應該不會再被誘惑破戒了。」他停頓一下，看看酒吧四周，「你知道我想當誰嗎？」雷博思聳肩，「你就猜猜看嘛。」

「我無從猜起。」

「史恩．康納萊。」那男人點點頭，「你想想，以他拍電影賺的錢，可以給全國所有的男人、女人與小孩一人一鎊，然後還剩好幾百萬。這眞是不可思議。」

「所以如果你是史恩．康納萊，你會給每個人一鎊？」

「我既然是全世界最性感的男人，我還需要錢作什麼？」

這點說得很好，所以他們爲此乾杯。只不過談到史恩．康納萊，讓雷博思想到長相神似的安克藍姆。他看看錶，發現自己該走了。

「我走之前可以請你喝杯酒嗎？」

男人搖頭，然後像魔術師般靈巧地變出他的名片。「萬一你需要聯絡我的話。對了，我叫雷恩。」雷博思看了名片：雷恩．史洛肯，工程部業務經理，名片上的公司名稱是「尤金營造」。

「約翰．雷博思。」他邊與史洛肯握手邊說。

「約翰．雷博思，」史洛肯邊說邊點頭，「約翰，你沒有名片嗎？」

「我是警察。」

史洛肯的眼睛張大，「我該不會說了什麼證明我有犯罪的話吧？」

「就算有我也不在乎。我的駐地是愛丁堡。」

「你可是大老遠跑來這裡。你在查聖經強尼的案子？」

「為什麼這麼說？」

「他在兩個城市都殺了人，不是嗎？」

雷博思點頭，「不，我不是來查聖經強尼的案子。雷恩，保重。」

「你也是。這個世界真的是瘋了。」

「可不是嗎？」

敏契爾已經在門口等他，「你在這裡還有什麼想看的嗎？還是我們該走了？」

「我們走吧。」

朗斯登打電話到他房間，雷博思到樓下去跟他碰面。朗斯登穿著入時，但作休閒打扮——他沒穿獵裝，改穿奶白色西裝外套，黃色襯衫頸口鈕釦沒扣。

「所以，」雷博思說，「你要我整晚都叫你朗斯登嗎？」

「我的名字是魯多維契⑫。」

「魯多維契．朗斯登？」

「我爸媽取名字很有幽默感。朋友都叫我魯多。」

傍晚時分還很暖和，天也還亮著。鳥群在花園裡嘈雜著，肥胖的海鷗在人行道沿路啄食。

⑫與蘇格蘭出身的著名記者 Ludovic Kennedy 同名，Ludovic Kennedy 一直都關注執法不當與司法誤判的議題。作者故意為朗斯登取此名，有諷刺之意。

「要到十點或甚至十一點以後才會天黑。」朗斯登解釋說。

「這是我看過最肥的海鷗。」

「我討厭海鷗，你看看人行道的狀況。」

的確，腳下的地磚上有斑斑點點的鳥屎。「我們要去哪裡？」雷博思問。

「目的地是祕密，走路就可以到了。你喜歡這種神祕之旅嗎？」

「我喜歡有導遊相伴。」

第一站是一家義大利餐廳，在那裡大家都認識朗斯登。每個人似乎都想跟他握手，而老闆跟雷博思先說聲失禮，然後把朗斯登拉到一旁說悄悄話。

「本地的義大利人很乖，」稍後朗斯登解釋，「他們從來沒試過要掌控本市黑社會。」

「所以是誰在主導？」

朗斯登考慮了一下這個問題，「一群人。」

「其中有沒有美國人？」

朗斯登看著他，點頭說：「他們經營很多舞廳與一些新旅館，都是搞服務業。七十年代他們來到這裡就不走了。晚點你想到舞廳看看嗎？」

雷博思聳肩，「聽起來他們幾乎值得尊敬。」

朗斯登笑了，「喔，你想聽些低俗沒水準的事？大家都認爲亞伯丁就是這麼回事，對不對？這你就想錯了，本市的管理非常嚴明。等一下如果你眞的想要的話，我可以帶你去碼頭，那裡有脫衣舞孃跟酒鬼，但他們只是極少數。」

「住在南部，就會聽說一些事情。」

「當然，像什麼高級妓院、毒品與色情，賭與酒。我們也聽說過這些故事，但是至於親眼目睹……」朗斯登搔頭，「石油產業其實相當平和，那些狠角色都消失了，整個產業都已經在法律的規範下運作。」

雷博思幾乎信了他的話，但是他過度積極地想說服雷博思，不停地講話，越講雷博思就越不相信。店主又過來把朗斯登拉到餐廳一角說話，朗斯登把手放在老闆的背上輕輕拍著。他回座時，把領帶稍微拉平。

「老闆的兒子很野。」朗斯登解釋說，然後聳聳肩，彷彿沒什麼別的好說了，他要雷博思嚐嚐這裡的肉丸子。

飯後，他們來到一家夜店，裡面商業人士與年輕花花公子爭奪女人的注意力，這些女人白天是店員，晚上就變成穿著萊卡質料緊身衣物的狐狸精。音樂震耳欲聾，客人的穿著也是大膽得驚人。朗斯登跟著節奏點頭，但是看起來沒有高興的樣子。他看起來就像個導遊。魯多：遊戲玩家。雷博思知道朗斯登想要讓他相信的這番話，就是任何到北方來的遊客會聽到的說詞——這裡是貝克斯特湯品（Baxter's soups）、穿裙子男人與〈老奶奶的高地家園〉⓭的故鄉，石油不過是另一個產業，這個城市與人民已經超越了石油，保有高地人的觀點。一點負面影響都沒有。

「我以為你會對這個地方感興趣。」朗斯登在音樂聲中大喊。

「為什麼？」

「這裡是蜜雪兒．史翠琛遇到聖經強尼的地方。」

雷博思想吞一口口水，卻沒辦法。他剛沒注意到舞廳的名字，現在他以全新的觀點看著舞客與酒客，看到佔有欲的手臂攬住不情願的頸背，看到飢渴的眼睛與買春的金錢。他想像聖經強尼靜靜地站在吧台旁邊，在心中盤算著可能性，把目標縮小到一個女人。然後他邀請「蜜雪兒．菲佛」去跳舞……

雷博思建議他們該走了，朗斯登並未反對。目前為止，他們才付過一輪酒錢，餐廳的帳單已經「處理好了」，舞廳門口的保鑣點點頭就讓他們免費入場。

他們離開的時候，一個男人帶著一個年輕小姐經過他們，雷博思略微轉頭看著他們。

⓭ Ganny's hieland hame，蘇格蘭民謠。

「你認識的人？」朗斯登問。

雷博思聳肩說，「我以為我認識那張臉。」他其實只在當天下午看過這張臉一次：深色鬈髮、戴眼鏡、橄欖色皮膚。海頓．富萊契，威爾少校的公關軍師。富萊契看起來今天過得不錯，他的女伴回頭看了雷博思一眼並微笑。

到了外面，天空上還殘存幾道紫光。對面的墓園裡，燕八哥擠在一棵樹上。

「現在要去哪？」朗斯登說。

雷博思伸展了一下背脊，「魯多，其實我想我該回旅館了。抱歉掃了你的興。」

朗斯登試著掩飾他鬆了一口氣的心情，「所以你明天的行程如何？」

突然間，雷博思不想讓他知道。「還要去死者的公司一趟。」朗斯登似乎很滿意這個答案。

「然後就回家？」

「再過一兩天。」

朗斯登試著不顯露出他內心的失望。「好吧，」他說，「睡個好覺。你知道回去的路嗎？」

雷博思點頭，他們握手。朗斯登與雷博思往不同的方向走，雷博思慢慢地往旅館的方向一直走，看著商店櫥窗，留意背後有沒有人跟蹤。然後他停下腳步看地圖，發現碼頭區其實要走也走得到。但是他一看到計程車，就立刻攔了下來。

「到哪？」司機問。

「到可以盡情喝酒的地方，往碼頭那邊去。」他心想：到酒鬼打滾的地方。

「你要到多猛的地方？」

「越猛越好。」

司機點頭，開車前進。在後座，雷博思身體往前傾說：「我以為這個城市很有活力。」

「啊，時間還不夠晚，遇到週末更是瘋狂，那些薪水袋滿滿的油井工人從上陸休假。」

「卯起來喝酒。」

「什麼都卯起來玩。」

「我聽說這些舞廳都是美國人開的。」

「美國佬，」司機說，「到處都是。」

「也有做壞事的？」

司機透過後照鏡瞪著他，「你到底想要找什麼？」

「也許是可以讓我爽一下的東西。」

「你看起來不像是那種人。」

「那我看起來像哪種人？」

「你看起來不像條子。」

雷博思笑說：「我正在休假，離家出來玩。」

「你家在哪裡？」

「愛丁堡。」

司機審慎地點點頭。「如果我想high一下，」他說，「我也許會考慮大學街上的柏克舞廳。我們已經到了。」

司機靠邊停車，計費表才剛超過兩鎊，雷博思給了他五鎊，叫他不用找了。司機頭探出車窗。

「你上車的地方離柏克不到一百碼。」

「我知道。」當然他知道：柏克舞廳就是聖經強尼與蜜雪兒相遇之地。

計程車開走之後，他仔細觀察周遭環境。馬路對面就是港口，有船隻停泊，船上有燈表示有人還在工作，也許是維修工人。馬路這邊混合了住宅、商店與酒吧。有幾個女人正在街上攬客，但是路上沒什麼車輛。雷博思現在正站在一家叫做「船桁端」的店外面，廣告上保證店內有卡拉ＯＫ之夜、異國風情舞者、暢飲時段、多種啤酒、衛星電視與「溫暖的招待」。

當雷博思推開門，他立刻感覺到店內的溫暖。裡面人聲鼎沸，他花了整整一分鐘才擠到吧台，此時就連他習慣被菸燻的眼睛也受不了這裡的煙霧。有些顧客看起來像漁夫——臉色紅潤、頭髮油亮、穿著厚厚的針織衣物。其他的顧客的手有黑色油污——碼頭技工。女人們的眼睛因為酒醉而低垂，臉蛋不是化了濃妝，就是需要化濃妝。雷博思在酒吧點了雙份威士忌。現在這裡用的是公制，他永遠都想不起來三十五毫升比四分之一基爾⓮多還少。他上次看到這麼多醉鬼齊聚一堂，是在一場希伯尼安隊與哈茨隊⓯的足球賽之後。他那時在伊斯特路上一家店裡喝酒，希伯尼安隊贏了，整家店的人都瘋了。

他花了五分鐘才跟他旁邊的人搭上話，這個人以前是在油井上工作，矮個子但身體結實，才三十幾歲頭就快全禿了，他戴著塑膠方框眼鏡，鏡片跟果醬瓶底一樣厚。他曾經在鑽油平台上的自助餐廳工作過。

「每天都吃他媽最好的食物。三種菜單、一天換兩次、最高品質的料理。新人常常把自己的肚子撐得太飽，但是後來就學乖了。」

「你也是工作兩週，休假兩週？」

「大家都是這樣，每週工作七天。」說話的同時，這人低頭面對著吧台，彷彿他的頭重到抬不起來。「這會讓你上癮，每回到陸地上我就坐立不安，等不及要回到海上。」

「所以後來怎麼了？」

「景氣變差，我變成多餘的員工。」

「我聽說鑽油平台上藏有毒品，你有看過嗎？」

「我他媽當然看過，四處都是。這只是為了放鬆，你懂嗎？沒有人蠢到在工作時嗑藥。你做錯一個動作，油管就可以壓斷你的手——我知道是因為我親眼看過。萬一你失去平衡，就會從他媽兩百英尺高的平台跌進海裡。但是那裡有很多毒品、很多酒。我告訴你，那裡雖然沒有女人，但是我們的色情雜誌與影片多到快淹沒了。從來沒看過這麼多，什麼口味都有，其中有些還挺噁心的。我可是見識過那些場面，你這樣就懂我意思了吧。」

雷博思心想他懂。他請這個小人物喝杯酒，如果這個人的頭再繼續靠近吧台，他的鼻子就會捅進玻璃杯裡。當有人宣布卡拉ＯＫ將在五分鐘內開始，雷博思知道自己該走了，該去的地方已經去了，該做的也做了。他跟著地圖走回聯合街，夜晚越來越熱鬧。一群群青少年在街上遊蕩，藍色的警車打量著他們。制服警察四處都是，但似乎沒有人畏懼他們。人們大叫、唱歌、拍手。上班日的亞伯丁就像瘋狂週六夜的愛丁堡。兩個制服員警跟兩個年輕人討論著什麼，他們的女友站在旁邊嚼口香糖。一輛廂型車停在他們旁邊，兩扇後車門都開著。

我只不過是個遊客，雷博思對自己說，然後走開了。

他在某處轉錯路，結果從另外一個方向走近旅館，途中經過一座威廉・華勒斯揮劍的大型雕像。

「晚安，梅爾吉勃遜⓰。」

他爬上旅館的階梯，決定外帶一杯酒睡前喝。酒吧裡都是來開會的人，有些人還戴著識別證。他們的桌上滿是空玻璃杯。一個落單的女人坐在酒吧的高腳椅上，抽著一根黑色的香菸，往天花板噴著煙。她的頭髮漂成金色，穿戴著很多金飾。她穿著兩件式深紅色套裝，緊身褲或褲襪是黑色的。雷博思看著她，認為應該是褲襪。她的臉部線條很硬，頭髮往後梳，用一支金色大髮夾固定住。她臉頰上擦著粉，嘴唇上抹著發亮的深色唇膏。她的年紀也許跟雷博思相仿，也許小個一兩歲——這種女人男人都會說「有風韻」。她已經喝了幾杯酒，也許這是她微笑的原因。

「你也是來開會的嗎？」她問。

「不是。」

⓮Gill等於四分之一品脫。

⓯Hibernian足球俱樂部與Heart of Midlothian足球俱樂部爲愛丁堡當地的職業球隊。

⓰請見第一部註❷。

「感謝耶穌你不是。我發誓每一個來開會的人都試過要跟我搭訕，但是他們談的全都是原油。」她停頓一下，「原油還分成死的跟活的，你知道差別在哪裡嗎？」

雷博思微笑地搖頭，點了他的酒，「你要再來一杯酒嗎？還是這也算是搭訕的台詞？」

「這是搭訕沒錯，而我要再來一杯。」她看到他看著她的菸，「莎邦尼（Sobranie）牌。」

「黑色的捲菸紙會讓香菸味道更好嗎？」

「是菸草讓香菸的味道更好。」

雷博思也拿出自己的菸，「我也抽這像木屑的東西。」

「我看到了。」

酒來了，雷博思把酒錢簽在房間帳上。

「你是來這裡出差的嗎？」她的聲音低沉，西岸地區的口音，藍領階級的教育程度。

「算是吧。你呢？」

「出差。那你是做什麼的？」

世界上最爛的搭訕台詞：「我是警察。」

她抬起一邊的眉毛，流露出興趣，「刑警？」

「是。」

「你在辦聖經強尼案？」

「不是。」

「依照報紙寫的那樣，我還以爲全蘇格蘭的警察都在辦這件案子。」

「我是例外。」

「我記得聖經約翰，」她說，然後深深吸了一口煙，「我在格拉斯哥長大，曾經有好幾個星期我媽都不讓我出門，好像坐牢一樣。」

「他殺了好幾個女人。」

「現在一切又再度發生。」她停頓一下，「當我說我記得聖經約翰時，你應該回答的台詞是：『你看起來沒那麼老。』」

「這就證明了我不是在跟你搭訕。」

她凝視著他說：「可惜。」她伸手拿她的酒。雷博思也用他自己的酒杯當作道具，拖延一點時間。她已經給他所有他需要的資訊，他必須決定到底要不要付諸行動。邀請她到他的房間？或是請求她……這到底是怎麼回事？罪惡感？恐懼？自鄙？

是恐懼。

他已經看到今夜可能走的趨勢：試著從需要中找出美麗，從某種絕望中找出激情。

「我受寵若驚。」他終於說。

「不必這樣想。」她很快回話。又輪到他走下一步了，他是個業餘棋手，對手卻是職業級。

「所以你是做什麼的？」

她轉身面對他，她的雙眼顯露出她明白這種遊戲中所有的戰術。「我做業務，賣產品給石油產業。」她把頭轉向酒吧裡其他那些男人，「我也許必須跟他們共事，但沒人說我得跟他們分享我的時間。」

「你住在亞伯丁？」

她搖頭，「讓我請你再喝一杯。」

「我明天一早就有事。」

「再來一杯不會害你的。」

「也許會，」雷博思說，跟她四目相交。

「那麼，」她說，「這就是差勁的一天的完美結束。」

「抱歉。」

「沒關係。」

他離開酒吧往櫃台走時，感覺到她的視線還跟著他。他必須強迫自己的腿踩上階梯，她的吸引力很強。他意識到他連她的名字都不知道。

他脫了衣服後打開電視，看到一些好萊塢二流的垃圾：女人看起來像擦了口紅的骷髏；男人用脖子演戲——他看過的理髮師演技都比他們好。他再度想到那女人。她是在尋找獵物嗎？絕對不是。但是她卻很快地找上他。剛剛他說他受寵若驚，其實他很困惑。雷博思一直都覺得異性關係很困難，他在煤礦村莊長大，在多重性伴侶方面有些保守。你要是把手伸進女孩的衣服，她父親立刻就會拿皮帶追著你打。

然後他就入伍了，在軍中，女人不是幻想對象就是不可褻玩的聖女，不是蕩婦就是聖母瑪莉亞，似乎完全沒有中間地帶。退伍之後，他當了警察。那時他已經結婚了，但是他的工作比起婚姻關係——甚至所有的關係來說，似乎更有吸引力也更耗精力。自從那時候起，他的異性交往都只能持續幾個月、幾星期，有時候甚至只能撐幾天。他覺得現在要有更長久的關係已經太遲了。女人似乎喜歡他，這方面倒不是問題。問題在他的心裡，聖經強尼這類的案子、被虐殺的女人並無法緩和這個問題。強暴其實是為了展現權力，殺人是另一種形式。權力難道不是男人最終極的性幻想嗎？難道他不是偶爾也會夢想要有權力嗎？

他看過安琪·瑞德爾的屍體照片，他腦中閃過的第一個想法，也是他拚命想推開的想法，是「好棒的身材」。這讓他很不舒服，因爲在那一刻，她只不過是另外一具胴體。然後法醫開始工作，她就連胴體都不是了。

他的頭一碰到枕頭，就睡著了。每天晚上他都祈禱不要作夢。他在黑暗中被某種滴答聲吵醒，背部汗濕了一片。聲音不是來自時鐘，也不是他的手錶，他的錶放在櫃子上，但這聲音離他近得多。是從牆壁傳來的嗎？還是來自床頭板？他開了燈，但是這聲響卻停了。也許是木蛀蟲？可是他在床頭板的周邊卻沒發現任何小洞。他關了燈，閉上眼睛。這聲音又來了：比較像輻射偵測器，而不是節拍器。他試著想忽略它，可是它卻離他太近，完全無法逃避。是枕頭，他的羽毛枕頭，有東西在裡面，活的東西。它該不會想爬進他耳朵吧？在耳內下蛋？然後在裡面變形或成蛹，或只是想享用耳蠟與耳膜當點心？他背上與床單上的汗已經發涼，室內的空氣沒有流動。他太累了爬不起來，神經又太敏感睡不著。他做了他必須做的事——把枕頭丟向門口。

滴答聲沒了，但是他還是睡不著。電話鈴響反而讓他鬆了口氣，也許是酒吧理那個女人。他會告訴她：我有酒癮、是個沒出息的傢伙，我完全不適合任何人類。

「喂？」

「我是魯多，抱歉吵醒你。」

「我沒在睡覺。出了什麼事？」

「一輛巡邏車正要去接你。」雷博思的五官揪在一起：難道安克藍姆已經找到他了？

「爲什麼？」

「石港有一件自殺案，我想你可能會有興趣。死者的名字似乎是安東尼．艾利斯．肯恩。」

雷博思從床上彈了起來，「東尼．艾爾？自殺？」

「看起來像是自殺。車子應該五分鐘內會到。」

「我會準備好出發。」

現在約翰．雷博思人在亞伯丁，情況變得更危險了。

約翰．雷博思。

在圖書館員列出的名單上首度看到這個名字，還有他在愛丁堡雅登街的住址。他用短期借書單借閱了一九六八年二月到一九六九年十二月的《蘇格蘭人報》。在他之前的半年內，還有其他四人也借閱了同一組微縮膠片。聖經約翰知道其中兩個是記者，第三個是個作者——他在一本談蘇格蘭謀殺犯的書裡爲此案寫了一章。至於第四個……第四個人自稱是彼得．曼紐艾。對圖書館員來說，這個名字除了拿來塡短期借書單之外沒有其他意義。但是眞正的彼得．曼紐艾在一九五〇年代殺了近十二個人，也因此在巴林尼監獄被處以絞刑。對聖經約翰來說，事情很明顯：「自大狂」曾經讀了不少知名殺人犯的資料，在研究過程中，也認識了曼紐艾與聖經約翰。爲了縮小搜尋的範圍，他決定集中精力研究聖經約翰，以閱讀當年報紙的方式來深入瞭解這件案子。假曼紐艾不只借閱一九六八到七〇年的《蘇格蘭人報》，還借了《格拉斯哥論壇報》。

他的目的是要徹底研究這件案子，而他在借書單上提供的住址就跟他的名字一樣是虛構的：亞伯丁藍納克街。眞的曼紐艾曾在藍納克郡大開殺戒。

雖然住址是假的，聖經約翰卻認爲他可能眞的住在亞伯丁。他自己在調查中發現，「自大狂」出沒在亞伯丁區域。這兩條線索似乎有了連結，而現在雷博思也在亞伯丁……早在知道雷博思本人是誰之前，聖經約翰就已經在思考雷博思的事。聖經約翰把「自大狂」最近的一些犯罪新聞剪報掃瞄進電腦，在瀏覽的過程中思考著要如何處理這個警察。他讀到另一個警察說：「這個嫌犯需要幫助，我們呼籲他站出來，讓我們可以幫助他。」接著警方提出更多揣測。依聖經約翰看來，警方不過是在爲自己壯聲勢。

可是有個警察已經來到亞伯丁。

而聖經約翰還給了他名片。

他雖然明知追查「自大狂」的下落很危險，但是他卻萬萬沒想到會在途中遇到警察。而且還不是普通警察，是個一直在注意聖經約翰案的警察。約翰．雷博思，駐地在愛丁堡的警察，住在雅登街，現在人在亞伯丁……他決定在電腦上開一個雷博思專屬的新檔案夾。他已經看過一些最近的報紙，自認他已經發現雷博思來亞伯丁的原因：有個油井工人從愛丁堡的公寓摔出來，此案被懷疑有他殺嫌疑。下結論說雷博思正在偵辦此案是最合理的。但事實上，雷博思卻曾經研究過聖經約翰案的資料。爲什麼？這關他何事？

第二項更令人困擾的事實：雷博思現在已經有他的名片。這張名片目前對他還沒有任何意義，可是未來也許會……聖經約翰越接近「自大狂」，他面臨的風險越大。也許在未來某個時刻，這張名片會讓雷博思發現什麼。聖經約翰可以冒這個風險嗎？他似乎有兩個選擇：一、加速進行搜捕「自大狂」。二、把雷博思排除在遊戲外。

他會再仔細考慮，同時也得專注在「自大狂」上。

他在國家圖書館的聯絡人已經告訴他，要辦短期借書單必須出示駕照之類的身分證明。也許「自大狂」已經偽造了一張彼得·曼紐艾的假證件，可是聖經約翰對此有懷疑。比較可能的情況是，他想辦法找藉口不出示身分證明。他應該是能言善道，相當會迎合討好他人。他看起來不會像惡人，有一張讓女人——與男人——能信任的臉孔。他可以把一兩個小時前才認識的女人帶出舞廳，想要迴避安全檢查對他應該也是小事一樁。

聖經約翰站起來，審視自己在鏡中的臉。警方發布過一系列的電腦合成模擬照片，模擬了聖經約翰變老的樣子。有一張還有點像，但其他很多張就差遠了。沒有人曾經多看過他一眼，他的同事也不曾說他看起來跟模擬照片相像，就連雷博思也沒特別注意他。他摸摸下巴，鬍渣已經從他刻意不刮的地方冒出來。屋子很安靜，他的妻子不在家。他娶她只是權宜之計，為了隱瞞他的人格特質。他打開書房門鎖，走到前門確認已經門鎖已經鎖上。然後他走樓梯到樓上的走廊，拉下通往閣樓的伸縮樓梯。他喜歡這個只有他會來的空間。他看著一個大皮箱，上面還疊著幾個當作掩護的舊箱子。箱子沒被移動過，他把它們拿下來，再從口袋裡拿出一把鑰匙，開了皮箱的鎖，彈開皮箱上兩個沉重的銅扣。他再度聆聽，除了自己單調的心跳之外，只聽到寂靜。然後他打開了皮箱。

裡面裝滿了他的寶貝：手提包、女鞋、圍巾、廉價首飾、手錶與皮包——沒有一樣可以被辨認出本來的所有者。手提包與皮包曾被清空，仔細檢查是否有會洩漏所有者身分的姓名縮寫、瑕疵或特別的記號。任何文字、任何有姓名或地址的東西都已經被燒掉了。他坐在地板上，面對著皮箱，什麼東西也不碰。他不需要觸摸這些東西。他想起他八、九歲時，有個住在同一條街上的女孩，比他小一歲。他們會輪流玩遊戲：一個躺在地上靜止不動，另一個盡量脫掉躺著的人的衣物，且不能讓他感覺到衣服被脫掉。

聖經約翰總是很快就能感覺到女孩的手指碰到他——他總是依照規則玩遊戲。但是輪到女孩躺著的時候，他開始解鈕釦拉拉鍊……她的眼皮顫動，嘴上掛著微笑……他明明知道女孩一定已經感覺到他笨拙的手指，可是她卻依然躺在那裡，完全不抱怨。

她當然是在耍詐。

現在他想起他的祖母，千篇一律地警告他說：小心灑太多香水的女人；不要跟陌生人在火車上玩牌……

警方不曾提過「自大狂」會拿受害者遺物當紀念品。無庸置疑，他們想要保守這個祕密必有其理由。但是「自大狂」一定會拿紀念品，目前已經有三件，而且都藏在亞伯丁。他露出了一點馬腳，在閱覽證上用亞伯丁當住址……聖經約翰突然站起來，他現在懂了「自大狂」怎麼跟圖書館員打交道。「自大狂」表明他需要使用參考書圖書館，館員向他要基本資料與身分證件……「自大狂」慌張起來，說他把這些東西都留在家裡。他可以回家拿嗎？不可能，因爲他當天才從亞伯丁南下。既然路程遙遠，於是館員就大發慈悲給他借閱單。正因如此，「自大狂」才得用亞伯丁當作住址。

「自大狂」人在亞伯丁沒錯。

恢復了精神，聖經約翰把皮箱鎖上，把那幾個箱子擺回原位，然後下樓。因爲雷博思離他這麼近，他可能得把皮箱移走，連他自己也得離開，這一點讓他很難過。在書房裡，他坐在書桌前思考著：「自大狂」雖住在亞伯丁但有機動性，他已經從一開始的錯誤中學習，所以他現在每次殺人都會提前計畫。受害者都是隨機挑選？還是有什麼規則？依照某種規則選擇下手對象比較容易，但是警方卻比較容易建立犯案模式，最後把你逮住。但是「自大狂」年紀輕，也許他還沒學到這一點。他選擇用彼得．曼紐艾當化名，顯現出某種自大傾向，他想嘲弄任何有辦法追到這一條線索的人。他可能認識受害者，也可能不認識。有兩個思考方向：一、他的確認識受害者，那麼就可找出某種犯罪模式，把三個受害者跟「自大狂」連在一起。

嫌犯特質假設之一：「自大狂」是個四處跑的人——貨車司機、公司業務代表之類的工作，在蘇格蘭到處旅行。四處跑的人可能是寂寞的男人，有時他們會嫖妓。愛丁堡的受害者就是妓女。通常他們會住在旅館，而格拉斯哥的受害者就是客房清潔工。在亞伯丁的第一個死者卻不符合這個模式。

難道她其實符合？有什麼是警方漏掉，而聖經約翰卻有可能發現的線索？他拿起電話，撥了查號台。

「我要查一個格拉斯哥的電話號碼。」他對話筒另一端的人說。

第十四章

在深夜時分，開車南下到石港只要二十分鐘，更何況司機是個瘋子。

「老兄，你放心，我們到那裡的時候，他還是死屍一具。」雷博思對司機說。

的確如此，屍體在一家B&B旅館⓱的浴室裡，一隻手攤在浴缸外，死狀就像法國革命家馬拉⓲。他用最標準的方式割腕——上下割，而不是左右割。浴缸裡的水看起來是冷的。雷博思並沒太靠近——整片地板都是浴缸外那隻手流出來的血。

「旅館老闆娘並不知道誰在浴室裡。」朗斯登向他說明，「她只知道浴室裡有個人待太久了，於是她去找一個『小伙子』來—這裡專門提供住宿給油井工人。她告訴我她以為肯恩先生是個油井工人。反正她找來一個房客把門弄開，卻發現了這個。」

「沒人聽到任何動靜？」

「自殺通常都很安靜。跟我來。」

他們穿過狹窄的走道，走上兩段短短的階梯，來到東尼．艾爾的房間。裡面相當乾淨，「老闆娘每週兩次進來撢灰塵並用吸塵器吸地板，床單與浴巾也是一個星期換兩次。」有一瓶開過的廉價威士忌，只剩下五分之一。酒瓶旁有一個空玻璃杯。「看這邊。」

雷博思一看，在梳妝台上有全套裝備：針筒、湯匙、棉花、打火機、還有一個裝著棕色粉末的塑膠小袋。

⓱英國提供住宿與早餐的民宿或小旅館。

⓲Jean-Paul Marat（一七四三～一七九三），在浴缸中被刀刺殺身亡。

「我聽說海洛英又捲土重來了。」朗斯登說。

「我在他手臂上沒看到針孔痕跡。」雷博思說。朗斯登點頭表示有，但雷博思還是回到浴室確認。沒錯，在左手臂內側有幾個針扎痕跡。他回到房間，朗斯登正坐在床上翻閱一本雜誌。

「他吸毒不久，」雷博思說，「他的手臂還相當乾淨。我沒看到割腕用的刀。」

「你看看這玩意兒。」朗斯登說，他想給雷博思看那本雜誌：一個女人頭上套著塑膠袋，被人從後面插入。「有些人就是這麼病態。」

雷博思接過雜誌。這本叫做「窒息寶貝」的雜誌，在封面內頁裡註明於美國「光榮」印製。這不只是非法刊物，也是雷博思看過最變態的東西，裡面是一頁又一頁結合死亡與性的表演。

朗斯登從口袋裡掏出一個證物袋，裡面裝著一把沾著血的刀。但這不是普通的刀子，這是一把史坦利牌美工刀。

「我不太認爲這是自殺。」雷博思輕聲說。

所以接著他得解釋他的理由：他找過喬叔，喬叔的兒子如何被人取了史坦利這個綽號，以及東尼．艾爾以前是喬叔的手下。

「門是從裡面反鎖的。」朗斯登說。

「我來的時候看到門並不是被撞開的。」

「所以？」

「所以老闆娘的『小伙子』是怎麼進去的？」他帶朗斯登會到浴室，他們檢查了那扇門：只要有把螺絲起子，就可以從外面上鎖或開鎖。

「你要我們把這個當作謀殺案？」朗斯登說，「你認爲這個叫史坦利的傢伙走進來，迷昏肯恩先生，再把他拖進浴室，然後割開他的手腕？我們才剛經過六扇房門，走上兩道階梯——你不認爲這樣一定有人會注意到嗎？」

「你問過他們嗎？」

「約翰，我告訴你，沒有人說了什麼。」

「而我告訴你，這件案子到處都寫滿喬瑟夫．托爾的名字。」

朗斯登搖搖頭，他把已經捲起的雜誌，插在他的西裝外套口袋裡。

「我只看到一件自殺案。由你剛告訴我的事情來看，我很高興可以看到這個王八蛋掛掉，就這麼簡單。」

同一輛巡邏車把雷博思載回市區，司機依舊把最高速限當成最低速限。

雷博思覺得相當清醒。他在房間裡踱步，抽了三根菸。在教堂型式的窗戶外，城市終於睡著了。成人付費電影頻道還在播送，除此之外電視上只剩下加州沙灘排球。爲了想找點事來打發時間，他拿出示威者散發的傳單。這是令人沮喪的閱讀經驗：在北海，鯖魚與其他一些魚類的漁獲量已經是零，還有一些包括黑線鱈（普遍的晚餐用魚肉）在內的魚類，恐怕也撐不到二十一世紀。此外，北海上有四百座石油開採設施，而這些設施有一天都會失去效用，如果這些帶有大量重金屬與化學物質的設施就這樣被棄置在海上……永別了，魚兒們。

當然，也許魚類本來就已經走上了滅亡之路：廢水裡有硝酸鹽與磷酸鹽，再加上肥料……全部都排放到大海。雷博思從來沒感到這麼難過，把這些傳單都丟進垃圾桶裡。其中一張沒有掉進去，他撿起來一看，上面寫著星期六有一場遊行集會，還有一場募款演唱會，頭牌樂團是「群豬跳舞」。雷博思把傳單丟進垃圾桶，決定要聽聽家裡的答錄機有沒有留言。安克藍姆打了兩通電話給他，激動到幾乎是憤怒的程度。有一通婕兒的留言，她要他不管多晚都回個電話給他，所以他就打了。

「喂？」她聽起來像是嘴巴被黏起來。

「抱歉，這麼晚了。」

「約翰。」她停頓一下看時間，「已經晚到變太早了。」

「你的留言說……」

「我知道。」她聽起來像是掙扎著要從床上坐起來，大聲地打呵欠。「鑑識組處理過那本便條紙，用了靜電偵測器。」

「然後？」

「發現了一個電話號碼。」

「哪裡的？」

「亞伯丁區域碼。」

雷博思覺得他的背脊顫動，「亞伯丁的哪裡？」

「某個舞廳的投幣式電話。等一下，我有舞廳的名字……柏克舞廳。」

眞是天大的巧合啊。

「你知道這家舞廳嗎？」她問。

知道，他心想，這意謂了他在這裡至少辦到了兩樁案件，也許三件。

「你說是投幣式電話？」

「是投幣式電話，我打過所以我知道，從電話聲聽起來離吧台不遠。」

「給我號碼。」她照辦了。「還有什麼其他線索嗎？」

「我們所發現的指紋都是佛仔的。除了試圖逃漏稅之外，他的家用電腦上沒什麼有趣的東西。」

「這可眞是大新聞。他的店面呢？」

「目前什麼都沒有。約翰，你還好吧？」

「很好，爲什麼這麼問？」

「你聽起來……我不知道，有點心不在焉。」

雷博思讓自己微笑一下，「我有在聽你說話。婕兒，再去睡一下吧。」

「約翰，晚安。」

「晚安。」

他決定打電話到警局看朗斯登在不在。他很清楚現在已經快三點了，而朗斯登竟然人在那裡。

「你早該去見周公了吧？」朗斯登說。

「有件事我剛剛本來要問。」

「什麼事？」

「我們去過的那家舞廳，就是蜜雪兒·史翠琛遇到聖經強尼的地方。」

「柏克？」

「我只是在想，」雷博思說，「這家店一切合法嗎？」

「還算可以。」

「這意思是？」

「有時候這家舞廳會遊走法律邊緣。那裡曾有一些毒品交易，老闆們試著把環境清理乾淨，我想他們處理得還滿不錯的。」

「老闆是誰？」

「兩個美國佬。約翰，你問這做什麼？」

雷博思在半秒之內就編出這句謊話：「那個愛丁堡墜樓而死的傢伙，他口袋裡有一包柏克的火柴。」

「那裡是很熱門的夜店。」

雷博思作聲表示同意，「這兩個老闆，你剛說叫什麼名字？」

「我什麼都沒說。」朗斯登已經提高警覺。

「這是祕密嗎？」

他笑了，但毫無笑意，「不是。」

「也許你不希望我去打擾他們？」

「老天，約翰……」他裝腔作調地長嘆一聲，「艾力克．史戴蒙，克服的克。賈德．富勒。我並不認爲你有需要去找他們談。」

「魯多，我也不這麼想。我只要知道他們的名字。」雷博思裝出美國腔說：「拜了，寶貝。」他放下話筒的時候，臉上帶著微笑。他看看手錶，三點十分。走到大學街只要五分鐘，可是那家舞廳還在營業嗎？他拿出地區電話簿，找到柏克的電話──跟婕兒給的號碼一樣。他試打看看，沒人接。他決定現在先到此爲止……。

迴旋越來越小：亞倫．米其森……聖經強尼……喬叔……佛格斯．麥魯爾的毒品交易。

海灘男孩合唱團的〈天知道〉（God Only Knows），接札帕與發明之母樂團（Zappa and the Mothers of Invention）的〈麻煩一天比一天多〉（More Trouble Everyday）。雷博思從地板上撿起枕頭，附耳在上面聽了整整一分鐘，然後再把它丟回床上，讓自己躺下睡覺。

他很早就醒了，沒有胃口吃早餐，所以就去散步。這是個晴朗的早晨，海鷗忙著把昨晚人們丟棄的食物吃乾抹淨，但街上卻沒什麼人。他走到莫凱十字路，然後轉上國王街，他知道大致上他正在往他姑姑家的方向走，但並不確定走路可以到。於是他走往一棟看起來像是老學校的建築物，招牌上寫著「RGIT近海研究中心」。他知道RGIT代表羅伯特．高登技術學院，而米其森曾經在RGIT近海研究中心受過訓。他知道聖經強尼第一個殺害的對象，曾經在羅伯特．高登大學唸書，但不知道她是哪個科系。她在這裡上過課嗎？他凝視著灰色的花崗岩牆思考著：第一件謀殺案發生在亞伯丁，然後他才到格拉斯哥與愛丁堡犯案。這意謂著什麼？對犯人來說，亞伯丁難道有什麼特殊意義？他陪著死者走出舞廳，來到杜絲公園，但這並不代表他是本地人：可能是蜜雪兒帶他走這條路。雷博思再度拿出地圖，找到大學街，然後手指在地圖上從柏克舞廳描到杜絲公園。這是一條長長的路程，都在住宅區裡，一路上都沒有人看到他們。他們是不是特別挑安靜的小路走？雷博思把地圖折好，然後收起來。

他走過市立醫院，最後來到海岸公園：一片長長的綠地連接著可以滾木球、打網球與高爾夫球推桿的草地還有遊樂設施，但時間太早，都還沒開放。海岸公園已經有些人在活動——慢跑、遛狗、晨運。雷博思也加入他們的行列。擋沙牆⓳把大部分的沙灘整齊地分成一塊塊，這裡是他看過此市最乾淨的地方，除了塗鴉之外——一個叫做「零」的藝術家很努力地在工作，把這裡當成他或她的個人畫廊。

「零之英雄」：某個東西的角色……噹，天啊，他已經好多年沒想到他們⓴，那幾個整天吸大麻的遊魂，與他們迷幻的合成樂器，漂浮的無政府狀態。

海岸公園的盡頭，在港口旁邊有幾塊住宅區，是城市裡自成一格的小村，有著露水未乾的綠地與花棚。他經過時，狗群對他吠叫警告，讓他想起法夫郡海岸區那裡的漁人小屋，漆得很搶眼，卻不做作。一輛計程車開過港口，雷博思攔了車，休閒時間已經結束了。

雷鳥石油總部外面有一場示威。那個頭髮綁著辮子的年輕女人，昨天還如此有說服力，今天卻盤腿坐在草地上，抽著一根手捲的香菸，看起來彷彿正在休息。現在那個拿著擴音器的年輕男子，沒有她一半的憤怒與口才，但是他的友人們卻鼓勵他繼續講下去。也許他才剛開始玩示威遊戲。

兩個年輕的制服員警——年紀並不比示威者大——正在跟三、四個穿著連身工作服、戴防毒面具的環保運動者談話。警察說如果他們拿下防毒面具，講起話可能不會這麼麻煩。他們也要求示威活動離開雷鳥石油所有的土地，也就是大門前面的那塊草地。示威者說了一些關於擅闖私人所有地的法律問題。近來遇到私有土地的事情就得有法律知識，這就像是士兵眼中的空手搏鬥規則。

雷博思又拿到昨天的那些宣傳品。

「我已經拿過了。」他微笑說。髮辮女子抬頭瞇眼看著他，彷彿她正在拍照片。

⓳ groyne，防止沙灘被沖刷掉的結構工程。

⓴ 此處雷博思想起的是黑色安息日（Black Sabbath）樂團的歌曲 Zero the Hero。

在接待區，某人透過窗戶正在拍攝示威活動。也許是幫警察收集情報，也許是雷鳥石油自己存檔用。敏契爾正在等雷博思。

「眞是難以置信，」他說，「我聽說在六姊妹外面都有一群示威者，沒想到連我們這種比較小的公司外面也有。」

「六姊妹？」

「六家北海大型石油公司，艾克森（Exxon）、殼牌（Shell）、英國石油（BP）、美孚（Mobil）……我忘了另外兩家。準備好要出發了嗎？」

「我不太確定。我有機會可以睡一下嗎？」

「航程可能會相當顚簸。好消息是，我們有一架飛機要飛過去，所以也許你可以不必搭直昇機——至少今天不用。你會搭飛機到斯卡塔，以前是皇家空軍基地，讓你省掉在薩姆堡轉機的麻煩。」

「那裡離蘇倫沃近嗎？」

「就在隔壁。有人會在那裡接你。」

「感謝，敏契爾先生。」

敏契爾聳聳肩，「去過謝德蘭群島嗎？」雷博思搖頭。「除了從空中鳥瞰之外，你應該不會看到太多東西。只要記得，一旦飛機起飛，你就離開蘇格蘭了。你變成一個外地人，迎向無邊無際、鳥不生蛋的景象。」

第十五章

敏契爾開車載雷博思到戴斯機場。這是一架有十四個座位的雙螺旋槳飛機，但是今天只坐了六個人，全都是男的。其中四個穿西裝，很快就打開公事包，掏出一疊疊文件、裝訂好的報告、計算機、筆與筆記型電腦。另一乘客穿著羊皮夾克，有人也許會說他外表邋遢。他把手插在口袋裡，望出窗外。雷博思並不介意坐走道旁邊的位置，決定要坐在他旁邊。

這男人試著要把他瞪到其他位子去。他的眼睛充滿血絲，臉頰與下巴滿是灰鬍渣。而雷博思回應的方式，就是扣上他座位的安全帶。男人低吼一聲，但坐直起來，把半邊扶手讓給雷博思，然後他繼續看著窗外。外面有一輛車靠近過來。

引擎開始運轉，螺旋槳也在轉動。在擁擠的座艙後方有個空姐，她還沒把機艙門關上，坐在靠窗座位的男人，轉身看著那幾個穿西裝的人。

「你們準備嚇個屁滾尿流吧。」然後男人開始大笑。昨夜的威士忌酒味飄向雷博思，讓他慶幸自己沒吃早餐。有人正在登機，雷博思往走道一看，是威爾少校。他穿著蘇格蘭裙，腰間還掛著毛皮袋。穿西裝的都定住不動，而穿羊皮夾克的還在吃吃笑著。機艙門被用力關上。幾秒後，飛機開始在跑道上滑行。

雷博思討厭搭飛機，他試著幻想自己正坐在一列「城市一二五」（Intercity 125）快車上，火車在大地上奔馳，不會突然升空。

「你要是再用力抓扶手，」他的鄰座乘客說，「你會把這他媽的東西給拔起來。」

他的口音聽起來像是一條沒鋪平的路。雷博思認為他已經感覺到飛機有東西鬆動，也聽到螺絲與焊接處裂開。然後它們又穩定下來，一切歸於平靜。雷博思又可以呼吸了，他注意到自己的掌心與眉毛上都是汗，調整了一下頭上的空調出風口。

「感覺好一點了？」

「好些了。」雷博思說。飛機起降架被收進機身，外蓋也闔上了。那穿羊毛夾克的人這樣向他解釋剛剛聽到的聲音。雷博思點頭表示謝意，他聽到後方傳來空姐的聲音。

「少校，抱歉，如果我們知道您會來，我們一定會準備咖啡。」

她的殷勤只換來一聲哼。穿西裝的都在注視自己的工作，卻無法專心。飛機遇上亂流，雷博思的手又抓向扶手。

「害怕坐飛機。」羊皮夾克對他眨眼說。

雷博思知道自己應該不要再想飛行的事。「你在蘇倫沃工作嗎？」

「其實我就是掌管那裡的人。」他的頭點往那些西裝乘客的方向，「我可不是爲這些傢伙工作，我只是搭便機。我是在聯合營運公司（the consortium）工作的。」

「六姊妹？」

「還有其他的石油公司。上次數的時候還有三十幾家。」

「我告訴你，我對蘇倫沃一無所知。」

羊皮夾克斜眼看著他問：「你是記者？」

「我是刑警。」

「你不是記者就好。我是要去接班的維修部經理。媒體上總是報導油管破裂、漏油，讓我們很不爽。我告訴你，我的轉運站唯一會漏的，就是向王八蛋報紙爆的料！」他又看出窗外，彷彿他們的對話已經自然結束。但是一分鐘之後，他轉頭對雷博思說：

「有兩條油管連接轉運站——布蘭特與尼尼安——此外，我們也從油輪上卸載原油，四個碼頭幾乎全年無休。一九七三年剛開始的時候，我就在這裡了。第一艘探勘船開進勒威克㉑，當時不過是四年前的事情。老天，我眞想看看當時那些漁夫們的表情。他們大概以爲這艘船沒什麼，但是石油出現，產業也開始發展，於是我們可以惡搞這些島嶼一番。但是這些漁民也狠狠敲了聯合營運公司一筆，能要多少算多少。」

羊皮夾克講話的時候，他的嘴部開始放鬆。雷博思心想他可能還在酒醉。他輕聲說話，大多時候是面對著窗戶。

「小子，你應該看看七〇年代那地方是什麼樣子。那裡就像加拿大的克隆戴克㉒——拖車露營地、簡陋的小鎮、都是爛泥路。我們常遇到停電，乾淨的水也不夠，本地人他媽恨透我們。我就喜歡這樣，有一家大家都會去喝酒的酒吧。聯合營運公司用直昇機運來補給品，好像我們在打仗一樣。媽的，也許那時候我們眞的是在打仗。」

他轉身面對雷博思。

「還有天氣……風強得會把你臉上的皮剝掉。」

「所以我不需要帶刮鬍刀？」

這個大個子哼了一聲，「什麼風把你吹到蘇倫沃？」

「可疑的死因。」

「在謝德蘭群島上發生的？」

「愛丁堡。」

「有多可疑？」

「也許不是很可疑，但是我們得去查證。」

「你們這些我全知道。這就像轉運站，我們每天都進行數百項檢查，不管必要或不必要。天然氣冷卻區也

㉑ Levwick，謝德蘭群島的主要港口與最大城鎮。

㉒ The Klondike，加拿大鄰近美國阿拉斯加的荒涼區域。

許有問題，我再次強調只是『也許』。我告訴你，我們在待命的人多到神也不知道有多少。因爲那區離原油儲存區並不遠。」

雷博思點頭，但不確定這個人到底在說什麼。他似乎又恍神了，該是把他拉回來的時候。

「死者曾經在蘇倫沃工作過一段時間，亞倫．米其森。」

「米其森？」

「他也許曾經在維修部門。我想這是他的專長。」

羊皮夾克搖頭，「這名字不……沒聽過。」

「傑可．哈利呢？他在蘇倫沃工作。」

「喔，有，我遇過他。我並不太喜歡他，但是我知道他是誰。」

「你爲什麼不喜歡他？」

「他是那些綠黨雜碎之一，你知道，搞什麼生態學的。」他幾乎用吐口水的方式說那個詞，「他媽的生態學究竟爲我們做了什麼？」

「所以你認識他？」

「誰？」

「傑可．哈利。」

「我剛不是告訴過你了？」

「他現正放假去從事健行之類的活動。」

「在謝德蘭群島上？」雷博思點頭。「對，聽起來應該對。他總是對考古學跟那個什麼賞鳥有興趣。我唯一有興趣看一整天的鳥，我告訴你，身上可是沒什麼他媽的羽毛。」

雷博思心想：我以爲我已經很壞了，但這傢伙重新定義了「壞」這個形容詞。

「所以他去健行賞鳥，你知道他會去哪嗎？」

「就那幾個老地方。轉運站裡有幾個看鳥的人。這就像是污染管制，只要鳥群沒有突然蹺腳倒地，就表示我們一切沒問題。就像納格利塔號（Negrita）一樣。」他用力吞了口口水，幾乎沒把船名唸完整。「問題是，風很強，潮流也很猛烈，所以鳥分散各地，就像布列爾油輪漏的油四處流動一樣。有人跟我說謝德蘭群島的風向，每十五分鐘就會完全改變。這是讓鳥群分散的完美條件。媽的，牠們不過是鳥。說實在的，牠們究竟有什麼好？」

他把頭靠在窗戶上。

「等我們到了轉運站，我會弄張地圖給你，幫你標出一些他可能會去的地方……」幾秒後，他閉上了眼睛。雷博思站起來，走到機艙後面的廁所。當他經過坐在最後一排的威爾少校，他看到少校正專心地在看金融時報。廁所跟小孩的棺材差不多大，要是雷博思再胖一點，恐怕就得餓到瘦之後才能出來。他沖了馬桶，想像著自己的尿灑進北海的畫面——就整體海洋污染而言，他的尿不過是九牛一毛——然後他打開廁所的拉門。他坐在威爾少校旁邊的座位上，兩人之間隔著走道。本來是空服員坐在那裡，但是他看到她現在人在駕駛艙。

「可以借看一下報上的賽馬結果嗎？」

威爾少校的視線自報紙抬起，轉頭去看看這個奇怪的新異類。他這個動作整整花了半分鐘才完成。他一句話也沒說。

「我們昨天碰過面。」雷博思說，「我是雷博思探長，我知道你話不多……」他拍拍自己的外套……「如果你需要的話，我口袋裡有本記事本。」

「你閒暇時，探長，是不是兼差去當喜劇演員？」他的語調拖得很長，以示文雅，可說是很有教養，但是聲音卻很乾、有點沙啞。

「少校，我可以問你一件事嗎？爲什麼你用燕麥餅給你的油田命名？」

威爾的臉因爲突然暴怒而漲紅，「班那克是代表『班那克伯恩戰役㉓』！」

雷博思點點頭，「我們有贏那場戰役嗎？」

「小弟弟，你難道不知道你的歷史嗎？」雷博思聳肩，「我有時真的對此失望透頂，你可是個蘇格蘭人！」

「那又如何？」

「所以你的過去很重要！你需要知道歷史，才能夠學習。」

「請問您，學習什麼？」

威爾嘆口氣說：「借用一位詩人的話——蘇格蘭詩人，他談的是文字，我們蘇格蘭人是『被暴虐馴服的牲畜』。這樣你懂了吧？」

「我想我還是沒辦法瞭解你在講什麼。」

威爾皺眉說：「你喝酒嗎？」

「我的別名就是『禁酒』。」少校哼了一聲表示滿意。「問題是，」雷博思接著說，「我的名卻是『完全不』。」

少校終於搞懂他的笑話，勉強擠出一個皺眉的微笑，這是雷博思第一次看到他笑。

「向您報告，其實我來這裡——」

「探長，我知道你爲什麼來到這裡。昨天我看到你之後，我就要海頓．富萊契查出你是誰。」

「我可以請教爲什麼嗎？」

「因爲你在電梯裡回瞪我。我不習慣這樣的舉動，這表示你不在我手下工作，而你又跟我的人事經理在一起……」

「你以爲我是來應徵的？」

「我本來是要交代絕不錄用你。」

「這眞是受寵若驚。」

少校再度看著他，「為什麼我的公司讓你搭飛機到蘇倫沃？」

「我想要跟米其森的一個朋友談談。」

「亞倫．米其森？」

「您認識他？」

「怎麼可能。昨天傍晚，我要敏契爾向我報告。我喜歡知道我公司裡正在發生的所有事情。我有個問題要問你。」

「問吧。」

「米其森先生之死跟雷鳥石油可能有任何瓜葛嗎？」

「就目前來說……我不認為有。」

威爾少校點點頭，把報紙舉到眼睛的高度，這次面試已經結束。

㉓ Bannockburn。十四世紀初葉，布魯斯國王在此戰役中打敗英格蘭，確保了蘇格蘭的獨立。

第十六章

「歡迎來到『本島』。」雷博思的嚮導在柏油路面上對他說。

威爾少校已經被迎上一輛路華休旅車，快速駛離機場。一排直昇機在附近休息不動，而風……這裡的風可不是開玩笑的。風拍打著直昇機的螺旋槳，並且在雷博思的耳裡唱歌。愛丁堡的風已經有職業水準了，有時候你走出前門，風強到像迎頭給你一拳。但是謝德蘭群島的風……想要把你抓起來搖。

降落過程頗顛簸，但是在那之前他已經看到了謝德蘭群島。「無邊無際的荒涼」根本就無法描述眼前的景象，這裡幾乎沒有樹，卻有很多綿羊，白浪撞擊著壯觀的荒涼海岸線。他心想這裡海岸被侵蝕會不會造成問題，因爲這個群島並不算大。飛機飛過勒威克的東邊，然後經過一些純居住功能的城鎮，據羊皮夾克的說法，在一九七〇年代，這些地方都只是小村子。此時他已經完全清醒，又講了更多的事實與幻想。

「知道我們以前做了什麼嗎？我的意思是石油產業。我們讓柴契爾夫人[24]大權在握，石油稅收讓她可以減稅，石油稅收付了福克蘭戰爭的戰費。她整個他媽的政權命脈都有石油在流動，可是她卻不曾感謝過我們半次。半次都沒有，那婊子。」他笑說，「你就是不由自主會喜歡她。」

「其實你可以吃藥治這毛病。」但是羊皮夾克沒在聽雷博思說話。

「石油跟政治是分不開的。制裁伊拉克的重點，就是不讓它用便宜的石油淹沒市場。」他停頓一下，「挪威，那些王八蛋。」

雷博思覺得自己漏聽了什麼，「挪威？」

「他們也有石油，但是他們把這些錢存起來，用來推動其他產業。可是柴契爾卻用這些錢去打仗跟搞選舉……」

當飛機飛過勒威克來到海邊，羊皮夾克指出一些船——大得嚇人的船。

他說：「這些是工廠船，忙著處理漁獲。它們對北海的生態破壞，也許比整個北海石油產業還要大。但是本地人卻讓它們繼續運作，一點也不在乎。他們認爲捕魚是個傳統……不像石油。啊，這些人都去死吧。」

當他們在機場跑道上分手，雷博思還不知道他叫什麼名字。有個人已經在等雷博思，他是個有太多牙齒又不停露齒而笑的男人。他說：「歡迎來到『本島』（the Mainland）」然後在前往蘇倫沃轉運站的短暫車程中，他解釋這句話的意思：「謝德蘭群島的人都這樣叫這個主要島嶼，字首大寫，跟字首小寫的『本土』（mainland）不同，本土的意思……嗯，就是本土。」他笑的時候鼻子擤了一下，他得用外套袖子去擦掉鼻涕。他開車的方式就像是小孩開爸爸的車：身體前傾，雙手無謂地忙著操弄方向盤。

他名叫瓦特．羅柏森，是蘇倫沃公關部的新進職員。

「探長，我很樂意帶你四處看看。」他說，他還繼續在笑，太過想要討好別人。

「如果有時間的話，也許吧。」雷博思勉強答應。

「這眞是我的榮幸。你當然知道，轉運站光是興建就耗資一點三億，而且是英鎊，不是美元。」

「有趣。」

羅柏森受到鼓勵，面容一亮，「一九七八年，第一批原油流進蘇倫沃。它是本地主要的雇主，也對謝德蘭群島的低失業率有很大的貢獻。目前只有百分之四，是蘇格蘭失業率的一半。」

「羅柏森先生，告訴我一件事。」

「請叫我瓦特，或叫我小瓦。」

「小瓦，」雷博思微笑說，「天然氣冷卻區有沒有出過問題？」

羅柏森的臉轉成像醃小甜菜一樣紫紅。老天，雷博思心想，媒體一定愛死他這種人……

結果他們開車穿過半個廠區，才來到雷博思要去的地方，所以他也聽到大部分的導覽。他也學到遠超過他

㉔ Margaret Thatcher，一九七九年至九〇年擔任英國首相。

希望學到的石油知識：去丁烷、去乙烷、去丙烷，還有湧槽與平準量表。他心想，要是可以把不作假的平準量表安在人身上該有多棒？

在主要的行政大樓，有人告訴他們傑可．哈利在製程控制室工作，而他的同事已經在那裡等著，也知道有個警官會來問話。他們走過進油管線、檢管站與最後階段的儲存槽。小瓦有一度以爲他們迷路了，但是他身上帶著廠區地圖。

蘇倫沃太大了。它耗時七年興建，在過程中打破各種紀錄（小瓦知道每一項紀錄），雷博思必須承認它是個令人印象深刻的怪物。他經過格藍吉茅斯與莫斯莫蘭這兩個石化重鎮幾十次，但是跟這裡比起來都是小巫見大巫。如果你的視線越過原油槽與卸載碼頭，你看到的都是海——蘇倫沃面對南方，格魯斯島（Gluss Isle）在西方，是不錯的無污染大自然樣板。蘇倫沃就像是被搬到史前時代的科幻城市。

製程控制室是雷博思去過最安寧的地方。房間中央，兩個男人與一個女人坐在電腦控制台後面，牆壁上都是電子圖表，微微閃動的燈代表著原油與天然氣的流量。唯一的聲響是敲打鍵盤的聲音，偶爾穿插幾句對話。小瓦認爲介紹雷博思是他的工作。這裡的氣氛讓他安靜下來，彷彿走進了正進行中的教堂儀式。他走到控制台，低聲對坐在那裡的三位一體說話。

比較年長的男人站起來與雷博思握手。

「探長，我是米爾內。我們可以幫你什麼忙？」

「米爾內先生，我其實是想跟傑可．哈利談談。但既然他讓自己這麼難找，我想也許你們可以告訴我一些他的事情，尤其是他與亞倫．米其森的朋友關係。」

米爾內穿著格子襯衫，袖子捲起來。雷博思說話的時候，他搔抓著一邊的手肘。他三十多歲，一頭雜亂的紅髮，臉上滿是青春痘疤。他點頭，稍微轉身看了兩個同事一眼，扮演起發言人的角色。

「我們都跟傑可一起工作，所以我們可以跟你談他的事。雖然傑可曾經介紹我跟亞倫認識，但我個人跟他不熟。」

「我想我從來沒碰過他。」那女人說。

「我遇過他一次。」另一個男人補充道。

「亞倫只在這裡工作了兩或三個月，」米爾內接著說，「我知道他跟傑可成了朋友。」他聳聳肩，「我眞的就只知道這些。」

「如果他們是朋友，他們應該有些共通的地方。是賞鳥嗎？」

「我認爲不是。」

「環保議題。」那女人說。

「沒錯。」米爾內點頭說，「當然，在這種地方我們總是會談到生態問題──敏感的話題。」

「對傑可來說這很重要嗎？」

「我想沒那麼重要。」米爾內看看同事以尋求支持，他們都搖頭。雷博思注意到他們說話的音量跟說悄悄話差不多。

「傑可就在這裡工作？」他問。

「對，我們輪班。」

「所以有時你們一起工作……」

「有時我們不是一起工作。」

雷博思點頭。他沒獲得什麼新資訊，但也不確定自己是否眞的認爲會獲得什麼線索。所以米其森對生態有興趣──那又如何。但是這裡讓他很愉快也很放鬆，他覺得愛丁堡與所有的麻煩都離他很遙遠。

「這看起來像是不錯的工作，」他說，「誰都可以來應徵嗎？」

米爾內微笑說：「那你得動作快，誰知道石油還能開採多久？」

「應該還有一陣子吧？」

米爾內聳肩，「這是由開採的經濟學決定。石油公司正在往西邊找油源──大西洋石油。現在謝德蘭群島西邊開採的石油都送到弗羅塔。」

「在歐克尼群島。」女人解釋道。

「他們從我們這邊搶走合約。」米爾內接著說，「五年或十年後，那裡的利潤空間應該會比較大。」

「然後他們就會放棄北海油田？」

三個人像是一隻三頭怪獸同時點頭。

「你跟碧昂妮談過了嗎？」那女人突然問。

「碧昂妮是誰？」

「傑可的……我不知道，她不是他老婆吧？」她望向米爾內。

「我想只是女朋友。」

「她住在哪裡？」雷博思問。

「傑可跟她一起住在一棟獨棟房子，」米爾內說，「在布列。她在游泳池工作。」

雷博思轉向小瓦，「離這裡多遠？」

「六、七英里。」

「帶我去。」

他們先去游泳池找她，但是她沒在值班，所以他們往她家去。布列看起來面臨著身分認同危機，彷彿這個城鎮突然誕生，還不知道要怎麼看待自己。這裡的房子很新，卻沒有特色；這裡很明顯是有錢的區域，但是卻無法買到一切。金錢無法讓布列變回蘇倫沃興建之前的那個村莊。

他們找到那棟房子，雷博思要小瓦在車裡等。他敲了門，一個二十歲出頭的女人來應門。她穿著慢跑短褲與白色汗衫，打赤腳。

「碧昂妮？」雷博思問。

「我是。」

「抱歉，我不知道你姓什麼。我可以進去嗎？」

「不行。你是誰？」

「我是雷博思探長。」他亮出證件，「我是爲了亞倫·米其森的事來拜訪。」

「米其？他怎麼了？」

這個問題有很多答案。雷博思選了一個，「他死了。」然後他看著她臉色變得慘白。她緊靠著門彷彿需要支撐，但是她還是不讓他進去。

「你想要坐下嗎？」雷博思暗示說。

「他發生了什麼事？」

「我們還不確定，這正是爲什麼我想跟傑可談談。」

「你們不確定？」

「可能是意外。我正在試著填滿他背景資料的不足。」

「傑可不在。」

「我知道，我一直試著要跟他聯絡上。」

「人事部的人一直打電話來。」

「是幫我打的。」

她慢慢地頷首，「他還是不在。」她的手從沒離開過門框。

「我可以傳個訊息給他嗎？」

「我不知道他人在哪。」她說話的時候，臉頰開始恢復紅潤，「可憐的米其。」

「你完全不知道傑可去了哪裡？」

「他有時候會健行好幾天，連他自己也不知道會走到哪裡。」

「他不會打電話給你嗎？」

「他需要自己的空間，我也需要。我在游泳中找到我的空間，他的方式就是健行。」

「他不是明天或後天就該回來了？」

她聳肩說：「誰知道？」

雷博思從口袋裡拿出記事本，寫了一些字，然後撕下那一頁給她，「上面有幾個電話號碼。你會請他回電給我嗎？」

「當然。」

「謝了。」她呆呆地看著那張紙，眼睛差點就掉下眼淚。「碧昂妮，你可以告訴我一些米其的事？任何可能有幫助的事？」

她抬起頭看著他。

「沒有。」她說。然後她當他的面慢慢地把門關上。在門把他們兩人分開之前，雷博思最後瞥了她的眼睛，注意到她眼神裡有些東西，不只是混亂或悲傷。

那是一種比較像是恐懼的情緒，在恐懼之後，還有某種程度的心機。

他突然發現自己餓了，並很想來杯咖啡，所以他們到蘇倫沃員工餐廳吃東西。這是個乾淨的白色空間，點綴著盆栽與禁止吸菸標誌。小瓦連珠砲地講謝德蘭群島是怎麼樣維持其北歐文化特色，幾乎所有的地名都源自挪威語。對雷博思來說，這裡是世界的邊緣，他喜歡這一點。他告訴小瓦在飛機上遇到羊皮夾克的事。

「喔，聽起來像是邁可．薩可力夫。」

雷博思要求去見他。

邁可．薩可力夫已經脫掉羊皮夾克，穿著乾淨的工作服。他們終於找到薩可力夫時，他正在壓載水槽旁激動地跟人講話。兩個部下聽著他抱怨說，如果把他們兩個換成長臂猿，也沒人會發現有何異狀。他指著水槽的高處，然後指著遠處的碼頭。有一艘油輪正停泊在碼頭，油輪幾乎跟六個足球場一樣大。薩可力夫看到雷博思，忘記自己本來要講什麼。他讓兩個部下回去工作，自己也邁步離開，可是他卻得先經過雷博思。

雷博思的臉上已經掛著微笑，「薩可力夫先生，你幫我拿到地圖了嗎？」

「什麼地圖？」薩可力夫繼續往前走。

「你曾說可能知道我在哪可以找到傑可．哈利。」

「有嗎？」

雷博思幾乎得小跑步才跟得上他的步伐，雷博思臉上的微笑消失了，「有，」他冷冷地說，「你說過。」

薩可力夫突然停下來，讓雷博思站在他面前。「聽著，探長，我現在忙得天昏地暗，沒時間管這個。」然後他又往前走，眼睛避免跟雷博思的眼睛接觸。雷博思也在他旁邊大步前進，沉默不語。雷博思跟了約一百碼，然後停步。薩可力夫繼續前進，如果還是被緊追不捨的話，看起來他似乎可以一直走到碼頭然後跨過北海。

雷博思回到小瓦所在的地點，慢慢地思考著這個無賴爲何急著逃走。是什麼或誰改變了薩可力夫的想法？雷博思心裡想到一個穿蘇格蘭裙、腰掛毛皮袋的白髮老人。似乎就是他沒錯。

小瓦帶雷博思回到主要行政大樓的辦公室，他告訴雷博思電話在哪，然後說他去弄兩杯咖啡過來。雷博思關上辦公室的門，坐在辦公桌後。他的周圍都是石油開採平台、油輪、管線與蘇倫沃——掛在牆上的裱框照片。公關文宣堆得高高的，桌面上有一座超級油輪的模型。雷博思用外線撥到愛丁堡，衡量著該周旋還是唬弄，最後決定說實話也許可以省些時間。

梅麗．韓德森在家。

「梅麗，我是雷博思。」

「喔，老天。」她說。

「你沒在上班？」

「你沒聽說過行動辦公室?只要有傳眞數據機與電話就是辦公室。聽著，你還欠我一次人情。」

「怎麼說?」雷博思裝出委屈的語氣。

「我幫你做了這麼多事，結果卻沒拿到任何新聞。這不算什麼公平互惠吧?我們記者記事情可比大象還記得久。」

「我已經給你伊安爵士辭職的消息㉕。」

「我只比其他人早九十分鐘知道。更何況這個案子根本也不是什麼世紀大案。我知道那時你對我隱瞞內情。」

「梅麗，你傷了我的心。」

「很好。現在告訴我你只是純粹打電話來問候我。」

「當然。你近來如何?」

一聲嘆息。「你要幹嘛?」

雷博思坐在椅子上轉了九十度。這是張舒服的椅子，但是還沒好到可以坐在上面睡覺。「我需要挖一些情報。」

「眞是令人意想不到喔。」

「他名叫威爾，自稱威爾少校，但是軍階可能是假的。」

「雷鳥石油?」

梅麗眞是個厲害的記者。「就是他。」

「他才在那個國際會議上發表演說。」

「嗯，他是叫別人念講稿。」

停頓。雷博思心頭一驚。「約翰，你在亞伯丁?」

「算是吧。」他招認。

「告訴我。」

「以後再說。」

「要是有新聞的話……？」

「你會站在最有利的位置。」

「不只是讓我早知道九十分鐘？」

「當然。」

電話那頭一陣沉默：她知道他可能在說謊。她是個記者，她很懂這些事情。

「好，所以你想知道威爾的什麼事？」

「我不知道，所有的事，有趣的東西。」

「生意上還是生活上？」

「兩者都要，但主要是生意上。」

「你在亞伯丁的電話幾號？」

「梅麗，我人不在亞伯丁，尤其是有人問起你的時候，更要這樣回答。我會再跟你聯絡。」

「我聽說他們要重新調查史佩凡案。」

「只是內部調查。」

「重新調查之前的準備？」

小瓦打開門，拿了兩大杯咖啡進來。雷博思站起來，「我得掛電話了。」

「你怎麼突然不能講話了？」

「梅麗，再見。」

「我查過了，」小瓦說，「你的飛機在一小時內就要出發。」雷博思點頭，端起咖啡。「我希望你在這裡度過了愉快的時光。」

老天，雷博思心想，他竟然說得這麼認眞。

㉕詳情請見伊恩・藍欽另一本小說《Let It Bleed》（一九九六）。

第十七章

那天晚上，雷博思一等到從回程航班的不安回復過來，立刻到米其森常去的印度餐館吃飯：這並不是巧合。他不知道自己爲什麼想親自看看這個地方，但他就是去了。這裡的菜還不錯，雞肉洋蔥咖哩跟他在愛丁堡吃的差不多。顧客都是情侶或夫妻，有年輕的也有中年的，他們都輕聲交談。這裡看起來，並不像是在十六天海上工作之後狂歡的地方。這裡是個適合沉思的地方，總是期待著獨自用餐的客人。當雷博思拿到帳單，他想起米其森信用卡帳單上的金額——是他單人用餐的兩倍。

雷博思亮出警察證件，要求與經理談話。男經理走過來時看起來像是被人綁住，緊張的微笑已經掛在臉上。

「先生，有什麼問題嗎？」

「沒問題。」雷博思說。

經理從桌上拿起帳單，正打算要撕掉的時候，卻被雷博思阻止了。

「我想要付帳，」他說，「我只是想問幾個問題。」

「完全沒問題。」經理在他對面坐下，「我能如何爲您效勞？」

「有個叫做亞倫·米其森的年輕人常來這裡用餐，大概兩個星期一次。」

經理點頭，「有個警察也曾來問我他的事情。」

亞伯丁刑事調查局：貝恩曾請他們查米其森的背景，他們的報告卻幾乎是一片空白。

「你記得他嗎？我是指那個客人？」

經理點頭，「人很好，很安靜。也許他來過十次。」

「自己一個人？」

「有時候一個人，有時候跟一位小姐。」

「你可以描述她的樣子嗎？」

經理搖頭。廚房裡傳來一聲撞擊，讓他分了心。「我只記得他並不一定是自己來用餐。」

「爲什麼你沒把這件事告訴另外一個警察？」

經理似乎並不瞭解他的問題，他站起來，心裡一定掛念著廚房。「我說了。」他說完話就走開了。

亞伯丁刑事警察局故意在報告裡遺漏了這件事……

柏克舞廳門口的保鑣換了人，雷博思就像其他人一樣付了入場費。今晚是七〇年代之夜，最佳復古打扮可拿到獎品。雷博思看到一堆厚底鞋、牛津包、長背心搭裙子與寬領帶。這些東西像是夢魘，讓他想起他的結婚照片。有人模仿電影《週末的狂熱》（Saturday Night Fever）裡的約翰．屈伏塔，還有個女孩模仿電影《計程車司機》（Taxi Driver）裡的茱蒂．佛斯特，模仿得還算可以。

現場音樂混合了媚俗的迪斯可與復古搖滾：Chic、唐娜．桑瑪、泥漿合唱團（Mud）Showaddywaddy、Rubettes，中間穿插洛．史都華、滾石合唱團、現狀樂團（Status Quo）、鷹族雄風（Hawkwind）以及那首該死的〈嗨，雨過天晴〉。

傑夫．貝克唱道：現在靠牆站好！

這首奇怪的歌讓他有了感觸，把他送回過去的時光裡。現場的DJ竟還有Montrose翻唱滾石合唱團的歌〈連結〉（Connection）的唱片，這是滾石被翻唱的最佳版本。當兵時的雷博思，深夜在駐紮地都會用一台三洋早期的卡帶放音機聽這首歌，他一邊耳朵塞著耳機，所以別人不會聽見。第二天早上，那邊耳朵就聾了，因此他每晚都要換邊聽耳機，以免造成長期的傷害。

他坐在酒吧，這裡似乎是單身男人聚集靜靜打量舞池的地方。包廂與桌子是給情侶、公司派對，與看起來眞的很開心的嘈雜女人用的。她們穿著領口很低的上衣與緊身短裙，在朦朧的燈光下，她們看起來都美極了。雷博思認爲自己喝酒喝得太快，倒了一些水到自己的威士忌裡，並向酒保再多要一些冰塊。他坐在吧台的角落，距離投幣式電話不到六呎。音樂大作時是不可能去用電話的，而目前爲止音樂都還沒停過。這讓雷博思推想——使用電話的唯一合理時間，是安靜的非營業時間，但是那時這裡還沒有舞客，只有員工……

雷博思滑下凳子，繞了舞池一圈。標示上指示廁所在一條通道裡面，他走進廁所，聽到有人在隔間裡用鼻子吸東西，然後他洗了手等待著。馬桶沖水，門鎖打開，一個穿著西裝的年輕人走出隔間。此時雷博思已經拿出他的警察證。

「你已經被逮捕了，」他說，「你說的任何——」

「喂，等一下！」那人的鼻孔還沾著白色粉末。他二十五歲左右，掙扎著往上爬的低階經理人。他的西裝外套並不貴，但至少是新的。雷博思把他推到牆壁邊，把烘乾機的出風口轉個方向，按下按鈕讓熱風吹著他的臉。

他說：「這樣可以把一些爽身粉吹走。」

男人把臉轉開以閃避熱氣，他全身發抖，全身無力，雷博思還沒眞正開始，他就已經被打敗了。

「回答一個問題，」雷博思說，「然後你就可以離開這裡……那首歌怎麼唱的？像鳥一樣自由㉖。就這一個問題。」男人點頭。「你從哪裡弄來這個？」

「什麼？」

雷博思加重力道壓著他，「這玩意兒。」

「我只在星期五晚上吸這個！」

「問你最後一次：你從哪弄到的？」

「一個男的，他有時候會在這裡。」

「他今晚在嗎？」

「我還沒看到他。」

「他的長相如何？」

「沒什麼特別的，普通人。你說只問一個問題。」

雷博思把男人放開，「我騙你的。」

男人吸吸鼻子，把外套扯平，「我可以走了嗎？」

「滾吧。」

雷博思洗了手，鬆開領結，讓他可以打開第一顆鈕釦。這個吸毒的傢伙也許會回到他的包廂，也許決定離開，也許會向舞廳管理階層抱怨，也許他們已經付了錢打點，所以不會有人進來查緝毒品。他走出廁所，想找辦公室卻找不到。他走出去到門廳，那裡有一條樓梯，入口處有個保鑣站在那裡不動，雷博思告訴這個穿燕尾服的保鑣說，他想見見經理。

「不行。」

「這很重要。」

保鑣慢慢搖頭，可是視線卻停在雷博思的臉上。雷博思知道在保鑣的眼裡，他被當成中年酒鬼，穿著便宜西裝的可憐蟲。現在該是讓保鑣覺醒的時候，他拿出警察證。

「刑警，」他對燕尾服說，「有人在這裡賣毒品，我幾乎決定要打電話給緝毒小組。現在我可以跟老闆談談嗎？」

雷博思現在可以跟老闆談談了。

「我是艾力克．史戴蒙。」他從辦公桌後走出來與雷博思握手。辦公室很小，但是家具很不錯，隔音效果

㉖披頭四的歌曲〈Free as a Bird〉。

也很好，只勉強能聽得見舞池傳來的重低音。但是這裡有閉路電視螢幕六座，三座顯示著主要舞池的情形，兩座是吧台，還有一座是包廂區的全景。

「你應該在廁所也裝監視器，」雷博思說，「好戲都在那裡發生。酒吧有兩支監視器：你的員工有問題？」

「裝了監視器之後就沒有問題了。」史戴蒙身穿牛仔褲與白T恤，並把袖子捲到肩膀。他留著長鬈髮，也許燙過，但是他的頭髮開始稀疏，臉上也有歲月的痕跡。他並不比雷博思年輕，而他越想讓自己看起來年輕，結果卻看起來更老。

「你是葛蘭皮恩刑事局的？」

「不是。」

「我想也不是。他們大多都是我們這裡的老主顧。不坐下來談嗎？」

雷博思坐了下來，史戴蒙也舒服地坐在辦公椅上，桌上到處都是文件。

「老實說，你剛剛說的事情讓我很訝異。」他接著說，「我們完全與本地警察合作，這家舞廳並不比本市其他的舞廳骯髒。你當然知道這一行不可能完全沒有毒品涉入。」

「有人在廁所裡吸毒。」

史戴蒙聳肩，「正是如此。我們能怎麼辦？客人進來時脫光他們的衣服搜身？找隻緝毒犬在場子裡到處晃？」他笑了一聲，「你瞭解問題在哪。」

「史戴蒙先生，你住在這裡多久了？」

「我一九七八年就來了，看到好機會就留了下來。快二十年了，我已經完全融入這裡。」他又笑了，但雷博思仍然沒有反應。史戴蒙把手掌放在桌面上，「美國人去到世界的哪個角落——越南、德國、巴拿馬——創業家就跟到哪裡。只要收益還不錯，我們何必離開？」他看著自己的雙手，「你到底想要幹嘛？」

「我想要知道你對佛格斯．麥魯爾知道多少。」

「佛格斯．麥魯爾？」

「你知道的，他住在愛丁堡附近，現在是死人。」

史戴蒙搖頭說：「抱歉，這個名字對我一點意義也沒有。」

雷博思差點唱出Ultravox樂團的〈喔，維也納〉㉗。「你這裡好像沒有電話。」

「什麼？」

「電話。」

「我有行動電話。」

「行動辦公室。」

「二十四小時營運。聽著，如果你有料要爆，去找地方警察。我不需要忍耐你的瞎扯。」

「史戴蒙先生，你還沒看到會讓你難過的東西。」

「喂。」史戴蒙舉起一根手指，「如果你有話要說，快說。要不然，門就是你後方那個有銅握把的東西。」

「而你就是我前方那個有銅脖子、不怕死的東西。」雷博思站起來，身體傾向辦公桌另一頭。「佛格斯·麥魯爾有一個販毒集團的情報。他突然死了。你們舞廳的電話號碼卻躺在他桌上，而他可不是會泡舞廳的那種人。」

「那又如何？」

雷博思可以想像史戴蒙站在法庭裡，說著同樣的話。他知道陪審團也會問同樣的問題。

「聽著，」史戴蒙說，語氣和緩下來，「如果我要買賣毒品，我會把舞廳投幣式電話的號碼給這個叫麥魯爾的人嗎？大家都有可能接這個電話。要給，也是給我的行動電話號碼吧？你是個偵探，你說對不對？」

雷博思想像著法官把這個不成立的案子丟掉。

「聖經強尼是不是在這裡遇到他第一個下手的對象？」

㉗〈Oh Vienna〉，歌詞中有一句「This means nothing to me.」（這對我一點意義也沒有。）

「老天爺，別再提這個。你究竟是誰，老是把死人挖出來。刑警已經為此煩我們好幾個星期了。」

「從嫌犯描述裡，你記不記得曾經看過他？」

「沒人記得，就連保鑣也不記得，我可是付錢請他們來記人臉的。我已經跟你的同事們說過，也許他是在她離開舞廳之後才遇到她。誰知道？」

雷博思走向門口，又停步。

「你的夥伴呢？」

「賈德？他今晚不在。」

「他有辦公室嗎？」

「隔壁。」

「我可以看看嗎？」

「我沒有鑰匙。」

雷博思打開門，「他也有行動電話嗎？」

他讓史戴蒙吃了一驚，這美國佬只咳了幾聲做回應。

「你沒聽到我的問題嗎？」

「賈德沒有行動電話，他討厭電話。」

「所以緊急時他怎麼辦？用狼煙當訊號？」

但雷博思非常清楚賈德．富勒會怎麼做。

他會用投幣式電話。

他本來想自己可以在回家前喝一杯獎勵自己，但是往酒吧的半路上，他卻不能動彈。有個包廂坐著一對新來的情侶，男的和女的雷博思都認識。女的是他在旅館酒吧遇到的金髮女人，坐在她旁邊的男人，雙臂掛在椅背上，年紀比她小了快二十歲。他穿著襯衫，領口鈕釦沒扣，脖子上掛著很多條金項鍊。他大概曾經在電影裡看過誰這樣穿，也許他正要參加復古變裝比賽：打扮成七〇年代的壞蛋。他那張多疣的臉立刻被雷博思認出來。

瘋狂的莫基．托爾。

外號史坦利。

雷博思把之前發生的事情連結起來，連結幾乎像蜘蛛網一樣多。他覺得頭昏，發現自己正靠在牆上的電話上。所以他拿起話筒，投入硬幣。他的筆記本裡有帕提克警局電話號碼，他要總機轉接傑克．莫頓探長，等了一世紀之久。他投進更多硬幣，卻等到某人跟他說莫頓已經離開辦公室。

「這是緊急狀況。」雷博思說，「我是雷博思探長，你有他家裡的電話嗎？」

「我可以請他打給你。」對方說，「探長，這樣可以嗎？」

可以嗎？格拉斯哥是安克藍姆的地盤，如果雷博思把電話給他們，安克藍姆就可以拿到電話，知道他人在哪……去他的，反正他就只在這裡再待一天。他說出電話號碼，掛上話筒，感謝神與ＤＪ正在放一首慢歌：派森．李．傑克森（Python Lee Jackson）的〈破碎的夢中〉（In a Broken Dream）。

雷博思還可以等。

他坐在吧台，背對著史坦利與他的女人。但是他可以在螢光裝飾後面的鏡子裡，看到他們扭曲的身影。昏暗遙遠的人影，纏在一起又分開。當然史坦利在這裡：他不是殺了東尼．艾爾嗎？但爲什麼？還有兩個更大的問題：他在柏克舞廳出現只是巧合？

他跟這個金髮女人在搞什麼？

雷博思開始有了點頭緒。他耳朵注意聽電話的動靜，祈禱再來一首慢歌。大衛．鮑伊的〈約翰，我只是在跳舞〉（John, I'm Only Dancing）。吉他聽起來像是在鋸金屬，沒關係，電話沒響。

「接著要放的是一首我們都寧可忘記的歌。」ＤＪ拖長了語調說，「但反正我想要看你們跟著它起舞。你們若不跳，我也許會再放一次。」

鴿子中尉樂團〈Lieutenant Pigeon〉的〈Mouldy Old Dough〉㉘。電話鈴響起，雷博思跳起來去接電話。

「喂？」

「約翰？你的音響還不夠大聲嗎？」

「我人在迪斯可舞廳。」

「你這把年紀？這叫做緊急狀況——你要我勸你離開嗎？」

「不是，我要你描述伊芙的長相給我聽。」

「伊芙？」

「喬叔的女人。」

「我只看過她的照片。」傑克．莫頓想了一下，「威士忌顏色的金髮，可以折彎鐵釘的臉。二、三十年前她可能看起來像瑪丹娜，但是我也許標準比較寬鬆。」

伊芙，喬叔的女人——在亞伯丁的旅館跟雷博思搭訕。巧合？不太可能。打算要從他這邊套出情報？沒錯。她跟史坦利一起在這裡，看起來兩個人還挺甜蜜的……他想起她的話：「我做業務，賣產品給石油產業。」是的，雷博思已經可以猜到是哪一種產品……

「約翰？」

「是，傑克。」

「這個區域號碼是亞伯丁的吧？」

「保守祕密。不要向安克藍姆打我的小報告。」

「只有一個問題……？」

「什麼？」

「我聽到的真的是〈Mouldy Old Dough〉？」

雷博思結束通話，喝完他的酒後離開。有一輛車停在街道對面，司機搖下車窗，讓雷博思可以看到他，是魯多維契．朗斯登警佐。

雷博思微笑揮手，開始過馬路。他心想：我不信任你。

「嗨，魯多。」他說，裝成只是出來喝酒跳舞的樣子，「你怎麼到這裡來？」

「你人不在旅館，我猜你也許會在這裡。」

「眞會猜。」

「約翰，你騙我。你說過關於一包柏克舞廳火柴的事。」

「對。」

「他們並不送火柴。」

「喔。」

「我可以送你一程嗎？」

「回旅館走路兩分鐘就到了。」

「約翰，」朗斯登的眼神寒峻，「我可以送你一程嗎？」

「當然，魯多。」雷博思走到車子另一邊上了乘客座。

他們開車來到港邊，把車停在無人的街上。朗斯登熄掉引擎，在駕駛座上轉身。

「所以？」

「所以什麼？」

「所以你今天去了蘇倫沃，卻沒告訴我一聲。所以爲什麼我的轄區突然變成你的轄區？要是我背著你潛入

㉘一九七二年曾是英國排行榜第一名，整首歌的歌詞只有一句沒有實質意義的「Mouldy Old Dough」。

愛丁堡，你會作何感想？」

「我在這裡是囚犯嗎？我以為我也是個好警察。」

「這裡不是你的管區。」

「我正開始瞭解這一點，但也許這裡也不是你的管區。」

「你這話什麼意思？」

「我的意思是，是誰眞正在幕後管這個地方？你們這裡的年輕人因挫敗而發狂，你們這裡有人隨時準備吸毒，以及任何可以給他們生活一點刺激的藥物。今晚在舞廳裡，我看到那個我向你提過的瘋子，史坦利。」

「托爾的兒子？」

「就是他。告訴我，他是來這裡賞花的嗎？」

「你怎麼不問他？」

雷博思點起一根菸，搖下車窗好彈菸灰。「他沒看到我。」

「你認為我們應該問他東尼·艾爾的事嗎？」這句話是事實，不需回答。「他會怎麼說——『當然，人是我殺的』？拜託，約翰。」

一個女人敲著車窗，朗斯登搖下車窗，她說起她流利的拉客台詞。

「你們兩個，我通常不搞三人行，但是你們人看起來不錯……喔，哈囉，朗斯登先生。」

「晚安，克麗歐。」

她看看雷博思，然後再看著朗斯登，「原來你的口味已經變了。」

「克麗歐，閃開。」朗斯登搖上車窗，那女人消失在黑暗中。

雷博思轉身面對朗斯登，「聽著，我不知道你有多腐敗。我也不知道是誰拿錢付我的旅館住宿費。有很多事我不知道，但是我開始感覺到我瞭解這個城市。我之所以瞭解，是因為它跟愛丁堡一樣。我知道你可以住在這裡很多年，卻看不到藏在表面之下的事情。」

朗斯登爆出笑聲，「你來這裡才多久？一天半？你只是個遊客，別自以為瞭解這個地方。我在這裡混得比你久多了，就連我也不能說瞭解這裡。」

「都一樣，魯多……」雷博思輕聲說。

「我們說這些話有何意義？」

「我以爲是你想要談。」

「可是你卻講個不停。」

雷博思嘆口氣，彷彿對小孩般慢慢地說：「喬叔控制格拉斯哥，包括——據我猜測——大量的毒品交易。現在他兒子在這裡，在柏克舞廳裡喝酒。一個愛丁堡線民有一批北運毒品的情報，他也有柏克舞廳的電話，結果人死了。」雷博思舉起一根手指，「那是一條線。東尼．艾爾凌虐一個石油工人，結果他死了。東尼．艾爾趕快溜回這裡，卻剛好往生。目前已經有三條人命，每一件命案都很可疑，卻沒有人認眞調查。」他舉起第二根手指，「第二條線。把這三人串起來的是亞伯丁，但這只是起點。魯多，你不瞭解我，我只需要一個起點。」

「我可以稍微改變話題嗎？」

「請。」

「你在謝德蘭群島上有收穫嗎？」

「只有不祥的感覺。這是我的小小興趣，我收集不祥的感覺。」

「明天你會去班那克？」

「你下過工夫調查了。」

「只不過打了幾通電話。你知道嗎？」朗斯登啓動引擎，「我會很高興看到你消失。在你出現之前，我的生活本來很簡單。」

「你的生活刻刻精彩。」雷博思邊打開車門邊說。

「你要去哪？」

「我走路。今晚適合散步。」

「隨便你。」

「我總是隨心所欲。」

雷博思看著車子遠去，轉過街角。他聽著引擎聲漸遠，把香菸彈到柏油路上，然後開始走路。他第一個經過的的地方是「船桁端」舞廳，今晚是「異國舞者」之夜，有個稻草人在門口收入場費。雷博思早就看過這些東西，異國舞者的熱潮在七〇年代末期達到高峰，幾乎每家愛丁堡的酒吧都有這種表演：男人拿著啤酒杯看著脫衣舞孃從投幣點歌機裡選三首歌跳舞，如果你想要看她繼續跳下去，就得再給她小費。

「老兄，只要兩鎊。」稻草人喊道，但是雷博思搖搖頭，繼續往前走。

同樣的夜晚聲音環繞著他：酒醉的歡呼、口哨聲，以及不知道時間已經很晚的鳥群。巡邏員警訊問著兩個青少年，而路過的雷博思只是一個遊客。也許朗斯登說得沒錯，但雷博思並不這麼想。亞伯丁感覺起來跟愛丁堡很像。有時候你造訪一個城鎮，會感覺完全無法瞭解該地，但是亞伯丁並非這類的城市。

聯合路上，一面低矮的石牆把他跟低谷花園隔開。他看到他的車還停在路的對面，就在旅館外。他正要過馬路時，有人抓住他的手臂往後拉，他感覺到自己的下背部撞到石牆，感覺到自己往後倒栽摔下去，在空中翻滾。

墜落、翻滾……他在陡坡往底下的花園滾去，沒有辦法穩住自己的身體，所以順勢跟著滾。他撞到灌木叢，感覺到樹枝撕裂他的襯衫。他的鼻子撞到地上，眼裡湧出眼淚。然後他滾到了修整過的平坦草地，躺在地上喘氣，腎上腺素讓他一時感覺不到現下身體的傷痛。更多聲音：有人衝進灌木叢。他們跟著他下來了。他起身跪在地上，但是有人踢他一腳，讓他趴在地上。那隻腳用力踹了他的頭，然後踩著不動，他的臉緊貼草地，嘴裡都是草，鼻梁似乎快斷了。有人把他的手扳到背後拉起來，力道適中：這種程度的疼痛讓他不會忘記，只要他一動，他的手就會脫臼。

兩個男人，至少兩個。一個踩頭，另一個抓手臂。酒氣沖天的街道似乎很遙遠，人車聲在這裡聽起來只是遠方的嗡嗡聲。現在一件冰冷的物事抵住他的太陽穴，他知道這種感覺——一把比乾冰還冷的手槍。

有人在他耳畔悄聲講話，因爲脈搏狂跳，他得用力地仔細聽才聽得見。那人的音量接近耳語，難以認出說話者是誰。

「有個訊息要給你，所以我希望你正在聽。」

雷博思沒辦法說話，因爲他嘴裡都是土。

他等著聽訊息，可是卻沒人說話。接著訊息就來了。

他的的頭部側面接近耳朵上方的位置，被人用手槍敲了一記。他的眼睛裡爆出亮光，然後是一片黑暗。

他醒來的時候還是晚上。他坐起來環顧四周，眼珠一動就痛。他摸自己的頭——沒有血。他不是被銳利的東西打的，而是鈍器，只是感覺上像是被銳利的東西打中。他昏迷之後，他們把他留在原地。他翻翻自己的口袋，找到錢、車鑰匙、警察證與其他卡片。當然這不是搶劫，這是傳達訊息，他們不是已經這樣告訴過他了嗎？

他試著站起來。他身側吃痛，他一看才發現滾下山坡時擦傷了這裡。他的額頭也有擦傷，流了點鼻血。他檢查四周的地上，但他們沒留下任何東西。在現場留下東西是不專業的。儘管如此，他還是盡力搜索他們下坡的路線，以免有證據被遺落了。

什麼都沒有。他拖著自己的身體翻過石牆，一輛計程車司機不屑地看著他，用力踩下油門離開。他看起來一定像個醉鬼、流浪漢、廢人。

去年之人㉙。

雷博思一跛一跛地過了馬路，進了旅館。接待櫃台後面的女工作人員，手正伸向電話，打算找人來支援，但稍後她認出他是客人。

「你怎麼了？」

「從階梯上摔下來。」

㉙ Last year's man. 著名美國詩人歌手李歐納・科恩（Leonard Cohen）的一首歌名。

「你需要看醫生嗎？」

「請給我房間鑰匙就好。」

「我們有救護箱。」

雷博思點頭，「送到我房間來。」

他洗了澡，在熱水裡泡了很久，然後把身體擦乾並檢視受傷的地方。被槍柄打中的太陽穴腫起來，他頭痛得比六次宿醉加起來還厲害。有些植物的刺留在身體側邊上，但用指甲就可以拔出來。他清理了擦傷處，並不需要貼膏藥。他早上醒來也許還會痛，但只要那滴答聲不要再出現，他就應該睡得著。雙份白蘭地與救護箱一起送到，他用發抖的手拿起酒杯啜了一口。他躺在床上打電話回家，看答錄機裡有無留言。安克藍姆、安克藍姆、安克藍姆。現在打給梅麗已經太晚，但是他撥了何姆斯的電話。響了很多聲之後，何姆斯接起電話。

「喂？」

「布萊恩，是我。」

「找我有什麼事？」

雷博思緊閉著眼睛，疼痛讓他難以思考。「爲什麼你沒告訴我奈兒離家出走？」

「你怎麼知道？」

「我去過你家，我一看就知道是什麼狀況。你想聊聊嗎？」

「不想。」

「一樣的老問題？」

「她要我離開警界。」

「然後？」

「也許她是對的，但我以前就試過要走，太難了。」

「我知道。」

「反正離開的方式又不只有一種。」

「什麼意思？」

「沒事。」何姆斯不肯再多談此事，他想要談的是史佩凡案。他閱讀此案檔案之後的想法：安克藍姆至少會發現勾結串證，以及故意省略事實，但這並不表示安克藍姆能據此大作文章。

「我也注意到你當年訊問了史佩凡的朋友之一，佛格斯．麥魯爾。你知道，他最近死了。」

「我的媽啊。」

「淹死在拉索附近的運河裡。」

「驗屍報告怎麼說？」

「他落水前頭部遭受重擊。本案目前是被當成可疑命案，所以……」

「所以？」

「所以如果我是你，我會閃得遠遠的。不要再給安克藍姆任何打擊你的材料了。」

「說到安克藍姆……」

「他在找你。」

「我好像錯過了跟他的第一次面談。」

「你人在哪裡？」

「避風頭。」他眼睛閉著，胃裡有三顆止痛藥。

「我不認爲他接受你感冒的藉口。」

「那是他的問題。」

「也許。」

「所以你已經看完史佩凡檔案？」

「差不多。」

「那個囚犯呢？就是史佩凡生前最後說話的對象。」

「我正在查，但是我認爲他居無定所，可能得花一點時間。」

「布萊恩，眞的很謝謝你。萬一你的行動被安克藍姆發現，你準備好藉口了嗎？」

「不客氣。約翰，保重。」

「孩子，你也保重。」孩子？怎麼會冒出這個字？雷博思放下電話，拿起電視遙控器，沙灘排球今晚剛好可以助他入眠……

第四部　死的原油

第十八章

石油：黑色黃金。北海的探勘與開採權利多年前就被分配完畢。初期探勘要花石油公司很多錢，結果一整塊區域卻可能沒有石油或天然氣。裝滿科學儀器的船被派到海上收集資料，經過研究與分析之後，才到海裡進行鑽探測試。石油也許藏在海床底下三千公尺──大自然可沒這麼容易就放棄自己的珍藏。但是掠奪者們有前所未有的科技，兩百公尺的水深已經難不倒他們了。事實上，最新發現的大西洋石油（謝德蘭群島西方兩百公里處），開採地點的水深高達四百到六百公尺。

如果鑽探測試證實成功，發現了值得開採的油源，就會建造開採平台與其他配備模組。北海有些區域的天氣太難以預測，不適合把原油卸載到油輪上，這種情況下就會架設輸油管──布蘭特與尼尼安的輸油管直接把原油送到蘇倫沃，其他的管線就把天然氣送到亞伯丁郡。即便如此，石油還是相當頑強。在很多油田，你只能預期開採出百分之四十到五十的蘊藏量，可是一個油田可能含有十五億桶原油。

開採平台本身有時高達三百公尺，外殼重達四萬噸，光是油漆就重達八百噸，再加上其他模組與設備總計三萬噸的重量。這些數字令人咋舌，本來雷博思想要讀過去就好了，但過了一會兒他放棄了，決定對這些數字心生敬畏。當他去麥西爾拜訪親戚時，他曾經看過開採平台一次。兩旁都是組合屋的街道通往建造場，那裡有一座立體的格狀鋼構高聳入雲，光從一哩之外看都覺得很壯觀。現在看著班那克油田簡介中這張光滑的照片，讓他想起了以前看過的景象。他讀到，平台內有一千五百公里長的電線，可以讓將近兩百個工人居住。一旦平台被拖到油田並下錨，上面將搭載超過十二種模組，從居住模組到油氣分離模組。整個結構是被設計成能抵擋速度高達一百節的強風，與大浪高達一百英呎的風暴。

雷博思希望今天風平浪靜。

他正坐在戴斯機場的休息室裡，對即將搭乘飛機只有一點緊張。簡介告訴他，「在可能非常危險的環境裡」，安全第一，並且展示了一些照片——消防隊、隨時待命的維安支援船、裝備齊全的救生艇。「阿爾發風笛手號的意外事件不會再重演。」開採平台阿爾發風笛手號，位於亞伯丁東北方，一九八八年的一個夏日晚上發生爆炸，罹難者超過一百六十人。

眞是非常令人安心。

遞給雷博思簡介的那個工作人員說，希望他有帶東西在飛機上閱讀。

「爲什麼？」

「因爲航程可能長達三小時，飛行中大部分的時間都吵得不能閒聊。」

三個小時。雷博思去了航站書店，買了本書。他知道航程有兩段，先到薩姆堡，然後再搭超級美洲獅直昇機到班那克。來回各三小時。他打了個呵欠，看看錶，還不到八點。他沒吃早餐——不希望在飛機上把食物給嘔出來。這個早上他只吃了四顆止痛藥，喝了杯柳橙汁。他伸出雙手，發現還在顫抖，他認爲可能是因爲餘悸猶存的關係。

簡介中有兩個他喜歡的故事：其一，他發現「轉臂起重機」（derrick）原來是一個十七世紀絞刑劊子手的名字。其二，原油首先上岸的地方是顧登灣，寫吸血鬼小說的布列姆．史托克（Bram Stoker）曾經在這裡度假。吸血鬼吸人血，而人類吸……當然簡介裡是不會這樣寫的。

他的面前有一台電視，正播放著飛航安全教學影帶。它告訴你當直昇機摔進北海時你該怎麼做，畫面上看起來很輕鬆，沒有人驚慌失措。演員們滑出座位，找到充氣式救生艇，然後把救生艇划進室內游泳池的平靜水面上。

「我的天啊，你發生了什麼事？」

他抬頭一看，朗斯登站在面前，西裝口袋裡塞了份報紙，手上拿著一杯咖啡。

「我被人搶了。」雷博思說，「你應該對此完全不知情吧？」

「搶劫？」

「昨晚兩個男人在旅館外面等我，他們把我推到山坡下的花園，然後用槍抵著我的頭。」雷博思按摩著腫脹的太陽穴，實際上比看起來嚴重多了。

朗斯登坐在幾個座位外的地方，看起來很震驚。「你有看到他們的長相嗎？」

「沒有。」

朗斯登把他的咖啡放在地板上，「他們搶走什麼東西？」

「他們沒打算搶東西，只是要給我個訊息。」

「什麼訊息？」

雷博思點點太陽穴，「打我這裡。」

朗斯登皺眉說：「這就是訊息。」

「我想我應該去瞭解他們的言外之意。你有沒有什麼好的解釋？」

「你這什麼意思？」

「沒事。」雷博思狠狠瞪著他，「你在這裡做什麼？」

朗斯登凝視著地磚，想著其他心事。「我要跟你一起去。」

「爲什麼？」

「我是石油產業聯絡警官。你要去石油開採平台拜訪，我應該也要去。」

「監視我？」

「只是一般程序。」他看向電視，「別擔心墜機的事，我受過逃生訓練。其實說穿了，你一掉進水裡，大概只剩五分鐘的時間可活。」

「五分鐘之後呢？」

「失溫而死。」朗斯登拿起咖啡杯喝了一口，「所以祈禱我們不會遇到風暴吧。」

從薩姆堡機場起飛之後，只看得到海與雷博思從未看過的寬廣天空，薄雲橫跨天空。雙引擎的美洲虎直昇機飛行高度很低，飛行噪音又很吵。機艙很狹窄，被強迫穿上的救生衣也很緊。雷博思穿著一件橙色的連身帶帽救生衣，且被命令要把拉鍊拉到下巴。飛行員本來要他也拉上帽子，但是一拉上帽子，救生衣底部的固定帶可能會壓破他的陰囊。他以前曾經搭過直昇機——當兵的時候——但是都只是短途航程。這麼多年來直昇機的設計可能有改變，但是美洲虎還是跟過去的陸軍直昇機一樣吵。但是大家都戴著全罩式耳機，除了保護耳朵，飛行員也可以透過耳機跟他們講話。有兩個契約工程師也跟他們一起搭機。從飛行高度看下去，北海看起來很平靜，潮流溫和地起伏。海水看起還是黑色的，但這是因爲透過雲層看的關係。簡介裡很仔細地介紹了如何杜絕海洋污染的措施。雷博思試著要看書，但是卻沒辦法。書在他的膝上晃動，印刷文字變得模糊，反正他也無法專心讀這本小說。朗斯登瞇著眼看著明亮的窗外，雷博思知道朗斯登是來監視他的，因爲他昨晚觸動了朗斯登神經的敏感地帶。朗斯登拍拍他的肩膀，指著窗戶外面。

「接下來出現的就是班那克。」

雷博思的視線越過朗斯登的肩膀，一座平台映入眼簾。平台的最頂端有閃光，卻沒有火焰，這是因爲班那克已經接近使用最大年限，可開採的天然氣與石油所剩無幾。閃光旁邊有一座塔，外型像工業煙囪與太空火箭的混合體。這座塔被漆上紅白相間的條紋，就像是閃光一閃一滅的樣子。這也許就是鑽探塔。雷博思認出平台上的「雷鳥石油」字樣，還有大大的數字「二一一／七」。在平台邊緣有三座大型起重機，有一角是漆成綠色的直昇機起降場，上面有個黃色圓圈包著字母「H❶」。雷博思心想：一陣強風就可以把我們吹倒，兩百英尺之下的大海正在等待著。橘色的救生艇固定在平台底部，在平台另一角，疊了好幾層貨櫃屋。一艘船停泊在平台旁——這就是維安支援船。

「哇，」飛行員說，「這是什麼？」

❶代表直昇機（helicopter）。

近。

他看到另一艘船正對著平台繞圈子，距離也許是半英里。

「抗議人士，」他說，「天殺的白癡。」

朗斯登看出窗外，指給雷博思看，雷博思看到一艘漆成橘色的小船，船帆沒升上來。看起來它離維安船很近。

「他們可能會害死自己。」朗斯登說，「少了他們也好。」

「我比較喜歡立場中立的警察。」

他們再度轉向大海，然後急轉彎往起降場飛去。直昇機似乎在平台上空五十呎處搖晃得很厲害，雷博思拚命地祈禱平安沒事。他可以看到起降場，然後看到白浪滔滔的海水，接著又看到起降場。然後他們落地，降落在白色的大寫「H」上，地面上蓋著看起來像漁網的東西。機門打開，雷博思拿下他的耳罩，他聽到耳罩裡傳來最後的聲音是：「出去時把頭放低。」

他下機時一直把頭放低。兩個穿著橘色工作服，戴著黃色工事帽與耳罩的男人，引領他們離開起降場，並遞工事帽給他們。工程師被帶往另一個方向，雷博思與朗斯登走另一邊。

「你們大概想在飛行之後來杯茶。」他們的嚮導說。他看到雷博思沒辦法戴好帽子，「你可以調整頭帶。」然後示範給他看。強風怒號，雷博思這樣對嚮導說，他笑了。

「這已經算平靜了。」他在風中大喊。

雷博思覺得自己想抓住東西，原因不只是風，還有這裡給他搖搖欲墜的感覺。他本來期望看到、聞到石油，但是這裡最明顯的產品不是石油，而是海水。他的四周被北海環繞，比起廣闊的海，平台就像一小點焊接金屬結構。水氣漸漸進入他的肺，鹹風刺著他的臉頰。北海捲起似乎要吞噬他的大浪，它的範圍似乎比天空還要大，跟大自然其他的力量一樣具威脅性。嚮導微笑著。

「我知道你們在想什麼。我第一次到這裡，也在想同樣的事。」

雷博思點頭。國家主義者說這是蘇格蘭的石油，而石油公司有開採的權利。但是這裡的景象卻說著不同的故事：石油屬於大海，大海絕不會不戰就放棄石油。

嚮導帶著他們到相對之下比較安全的餐廳。這裡乾淨且安靜，磚造的花台裡種滿植物，又長又白的桌子已經為下一班的人預備好了。兩個穿著橘色工作服的人坐在一張桌子喝茶，而另一張桌子有三個穿著格子襯衫的人，吃著巧克力棒與優格。

「用餐時間這裡會變得很瘋狂。」嚮導說，他拿起一個托盤，「你們喝茶可以嗎？」

朗斯登與雷博思都同意喝茶。有一條長長的點餐窗口，一個女人站在遠端對他們微笑。

「哈囉，塞爾瑪。」嚮導說，「三杯茶。午餐聞起來很香。」

「燜青菜、牛排、薯片或辣肉醬。」塞爾瑪拿起大茶壺倒茶。

「餐廳二十四小時開放。」嚮導告訴雷博思。「大部分剛來的人都會吃太多。布丁更是要命。」他拍拍自己的肚子大笑，「對不對啊，塞爾瑪？」雷博思記得「船桁端」裡那個男人，也告訴他類似的事情。就算是坐著，雷博思的腳還在發抖，他認為是坐直昇機的關係。嚮導自我介紹是艾瑞克，然後說既然他們是警察，就可以略過不看安全簡介錄影帶。

「雖然在職責上，我應該讓你們看這捲帶子。」

朗斯登與雷博思搖頭，朗斯登問這座平台還有多久要除役。

「最後一滴石油已經開採完了。」艾瑞克說，「再把儲油槽加滿海水之後，我們就會離開。這裡只會留下維護人員，直到他們決定怎麼處理平台為止。他們最好趕快做出決定，光留一批維護人員都是昂貴的支出。你還是得送補給品過來，還是得輪班，還是需要維安船。這些樣樣要錢。」

「只要班那克還生產石油，這些花費就無所謂？」

「正是如此。」艾瑞克說，「但是當它不產石油的時候……會計師們就開始心悸。上個月因為熱交換器出了點問題，我們損失了幾個工作天，他們就在那裡揮舞著計算機……」艾瑞克笑說。

艾瑞克完全不像是傳說中的碼頭硬漢或是粗獷工人。他是個瘦巴巴、身高五呎半的男人，他戴著金屬框眼鏡，鼻子與下巴都很尖。雷博思看著餐廳裡的其他男人，試著把他們跟油井壯漢的形象連在一起：原油染黑他們的臉，拚命封住油井時擴張的二頭肌。艾瑞克注意到他在觀察他們。

「那邊那三個人，」他意指穿格子襯衫的那群，「在控制室工作。現在幾乎一切都電腦化了：邏輯電路、電腦監控……你應該要求進去參觀一下，那裡就像美國太空總署一樣，而且整個系統只要三到四個人就可以運作。我們已經比『德州紅茶❷』的時代進步很多了。」

「我們剛看到一艘載著抗議人士的船。」朗斯登一邊把糖舀進茶裡邊說。

「他們全瘋了。對那種小船來說，這裡是很危險的水域。更何況他們繞圈子又靠得太近，只要一陣強風就可以把他們吹向平台。」

雷博思轉頭對朗斯登說，「你是葛蘭皮恩警局的人，也許你該想想辦法。」

朗斯登從鼻子哼了一口氣，轉向艾瑞克說，「他們還沒做什麼非法的事，對不對？」

「目前他們只違反了不成文的海事規則。等你喝完茶，你們想見威利．福特，對嗎？」

「對。」雷博思說。

「我跟他說過會在視聽室跟他碰面。」

「我也想看亞倫．米其森的房間。」

艾瑞克點頭說，「就是威利的房間：這裡是兩人一間臥室。」

「告訴我，」雷博思說，「關於停止開採石油——你知道雷鳥石油打算怎麼處理平台嗎？」

「也許最後就把它沉到海裡。」

「布蘭特史巴海上儲油槽❸已經鬧得這麼大了。」

艾瑞克聳肩說，「會計師比較喜歡這個方法。他們只需要兩件事配合：政府支持，以及好的公關活動。後者已經在進行中了。」

「由海頓．富萊契負責？」雷博思猜道。

「就是他。」艾瑞克拿起他的工事帽，「都喝完了？」

雷博思喝光他的茶，「帶路吧。」

外面的風，依艾瑞克的描述，變得很「狂」，雷博思走路時得握著扶手。有些工人靠在平台的一邊，雷博思看到他們的前方有一條巨大的水柱。他走到護欄旁邊，看到支援船正在對抗議船發射水柱。

「想把他們嚇走。」艾瑞克解釋道，「讓他們不要太靠近平台支柱。」

老天，雷博思心想，爲什麼要選今天？他似乎可以預見抗議船衝撞平台，逼得大家得疏散……四條水柱繼續發射，有人遞給他一支雙筒望遠鏡，用來看那艘抗議船。甲板上有六個穿著防水衣的人，護欄上綁著標語：

「不要把平台丟進海裡。救救海洋。」

「那艘船看起來有點問題。」有人說。

船上有人進了船艙，然後揮舞著手臂解釋著什麼。

「笨蛋，他們大概讓引擎進水了。」

「不能讓這艘船在海上漂流。」

「各位，這可能是木馬屠城計。」

大家聽了這句話都笑了。艾瑞克往前走，雷博思與朗斯登跟上去。他們爬上梯子，又爬下梯子，然後到了某個地方。這裡雷博思可以透過格狀的金屬平面，清楚地看到翻騰的大海，平面上到處都是管線，可是你卻不會被它們絆倒。最後艾瑞克打開了一扇門，引領他們走進一條走廊。可以不再被風吹眞是舒服，可是雷博思意識到他們在戶外的時間不過只有八分鐘。

他們經過一些房間，裡面有撞球台、桌球台、飛鏢盤、電視遊樂器。電動玩具似乎很受歡迎，沒有半個人

❷ Texas Tea，六十年代對德州石油的暱稱。

❸ 請見第二部第八章註㉘。

在玩桌球。

「有些平台有游泳池。」艾瑞克說，「但我們沒有。」

「是我在幻想嗎？」雷博思問，「還是我眞的感覺到地板在動？」

「喔，沒錯。」艾瑞克說，「這裡一定有點震動。搖得厲害時，你會以爲平台要飄走了。」他又笑了。他們繼續在走廊上前進，經過一個圖書室——裡面沒人——和視聽室。

「我們有三間視聽室。」艾瑞克說明著，「只有衛星電視，但大多數的同事喜歡看錄影帶。威利應該在這裡。」

他們走進一個大房間，裡面有二十來張硬背椅，與一座大螢幕電視。裡面沒有窗戶，燈光昏暗。八、九個人交叉著雙手坐在螢幕前，抱怨著某件事。一個人站在錄影機前，手裡拿著一捲帶子翻來轉去，他聳聳肩。

「抱歉。」他說。

「這就是威利。」艾瑞克說。

威利．福特四十出頭，身材壯碩但有點駝背，留著軍隊標準小平頭，他的鼻子占了臉部四分之一，大鬍子保護著剩下的部分。如果再曬黑一點，他也許就像個回教基本教義派。雷博思走向他。

「你就是那個警察？」威利．福特問。雷博思點頭。

「你的同事們看起來很煩躁。」

「是錄影帶的關係。本來應該是《黑雨》（Black Rain），就是邁克．道格拉斯演的那部電影。結果卻是一部同名的日本片❹，關於廣島的故事。片名相同卻天差地遠。」他轉向觀眾們，「各位，有時候事情就是如此，你們得做別的消遣了。」然後他聳肩離開，雷博思跟著他。他們四人回到走廊上，走進圖書室。

「福特先生，你是負責康樂活動嗎？」

「不是，我只是喜歡看錄影帶。亞伯丁有一家店可以租片兩週，我通常都會租一些回來。」他手上還是握著那捲錄影帶，「眞是難以置信。這些傢伙最近看過的外國片大概是情色電影《艾曼妞》吧。」

「你們有色情電影嗎？」雷博思問，裝作只是閒聊的樣子。

「好幾十部。」

「有多色情？」

「種類很多。」福特露出莞爾的表情，「探長，你特地飛到這裡來問我黃色錄影帶的事？」

「不是的，先生，我是來問亞倫·米其森的事。」

福特的臉就像外面的天空被烏雲遮蔽。朗斯登透過窗戶看著裡面，也許正在想他們是否得在這裡過夜。

「可憐的米其，」福特說，「我還是不能相信他死了。」

「你們是室友？」

「最近半年來都是。」

「福特先生，我們時間不多，所以你得原諒我講話可能比較直接。」雷博思停頓一下，讓對方有點緩衝，他的心思有一半是放在朗斯登身上。「米其被一個叫做安東尼·肯恩的人殺了，他是一個黑道打手。肯恩以前為一個格拉斯哥老大工作，但是最近他似乎在亞伯丁獨立活動。前晚，肯恩先生也死了。你知道為什麼肯恩要殺米其嗎？」

福特看起來很吃驚，眨了幾次眼睛，嘴巴張得開開的。艾瑞克也露出不可思議的神情，而朗斯登只顯露出因為工作而略感興趣的神情。最後福特終於能開口說話。

「我……完全不知道。」他說，「這會不會是搞錯了？」

雷博思聳肩說，「什麼都有可能，這就是為何我要試著拼湊出米其的生活樣貌。為了這個目的，我需要他朋友們的協助。你可以幫我嗎？」

福特點頭。雷博思在椅子上坐下，然後說：「那麼你可以先開始告訴我更多他的事情，告訴我你所知道的一切。」

交談途中，艾瑞克與朗斯登離開去吃午餐。朗斯登幫雷博思與福特帶了三明治回來。福特一直講話，只偶爾停下來喝口水。雷博思聽他說米其森告訴他的背景──他的父母不是他的親生父母，他住宿在特殊學校裡。這就是爲什麼米其喜歡油井──有同伴的感覺與集體住宿的生活。雷博思開始瞭解爲什麼他在愛丁堡的公寓一直都沒好好佈置。福特知道很多米其的事，知道他的興趣包括爬山與生態學。

「這就是爲什麼他跟傑可．哈利變成朋友？」

「就是蘇倫沃那個？」雷博思點頭，福特也一起點頭。「對，米其跟我說過他。他們對生態學都很有興趣。」

雷博思想到外面那艘抗議船……想到米其森竟在綠色組織對抗的產業裡工作。

「他有多熱中？」

「他非常活躍。我的意思是，因爲他在這裡的工作，他不能時時參與，他每個月有十六天在海上。我們有電視新聞，但是得到的訊息沒像報紙那麼多──米其也不喜歡讀我們這裡訂的報紙。但是他還是組織了一場演唱會，可憐的他還很期待那場演唱會。」

雷博思皺眉說：「什麼演唱會？」

「在杜絲公園。我想就是今晚，如果氣候許可的話。」

「抗議音樂會？」福特點頭，「是米其森辦的？」

「他負責一部分工作，聯絡幾個樂團看他們會不會來。」

雷博思感覺天旋地轉。群豬跳舞樂團會在這場演唱會表演，而米其森是他們的忠實樂迷。可是他卻沒有那樂團在愛丁堡演出的票……不，因爲他根本不需要票──他會被放在受邀名單上！這究竟意味著什麼？答案：完全不清楚。

但是蜜雪兒·史翠琛是在杜絲公園被殺害……

「福特先生，公司高層難道不擔心他的……忠誠度？」

「在這個產業工作並不需要喜歡強姦地球。事實上，就產業來說，石油比很多行業還環保。」

雷博思仔細考慮著這件事。「福特先生，我可以看看你的房間嗎？」

「當然可以。」

房間很小，你可不想在這裡度過幽閉恐懼的夜晚。房裡有兩張窄窄的單人床，福特的床頭上有圖釘固定的照片，另外一張床的床頭除了圖釘留下來的洞之外，什麼都沒有。

「我把他所有的東西都打包了。」福特解釋道，「你知不知道他有任何親人……」

「他孑然一身。」

「那也許就捐給樂施會吧。」

「福特先生，由你決定。你就當他非正式的遺囑執行人吧。」

這句話發生了效果。福特攤坐在他的床上，雙手抱頭。「喔，老天。」他說，身體前後搖晃，「天啊，天啊。」

約翰，你真會講話。你是口才便給的壞消息傳聲筒。福特眼角帶著淚水，說聲抱歉後離開房間。

雷博思開始工作。

他打開抽屜跟小小的內嵌式衣櫃，但是最後在米其森床底下才找到他要的東西。一個垃圾袋與幾個手提包：死者遺留在世間的財產。

裡面沒有多少東西，也許這跟米其森的背景有關係。如果你沒什麼累贅，你可以隨時跑到任何地方。裡面有些衣物、一些書——科幻小說、政治經濟學、科普書《舞動的物理大師》（*The Dancing Wu-Li Masters*）。雷博思覺得最後一本的書名聽起來像是一場社交舞比賽。他發現兩個裝著照片的信封，逐一翻閱。開採平台、同事、直昇機與機員。另外一批是在陸地的照片，背景是樹林。可是這些人看起來不像同事——他們留長頭髮、穿印染T恤、戴雷鬼帽。是他的朋友嗎？環保運動的朋友？第二個信封似乎很輕，雷博思數了數，裡面有十四張照片。然後他拿出底片，卻點出二十五張底片。少了十一張照片。雷博思拿起底片對著光看，卻看不太出來是什麼。失蹤的照片似乎都是類似的團體照，其中兩張只有三、四個人。雷博思把底片放進口袋的時候，福特剛好走進來。

「抱歉。」

「福特先生，是我的錯，我講話不經大腦。你記得稍早我問你色情片的事嗎？」

「記得。」

「那毒品呢？」

「我不吸毒。」

「但假設你吸的話……」

「探長，那是個封閉的圈子。我不吸，就沒人會提供給我。就我所知，有人可能會躲在角落注射海洛英，而我絕不會發覺，因爲我不在那個圈子裡。」

「但的確有這個圈子？」

福特微笑，「也許有，但只在休息時間。要是在我旁邊的人吸了毒，我一定知道。他們還沒蠢到這種程度，在平台上工作，你需要全神貫注。」

「曾經發生過事故嗎？」

「有一兩件，但是我們的工安紀錄很好。這些事故都跟毒品無關。」

雷博思若有所思，福特似乎想起某件事情。

「你應該去看看外面發生了什麼事。」

「什麼事？」

「他們把那些示威者帶上來了。」

他們的確被帶上來了，雷博思與福特出去看看情況。福特戴上了工事帽，但雷博思只把帽子拿在手上：他沒辦法把帽子戴正，而天上唯一會掉下來的東西只有雨。朗斯登與艾瑞克跟其他幾個人已經在那裡，他們看著那些濕淋淋的人爬上最後幾步階梯。儘管他們身穿防水衣，他們看起來濕透了——這要感謝驅散水柱之賜。雷博思認出其中一個人，又是那個綁辮子的女人。她看起來悶悶不樂，幾乎要發怒。他往她走去，直到她看到他。

「我們不能老是像這樣見面。」

但是她完全沒注意到他，她大喊：「現在！」然後往她的右邊鑽去，從口袋裡把手伸出來。她的手腕上已經銬著手銬，現在她把手銬的另一邊牢牢銬住護欄。她的兩個同伴也做了同樣的動作，三人一起拉開嗓子高聲抗議。另外兩個同伴還來不及完成行動就被拉回來，雙手都被手銬銬住。

「誰有鑰匙？」一個工人大喊。

「我們把鑰匙留在陸地上！」

「老天！」那個工人轉向同事說，「去拿氧乙炔切割器來。」他再轉向辮子女人說，「別擔心，火花可能會有點燙，但是我們很快就可以讓你們脫身。」

她忽視他的話，繼續跟其他人一起喊口號。雷博思微笑，心想：你還真得佩服他們，他們是帶著門把的特洛伊木馬。

切割器來了。雷博思不敢相信他們真的要這麼切開手銬，他轉身面對朗斯登。

「別說半個字。」朗斯登警告他說，「別忘記我告訴過你邊界自有其執法方式的事，我們跟此事無關。」

切割器被點燃，冒出小小的火焰。天空上有一架直昇機。雷博思動過念頭——也許幾乎要行動——想把切割器丟到一邊去。

「老天，是電視台！」

他們都抬頭起來看，直昇機低空盤旋，裡面有一部攝影機對著他們。

「他媽的電視新聞。」

喔，這眞是太棒了，雷博思心想，剛好可以拍到自己，這眞是低調，約翰。全國性電視新聞，也許他應該直接寄明信片給安克藍姆……

第十九章

回到亞伯丁之後，他覺得他還可以感覺到腳下的甲板在動。朗斯登已經帶著雷博思的承諾回家——雷博思答應他會在隔天早上打包回家。

雷博思卻沒說他可能還會回來。

現在是傍晚時分，涼爽但明亮，街道上滿是正跋涉回家的最後一批購物客，以及提早出來活動的週六狂歡客。他走到柏克舞廳，遇到另一個保鑣，忍耐著音樂前進來到吧台。這裡剛開門不久，只有一些客人，看起來如果場子不熱起來，他們就要去下一家。雷博思買了一小杯裝滿冰塊、價格過高的酒，透過鏡子掃瞄了整間舞廳。他沒看到伊芙與史坦利，也沒看到任何看起來像是毒販的人。但是福特說的對：誰知道毒販長什麼樣子？除了自身也有毒癮的之外，他們看起來就跟普通人一樣。他們這一行靠的是眼神交會，靠的是與他們四目相望的人之間的默契。毒品買賣是介於買賣與搭訕之間的東西。

雷博思想像著蜜雪兒·史翠琛在這裡跳舞，開始經歷她生命最後的時光。當他攪動著杯中冰塊時，他決定要從舞廳走到杜絲公園。他走的路徑也許不是她走過的，而他也懷疑這樣做會發現任何線索，但是他就想這麼做，正如同他必須去里斯向安琪·瑞德爾活動的區域致意。他開始走大學南街，地圖告訴他，如果他繼續走下去，就會走到一條沿著黛河走的大路，遇到很多人車。他覺得蜜雪兒應該會穿過費利丘區，所以也往那裡走。這一區的街道比較窄，也比較安靜，有著大房子與林蔭。這裡是舒服的中產階級小天地。有幾家雜貨店還在做生意——賣牛奶、冰棒、甚至報紙。他可以聽到小孩子在後花園玩的聲音。蜜雪兒與聖經強尼曾經在凌晨兩點走在這裡，那時此地應該杳無人車。如果他們發出什麼聲響，窗簾後的居民一定聽得到，但是卻沒有人告訴警察任何事情。蜜雪兒應該沒有醉，她的同學說，她一醉就會講話大聲。也許她只是有點開心，開心到足以失去自保的本能。而聖經強尼……他應該是安靜清醒的，從他的微笑裡看不出他的念頭。

雷博思轉到波姆爾路，蜜雪兒的家已經快到了，但是聖經強尼說服了她繼續走進公園。他是怎麼辦到的？雷博思搖搖頭，試著理出頭緒。也許她住的地方很嚴格，讓她不能邀他去她家。她喜歡自己住的地方，不想因爲違反規定而被趕出來。或許聖經強尼曾說這夜晚多舒服美好，他如何不想讓今晚就此結束，他又這麼喜歡她，難道他們就不能到公園走走再回來嗎？也許他們兩個人可以一起走過公園，這不是很完美嗎？

聖經強尼熟悉杜絲公園嗎？

雷博思可以聽到像是音樂的聲音，然後一陣寂靜，接著聽到掌聲。對了，是抗議演唱會。群豬跳舞樂團與其他友團。雷博思走進公園，經過兒童遊戲區。蜜雪兒與她的男伴就走這條路，她的屍體在這附近被發現，離冬季花園與茶館不遠……公園中央有一大片開放空間，那裡架起一座舞台。幾百個聽眾都是青少年，盜版小販們在草地上擺出商品，旁邊還有塔羅牌算命師、編髮辮的、賣草藥的。雷博思擠出微笑：這正是英吉司頓那場演唱會的縮影。有人穿過群眾，搖著募款鐵罐。本來掛在國際會議中心屋頂的標語——「不要殺死我們的海洋！」——現在正在舞台頂端飄揚。一個十五、六歲的女孩接近雷博思。

「紀念T恤？節目單？」

雷博思搖搖頭，然後又改變心意，「給我一份節目單。」

「三鎊。」

節目單只是幾張用釘書針固定的影印紙，外加彩色封皮。紙是回收紙，文字也是回收來的。雷博思翻閱著節目單，在封底有感謝名單。從名單上面讀下來三分之一處，他注意到一個名字：米其，「我們愛他也感謝他」。米其森曾經爲辦這場演唱會付出一份心力，而這就是他獲得的回報——也是追思。

「我會試試用更好的方式紀念你。」雷博思邊說邊把節目單捲起來插進口袋。

他走向舞台後方的區域，卡車與廂型車排成半圓形把這裡圍起來，裡面有樂團與他們的隨行人員在活動，就像動物園裡的動物。他的警察證讓他自由進出，卻也遭到一些白眼。

「你是負責人？」他問面前一個過胖的男人。這個五十幾歲的男人，看起來像是死之華樂團的團長傑利．賈西亞❺，只不過他是紅髮、穿蘇格蘭裙。他骯髒的白背心上汗跡斑斑，他高懸的眉毛上滴下汗珠。

「這裡沒人管。」他對雷博思說。

「但是你幫忙辦了——」

「聽著，老兄，你到底有什麼問題？這場演唱會已經獲得許可，我們根本不想被人找麻煩。」

「我不是來找麻煩的。我只是想問一個跟你們組織有關的問題。」

「怎麼了？」

「亞倫．米其森——米其。」

「是？」

「你認識他嗎？」

「不認識。」

「我聽說是他把群豬跳舞樂團找來表演的。」

那男人想了想，點點頭，「是米其沒錯。我不認識他，但是我看過他。」

「要問他的事可以找誰？」

「為什麼？他做了什麼事？」

「他死了。」

「壞消息。」他聳肩說，「可惜我幫不上忙。」

雷博思走回舞台前方，音響系統還是很糟，群豬跳舞樂團的現場演唱聽起來沒有他們的專輯一半好。專輯製作人的功勞不小。音樂突然中止，暫時的寧靜比任何樂音都美妙。主唱走到麥克風前面。

❺ The Grateful Dead的Jerry Garcia，美國著名迷幻搖滾樂團。

「我們想要介紹一些朋友到台上。幾個小時之前，他們才爲了拯救我們的海洋而努力奮戰。爲他們鼓掌。」

掌聲、歡呼聲。雷博思看著兩個人走上台，他們穿著橘色的防水服，雷博思認出他們就是班那克那些人。他等了一會兒，還是沒看到綁髮辮的女人。當他們開始講話時，雷博思轉身離去。他面前還有一個募款罐得閃避，可是他改變了主意，折起一張五鎊鈔票投進募款罐開口。然後他決定犒賞自己到他的旅館用餐——當然，是記在房間的帳上。

持續不斷的噪音。

雷博思想要再回到夢鄉，但放棄了。張開一隻眼睛，厚重的窗簾縫隙中露出光線。現在他媽幾點了？床頭燈：亮著。他抓起手錶，眨眨眼，早上六點。什麼？朗斯登這麼想要擺脫他？

他轉身跳下床，拖著麻木的雙腳走到門邊，活動他的肌肉。他昨晚配一瓶紅酒吃了一頓大餐。紅酒本身應該不是問題，但是餐後酒他喝了四杯威士忌，完全不理會酒客守則：永不把葡萄酒跟穀類蒸餾酒混著喝。

敲門聲：砰、砰、砰。

雷博思拉開門，兩個制服員警站在那裡，看起來似乎早就起床了。

「雷博思探長？」

「我本人沒錯。」

「長官，請你換衣服好嗎？」

「你不喜歡我的衣服？」三角內褲搭T恤。

「你就穿上衣服吧。」

雷博思看著他們，決定照他們的話做。當他走回房間，他們跟著他進來，像警察平常那樣環顧四周。

「我做了什麼壞事？」

「到局裡跟他們說吧。」

雷博思看著他說：「告訴我你是在他媽的開玩笑。」

「長官，請注意你的用詞。」另外一個員警說。

雷博思坐在床上，套上乾淨的襪子。「我還是想知道這是怎麼回事，你知道的，用警察對警察的方式悄悄告訴我。」

「長官，只是有幾個問題。請動作快。」

第二個員警拉開窗簾，陽光刺進雷博思的眼球。員警似乎對窗外景觀印象深刻。

「幾天前的晚上，在那邊山坡下的花園裡發生打架事件，記得嗎，比爾？」

他的同事也走到窗戶邊，「兩個星期前，有人從橋上跳下來，摔到丹本路上。」

「把那輛車子裡的女人嚇死了。」

這些回憶讓他們微笑。

雷博思站起來，看看周遭，想著該帶什麼東西好。

「長官，應該不會花太久的時間。」

他們現在對著他微笑，雷博思的胃翻了個後筋斗。他試著不要想昨晚吃的蘇格蘭羊肉雜碎布丁……可那程（cranachan）甜點與水果濃湯……紅酒與威士忌……

「長官，身體不舒服嗎？」

這個員警的關懷就像剃刀鋒一樣溫暖。

第二十章

「我是愛德華·葛羅根督察長。我們有幾個問題想問你，雷博思探長。」

大家都這樣對我說，雷博思心想。但是他什麼也沒說，只是雙手交叉胸前坐在那裡，帶著被冤枉的人惱怒的表情。泰德·葛羅根，雷博思聽說過他是個強硬的王八蛋。他的樣子看起來也是如此：粗大的脖子、光頭，體型像拳王阿里的對手弗雷澤（Joe Frazier），瞇瞇眼、厚嘴唇，一個在街頭打滾出來的戰士。額頭突出，看起來像人猿。

「你已經認識朗斯登警佐了。」他坐在門邊，低著頭，雙腳打開，看起來筋疲力盡且難堪。葛羅根隔著桌子坐在雷博思對面，他們待在「餅乾盒」裡，但是在亞伯丁，偵訊室應該有其他的暱稱。

「不必拐彎抹角了。」葛羅根說。他坐在椅子上的樣子，看起來就像一頭亞伯丁安格斯冠軍牛一樣自在。

「你身上這些淤傷怎麼來的？」

「我已經跟朗斯登說過了。」

「告訴我。」

「我被兩個傳話的人伏擊，他們傳達的訊息是用手槍打我。」

「還有其他傷痕嗎？」

「他們把我推過護牆，我在滾下山坡的途中撞到有刺的灌木，我的側身有擦傷。」

「就這樣？」

「就這樣。我感謝你的關心，但是——」

「但是我們關心的重點不是這個，探長。朗斯登警佐說，前晚他讓你在碼頭邊下車。」

「沒錯。」

「我相信他提議要載你回旅館。」

「也許。」

「但是你不想讓他載。」

雷博思看了朗斯登一眼。這他媽的是怎麼回事？但是朗斯登還是凝視著地板，「我當時想要散步。」

「走回你的旅館？」

「對。」

「在途中你被毆打？」

「被手槍揮擊。」

葛羅根的微笑混合著同情與不相信，「在亞伯丁，探長？」

「除了這個亞伯丁之外，沒別的亞伯丁。我不瞭解這跟什麼有關係。」

「耐心聽我問下去。所以你走路回住處？」

「回到葛蘭皮恩警局提供給我的高價旅館。」

「啊，那家旅館。我們是爲一位來訪的局長訂了那個房間，可是他臨時取消行程。最後我們還是得付旅館錢，我相信是朗斯登警佐自己做主決定讓你住在那裡。探長，高地人就是好客。」

應該說是高地人捏造的故事。

「如果這是你的說法。」

「我的說法並不重要。你走路回去的路上，可曾看到任何人？跟任何人交談？」

「沒有。」雷博思停頓一下，「我看到你們的人跟兩個青少年討論事情。」

「你有跟他們講話嗎？」

雷博思搖頭，「我並不想干涉，這裡不是我的管區。」

「就朗斯登警佐告訴我的話聽來，你似乎說的跟做的不一樣。」

雷博思看到朗斯登的眼神，他用力地瞪著雷博思。

「你讓醫生看過傷處嗎？」

「我自己處理過了，旅館櫃台有急救箱。」

「他們問你是否要請醫生。」這是一句陳述。

「我說不需要，這是低地人的自立自強。」

葛羅根淺淺地微笑，「據我所知，你昨天是在石油開採平台上度過。」

「朗斯登警佐跟著我去。」

「昨天晚上呢？」

「我喝了一杯，散散步，然後在旅館吃晚餐。順道一提，餐費記在房間帳上。」

「你在哪裡喝酒？」

「柏克舞廳，位於大學街的毒販天堂。我敢打賭，攻擊我的人就從那裡出身。這裡請打手的行情如何？打一次五十鎊？打斷一隻手腳七十五鎊？」

葛羅根吸吸鼻子，站起來，「這個價錢對毒販來說只是小錢。」

「聽著，我很尊重你，但是我再兩個小時就要離開這裡了。如果這是某種警告，它太過分也太遲了。」

葛羅根輕聲說，「探長，這不是警告。」

「那麼是什麼？」

「你說當你離開柏克舞廳之後你去散步？」

「是。」

「哪裡？」

「杜絲公園。」

「走得挺遠的。」

「我很迷群豬跳舞。」

「群豬跳舞？」

「長官，那是一個樂團。」朗斯登說，「他們昨晚在那裡開演唱會。」

「這傢伙竟然會開口說話。」

「不必講這種話傷人，探長。」葛羅根現在站在雷博思身後，變成看不見的偵訊者。這時你該轉身面對他？還是盯著牆壁看？雷博思自己也玩過好多次這種把戲，目的是要讓囚犯不安。

我是囚犯──我的天啊。

「長官，你應該會記得，」朗斯登說，他的聲音幾乎沒有語調，「那是蜜雪兒．史翠琛走過的路徑。」

「你這是什麼意思？」

「嗯，你對聖經強尼案一直很有興趣，不是嗎？」

「長官，我稍微跟此案有關係。」

「喔，稍微有關？」葛羅根又走到他的視線之內，露出看起來被銼短的黃板牙。「這是你的說法。朗斯登警佐告訴我，你似乎對亞伯丁這邊的案情非常有興趣，不斷問他問題。」

「我無意冒犯，但這是朗斯登警佐個人的詮釋。」

「那你的詮釋呢？」葛羅根上身前傾，一雙拳頭抵在桌面上。靠近嫌犯，目的是讓他膽怯，讓他知道誰是老大。

「我可以抽菸嗎？」

「回答問題！」

「不要再把我當成他媽的嫌犯對待！」

雷博思立刻後悔剛剛的爆發──這表示他有弱點，也表示他已經被動搖了。在軍隊的訓練裡，他撐過連續

很多天的偵訊技巧訓練。但是那時候他腦袋比較空，比較沒有會產生罪惡感的東西。

「但是探長，」葛羅根聽起來似乎因他發脾氣而心裡難過，「你的確是嫌疑犯。」

雷博思抓住桌邊，感覺到其粗糙的金屬表面。他試著想站起來，但是雙腳不聽使喚。他可能看起來已經被嚇破膽了，他逼自己的手放開桌邊。

「昨天晚上，」葛羅根冷靜地說，「碼頭邊發現了一個裝有女人屍體的木箱。病理學家認爲她是在前一晚被殺。她被勒斃、強暴，一隻鞋子不見了。」

雷博思搖著頭，他心想，老天爺，不會又出現受害者了吧。

「她身上並沒有搏鬥的跡象，指甲裡也沒有皮膚，但是她可能是用拳頭攻擊。她看起來像是強壯、頑強的女人。」

雷博思不由自主地摸摸太陽穴的淤青。

「那天你人在碼頭，探長，而且朗斯登警佐說你的心情很差。」

雷博思站了起來，「他想要陷害我！」人家說，攻擊是最好的防禦。這不見得正確，但是如果朗斯登想玩陰的，雷博思也會全力應戰。

「探長，坐下。」

「他想要保護他那些該死的客戶！朗斯登，你一個星期收多少錢？他們一個月給你多少？」

「我說坐下！」

「去你的！」雷博思說。他已經像是一鍋滾燙的水，一發不可收拾。「你想告訴我，我就是聖經強尼！老天，我已經幾乎是聖經約翰的年紀！」

「她被殺的時間前後，你人在碼頭。你回到旅館的時候，身上有傷口與淤痕，衣服破得亂七八糟。」

「這是狗屎！我不必聽你講這些！」

「你就是得聽。」

「那你指控我啊。」

「探長，我們還有一些問題。如果你想的話，我們可以輕鬆問話，但我也可以讓你痛苦萬分。你自己選，但是在那之前——坐下！」

雷博思站在那裡，嘴巴開開，他伸手抹去流到下巴的口水。他望向朗斯登，朗斯登雖然緊繃，但還是坐著，要是葛羅根說的話成眞，他隨時會跳起來行動。雷博思不會讓他稱心如意，他坐了下來。

葛羅根深吸一口氣。房間裡的空氣——所剩不多——聞起來開始有臭味。現在還沒七點半。

「半場休息時有牛肉汁跟柳橙嗎？」雷博思問。

「你想得太美了。」葛羅根走向門口，打開門，探出頭。然後他把門拉開，讓外面的某人可以進來。

安克藍姆督察長。

「約翰，我在電視新聞上看到你了。你並不太上鏡頭，對吧？」安克藍姆脫下外套，小心翼翼地把外套放到椅背上。他看起來彷彿要好好享受這段時光。「你沒戴工事帽，要不然也許不會被認出來。」葛羅根走到朗斯登坐的地方，彷彿是已經換手的摔角選手要離開擂台。安克藍姆開始把袖子捲起來。

「約翰，你想把場子搞熱是吧？」

「夏日炎炎。」雷博思喃喃說。現在他終於知道爲什麼刑警喜歡拂曉出擊：他已經覺得筋疲力盡了。疲憊會讓你的心智混淆，讓你犯錯。「有可能來杯咖啡嗎？」

安克藍姆看向葛羅根，「沒什麼不可以。泰德，你要不要？」

「我可以來一杯。」他轉向朗斯登說，「小子，去弄咖啡來吧。」

「他媽的跑腿小弟。」雷博思忍不住要說。

朗斯登跳起來，但是葛羅根伸出手拉住他。

「小子，放輕鬆，你就去弄咖啡來吧。」

「朗斯登警佐？」安克藍姆喊道，「一定要讓雷博思探長喝去咖啡因的咖啡，我們可不想讓他變得更神經兮兮。」

「要是再神經兮兮一點，我就變袋鼠❻了。朗斯登？我要喝百分之百的去咖啡因咖啡，不准加尿或吐口水進去，懂嗎？」

朗斯登靜靜地離開偵訊室。

「現在嘛。」安克藍姆坐在雷博思對面，「要抓到你可眞不容易。」

「讓你麻煩了。」

「我想你是值得我麻煩的，不是嗎？告訴我關於聖經強尼的事。」

「例如什麼？」

「什麼都可以。他的作案手法、背景、個人檔案。」

「這要花一天才講得完。」

「我們有一整天的時間。」

「也許你有時間，但是我的房間得在十一點前清空，要不然就得再收一天的住宿費。」

「你的房間已經被清空。」葛羅根說，「你的行李在我辦公室。」

「我的東西不能被當成證據，因爲你得有搜索票。」

安克藍姆跟葛羅根一起大笑。雷博思知道他們爲什麼在笑，要是他在他們的位置，他也會做同樣的事。但是他不是，他的位置過去有很多男人女人坐過，有些還未成年。成千上百的嫌疑犯坐過同一張椅子、待過同樣令人冒冷汗的房間、經歷過同樣的過程。在法律眼裡，在證明有罪之前，人人清白。可是在偵訊者眼裡，情況卻是倒過來的。有時候爲了證明一個嫌犯是清白的，你得徹底瓦解他們的心防，有時甚至得做到某種程度，才能讓自己確信無誤。雷博思不知已經參與過多少次偵訊……一定有幾百次。他曾經讓也許十幾個嫌犯崩潰，卻發現他們是清白的。他知道自己的處境，也知道爲什麼他在這裡，但是卻不會讓整個過程好過一點。

「讓我告訴你一些關於聖經強尼的事。」安克藍姆說，「他的個人檔案可以適用於好幾種職業，其中一個就是現役或退休的警察，他知道我們的辦案方法，也小心地不留下任何可用來追查的證據。」

「我們有他的外型描述，我太老了。」

安克藍姆繃起臉說，「約翰，我們都知道外型描述可能出錯。」

「我不是聖經強尼。」

「這並不意謂你不是模仿犯。注意，我們從來都沒說你是聖經強尼，我們一直在說的是，有些問題得問你。」

「那你問吧。」

「你來到帕提克警局。」

「沒錯。」

「表面上是來跟我談喬叔的事。」

「眞是非常狡猾。」

「如果我記得沒錯，你最後問了我很多關於聖經強尼的問題。而你似乎也知道很多關於聖經約翰的事。」

安克藍姆等著看雷博思有沒有什麼聰明的回應，結果沒有。「在帕提克的時候，你在檢查原始聖經約翰案檔案的房間裡耗了很久。」安克藍姆又停頓一下，「現在一個電視記者告訴我，你在你家廚房櫥櫃裡藏了很多關於聖經約翰與聖經強尼的剪報與筆記。」

婊子！

「等一下。」雷博思說。

安克藍姆坐下說：「我正在等。」

❻jumpy（神經兮兮），源自動詞「跳」（jump），雷博思因此延伸出「變袋鼠」的幽默。

「你說的一切都是真的。我的確對這樁案子都有興趣。聖經約翰……這方面需要花點時間解釋。而聖經強尼……原因之一是我認識其中一個受害者。」

安克藍姆往前坐，「哪一個？」

「安琪．瑞德爾。」

「在愛丁堡？」安克藍姆與葛羅根交換眼神。雷博思知道他們在想什麼：這是另外一個連結。

「我曾經參與一次逮捕她的行動，後來我也見過她。」

「見過她？」

「開車到里斯，跟她在一起一段時間。」

葛羅根哼了一聲，「我從來沒聽過這種含蓄的說法。」

「我們聊天，就這樣。我請她喝茶、吃布里迪鹹派。」

「這件事你不曾告訴任何人？你知道這看起來像什麼嗎？」

「又是我身上的污點。我已經有這麼多污點，都可以在舞台上扮演艾爾．喬森❼了。」

安克藍姆起身，他想要在房裡踱步，但是空間不夠大。「這很糟。」他說。

「真相怎麼會很糟？」但是雷博思知道安克藍姆想的沒錯。不管任何事情，他都不想贊同安克藍姆——這樣就會掉入偵訊者設下的陷阱：同理心——但是在這一點上他卻無法不同意。這的確很糟，他的生命正變成一首Kinks合唱團的歌：《死巷》。

「老兄，水已經淹到你的腋下了。」安克藍姆說。

「謝謝你提醒我。」

葛羅根點起一根菸，並遞了一根給雷博思，可是他拒絕此扮白臉的伎倆。如果他想抽菸，他會抽自己的。他想來一根菸，但是還不夠想抽。他搔抓自己的掌心，用指甲抓著皮膚，喚醒自己的末稍神經。室內寂靜了一分鐘左右，安克藍姆的背靠在桌邊。

「老天，他是在等咖啡豆長出來嗎？」

葛羅根聳肩，「換班時間，餐廳一定很忙。」

「現在很難找到餐廳的人手。」雷博思說。安克藍姆低著頭，對著自己的胸膛微笑。然後他側眼看著坐著的雷博思。

又是表現同情的老套，雷博思心想。也許安克藍姆已經讀出雷博思的心思，因此改變了自己的策略。

「我們談談聖經約翰的事。」他說。

「好啊。」

「我已經開始看史佩凡案的資料。」

「是嗎？」他已經發現何姆斯的事嗎？

「眞是令人著迷的閱讀經驗。」

「當年有一些出版社也很有興趣。」

這句話沒有讓人發笑。安克藍姆說：「我不知道洛森．蓋帝斯曾經辦過聖經約翰案。」

「你不知道？」

「或者應該說他被踢出調查團隊。你知道這是爲什麼嗎？」

雷博思什麼也沒說。安克藍姆注意到他心防上的弱點，站起來往他靠過去。

「你不知道嗎？」

「我只知道他曾經辦過這件案子。」

「但是你不知道他曾經被命令退出調查。你不知道，是因爲他沒告訴你。我在聖經約翰檔案裡發現這個珍貴史料，但裡面沒提到爲什麼。」

---

❼ Al Jolson，美國歌手，曾演出世界第一部有聲電影《爵士歌手》（The Jazz Singer），在片中把臉抹黑扮黑人演出。

「你說這些話除了證明你比我聰明之外，還有什麼意義？」

「他有跟你說過聖經約翰的事嗎？」

「也許一兩次。他很常說他過去案子的事情。」

「我相信他一定說過，你們兩個曾經很親近。我聽說蓋帝斯很愛說話。」

雷博思瞪著他。「他是個好警察。」

「是嗎？」

「相信我。」

「但就算是好警察也會犯錯，約翰。就算是好警察，一生中也可能踰矩一次。小鳥告訴我，你自己就曾經踰矩好幾次。」

「小鳥不應該在自己的鳥巢裡拉屎。」

安克藍姆搖頭說，「你過去的行徑並不是現在的議題。」他站直身子，轉過身去，讓那句話沉澱一下。當他說話的時候，他還是背對著雷博思。「你知道嗎？媒體對史佩凡案產生興趣的時間點，剛好跟聖經強尼犯下第一件命案相同。知道人們可能會怎麼想嗎？」現在他轉過身，舉起一根手指，「一個對聖經約翰案走火入魔的警察，想起過去有過爭執的伙伴，曾經告訴他關於此案的事。」他舉起第二根手指，「多年後，上述的警察以爲史佩凡案已經被埋葬，可是內幕卻即將被發現。」第三根手指，「警察抓狂了。他的腦裡一直有個定時炸彈，現在已經被引爆了……」

雷博思站起來，「你知道這不是眞的。」他輕聲說。

「說服我。」

「我並不認爲我得說服你。」

安克藍姆看起來對他失望，「我們必須採檢體做檢查——唾液、血液、指紋。」

「爲什麼？聖經強尼又沒留下任何線索。」

「我也要鑑識組檢驗你的衣物，再派一組人去你的公寓徹底搜索。如果你什麼都沒做，那麼你應該不會反對這麼做。」他等不到雷博思的回應，此時門打開，「他媽的，總算來了。」他說。

朗斯登端著一個托盤，上面有很多灑出來的咖啡。

休息時間。安克藍姆與葛羅根到走道去聊天，朗斯登站在門邊，雙手交叉胸前，以為自己正在執行警衛任務，以為雷博思生氣的程度還不至於會把他的頭扭下來。

但是雷博思只是坐在那裡，喝著灑了不少的咖啡。味道很噁心，所以也許並沒有被加料。他拿出香菸，點了一根，抽起菸來彷彿這是他的最後一根。他把香菸豎直，想著這麼小又這麼脆弱的東西怎麼會控制了他。就跟這件案子差不多……香菸搖擺著：他的雙手在發抖。

「一定是你在搞鬼。」他告訴朗斯登說，「你讓你老闆相信了這個故事。沒關係，我可以忍耐，但是不要以為我會忘記。」

朗斯登瞪著他，「我看起來有害怕的樣子嗎？」

雷博思瞪回去，抽著菸，什麼也沒說。安克藍姆與葛羅根回到房內，看起來一副公事公辦的樣子。

「約翰，」安克藍姆說，「葛羅根督察長與我決定，這件事最好在愛丁堡處理。」

這表示他們不能證明他有任何涉案可能性。如果有一點可能性，葛羅根一定會想要在管區裡抓住嫌犯。

「我還有些風紀問題要處理。」安克藍姆接著說，「但是也可以在調查史佩凡案的過程中一併處理。」他停頓一下，「何姆斯警佐真是可恥。」

雷博思上鉤了，他非問不可，「他怎麼了？」

「當我們去拿史佩凡案檔案時，一個管理員告訴我們最近這些檔案很熱門。何姆斯曾經連續三天借閱這些檔案，每次顯然都看好幾個小時——可是都是在他的值勤時間。」再度停頓，「你的名字也在那裡出現，顯然你是去找他。你打算告訴我他在幹什麼嗎？」

沉默。

「取走證據？」

「去你的。」

「看起來是這麼回事。不管是為了什麼，這是很愚蠢的舉動。他一直拒絕坦白，面臨著風紀處分。他可能被踢出警隊。」

雷博思的臉不露任何情緒，可是要讓自己的心保持淨空卻不是這麼容易。

「走吧。」安克藍姆說，「讓我把你弄出這裡。我的司機可以開你的車，我們坐我的車，也許在路上還可以小聊一番。」

雷博思站起來，走往葛羅根，他挺起肩膀彷彿等著挨打。朗斯登握緊拳頭準備好了。雷博思一直走到離葛羅根的臉只有幾英寸的地方才停步。

「長官，你收黑錢嗎？」看著他氣球一般的臉充血很好玩，爆突的青筋與皺紋變得更明顯。

「約翰……」安克藍姆警告說。

「這是個誠摯的問題。」雷博思繼續說下去，「如果你不收黑錢，你最好派人監視兩個格拉斯哥的黑道，他們似乎正在這裡度假——伊芙與史坦利．托爾，但是他的本名是莫基。他爸叫喬瑟夫．托爾，綽號喬叔的他掌控格拉斯哥的黑社會，那裡是安克藍姆督察長工作、生活、灑錢、買西裝的城市。伊芙與史坦利在柏克舞廳喝酒，在那裡coke可不是裝在高杯子裡加冰塊喝的飲料❽。朗斯登警佐帶我到那裡去，他的樣子看起來似乎以前就去過。朗斯登警佐提醒我，聖經強尼是在這裡選上第一個受害者。那天晚上朗斯登警佐載我到港口，我並未要求被帶到那裡去。」雷博思看了朗斯登一眼，「朗斯登警佐是個狡猾的角色。他很會玩各種遊戲，難怪人家會叫他魯多❾。」

「我不接受別人對我屬下的惡意批評。」

「監視伊芙與史坦利。」雷博思再次強調，「如果監視行動遭到洩密，你知道該去找誰算帳。」他的眼睛正看著朗斯登。

朗斯登衝向他，掐住他的脖子，他把朗斯登甩開。

「朗斯登，你就像船底污水一樣髒，不要以爲我不知道你的底細！」

朗斯登揮了一拳，沒有擊中雷博思。安克藍姆與葛羅根把他們兩個拉開，葛羅根指著雷博思，卻對著安克藍姆說話。

「也許我們還是應該把他留在這裡。」

「我要把他帶回去。」

「我不確定那樣會比較好。」

「我說我要把他帶回去，泰德。」

「好久沒有兩個男人會爲了我而爭吵。」雷博思微笑說。

兩名亞伯丁警官看起來似乎打算要把他抓起來鋤地。安克藍姆把手拍在雷博思肩膀上，表示人已經是他的。

「雷博思探長，」他說，「我想我們最好該動身了，你不這麼認爲嗎？」

「幫我個忙。」雷博思說。

「什麼？」他們坐在安克藍姆車子的後座，開往雷博思的旅館方向，要去拿他的車。

「很快地繞到碼頭一下。」

安克藍姆瞥了他一眼，「爲什麼？」

「我想看她死亡的地點。」

❽ coke（可樂）是古柯鹼的俗稱。

❾ Ludo是一種棋戲的名字，中文稱爲飛機棋或飛行棋。

安克藍姆又看了他一眼，「爲什麼？」

雷博思聳肩，「去致意。」他說。

安克藍姆只知道屍體約莫在哪裡被發現，但是他們不久就發現醒目的案發現場封鎖布條。碼頭很安靜，已經看不到那個裝著屍體的木箱。現在木箱應該已經送去某處的鑑識中心。雷博思站在封鎖線右邊，環顧四周，巨大的白色海鷗在安全距離外昂首闊步。海風清新。他無法確定這裡離朗斯登放他下車的地點有多遠。

「你對死者知道多少？」他問安克藍姆。

安克藍姆雙手插著口袋站著，打量著雷博思。

「姓荷登，我想。二十七或二十八歲。」

「兇手有拿紀念品嗎？」

「只拿了一隻鞋。聽著，雷博思……你對此案這麼有興趣，只因爲你曾經請一個妓女喝茶？」

「她叫安琪．瑞德爾。」雷博思停頓一下，「她的眼睛很漂亮。」他盯著一艘鏽在碼頭邊的生鏽廢船。

「我一直問我自己一個問題。是我們警方任由命案發生？還是我們促使命案發生？」他看著安克藍姆，「你認爲呢？」

安克藍姆皺眉，「我不認爲我懂你在講什麼。」

「我也不懂。」雷博思坦承。「告訴你的司機開我的車小心點。方向盤有點鬆。」

第五部

夢之驚恐

第二十一章

在南洋杉螺旋枝葉狀的階梯上，他們追著他爬上爬下，他們的腳下就是怒濤洶湧的大海，扭曲著疲弱的金屬結構。雷博思手一滑，滾下鋼鐵階梯，身側被割傷，他手去碰傷口，發現流出來的不是血，而是石油。他們站在他頭上二十英尺高的地方嘲笑他，他們一點也不急：他能跑到哪裡去？也許他可以飛，拍動手臂，跳進太空。唯一需要害怕的只剩下墜落。

例如墜落到水泥地上。

墜落到尖刺上比較好還是比較差？他必須做些決定，追趕他的人已經不遠，他們永遠都離他不遠，但是即便受傷時，他還是永遠跑在他們前面。我可以脫身的，他想。

我可以脫身的！

在他身後傳來一個聲音：「少作夢吧。」然後他被推進虛空。

雷博思突然醒過來，頭撞到了車頂。他的身體湧出恐懼與腎上腺素。

「老天。」安克藍姆在駕駛座發話，同時把方向盤再度握好，「怎麼了？」

「我睡了多久？」

「我不知道你睡著了。」

雷博思看著他的錶：也許只睡了幾分鐘。他擦擦自己的臉，告訴自己的心臟可以停止狂跳了。他可以告訴安克藍姆他做了惡夢，也可以說自己突然一陣恐慌。但是他什麼也沒說，除非有其他證據，要不然安克藍姆就跟任何帶槍的惡棍一樣都是敵人。

「你剛剛說什麼？」雷博思說。

「我正在描述你的狀況。」

「我的狀況，對。」星期天的報紙滑下雷博思的大腿，他把報紙從車底板撿起來。聖經強尼最新殺人案只佔了一份報紙的頭版，其他幾份都太早印刷了。

「目前，我手上掌握的東西已經足以讓你停職。」安克藍姆說，「不過這對你來說應該也不稀奇，探長。」

「我已經遇過這些狀況。」

「就算我不管你跟聖經強尼案之間的問題，還有你明顯拒絕配合我對史佩凡案的調查。」

「我感冒了。」

安克藍姆不理會這句話。「我們兩個都明白兩件事。第一，一個好警察偶爾也會遇上麻煩。過去我也曾經遭到別人埋怨。第二，這些電視節目幾乎從未發現過新證據，都只是猜測與可能性，可是警方調查卻是有條不紊，我們收集的情資都送到皇家檢察院❶，被那裡頂尖的檢察官仔細耙梳過。」

雷博思轉身估量著安克藍姆，想著他到底想說什麼。在後視鏡裡，雷博思可以看到跟班小心謹慎地開著他的車跟在後面。安克藍姆看著前面的路。

「約翰，我想說的是，你根本沒什麼好怕的，爲什麼要逃？」

「誰說我沒什麼好怕的？」

安克藍姆微笑。他這種老朋友的姿態只是習慣——一種例行公事。雷博思信任安克藍姆的程度，就跟他對兒童遊樂區裡的戀童癖者的信任一樣少。不過，當喬叔對東尼．艾爾的事說謊，是安克藍姆說出他可能在亞伯丁的情報……這個人到底站在哪一邊？他是在玩雙面手腕遊戲嗎？或者他只是認爲不管給不給這條情報，雷博思都應該不會有什麼進展？這是他掩飾自己已經被喬叔收買的方法嗎？

「如果我聽的沒錯，」雷博思說，「你剛說我根本不必怕史佩凡案的事？」

❶ Crown Office，蘇格蘭刑事檢察機關。

「有可能如此。」

「你會讓它如此進展嗎？」安克藍姆聳聳肩，「我要怎麼回報你？」

「約翰，你惹出來的騷動比在鸚鵡鳥園裡的美洲豹還多，說話的方式也同樣大剌剌。」

「你要我婉轉一點？」

安克藍姆語氣變得緊繃，「我要你這次給我安分點。」

「放棄調查米其森案？」安克藍姆沒有回答，雷博思又重複了一次他的問題。

「你也許會發現這樣做對你大有好處。」

「然後你就可以再幫喬叔一次忙，對不對啊，安克藍姆？」

「你醒醒吧，看清楚現實。現實可不是塑膠地板，不是黑就是白。」

「不，是灰色的絲綢西裝與綠色新鈔。」

「現實就是有進有退。像喬叔這種人永遠都存在，你解決了他，還會有新的人跳出來當老大。」

「你熟悉的惡魔還是比較好？」

「這句格言還不壞。」

約翰·馬丁（John Martyn）的歌：〈寧當惡魔〉（I'd Rather Be the Devil）

「還有另一句格言。」雷博思說，「不要搖翻自己搭的船。聽起來你是在告訴我這件事情。」

「我是爲了你好才這樣建議你。」

「別以爲我不感謝你。」

「老天，雷博思，我開始明白爲什麼你總是陷入險境：你可眞是不討人喜歡。」

「我已經連續六年都當選性格先生❷。」

「我不這麼認爲。」

「我甚至還在伸展台上哭過。」停頓，「你跟傑克·莫頓問過我的事情嗎？」

「傑克很奇怪地對你有很高評價，我認為是他個人情感作祟。」

「你真是心胸寬大。」

「我們的對話毫無用處。」

「的確，但這只是打發時間。」雷博思看到高速公路休息區的指標，「我們會停下來吃午餐嗎？」

安克藍姆搖頭。

「有一個問題你還沒問我。」

安克藍姆考慮著不要回應，但還是上鉤了，「什麼問題？」

「你沒問我史坦利與伊芙在亞伯丁做什麼。」

安克藍姆打了方向燈要轉進休息區，用力踩了煞車。開雷博思紳寶車的司機差點錯過引道，輪胎摩擦著柏油路面發出尖銳的聲響。

「你想甩掉他？」看著安克藍姆不安的樣子讓雷博思很開心。

「喝杯咖啡休息一下。」安克藍姆吼道，然後打開了車門。

雷博思隔著桌子坐在他對面，讀著小報上的聖經強尼報導。這次的受害者是凡妮莎．荷登，二十七歲，已婚——其他的受害者都是未婚。她是一家公司的總監，公司業務是辦「企業呈現」，雷博思並不清楚這是什麼意思。報紙上的照片是朋友拍的生活照，死者對著鏡頭微笑。她的波浪鬈髮及肩，牙齒很漂亮，十八歲以前應該都沒想過死亡的事。

「我們得逮住這個惡魔。」雷博思說，呼應著報導的結語。然後他把報紙攤在桌上，拿起他的咖啡。他低

❷ Mr. Personality，通常用來指男性脾氣火爆、長相不佳的諷刺性用語。

頭看著桌子時，餘光瞥到凡妮莎·荷登的照片，突然感覺他在哪裡曾經看過她，但只是匆匆一瞥。他用手把她的頭髮遮起來，這是張老照片，也許她已經改變了髮型。他試著在把照片上的她加一點年紀。安克藍姆並沒看他，他正在跟屬下說話，所以沒看到雷博思臉上露出認出人的震撼表情。

「我得去打個電話。」雷博思站起來說。公共電話就在前門旁邊，在桌子這邊也可以看得到他。安克藍姆點頭。

「怎麼了？」他說。

「今天是星期天，我應該要去教會的，牧師會擔心。」

「這條培根比你這句謊話還容易下嚥。」安克藍姆用叉子刺進培根，但是他讓雷博思離開。

雷博思打了電話，希望他的零錢夠多：星期天的費率比較低。葛蘭皮恩警察總部有人接起電話。

「請找葛羅根督察長。」雷博思說，眼睛看著安克藍姆。餐廳裡擠滿了星期天出門的駕駛人與他們的家屬，安克藍姆應該不可能聽得見他講話。

「我要談關於聖經強尼案最新受害者的事，我在公用電話亭裡，而且沒剩多少零錢。」

「請稍候。」

等了三十秒。安克藍姆皺著眉頭看著他，然後他聽見話筒裡傳來：「我是葛羅根督察長。」

「我是雷博思。」

葛羅根吸了一口氣，「你到底要幹嘛？」

「我想要幫你個忙。」

「是嗎？」

「可能會讓你揚名立萬。」

「你以爲這是開玩笑嗎？我告訴你——」

「不是開玩笑。你有聽到我說伊芙與史坦利的事嗎？」

「我聽到了。」

「你打算要採取任何行動嗎？」

「也許。」

「一定要……算是幫我個忙。」

「然後你會幫我一個天大的忙？」

「沒錯。」

葛羅根咳了一聲，清清喉嚨，「好吧，」他說。

「說眞的？」

「我說話算話。」

「好，聽著。我剛看到最新受害者的照片。」

「然後？」

「我以前看過她。」

沉默片刻。「在哪裡？」

「我跟朗斯登要離開柏克舞廳時，她正好走進來。」

「所以？」

「所以我認識攬著她的那個人。」

「探長，你認識很多人。」

「這並不意謂我跟聖經強尼有關，但也許攬著她的這個男人與本案有關。」

「你有這個人的名字嗎？」

「海頓．富萊契，負責雷鳥石油的公關工作。」

葛羅根把這個名字寫下來，「我會去查。」他說。

「別忘記你的承諾。」

「我有承諾過什麼嗎？我記不起來。」電話被切斷。雷博思想要砸話筒，但是安克藍姆正看著他，更何況附近有小孩子看著玩具櫥窗流口水，計畫著怎麼進攻父母的荷包。所以他就像平常人一樣把話筒放回去，然後走回他們那桌。司機站起來走出去，看都不看雷博思，所以雷博思知道他有任務在身。

「一切還好吧？」安克藍姆問。

「很好。」雷博思在安克藍姆對面坐下，「所以調查何時會開始？」

「等到我們一找到刑求室就會開始。」他們兩個都微笑了。「聽著，雷博思，我根本不想在二十年前你老友跟史佩凡的事情上傷腦筋。我以前就看過壞人被構陷入罪：你既然無法以你知道的罪行定他們的罪，所以就用其他罪行讓他們被判刑，儘管他們並沒犯這些罪行。」他聳肩，「有時候就是如此。」

「謠言說聖經約翰就遇到這種情形。」

安克藍姆搖頭，「我不這麼認為。但是事情的關鍵在此，如果你的老友蓋帝斯偏執地鎖定史佩凡並且陷害他──而你在知情或不知情的狀況下提供協助……你知道這代表了什麼嗎？」

雷博思點頭，但是卻說不出這句話。這句話已經好幾個星期讓他無法呼吸，當年這句話也鯁在他喉嚨好幾個禮拜。

安克藍姆接著說：「這代表了真正的殺人犯逍遙法外。沒有人會試著找他，他變成了自由的蘇格蘭人❸。」最後這句話讓他微笑，然後他坐回自己的椅子。「現在我要告訴你一些關於喬叔的事。」他現在得到雷博思的注意力，「他也許跟毒品交易有關。這種暴利，他不可能不想分杯羹。但是格拉斯哥的地盤早就被分占光了，與其跟其他幫派火拼，我們認為他寧可把網撒遠一點。」

「遠到亞伯丁？」

安克藍姆點頭，「在跟重案組合作監控他之前，我們就已經開始收集他的資料了。」

「你們過去每一次監控行動都失敗了。」

「但是這一次我們有內線，如果有人洩漏情報給喬叔，我們會知道是誰先開始洩密。」

「所以你們不是抓到喬叔就是抓到內奸？這也許可行……如果你沒到處跟大家說這件事的話。」

「我信任你。」

「爲什麼？」

「很簡單，因爲你就是他媽會把事情搞砸。」

「你知道，我以前就遇過這種事情，人家告訴我放手，讓他們處理一切。」

「然後？」

「然後他們通常有見不得人的祕密。」

安克藍姆搖頭，「這次沒有。但是我的確有交換條件。如我所說，我個人對史佩凡案並沒有興趣，但是專業上我必須執行我的工作。但呈現報告的方式有很多種。我可以在整件事情中把你的部分減到最低，我可以完全不提到你。我並沒叫你放棄任何調查，我只是要你暫停一兩個星期。」

「然後讓線索失效，也許還有足夠的時間讓一些自殺與意外死亡發生。」

安克藍姆看起來很火大。

「督察長，你就做你的工作吧。」雷博思說，「而我會做我的工作。」雷博思站起來，找到那份有聖經強尼案報導的報紙，把它塞進口袋裡。

「那就這樣辦吧。」安克藍姆惱怒地說，「我會派人無時不刻跟著你，他會直接向我報告。不這樣做，就把你停職。」

雷博思用大拇指指向窗戶，「你要派外面那個人？」安克藍姆的屬下正在陽光下享受著一根菸。安克藍姆搖頭。

❸ Free-scot也有規避犯罪之意。

「一個跟你比較熟的人。」

就在安克藍姆說話的前一秒，雷博思就想到了答案。

「傑克．莫頓。」

他已經在公寓外面等著雷博思。水從鄰居們洗車的地方滴流下來。傑克坐在自己的車裡，車窗搖下，手上的報紙翻到塡字遊戲那一版。現在他下了車，雙手交叉胸前，低著頭避著陽光。他穿著短袖襯衫與褪色牛仔褲，腳上踏著嶄新的白色運動鞋。

「抱歉毀了你的週末。」當雷博思下安克藍姆的車時，他對傑克說。

「記得，」安克藍姆對傑克喊，「不要讓他離開你的視線。當他去大便時，我要你透過鑰匙孔窺視他。如果他說要去倒垃圾，我要你坐在其中一個垃圾袋裡。明白嗎？」

「是，長官。」傑克說。

那個開車的警員問雷博思該把紳寶停哪，雷博思指著街底的雙黃線。擋風玻璃上還驕傲地貼著「葛蘭皮恩警察勤務」標誌，雷博思並不急著把它撕下來。安克藍姆離開駕駛座，打開車子後門。他的司機把紳寶車鑰匙與行李箱交給雷博思，然後上了他老闆的車，調整座椅與後照鏡。雷博思與傑克看著安克藍姆的座車離去。

「所以，」雷博思說，「我聽說你最近還在混果汁教會。」

傑克皺起鼻子，「我不在乎那些宗教的東西，但是匿名戒酒協會的確幫助我戒酒成功。」

「很棒。」

「爲什麼我永遠不知道你何時是認眞的？」

「我爲此練習了很多年。」

「度假愉快嗎？」

「愉快還不足以形容。」

「你的臉上吃了一記。」

雷博思摸摸太陽穴的傷處，已經開始消腫了。「當你搶先占到日光浴躺椅，有人就會變得很火爆。」

他們爬上樓梯，傑克跟在雷博思幾階之後。

「你眞的打算不讓我離開你的視線？」

「老闆是這樣交代的。」

「他交代的就算數？」

「如果我知道這樣做對我有好處的話。我花了很多年才得到這個結論：我的確想要對我有好處的東西。」

「你的話眞有哲理。」雷博思把鑰匙放進鎖裡，推開門。玄關地毯上有些郵件。「你知道這麼做可能違反了幾十條法律。我的意思是，如果我不願意，你就不能跟著我到處跑。」

「那你就到人權法庭去申冤吧。」傑克跟著雷博思走進客廳，把行李箱留在玄關。

「想喝一杯嗎？」雷博思問。

「哈、哈。」

雷博思聳肩，找出一個乾淨的玻璃杯，給自己倒了一些凱麗・伯傑斯留下來的威士忌。他一口氣把酒灌下，然後大聲吐出一口氣，「你一定還想念酒的滋味吧？」

「一直都在想。」傑克坦承，然後大力坐在沙發上。

雷博思又倒了一杯，「要是我一定會。」

「你已經喝了半瓶。」

「什麼？」

「這證明你已經沒有酒不行。」

「我可沒這麼說。」

傑克聳聳肩再度站起來，「我可以打通電話嗎？」

「我家就是你家。」

傑克走到電話邊，「看起來你好像有些留言，你想放來聽嗎？」

「都是安克藍姆的留言。」

傑克拿起話筒，撥了七個號碼。「是我，」他說，「我們已經到了。」然後他把話筒放下。

雷博思的視線越過玻璃杯的邊緣看著他。

「有一組人已經在路上了。」傑克解釋說，「來看看這個地方，齊克說他會跟你說這件事。」

「他沒說。我想沒有搜索票吧？」

「如果你想要看搜索票，我們可以弄一張。但如果我是你，我會坐著讓這件事發生——沒有痛苦、很快就結束了。更何況……如果得上法庭，你可以利用這個程序瑕疵對付檢方。」

雷博思微笑，「傑克，你站在我這邊嗎？」傑克再度坐下，但什麼也沒說。「你告訴安克藍姆我打過電話給你，對不對？」

傑克搖頭說，「我守口如瓶，就算是在我不應該保持沉默的時候。」他往前坐，「齊克知道我跟你是老交情，這就是爲什麼我在這裡。」

「我不懂。」

「這是忠誠問題，他在考驗我對他的忠誠度，看我比較重視我的過去——就是你跟我的交情——還是我的未來。」

「那你有多忠誠，傑克？」

「不要過度考驗它。」

雷博思喝光他杯裡的酒，「接下來幾天會很有趣。萬一我好運釣到女人回家，你會怎麼樣？你會像個尿床小孩或是像他媽的鬼怪藏到床底下？」

「約翰，不要那麼——」

但是雷博思已經站起來了，「這是我家，拜託！是我躲避外界滿天狗屎唯一的地方！難道我應該坐著忍受一切？有你站崗監視，還有鑑識人員四處嗅聞，就像是路燈桿邊的雜種狗——難道我應該坐在這裡讓你們爲所欲爲？」

「對。」

「去他媽的，傑克，也去你媽的。」門鈴響起。「你去應門，」雷博思說，「他們是你的狗。」

傑克走向門邊時，看起來有些受傷。雷博思到玄關去把行李箱拿進臥室，他把行李箱丟到床上，然後打開它。不管是誰收拾的，都只是把所有東西塞進去而已，不分乾淨或骯髒的衣服。裡面全部的衣物都得送去洗衣店，他拿起一個洗衣袋，發現行李箱底有一張被折起來的紙條。上面寫道「某些衣物」已經被葛蘭皮恩警察扣留，以作爲鑑識「研究」之用。雷博思一看才發現，被草地弄髒的褲子，與遭攻擊當晚撕爛的襯衫都不見了。葛羅根派人檢驗這些衣物，以防萬一雷博思眞是殺凡妮莎．荷登的人。去他的，他們全是混蛋。去他媽這票天殺的混蛋。雷博思把打開的行李箱丟到房間另一端，此時傑克剛好走到門邊。

「約翰，他們說不會太久。」

「跟他們說要多久也隨他們高興。」

「明天早上會做血液檢驗與口水採樣。」

「第二項沒問題，只要把安克藍姆放在我面前就可以。」

「你知道，他也是被指派來辦這件事的。」

「傑克，滾開。」

「我希望我可以滾開。」

雷博思推開他走進走道，望向客廳，看到裡面已經有人，他認識其中幾個。他們都穿著白色連身工作服，戴著聚乙烯手套。他們把沙發的座墊拿起來，翻他的書。他們看起來並不像是喜歡這件差事，這算是小小的安慰。安克藍姆想用本地的警力是合理的，比從格拉斯哥拉一組人來容易。其中一個蹲在角落櫥櫃前的人站起來轉身，他們四目相接。

「你也來了❹，席芳？」

「午安，長官。」席芳說，耳朵跟臉頰都發紅。這已經是雷博思能夠忍受的極限，他抓起外套往門口走去。

「約翰？」傑克在他身後喊。

「有本事就來抓我。」雷博思說。樓梯走到一半，傑克眞的追上來了。

「我們要去哪裡？」

「我們要去一家酒吧，」雷博思告訴他，「我們開我的車。因爲你不喝酒，所以晚一點你可以載我回家。這樣一來我們就不會違法。」雷博思拉開車門，「現在讓我們看看你的果汁教會到底有多強大。」

走到外面時，雷博思差點撞上一個黑色鬈髮開始變白的高個男人。他看到麥克風，聽到那男人飛快地提出一個問題。是伊蒙．布林。雷博思低下頭去撞布林的鼻梁：他的「格拉斯哥之吻」並沒使力，目的只是要讓布林閃開。

「混蛋！」布林大罵，他把麥克風掉到地上，雙手摀著鼻子。「你有拍到嗎？有拍到嗎？」

雷博思回頭一看，看到布林的指間有血滴下，看到攝影師點頭，也看到凱麗．伯傑斯站在一旁，嘴裡咬著筆，似笑不笑地看著雷博思。

「她也許只是想，你想在現場看到友善的臉孔。」傑克說。

他們站在牛津酒吧裡，而雷博思剛告訴他席芳也來搜索的事。

「在這種情況下，我知道我會想看到朋友。」傑克已經喝了半品脫現榨柳橙汁加檸檬水，當他舉杯時，玻璃杯裡的冰塊發出碰撞聲。雷博思正在喝他第二杯貝爾海芬（Belhaven）釀造廠的貝斯特（Best）啤酒，一口氣喝了五分之一：舒服又順口。星期天晚上的牛津酒吧，才剛開始營業二十分鐘，還很安靜。在吧台邊，三個常客站在他們兩人旁邊，抬著頭看著電視上某個益智問答節目。主持人本來該有髮型的地方被樹叢般的假髮取代，而牙齒是從史坦威鋼琴的琴鍵移植過來。他的工作是把字卡舉到下巴，唸出問題，瞪著攝影機，然後再重複一次問題，語氣彷彿核武裁軍成不成就得看這個答案。

「所以，巴利，」他朗誦著，「這一題兩百分：莎劇《仲夏夜之夢》中，哪一個角色假扮成牆壁❺？」

「平克佛洛伊德樂團❻。」第一個常客說。

「壺嘴（Snout）。」第二個常客說。

「巴利，掰掰，你玩完了。」第三個一邊說，一邊對著電視搖手指。巴利明顯地回答不出來，鈴聲響起，主持人開放問題讓其他兩名競爭者回答。

「不回答？」他說，「沒有人要回答？」他似乎有些驚訝，但必須看字卡去找答案。「壺嘴，」他說，同時看著這三個運氣不佳的人，然後他又重複了一次答案，讓他們下次會記得。下一張字卡：「潔絲敏，這一題一百五十分：艾克隆（Akron）在美國哪一州？」

「俄亥俄。」第二個說。

「那不是《星艦迷航記》（Star Trek）影集裡的角色嗎？」第一個問。

「潔絲敏，掰掰，你玩完了。」第三個說。

「所以，」傑克問，「我們不是要聊嗎？」

「我家被抄、我的衣服被沒收、連續殺人案還懷疑到我頭上，我這樣還不夠慘嗎？當然我們他媽的要聊。」

「他媽的那就好。」

---

❹作者這裡用的是拉丁文「Et tu」，典故出於凱薩大帝被刺時對親信Brutus說的話。

❺出自該劇第三幕第一景。

❻Pink Floyd，英國著名迷幻搖滾樂團，「迷牆」（The Wall）是該團最知名的專輯。該酒客依此來開這個益智問題的玩笑。

雷博思對著他的啤酒哼一口氣，結果得把鼻子上的泡沫抹掉。「整了那個王八蛋，眞是無法形容的爽。」

「他或許也覺得拍到整個過程很爽。」

雷博思聳肩，從口袋裡掏出香菸與打火機。

「抽吧，」傑克說，「給我一根。」

「你已經戒菸了，忘記了嗎？」

「對，但是又沒有匿名戒菸協會。快點。」

可是雷博思搖頭說，「你的善意表現我心領了，傑克，但是你說的對。」

「什麼事？」

「你說要爲你自己的未來打算，你眞是說得對極了。所以就不要放棄，堅持下去，不菸不酒，並把我的一舉一動向安克藍姆報告。」

傑克看著他，「你是說眞的？」

「字字屬實。」雷博思喝光啤酒，「當然，除了安克藍姆那一句話之外。」

然後他又點了一輪飲料。

「答案是俄亥俄州。」主持人說，酒吧裡的人一點都不驚訝，因爲艾克隆正是匿名戒酒協會的發源地。

過了一會兒，等到第二杯果汁喝到一半，傑克說：「我認爲，我們立刻就要遇到第一次信任危機。」

「你要去尿尿？」

傑克點頭。

「不可能，」雷博思說，「我才不會跟你去廁所。」

「向我保證你不會離開這裡。」

「我能跑到哪裡？」

「約翰……」

「好啦，好啦，傑克，我會給你找麻煩嗎？」

「我不知道，你會嗎？」

雷博思對他眨眼，「你去廁所之後就知道。」

傑克撐到不能再忍下去，然後轉身就跑。雷博思把手肘放在吧台上，抽著他的菸。他心想要是他現在跑掉，傑克會怎麼辦：他會向安克藍姆報告？還是會保持沉默？如果報告的話，對他會有什麼好處？終究這會讓他面上無光，他不會想要如此。所以也許他會保持沉默，雷博思有可能可以繼續進行他的事，而不被安克藍姆知道。

除非安克藍姆有辦法查出來，他不是光靠傑克一個人。然而這個信任或信仰的問題還挺適合星期天的夜晚。也許雷博思會把傑克拉去見康納．李瑞神父❼。傑克以前是虔誠的新教徒、格拉斯哥遊騎兵足球隊球迷，也許現在還是。跟一個天主教神父見面，也許會讓他夾著尾巴消失在夜色裡。他看看四周，看到傑克站在階梯頂端，傑克看起來完全放鬆了，不管是心理上或生理上。

可憐蟲，雷博思心想。安克藍姆對待他的方式並不公平，你可以看到他的嘴緊繃的樣子。雷博思突然覺得累了，想到他六點就起床，然後不停被折磨。他喝光杯裡的酒，用手勢比向門口。可以離開這裡，傑克似乎高興都來不及。

當他們走到外面，雷博思問他：「在裡面你還差多遠？」

「差什麼多遠？」

「點一杯酒。」

「幾乎就要點了。」

雷博思靠在車頂，等著傑克開車鎖，「這樣對你很抱歉。」他輕聲說。

---

❼這個角色首次出現，是在雷博思探案系列的《The Black Book》（一九九三）。

「什麼？」

「帶你來這裡。」

「我應該要有進酒吧但不喝酒的意志力。」

雷博思點頭，「謝謝。」他說。

他自己小小微笑了一下。傑克沒問題，不會出賣他。這個男人已經失去太多自尊了。

「有個空房間，」雷博思上車時說，「但是沒有被單之類的東西，睡沙發可以嗎？」

「沒問題。」傑克說。

這對傑克來說沒問題，但是對雷博思來說就不好了。因爲他得睡在自己的床上，不能在夜裡衣衫不整地坐在窗邊，也不能在凌晨兩點聽滾石合唱團。他知道他得讓自己忙碌，要不然就是得盡快了結這件事。明天再說吧。

他們離開牛津酒吧之後，雷博思決定要繞路，指引著傑克往里斯開去，然後讓他在那裡繞一繞，最後他指著一個昏暗的商店門口。

「那是她的出沒地點。」他說。

「誰的？」傑克停下車子。街上了無生氣，阻街女郎都到他處忙碌去了。

「安琪．瑞德爾的。我認識他，傑克。我的意思是，我遇過她兩次。第一次是公事，我逮捕了她。但是後來我又來這裡找她。」他看著傑克，心裡預期會被消遣，但是傑克的臉很嚴肅，正在專心聆聽。「我們坐下來聊過天。可是下一次我聽到她的消息，就是她的死訊。你如果認識死者，事情就不一樣了，你會記得他們的眼睛，我不是指眼珠的顏色什麼的，我是指他們的眼神所告訴你，一切關於他們的事情。」他靜默地坐了一會兒，「不管殺她的人是誰，絕對無法直視她的眼睛。」

「約翰，我們不是牧師。我是說，這是工作對吧？有時你得把這些放到一邊。」

「傑克，你就是這麼做嗎？值完班後回家，突然間一切就沒問題了？不管你在外頭看到什麼都沒關係，反正家就是你的城堡？」

傑克聳肩，雙手摩擦著方向盤，「約翰，我不是這樣過日子。」

「那就好，老友。」他再度望向門口，希望看到她的一點什麼，影子移動的跡象，或她身後留下的東西。但是他只看到黑暗。

他用兩根大拇指把雙眼閉上，然後對傑克說：「載我回家。」

費爾蒙飯店（Fairmount Hotel）位於格拉斯哥的西邊，一出主要交通幹道就到了。從外觀上來看，它只是普通的水泥建築，但是裡面的裝潢卻達到中階主管住宿的水準。這些人也是平常日的主要客源。聖經約翰只訂了星期天晚上。

星期天早上爆發了自大狂最新殺人案的新聞，報紙已經來不及報導了。於是他在房間裡聽廣播的整點新聞快報，在六個電台間切換，再盡量看電視新聞，一有空檔就做筆記。電傳文訊❽快報也只有短短一段。他目前僅知受害者是二十來歲的已婚女性，屍體在亞伯丁港口附近被發現。

又是亞伯丁。所有線索開始串連起來了。同時，如果眞是自大狂幹的，他打破了自己的行動模式——這是他殺害的第一個已婚婦女，可能也是年紀最大的。這也許意謂著他根本就沒有什麼行為模式，但這件命案也無法否定一個行爲模式，這件案子只是表示模式尙待建立。

這正是聖經約翰所指望的。

此時，他開啓了筆記型電腦上的自大狂檔案，讀著關於第三個受害者的筆記。茱蒂絲．凱恩斯，綽號茱茱，二十一歲，在凱文林公園對面的西爾海德（Hillhead）區租房子住——他現在從窗戶幾乎就可以看到西爾海德。雖然她是登記有案的失業人口，凱恩斯曾在地下經濟工作——午餐時段到某些酒吧工作，晚上到薯片店打

❽ Teletext，利用電視訊號發送文字訊息的服務。

工，假日早上在費爾蒙旅館當房間清潔員。聖經約翰猜測，這就是自大狂遇到她的原因。身爲一個常住旅館的人，他知道一定是這麼回事。他想著自己跟自大狂有多接近——不是體型上，而是心理上。在任何方面，他都不想感覺自己像這個無禮的冒牌貨、這個竊占他位置的人。他想要感覺自己是獨一無二的。

他在房間裡踱步，想要回亞伯丁瞭解命案調查的新發展，但是他在格拉斯哥有工作要做，且要等到半夜才能開始。他望出窗外，想像著茱蒂絲．凱恩斯走過凱文林公園：她一定跟男人走過公園幾十次了，而這一次她跟自大狂一起走，自大狂只要有這一次機會就夠了。

從下午到晚上，有更多關於死者的新聞出現。她現在被描述爲一個「成功的二十七歲公司總監」。聖經約翰的腦海裡尖叫著「商業人士」，自大狂不是卡車司機或其他職業，他就是一個商業人士。他在電腦前面坐下，把頁面拉到他爲第一個受害者寫的筆記，她在羅伯特．高登大學念地質學。他需要多瞭解她一些，卻不知道該怎麼進行。現在又多了第四個受害者得去瞭解，也許研究第四名死者之後，他不需要分析第一件命案就可以完全明白整個案情。今晚也許就會找出方向。

深夜裡他出去散步，夜晚的空氣宜人，沒什麼人車，非常舒服。格拉斯哥是個不算太糟的地方，跟他去過的美國一些城市比起來，簡直是小巫見大巫。他憶起年輕時這個城市的樣子，拿剃刀火拼的幫派與赤手空拳互毆的故事。格拉斯哥曾有過暴力橫行的歷史，但是這並不是這個城市的全貌，它也可以是個美麗的城市，攝影師與藝術家的城市，情人們的城市……

我並不想殺她們。他希望可以這樣對格拉斯哥說，但這當然是謊言。那時候……在最後的一刻……他最想要的就是殺死她們。他讀過殺人兇手的訪問，也去旁聽過幾次審判，希望有人可以向他解釋他的感覺。但沒有人辦得到，這種感覺既不可能描述，也無法理解。

有很多人尤其無法理解他爲何選上第三個受害者。他會這麼回答：那感覺就像命中注定。在計程車裡有目擊證人也沒關係，一切都無所謂，因爲某種更高的力量已經決定了一切。

或是某種更底層的力量。

或只是因爲他大腦裡的化學物質互相撞擊，或是基因配對出了錯誤。後來，他叔叔給他機會到美國去工作，所以他有辦法離開格拉斯哥。他丟下舊生活，去創造新的生活、新的身分……彷彿婚姻與事業可以取代他留在格拉斯哥的一切……

他在街角買了一份明早的報紙，然後到一家酒吧去狼吞虎嚥裡面的資訊。他喝柳橙汁，坐在角落，沒有人注意到他。報紙裡有更多關於自大狂最新殺害的死者細節。她在企業形象公司工作，也就是爲業界提供包裝：短片、展示、講稿撰寫、交易攤位……。他再度研究了死者的照片。她在亞伯丁工作，那裡其實只有一種產業：石油。他並不認識她，確信他從未見過她。但他好奇爲什麼自大狂選上了她，難道是要給聖經約翰一個訊息？不可能，因爲這樣就表示他知道聖經約翰是誰。沒有人知道聖經約翰的身分，沒有人。

他回到飯店時已是午夜，接待櫃台也空無一人。他上樓回到房間，小寐了兩個鐘頭，然後鬧鐘在兩點半時把他叫醒。他沿著鋪了地毯的樓梯走到接待櫃台，那裡還是沒人。他只花了三十秒就闖進辦公室，他關上門，在黑暗中坐在電腦前面。電腦還是開著，螢幕保護程式正在運作。他動動滑鼠讓螢幕畫面出現，然後開始工作。他搜尋茱蒂絲·凱恩斯遇害之日前六個星期的資料，檢視房間登記與付費方式。他正在找亞伯丁或鄰近地區公司的簽帳紀錄。他感覺自大狂並不是來這家飯店找下手對象，而是來這裡出差，恰好找到受害者。他正在找開始浮現的隱晦模式。

十五分鐘後，他列出二十家公司或個人用公司信用卡付帳。就目前來說，這已是他所需的全部資訊，可是他卻遇到進退兩難的困境：刪除電腦裡的檔案，還是留著它？如果刪掉這些資訊，他有很大的機會可以搶在警方之前找到自大狂。但是某個飯店員工卻會發現檔案不見，並產生疑心。他們也許還會通知警察，也許還有磁碟片備份資料，那麼他反而幫了警察的忙，提醒他們注意到他的存在……。不要刪，把檔案留著。不要做不必要的事，這句格言在過去對他有很大的助益。

回到房間後，他在筆記型電腦裡仔細看過這份清單。要找出這些公司的地點與業務內容是輕而易舉——留待稍後再處理。他明天在愛丁堡有個會，順便利用此行去處理一些關於約翰·雷博思的事情。休息之前，他最後一次打開電傳文訊看看有無新消息。關燈之前，他拉開窗簾，然後躺在床上。天空裡有星星，其中一些很亮，透過街燈也看得見。很多星星都已經死了，至少天文學家是這麼說的。有這麼多死掉的東西環繞著，再多死一個又有什麼差別？

完全沒有差別，一點也沒有。

第二十二章

他們開傑克的車去豪登侯路的鑑識組，雷博思坐在後座，說傑克是他的司機。傑克的車是一輛亮黑的標緻四〇五，開了三年的渦輪動力版。雷博思完全不顧車內的「禁止吸菸」貼紙，還是點了菸，但把身旁的車窗打開。傑克什麼也沒說，連從後視鏡裡看他一眼也沒。雷博思在床上沒睡好，夜間盜汗，棉被就像給精神病患穿的約束衣一樣。約莫每一小時他都被追逐的夢驚醒，讓他跳下床，赤身裸體站在地板上發抖。

傑克已經先抱怨過自己頸部僵硬，接著抱怨廚房、空蕩蕩的冰箱等等。他無法不盯著雷博思而獨自出去購物，所以他們直接上了車。

「我餓扁了。」他抱怨。

「那就停車吃點東西。」

他們停在李伯頓（Liberton）的一家烘焙坊，點了香腸捲、兩杯咖啡、兩塊蛋白杏仁餅蛋糕。他們坐在車裡吃早餐，車子停在公車站附近的雙黃線上。公車開過時，故意靠得很近讓他們聽到轟隆車聲，暗示他們移車。有些公車的後方還有以下的訊息：請讓路給公車。

「公車我倒無所謂。」傑克說，「我討厭的是公車司機。其中一半連基本社交都不會，更別說要通過公車駕照考試了。」

雷博思的意見：「現在可不是公車在這裡擋路。」

「你今天早上挺開心的。」

「傑克，閉上你的大嘴巴開車吧。」

鑑識組的人已經爲雷博思準備好了。昨晚到他公寓的搜索隊已經把他全部的鞋子帶走，讓鑑識組的人可以比對腳印，但都不符合留在聖經強尼殺人案現場的腳印。今天早上雷博思必須做的第一件事，就是脫下他正在穿的鞋子。他們給他穿塑膠鞋套，說在他離開之前會把所有的鞋還給他。鞋套太大，也不舒服——他的腳在裡面滑來滑去，他得彎起腳趾免得鞋套脫落。

他們決定不做口水檢驗——這是最不可靠的檢驗——但是拔了他的頭髮。

「你們完成檢驗之後，可以把這些頭髮植回我的太陽穴嗎？」

拿著鑷子的女人微笑，繼續進行她的工作。她解釋說她得連髮根一起拔，因爲聚合酶鏈鎖反應❾分析在剪下來的頭髮上無效。在某些地方有一種檢驗，但是……

「但是？」

她沒有回答，但是雷博思明白她的意思：但是他們只是對他進行例行公事。安克藍姆或其他人都不認爲這些昂貴的檢驗會產生什麼有用的結果，唯一的結果是讓雷博思惱火不安。整件事情的目的就是如此，鑑識組明白，雷博思也明白。

血液採樣——本來需要法院命令的程序也免了——然後採集指紋，他們還要從他衣物上取得一些紡織材質與線頭。我的資料會被放進電腦，雷博思心想。我雖然無罪還是得做這些檢驗，在歷史眼中我依然是個嫌犯。在二十年之內，如果有人挖出這些檔案，還是會發現有個警察被偵訊、被採取血液樣本……這是種可怕的感覺。一旦他們有了他的DNA紀錄……他就登記有案了，而蘇格蘭DNA資料庫正要開始收集資料。雷博思開始希望他當時曾堅持他們申請法院許可。

傑克一直跟在雷博思旁邊，但別開臉不看檢驗過程。然後雷博思把鞋子拿了回來，感覺整個鑑識組的人都在盯著他看，也許他們看著他，也許沒有。彼特．修威特漫步經過——採集指紋時他不在現場——然後對遇難的雷博思開了個玩笑。傑克抓住雷博思的手臂，阻止他揮拳打人。修威特趕緊加快步伐離開。

「我們該去費特斯了。」傑克提醒雷博思。

「我準備好了。」

傑克看著他，「也許我們可以趕快找個地方再喝杯咖啡。」

雷博思微笑說，「你不怕我會給安克藍姆一拳？」

「如果你要動手，記住他是個左撇子。」

「探長，你是否反對將此次面談錄音？」

「錄音紀錄會被怎麼處理？」

「錄音日期會被紀錄並計時，錄音和謄本會被複製，你會有一份。」

「我不反對。」

安克藍姆對傑克點點頭，傑克啓動了錄音機。他們在費特斯警察總部三樓的一間辦公室，裡面很擠，看起來好像有個不滿的房客匆忙清空了他的東西。辦公桌旁有個廢紙簍等著人來清，迴紋針在地板上丟得到處都是，牆壁上還留著透明膠帶固定的照片被扯下來的痕跡。安克藍姆坐在被刮傷的辦公桌後，史佩凡案的檔案疊在一邊。他穿著正式的深藍色條紋西裝，搭配淡藍色的襯衫與領帶，看起來他似乎才剛去剪了頭髮。他桌上有兩枝筆——黃外殼的藍色細原子筆，和一枝看起來很貴的亮漆鋼珠筆。他粗大但修剪整齊的指甲敲著一疊乾淨的A4紙，右邊有一張打字的清單上列著筆記、問題與要談的重點。

「所以，請問醫生，」雷博思說，「我活下去的機會有多大？」

安克藍姆只是微笑。當他開口，是爲了講話給錄音機聽。

「我是查爾斯．安克藍姆督察長，史崔克萊區警署刑事調查組。現在是——」他看看他薄薄的腕表——「六月二十四號星期一的十點四十五分。這是與隸屬大愛丁堡區域警察署的約翰．雷博思探長的初步面談。此次面談在大愛丁堡區域警察署C25辦公室進行，地址是愛丁堡的費特斯大道。同在現場的有——」

❾ Polymerase chain reaction analysis，放大DNA片段的分子生物學技術。

「你忘記提郵遞區號了。」雷博思說，雙手交疊胸前。

「剛剛那是雷博思探長的聲音，同在場的是傑克．莫頓探長，隸屬福寇克城刑事調查組，目前借調至格拉斯哥的史崔克萊區警局。」

安克藍姆看了一眼他的筆記，拿起原子筆在前兩行字上畫線。然後他拿起一個塑膠杯喝水，盯著雷博思看。

「你準備好就來吧。」雷博思說。

安克藍姆已經準備好了。傑克坐在放錄音機的桌子旁邊，從這裡拉出兩支麥克風到辦公桌，一支指向安克藍姆，另一支指向雷博思。從雷博思所坐的位置，並看不太到傑克。這是他跟安克藍姆的對決，棋盤已經準備好可以玩了。

「探長，」安克藍姆說，「你知道你爲何在這裡嗎？」

「我知道，長官。我在這裡是因爲我拒絕放棄調查一件案子，因爲我可能會發現格拉斯哥黑道喬瑟夫．托爾、亞伯丁毒品市場，與愛丁堡一件石油工人遭謀殺案之間的關連。」

安克藍姆翻翻案件檔案，看起來他覺得無趣。

「探長，你知道有人又對史佩凡案有興趣嗎？」

「我知道那些電視圈的鯊魚一直在附近繞來繞去，他們以爲可以聞到血腥味。」

「他們聞得到嗎？」

「只聞得到一瓶破漏的蕃茄醬舊瓶，長官。」

安克藍姆微笑，微笑不會被錄進去。

「安克藍姆督察長在微笑。」爲了留下紀錄，雷博思說道。

「探長，」安克藍姆看著他的筆記說，「什麼導致了媒體的興趣？」

「史佩凡的自殺，再加上他的惡名昭彰。」

「惡名昭彰？」

雷博思聳肩說：「從金盆洗手的惡棍與殺人犯身上，媒體得到感同身受的刺激，尤其是當罪犯表現出一些藝術傾向時。媒體通常都想獲得藝術地位。」

安克藍姆似乎期待更多答案。他們無言地對坐了一會兒，卡帶轉動，錄音機的馬達作響，外面的走道上有人打噴嚏。今天沒有陽光，鐵色的天空預告著雨水，從北海吹來刺骨寒風。

安克藍姆往後坐靠著椅背。他給雷博思的訊息是：我不需要看筆記，我瞭解這個案子。「當你聽到洛森·蓋帝斯自殺時，有何感想？」

「難過。他是個好警察，也是我的好朋友。」

「然而你們曾經有過紛爭？」

雷博思試著直視他的瞪視，結果還是先眨了眼。他心想：這種挫敗累積起來是會打敗仗的。

「我們有嗎？」老伎倆，用問題回答問題。安克藍姆的表情在說，這是無聊的一步棋。

「我已經派人去訪談一些當時在崗位上的警察。」他看了傑克一眼，不到一秒視線就移回來。把傑克也扯進來，很好的戰術，播下懷疑的種子。

「我們有一點意見不同，就跟大家一樣。」

「你還是尊敬他？」

「我現在還是尊敬他。」

安克藍姆點頭，表示認知到這一點。他的手指摸摸筆記，彷彿在觸摸一個女人的手臂。佔有欲，但也是爲了安心才有這樣的動作。

「所以你們共事愉快？」

「挺不錯的。介意我抽菸嗎？」

「我們在……」他看看錶，「十一點四十五分的時候休息。可以嗎？」

「我會試著倖存下去。」

「探長，你是個倖存者。你的紀錄已經說明了這一點。」

「那你就跟我的紀錄談吧。」

安克藍姆很快地微笑一下，「你何時發現洛森・蓋帝斯要陷害史佩凡？」

「我不懂這個問題。」

「我想你懂。」

「那你再想想吧。」

「你知道爲什麼蓋帝斯被踢出聖經約翰案的調查團隊嗎？」

「不知道。」這是唯一眞正有力的問題：這個問題可以突破雷博思的心防。

因爲他想知道答案。

「你不知道？他從來沒告訴過你？」

「沒有。」

「但是他提過聖經約翰？」

「對。」

「你看，這樣還有點不清楚……」安克藍姆從抽屜裡舉起兩疊厚厚的檔案放到桌上。「我這裡有蓋帝斯的個人檔案與報告。再加上一些聖經約翰案的東西，他參與過的點點滴滴。他似乎陷入了偏執狂。」安克藍姆打開其中一份檔案，懶懶地翻閱，然後看著雷博思說，「你有聽過這個說法嗎？」

「你說他對史佩凡產生偏執？」

「我知道他那時的確如此。」安克藍姆讓這句話沉澱一下，點點頭。「從與當時警察的訪談中，我知道這一點。但更重要的是，我從聖經約翰案中得知這一點。」

這個混球已經讓雷博思上鉤了。他們的面談才進行了二十分鐘，雷博思交叉雙腿，試著裝出不在乎的樣子。他的臉如此緊繃，他知道皮膚下的肌肉應該可以被看得到。

「你知道，」安克藍姆接著說，「蓋帝斯試著要把史佩凡扯進聖經約翰案。現在的這些檔案並不完整，若不是被毀損或遺失，就是蓋帝斯跟他的上司沒有把一切都寫下來。但是毫無疑問地，蓋帝斯的目標就是史佩凡。在這些檔案中，我找到被夾在裡面的一些舊照片，史佩凡人也在裡面。」安克藍姆拿起這些照片，「它們攝於婆羅洲戰役。蓋帝斯與史佩凡一起在蘇格蘭國防軍中服役。我的感覺是，在那裡發生了某事，自那時起蓋帝斯就要找史佩凡算帳。到目前爲止，我說的還可以吧？」

「很好地打發了抽菸休息之前的時間。我可以看看那些照片嗎？」

安克藍姆聳肩，把照片遞過去。雷博思接過來看，這些是黑白舊照片，邊緣被裁成波浪狀，其中兩張不到兩吋乘一吋半大，其他的都是四吋乘六吋。雷博思立刻就找出史佩凡，他臉上帶著讓他名留千古的兇狠微笑。照片裡有個牧師，穿著軍服，脖子戴著神職硬領。其他的男人們擺著姿勢，穿著寬鬆的短褲與長襪，汗水讓他們的臉發亮，眼神近乎恐懼。有些臉孔是模糊的，雷博思認不出誰是蓋帝斯。這些照片都是在戶外拍的，背景可見竹造小屋，其中一張還有一輛舊吉普車。他翻到照片背面，讀到一些字——婆羅洲，一九六五——還有一些人名。

「這些照片是從蓋帝斯那來的嗎？」雷博思問，並把照片遞回去。

「我不知道。它們就跟其他的聖經約翰案垃圾在一起。」安克藍姆把照片塞回檔案夾，同時數著數量。

「一張都沒少。」雷博思說。傑克的椅腳摩擦著地板：他正在檢查還有多久要換帶子。

「那麼，」安克藍姆說，「蓋帝斯與史佩凡一起在蘇格蘭國防軍服役。蓋帝斯在聖經約翰案調查中不斷追著史佩凡跑——還被踢出調查團隊。然後我們往前快跑幾年，可以發現什麼？蓋帝斯還追著史佩凡不放，但是卻是爲了調查依麗莎白．萊恩德謀殺案，然後又被逐出調查小組。」

「史佩凡一定認識死者。」

「這一點無庸置疑，探長。」停頓：四拍。「你認識聖經強尼案其中一個死者——難道這意味著你殺了

她？」

「等你在我家找到她的項鍊，再問我這個問題。」

「啊，這正是開始有趣的地方，不是嗎？」

「很好。」

「你認識 serendipity 這個字嗎？」

「我講話三句就要用一次。」

「字典裡的定義：發現驚喜事物的能力。很有用的字。」

「的確。」

「而蓋帝斯就有這種能力，不是嗎？我的意思是，你們得到關於一批收音機鬧鐘贓物的匿名線報，所以趕緊跑去一個車庫，沒有搜索票，什麼都沒有，結果你們發現了什麼？藍尼·史佩凡、收音機鬧鐘、一頂帽子與背包——這兩樣都是死者的東西。我會說這是非常驚喜的意外發現。只不過這並不是意外，對嗎？」

「我們有搜索票。」

「那是一個乖順的法官事後才簽發的。」安克藍姆再度微笑，「你以為你應付得很好，對不對？你以為我一直說話，就表示你不會說任何會讓你入罪的事。聽好了，我一直說話的原因是我要你知道我們處在什麼狀況。接下來，你有充分的機會可以反駁。」

「我很期待。」

安克藍姆看著他的筆記，雷博思一半的心思還在婆羅洲與那些照片上；這些到底跟聖經約翰有什麼關係？他心想要是剛剛看得更仔細一點就好了。

「探長，我一直在讀你對案情寫的報告。」安克藍姆接著說，「我開始瞭解為什麼你要你的好友何姆斯仔細審視這些報告。」他抬起頭，「這就是你打的主意，對吧？」

雷博思無語。

「那時候你還不是個老練的警官，儘管蓋帝斯已經教了你不少。你的報告寫得很好，但是你太過度意識到你說的謊跟你必須創造的空白。我擅長讀出字裡行間隱藏的事情，你可以稱這是文學上的實際評論❿。」

雷博思腦海裡浮現一個畫面：蓋帝斯站在他家門口發著抖，眼神狂亂。

「所以我想事情是這樣的。蓋帝斯跟蹤史佩凡——不過這次沒有任何支援，因爲他已經被命令離開調查小組了。某天他跟著史佩凡來到這個地方，等到史佩凡離開之後，闖了進去。他喜歡這個地點，決定要把一些證據藏在這裡。」

「並非如此。」

「所以他再度闖進去，帶著一些死者的東西。可是他不是從證物櫃裡拿到這些東西，因爲根據紀錄，並沒有人從死者的住所拿走一頂帽子跟一個包包。所以他是怎麼弄到手的？兩個可能性：一、他偷偷潛進她家拿。二、他本來就有這些東西，因爲打從一開始他就打算把這件案子栽到史佩凡頭上。

「並非如此。」

「第一個可能性，還是第二個？」

「兩個都不對。」

「你以後還是會堅稱如此？」

「對。」

安克藍姆每說一個論點，身體就越往前傾。他慢慢地再度往後靠，看了他的手錶一眼。

「抽菸休息？」雷博思問。

安克藍姆搖頭說，「不用了，我想今天已經問夠了。你在那份假報告裡犯了很多錯誤，我需要時間才能把它們全部列出來。我們明天早上再來一條條討論。」

❿ Practical criticism，二十年代興起的文學批評運動，主張不靠作者資料等脈絡，單就文本分析文本的意義。

「我已經開始興奮了。」雷博思站起來，伸手進口袋拿香菸。傑克關掉錄音機，退出錄音帶，然後交給安克藍姆。

「我會立刻要人拷貝一份再交給你確認。」安克藍姆對雷博思說。

「謝了。」雷博思吸了一口菸，希望可以永遠都不把這口菸吐出來。有些人把菸呼出來時，一點煙霧都沒有。他並沒這麼自私。「有個問題。」

「是？」

「我把傑克帶進辦公室時，要怎麼跟我的同事解釋？」

「你會想到怎麼講的。近來你已經是更熟練的說謊家。」

「我並不是要你的稱讚，但還是謝了。」他起身要離開。

「有個線民告訴我，你扁了一個電視記者。」

「我絆倒了，跌到他身上。」

安克藍姆幾乎要微笑，「絆倒？」他等到雷博思點頭之後說，「這件事看起來會挺不錯的，不是嗎？他們把過程都拍下來了。」

雷博思聳肩，「你的那個線民……是誰？」

「你爲什麼問？」

「你有你的消息來源，對吧？我的意思是指在媒體裡，吉姆．史蒂文斯是其中之一。你們兩個有美好的小小友誼。」

「不與置評，探長。」

雷博思笑了，轉身要離去。「還有一件事。」安克藍姆說。

「什麼？」

「當蓋帝斯試著要把謀殺罪冠在史佩凡頭上，你訪談了一些史佩凡的朋友跟同夥，包括……」安克藍姆假裝在筆記裡找那個名字，「佛格斯．麥魯爾。」

「這又如何？」

「麥魯爾先生最近過世了。我相信你在他死的那天早上去見過他？」

是誰在告密？

「所以呢？」

安克藍姆聳肩，看起來心滿意足，「只是另外一個……巧合。對了，葛羅根督察長今天早上打電話給我。」

「一定是出於愛意。」

「你知道亞伯丁一家叫作『船桁端』的酒吧嗎？」

「在碼頭邊。」

「對，你進去過嗎？」

「也許。」

「裡面一個酒客說你一定去過。你買了一杯酒請他，聊鑽油平台的事。」

是那個頭蓋骨很大的男人。「所以？」

「所以這顯示在凡妮莎．荷登被殺的前一晚，你人在碼頭。探長，連續兩晚。葛羅根說話聽起來很激動，我想他要把你抓回去看管。」

「你會把我交給他嗎？」

安克藍姆搖頭，「不會，你不會希望我這麼做的，對吧？」

雷博思幾乎把一些菸噴到安克藍姆的臉上。差一點而已。也許他比他所想的還要自私……

「過程還算順利。」傑克說。他坐在駕駛座，雷博思選擇跟他一起坐在前座。

「那是因爲你以爲會血流成河。」

「我那時一直試著要回想急救訓練學到的東西。」

雷博思笑了，把緊張釋放出來。他的頭正在痛。

「前座置物箱裡有阿斯匹靈。」傑克告訴他。雷博思打開置物箱，裡面還有一小塑膠瓶的法國維蝶（Vittel）礦泉水，他喝水吞了三顆藥。

「你在蘇格蘭國防軍當過兵嗎？」

「我當過童子軍小隊長，從沒轉調到國防軍去。那時我有其他的嗜好。現在還有蘇格蘭國防軍嗎？」

「據我所知還有。」

「記得打工週嗎？你得在社區裡到處找工作，洗窗戶、挖他們的花園。最後你把所有的現金都交給阿克拉⓫。」

「他馬上就把一半的錢塞進自己口袋。」

傑克看了他一眼，「你內心是有一點憤世嫉俗，對吧？」

「也許只有一點。」

「所以現在去哪裡？阿帕契要塞？」

「就在我被人拷問過之後？」

「牛津酒吧？」

「你學聰明了。」

傑克選了蕃茄汁——他說要注意體重——而雷博思點了半品脫啤酒，想了一會兒後，又點了個零嘴。午餐時間的客人還沒進來，但是派與布里迪鹹派已經先加熱準備。也許女酒保曾經參加過女童軍。他們把酒帶到後面，坐在角落的桌邊。

「回到愛丁堡感覺很奇怪。」傑克說，「我們以前從來沒來過這裡喝酒吧？在大倫敦路上那家小酒館叫什麼名字？」

「我不記得了。」這是眞話，他連那家酒館的內部裝潢都想不起來，可是他至少進去過兩、三百次。那只是個喝酒跟談事情的地方，酒客們曾經帶給那裡許多活力。

「老天，我們在那裡浪費了不少錢。」

「戒酒的酒鬼說話了。」

傑克擠出一個微笑，舉起杯子，「約翰，告訴我，你爲什麼喝酒？」

「酒可以讓我不作夢。」

「最後也會讓你活不長。」

「人總會死的。」

「知道有人怎麼跟我說的嗎？他們說你是世上存活最久的自殺者。」

「誰說的？」

「別管那麼多。」

雷博思大笑，「也許我該申請進入金氏世界紀錄。」

傑克喝光他的飲料，「所以接下來的行程是？」

「我該打個電話給某人，一個記者。」他看錶，「我想她也許在家。我要到吧台去打電話，你要一起來嗎？」

「不用了，我信任你。」

「你確定？」

「非常確定。」

⓫ Akela，童軍團的成年領導人。

所以雷博思去打電話給梅麗，但是卻遇上電話答錄機。他留了簡短的訊息，然後問女酒保步行距離內有沒有照相館。她點頭，告訴他怎麼走，然後繼續擦杯子。雷博思把傑克叫來，然後他們走出酒吧，外面的氣溫越來越暖。天空還是烏雲密佈，很有壓迫感，似乎會打雷的樣子。但是你知道太陽正在捶打著雲層，像小孩打枕頭一樣。雷博思脫掉外套，一手把它披在肩膀上。照相館就在下一條街，所以他們穿過希爾街走過去。

照相館的櫥窗展示著人像照——似乎散發著光芒的新婚夫婦、帶著開朗微笑的小孩子。凍結的快樂時光——大騙局一場——被裱框，放在你家櫥櫃裡或電視上最顯著的地方。

「你的度假照片，對吧？」傑克問。

「別問我怎麼弄到這些照片。」雷博思警告說。他向攝影助理解釋說，他要加洗每一張底片。她記下客戶的要求，然後告訴他明天可以取件。

「一個小時內沒辦法好？」

「加洗不行，抱歉。」

雷博思拿了她給的收據，折起來放進口袋裡。到了店外，太陽已經放棄了，天正在下雨。雷博思還是沒穿上外套，因爲光穿襯衫就已經一直流汗了。

「聽著，」傑克說，「你不必告訴我你不想告訴我的事，但是我並不介意對這些事情多少瞭解一點。」

「這些什麼事情？」

「你的亞伯丁之行，在齊克與你之間的那些小小祕密訊息，就是，嗯，一切的一切。」

「你也許最好不要知道。」

「爲什麼？因爲我在安克藍姆手下工作？」

「或許。」

「少來了，約翰。」

但是雷博思並沒在聽他說話。照相館之後，隔了兩家店，有一家DIY小店，賣油漆、刷子與壁紙。這家店讓雷博思有個點子。回到車上，他告訴傑克往哪開車，說他們要進行神祕之旅——他想起在亞伯丁的第一晚，朗斯登也說了同樣的話。在聖里奧納德警局附近，雷博思叫傑克左轉。

「這裡？」

「這裡。」

這是一家DIY量販店。停車場幾乎是空的，所以他們把車停在門口附近。然後雷博思跳下車，找到一台四個輪子都完好的推車。

「你會以爲在這種店，他們應該會有專人維修推車。」

「我們在這裡做什麼？」

「我需要一些東西。」

「你需要存糧，不是一袋袋灰泥。」

雷博思轉身面對他，「你這一點就說錯了。」

雷博思買了油漆、滾筒刷、油漆刷、松節油、兩捲地板保護布、灰泥、除舊漆用的熱風槍、砂紙（粗細都有）、亮光漆，全部都用信用卡結帳。然後他請傑克去附近的咖啡館吃午餐，是他以前在聖里奧納德警局服務時常去的店。

接著回家，傑克幫他把所有東西拿到樓上。

「你有帶舊衣服來嗎？」雷博思問。

「我的後車廂裡有連身工作服。」

「你最好拿上來。」雷博思停步，瞪著他家開著的門。他丟下油漆衝進公寓，很快看了一下，發現沒人在裡面。傑克檢查著門框。

「看起來似乎是被人撬開的。」他說，「什麼東西不見了？」

「音響與電視還在。」

傑克走進去檢查各個房間，「看起來似乎還是原狀。你想報警嗎？」

「爲什麼？我們都知道這是安克藍姆想要嚇嚇我。」

「我並不這麼認爲。」

「是嗎？我被他偵訊時剛好家裡被人闖空門，這可怪了。」

「我們應該報警，這樣的話保險會支付你更換門框的費用。」傑克看了看他四周，「竟然沒人聽到有人撬門。」

「鄰居都是聾子。」雷博思說，「愛丁堡以這一點聞名。好吧，我們報警。你回去量販店買個門鎖什麼的。」

「那你要做什麼？」

「坐在這裡，看守基地。我保證不騙你。」

傑克一出門，雷博思就走向電話。他要求總機轉接安克藍姆督察長，然後他等著，環顧房內四周。有人闖空門，然後沒偷音響就走了，這簡直是一種侮辱。

「安克藍姆。」

「是我。」

「你有什麼心事嗎，探長？」

「我的公寓被人闖空門。」

「令人遺憾。他們偷了什麼？」

「什麼都沒拿。這正是他們露出馬腳的地方，我認爲你應該告訴他們這一點。」

安克藍姆笑說：「你以爲我跟這件事有關？」

「對。」

「爲什麼？」

「我還希望你告訴我呢。我心裡想到『騷擾』這個字。」他一說完，立刻想到《司法正義》節目：他們有多渴望搶新聞？渴望到會去闖空門嗎？他不認爲凱麗．伯傑斯會做這種事情。但如果是伊蒙．布林的話，事情就全然不同了……

「聽著，你這是很嚴重的指控，我並不確定我想聽你說這些。你何不冷靜下來好好想想？」

雷博思正在這麼做。他掛了安克藍姆的電話，從西裝口袋裡拿出皮夾。裡面裝滿了廢紙片、收據、名片。他抽出凱麗．伯傑斯的名片，打電話到她辦公室。

「她今天下午恐怕不會進來。」一個祕書告訴他，「需要我幫你留個訊息嗎？」

「伊蒙呢？」他裝出是他朋友的樣子，「他在辦公室嗎？」

「我看看。你的大名？」

「約翰．雷博思。」

「請稍待。」雷博思等了一會兒。「不在，抱歉，伊蒙也出去了。我該告訴他你來過電話嗎？」

「不用了，沒關係。我稍晚再找他，謝了。」

雷博思再度看了看公寓各處，這一次更仔細留意。他第一個想法是，這只是單純的闖空門。第二個想法是，這是整他的伎倆。但是現在他想到其他的東西，有人會去找的東西。這並不容易察覺：席芳跟她的伙伴們的搜查並不只是表面功夫，可是也非特別徹底。例如，他們並沒花時間在廚房，也沒打開櫥櫃，也就是他藏剪報與舊報紙的地方。

但是有人搜過這裡了。雷博思知道他最近看過的剪報是哪一篇，可是那一篇已經不是放在整疊資料的最上面了，它已經被移到下面三、四層的位置。也許是傑克……不，他不認爲傑克會偷看他的東西。

但是有人偷看過了，一定有人偷看過了。

傑克回來時，雷博思已經換上牛仔褲跟花俏的T恤，上面有「群豬跳舞」字樣。兩個制服員警已經來看過公寓的損害，並寫下一些紀錄。他們給了雷博思一個案件查詢號碼，他的保險公司會需要這個號碼。

雷博思已經把一些家具搬出客廳到公寓外的走道，然後用地板保護布蓋住其他的東西，另一條保護布蓋著地毯。他把漁船的畫從牆上拿下來。

「我喜歡那幅畫。」傑克說。

「我跟羅娜⑫結婚後過第一個生日時，她送給我的。她在一個手工藝品展售會上買的，她想這會讓我想起法夫郡。」他凝視著這幅畫，一邊搖著頭。

「我想它並沒讓你回想起故鄉吧？」

「我來自西法夫郡——艱苦的礦村——不是法夫郡東部沿海。」那裡都是魚簍、遊客跟養老院。「我從不認爲她眞的瞭解。」他把畫也拿到走道。

「我不敢相信我們要做這件事。」傑克說。

「而且還是用値勤時間。你想做那一件？漆牆壁、清門漆還是裝鎖？」

「刷油漆。」穿上藍色連身工作服後，傑克看起來就像油漆工。雷博思給他滾筒刷，然後把手伸進保護布裡開音響。滾石合唱團的〈大街放逐〉（Exile on Main Street），這首歌就是對味。這兩個人開始工作了。

第二十三章

他們休息一下，走到瑪其蒙路去買日用品。傑克還穿著工作服，說他感覺像個臥底。他的臉上有油漆漬，卻沒把它擦掉。他很開心，跟著音樂唱歌，雖然他並不見得都知道歌詞。他們買的大多是垃圾食物，碳水化合物，但還買了四個蘋果與兩根香蕉。傑克問雷博思是否要買些啤酒。雷博思搖頭，選購了Irn-Bru跟幾大桶柳橙汁。

「做這個有什麼用處？」他們漫步回去時，傑克問。

「讓心靈清靜。」雷博思回答，「給我時間思考……我不知道。也許我正在考慮把公寓賣了。」

「賣公寓？」

雷博思點頭。

「那要做什麼？」

「嗯，我可以買張環遊世界的機票，對吧？休息半年，或者把錢存進銀行靠利息過日子。」他停頓一下，「也許在郊外買個房子。」

「在哪裡買？」

「海邊。」

「那很棒。」

「棒？」雷博思聳肩，「對，我想也是。我只是想要改變。」

⓬雷博思的前妻。

「在海灘旁邊？」

「也可能在懸崖頂，誰知道？」

「你怎麼會有這個想法？」

雷博思想了一下，「我家不再感覺像是我的城堡了。」

「對，但是我們卻在別人闖空門之前買了這麼多粉刷用品。」

雷博思對此並無答案。

他們下午繼續工作，窗戶開著讓油漆味出去。

「我今晚該在這裡睡嗎？」傑克問。

「去空房間睡。」雷博思告訴他。

五點半的時候，電話響了。雷博思走到電話旁時，剛好進入語音答錄機。

「喂？」

「約翰，我是布萊恩。席芳告訴我你回來了。」

「嗯，她當然知道。你好嗎？」

「應該是我問你這句話才對吧？」

「我很好。」

「我也很好。」

「這個星期安克藍姆督察長看你不太順眼。」

傑克開始對這通電話感興趣。

「也許吧，但他又不是我上司。」

「可是他有影響力。」

「那就讓他來吧。」

「布萊恩，我知道你打算幹什麼。我想要跟你談談，我們可以過去你那兒嗎？」

「我們？」

「這說來話長。」

「也許我可以去找你。」

「我家是個工地。我們半個小時內會到，可以嗎？」

何姆斯猶豫了一下，然後說沒問題。

「布萊恩，這位是傑克．莫頓，我的老朋友。他隸屬於福寇克刑事組，目前是約翰．雷博思探長的副手。」

傑克對布萊恩眨眨眼，他已經把臉上跟手上的漆擦掉，「他的意思是，我的工作是讓他不要惹麻煩。」

「聯合國維和部隊是吧？進來吧。」

布萊恩已經花了一小時清理客廳，他看到雷博思眼中的讚許。

「不要進去廚房──那裡看起來像是一群印第安人騎馬劫掠過的景象。」

雷博思微笑著坐在沙發上，傑克坐在他旁邊。布萊恩問他們要不要喝點什麼，雷博思搖頭。

「布萊恩，我已經告訴傑克，多少知道發生了什麼事。他是個好人，我們可以在他面前說話。好嗎？」

雷博思正在冒著計算過的風險，希望這個下午兩人培養的情誼會有用。如果沒用，至少整修房子有了進展：三面牆已經上了第一層漆，門半面的漆已經清掉，門也裝了新鎖。

布萊恩點頭，坐在一張椅子上。奈兒的照片掛在瓦斯壁爐的上面，看起來這些照片剛被裱框放在那裡：一個臨時的祭壇。

「她在她媽媽家嗎？」雷博思問。

布萊恩點頭，「但是大多是在圖書館值晚班。」

「她可能回來嗎？」

「不知道。」布萊恩正想咬指甲，卻發現已經沒有指甲可咬了。

「我不認爲這是解決問題的方法。」

「什麼？」

「你不能辭職，所以你要讓安克藍姆把你踢出去，因爲你像驢子一樣不肯合作。」

「我有個好老師。」

雷博思微笑，這一點的確沒錯。蓋帝斯曾是他的老師，而他是布萊恩的老師。

「我以前也遇過這種事。」布萊恩接著說，「在學校時，我有一個很好的朋友，我們打算要一起上大學，可是他卻決定去史特靈唸書，所以我說我也去那裡。但是我的第一志願是愛丁堡大學，爲了讓愛丁堡不收我，我得故意把進階德文課當掉。」

「然後？」

「然後我坐在試場裡……心想要是我光是坐在那裡一題都不寫，就可以達到目的了。」

「但是你答題了？」

布萊恩微笑說，「我控制不了自己，我拿了及格的C。」

「現在是同樣的問題。」雷博思說，「如果你這樣走下去，你會永遠後悔，因爲在你心裡，你並不想離開警界，你喜歡你的工作。而把自己弄得遍體鱗傷……」

「還是把別人打得遍體鱗傷？」布萊恩問問題時，眼睛直視著他。瘋狂敏多，全身都是淤傷。

「你曾經一度失去理智。」雷博思舉起一根手指加強語氣，「一次已經嫌太多，但是你僥倖無事。我不認爲你會再這樣對待任何人。」

「我希望你是對的。」布萊恩轉向傑克說，「我曾經在偵訊室裡痛毆了一個嫌犯。」

傑克點點頭，雷博思告訴了他整件事情的經過。「布萊恩，我也曾經幹過同樣的事。」傑克說，「我是說，我並沒眞的動手，但是就差一點點。我也曾經拳打牆壁打到指節破皮。」

何姆斯舉起十根手指，傷痕累累。

「你看，」雷博思說，「正如我所說，你把自己弄得遍體鱗傷。敏多受了些傷，但是傷痕會消退。」他手指點點自己的頭，「但當淤傷在這裡的時候……」

「我想要奈兒回來。」

「當然。」

「但是我也想當條子。」

「你得讓她清楚瞭解這兩點。」

「老天爺，」布萊恩雙手摩擦自己的臉，「我已經試過要解釋……」

「布萊恩，你總是可以寫出清楚的好報告。」

「你的意思是？」

「如果怕說出來的話不對，試著把它寫下來。」

「寄信給她？」

「如果你高興的話，也可以這麼說。反正就是寫下你想說的話，也許試著解釋爲什麼你會有這種感覺。」

「你剛讀過《柯夢波丹》之類的女性雜誌？」

「只讀了感情難題解惑那頁。」

他們大笑，雖然這句話並沒什麼好笑的。布萊恩坐在椅子上伸展身體，「我需要睡個覺。」他說。

「早點去睡。明天第一件事就是寫信。」

「也許我會寫，會的。」

雷博思站了起來，布萊恩看著他。

「你不想聽米克・海恩的事嗎？」

「他是誰？」

「前科犯，最後一個跟藍尼．史佩凡說話的人。」

雷博思坐了下來。

「我奉命把他找出來，結果他一直都在城裡，四處流浪。」

「然後？」

「然後我跟他說話。」布萊恩停頓一下，「我認爲你也該跟他談談。你會對史佩凡有完全不同的看法，相信我。」

雷博思相信他，不管他說什麼。雷博思並不想相信他這句話，可是他卻相信。

傑克完全反對這個主意。

「聽著，約翰，我的老闆會想要跟這個海恩談談，對吧？」

「對。」

「要是他發現不只你的好友布萊恩先見過他，連你也跟著去找他，那他會怎麼想？」

「看起來會很可疑，但是他並沒叫我不要去找海恩。」

傑克吼出他的挫折感。他們把車開回公寓，現在走在梅爾維爾路上。路的一邊是布朗斯菲爾德高爾夫球場，另一邊是美多思公園，這座公園是一片平坦的草地，炎炎夏日午後的好去處——一個可以放鬆、玩足球或板球的地方——但晚上就變得很可怕。小徑是有路燈，但彷彿電力瓦數被調低了。有些晚上，走在步道上就像回到了維多利亞時代。但是現在是夏天，天空還是粉紅色的。皇家醫院與喬治廣場附近幾座高大的愛丁堡大學建築，映射出一塊塊的亮光。女學生成群結隊跨過美多思公園，這是從動物世界學來的教訓。也許今晚並沒有掠食者出沒，但是恐懼還是一樣眞切。就在好萊塢最新槍戰影集播映之前，電視新聞報導說，政府宣示要對抗「對犯罪的恐懼」。

雷博思轉向傑克，「你打算要打我的小報告？」

「我應該要。」

「對，你應該。但是你會嗎？」

「約翰，我不知道。」

「那別讓我們的友誼妨礙你。」

「這句話對我眞有幫助。」

「聽著，傑克，我在這灘渾水裡已經沉得太深，也許在浮上水面的時候就會死於水壓劇變。所以我也許最好還是留在水底。」

「你聽說過馬里亞納海溝⓭嗎？也許安克藍姆已經幫你準備了一個一樣深的給你。」

「你說溜嘴了。本來你還叫他齊克，現在叫他『安克藍姆』。你最好注意一點。」

「你很清醒嘛。」

「跟法官一樣清醒。」

「希望你不是酒後逞威風，因爲這表示你眞的瘋了。」

「歡迎來到我的世界，傑克。」

他們走向醫院的後方，在圍牆旁邊有長凳可坐。那些懶鬼、浪人、失敗者……看你要如何稱呼都可以……他們在夏天把這些長凳當床。以前有個叫法蘭克的老傢伙，雷博思每個夏天都看到他，夏天結束時，他就像侯鳥一樣消失了，來年又再度出現。但是今年……今年法蘭克還沒出現。雷博思看到的遊民都比法蘭克年輕很多，他們是繼承他精神的孩子，或該說是孫子。可是他們不同——更悍、更害怕、更緊張、更疲憊。不同的遊戲有不同的規則。愛丁堡的「街頭紳士」：二十年前他們的數量不過只有幾打。但是這些日子以來，他們已經不只幾打，不只了……

⓭ Marianas Trench，世界最深的海溝。

他們把兩個在睡覺的遊民吵醒，這兩個都否認是米克．海恩，並說他們不知道他是誰。然後在第三條長凳，他們幸運地找到人了。他坐著，旁邊堆著一疊報紙。他有一台小小的電晶體收音機，被他拿到耳朵旁邊聽。

「你耳聾了嗎？還是收音機需要換新電池？」雷博思問。

「我不聾不啞不瞎。他說另一個條子可能會想找我談。你想坐下嗎？」

雷博思坐在長凳上，傑克靠著圍牆休息，彷彿他寧可不聽到他們的對話。雷博思拿出一張五鎊鈔票。

「來，拿去買些電池。」

米克．海恩接過鈔票，「所以你是雷博思？」他看了雷博思好久。海恩四十歲出頭，頭開始禿了，有點斜眼。他穿著還算可以的西裝，可是兩條褲管的膝蓋處都有破洞。外套裡面是一件寬鬆的紅色T恤。兩個超市塑膠提袋放在他旁邊的地上，裡面塞滿了東西。「藍尼提過你，我以爲你不是這個長相。」

「不一樣嗎？」

「年輕一點。」

「藍尼認識我的時候，我比較年輕。」

「對，沒錯。只有電影明星會越來越年輕，你可曾注意到這一點？我們則是皺紋滿面，頭髮灰白。」海恩並非像他所說的那樣，他的臉曬得有點黑，像是擦亮的銅，他僅剩的頭髮又長又黑。

他的臉頰、下巴、額頭與指關節都有擦傷。不是跌倒就是被打。

「米克，你跌倒了嗎？」

「有時候我會頭暈。」

「醫生怎麼說？」

「啊？」

他沒去看過醫生。「你知道有收容所，你不需要在這裡過夜。」

「都滿了，我討厭排隊，所以我總是排在後面。邁可．愛德華．海恩⓮已經知道你的關心。現在你想聽故事嗎？」

「你慢慢說。」

「我在監獄認識藍尼，我們一起住同一間囚房，也許有四個月。他是安靜的那型，但是他並不適合監獄生活。他教我怎麼玩填字遊戲，把一團混亂的字母整理出來。他對我很有耐性。」海恩似乎離題了，但是他又把自己拉回來，「他寫的人就是他自己。他自己對我說過，他做過邪惡的事，且未因此而受懲罰。但是為了自己沒犯的罪而受懲罰，他的靈魂還是無法接受。他反覆告訴我，『米克，不是我幹的。我向所有神明發誓。』他很執著這一點，我想如果不是因為他一直寫作，也許他早就自我了斷了。」

「你不認為他是被幹掉的？」

海恩想了想，然後堅定地搖頭，「我相信他是自殺。他活著的最後一天，他彷彿已經有了決定，心中已經獲得平靜。他變得比較鎮靜，幾乎是安詳。但是他的眼睛……他不肯看著我，似乎他無法再跟人相處了。他會說話，但是在跟自己對話。我很喜歡他，他的文章很美……」

「最後一天？」雷博思提示他。傑克透過圍籬窺視著醫院裡面。

「最後一天，」海恩重複雷博思的話，「他的最後一天是我生命中最神聖的一天。我真的覺得被……神的恩典打動了。」

「漂亮小姐。」傑克喃喃說。海恩沒聽到他的話。

「你知道他的遺言是什麼嗎？」海恩閉上眼睛回憶著，「『米克，神知道我是清白的，但是我已經太厭倦反覆說這件事了。』」

雷博思已經坐立難安，他想要輕率地出言諷刺，就像他平常一樣——但是現在他卻發現他可以輕易地認同

⓮米克的全名。

史佩凡的遺言；甚至還可以——只有一點點——認同那個人。蓋帝斯眞的讓他盲目了嗎？雷博思並不太認識史佩凡，卻幫忙把他以謀殺罪名送進監獄，過程中還違反了規則與法律，他幫助了一個因仇恨而瘋狂、被復仇沖昏頭的人。

但爲何復仇？

「當我聽到他割喉時，我完全不驚訝。他整天都在摸自己的喉嚨。」海恩突然往前靠，提高音調，「直到他死的那一天，他都堅稱是你們陷害他的！你跟你的朋友！」

傑克轉身面對長凳，準備好要面對麻煩發生。但是雷博思並不擔心。

「看著我，告訴我你沒有陷害他！」海恩口沫橫飛，「他是我這輩子最好的朋友，最仁慈、最溫和的人。都完了，現在都完了……」海恩雙手抱頭哭了起來。

就現有的選項來看，雷博思知道他偏好哪一項——逃走。他採取了這個選項，快速跨過草地往梅爾維爾路走去，傑克得拚命加快腳步才趕得上他。

「等我！」傑克喊道。「不要再走了！」他們走到休憩空地的中間，步道圍成的一塊光線幽微的三角地。傑克拉住雷博思的手臂，試著要讓他慢下腳步。雷博思轉身甩開他的手，然後揮出一拳。傑克被擊中臉頰，一時天旋地轉，他一臉震驚，但已經準備好要接第二拳，他用前臂格開這一拳，然後自己出了右拳——他不是左撇子。他假裝要打雷博思的頭，然後用力擊中雷博思毫無防備的腹部。雷博思哼了一聲，感到疼痛但是忍住，他先退兩步再往前衝。這兩個男人接連倒在地上，他們的拳頭無力，以摔角的方式搶占上風。雷博思可以聽到傑克反覆叫他的名字，他把傑克推開，自己爬起來蹲著。在其中一條步道上，兩個腳踏車騎士停下來看他們。

「約翰，你他媽在幹什麼？」

雷博思露出牙齒，更狂野地再度揮拳，給他的朋友充足的時間可以閃躲，然後再進行攻擊。雷博思幾乎要防禦自己，但是改變了主意，他等著被打。傑克給他下半身一擊，這種拳頭可以把人打倒但不會造成傷害。雷博思彎腰匍匐在地，臉埋在雙手跟膝蓋裡，他往地上吐了一口，吐出來的大多是液體。他繼續試著把一切咳出來，儘管已經沒有東西可咳。然後他開始大哭，爲自己也爲蓋帝斯而哭，甚至也爲史佩凡而哭，更是爲了艾絲．萊恩德與她的姊妹們而哭，也爲所有他幫不上也永遠無法幫助的死者而哭。

傑克坐在一碼遠左右的地方，雙手前臂倚在膝蓋上。他大力喘氣，流著汗，把外套脫掉。雷博思似乎哭了很久的時間，鼻子冒出鼻涕的泡沫，嘴巴留下細細的一條條口水。然後他覺得顫抖漸緩，一切都停了。他轉身躺在地上，他的胸膛起伏，一隻手臂橫放在眉毛上。

「老天，」他說，「我就需要來這麼一下。」

「從青少年時期之後，我就沒這樣打過架了。」傑克說，「覺得好一點了？」

「好多了。」雷博思拿出一條手帕擦眼睛跟嘴巴，然後擤了擤鼻子。「抱歉我對你發洩。」

「總比打無辜的旁人好。」

「非常正確。」

「這就是你喝酒的原因？避免這種事情發生？」

「老天，傑克，我不知道。我喝酒因爲我一直在喝酒。我喜歡酒，我喜歡酒的口感跟喝酒的感覺。我喜歡站在酒吧裡。」

「而且你喜歡睡覺不作夢？」

雷博思點頭，「這是最重要的原因。」

「約翰，還有其他的方法。」

「你打算開始跟我推銷果汁教會？」

「你是個大男人了，下定決心。」傑克站了起來，也把雷博思拉起來。

「我打賭我們看起來就像是遊民。」

「你才像，我不認爲我像。」

「你很優雅，傑克，你看起來又酷又優雅。」

傑克的手碰碰雷博思的肩膀，「現在好了嗎？」

雷博思點頭，「我幹了傻事，但是我好久沒感覺這麼好了。來吧，我們去散步吧。」

他們轉身走向醫院。傑克沒問他們要往哪裡去，但是雷博思心中已有目的地：喬治廣場的大學圖書館。當他們進去時，圖書館正要休館，離開的學生們把檔案夾抱在胸前。當他們走向櫃台時，學生們閃得遠遠的。

「哈囉，奈兒。」

她抬起頭一看，一開始沒認出他，然後臉上失去了血色。

「你怎麼了？」

雷博思舉起一隻手，「布萊恩很好。傑克跟我……嗯，我們……」

「絆倒了。」傑克說。

「你們不應該在有樓梯的酒館喝酒。」現在她知道布萊恩沒事，很快地就恢復了鎮定與她的警戒心，「你要做什麼？」

「聊聊。」雷博思說，「也許到外面談？」

「我這邊再五分鐘就好了。」

雷博思點頭說：「我們等你。」

他們到外面去，雷博思想要點根菸，但是他的菸被壓扁不能抽了。

「老天，我正想抽一根。」

「現在你知道戒菸的感覺了。」

他們坐在階梯上，盯著喬治廣場花園以及周邊新舊混雜的建築看。

「你幾乎可以感覺到空氣中的強大腦力。」傑克評論道。

「現在有一半的警察都上過大學。」

「我打賭他們不會對朋友揮拳頭。」

「我說過我很抱歉。」

「珊米念過大學嗎？」

「我想她唸過祕書訓練學院。她現在在一家慈善機構工作。」

「哪一個？」

「SWEEP。」

「跟前科犯一起工作？」

「正是如此。」

「她是故意要氣你嗎？」

雷博思自己問過同樣的問題好多次。他聳肩。

「父女關係就是這樣吧？」

他們身後的門打開了，是奈兒。她高䠷、深色的短髮、有一張桀傲不馴的臉，沒戴耳環或珠寶。

「你們可以陪我走到公車站。」她對他們說。

「聽我說，奈兒，」雷博思說，他意識到應該先想清楚怎麼講，應該先練習過才對，「我只想說，你跟布萊恩之間的事令人遺憾。」

「謝了。」她走得很快，雷博思跟上她步伐的同時，他的膝蓋發痛。

「我知道我沒資格給什麼婚姻建言，但是你得知道一件事：布萊恩是天生的條子。他不想失去你——他爲此非常難過——但是離開警界會是慢性死亡。他不能使他自己辭職，所以他正試著要惹麻煩上身，讓高層別無選擇地把他踢出去。這並不是解決問題的方法。」

奈兒一時沉默不語。他們走向帕特洛大樓，綠燈時過了馬路。他們正往灰修士區走，那裡有很多公車站牌。

「我知道你在講什麼，」她終於說，「你說這是一個沒有贏家的情況。」

「的確如此。」

「請先聽我說。」她的眼睛在鈉光燈下閃閃發光，「我不想要一輩子等電話，等那通告知我壞消息的電話。我不想花時間計畫週末與假期，結果卻因爲某件案子或出庭優先而取消度假。這太過分了。」

「的確很過分。」雷博思承認，「我們這行是走高空鋼索，底下卻沒安全網。但是……」

「什麼？」

「你們可以維持你們的婚姻，很多人都可以。也許你沒辦法太早計畫事情，也許得取消度假，也許有淚水。可是當機會來臨，你們還是可以抓住機會。」

「我是不小心走進了露絲博士⓯兩性關係諮商節目嗎？」

雷博思嘆了口氣，然後奈兒停步握住他的手，「約翰，我知道爲什麼你來找我。布萊恩很痛苦，而你不想看到他這樣。我也不想看到他痛苦。」遠方傳來警笛聲，警笛往大街方向過去，奈兒顫抖著。雷博思瞭解了，看著她的眼睛，發現自己正在點頭。他知道她說得對，他自己的太太也說過同樣的話。從傑克站著的姿勢、臉上的表情看來，他也經歷過同樣的處境。奈兒又開始往前走。

「他會離開警界，奈兒，他會讓他們開除他。但是他接下來的人生……」他搖頭，「就再也不一樣了，他也會變得不一樣了。」

她點頭，「我可以接受這一點。」

「你並不確定。」

「我是不確定。」

「你肯冒這個險，但是你卻不肯冒險讓他保持原來的樣子？」她板起了臉，但是雷博思不給她時間回嘴，「你的公車來了。奈兒，你就考慮一下吧。」

他轉身往美多思公園的方向走去。

他們在空房間給傑克鋪了床──珊米的舊臥室，裡面貼滿杜蘭杜蘭合唱團（Duran Duran）與邁可．傑克森的海報。他們洗了澡，一起喝了一壺茶──沒有抽菸喝酒。雷博思躺在床上盯著天花板，知道還要很久才會睡著，也知道睡著後他的夢會很可怕。他起身，躡腳走到客廳，沒開燈。室溫涼爽，他們讓窗戶開到很晚才關，但是新漆與門上燒焦的舊漆留下一種好聞的味道。雷博思掀起蓋住他椅子的布，把它拉到凸窗旁邊。他坐下來拿毯子裹著自己，感覺自己放鬆了。對街還有燈亮著，他專心地看著它們。我是個偷窺者，他想，我有偷窺癖，所有的警察都是這樣。但是他知道自己不僅如此：他喜歡跟周遭的生命發生關連。他有知道的需要，這讓他超越了偷窺癖。偷窺是種毒品，可是當他知道這許多事情，他就得用酒來掩蓋掉它們。他看到窗戶裡他的倒影，只有兩個面向，像鬼一般。

我幾乎不存在，他想。

⓯ Dr. Ruth Westheimer，曾在美國電視主持兩性關係與性學節目。

第二十四章

雷博思醒來時發現有什麼東西不對勁。他沖了澡，換了衣服，但還是說不出是哪裡出問題。然後傑克懶懶地走進廚房，問他睡得好不好。

他睡得很好。這就是怪怪的地方。他的確睡得非常好，也相當清醒。

「安克藍姆有打電話來嗎？」傑克一邊看冰箱裡面一邊問。

「沒有。」

「那你今天大概沒事了。」

「他應該正在為下一場比賽進行訓練。」

「所以我們繼續裝修房子，還是去上班？」

「我們先刷一小時油漆。」雷博思說。所以他們就這樣做了，雷博思不時看著外面的街道。沒有記者，也沒有《司法正義》節目的人。也許他已經把他們嚇跑了，也許他們正在等待時機。他沒聽說他們提出傷害告訴：也許布林有了他打人的畫面太開心了，沒想到要採取進一步的行動。等到節目上檔之後，還有很多時間提出申訴……

油漆完之後，他們開傑克的車到阿帕契要塞。傑克的第一反應並未讓雷博思失望。

「眞是個爛地方。」

警局裡面正忙著打包搬家。廂型車已經載了木箱跟紙箱去新辦公室。輪值警佐變成捲起袖子的工頭，確保箱子都有標示，讓搬家工人知道要把東西搬到新辦公室的哪個位置。

「如果能夠依照計畫完成搬家，那眞是奇蹟。」警佐說，「我也注意到刑事調查組沒在幫忙。」

傑克與雷博思給他一輪掌聲：這是個老玩笑，但出於好意。然後他們走進小屋。

麥克雷與貝恩還在原位不動。

「你這不肖子！」貝恩大喊，「你到底跑到哪裡去了？」

「配合安克藍姆督察長進行調查。」

「你應該打個電話進來。麥克阿斯其爾要找你，快去⑯。」

「我以爲我已經叫你不要再這樣稱呼我。」

貝恩自滿地微笑。雷博思向他們介紹傑克，他們點頭、握手、哼出一些客套話。

「你最好去見老闆，」麥克雷說，「他一直很苦惱。」

「我也很想他。」

「你有從亞伯丁帶土產給我們嗎？」

雷博思搜搜口袋，「我糊塗給忘了。」

貝恩說：「那你應該是很忙。」

「比你們兩個忙，但是要比你們忙也不難。」

「去找老闆。」麥克雷告訴他。

貝恩搖搖手指，「你應該對我們好一點，要不然我們可能不會把線民給的情報告訴你。」

「什麼情報？」雷博思曾要他們去向本地線民打聽東尼．艾爾共犯的事。

「你跟麥克阿斯其爾談完再告訴你。」

所以雷博思去見他的老闆，把傑克留在辦公室外面。

⑯原文是俚語 toot sweet，與法文的 tout de suite（即刻、快點）諧音，因此也有同樣意思。但 toot 有「屁」之意，所以雷博思接著的幽默回答，意指不要稱呼我爲「甜蜜的屁」。

「約翰，」麥克阿斯其爾說，「你到底在玩什麼遊戲？」

「長官，各種不同的遊戲。」

「我聽說，你在這些遊戲裡都表現得不怎麼樣，對吧？」

麥克阿斯其爾的辦公室正在清空，但還有不少東西。他的檔案櫃抽屜都被掏空，檔案散佈在地板上。他注意到雷博思在看這團混亂，「一場夢魘。」他說，「你打包得如何？」

「我沒什麼東西，長官。」

「我忘了，你來我們這裡不久。有時候感覺你來這裡很久了。」

「我確實會給人這種感覺。」

麥克阿斯其爾微笑，「我心中的第一個問題，史佩凡案的重新調查：會有任何發展嗎？」

「如果依照我的方式進行的話就不會。」

「嗯，安克藍姆非常頑強……而且仔細。不要期盼他會忽略掉什麼。」

「是，長官。」

「我跟你在聖里奧納德警局的上司談過。他告訴我，如果以爲事情不會出錯，就越會出錯。」

「長官，我不知道，這場比賽裡我似乎被綁手綁腳在玩。」

「約翰，如果有什麼是我可以幫忙的……」

「謝謝長官。」

「我知道齊克會玩什麼把戲：消耗戰。他會讓你累得要死，讓你來回繞圈子。他會讓你覺得說謊承認自己有罪，還比不斷說眞話輕鬆。小心這一招。」

「我會的。」

「對了，第一個問題：你覺得還好嗎？」

「我沒問題，長官。」

「我們這裡沒什麼不能處理的事，所以你需要休假的話，盡量休吧。」

「感謝。」

「約翰，齊克是西岸的人，他不應該過來我們這裡管事。」麥克阿斯其爾搖頭，伸手進抽屜拿一瓶Irn-Bru，「可惡。」他說。

「長官，怎麼了？」

「我買了低熱量口味。」他還是打開了飲料罐。雷博思離開了辦公室，讓他繼續打包。

傑克就等在門外。

「你有聽到我們的對話嗎？」

「我沒在聽。」

「我老闆告訴我，我可以隨時休假。」

「所以我們可以把客廳粉刷完。」

雷博思點頭，但是他想要先完成另一件事。他走進小屋，站在貝恩的桌子前面。

「所以呢？」

「所以，」貝恩往椅背一靠，「我們照你說的辦，向我們的線民打聽過了，他們說了一個名字。」

「漢克．山克利。」麥克雷補充道。

「他沒啥前科，但他有機會就會去搞一點不義之財，一點也不會良心不安。而他很喜歡炫耀，聽說他有一筆意外之財，兩杯黃湯下肚後，他吹噓說他有格拉斯哥那邊的人脈。」

「你跟他談過了嗎？」

貝恩搖頭，「還在等時機成熟。」

「等你出現。」麥克雷補充說。

「你們兩個是排練過這些台詞嗎？我可以在哪裡找到他？」

「他熱愛游泳。」

「哪裡？」

「國協游泳池。」

「外觀？」

「達基斯路起點的大建築物。」

「我是說山克利。」

「你不會錯過他的。」麥克雷說，「三十歲代後半，六呎高，像竹竿一樣瘦，金色短髮，看起來像北歐人。」

「根據我們得到的外型描述，」貝恩更正說，「他是白子。」

雷博思點頭，「先生們，我欠你們一個人情。」

「你還沒聽到是誰告的密。」

「誰？」

貝恩露齒而笑，「記得克勞福．山德嗎？」

「投案說自己是聖經強尼的那個？」貝恩與麥克雷點頭。「爲什麼你們不告訴我他是你們的線民？」

貝恩聳肩說：「我們不想公開這件事。但克勞福是你的大粉絲，而且他偶爾喜歡來點硬的……」

到了警局外面，傑克走向車子，但是雷博思有其他的計畫。他走進一家商店，出來時帶著六罐 Irn-Bru，不是低熱量口味，然後走進局裡。輪值警佐滿頭大汗，雷博思把那一袋飲料交給他。

「你不必這麼客氣。」警佐說。

「是給麥克阿斯其爾的。」雷博思說，「我希望他最少拿到五罐。」

現在他可以出發了。

國協游泳池是為一九七〇年的大英國協運動會建造的，位於達基斯路的起點，就在亞瑟王寶座（Arthur's Seat）丘陵的山腳下，離聖里奧納德警局不到四分之一英里。他還在游泳的時候，他午餐時間都會去這裡游泳。你找一條泳道——從來都沒有無人使用的泳道，你就像從交流道慢慢開車接上高速公路一樣——然後開始配速游泳，讓你不會追上前面的人，也不會被後面的人趕上。這樣游泳還可以，但是有點太嚴謹了。另外一個選項是去開放游泳池橫向游泳，但是你就會跟小孩和他們的父母混在一起。這裡還有一個獨立的幼兒池，還有三條雷博思從未用過的滑水道。這棟建築裡還有三溫暖、健身房跟一家咖啡館。

他們在停滿車的停車場找到一個位子，然後從正門走進去。雷博思在售票口亮出證件，告訴售票員山克利的長相。

「他是常客。」那女人告訴他。

「他目前在這裡嗎？」

「我不知道，我才剛開始值班。」售票員轉身去問裡面另外一個女人，她正邊點銅板邊把銅板放進銀行的塑膠袋裡。傑克拍拍雷博思的手臂，點點頭。

售票口後方是一大片開放空間，那裡有窗戶可以望進主游泳池。有個男人站在那邊大口喝著一罐可樂，他很高很瘦，潮濕的頭髮是白的，腋下夾著一條捲起來的浴巾。當他轉身時，雷博思看到他的眉毛跟睫毛也是白的。山克利看到兩個男人打量著他，立刻就知道他們的身分。當雷博思與傑克往他走去，他拔腿就跑。

他拐個彎跑進沒有隔間的咖啡館，可是在那裡找不到出口，所以他繼續跑，結果跑到兒童遊樂區旁邊。這裡是一個三層樓高、被防護網圍住的空間，有溜滑梯、步道跟其他的遊樂設施——一座幼兒的戰鬥教練場。有時候雷博思喜歡在游完泳之後，坐在這裡喝杯咖啡看小孩玩，心想哪一個長大後會是最好的士兵。

山克利已經無路可逃，他也知道這一點。他轉身面對他們：雷博思與傑克正在微笑。但是逃脫的衝動還是很強；山克利推開管理員，開了門衝進遊樂區，他一邊閃躲一邊往裡面走。他面前有兩個巨大的填充滾輪，就像一台超大型軋布機。他瘦到可以從中間鑽過去。

傑克大笑，「他打算跑到哪裡去？」

「我不知道。」

「我們先喝杯茶，等他自己玩夠了出來。」

雷博思搖頭，他聽到最高的那一層傳來聲音。「那裡面有個小孩。」他轉向管理員，「對不對？」

她點頭。雷博思轉向傑克說：「有可能變成人質。我要進去，你留在外面，告訴我山克利在哪裡。」

雷博思脫掉外套走進去。

滾輪是第一個難關，他根本鑽不進去，可是他想辦法擠進滾輪與防護網之間的空隙。他想起當兵時的特戰訓練：你無法想像的戰鬥訓練場。他繼續往前，踩進一池彩色塑膠球，然後有一條螺旋管子往上連接到第二層，附近有一條溜滑梯——他爬了上去。透過網子雷博思可以看到傑克，他正指著遠處一角。雷博思保持蹲姿，環顧四周，看到一個拳擊沙包、一條空隙上蓋著防護網、可以爬進爬出的管子……更多溜滑梯跟攀登繩。就在那裡。山克利在遠處的角落裡想著下一步。咖啡館裡的人都在看他們，對游泳已經不再感興趣。再往上一層，那個小孩就在那裡。雷博思必須搶在山克利之前到上一層，或者是先抓住他。山克利並不知道有人也在裡面，傑克向他大喊，讓他分心。

「嘿，漢克，我們可以在這裡等你一天！要等你一整晚也可以！出來吧，我們只想聊聊！漢克，你在裡面看起來很可笑。說不定我們乾脆把這裡鎖起來，把你公開展示給大家看。」

「閉嘴！」山克利口沫橫飛。他又瘦又憔悴……雷博思知道擔心被感染愛滋病毒很瘋狂，但是他還是擔心。愛丁堡還是個愛滋橫行的城市。當他距離山克利約十五呎時，他聽到「咻」的聲音高速往他衝來。他正經過一條管子的出口，兩條腿竄出來把他撞倒。一個約八歲的男孩瞪著他。

「先生，你太老了不可以進來。」

雷博思站起來，看到山克利往他們走過來，然後抓住小孩的頸背拖著他走。他退到溜滑梯邊，把小男孩從那裡丟下去。他正要轉身跟山克利對決，又有一條腿踢中他——那個白子的腿。他撞上防護網被彈回來，從鋪著軟墊的溜滑梯滾下去。小男孩正走向出口，管理員比手勢要他動作快。山克利也滑了下來，伸出雙拳搥在雷博思的脖子上。山克利衝向小男孩，但是小男孩已經穿過滾輪。雷博思跳到山克利身上，把他撞進那池塑膠球裡，再好好給他一拳。山克利的雙臂因爲游泳已經沒力，雖然他搥打著雷博思的身側，感覺像是被一具布娃娃打。雷博思抓起一顆球塞進山克利的嘴裡，球卡進他的嘴，雙唇緊繃發白。然後他踢山克利的胯下，兩次，這樣就差不多收拾了他。

傑克過來幫他把失去抵抗能力的山克利拉出來，「你沒事嗎？」他問。

「他打我還不如那個小男孩打得痛。」

小男孩的母親抱著兒子，確認他是否無事。她狠狠瞪了雷博思一眼，小男孩抱怨說他還可以玩十分鐘。管理員追上雷博思。

「不好意思，」她說，「可以把球還給我嗎？」

聖里奧納德警局既然這麼近，他們就把山克利帶過去。他們要了一間空的偵訊室，室內的空氣聞起來，剛剛還有人在這裡。

「坐那裡。」雷博思對山克利說。然後雷博思把傑克拉出去，低聲跟他說話。

「讓你知道一下狀況，東尼・艾爾殺了亞倫・米其森——我還是不知道理由爲何。東尼有本地人幫手。」他往門抬抬下巴，「我想知道漢克知道什麼。」

傑克點頭，「你要我保持沉默，還是有戲要我演？」

「傑克，你扮白臉。」雷博思拍拍他的肩膀，「你一直都是個好人⑰。」

他們回到房內時已經變成一組搭檔，就像過去一樣。

「山克利先生，」雷博思開場，「目前爲止，你的罪名有拒捕跟襲警，還有很多目擊證人。」

⑰雷博思的雙關語幽默，good guy意指好人，而play the good guy是扮白臉之意。

「我沒有什麼也沒做。」

「雙重否定句⓲。」

「啊？」

「如果你沒有什麼也沒做，你就一定做了什麼。」

山克利看起來悶悶不樂，雷博思早已經鎖定他了：貝恩說他「一點也不會良心不安」，這句話給了他線索。山克利根本沒有道德感，也許他遵守的只有「人不爲己，天誅地滅」這一條。他不在乎任何事或任何人。除了求生本能之外，他毫無智慧可言，雷博思知道可以利用這一點。

「漢克，你並不虧欠東尼．艾爾。不然你以爲是誰把你供出來？」

「哪個東尼？」

「安東尼．艾利斯．肯恩，轉往亞伯丁發展的格拉斯哥黑道。他曾到這裡幹一件事，他需要本地助手，結果找上了你。」

「這不是你的錯。」傑克雙手插著口袋幫腔，「你只是從犯，我們不會以謀殺罪控訴你。」

「謀殺？」

「東尼．艾爾鎖定的年輕人。」雷博思說明，「你找到可以囚禁他的地方，這就是你所有的參與內容，對不對？其他都是東尼幹的。」

山克利咬著上唇，露出窄小不整的下排牙齒。他的眼珠是淺藍色，帶著深色的斑點，他的瞳孔縮到鉛筆尖這麼小。

「當然，」雷博思說，「我們也可以用其他方式來玩。我們可以說是你把他丟出窗戶。」

「我沒有什麼都不知道。」

「是『我什麼都不知道』。」雷博思提醒他。山克利雙手交叉胸前，兩條長腿打開。

「我要找律師。」

「漢克，你常看《神探科傑克[19]》影集重播對吧？」傑克問，然後看了雷博思一眼，雷博思點點頭：不用再玩白臉策略了。

「漢克，這讓我覺得好無聊。知道嗎？我們現在帶你去採指紋，你在那個地方到處都留下指紋，你甚至還把外帶的酒丟在那裡。到處都是指紋，你記得你摸過那些酒瓶、罐子跟包裝袋嗎？」山克利努力回想著。雷博思降低了音量說：「我們逮住你了，漢克。你完了。我會給你十秒鐘的時間開口說話，逾時不候──我保證。不要以為你可以晚點再告訴我們，我們不會聽了。法官會關掉他的助聽器，你完全孤立無援。你知道為什麼嗎？」他等到山克利把注意力放到他身上，「因為東尼．艾爾嗝屁了，有人在浴缸裡幫他割腕。你可能就是下一個。」雷博思點點頭，「漢克，你需要朋友。」

「聽著……」東尼．艾爾的故事驚醒了山克利，他往前坐了一些，「聽著，我是……我……」

「慢慢說，漢克。」

傑克問他要不要喝點東西。山克利點頭說：「可樂之類的。」

「傑克，也幫我拿一瓶。」雷博思說，傑克走往走道上的販賣機。雷博思等待著，他在房裡踱步，給山克利時間決定要吐露多少眞相、講多少的假話。傑克回來了，丟一瓶給山克利，把另一瓶遞給雷博思。他打開飲料來喝，覺得這不是眞的飲料，又冰又太甜，裡面能刺激他的只有咖啡因而不是酒精。他看到傑克正在看著他，他繃起臉作為回應。他也想要抽根菸，傑克讀出他的表情，聳聳肩。

「好啦，」雷博思說，「你有故事要說嗎，漢克？」

山克利打了嗝，點點頭，「就像你說的，他跟我說他要來這裡辦一件事。他說他有格拉斯哥那邊的人脈。」

[18] 原文：I haven't done nothing. 教育程度較低的人會犯此文法錯誤。
[19] Kojak，一九七〇年代流行的美國偵探影集。

「這是什麼意思？」

山克利聳肩說，「我沒問過。」

「他曾提過亞伯丁嗎？」

山克利搖頭說，「他只說格拉斯哥。」

「說下去。」

「他說只要我幫他找一個可以帶人過去的地方，就給我一千鎊。我問他要做什麼，他說要問幾個問題，也許要教訓那個人一下，就這樣。我們在一個很高級的住宅區外面等那個人。」

「金融區？」

山克利又聳肩，「在洛西安路跟乾草市場之間。」就是這裡沒錯。「我們看到這個年輕人走出來，跟蹤他。我們看著他一陣子，然後東尼說現在該是認識他的時候了。」

「然後？」

「我們跟他搭訕，我聊得很開心，忘了我們本來要進行的事。東尼看起來似乎也忘了，我想也許他打算罷手不幹了。然後我們出去搭計程車，當那個年輕人看不到我們的時候，他給我使眼色，然後我就知道事情還是進行。但我發誓，我本來以為只是要揍那個小伙子一頓。」

「並不是如此。」

「不是。」山克利的音量降低，「東尼帶了個包包。當我們到了那棟公寓，他拿出膠帶跟其他的東西，把小伙子綁到椅子上，他鋪了一條塑膠布，拿出塑膠袋罩在小伙子頭上。」山克利的聲音變得沙啞，他清清喉嚨，又喝了一口可樂，「然後他開始從包包裡拿出東西，一些工具，你知道就像木工會用的工具，鋸子、螺絲起子之類的。」

雷博思看了傑克一眼。

「那時我才發覺塑膠布是用來接血的，那個小伙子不只是會被揍而已。」

「東尼計畫要凌虐他？」

「我想是吧，我不知道……也許我應該試著阻止他。我以前從來沒幹過這種事情，我是說，我以前幹過壞事，但從來沒有……」

下一個問題本來應該是最重要的；雷博思卻已經不再確定它是了，「米其森是自己跳樓，還是怎麼了？」

山克利點頭說：「我們背對著他，東尼正在拿出工具，而我只是盯著他看。小伙子頭上雖套著塑膠袋，但我想他看見那些工具了。他衝過我們之間，跳出窗戶，他應該是被嚇壞了。」

雷博思看著山克利，想起東尼·艾爾的樣子，他再度感覺到殘酷的面目竟如此平凡，面貌或聲音並不會透露出殘酷的本性。並沒有惡人頭上會長角或有獠牙，嘴角不會滴著血，也沒有慵懶的惡意。邪惡幾乎……它幾乎像個小孩——幼稚而單純。你玩了一個遊戲，醒來卻發現不是玩假的。眞實生活中的惡魔並不古怪：他們是安靜的男女，你在街上跟他們擦身而過也不會注意他們。雷博思慶幸自己不會讀心術，要是會，那一定像活在地獄一樣。

「然後你們怎麼辦？」

「收拾東西走人。我們先回到我住的地方，喝了幾杯酒。我一直發抖，東尼一直說事情搞砸了，可是他似乎並不擔心。我們發現我們把酒留在現場——但想不起來上面是否有我們的指紋，我想上面應該有。然後東尼走的時候拿錢給我，他還算守信用。」

「漢克，你住的地方離那棟公寓多遠？」

「走路大概兩分鐘。我並不常去那裡，那裡的小鬼會罵我髒話。」

人生可以是很殘酷的，雷博思心想。走路兩分鐘而已：當他到現場的時候，東尼·艾爾距離他也許只在兩分鐘腳程內。但是結果他們卻在石港碰面……

「東尼有沒有讓你知道，爲什麼他會找上米其森？」山克利搖頭。「他第一次跟你接觸是什麼時候？」

「兩天前。」

所以是預謀殺人，嗯，當然是預謀的，但是這也意謂著米其森還在亞伯丁的時候，東尼．艾爾已經在愛丁堡準備動手。他放假的第一天晚上就死了，所以東尼．艾爾並不是從亞伯丁跟著他南下……可是東尼．艾爾卻知道他的長相，知道他的住處——他的公寓裡有電話，但並沒登記在電話簿上。

米其森是被認識他的人設計了。

輪到傑克了，「漢克，仔細想想，東尼完全沒談這件事？沒說是誰付他錢？」

山克利想了想，然後慢慢點頭。他看起來挺滿意他自己的樣子：他總算想起某件事情了。

「H先生，」他說，「東尼說了跟H先生有關的事，但他後來就不漏口風了，好像他是不小心說出口的。」山克利幾乎要在座椅上跳舞，他想要雷博思跟傑克對他產生好感，他們回以微笑讓他知道成功了。但是雷博思心裡飛快地轉著念頭，他唯一想得到的H先生是傑可．哈利，但是他並不像是主謀。

「好傢伙，」傑克誘騙他說，「現在再想一下，多告訴我們一點。」

但雷博思有個問題，「你有看到東尼．艾爾注射毒品嗎？」

「沒有，但是我知道他打過。當我們跟蹤小伙子的時候，我們一走進酒吧，東尼就去廁所。他出來的時候，我知道他吸了毒。活在我的世界裡，你可以感覺得出來有人吸過毒。」

東尼．艾爾有海洛英毒癮。但這並不表示他不是被殺的，只表示史坦利也許不必費太多力氣就可幹掉他。要殺被毒品帶到九重天外的東尼．艾爾，絕對比殺小心提防的他容易。運到亞伯丁的毒品……柏克舞廳是集散地……東尼．艾爾吸毒——也販毒？他後悔那時沒問艾力克．史戴蒙關於東尼．艾爾的事。

「我得去廁所。」山克利說。

「我們會找個員警帶你去，在這裡等著。」雷博思跟傑克離開了偵訊室。

「傑克，我要你信任我。」

「到什麼程度？」

「我要你留在這裡取山克利的供詞。」

「我會在三點以前回來。」
「你要去做什麼？」
「帶某人去吃午餐。」雷博思看看錶，「我會在三點以前回來。」
「喂，約翰……」
「你就當我是在假釋中，我去吃午餐就回來。兩個小時。」
「哪一家餐廳？」
「什麼？」
「告訴我你要去哪裡。我每十五分鐘會打電話過去，你最好人都在那裡。」雷博思看起來不太高興，「我還想要知道你的客人是誰。」
「是女人。」
「姓名？」
雷博思歎道：「我聽說過鐵面無私，可是你的臉比鋼還硬。」
「姓名？」傑克微笑著。
「婕兒．譚普勒。婕兒．譚普勒督察長，可以了嗎？」
「好，現在告訴我你去哪家餐廳。」
「我不知道，等我到了再告訴你。」
「一定要打給我。如果你不打，齊克就會知道這件事，懂嗎？」
「現在又叫他『齊克』啦？」
「你不打電話，他就會知道。」
「好，我會打。」
「還要說出餐廳的電話號碼？」
「說出餐廳電話號碼。傑克，你知道嗎？你讓我一點食慾也沒有了。」

「多點一些菜，剩下的帶回來給我吃。」

雷博思開始找婕兒，後來在她辦公室找到人。她告訴他她已經吃過了。

「那你就來看我吧。」

「令人難以拒絕的提議。」

克勒克街上有一家義大利餐廳。雷博思點了披薩：他可以把他吃不完的帶回去給傑克。然後他打電話到聖里奧納德警局，把這家披薩店的號碼留下，要他們轉給傑克。

「所以，」當雷博思再度坐下之後，婕兒說，「最近很忙？」

「忙得很。我去了亞伯丁一趟。」

「做什麼？」

「去查怕死鬼佛仔便條紙上的電話號碼，外加一些其他的事。」

「什麼其他的事？」

「不一定有關連性。」

「告訴我，你這趟沒發生什麼事嗎？」大蒜麵包剛送到，她拿了一片。

「沒什麼事。」

「眞讓我意外。」

「人家說要維繫感情就要常給對方驚喜。」

婕兒咬了口麵包，「所以你發現了什麼？」

「柏克舞廳很黑。那裡也是聖經強尼案第一個死者生前最後被目擊的地方。兩個美國佬掌管那裡，我只跟其中一個講過話，我想他的搭檔應該比他更壞。」

「然後？」

「然後也是在柏克舞廳，我看到格拉斯哥黑幫家族的兩個成員。你知道喬叔嗎？」

「我聽說過他。」

「我想他目前運毒品到亞伯丁去。在那裡我猜到其中一些貨被送到海上油井——一個賣方完全可以掌控的市場；那裡的生活非常無聊。」

「這你當然最清楚了。」她開玩笑說。然後她看到他的表情，於是眼睛瞇了起來，「你上過鑽油平台？」

「此生最可怕的經驗，但是還挺有靈魂淨化的功效。」

「靈魂淨化？」

「有個女性舊識常這麼說，後來我也跟著這麼講。舞廳老闆，艾力克·史戴蒙否認認識佛仔，我差點就相信他。」

「所以他的搭檔應該有嫌疑？」

「我是這樣想的。」

「就調查到這樣？——你別介意，我是說，沒有證據嗎？」

「一點也沒有。」

他的披薩來了，配料有西班牙辣香腸、蘑菇跟鯷魚，婕兒必須把眼睛別開不看。披薩已經切成大大的六片，雷博思拿了一片放到盤裡。

「我不知道你怎麼能夠吃鯷魚，這麼臭。」

「我也受不了。」雷博思聞了披薩後說，「但是包回去給狗吃最好了。」

那兒有一台香菸販賣機。如果他的視線越過婕兒的右肩，他就可以看到牆上的販賣機。五種牌子，每一種都可以，菸灰缸裡還有一包現成的火柴。他點了一杯本店白酒，婕兒點了礦泉水。菜單上說白酒「有微妙的香氣」，等到酒送上來，他在啜飲之前先嗅聞一下，結果氣味又冷又酸。

「香氣如何？」婕兒問。

「再微妙一點，就得加百憂解⑳一起喝了。」酒品目錄就在他面前，直挺挺地站在架子上，上面列著餐前酒、雞尾酒跟餐後酒，還有葡萄酒、啤酒、淡啤酒、蒸餾烈酒。這份目錄，是他這兩天來讀了最久的文字。等到他把這杯白酒喝完，他會再讀一遍。他想要跟目錄的作者握手致意。

吃一片披薩就夠了。

「你不餓？」婕兒問。

「我在減肥。」

「你？」

「當我在沙灘散步時，我希望可以有標準身材。」

她不懂他在講什麼，她搖搖頭，清空腦袋裡他這句沒頭沒尾的話。

「婕兒，重點是，」他又喝了口酒後說，「我想你遇到了一件大案子。我認爲有可能破案，我只是希望這會是你破的案子。」

她看著他說，「爲什麼？」

「因爲我過去從不曾買過聖誕禮物給你，因爲這是你應得的，因爲這會是你第一件大案子。」

「如果你做了所有的工作，那就不能算是我破的案子。」

「還是算，我所做的不過是蒐集情報。」

「你的意思是說你還沒處理完？」

雷博思搖頭，然後要侍者把剩下的披薩放進盒子裡。他拿起最後一片大蒜麵包。

「我離完成還有一段距離，」他告訴她，「但是我也許需要你的幫助。」

「喔、喔，我就知道。」

雷博思說得很快：「安克藍姆要連番拷問我，我已經被他問過一次話，可是讓我私下告訴你，他『烤』問我頂多只能烤到三、四分熟。可是這會耗掉我的時間，而我也許還想北上一趟。」

「約翰……」

「我只需要你……也許需要你做的，就是找一天打電話給安克藍姆，告訴他我正要幫你辦一件急事，所以我們得重新安排面談的時間。你只要用魅力迷得他團團轉，爭取一些時間給我就好。我只需要這個，我會盡量讓你遠離這樁麻煩。」

「所以重新整理你所說的，你只需要我向執行內部調查的同僚撒謊？同時間，你在缺乏具體或口頭證據的同時，你有辦法解決這件運毒案？」

「歸納得很好。我現在瞭解爲什麼你是督察長，而我不是。」他猛地站了起來，跑到公用電話旁。他是餐廳裡第一個聽到電話聲的人，是傑克打來查勤的。他提醒雷博思要帶剩菜回去。

「我跟你說話的同時，已經打包好送到桌上了。」

當他回到餐桌，婕兒正看著帳單。

「我來買單。」雷博思說。

「至少讓我付小費。大部分的麵包是我吃的，更何況我的礦泉水比你的酒還貴。」

「算你賺到了。婕兒，你決定如何？」

她點頭，「你要我怎麼說，我就怎麼跟他說。」

⑳ Prozac，一種抗憂鬱劑。

第二十五章

傑克還是有本事讓他的老友吃驚：他大口吃著披薩。唯一的評語是「你吃得不多」。

「對我來說，口味太淡了。」

雷博思癮頭又犯了：他想抽根菸也想去亞伯丁。那裡有他想要的物事，但他還是不清楚是什麼。也許是眞相。

他的酒癮也該犯了，但是那杯白酒讓他興致全消。它在他胃裡打轉，灼燒著胃壁。他坐在書桌前讀完山克利的筆錄，這個高個子正關在樓下的牢房裡。傑克很快就完成筆錄製作，但雷博思卻找不到任何疏漏之處。

「所以，」他說，「我假釋回來了。我的表現如何？」

「我們還是不要常幹這種事，我的心臟受不了。」

雷博思微笑，然後拿起電話，他想聽家裡的答錄機有沒有留言，看看安克藍姆有沒有要找他。安克藍姆留了言：明天早上九點見。另一通留言是凱麗・伯傑斯留的話，她需要跟他談談。

「我三點要跟某人在莫寧賽區見面，所以四點在布朗茲費爾德的大飯店碰頭好嗎？我們可以喝下午茶。」

她說這件事很重要，雷博思決定去那裡等她，而他希望傑克留在這裡……

「傑克，你知道嗎？你嚴重地束縛了我的生活方式。」

「什麼意思？」

「我跟女人的事。我想去跟一個女人見面，可是我打賭你一定會跟著我，對不對？」

傑克聳肩，「如果你要的話，我可以在門外等。」

「知道你在外面一定很令人欣慰。」

活？」

「我肯這麼做已經算好了。」他把最後一塊披薩塞進嘴裡，「你想想，連體雙胞胎怎麼處理他們的性生

「有些問題最好不要回答。」雷博思說。

他心想：這倒是個好問題。

這是一家好飯店，低調但高級。雷博思在腦海裡想著可能的應對方式。安克藍姆知道他廚房裡有剪報的事，而凱麗是唯一能提供這個情報的人。他當時很憤怒，現在比較不氣了。畢竟這是她的工作：資訊，並且用這些資訊獲取其他的資訊。但是這還是令人惱怒的行爲。然後還有史佩凡案與麥魯爾案的關連性：安克藍姆已經咬住這一點，而凱麗也知道了。最後，最重要的是闖空門的事。

他們在大廳休息區裡等她，傑克翻閱著《蘇格蘭田野生活雜誌》（*Scottish Field*），一直朗讀著房地產廣告的文字「凱斯內斯郡七千英畝美地，有打獵小屋、馬廄與農場」。他抬起頭看著雷博思。

「這眞是了不起的地方。你還能在哪裡以廉價買進七千英畝的地？」

「有個劇團叫做7：84——知道是什麼意思嗎？」

「什麼？」

「百分之七的人口控制了百分之八十四的財富。」

「我們屬於那百分之七嗎？」

雷博思冷哼了一聲，「傑克，我們還差得遠呢。」

「我可不介意感受一下上流階級的生活。」

「你願意付出怎麼樣的代價？」

「啊？」

「你願意付出什麼來交換？」

「不，我是說中樂透之類的。」

「所以你不會收黑錢然後放掉嫌犯？」

傑克瞇起眼睛，「你到底想說什麼？」

「少來了，傑克。我去過格拉斯哥，記得嗎？我看到西裝跟珠寶，我看到一些洋洋得意的人。」

「他們只是喜歡穿得體面一點，讓他們感覺像重要人物。」

「喬叔沒送他們東西？」

「就算他有，我也不知道。」傑克舉起雜誌蓋住他的臉，他拒絕繼續討論下去。然後凱麗．伯傑斯從門口走了進來。

她立刻就看到雷博思，然後皮膚從頸部以上慢慢發紅。當她走到他旁邊，他從椅子上站起來，她的臉頰此時也紅了。

「探長，你聽到我的留言了。」雷博思點頭，眼睛眨都不眨。「謝謝你跑一趟。」她轉向傑克。

「我是莫頓探長。」傑克與她握手時說。

「你要喝杯茶嗎？」

雷博思搖頭，他向空椅子比了比手勢，她坐了下來。

「所以？」他說。他決定不要讓她太自在，以後也不會讓她好過。

她把背包放在大腿上，扭著包包背帶。「聽我說，」她說，「我應該向你道歉。」她抬起頭看了他一眼，然後看往別處，深吸了一口氣，「我並沒有告訴安克藍姆督察長剪報的事，也沒告訴他麥魯爾認識史佩凡的事。」

「但是你知道他知道？」

她點頭，「伊蒙跟他說的。」

「那是誰告訴伊蒙？」

「是我。我不知道要怎麼解讀這些事情……我想要聽聽別人的意見。我們是同一個團隊，所以我跟伊蒙說了。我要他保證守口如瓶。」

「但是他說出去了。」

她點頭，「他直接打電話給安克藍姆。伊蒙……他總是愛找警方高層。如果我們調查探長級的某人，他總是想要越級去跟他們的長官談，看看會發生什麼事。更何況，你給我們主持人的印象並不是太好。」

「那是意外，」雷博思說，「我絆倒了。」

「那是你的說法。」

「那你們的拍攝畫面怎麼說？」

她想了想，「我們是從伊蒙的背後拍的，我們大多只拍到他的背影。」

「那我就沒事了？」

「我沒這麼說。你就堅持你的說法吧。」

雷博思點頭，明白她的言外之意，「謝了。但是爲什麼布林去找安克藍姆？爲什麼不找我的上司？」

「因爲伊蒙知道安克藍姆會主導這次內部調查。」

「那他又是怎麼知道這件事？」

「口耳相傳。」

不是這麼單純的口耳相傳。他眼前浮現吉姆．史蒂文斯抬頭瞪著他公寓窗戶的樣子……他從中攪局……

雷博思嘆了口氣，「最後一件事。我的公寓被人闖空門，你知道任何資訊嗎？」

「我應該知道嗎？」她揚起眉毛。

「記得我櫥櫃裡有聖經約翰的資料嗎？有人撬開了我的前門，卻只想搜查那些資料。」

她搖著頭說：「不是我們。」

「不是？」

「闖空門？拜託，我們是記者。」

雷博思抬起手，擺出請息怒的手勢，但是他還想再追問下去，「布林有可能會自己幹這件事嗎？」

她現在笑了，「就算是水門案這種超級新聞，他也不會這麼做。伊蒙是節目主持人，自己是不會去挖新聞的。」

「可是你跟你的研究員會去挖？」

「對，可是他們都不像是會撬門的型。那現在我是不是唯一有嫌疑的人？」

當她交叉雙腿時，傑克緊盯著她的腿看。他的視線掃過她全身，像是個小孩看著一套模型賽車組。

「那這件事就算了吧。」雷博思說。

「但這件事是真的？你的公寓被人闖進去？」

「這件事算了。」他再說了一次。

她有點生氣噘嘴的樣子。「那麼調查進行得如何？」她舉起一隻手，「我不是在打探情報，這是我個人的關心。」

「這得看你是在說哪件案子？」雷博思說。

「史佩凡案。」

「喔，那個啊。」雷博思吸吸鼻子，考慮著要怎麼回答。「安克藍姆是個信任別人的人，他真的很相信他的警官。如果你說你是清白的，他就會相信你說的話。有他這樣的上司真令人欣慰。他是如此信任我，以至於找了個人像帽貝吸附著岩石一樣跟著我。」他向傑克點點頭，「這位莫頓探長的工作就是不讓我離開他的視線。他甚至還睡在我家。」他直視著凱麗的凝視，「這聽起來如何？」

她幾乎說不出話來，「這真是太不像話了。」

雷博思聳肩，但是她從包包裡拿出筆記本跟筆。傑克怒視著雷博思，他對傑克眨眨眼。凱麗翻了很多頁才找到空白的一頁。

「從什麼時候開始的？」

「我想想……」雷博思假裝在回想，「我想是星期天下午。我在亞伯丁被偵訊之後，就被押回這裡。」

她抬起頭，「偵訊？」

「約翰……」傑克警告他。

「你不知道嗎？」雷博思張大了眼睛，「我幾乎成了聖經強尼案的嫌犯。」

開車回公寓的路上，傑克非常火大。

「你以爲你在幹什麼？」

「讓她分心不想史佩凡案。」

「我不懂。」

「傑克，她想要製作關於史佩凡的節目。她不是在做警察整警察的專題，也不是在做聖經強尼的專題。」

「所以？」

「所以她現在腦海裡都是我告訴她的事——跟史佩凡一點關係也沒有。這會讓她……那句話怎麼說？」

「心有旁騖？」

「差不多。」雷博思點頭，他看看錶，已經五點二十分。「媽的，」他說，「那些照片！」

他們繞路再度進城時，車潮行進緩慢。近來尖峰時段的愛丁堡像一場夢魘：紅燈不斷、引擎噴不完的廢氣、緊繃的神經、指尖敲個不停。當他們到照相館的時候，它已經打烊了。雷博思看了一下開店時間：明天早上九點。他可以在往費特斯的路上取照片，只會晚一點到安克藍姆那裡。安克藍姆：一想到他，就彷彿有一股電流穿過身體。

❾蘇格蘭主要海港，也是英國北海石油工業的重鎮。

「回家吧。」他對傑克說。然後他又想到現在塞車，「不，我改變主意了：我們先去牛津酒吧。」傑克微笑。「你以為你已經把我治好了嗎？」雷博思搖頭，「我有時會連續好幾天不喝酒，這不算什麼。」

「但是這有可能是戒酒的機會。」

「傑克，又要說教了？」

傑克搖頭，「那菸呢？」

「我會在販賣機買一包。」

他站在吧台邊，一隻腳踩在吧台底的歇腳桿上，一隻手肘靠在發亮的木頭上。在他面前有四樣東西：一包沒開過的菸、一盒蘇格蘭藍鐘花牌火柴、三點五公分高的教師牌（Teacher's）威士忌、一品脫貝爾海芬的貝斯特啤酒。他凝視著它們，像個超能力者集中念力要移動它們。

「三分鐘過去了。」一個在吧台邊的常客說，彷彿他正在測試雷博思能抵抗誘惑多久。雷博思的心裡想著一個深刻的問題：是他想要菸酒？還是菸酒想要他？他想著哲學家休謨㉑會怎麼思考這個問題。他拿起啤酒。難怪人家會說它口味「厚重」，因為它真的很重。他聞了聞啤酒，並不是很誘人。他知道啤酒的味道應該還可以，但是其他的東西更好喝。不過威士忌的氣味挺不錯——像煙霧一樣充滿他的鼻腔與肺部。它會灼燒他的口，一路延燒下去，然後融入他的身體，但是效果並不持久。

尼古丁呢？他自己知道，幾天沒抽菸之後，自己都可以感覺到香菸讓人聞起來很臭——你的皮膚、衣服跟頭髮都是菸味。真是令人噁心的習慣：如果你沒讓自己得癌症，可能會讓某個可憐的傢伙得癌症，而他唯一的不幸就是太靠近你。酒保哈瑞等著雷博思行動，整間酒館也在等待。他們知道有事情要發生，這全寫在雷博思臉上——幾乎是痛苦的表情。傑克站在他旁邊，摒息以待。

「哈瑞，」雷博思說，「把這些拿走。」哈瑞拿起那兩杯酒，搖著頭。

「眞希望有人拍照紀念這一刻。」他說。

雷博思把香菸滑向一個抽菸的人，「拿去吧。不要把菸放在離我太近的地方，我也許會改變心意。」

抽菸的人驚訝地拿起那包菸，「算是你過去跟我要菸的補償。」

「連本帶利。」雷博思說，他看著哈瑞把啤酒倒進水槽裡。

「哈瑞，啤酒會直接流回酒桶嗎？」

「所以你還要點其他東西嗎？還是你只是進來坐著？」

「可樂跟洋芋片。」他轉向傑克，「我可以吃洋芋片吧？」

傑克把手放在他背上，輕輕地拍著他，臉上帶著微笑。

他們在回公寓的路上順便去了商店，出來時帶著晚餐的材料。

「你還記得你上次做菜是什麼時候嗎？」傑克問。

「誰說我不會做菜。」他說，其實問題的答案是：「不記得。」

其實傑克喜歡做菜，但是他發現雷博思的廚房缺少他廚藝所需的工具：既沒有檸檬皮刨屑器，也沒有大蒜壓碎器。

「大蒜拿來，」雷博思說，「我用踩的。」

「我以前也很懶，」傑克說，「奧黛莉離開之後，我試過要在烤麵包機裡煎培根。但是一旦熟練之後，做菜其實很容易。」

「你要做什麼菜？」

「低脂義大利麵，如果你動作可以快一點的話，我們還有沙拉吃。」

雷博思加快動作，但是發現他得跑去熟食店買沙拉醬的原料，他並不打算穿夾克，外面不太冷。

㉑ David Hume，一七一一～一七七六，蘇格蘭哲學家。

「你確定可以相信我？」他說。

傑克嚐嚐義大利麵醬，點點頭。所以雷博思自己出去，曾想過不再回來。下個街角有間酒館，還沒打烊。但他當然會回來，因爲他還沒吃飯。以傑克晚上熟睡的狀況，如果雷博思眞要走的話，那時絕對是溜走的最佳時機。

他們在客廳裡布置餐桌——自從雷博思妻子離開後，這是他第一次在這裡吃飯。這是眞的嗎？雷博思停下來看看手裡的叉子跟湯匙。對，是眞的。他的公寓，他的避難所，突然變得如此空洞。又開始感傷了，這是他另外一個喝酒的理由。

他們共享一瓶高地礦泉水，乾了杯。

「可惜不是現做的義大利麵條，」傑克說。

「這是現做的食物。」雷博思回答，他嘴裡塞得滿滿的，「在這公寓裡可是相當罕見。」

他們接著吃沙拉——傑克說法國人都是後吃沙拉。

雷博思正要添第二份的時候，電話響了。他接起電話。

「我是約翰．雷博思。」

「雷博思，我是葛羅根督察長。」

「葛羅根督察長，」雷博思望著傑克，「長官，我能如何爲您服務？」傑克走到電話旁去旁聽。

「我們已經完成你鞋子與衣物的初期鑑識。我想你應該想知道你是清白的。」

「有人懷疑過嗎？」

「雷博思，你是個警察，你知道我們有既定的程序。」

「當然，長官。感謝你打電話來。」

「還有件事。我跟富萊契先生談過了。」海頓．富萊契——雷鳥石油的公關。「他承認認識聖經強尼案的最新受害者，也仔細地向我們交代案發當晚他的行蹤。如果我們需要的話，他甚至還願意提供血液做ＤＮＡ鑑識。」

「他聽起來很囂張。」

「他就是這副德行。我立刻就開始討厭他，儘管我很少會如此。」

「難道你對我不也是這樣？」雷博思對傑克微笑，傑克用唇語說「別放肆」。

「就連對你也不會如此。」葛羅根說。

「長官，那麼伊芙跟史坦利呢？你有聽我的建議嗎？」

「我聽了。我也把你對朗斯登警佐的不信任放在心裡——順帶一提，他是個優秀警察——我自己親派了兩個人去進行監視，他們直接向我報告結果。」

「謝謝長官。」

葛羅根咳了一下，「他們住在機場附近的飯店，五星級，通常是石油公司主管進出的地方。他們開寶馬轎車。」應該是喬叔家那條死巷停的那一輛。「我有車子外觀描述與車牌號碼。」

「長官，並不需要。」

「我的人還跟蹤他們去了兩家舞廳。」

「營業時段嗎？」

「探長，他們是白天去的。他們進去時沒拿東西，出來也手上空空。但是他們也去了市中心幾家銀行。我的其中一個部下靠得夠近，看得到他們正在存現金。」

「在銀行？」雷博思皺眉。喬叔會是信任銀行的人嗎？他會讓陌生人靠近他非法資產方圓一英里之內嗎？

「大概就這些了，探長。他們一起吃了幾頓飯，開車到碼頭兜風，然後離開本市。」

「他們走了？」

「今晚走的。我的人一直跟他們到班橋里市，我猜他們是往柏斯去。」接著就是回格拉斯哥。「飯店也確認說他們已經退房了。」

「你有問飯店他們是不是常客嗎？」

「我們問了，他們是常客。他們約六個月前開始住這家飯店。」

「幾個房間？」

「他們都是訂兩間。」葛羅根的聲音裡有笑意，「但是據說，清潔婦通常只需要清理一間。他們似乎睡同一個房間，都沒用另一間。」

賓果，雷博思心想。眞他媽一猜就中。

「謝謝長官。」

「這對你有幫助嗎？」

「也許會有很大的幫助，我會再跟你聯絡。喔，我想問一件事……」

「是？」

「海頓．富萊契。他有說他怎麼認識受害者嗎？」

「業務往來。雷鳥石油在北海石油產業大展裡的展場，是她負責的。」

「這就是所謂的公司形象呈現？」

「顯然是。荷登小姐設計了很多展場，然後她的公司進行實際工程與布置。富萊契就是在這過程中遇到她。」

「長官，感謝你提供的這些資訊。」

「探長……不管你何時要北上，打電話讓我知道，明白嗎？」

雷博思明白這可不是邀他去喝下午茶。

「是，長官。」他說，「晚安。」

他放下電話。亞伯丁召喚著他，要是他事先知會任何人，那他就是王八蛋。但是亞伯丁可以再等一天。凡妮莎．荷登跟石油產業有關連……

「約翰，怎麼了？」

雷博思抬頭看他的朋友，「是聖經強尼，傑克，我剛剛對他產生了一種奇怪的感覺……」

「什麼？」

「他是石油產業的人……」

他們把一切清理乾淨，洗完碗盤，然後沖了咖啡，並決定要繼續整修工作。傑克想要多知道一些關於聖經強尼，以及伊芙和史丹利的事，但是雷博思不知該從何說起。他覺得思緒卡住了，他的腦袋一直裝進新資訊，可是一條都沒流失。聖經強尼案的第一個受害者是地質學學生，她就讀的大學跟石油產業有緊密的關係。現在第四個死者設計展場，而且在亞伯丁工作，雷博思可以猜到誰是她的最佳客戶。如果第一個跟第四個死者有連結，那他是否漏掉了第二個跟第三個死者的連結？一個妓女跟酒館小妹，一個在愛丁堡，另一個在格拉斯哥……

當電話響起，他放下手中砂紙——門看起來不錯——接起了電話。傑克正踩在梯子上，爲牆與天花板的交接處上漆。

「喂？」

「約翰，我是梅麗。」

「我一直想要找你。」

「抱歉，我另有工作——有錢賺的工作。」

「你有發現任何關於威爾少校的資料嗎？」

「有不少。亞伯丁如何？」

「令人振奮。」

「亞伯丁就有這種效果。這些資料……在電話上唸可能太多了。」

「那碰個面。」

「哪家酒館？」

「不要去酒館。」

「電話線一定有問題。你剛說『不要去酒館』？」

「達丁斯頓古村㉒如何？我們兩個人離那裡差不多一樣近，我會把車停在湖邊。」

「幾點？」

「半小時後？」

「那就半小時後。」

「我們永遠也沒辦法完成裝修。」傑克踏下梯子時說。他的頭髮上有白漆的痕跡。

「灰白的頭髮適合你。」

傑克摸摸他的頭，「又是另一個女人？」雷博思點頭。

「你怎麼有辦法讓她們不爭風吃醋？」

「我的公寓有很多扇門。」

他們到的時候，梅麗已經在那裡等了。傑克好多年沒來亞瑟王寶座丘陵附近，所以他們走觀景車道，儘管晚上也看不到什麼。這座大丘陵看起來就像——連小孩子也看得出來——一頭蹲坐著的大象。這裡是個散心解悶的好去處，但是到了晚上，這裡就是照明不足的荒郊野外。愛丁堡有很多這類光榮但空洞的空間，這些空間本來都是清幽的好地方，直到你在此首度遇見吸毒者、搶匪、強暴犯或是同性戀仇視者。

達丁斯頓古村就是這樣的地方——它位於亞瑟王寶座山腳下，是一處城市裡的村莊。達丁斯頓湖——其實只能算是超大的水池——附近有一座鳥園和「無傷鐵路㉓」遺留的鐵軌。雷博思希望自己知道爲什麼這條鐵路會取這個名字。

傑克停車閃大燈。梅麗熄火，打開門鎖，走向他們。雷博思傾身往後打開後車門讓她進來。他向她介紹傑克。

「喔，」她說，「你跟約翰一起辦『繩結與十字[24]』案。」

雷博思眨眨眼，「你怎麼知道這件事？這件案子發生時你年紀還小。」

她對他眨眼，「我做過功課了。」

他心想她還可能知道些什麼，但是並沒有時間去猜。她給他一個A4大小的牛皮紙袋。

「感謝神創造了電子郵件。我有個熟人在華盛頓郵報，他給了我紙袋裡大部分的資料。」

雷博思打開車頂燈，他頭頂剛好有一盞閱讀燈。

「通常他都想跟我在酒吧碰面，」梅麗告訴傑克說，「都是很破舊的酒吧。」

傑克對她微笑，轉身面對她，把手掛在座椅靠頭處。雷博思知道傑克喜歡她，大家一見到梅麗就會喜歡她。他希望自己知道她的祕密。

「破舊的酒吧適合他的個性。」傑克說。

「喂，」雷博思說，「你們兩個可以滾開去看看鴨子嗎？」

傑克聳肩，看看梅麗是否有意願，然後把車門打開。雷博思獨自一人陷進座椅，開始閱讀。

第一點：威爾少校不是眞的少校，這只是他青春期的綽號。第二，他的父母把對蘇格蘭一切事物的熱愛傳承給他——包括追求國家獨立的渴望。資料裡有很多他早年在業界的情況，近來他的事業重心則移到石油產業。裡面也有湯姆·博德死亡的報導——並無可疑之處。美國一位記者曾動筆寫過非官方的威爾傳記，但是後來放棄了——謠傳他收了錢才不把書寫完。兩則未經證實的報導：威爾與他的妻子不歡而散，後來付出大筆贍

[22] Duddingston Village，愛丁堡東方建於十二世紀的湖濱古村遺跡，現爲觀光景點。

[23] the Innocent Railway，十九世紀愛丁堡市中心的環狀鐵路線，一九六〇年代拆除。取名的原因是，此路線開始營運時，是用馬拉動列車，而非當時公認危險的蒸汽火車頭。

[24] 請見第二部第五章註釋[9]。

養費。其二是關於威爾的兒子，他不是死了，就是被逐出家門，他也許跑去混嬉皮或是到非洲救助飢民，也可能在漢堡店或是華爾街工作。雷博思想翻到下一頁，卻發現資料沒了。這個故事戛然而止。他下了車，走到梅麗跟傑克靠在一起說話的地方。

「資料不全。」他揮舞著手中的資料說。

「喔，對了。」梅麗伸手進外套，拿出一張被折起來的紙交給雷博思。他凝視著她，要求她說明。她聳肩說：「你就當我是愛賣弄風騷的搗蛋鬼吧。」

傑克大笑。

雷博思站在車頭大燈前閱讀。他張大了眼睛，嘴巴合不攏。他再讀了一次，然後第三次，然後得用手摸摸頭，確認他的頭頂沒有爆開。

「還好嗎？」梅麗問他。

他凝視著她一會兒，其實他什麼都沒看見，然後他把她拉過來，親了她臉頰一下。

「梅麗，你太棒了！」

她望向傑克。

「我贊同這一點。」他說。

坐在車裡，聖經約翰看到雷博思跟他朋友開車出雅登街。他的公事讓他在愛丁堡多留一天，雖然他並不情願留在這，但至少還可以再看看這個警察。雖然從遠處很難看清楚，但是雷博思臉上似乎有淤傷，衣服也皺巴巴。聖經約翰無法不覺得有點失望：他希望對手跟他更勢均力敵，可是這男人看起來實在很落魄。

但他可不認爲他們是他的對手。雷博思的公寓裡並沒找出什麼東西，可是聖經約翰卻發現雷博思對聖經約翰的興趣與自大狂有關，這稍微解釋了一些事情。他留在公寓的時間並沒如他所希望的久。因爲他打不開鎖，所以得硬把門撬開。他不知道鄰居何時會注意到這裡，所以他動作很快，公寓裡少有他感興趣的東西，但是公寓卻透露出這個警察的事情，他覺得他認識了雷博思，至少有一定程度的瞭解——他感覺到雷博思生命中的寂寞，失去感情、溫暖與愛之後留下的空洞。這裡有音樂也有書，但是質與量都不多。他的衣物只具實用性，每一件外套都差不多。沒有鞋子這一點讓聖經約翰覺得最古怪，這表示這人只有一雙鞋嗎？

廚房裡，既沒有廚具，也無蔬果。浴室裡，需要重新整修。

可是回到廚房時，他發現了小驚喜。舊報紙與剪報隨手亂藏，所以也容易被找到。聖經約翰、聖經強尼。這證明了雷博思花了不少功夫：舊報紙應該是去跟舊書商買的。警方調查之外的私下調查，這讓聖經約翰對雷博思更感興趣。

臥室裡的紙類：幾箱舊信件、銀行對帳單、很少照片——但是已經可得知雷博思結過婚，有個女兒。可是卻沒有最近的照片——沒有女兒長大的照片，一張近期照片都沒有。

但是他來這裡找的那樣物事……他的名片……卻沒找到。這意謂著雷博思不是把它丟了，就是還帶在身上，可能放在外套口袋裡或是皮夾裡。

客廳裡，他抄下雷博思的電話號碼，然後閉上眼睛，確認自己已經把公寓空間分佈記在心裡。好了，小事一樁，他可以深夜回到這裡，走過公寓而不撞到東西或驚動任何人。他可以隨時回來收拾雷博思，隨時都可以。

可是他想到雷博思的朋友，這個警察並不像是愛熱鬧的那型。他們一起粉刷客廳，聖經約翰不知這是否跟他闖空門有關，大概無關吧。那人年紀跟雷博思相仿，也許年輕一點，看起來相當強悍。另一個警察？也許，但他的臉上沒有雷博思那種能量。雷博思身上有一種東西——聖經約翰第一次跟他見面時就注意到，今晚卻更加深了印象——對目標的全神貫注，堅毅的決心。體能上雷博思的朋友似乎比較強，但是卻無法打倒雷博思。體能只能讓人強到一定的程度。

剩下的，就由態度來決定。

第二十六章

隔天一早照相館開門的時候，他們已經等在外面了。傑克才看錶第十五次而已。

「他會殺了我們，」這是他第九或第十次說這句話，「眞的，他眞的會殺了我們。」

「放輕鬆。」

傑克看起來就像一隻無頭雞一樣輕鬆。當店長開始打開門鎖時，他們跳出車子。雷博思的手上已經握著收據。

「給我一分鐘。」店長說。

「我們要赴的約已經遲到了。」

店長還沒時間脫下大衣，在一箱被包成一包包的照片裡翻找著。雷博思想像裡面有家庭出遊照、出國度假照、有紅眼的生日照與模糊的結婚宴會。照片有一種微微絕望卻令人感動的東西。他曾經看過很多相本——通常是找謀殺案的線索或是受害者的舊識。

「你還是得等我打開收銀櫃的鎖。」店長把照片遞過去，傑克看了一眼價格，拿出一張超過價格的鈔票壓在桌上，然後把雷博思拖出相館。

他開車往費特斯的方式，像是要趕赴命案現場。他特技演員的駕車方式，讓沿路上的車猛按喇叭或急踩煞車。他們已經遲到二十分鐘，但是雷博思不在乎。他已經拿到加洗照片，也就是米其森櫃子裡那些失蹤的照片。這些照片跟其他的類似：都是團體照，但是人數比較少。每一張裡面都有那個綁辮子的女人站在米其森旁邊。其中一張裡，她一手攬著他。另一張裡，他們一邊接吻，一邊露齒而笑。

雷博思現在已經不爲此驚訝了。

「我希望這些他媽的照片最好值得。」傑克說。

「傑克，每一分錢都值得。」

「我不是指這個。」

安克藍姆雙手緊握，他的臉色就跟大黃蛋糕㉕一樣。檔案夾就在他面前，彷彿自從上次面談後就沒被動過。他的聲音微微顫抖，但勉強還能控制住情緒。

「我接到一通電話，」他說，「一個叫凱麗・伯傑斯的人打的。」

「是嗎？」

「她想問我一些問題。」他停頓一下，「關於你的問題，關於莫頓探長目前在你生活中扮演的角色。」

「這只是流言，長官。傑克跟我只是好朋友。」

安克藍姆雙手往桌上一拍，「我以爲我們有過協議。」

「我實在記不起來。」

「好，那就希望你的長期記憶會好一點。」他翻開一份檔案，「因爲從現在起，眞的會很好玩。」他點點頭要怯懦的傑克打開錄音機，然後說出時間地點、在場的警官是誰……雷博思覺得自己好像快爆炸了，他眞的認爲如果他再多坐在那裡一秒，他的眼睛就會從眼窩裡飛出來，像是惡作劇眼鏡裝著彈簧彈出的眼睛。他以前曾有過這種感覺，就在恐慌發作之前，但他現在並不恐慌，他只是緊繃。他站了起來，安克藍姆停止說話。

「怎麼了，探長？」

「聽著，」雷博思摸摸額頭，「我沒辦法思考……沒辦法想史佩凡的事。今天不行。」

「這是由我決定，不是你。如果你覺得不舒服，我們可以請個醫生，要不然……」

㉕ rhubarb，一種中醫藥材，在歐洲被當作食材，它做的蛋糕是紅色的。

「我沒生病，我只是……」

「那就坐下。」雷博思坐下了，安克藍姆回頭看他的筆記，「探長，在事發當晚，你的報告中聲稱你在蓋帝斯探長的家時，有一通電話進來。」

「是。」

「你記不得有聽到對話內容？」

「沒有。」辮子女人與米其森……米其辦了演唱會，是抗議份子。米其是石油工人。他被喬叔的左右手東尼．艾爾所殺。伊芙與史坦利，在亞伯丁工作，睡同一間房……

「但是蓋帝斯探長告訴你電話跟史佩凡有關？是線報？」

「是。」柏克舞廳，警察進出之處，也許也是石油工人混的地方。海頓．富萊契在那裡喝酒，魯多維契．朗斯登在那裡喝酒。蜜雪兒．史翠琛在那裡遇到聖經強尼……

「蓋帝斯沒有說是誰打來的？」

「有。」安克藍姆抬起頭，雷博思知道他說錯答案了，「我是說，沒有。」

「沒有？」

「沒有。」

安克藍姆瞪著他，吸吸鼻子，然後再度注視他的筆記。很多頁的筆記，特別爲今天的面談準備的：該問的問題，要確認的「事實」，整件案子被拆開重組過了。

「就我的經驗，匿名線報很罕見。」安克藍姆說。

「是。」

「而且都幾乎是打到警察局值勤櫃台。你同意這一點嗎？」

「同意，長官。」那麼亞伯丁就關鍵了，或者答案在更北邊？傑可．哈利跟這件案子有關係嗎？而邁可．薩可力夫——羊皮夾克先生——不是被威爾少校嚇走的嗎？薩可力夫怎麼說的？他在飛機上說了某事卻突然住嘴……一艘船的事情……

這些事情跟聖經強尼有關嗎？聖經強尼是石油業的人嗎？

「所以可以合理地歸納說，蓋帝斯探長知道來電者是誰，對嗎？」

「或者他們認識他。」

安克藍姆聳肩不理會這句話，「而線報剛好跟史佩凡先生有關。探長，當時你不覺得這有點太巧了嗎？而蓋帝斯已經被警告不要再碰史佩凡了，不是嗎？我的意思是，你當時應該清楚你的上司對史佩凡有種偏執？」

雷博思再度站起來，開始在小辦公室裡踱步。

「坐下！」

「恕我直言，長官，我辦不到。如果我再繼續坐著，我會給你一拳。」

傑克一手蒙住了眼睛。

「你說什麼？」

「倒帶再聽一次。這就是爲什麼我站起來踱步，你可以說這是危機管理。」

「探長，我會勸你小心點——」

雷博思笑了，「是嗎？你眞是心胸寬大，長官。」安克藍姆站起來，雷博思轉身走到遠處，再轉身站定。

「聽著，」他說，「一個簡單的問題：你想看到喬叔完蛋嗎？」

「我們在這裡不是要……」

「我們在這裡是要演戲——你知道，我也知道。高層很擔心媒體，他們希望就算是節目製作出來，警方也不會丟臉。因此，大家都不管這件事，說調查已經在進行中。電視似乎是高層唯一害怕的東西，壞人嚇不倒他們，可是十分鐘的負面報導，我的媽，不行，絕對不能接受。這不過是有幾百萬人看的節目，其中半數沒開音量，其他一半沒認眞在看，然後隔天就全忘了。所以，」他深吸了一口氣，「你只要說想或不想就好。」安克藍姆無言，所以雷博思重複了他的問題。

安克藍姆用手勢要傑克關掉錄音機，然後他坐下。

「想。」他輕聲說。

「我知道他會完蛋。」雷博思保持他的音量大小，「但是我不想讓你獨占所有的功勞。如果是任何人的功勞，也是屬於譚普勒督察長的。」雷博思回到他的椅子旁靠著它，「現在我有兩個問題。」

「眞的有那通線報電話嗎？」安克藍姆問，讓雷博思吃了一驚。他們互相瞪視，「現在沒在錄音，你說的話就我們三個人知道。那通線報電話眞的存在嗎？」

「我回答你的問題，你就回答我的？」安克藍姆點頭。「當然有那通電話。」

安克藍姆幾乎微笑著說：「你是騙子。是他到你家，對不對？他怎麼跟你說的？他有說你們不需要搜索票嗎？你一定知道他在說謊。」

「他是個好警察。」

「你每說這句話一次，聽起來就越心虛。怎麼了，你不再覺得這句話有說服力了嗎？」

「他是好警察。」

「但他有個問題，他心裡有一個小小魔鬼叫藍尼．史佩凡。你是他的朋友，雷博思，你那時應該阻止他。」

「阻止他？」

安克藍姆點頭，眼睛像月亮一樣發光，「你應該幫他。」

「我試過了，」雷博思說，聲音小得就像耳語一樣。這又是一句謊話：洛森當時已經上癮了，只有一件事可以幫他——滿足他的癮。

安克藍姆往後一坐，盡力隱藏他心中的得意。他以爲雷博思的心防正在瓦解，雷博思心裡已經種下好幾顆懷疑的種子，他現在只要以同情來灌溉那些種子就可以。

「你知道，」他說，「我並不怪你。我想我知道你經歷過的事情。但是事實的確被隱瞞，最核心的謊言就是那通線報電話。」他把他的筆記抬離桌面一英寸，「裡面寫滿這件事，也讓一切重新被審視，因爲如果蓋帝斯一直在跟蹤史佩凡，那麼在過程中栽贓又有何難？」

「這不是他的行事風格。」

「即便他已經被逼到極限也不是？你有看過那種狀態的他嗎？」

雷博思想不到要說什麼。安克藍姆的身體已經又往前傾，雙掌抵著桌子，然後他往後一坐，「你想問什麼？」

在雷博思小時候，他家住在雙併獨棟房子裡，跟隔壁的房子隔著一條窄巷，它通往兩家的後花園。雷博思在那裡跟他爸踢足球，有時候他會一腳踩上牆壁，攀著牆把自己拉上牆頂。有時候他就站在窄巷裡，用力把小小的硬橡膠球往石頭地板丟。小球會快速反彈，忽前忽後，從地板彈到屋頂再彈到牆壁……

他的頭現在感覺起來就像這樣。

「什麼？」

「你說你有兩個問題。」

慢慢地，雷博思的頭回到現在的時空。他揉揉眼睛，「對，」他說，「首先是伊芙跟史坦利。」

「他們怎麼了？」

「他們親近嗎？」

「你是說他們處得如何？還可以。」

「只是還可以？」

「沒什麼值得一提的。」

「我想是嫉妒。」

安克藍姆懂了，「喬叔跟史坦利？」

雷博思點頭，「她會不會聰明到讓他們兩個互相對抗？」他遇過她，已經知道這個答案。安克藍姆只是聳肩。這次對話明顯地有了意外的轉折。

「其實，」雷博思，「他們只不過在亞伯丁睡同一個旅館房間。」

安克藍姆瞇起眼睛，「你確定？」雷博思點頭，「他們一定瘋了，喬叔會殺了他們兩個。」

「也許他們不認爲他辦得到。」

「什麼意思？」

「也許他們認爲他們比他還強。也許他們知道萬一開戰，手下們會投向他們那邊。近來史坦利才是最讓人畏懼的，你也這樣說過，尤其在東尼．艾爾離開之後。」

「東尼已經成爲歷史。」

「我可沒這麼確定。」

「解釋清楚。」

雷博思搖搖頭，「我需要先跟幾個人談談。你以前聽說過伊芙跟史坦利一起工作嗎？」

「沒有。」

「所以他們這次去亞伯丁……？」

「我認爲他們才剛開始過去那裡。」

「旅館紀錄顯示他們已經去了半年。」

「所以問題是，喬叔在搞什麼生意？」

雷博思微笑說，「我想你知道問題的答案：毒品。他已經丟了格拉斯哥的市場，市場已經被別人瓜分完了。所以他可以開戰搶一塊本地市場，也可以去開拓外地的新市場。柏克舞廳會接手毒品轉賣，更何況他們有個刑警在口袋裡。亞伯丁是個還不錯的市場，雖說不像十五或二十年前那麼蓬勃，但還是個市場。」

「所以告訴我，你打算做什麼我們都辦不到的事？」

雷博思搖頭說，「我還不知道你在哪個層次上，你有可能會左右搖擺。」

這一次安克藍姆眞的微笑了，「我對你跟史佩凡案也可以說同樣的話。」

「也許。」

「要是不知道眞相，我絕不滿足。我想這一點我們兩個還挺像的。」

「聽著，安克藍姆，我們到了他的藏身處，發現包包在那裡。我們怎麼會去那裡眞的重要嗎？」

「可能是栽贓。」

「就我所知不是。」

「蓋帝斯從來沒向你坦承過？我以爲你們兩個很熟？」

雷博思站了起來，「我明後天可能不能過來，可以嗎？」

「不行。明天早上同一時間，我要你在這裡出現。」

「我的天……」

「或者我們現在可以打開錄音機，然後你告訴我你知道的事情。然後你就可以隨意支配自己的時間了，我也認爲這樣你可以活得比較坦蕩一點。」

「我一向活得坦蕩。跟你這種人呼吸同樣的空氣──這才是我的問題。」

「我已經告訴過你，史崔克萊警署跟重案組正在計畫要採取行動……」

「這會是白費力氣，因爲我們都知道，格拉斯哥一半的警察都在喬叔口袋裡。」

「我可沒去他家拜訪過他，引薦你的人是莫里斯・卡菲提。」

雷博思突然胸口一緊，是冠狀動脈，他想。但卻是傑克，他雙手環抱住雷博思，阻止他衝向安克藍姆。

「兩位，明早見。」安克藍姆說，一派面談順利成功的口吻。

「是，長官。」傑克邊把雷博思拉出辦公室邊說。

雷博思叫傑克開車上M8高速公路。

「不行。」

「那你把車停在威佛利（Waverley）火車站，我們搭火車。」

傑克不喜歡雷博思看起來的樣子：好像電線正在短路中，你幾乎可以看到他眼睛裡的火花。

「你要去格拉斯哥幹什麼？去找喬叔跟他說『喔，對了，你的女人正在搞你兒子』？就算你也沒這麼笨。」

「當然，我沒這麼笨。」

「格拉斯哥，約翰，」傑克拜託他說，「不是我們的地盤。我再幾個星期就可以回福寇克，而你……」

雷博思微笑說：「傑克，我會在哪裡？」

「只有神跟惡魔才知道。」

雷博思還在微笑，他心想：我寧可當惡魔。

「你老是想當英雄，對不對？」傑克問。

「時代愛英雄㉖，傑克。」雷博思告訴他。

在M8上，開到格拉斯哥跟愛丁堡之間，像糖漿一樣的車流讓他們慢了下來，傑克再試了一次。

「這太瘋狂了，眞的太瘋狂了。」

「信任我，傑克。」

「信任你？你兩天前還想把我打到躺下？像你這種朋友……」

「……你永遠也不缺敵人。」

「還有時間。」

「其實沒有，只是你認爲還有時間。」

「你是在白費脣舌。」

「也許是你沒在聽。」雷博思覺得在路上他比較平靜了。對傑克來說，他看起來像是被拔掉了插頭，眼裡沒火花了。他似乎還比較喜歡那個電線短路的雷博思，他朋友的語氣一點感情也沒有，就算是在暖氣過強的車裡，聽起來還是讓人背脊發涼。傑克稍微多開一點車窗，現在速度表穩定維持在四十英里，這是他們開在外線車道的速度，可是他們左邊的車流眞的像在爬行。如果他找到空檔，他就會切進內側車道——只要能延後他們抵達時間的話什麼都行。

他常常很崇拜雷博思——也聽到他被其他警察稱讚——因爲他堅持，像獵犬一樣對案子緊追不捨，通常他都會把案子撕開，把裡面的祕密動機跟隱藏的屍體倒出來。但是他的堅持也可能是缺點，讓他無視於危險，讓他缺乏耐性且魯莽。傑克知道爲什麼他們要去格拉斯哥，他認爲他很清楚雷博思要去那裡做什麼。但受安克藍姆之命，傑克得緊跟著雷博思，等著跟他一起陷入大麻煩。

雷博思跟傑克好久沒合作了。他們曾經是有效率的團隊，但傑克很高興可以調離愛丁堡。太令人感覺封閉了——這個城市與他的搭檔都是。那時雷博思似乎只活在自己的世界裡，而非他同伴們的世界。就連他選擇去混的酒館，也是比較少干擾的地方：只有電視、一台水果盤賭博機、一台香菸販賣機。有團體活動時——釣魚旅行、高爾夫比賽、搭巴士出遊——雷博思從來不報名。他總是個怪客，就算有伴也是個獨行俠，他的腦與心只在辦案時才會完全啓動。傑克太瞭解這回事了，工作就是能夠把你包起來，讓你跟世界隔離。在社交上所遇到的人通常會對你懷有疑心或敵意——結果你就只跟其他警察混在一起，讓你的太太或女友覺得很悶。她們也開始覺得被孤立，於是情況變得很糟。

當然，有很多警察還是過著不錯的日子。他們有瞭解他們的伴侶，或者回家後就可以把工作關在門外；或者工作對他們來說，只是一種準時付房貸的方法。傑克猜測，一半的刑警把當警察當成職業，另一半則把它當成任何形式的辦公室工作。

他不知道雷博思還能做什麼其他職業。如果他們把他踢出警界……他大概會把退休金喝乾，變成另一個故事一籮筐的退休警察，太常對同樣一批人講這些故事，以警界生涯交換另一種形式的孤立。

㉖ Time loves a hero，美國搖滾樂團 Little Feat 在一九七七年推出的名曲。

約翰留在崗位上是很重要的，因此讓他遠離麻煩大街也很重要。傑克心想爲什麼生命總是這麼困難。當安克藍姆叫他「盯著」雷博思時，他還很開心。他以爲他們會一起出門，回憶案件、人物、常去的老地方與精彩的事件。他應該心裡有數，自己可能已經變了——變成一個聽命的部下、安分無聊的上班族、一個積極追求升遷的人——但雷博思還是原來的樣子……或者變得更變本加厲。時間已經讓他的犬儒主義更成熟，他現在已經不是一隻獵犬，他是隻咬緊牙關的鬥犬。你知道不管他身上有多少血，眼裡有多少痛楚，他直到死還是會把嘴巴閉得緊緊的……

「比較不塞車了。」雷博思說。

的確，不管起因爲何，現在車流已經開始通暢了。車速已經提高到五十五英里，他們很快就會到格拉斯哥。傑克看了雷博思一眼，他直視前方眨眨眼。傑克突然想像著他靠著吧台，用他的退休金再買一杯酒。他媽的。爲了他的朋友，他會去格拉斯哥待九十分鐘，但僅此而已：不會延長時間，也絕不會犯規。絕對不能犯規。

他們前往帕提克警局，因爲那裡的人認識他們。高凡警局也可以，但那裡是安克藍姆的大本營，絕對不是可以讓他們私下安靜辦事的地方。最近那樁命案發生後，聖經強尼案的調查增加了一些動能，但是格拉斯哥調查小組所做的，其實就只是閱讀亞伯丁寄來的資料後歸檔。雷博思一想到在柏克舞廳可能跟凡妮莎·荷登交錯而過，就不禁會打個冷顫。儘管朗斯登一直想要陷害他，可是亞伯丁刑事組卻說對了一件事：有一連串的巧合讓雷博思跟聖經強尼案扯上關係。巧合多到讓雷博思開始懷疑，這一切是否眞的是偶然。雖然他還無法清楚說出是怎麼回事，可是聖經強尼跟雷博思所調查的另一件案子必有連結。現在他只是有這種直覺，可是還無法採取任何行動。但是這直覺卻不斷煩著他，讓他懷疑自己瞭解聖經強尼案的程度是否比他自以爲的多……

帕提克警局又新又亮又舒服——基本上就是最進步的條子窩——但還是敵人的地盤。雷博思不知道喬叔在此有多少耳目，但是他想他也許知道一個安靜的地點，可以讓他們自在的地方。當他們走過局裡，一些警察向傑克點頭或喊他的名字打招呼。

「基地到了。」雷博思終於說，他走進那個現在暫時放聖經約翰案資料的空辦公室。聖經約翰案的資料散在桌上和地板上到處都是，也被釘或貼在牆上，彷彿就像是幫他辦展覽似的。聖經約翰的最後一張模擬照片——是由第三個死者的妹妹協助完成——連同她對他的外型描述，在房裡四處可見。彷彿藉由一張張地反覆擺出他的形象，他們就可以讓他現形，把紙漿變成血肉之軀。

「我討厭這個房間。」當雷博思把門關上時，傑克說。

「只看表面的人都討厭這裡，他們得去喝下午茶或處理其他的事情。」

「聖經約翰犯案時，有一半的警察都還沒出生。他已經沒有任何意義。」

「但是他們還是會告訴孫子聖經約翰的故事。」

「的確。」傑克停頓一下，「你眞的要這麼做嗎？」

雷博思發現他的手放在電話話筒上，他拿起話筒，撥了號碼，「你懷疑過我的決心嗎？」

「從來沒有。」

一個粗啞不友善的聲音從電話那頭傳來。不是喬叔，也不是史坦利，是他家其中一個保鏢。雷博思盡量拿出演技來應付。

「莫基在嗎？」

對方猶豫著：因爲只有史坦利的好友才會叫他莫基，「是誰找他？」

「告訴他是強尼，」雷博思停頓一下，「亞伯丁的強尼。」

「等一下。」話筒被丟到堅硬的平面上發出聲響。雷博思仔細地聆聽，聽到電視傳來益智問答節目的人聲與鼓掌聲。在看的人也許是喬叔或伊芙，史坦利應該不喜歡這種節目，因爲他永遠答不對半題。

「電話！」那保鑣喊道。

等了很久之後，一個遙遠的聲音說：「誰找我？」

「強尼。」保鑣說。

「強尼？哪個強尼？」那個聲音變得比較靠近了。

「亞伯丁的強尼。」

話筒被拿起來，「喂？」

雷博思深吸了一口氣，「爲了你自己好，你最好以正常的方式說話。我知道你跟伊芙的事，知道你們去過亞伯丁。所以如果你不想讓人知道這些事情，你最好不要露出異狀。不要想讓保鑣起一點疑心。」

一陣摩擦的聲音，史坦利轉身好讓人看不到他的表情，他把話筒貼在下巴。

「所以這是怎麼回事？」

「你的騙局進行還不錯，除非必要，我並不想把它搞砸，所以不要做任何會讓我這麼做的事。懂嗎？」

「這不麻煩。」史坦利聽起來並不習慣拐彎抹角說話，因爲他的腦袋裡都是以牙還牙那一套。

「史坦利，你現在表現得不錯，伊芙會以你爲榮。現在我們得談談，不只是我們兩個，我們三個一起談。」

「跟我爹？」

「伊芙。」

「喔，好。」史坦利又鎮靜下來，「呃……這沒問題。」

「今晚？」

「呃……好。」

「在帕提克警局。」

「等一下……」

「就這麼說定了。只是談談，沒有陷阱等著你。如果你擔心的話，在聽完我們的話之前，你就把嘴巴閉得緊緊的。如果你不喜歡我們的提議，你可以轉身就走。你不必說什麼，所以也沒什麼好怕的。沒有指控，不要花招。我對你並沒有興趣。我們晚上會見面嗎？」

「我不確定。我可以再回電給你嗎？」

「我現在就需要聽到答案。如果你的答案是不會，那你乾脆就把電話轉給你爸聽。」

他發出笑聲，連死刑犯都會笑得比他開心，「聽著，我是沒問題，但是還有其他人。」

「你就告訴伊芙我跟你說的話。如果她不來，並不表示你不該來。我會以假名幫你弄幾張訪客證。」雷博思低頭看到一本打開的書，立刻找到兩個名字，「威廉．普利察㉗跟瑪德琳．史密斯㉘。你記得住嗎？」

「我想可以。」

「重複一次。」

「威廉……什麼的。」

「普利察。」

「跟梅姬．史密斯。」

「差不多。我知道你沒辦法隨便溜出來，所以我們就不訂碰面的時間。你有機會就過來。如果你想打退堂鼓，想想那些銀行帳戶，要是沒有你它們會很寂寞的。」

雷博思掛上電話，他的手只有一點點顫抖而已。

㉗ William Pritchard，一八六五年，這位醫師因毒殺妻子與岳母而被判死刑，成爲蘇格蘭最後一位被公開處死的犯人。

㉘ Madeleine Smith，作者在此又開了一個玩笑，十九世紀這名格拉斯哥婦女涉嫌謀殺情夫，但因罪證不足而獲開釋。此案是蘇格蘭犯罪史上著名的懸案。

第二十七章

他們通知了值勤櫃台，辦了訪客證，然後除了等之外沒別事可做。傑克說這個房間又冷又有霉味，他得出去透氣。他建議去餐廳、走廊或任何地方都行，雷博思搖頭。

「你去吧，我想我就待在這裡好了，想想要跟邦妮跟克萊德㉙說什麼。幫我帶杯咖啡，也許再加個麵包捲三明治。」傑克點頭，「喔，再帶一瓶威士忌回來。」傑克看著他，雷博思微笑。

他試著回想他喝的最後一杯酒，他記得站在牛津酒吧裡，面前有兩杯酒跟一包菸。但在那之前……跟婕兒喝的那杯白酒？

傑克說房間很冷，但是雷博思卻覺得很悶。他脫掉外套，拉鬆領帶，解開襯衫第一顆鈕釦。然後他在辦公室裡四處走，翻看辦公桌抽屜跟灰色的紙箱。

他看到偵訊紀錄，封面已經褪色，頁角已經捲起；手寫的報告、打字的報告、證物整理報告；地圖，大多是手繪；工作紀錄；成千上萬頁的目擊證人陳述——巴洛藍舞廳裡聖經約翰被目擊的描述。還有照片，裱框的黑白照片，最大的尺寸是十吋乘八吋，舞廳內外的照片。那裡看起來比它的名字現代，讓雷博思稍微想起他念過的學校——平坦的建築外牆，窗戶不多。入口處的水泥遮雨棚上有三盞聚光燈，指向窗戶與天空。等著入場或跳完舞等車來接的人，在下雨時可以在遮雨棚躲雨。棚上有「巴洛藍舞廳」與「跳舞」字樣。大部分的外觀照片是在一個下雨的午後拍的，舞廳周圍走過穿著塑膠雨衣的女人和戴帽子穿大衣的男人。其他的照片：警方的蛙人搜索著河流；案發現場，刑警戴著他們的招牌圓頂帽跟雨衣——後巷、一棟公寓的後院、另一個後院。親熱與摸乳的標準地點，但這一次親熱有點太過火了，對死者來說真的太過火了。喬．比提警司㉚的照片，他展示著聖經約翰的模擬圖。同時看著這張畫像與比提，你會覺得兩人的表情似乎很像，有些民眾這麼說。麥奇斯街與伯爵街——第二個跟第三個死者在她們居住的街道上被殺。他把她們帶到離家這麼近的地方，爲什麼？因爲這樣可以讓她們疏於防備？或是他曾猶豫著該不該動手？他緊張得不敢求吻或擁抱？或只是因良知與深層欲望交戰而害怕？檔案裡充滿了這些毫無目標的猜測，以及專業心理學家與心理醫師的分析理論。結果這些東西對辦案的幫助，只跟靈媒克洛賽提供的意見差不多大。

雷博思想起曾經跟阿都斯．禪恩在這裡見過面。禪恩又上了報紙——他看過最新命案的現場，同樣隨意說了一堆話，然後又飛回美國。雷博思心想吉姆．史蒂文斯現在不知在幹什麼。他想起禪恩跟他握手時那種刺痛的觸感，還有禪恩對聖經約翰的預感——儘管史蒂文斯也在場，可是報紙並未刊出禪恩的話。現代房屋閣樓裡的一只皮箱……，如果有人招待雷博思去住豪華飯店的話，他自己都可以想出比這更好的預言。

朗斯登招待他去住了好飯店，也許以爲刑事組絕不會發現此事。朗斯登曾試著要跟他成爲好友，告訴他說他們很相似，讓雷博思看到他在這個城市裡很有地位——免費餐飲，免費進入柏克舞廳。他一直測試著雷博思，看他要怎麼樣才能被控制住。可是他是受誰之命？舞廳老闆？或是喬叔？

雷博思看到更多的照片，照片多到似乎永遠看不完。但雷博思有興趣的是那些旁觀者，他們並不知道他們被拍下的照片會被流傳給後代。一個穿高跟鞋的女人，腿很漂亮——你只看得到她的腿跟腳踝，因爲她的身體被一個參與案發現場重建的女警擋住了。制服員警搜索著麥奇斯街的後院，找著死者的手袋。這些後院看起來像是剛被轟炸過——矮小的草地與瓦礫上架著曬衣竿。路邊的車輛有 **Zephyrs**、**Hillman Imps** 跟 **Zodiacs**，全是上個世代的產物。雷博思又找到一疊海報，捆住它們的橡皮筋早就壞了。上面有聖經約翰的模擬圖，搭配著不同的描述：「帶有禮貌的格拉斯哥口音，體態挺直」。眞是非常有幫助。還有調查總部的電話號碼：他們接過數千通電話，光是電話紀錄就有好多箱，上面記錄著每位來電者的基本資料，如果電話內容似乎值得確認的

㉙ Bonnie and Clyde，美國大蕭條時期著名的雌雄搶匪，他們的故事曾被拍成電影《我倆沒有明天》。

㉚ superintendent，比督察長（chief inspector）更高一級。

話，還會加上更仔細的備註。

雷博思的視線轉向剩下的箱子，他隨意選了一箱——一個扁平的大紙箱，裡面裝著當時的報紙，經過了四分之一個世紀都沒人看過。他仔細讀了頭版，然後翻到後面去看體育版。有些塡字遊戲被做了一半，也許是一個無聊的警探玩的。刊頭上用釘書機釘著紙片，寫著聖經約翰案報導在哪一版。但雷博思不打算去翻看那些報導，他看看其他的新聞，一些廣告讓他會心一笑。以今日的標準，有些廣告似乎很粗糙，但有些還是歷久彌新。在個人廣告版，人們廉價出售割草機、洗衣機與唱盤。在兩份報紙裡，雷博思發現了同一則廣告，包裝成公告的形式：「在美國找到新生活與好工作——詳情請見本手冊」，你得寄兩張郵票到曼徹斯特的一個地址索取。雷博思往後靠著椅背，想著聖經約翰是否已經去了美國。

一九六九年十月，派翠克．米亨在愛丁堡高等法院被判刑，他大喊「你們犯了大錯——我是清白的！」這讓雷博思想起了史佩凡，他搖著頭不去想這件事，接著翻開另一份報紙。十一月八號，強風迫使人員撤出史塔福羅（Staflo）鑽油平台，十一月十二號：據報導，托瑞峽谷（Torrey Canyon）號油輪的船東，同意付出三百萬鎊，以賠償該油輪在英吉利海峽洩漏五千噸科威特原油造成的損失。其他新聞：電影《喬治修女謀殺案㉛》即將上映，一輛全新三點五升引擎路華汽車開價一千七百英鎊。雷博思翻到十二月下旬的報紙。蘇格蘭國家黨㉜主席預言，「未來十年將是決定蘇格蘭命運的十年」。說的好啊，主席先生。十二月三十一號，蘇格蘭新年㉝，論壇報祝讀者有個快樂豐收的一九七〇年，而頭條新聞是格拉斯哥高凡丘（Govanhill）區的槍戰：一名警員死亡，三名受傷。他放下報紙，一陣強風把一些照片吹到地板上。他撿起照片，是三名死者，如此充滿生氣。一號跟三號死者的臉有些相像，這三個女人看起來都充滿希望，彷彿未來她們都可能達成自己的夢想。抱持希望且不放棄是件好事，但雷博思認爲能做到的人不多。她們也許是爲了照相機而微笑，如果是無意間被拍到，她們看起來應該就像那些照片中的旁觀者，濕答答且疲憊。

到底有多少受害者？不只是聖經約翰或聖經強尼，還有那些被判刑或逃逸無蹤的殺人犯。世界盡頭酒吧的雙人命案、康威街命案㉞、連續殺人狂尼爾森㉟、約克夏郡開膛手……還有艾絲．萊恩德……如果史佩凡沒有殺她，那麼在他受審期間，眞兇一定大笑不已，而且還逍遙法外，也許他的犯罪筆記上又多了其他人的頭皮，造成更多的懸案。有冤未申的艾絲·萊恩德躺在墳墓裡，成爲被遺忘的受害者。史佩凡因爲承受不白之冤而自殺，那麼蓋帝斯……他是因爲哀亡妻而自盡，還是爲史佩凡案而內疚？最後他是否有了冰澈的領悟？

這些傢伙都死了，只剩下雷博思一個人。他們想把他們的負擔轉到他身上，可是他拒絕接受，也將繼續拒絕、否認。他不知道還能怎麼辦，除了喝酒之外。他想要喝一杯，想得不得了。但是他還不能喝，還不行，也許再過些時候。人死不能復生，有些人英年早逝而且是慘死，完全不知爲何被人當成下手的目標。雷博思覺得被失落感包圍，這些鬼魂……對著他喊叫……哀求著他……慘叫著……

「約翰？」

他從辦公桌抬起頭。傑克站在那裡，一手拿著馬克杯，另一手拿著麵包捲。雷博思眨眼，他的視線模糊了……彷彿他是透過熱氣看著傑克。

「天啊，你還好嗎？」

他的鼻與唇都濕了，他擦了擦。桌上的照片也濕了，他知道自己剛剛哭了，於是掏出一條手帕。傑克把馬克杯與麵包捲放下，一手稍稍用力地攬在他肩膀上。

「眞不知道我是怎麼搞的。」雷博思擤了擤鼻子說。

「你知道的。」傑克輕聲說。

㉛ The Killing of Sister George（一九六八），女同性戀題材電影。
㉜ Scottish National Party，中間偏左政黨，主張蘇格蘭獨立。
㉝ Hogmanay，蘇格蘭新年慶祝活動從這天開始。
㉞ 一九七三年至一九八七年間，Frederick West與Rosemary West夫婦連續在康威街自宅誘拐虐殺了十二名少女，最後一個受害者是他們的親生女兒。一九九五年，丈夫在獄中自殺，而從未認罪的妻子被判處無期徒刑。
㉟ Dennis Nilsen，住在倫敦的蘇格蘭殺人狂，被控殺害十五個男人，一九八二年他把屍塊沖進馬桶造成水管阻塞，進而被揭發殺人罪行。他目前仍在服刑中，有可能會在二〇〇八年假釋出獄。

「是，我知道。」雷博思坦承。他收起照片與報紙，把它們塞進原來的箱子裡。「不要再這樣看著我。」

「怎麼樣？」

「我不是在對你說話。」

傑克坐到一張桌子上，「你現在不是特別堅強嘛。」

「似乎不是。」

「該是你振作的時候了。」

「啊，史坦利和伊芙還要一會兒才會到。」

「你知道那不是……」

「我知道，我知道。你說對了：該是我振作的時候了。我該怎麼開始？不要告訴我——果汁教會？」

傑克只聳聳肩，「你自己決定。」

雷博思拿起麵包捲咬了一口。錯誤，他喉裡鯁著一塊東西讓他難以下嚥。他大口喝著咖啡，盡量把麵包捲吃完——裡面包著火腿與濕蕃茄。然後他想起得再打個電話——謝德蘭群島的電話號碼。

「我很快就回來。」他告訴傑克。

他在廁所裡洗了臉，眼白裡爆出細小血絲。他看起來好像剛酒醒一樣。

「跟石頭一樣清醒。」他對自己說，然後走回電話旁。

傑可．哈利的女友碧昂妮，接起了電話。

「傑可在嗎？」雷博思問。

「不在，抱歉。」

「碧昂妮，我們上次碰過面，我是雷博思探長。」

「喔，是的。」

「他跟你聯絡過嗎？」

停頓了很久，「抱歉，我沒聽到你說什麼，電話線路有問題。」

雷博思覺得電話聽起來一點問題也沒有，「我說，他跟你聯絡過嗎？」

「沒有。」

「沒有？」

「我是這樣說的沒錯。」她開始緊繃起來了。

「好，好，你不會有點擔心嗎？」

「擔心什麼？」

「傑可。」

「爲什麼要擔心？」

「他自己離家旅行超過預定的時間，也許他發生了什麼事。」

「他很好。」

「你怎麼知道？」

「我就是知道！」她幾乎是用吼的。

「冷靜一下。聽著，你何不——」

「不要再找我們了！」她掛上電話。

我們。不要再找我們。雷博思凝視著話筒。

「我在這裡就可以聽到她說話，」傑克說，「聽起來她快發狂了。」

「我認爲她的確是快發狂了。」

「男朋友的問題？」

「男朋友遇到麻煩。」他把話筒放下，剛好有通電話進來。

「我是雷博思探長。」

是值勤櫃台打來的，通知他第一個訪客已經到了。

伊芙看起來就像那天跟雷博思在酒吧裡碰面時一樣──商務人士打扮的兩件式套裝，只是今天不穿蕩婦紅，改穿保守的藍色，她手腕、手指跟脖子上都配戴著黃金首飾，染成金色的頭髮被黃金髮夾固定在後面。她把手袋夾在腋下，手夾著她的訪客證。

「瑪德琳．史密斯是誰？」當他們走上樓梯時，她問。

「我從書裡找到的名字，我想她是個謀殺犯。」

她看了雷博思一眼，強硬又同時像是被取悅的眼神。

「往這邊走。」雷博思說。他帶她到聖經約翰檔案室，傑克在那裡等著。「這位是傑克．莫頓，」雷博思說，「伊芙……我不知道你姓什麼。不是托爾吧？」

「庫登。」她冷冰冰地說。

「庫登小姐，請坐。」

她坐下來從手袋裡拿出黑色香菸，「你們介意嗎？」

「其實這裡禁菸。」傑克帶著抱歉的語氣說，「而且雷博思探長和我都不抽菸。」

她看著雷博思說：「你何時開始不抽菸？」

雷博思聳肩，「史坦利在哪裡？」

「他會來的。我們認爲分開走比較好。」

「這樣喬叔才不會懷疑？」

「那是我們的問題，跟你無關。喬只知道莫基出門晃晃，而我是去找朋友。她是我的好友，不會洩密。」

她的語氣讓雷博思知道，她以前也利用過這個朋友──好在其他的時機做其他的事。

「很高興是你先到，」他說，「我想要私下跟你談談。」他靠著一張書桌，雙臂交叉胸前以免雙手發抖，

「那晚在飯店，你打算設計我，對吧？」

「告訴我你知道什麼。」

「關於你跟史坦利的事？」

「叫他莫基。」她拉下臉，「我討厭那個綽號。」

「好吧，莫基。我知道什麼？我大概知道一切。你們兩個偶爾會北上幫喬叔辦事，我猜你們是中間人，因爲他需要他可以信任的人。」他故意加重「信任」二字的語氣，「他需要兩個不會共睡旅館房間而讓另一間空著的人，他需要不會坑他的人。」

「我們在坑他嗎？」她無視傑克說的話，點了根菸。眼下沒有菸灰缸，所以雷博思把廢紙簍放在她旁邊，同時吸進她的二手菸。美好的二手菸，這幾乎讓他舒服地滿足了煙癮。

「沒錯。」他說，並退回書桌旁。他們把她的椅子放在地板中央，雷博思在一邊，傑克在另一邊。在這種安排下，她看起來還是挺自在。「我不認爲喬叔是會使用銀行帳戶的壞人。我是說，他也許連格拉斯哥的銀行都不信任，更別說是亞伯丁的。可是你和莫基卻跑去那裡的銀行，把一大堆現金放進好幾個帳戶。我知道你們何日何時去了哪些銀行。」這是誇大的話，但是他想他可以唬得過去，「我也從飯店員工那邊取得了證詞，包括從不需打掃莫基房間的清潔婦們。這就有趣了，因爲我不認爲他像是愛乾淨的那一型。」

伊芙從鼻孔噴出一口煙，勉強擠出微笑，「好吧。」她說。

「那麼，」雷博思接著說，他想要瓦解她自信的笑容，「喬叔會怎麼看待這些事情？我的意思是，莫基是親人，但你不是，伊芙。我認爲你是可以被捨棄的。」停頓。「我認爲你混過這些時間，應該也很清楚這一點。」

「你的意思是？」

「我的意思是，我不認爲你跟莫基會是一對，不會長久。他對你來說太笨了，而他也永遠不會有錢到可以彌補這個缺點。我知道他看中你哪一點——你媚惑男人的道行很高。」

「沒那麼厲害。」她望進雷博思的眼睛。

「還挺不錯的。已經足以讓莫基上鉤了，足以說服他侵吞亞伯丁那邊的錢。讓我猜猜，你的故事是等到錢存夠之後，你們兩個就會一起私奔？」

「我的講法應該跟你的不一樣。」她瞇著眼睛算計著，她知道雷博思打算談交易，要不然她也不會來了。她想著她可以獲得什麼東西。

「但是你不會跟他私奔的，對不對？我們私下攤開來說，你打算要自己溜掉。」

「是嗎？」

「我是這樣賭的。」他站起來走向她，「伊芙，我的目標不是你。我會說你眞是他媽的好運。你就拿錢跑路吧。」他放低音量說，「但是我要抓莫基，我要他爲東尼．艾爾命案負責，我也要一些問題的答案。等他到了這裡，你要勸他，說服他跟我們合作。然後我們會問你們話，一切都會錄音。」她張大了眼睛，「理論上，這是我的保險，以防你打算繼續跟他們在一起。」

「事實上呢？」

「錄音會讓莫基被抓，喬叔也會一起被拖下水。」

「而我可以沒事離開？」

「我保證。」

「我憑什麼可以相信你？」

「我是個紳士，記得嗎？你在酒吧裡也這麼說。」

她再度微笑，眼睛定定地看著他。她看起來像貓，同樣的道德觀，同樣的本能。然後她點點頭。

十五分鐘後，莫爾肯㊱．托爾抵達警局，雷博思讓他跟伊芙在偵訊室獨處。傍晚時分的警局很安靜，時間還不夠晚，所以還沒有酒吧鬥毆、持刀打鬥、睡前的暴力事件。傑克問雷博思他想怎麼玩。

「你就坐在那裡，假裝我說的一切都是神說的話，這樣就可以了。」

「萬一史坦利動手？」

「我們可以擺平他。」他已經要伊芙查清楚莫基身上有沒有帶傢伙。如果有，在雷博思回來之前，他要看到武器已經放在桌上。他再度走進廁所，讓呼吸穩定下來，他在鏡子裡看著自己，試著放鬆下巴。過去，他會從口袋裡掏出一小瓶威士忌，但是今晚他口袋裡沒有威士忌，無法藉酒壯膽。所以這一次，他得全靠自己的眞本事了。

回到偵訊室時，莫基看著他的眼神像是雷射一樣，證明了伊芙已經說了該說的話。兩把史坦利美工刀放在桌上，雷博思點頭表示滿意。傑克忙著準備錄音機，撕開兩捲卡帶的包裝。

「托爾先生，庫登小姐已經向你解釋過狀況了吧？」莫基點頭。「我對你們兩位沒興趣，但我的確對其他的一切都有興趣。你們出了錯，但還是可以脫身，就如同你們一直以來所計畫的一樣。」雷博思盡量不要看伊芙，她也盡量不看爲愛苦惱的史坦利。老天，她眞是個狠角色。雷博思眞的開始喜歡她了，甚至比那晚在酒吧還要喜歡。傑克點頭表示錄音機正在運作。

「好，現在我們正在錄音，我想要先聲明錄音是我個人的保險，並不會在任何時候用來對付你們兩位，即便是在你們已經脫身之後。我希望你們先作自我介紹。」他們照辦，傑克檢查著音量並且做調整。

「我是約翰．雷博思探長，」他說，「在我旁邊的是傑克．莫頓探長。」他停頓一下，拉了一張椅子到桌邊坐下，伊芙在他右邊，史坦利在左。「庫登小姐，我們先從在旅館那晚開始。我個人並不太相信巧合。」

伊芙眨眨眼。她以爲問題只會跟莫基有關，現在她知道雷博思是眞的要拿到一份保險。

「那不是巧合。」她說，同時找著她的莎邦尼香菸。菸盒掉出手袋，史坦利幫她撿起來，拿出一根菸，替她點了火，然後再把菸盒還給她。她幾乎無法再承受下去了——或者她是在演戲給雷博思看。但雷博思看著史坦利，他的行爲讓雷博思吃驚。「瘋狂莫基」竟然出乎意料地眞情流露：即便在這種情況下，他還是眞的很開心可以跟愛人在一起。他似乎不是雷博思那天在喬叔家裡看到的那個大吼大叫、抱怨不停的傢伙：他現在看起來比較年輕，面容發光，眼睛也變大了。難以置信他可以冷血地殺人——但這並非不可能。他的穿著品味還是

㊱莫基的本名。

跟上次一樣糟——全套運動服的褲子、橘色皮夾克、藍色花紋襯衫。他嘴巴一直在動，好像在嚼口香糖似的。他躺靠在椅子上，雙腿打開，兩手放在大腿之間靠近鼠蹊部的地方。

「那是計畫好的。」伊芙說，「可以算是計畫吧，我想你在睡前應該很有可能去酒吧。」

「怎麼說？」

「聽說，你喜歡喝酒。」

「誰說的？」

她聳肩。

「你怎麼知道我住哪間旅館？」

「人家告訴我的。」

「誰？」

「美國佬。」

「告訴我他們的名字。」照章行事，約翰。

「賈德．富勒，艾力克．史戴蒙。」

「他們兩個都跟你說過話？」

「主要是史戴蒙。」她微笑，「他是個膽小鬼。」

「繼續說。」

「我想他認爲把你交給我們，總比讓富勒對付你來得好。」

「因爲富勒會對我比較狠？」

她搖頭，「他是爲自己著想。如果是我們對付你，那他們就不必沾上邊。賈德有時候很難控制。」史坦利對此哼了一聲。「艾力克寧可不讓他有機會發作。」

也許史戴蒙控制住了富勒，所以富勒的人只用槍柄打他，而不是直接讓他歸西。雷博思吃了一張黃牌，他不認爲富勒會給第二張。雷博思想多問她一些事情，他想知道她是怎麼發現他知道些什麼……但是他隱隱覺得這樣問下去，也許會把莫基所有的保險絲都燒壞。

「誰告訴美國佬我住在哪裡？」

他已經知道答案了──朗斯登──但是他想盡量在錄音帶上留下紀錄。可是伊芙聳肩，史坦利搖頭。

「告訴我你在亞伯丁做什麼？」

伊芙忙著抽菸，所以史坦利清了清喉嚨。

「幫我爹工作。」

「做些什麼？」

「賣東西。」

「賣東西？」

「毒品──安非他命、海洛英、什麼都有。」

「托爾先生，你聽起來很輕鬆。」

「應該說是放棄了。」史坦利在椅子上坐直，「伊芙說我們可以信任你。我並不確定這一點，但我爹一旦發現我們偷撈油水，我知道他會怎麼做。」

「所以我是兩害相權取其輕？」

「那是你說的，我可沒這麼說。」

「好吧，我們回到亞伯丁。你們供應毒品？」

「對啊。」

「給誰？」

「柏克舞廳。」

「對方的名字？」

「艾力克·史戴蒙跟賈德·富勒。主要是賈德，雖然艾力克也知道我們在搞什麼。」他對伊芙微笑，「搞上床的搞，」他重複「搞」這個字，她點頭表示她懂了他的笑話。

「為什麼主要是賈德·富勒？」

「艾力克經營舞廳，負責處理生意那方面的事。他就不喜歡弄髒他的手啊，假裝一切都正大光明的樣子。」

雷博思想起史戴蒙的辦公室——到處都是文件，眞是如假包換的商務人士。

「你可以描述富勒的長相嗎？」

「你已經見過他了，就是他扁你的啊。」史坦利露齒而笑說。那個拿槍的人，他的口音聽起來像美國人嗎？雷博思有聽得這麼仔細嗎？

「我並沒有看到他。」

「他六呎高，黑髮，看起來總是濕濕的，有抹髮油之類的。長頭髮、往後梳，像是那個演電影《周末的狂熱》的人。」

「屈伏塔？」

「對啦，還有另一部電影，你知道的，」史坦利做出開槍對室內掃射的樣子。

「《黑色追緝令》（Pulp Fiction）？」

史坦利摩擦手指讓關節發出「噠」一聲。

「但賈德的臉比較窄。」伊芙補充說，「其實他全身都很瘦，而且他很喜歡穿深色西裝。他一手的手背有疤，看起來傷口似乎縫得太緊了。」

雷博思點頭，「富勒只賣毒品嗎？」

史坦利搖頭，「不只，他把手伸進每一塊市場：妓女、色情片、賭場，還有一些假設計師品牌——手錶、衣服之類的。」

「全方位企業家。」伊芙補充說，並把菸灰彈進廢紙簍。她小心翼翼地不說出任何會讓她入罪的話。

「還不是只有賈德跟艾力克，亞伯丁有些美國佬比他們更壞，艾迪．席格（Eddie Segal）、牟斯．馬隆尼（Moose Maloney）……」史坦利看到伊芙臉上的表情趕緊住嘴。

「莫爾肯，」她甜蜜地說，「我們還想活著脫身不是嗎？」

史坦利臉紅了，「忘記我剛說的，」他對雷博思說。雷博思點頭，但是錄音機可不會忘。

「所以，」雷博思說，「你爲什麼殺東尼．艾爾？」

「我？」史坦利說，並裝出無辜的樣子。雷博思嘆口氣，看著自己的鞋尖。

「我想，」伊芙幫腔說，「探長想要知道一切。我們不告訴他，他就會跟你爸談。」

史坦利凝視著她，但她並沒閃躲他的目光，反倒是他先望向別處。他的手又放到鼠蹊部附近。「對，」他說，「我是奉命行事。」

「誰的命令？」

「當然是爸爸。東尼仍是爲我們工作，他負責亞伯丁每天的生意往來。那些說他離開的話，只是編出來的故事。但是你來跟爹談過之後……他氣得快抓狂，因爲東尼竟然私自行動，危害了我們的生意。」既然你已經找上他，所以……

「所以東尼得死？」雷博思想起東尼．艾爾對山克利吹噓說他有「格拉斯哥的人脈」——他並沒說謊。

「沒錯。」

「我想你們對他的死並不特別難過？」

伊芙微笑說：「並不特別難過。」

「爲了保命，東尼可能會把你們的事說出來？」

「他不知道我們暗中抽成的事，但是他發現我們在飯店裡的事。」

「這是他犯過最大的錯。」史坦利說，再度露齒而笑。他越來越囂張，講這些故事讓他很高興，滿心以爲一切都沒問題。他越囂張，伊芙似乎就不給他好臉色看。雷博思看得出來，擺脫他應該會讓她鬆了口氣。這個

可憐的小混蛋。

「你騙過了刑事組，他們以爲是自殺。」

「當你口袋裡有一兩個警察……」

雷博思看著史坦利，「你再說一次。」

「有一兩個警察收我們的錢。」

「姓名？」

「朗斯登，」史坦利說，「還有堅金斯。」

「堅金斯？」

「他的業務跟石油產業有關。」伊芙解釋道。

「石油產業聯絡警官？」

她點頭。

就是雷博思抵達當天休假的那個人，朗斯登是幫他代班的。有這兩個人站在你這邊，你可以輕鬆供應給產油平台任何他們需要的東西——完全被壟斷的市場。當工人們上了岸，你爲他們準備了更多消遣：舞廳、妓女、酒跟賭。合法掩護非法，互相依附。怪不得朗斯登要跟著去班那克，他是在保護他的投資。

「你們對佛格斯．麥魯爾的事又知道什麼？」

史坦利看看伊芙，打算要講但先請求她的許可。她點點頭，但嘴巴就是不說半個字。

「他出了小小的意外，他太靠近賈德了。」

「富勒殺了他？」

「賈德說他是親手殺的。」史坦利的語氣裡有一種英雄崇拜，「他跟麥魯爾說要私下談談，他說隔牆有耳。他們漫步到運河，賈德用槍給了他腦袋一下，然後把他丟進水裡。」史坦利聳肩，「賈德回亞伯丁的時候還趕得上吃早餐。」他對伊芙微笑，但是她已經沒有回笑的心情了，她只想離開這裡。

雷博思還有其他的問題，但是他已經開始累了。他決定到此為止，他站起來向傑克點頭，示意他關掉錄音機，然後告訴伊芙她可以走了。

「那我呢？」史坦利問。

「你們不能一起離開。」雷博思提醒他。史坦利似乎接受了這句話。雷博思看著伊芙走在走廊上，下了樓梯。他們兩人沒說一句話，連再見也沒有。但是他看著她離開之後，要值勤警官立刻派兩個員警到偵訊室。

當他回去時，傑克剛好倒完帶，而史坦利正站著做些伸展運動。有人敲門，兩個員警進來了。史坦利站直身子，感覺到事情不對勁。

「莫爾肯．托爾，」雷博思說，「我以謀殺安東尼．艾利斯．肯恩的罪名逮捕你，案發時間是──」

瘋狂莫基大吼一聲，往雷博思衝了過來，雙手拚命地往雷博思脖子抓去。

制服員警總算把他送進囚房裡，而雷博思坐在偵訊室的椅子上，看著自己的雙手發抖。

「你還好吧？」傑克問。

「知道嗎，傑克？你就像一張跳針的唱片。」

「知道嗎，約翰？你總是需要別人問你這句話。」

雷博思微笑著摸摸自己的脖子，「我很好。」

當史坦利往他衝過來時，雷博思用膝蓋痛擊這個年輕人的胯部，力道大到讓史坦利雙腳騰空，再用手臂牢牢鉗住他的頸動脈，然後員警就可以制服他了。

「你想怎麼辦？」傑克問。

「一份錄音拷貝留在這裡的刑事組，在我們回來之前，這些材料就夠他們忙了。」

「從亞伯丁回來？」傑克猜測。

「還要更北。」雷博思指著錄音機，「把錄音帶放進去，開始錄音。」傑克照做了。「婕兒，這是給你的小禮物。我希望你知道要怎麼處理。」他點頭，然後傑克停止錄音，把卡帶退出來。

「我們把卡帶拿去聖里奧納德警局。」

「所以我們眞的要回愛丁堡？」傑克想到明天跟安克藍姆的面談。

「我們停留的時間只夠換衣服跟開病假醫師證明。」

停車場外，一個人影在那裡等著：伊芙。

「我們去同一個地方嗎？」她問。

「你怎麼知道？」

她露出她最像貓的微笑，「因爲你就像我一樣──你在亞伯丁還有事待辦。我只是要去那裡的幾家銀行關掉幾個帳戶，可是卻訂了兩個旅館房間……」

這倒是重點：他們需要一個基地，最好是朗斯登不知道的地方。

「他被關進囚房了？」

「是。」

「你需要多少人才能制服他？」

「就我們兩個。」

「眞令人驚訝。」

「我們有時都會讓自己很驚訝。」雷博思說，同時幫她打開傑克車子的後門。

雷博思發現婕兒辦公室已經鎖起來，但他並不訝異。他看看值晚班的人，發現席芳．克拉克努力不要引人注目，她怕碰上雷博思，因爲她曾經參與搜索他公寓的行動。他走到她面前，手上拿著黃色的易碎物品用信封袋。

「沒關係了。」他說，「我知道你爲什麼參加搜索小組，我想我應該感謝你。」

「我只是想……」

他點點頭。她臉上如釋重負的表情，讓他想到她心裡應該曾經很難受。

「在忙什麼？」他問，他明白自己應該稍微跟她聊聊。傑克跟伊芙在樓下的車子裡，正在互相熟悉。

「我一直在查聖經強尼的背景，什麼結果都沒有。」她振作了起來，「但有一件事，我查過國家圖書館的舊報紙。」

「是嗎？」雷博思也曾經查過，他心想她應該不只是想說這個。

「其中一個館員告訴我，有人在查最近的報紙，還打聽有誰調閱過一九六八到七〇年的報紙。我覺得這有點奇怪。他查閱的最近報紙，都是在聖經強尼首次犯案之前。」

「而其他的舊報紙都是聖經約翰犯案的年份？」

「對。」

「記者？」

「館員是這麼說的。可是他給的名片是假的，他是用電話聯絡那個館員。」

「那個館員還知道些什麼？」

「一些名字。我抱著一絲希望全抄了下來。其中兩個確實是記者，一個是你，其他的就天知道是誰了。」

沒錯，雷博思耗了一整天仔細查過這些舊新聞，把相關的版面影印下來，建立自己的資料庫。

「那個神祕的記者是？」

「不知道。我問到他的外型，可是沒什麼幫助。五十歲出頭，高個子，金髮……」

「符合這個描述的人太多了吧？爲什麼他對最近的報紙有興趣？……等一下……他要查聖經強尼在第一次殺人前是否曾經失手。」

席芳點頭，「我也是這麼想。同時我也問有沒有人對聖經約翰的案子有興趣。這聽起來很瘋狂，但是也許聖經約翰就在哪裡找他的下一代。不管他是誰……他已經有了你的名字跟住址。」

「有人崇拜我很好啊。」雷博思想了一會兒，「其他的名字……我可以看看嗎？」

她在筆記本裡找到了那一頁。一個名字很醒目：彼得．曼紐艾。

「發現了什麼？」她問。

雷博思指著那個名字，「這不是他的眞名。曼紐艾是五〇年代的一個殺人犯。」

「那是誰……？」

遍讀聖經約翰的資料，用殺人犯的名字當假名。「是聖經強尼。」雷博思輕聲說。

「那我最好再去找那個館員談談。」

「明天一早再去。」雷博思建議。「說到這個……」他把信封袋交給她，「你可以親自把這個交給婕兒．譚普勒嗎？」

「當然。」她接過信封，裡面的卡帶搖晃作響，「我該知道些什麼嗎？」

「絕對不要知道。」

她微笑說：「現在你可眞的激起我的好奇心了。」

「那就不要好奇。」他轉身要離去，不想讓她看到自己有多震驚。有人也在追捕聖經強尼，他現在手上也有雷博思的名字與地址。席芳的話——聖經約翰……正在找他的下一代。外型描述：高個子，金髮，五十歲出頭。的確符合聖經約翰的年紀。這個人知道雷博思的住址，而他的公寓被闖空門，什麼東西都沒被偷，可是他的報紙與剪報被翻過了。

聖經約翰……正在找他的下一代。

「案子進行得如何？」席芳喊道。

「哪一件？」

「史佩凡。」

「鳥事一件。」他停步，轉身面對她，「對了，如果你眞的很無聊的話……」

「是？」

「聖經強尼。他應該跟石油產業有關連。最後一個死者爲石油公司工作，也跟業界的人喝酒。我記得第一個死者在羅伯特．高登技術學院念地質學。查查此案是否跟石油產業有關，看有沒有跟第二個與第三個死者有關的事。」

「你認爲他住在亞伯丁？」

「現在我會壓錢賭是亞伯丁。」

然後他就走了。在遠征北方之前，還要再完成一個步驟。

聖經約翰開車經過亞伯丁的街道。

城市很安靜，他喜歡這樣的城市。格拉斯哥之行很有收穫，但是第四個死者卻更有助益。從費爾蒙飯店的電腦，他拿到二十家公司的清單。在茱蒂絲．凱恩斯被殺前幾個星期，有二十個人的住宿費是用公司信用卡付的。這二十家公司的總部都在東北部。他得一一過濾這二十個人，其中任何一個都可能是自大狂。

第一名跟第四名死已經給他答案了：石油。石油是一切的核心。一號死者在羅伯特．高登技術學院念地質學，在東北部，地質學跟探勘石油有很多連結。聖經強尼在找跟石油產業有關的人，跟他自己很像的人。這個發現讓聖經約翰很震驚。一方面，這讓他更有必要找到自大狂；另一方面，它把這個遊戲變得更加危險。並不是人身安全的危險——他早就已經克服了這種恐懼。這是暴露身分的危險——他拚命才獲得雷恩．史洛肯的假身分。他幾乎覺得他就是雷恩．史洛肯。雷恩．史洛肯只是一個死人，他剛好在訃聞上讀到這個名字。所以他申請了出生證明的副本，理由是家中失火燒掉了正本。這件事發生在沒有電腦的時代，所以很容易就可以矇混過關。

所以他的過去不存在了……至少暫時不存在。當然，閣樓裡的皮箱說著不一樣的故事，暴露出他改變身分的謊言——本性難移。他的皮箱裡裝滿了紀念品，大多是在美國獲得的……他已經安排好盡快搬走皮箱，等他太太不在家時，搬家公司會派貨車來，把皮箱搬到個人儲物出租倉庫。爲了防患未然，這麼做是有道理的，但是他還是遺憾，因爲這麼做彷彿是說自大狂贏了。

無論結果如何，自大狂還是贏了。

他得查二十家公司。目前他已經剔除四個嫌犯，因爲他們太老了。還有七家公司他完全看不出來跟石油有任何關係——所以把這七家放在最後面。還剩下九個名字。調查的速度很慢，他用假名打電話到那些公司去，但是用假名只能查到某個程度。他也利用電話簿，查出這些姓名的地址，監視著他們的家，等著要看那些人一眼。他一看就知道誰是自大狂嗎？他覺得他可以，至少他可以認出這一類的人。但是當年喬·比提也說他可以認出聖經約翰——就算是在人多的房間裡他也認得出來，彷彿人心可以從他臉上的皺紋與輪廓裡顯現出來，這也算一種犯罪骨相學[37]。

他把車停在另一棟房子前面，打了通電話進辦公室看看有無留言。在他那一行，長時間不在辦公室是正常的，十天半個月沒進辦公室也稀鬆平常。這眞是完美的職業。沒有留言，沒有任何事情需要思考，除了自大狂……跟他自己。

早年他欠缺耐心，但現在不會了。緩慢地追查自大狂只會讓最後的對決更甜美。但是這個想法卻被另一個給破壞了：警察也可能快要找到自大狂了。畢竟所有的資訊都等著他們發現，這只是個建立關連的問題。目前只有那個愛丁堡的妓女不符犯罪模式，但是如果四件命案裡有三件可以連起來，他就滿意了。他也可以打賭，一旦他知道自大狂的身分，他一定可以發現自大狂在案發時間去過愛丁堡：也許是旅館紀錄，或是愛丁堡某個加油站的收據……四個死者，還比聖經約翰在六〇年代殺的多一個。他必須承認這是令人惱怒、氣憤難消的事實。

有人將會爲此付出代價，指日可待。

---

37 Phrenology，認爲頭骨可以決定人的性格與犯罪傾向的理論，盛行於十九世紀。

第六部

地獄之北

「當最後一個大臣被最後一份《星期天郵報》❶勒死的那天，蘇格蘭將會重生。」

湯姆．耐恩❷

❶ Sunday Post，蘇格蘭老牌週報。

❷ Tom Nairn，蘇格蘭國家主義理論家，主張廢除英國帝制。

第二十八章

當他們抵達飯店時已過午夜。飯店鄰近機場，雷博思那天去雷烏石油的路上，曾經過這一排閃閃發光的新大樓。飯店大廳裡金光閃閃，太多面大鏡子映照著這三個疲憊且行李很少的人。也許他們本會令人起疑，但伊芙是熟客，又以公司名義簽帳，所以也就沒事了。

「訂房是透過喬叔的計程車公司，」她解釋說，「所以住宿由我招待。辦完事之後，你們只要去辦退房就可以，他們會把帳單寄給計程車公司。」

「庫登小姐，您慣住的兩間房。」櫃員說，並把鑰匙遞過來，「再加上另外一間，往走道走下去就可以看到。」

傑克一直看著飯店設施表，「三溫暖、健身房、舉重室。約翰，這眞是適合我們身分的地方。」

「住的都是石油公司主管。」伊芙一邊帶他們走到電梯邊說，「他們喜歡這一類的東西，讓他們保持健康，所以才可以以『霍基科基❸』一番。我指的可不是民俗舞蹈。」

「你直接把一切賣給富勒與史戴蒙嗎？」雷博思問。

伊芙忍住一個呵欠，「你是問，我有沒有親自去交易？」

「對。」

「我有那麼笨嗎？」

「客戶的名字呢？」

她搖搖頭，疲累地微笑說：「你就是不肯停下來，對嗎？」

「查案可以轉移我的注意力。」尤其是：聖經約翰、聖經強尼……還逍遙法外，也許就在離他不遠處……

她把鑰匙遞給雷博思與傑克，「小子們，好好睡一覺。等你們醒來的時候，我大概早已經走了……我不會再回來了。」

雷博思點頭，「你可以拿走多少錢？」

「大概三萬八。」

「不錯的油水。」

「都是合理的獲利。」

「喬叔何時會發現史坦利的事？」

「這個嘛，莫爾肯應該不會急著通知他，喬對他消失一兩天也很習慣……運氣好的話，當炸彈爆發時，我人可能都出國了。」

「你看起來像是運氣不錯的人。」

他們在三樓出了電梯，看了看手中鑰匙的號碼。結果雷博思拿到伊芙旁邊的房間，史坦利的老房間。傑克跟他們隔了兩個房間。

史坦利的房間不小，還有雷博思猜測是主管級標準的豪華裝飾：小酒櫃、褲子熨板、枕頭上有一小碟巧克力、平整的床上攤放著一件浴袍。浴袍上夾著一張紙片，請他不要把浴袍帶回家。如果需要的話，可以去健身房買一件。「謝謝您的體諒。」

這位體諒的顧客泡了一杯無咖啡因咖啡。在酒櫃上有一張價格表，列出裡面的美酒清單。他把價格表塞進一個抽屜裡。衣櫃裡有一個小保險櫃，所以他把酒櫃鑰匙鎖在裡面。萬一他真的想喝酒的話，多一個障礙，他改變心意的機會就大一些。

咖啡很好喝。他沖了澡，用浴袍包住自己，然後坐在床上盯著通往隔壁房間的門看。當然這裡會有相通的

❸ Hokey-cokey，英國一種舞蹈名，在俚語中意指男性自慰。

門：總不能叫史坦利一直在走道上跳來跳去吧。他這邊的門有個簡單的鎖，想必另一邊也有一個。他想著要是他打開這扇門，他會發現什麼，伊芙會站著等著他嗎？如果他敲門，她會讓他進去嗎？萬一是她敲門的話又如何？他的視線離開了那扇門，停留在小酒櫃上。他覺得有點餓——裡面有洋芋片跟花生米，也許他可以……？不行，不行，不行。他把注意力移回連接門上，用力地聆聽，沒聽到伊芙的房間有任何動靜。也許她已經睡了——明天她要早起。他發現自己不再覺得疲累，現在到了這裡，他想要開始工作。他拉開窗簾，外面已經下起了雨，黑色柏油閃閃發亮，像是大甲蟲的背部。雷博思拉了張椅子坐在窗邊，風吹著雨，讓雨勢在鈉光街燈下變化著。他凝視的時候，雨開始看起來像是從黑暗中冒出來的煙。樓下的停車場半滿，車子們像牲畜般挨在一起，而它們的主人留在舒服乾爽的室內。

聖經強尼還沒落網，他也許就在亞伯丁，也許跟石油產業有關。他回想著最近碰過的人，從威爾少校到導遊小瓦。諷刺的是，帶他到這裡的人——亞倫．米其森——不僅跟石油有關，也是他唯一可以排除嫌疑的人，因爲凡妮莎．荷登遇害時，米其森早就死了。雷博思對米其森有罪惡感，他的謀殺案被連續殺人案給淹沒了。這是雷博思必須做的工作，卻不像聖經強尼案一樣如鯁在喉，不咳出來就會被噎著。

但他並不是唯一對聖經強尼有興趣的人。有人闖進他的公寓，有人已經查過圖書館紀錄，有人用了假身分，有人在掩蓋著某事。不是記者，不是警察，難道聖經約翰眞的還在活動嗎？他在某處沉潛著，直到聖經強尼讓他醒了過來？他被這個模仿犯激怒，因爲模仿犯的無禮，也因爲他自己的案子又被攤在陽光下？不只是憤怒：他也害怕被指認、被逮捕，害怕自己再也不是鬼魂。

九○年代的新鬼魂，另一個被畏懼的惡魔。一個神話被抹去，被一個新的傳說取代。

沒錯，雷博思可以感覺得到，他可以感覺到聖經約翰對這個年輕模仿者的敵意。模仿並不是一種讚美，一點也不是……

而他知道我住在哪裡，雷博思心想。他去過那裡，碰過我著迷的案件資料，想著我會願意追查到什麼程度。但爲什麼？爲什麼他讓自己陷入這種危險，光天化日之下闖進一棟公寓？到底在找什麼？在找什麼特定的東西嗎？是什麼？雷博思在心裡反覆想著這個問題，心想也許喝杯酒會有幫助，他走到保險櫃前才轉身，站在房間中央，整個身體因爲酒癮而發出輕微的爆裂聲。

他感覺飯店已經睡著了，接著想像著整個國家都睡了，作著清白無暇的夢。史戴蒙、富勒、喬叔、威爾少校、聖經強尼……每個人在睡覺時都是無辜的。雷博思走到連接門前開了鎖。伊芙那邊的門已經稍微打開。他無聲地把她的門全打開，她的房間一片漆黑，窗簾緊閉。從他房間透進來的光，彷彿在地板上形成一支箭頭，指著那張加大雙人床。她側躺著，一條手臂放在被單外面，眼睛閉著。他往前走了一步，現在他已經不只是個偷窺者，還是入侵者。然後他就站在那裡，看著她。也許他就這樣在那裡站了好長一段時間。

「不知道你還要站多久。」她說。

雷博思走到她床邊，她對他伸出雙手。被單下，她一絲不掛，又暖又香。他坐在床邊，握著她的手。

「伊芙，」他輕聲說，「在你走之前，我需要你幫個忙。」

她坐了起來，「這樣還不算？」

「不算。」

「什麼？」

「我要你打電話給賈德．富勒，告訴他你得見他。」

「你不應該靠近他。」

「我知道。」

她嘆息，「可是你辦不到？」他點頭，然後她用手背撫著他的臉頰。「好，但我也要你回報我。」

「什麼事？」

「今晚不要再工作了。」她說，同時把他拉向她。

他獨自在她床上醒來時，已經是早上了。他檢查過她是否有留下字條之類的東西，但她當然沒有，她不是這一型的人。

他走過開著的連接門，把他那邊的門鎖起來，然後關掉房裡的燈。有人在他門上敲了一聲：傑克。雷博思套上內褲跟長褲，往門口走到一半才想起一件事。他走回床邊，把枕頭上的巧克力拿起來，然後拉開被單弄亂。他審視現場，再把一個枕頭打出頭部大小的凹陷，然後去應門。

結果並不是傑克。是一個端著托盤的飯店人員。

「先生，早。」雷博思站到一邊讓他進來。「如果吵醒你，很抱歉。庫登小姐指定了送達的時間。」

「沒關係。」雷博思看著這個年輕人把托盤放在窗邊的桌上。

「您要我開瓶嗎？」他指的是冰筒裡的小瓶香檳。托盤上還有一壺柳橙汁，一個水晶杯，一份折疊好的《新聞報導報》。一個細花瓶裡有一枝紅色康乃馨❹。

「不用。」雷博思把冰筒拿起來，「這個，你拿回去。其他的可以留著。」

「是，先生。麻煩您簽名好嗎？」

雷博思接過遞過來的筆，然後在帳單上簽了一大筆小費。去他的，反正是喬叔出錢。年輕人露出大大的笑容，讓雷博思希望他每天早上都可以這麼慷慨。

「感謝您，先生。」

當他走了之後，雷博思倒了一杯果汁。是現榨的，在超市裡可賣得很貴。外面的馬路還是濕的，天空還有很多雲，但是看起來中午以前太陽會露出笑容。一架輕型飛機從戴斯機場起飛，也許是飛往謝德蘭群島。雷博思看看手錶，然後打電話到傑克房間。傑克發出的聲音像是質問又像咒罵。

「您的早晨鬧鈴電話。」雷博思顫著聲音說。

「去死吧。」

「過來喝柳橙汁跟咖啡。」

「給我五分鐘。」

雷博思說這有什麼問題。接著他撥了席芳家裡的電話——遇上電話答錄機。他又試了聖里奧納德警局，但是她也不在那裡。他知道她對他交代的工作從不怠慢，但是他想要緊跟著她，她一得到結果他馬上要知道。他放下電話，又看了托盤一眼，然後微笑。

伊芙畢竟還是留了訊息給他。

餐廳很安靜，大部分的桌子都只坐著一個男人，其中一些人已經開始用行動電話與筆記型電腦工作。雷博思跟傑克被帶到一張桌子，點了果汁跟玉米片，然後點了全套高地早餐跟一大壺茶。

傑克輕拍手錶，「再過十五分鐘，安克藍姆就會氣得衝上屋頂。」

「也許這一撞會讓他多少懂得講道理。」雷博思刮下一塊奶油到土司上。五星級飯店，但土司仍是冷的。

「所以作戰計畫是？」

「我要找一個女生，她跟亞倫．米其森一起照相，是個環保抗議份子。」

「從哪裡開始找？」

「你確定要參與這件事？」雷博思環顧餐廳，「你可以在這裡待一天，試試健身房，看部電影……全都是喬叔買單。」

「約翰，我會跟著你。」傑克停頓，「以朋友的身分，而不是安克藍姆的走狗。」

「如果是這樣的話，我們的第一站是展覽中心。現在多吃點，相信我，今天會是漫長的一日。」

「一個問題。」

「什麼？」

「為什麼早上你有柳橙汁？」

展覽中心幾乎空無一人。各種不同的攤位與展場——雷博思現在知道，其中的大部分都是聖經強尼案第四個死者設計的——都被拆掉運走了，地板用吸塵器吸過也打過臘。外面沒有示威，也沒有充氣鯨魚。他們要求跟負責人講話，結果被帶去一個辦公室，裡面一個有活力、戴眼鏡的女人自稱是「副手」，然後她問他們有何貴幹。

「北海國際會議，」雷博思解釋說，「示威者給你們帶來一點麻煩。」

她微笑，她的心裡想著其他事情。「現在處理這件事情有點太晚了，不是嗎？」她移動著桌上的文件，找著一樣東西。

「我對一個示威者有興趣。那個團體叫什麼名字？」

「探長，示威並非這麼有組織。他們來自各個團體：地球之友、綠色和平、拯救鯨魚，天知道還有哪些一。」

「他們可曾惹麻煩？」

「都還在我們可以應付的範圍內。」另一個僵硬的微笑。但是她看起很煩惱：她眞的找不到一樣東西。雷博思站了起來。

「抱歉打擾你。」

「沒關係，抱歉幫不上忙。」

雷博思轉身要離去，傑克彎腰從地板上撿起一張紙交給她。

「謝了，」她說。然後她送他們出辦公室。「對了，一個本地的壓力團體發起了星期六的遊行。」

「哪一場遊行？」

「終點是杜絲公園，然後有演唱會。」

雷博思點頭。群豬跳舞合唱團。他去班那克平台那天。

「我可以給你他們的電話。」她說。她的笑容現在有了人情味。

雷博思打電話到那個團體的總部。

「我要找亞倫．米其森的一個朋友。我不知道她的名字，但是她留金色短髮，綁著一些髮辮，你知道，上面還穿了珠子之類的東西。其中一條辮子從額頭上垂到鼻子。我想她有點美國口音。」

「那你是何人？」對方的聲音聽起來教養不錯，不知爲什麼，雷博思想像對方留著鬍子，但不是那個穿著蘇格蘭裙的傑利．賈西亞❺，口音不同。

「我是約翰．雷博思探長。你知道亞倫．米其森死了嗎？」

停頓一下，然後對方吐了一口氣：抽菸。「我聽說了，眞遺憾。」

「你跟他很熟嗎？」雷博思試著回想照片裡的那些臉孔。

「他是內向的人。我只碰過他兩次。他是群豬跳舞樂團的忠實樂迷，這也是爲什麼他這麼拚命要找他們來掛頭牌。他眞的把他們找來讓我很訝異，他就是用信件轟炸他們，也許超過一百封，也許因此讓他們不再拒絕。」

「他女朋友的名字是？」

「恐怕我不能告訴外人，我的意思是，我只是聽你自稱是警官。」

「我可以過去——」

「我認爲不行。」

「聽著，我眞的想跟你談談……」

但是電話已經被切斷了。

「想要去那裡跑一趟嗎？」傑克建議。

雷博思搖頭，「他不會告訴我們他不想說的話。更何況，我覺得就算我們趕到那裡，他也已經走了。我們

❺請見第四部第十九章註❺。

不能浪費時間。」

雷博思用筆敲著牙齒。他們已經回到飯店裡他的房間，電話有擴音器，他也打開讓傑克可以聽得到。傑克正在吃昨晚的巧克力。

「本地警察。」雷博思邊說邊拿起話筒。「那場演唱會也許有申請許可，也許政府有其他主辦者的紀錄。」

「值得一試。」傑克同意說，並把電熱水壺插上電。

所以接下來二十分鐘，當他從一個辦公室被推到另一個的時候，雷博思瞭解了當一顆彈珠的滋味。他假裝是公平交易標準局幹員，負責查辦在演唱會盜錄音樂販賣的人，他在查前陣子群豬跳舞演唱會上的盜錄活動。傑克點頭表示讚許，故事編得不錯。

「是，我是約翰．貝克斯特，愛丁堡市公平交易標準局。我剛剛正向你的同事解釋……」然後對方又把電話轉走。當雷博思的電話又被轉到第三個人，他認出這就是第一個接到他電話的傢伙，他用力掛上電話。

「他們連鄉下地方的爛演唱會都管不好。」

傑克遞給他一杯茶，「無路可走了嗎？」

「沒有辦法。」雷博思翻著自己的筆記本，再度拿起電話，跟雷鳥石油的史都華．敏契爾接上線。

「敏契爾先生，抱歉一直煩你。」

「探長，眞令人驚喜啊。」

「調查進行得如何？」

「老實說，我需要一點幫助。」

「說吧。」

「關於班那克平台的事。我去的那天，有些示威者被帶上去。」

「對，我聽說了。他們把自己銬在護欄上。」聽起來敏契爾覺得這件事很妙。雷博思想起那座平台與陣陣強風，那頂老是戴不正的工程帽，還有天空上拍攝全程的直昇機……

「不知道那些示威者後來怎麼了。我的意思是，他們被逮捕了嗎？」他知道他們沒被逮捕，其中兩個還去了演唱會。

「這件事情你最好問海頓．富萊契。」

「先生，你覺得你可以幫我問嗎？私下幫我打聽一下。」

「我想可以。給我你在愛丁堡的電話。」

「沒關係，我再打給你……二十分鐘後可以嗎？」雷博思看了窗外一眼，他幾乎可以從這裡看到雷鳥石油總部。

「這得看我是否可以問到人。」

「我二十分鐘後再撥。喔，敏契爾先生？」

「是？」

「如果你得聯絡班那克，可以幫我問威利．福特一個問題嗎？」

「什麼問題？」

「我想知道他是否知道亞倫．米其森有個女友，她金髮還綁髮辮。」

「髮辮。」敏契爾把它寫下來，「我會問的。」

「這樣的話，請你幫我問她的姓名，如果有地址的話更好。」雷博思想到另一件事，「當示威者去你們總部時，你們有攝影把他們拍下來，對吧？」

「我不記得了。」

「可以請你查一下嗎？應該會是保全負責的。」

「我還是只有二十分鐘去查這些事情嗎？」

雷博思微笑，「不，先生，你有半個小時。」

雷博思放下話筒，喝光他的茶。

「再打一通電話如何？」傑克問。

「打給誰？」

「安克藍姆。」

「傑克，看著我。」雷博思指著自己的臉，「我病得這麼重，怎麼有可能拿起電話？」

「你會被他吊死。」

「就像鐘擺一樣。」

雷博思給了敏契爾四十分鐘。

「你知道，探長，跟爲你服務比較起來，在威爾少校手下工作就像野餐一樣。」

「很高興爲您服務。你查到什麼了？」

「全查到了。」紙張摩擦的聲音。「不，那些示威者沒被逮捕。」

「在那種情況下，這會不會太寬容了？」

「逮捕他們只會破壞公司形象。」

「現在你們不想要破壞形象？」

「公司的確紀錄了示威者的名字，但都是假名。至少我確定尤利·格格林❻跟茱蒂·嘉倫❼是假名。」

「相當合理。」茱蒂·嘉倫。綁辮子的女孩，選這個名字挺有趣。

「所以他們被拘留，喝了一點熱飲，然後被送回本土。」

「雷鳥石油彬彬有禮。」

「可不是嗎？」

「錄影帶呢？」

「正如你所猜測，我們的保全有拍。他們告訴我這是以防萬一，如果有麻煩的話，我們就有物證。」

「他們不用錄影畫面去找出示威者的身分？」

「探長，我們不是美國中情局。我們是石油公司。」

「先生，抱歉，請繼續。」

「威利．福特說他知道米其在亞伯丁有個交往對象——過去式。但是他們從來沒有討論過她，米其——據威利．福特說——『在愛情上並不是常勝軍。』」

都沒有進一步的線索。

「就這些？」

「就這些。」

「先生，謝謝你，我很感謝你。」

「我的榮幸，探長。但是下一次你要找我幫忙，拜託不要挑今天這種日子，今天我得開除十二個人。」

「敏契爾先生，辛苦了。」

「雷博思探長，我就像狄更斯寫的小說一樣苦。再見。」

傑克大笑著，「這句話好笑。」他稱讚道。

「應該的，」雷博思說，「他離這裡不過一英里遠❽。」他走到窗戶邊，看著另一架飛機在近距離起飛，飛機往北飛去，噴射引擎轟隆聲越來越遠。

「這個早上電話打夠了嗎？」

雷博思沒說話。他一直等著伊芙打電話來，她答應要幫他的忙。他不確定她是否會眞的幫忙，她雖然欠他人情，但是出賣賈德．富勒並不是最聰明的舞步。她已經小心翼翼跳了這麼多年的舞：現在何必絆倒？

❻ Yuri Gagarin，蘇聯太空人，第一個在太空環繞地球一圈的人。

❼ Judy Garland，美國著名影星，電影《綠野仙蹤》的女主角。

❽ 雷博思的雙關語玩笑。傑克說：「Good line」，雷博思故意把 line 當做電話線路的意思。

傑克重複了他的問題。

「只剩下一個方法。」雷博思轉身面對他說。

「什麼方法？」

「搭飛機。」

在戴斯機場，雷博思亮出警察證件，詢問有沒有班機往蘇倫沃。

「短時間內沒有。」別人告訴他，「也許四、五小時之後有。」

「我們不在乎搭什麼飛機過去。」

聳肩，搖頭。

「這很重要。」

「你可以搭飛機去薩姆堡。」

「那裡離蘇倫沃還很遠。」

「我只是想幫忙。你們可以在那裡租車。」

雷博思考慮了一下，然後有了更好的點子。「我們何時可以離開這裡？」

「去薩姆堡？半個小時或四十分鐘。有架飛往尼尼安的直昇機現在暫停在這裡。」

「好。」

「我跟他們說一聲。」她拿起電話。

「我們五分鐘後回來。」

傑克跟著雷博思走到公用電話，雷博思打了通電話到聖里奧納德警局找婕兒。

「錄音帶我已經聽到一半。」她說。

「比週日晚間劇場還精彩吧？」

「我等一下要去格拉斯哥，我想親自跟他談。」

「好主意，我也在帕提克刑事組放了一份拷貝。你今天早上看到席芳沒？」

「我想沒有。她值什麼班？你要的話，我可以去找她。」

「不必了，婕兒，長途電話很貴。」

「少來了，你在哪裡？」

「生病在床，萬一安克藍姆問你的話。」

「你就是要我幫你這件事？」

「其實我要一個電話號碼。勒威克警察局的電話，我假設有這樣的單位存在。」

「的確存在。」她說，「隸屬於北部警察局❾之下。去年在因凡內斯有個研討會，他們抱怨自己還得看管歐克尼群島跟謝德蘭群島。」

「婕兒……」

「我一邊說話一邊在找。」她說出電話，他抄進筆記本。

「謝了，婕兒，再見。」

「約翰！」

但是他已經掛上電話。「傑克，你有多少零錢？」傑克給他看一些銅板，雷博思拿了大半，然後撥電話到勒威克警察局，問他們是否可以借車開半天。他解釋說這是大愛丁堡警署的命案調查，沒什麼好緊張的，他們只不過是找死者的朋友問話。

「一輛車的話……」對方的聲音拉得長長的，彷彿雷博思要借的是艘太空船。「你什麼時候會到？」

「我們半個小時內會搭直昇機從這裡出發。」

❾ Northern Division，轄區包括謝德蘭群島等偏遠地區。

「你們有兩個人？」

「兩個人。」雷博思說，「所以摩托車不行。」

他的笑話引來對方低沈的咯笑，「那可不一定。」

「你們可以借車嗎？」

「嗯，我可以想想辦法。就怕萬一車子都出去了，我們有時候一出勤就是到天涯海角。」

「如果在蘇倫沃機場沒人接我們，我會再打電話。」

「就這樣辦，再見。」

回到櫃台，他們發現他們的直昇機將在三十五分鐘內起飛。

「我從來沒搭過直昇機。」傑克說。

「你永生難忘的經驗。」

傑克皺眉說：「你說這種話的時候可不可以再熱情一點？」

第二十九章

薩姆堡機場停有六架飛機，與同樣數量的直昇機，它們大部分都以臍帶似的油管連接著油罐車。雷博思走進威斯尼斯（Wilsness）航站，邊走邊拉下救生衣的拉鍊，然後看到傑克還在外面看著海岸風景與荒涼的平原。一陣強風揚起，傑克把下巴塞進救生衣裡，剛下了直昇機，他看起來臉色蒼白，而且還有點想吐。雷博思自己在搭機過程中，也盡量不去回想他豐盛的早餐。傑克終於看到他的手勢，然後也走進室內。

「海看起來好藍。」

「如果你在海裡泡兩分鐘，你也會全身發藍。」

「天空眞是……不可思議。」

「傑克，不要跟我搞新世紀這一套。我們趕快把救生衣脫了吧。我想我們開著『伴遊』（Escort）的伴遊已經到了。」

但這輛警車卻是輛阿斯特拉（Astra），裡面塞了三個人還是很舒適，開車的員警體型就像一塊大岩石，他沒戴帽子頭就已經摩擦到車頂。他就是稍早跟雷博思通過電話的人，他跟雷博思握手時彷彿是在接待外國使節。

「你們去過謝德蘭嗎？」

傑克搖頭，雷博思只承認他去過一次，沒再多說什麼。

「你們要我載你們去哪？」

「回你的警局。」雷博思在擁擠的後座裡說，「我們先把你放下，然後辦完事再把車還回來。」

這個制服員警——名叫亞歷山大．佛瑞斯——用他低沈的聲音表達失望之情：「可是我已經當了二十年警察了。」

「是？」

「這會是我第一次辦謀殺案！」

「聽著，佛瑞斯警佐，我們只是來這找死者的朋友問話。只是背景調查——無聊得要命的例行公事。」

「啊，但是……我還是很期待辦案。」

他們開上A九七〇高速公路往勒威克，那裡約在薩姆堡北方二十多英里。強風吹襲著他們，佛瑞斯的大手緊緊抓住方向盤，像是怪物掐著嬰兒的脖子。雷博思決定改變話題。

「路很平。」

「用石油收入蓋的。」佛瑞斯說。

「你們喜歡被因凡內斯警局的人管嗎？」

「誰說我們歸他們管？你以爲他們每個星期都來看我們？」

「我猜沒有。」

「你猜對了，探長。就像大愛丁堡警署一樣——費特斯的人有多常去霍威克？」佛瑞斯在後照鏡裡看著雷博思，「不要以爲我們這裡都是白癡，只懂得在厄黑利阿（Up-Helly-Aa）節放火燒船。」

「厄黑什麼？」

傑克轉向他說：「約翰，這是他們燒一艘大艇的節日。」

「一月的最後一個星期二。」佛瑞斯說。

「奇怪的中央供暖形式。」雷博思喃喃說。

「他天生就是這麼犬儒。」傑克對警佐說。

「如果他一輩子都是犬儒的話，那就很可憐。」佛瑞斯的眼睛還在看著後視鏡。

在勒威克近郊，他們經過一些醜陋的組合屋，雷博思猜這些應該都跟石油業有關。警局在新市區裡，他們把佛瑞斯放下，然後他跑進去拿了「本島」地圖給他們。

「你們應該不太會迷路，」他告訴他們，「你們只要管三條大路就好。」

雷博思看了地圖就瞭解他說的意思。「本島」的形狀大概像個十字，A九七〇高速公路就是它的脊椎，而九七一與九六八就是它的雙臂。布列還在很遙遠的北方，雷博思負責開車，傑克指路——這是傑克的決定，他說這樣他才有機會看風景。

一路上，風景有時令人驚嘆，有時荒涼。海岸景觀逐漸退去，迎上前來的是沼澤地、分散的聚落、很多綿羊——有不少綿羊都在移動——還有零星幾棵樹。但傑克說得對，天空美極了。佛瑞斯告訴他們，現在是「亮濛濛」的季節——天色沒有眞的變黑的時候。可是到了冬天，日光變成珍貴的東西。你得尊敬這些人，所有你覺得理所當然的事物都離他們好遙遠，可是他們卻選擇住在這裡。在城市裡想當以打獵採集爲生，都比在這裡容易……這種風景不會讓人想講話，他們現在的對話只剩下嗯哼與點頭。儘管在疾駛的車中他們是如此靠近，可是卻是各自孤立的。雷博思很確定自己無法在這種地方活下去。

在一條分叉路口，他們走了左邊往布列那條路，卻發現他們突然已經在島的西岸了。實在是很難理解這個地方——他們唯一認識的土生土長謝德蘭人只有佛瑞斯。他們在勒威克看到的建築，混合了蘇格蘭與斯堪地那維亞風格，有點像瑞典家具宜家家居（Ikea）那種美感。但到了鄉間，小屋外型就跟一般蘇格蘭西部群島上的一樣，但是聚落的名稱顯現出斯堪地那維亞的影響。當他們從布拉沃進入布列，雷博思覺得自己從未如此感覺過自己像個外國人。

「現在往哪？」傑克問。

「給我一分鐘想想。我上次來的時候，我們是從另外一邊進來……」雷博思找到他們目前的位置，然後終於找到傑可·哈利與碧昂妮同居的房子。鄰居們看警車的樣子，彷彿這輩子從沒見過，也許他們眞的沒見過。

雷博思敲敲碧昂妮的家門——無回應。他更用力敲門，敲門聲有空洞的回音。他們透過客廳的窗戶看了裡面一眼，不乾淨，但還不算亂，女人的雜亂不夠專業。雷博思回到車子裡。

「她在游泳池工作，我們去碰碰運氣吧。」

游泳池的鐵皮屋頂是藍色的，很容易就可以找到。碧昂妮正在泳池邊踱步，看著小孩們玩水。她的穿著跟上次見面時一樣，穿著慢跑短褲與白色汗衫，但現在腳上穿著網球鞋。你可以看到她的腳踝：救生員不必穿襪子。她脖子上掛著一支錫製裁判口哨，不過小孩們都很乖。碧昂妮一看到雷博思就認出他是誰，她把哨子放在嘴裡吹了三短聲：這個信號引來另一位工作人員來接替她的工作。她走到雷博思與傑克面前，這裡的室溫與濕度已經像是熱帶地方。

「我跟你說過了，」她說，「傑可還是沒出現。」

「我知道，你還說你並不擔心他。」

她聳聳肩。她留著深色短直髮，髮尾捲起。這種髮型讓她年輕了六歲，把她變成一個少女，但是她的臉比較老，有點僵硬——雷博思無法判斷是氣候還是環境造成的。她的眼睛鼻子嘴巴都很小，雷博思盡量不要聯想到倉鼠，可是當她鼻子抽動時真的就像一隻倉鼠。

「他是個自由球員。」她說。

「但是你上個星期很擔心。」

「有嗎？」

「在你關門趕我走之前，我有足夠的時間看出你的表情。」

她雙手交疊胸前，「所以？」

「所以只有兩個可能，碧昂妮，傑可若不是因爲生命受到威脅而躲起來……。」

「或者？」

「或者他已經死了。不管是哪一種可能，你都可以幫上忙。」

她吞了口口水，「米其……」

「傑可跟你說過爲什麼米其會被殺嗎？」

她搖頭。雷博思藏住心裡的笑意：原來傑可最近曾跟她聯絡過。

「他還活著，對吧？」

她咬著嘴唇，然後點頭。

「我想跟他談談，我想我可以幫助他脫離險境。」

她想評估他的話有多少可信度，但是雷博思的臉是一張面具。「他惹上麻煩了嗎？」

「對，但不是惹上警察。」

她回頭看看游泳池，看到一切都在控制之中。「我帶你們去。」她說。

他們開車穿過沼澤地，經過勒威克，駛往本島東岸一個叫山威克的地方，那裡約在機場北方十英里處。碧昂妮在途中不想說話，雷博思猜測她所知不多。山威克是一片舊聚落與石油時代的住宅。她帶他們來到李伯登，這裡聚集著一群海邊小屋。

「他就在這裡嗎？」雷博思下車時問道。她搖頭，伸手指向海洋。那裡有座島，沒有人住的跡象，周圍全是懸崖與岩石。雷博思看向碧昂妮。

「穆沙島。」她說。

「我們要怎麼過去？」

「搭船，有人應該會願意載我們過去。」她敲了一間小屋的門，一個中年婦女開了門。

「碧昂妮，」女人只說了這三個字，像是陳述事實而不是打招呼。

「哈囉，孟羅太太，史考特在嗎？」

「他在。」門又打開了一些，「不進來嗎？」

他們走進一個不算小的房間，看起像是廚房與客廳二合一，一張很大的木桌占了大部分的空間。壁爐旁邊有兩張扶手椅，一個男人從其中一張椅子上起身，他拿下老花眼鏡，折好收進他背心的口袋裡。他剛在讀的書攤開放在地上——一本家用聖經，黑色皮質封面與銅製書脊。

「啊，碧昂妮。」男人說。他年紀可能剛過中年，但他歷盡風霜的臉像個老人。他滿頭銀色短髮，家庭理髮師細心剪出來的簡單髮型。他的妻子站在水槽邊幫茶壺裝水。

「孟羅太太，不用了，謝謝。」碧昂妮說，然後轉身對男人說：「史考特，你最近見過傑可嗎？」

「兩天前我去過那裡，他好像還好。」

「你可以載我們過去嗎？」

史考特．孟羅看了雷博思一眼，雷博思伸出手。

「孟羅先生，我是雷博思探長，這位是莫頓探長。」

孟羅跟兩個人握了手，幾乎沒用什麼手勁。他還需要證明什麼？

「現在風比較小了。」孟羅摸著下巴的灰色鬍渣說，「所以我想應該沒問題。」他轉向他太太，「梅格，可以幫那小子準備點麵包跟火腿嗎？」

孟羅太太點頭，安靜地進行她的工作，同時她先生也在做出航準備。他幫大家準備了防水服，自己又穿上防水靴，此時一包三明治與一熱水瓶的茶已經準備好了。雷博思盯著那壺茶，心想傑克一定也在盯著，因為他們兩個都渴望喝杯茶。

但是時間不允許，他們出發了。

這是艘小艇，剛油漆過，還有外加馬達。雷博思本來還以為他們得划船過去。

「那裡有個碼頭。」碧昂妮說，此時他們的船在波浪起伏的海上起起落落，「通常有艘渡輪會載遊客過去。我們到了那裡會走一小段路。」

「這裡眞荒涼。」雷博思在風聲中大喊。

「沒那麼荒涼。」她的臉上飄過一絲微笑。

「那是什麼?」傑克指著說。

它就站在島嶼邊緣，旁邊就是一層層伸入深色海水的岩石。這建築物的附近有綿羊在吃草。就雷博思看來，它看起來像是巨大的砂堡或是倒過來的花盆。等他們靠近一點，他覺得這棟建築應該有四十呎高，底部的直徑也許有五十呎，而且是用成千上萬的大石板建造的。

「穆沙圓堡（broch）。」碧昂妮說。

「這是什麼東西?」

「就像堡壘一樣。他們住在這裡，堡壘易守難攻。」

「誰住在這裡?」

她聳肩，「拓荒的先民，也許兩千多年前吧。」圓堡前面有一段矮牆，「那本來是叫做『哈』（Haa）的房子，現在只是一座空殼子。」

「傑可在哪裡?」

她轉向他說：「當然在圓堡裡。」

他們上了陸，孟羅說他要環島一圈，一小時後回來接他們。碧昂妮提著那袋食物，大步往圓堡走去，慢慢嚼著草的綿羊與走路大搖大擺的鳥兒看著她。

「你一輩子都住在這個國家，」傑克說，他把防水衣的帽子拉起來擋風，「可是你卻不知道這裡有這種東西。」

雷博思點頭。這是個獨特的地方，當他踩在草地上，感覺不像走在草皮或球場上，他感覺自己好像是第一個踏上這裡的人。他們跟著碧昂妮穿過一個通道，走進圓堡的中心，這裡雖可避風，卻擋不了不久就要下的雨。孟羅的「一小時」就是警告：要是再晚一點，他們的歸途就算不危險也會很艱難。

藍色的尼龍單人帳棚，看起來跟圓堡的中庭很不協調。一個男人走出帳棚擁抱碧昂妮，雷博思在一旁等待著。碧昂妮把茶跟三明治遞過去。

「天啊，」傑可·哈利說，「我這裡的食物已經太多了。」

他似乎並不訝異看到雷博思。「我想她應該承受不了壓力。」他說。

「哈利先生，完全沒有施壓。她只是擔心你，我也曾經爲你擔心了一陣子——我以爲你可能遇到意外了。」

哈利擠出微笑，「你的意思不是指眞正的意外吧？」雷博思點頭，他凝視著哈利，試著把他想成是H先生，也就是下令殺掉米其森的人。但是他似乎完全沒有嫌疑。

「我不怪你想躲起來，」雷博思說，「也許這是你最安全的作法。」

「可憐的米其，」哈利看著地面。他是高個子，體型佳，黑色短髮有稀疏的跡象，戴著金屬框眼鏡。他的臉保有一種小學生的神情，但是他亟需刮鬍子跟洗髮。帳棚開著，可以看到裡面的墊子、睡袋、收音機跟一些書。一個紅色帆布袋靠在牆邊，旁邊有個可攜式瓦斯爐，還有個裝滿垃圾的帶子。

「我們可以談談這件事嗎？」雷博思問。

哈利點頭，他看到傑克似乎對圓堡的興趣，似乎還比對他們的對話來得大。「眞是壯觀啊。」

「的確如此。」傑克說，「這裡曾經有過屋頂嗎？」

哈利聳肩，「他們在這裡搭棚子，所以他們也許不需要屋頂。牆壁是空心的，中空的部分是牆壁的兩倍厚。其中一條迴廊還可到達頂端。」他環顧四周，「有很多事情我們還不知道。」然後他看著雷博思，「它在這裡已經兩千年了，當石油沒了，它還是在這裡。」

「絕對如此。」

「有些人卻不瞭解這一點。金錢讓他們短視。」

「傑可，你認爲一切都跟錢有關？」

「不盡然。來，我帶你們去看『哈』。」

所以他們又走進風裡，穿過草地，走到一棟大石屋遺跡周邊的矮牆。他們繞行一圈，碧昂妮也跟著一起走，傑克走在最後面，他並不想離開圓堡。

「穆沙圓堡對逃亡的人總是個吉祥地。在歐克尼群島先民神話中，一對私奔的戀人逃到這裡……」他對碧昂妮微笑。

「你發現米其死了？」雷博思問。

「是。」

「怎麼發現的？」

「我打電話給嬌。」

「嬌？」

「嬌安娜．布魯斯，米其曾經跟她交往過一段時間。」至少找出髮辮女子的姓名了。

「她怎麼知道？」

「愛丁堡報紙有寫。嬌負責收集媒體報導──她每天早上第一件事就是讀過所有的報紙，看看有沒有各環保壓力團體需要知道的。」

「你沒告訴碧昂妮？」

傑可握起女友的手親了一下，「你只會白操心。」他對她說。

「哈利先生，我有兩個問題：爲什麼你覺得米其是被殺的？誰又該爲此負責？」

哈利聳肩，「誰殺他的問題……我沒有辦法證明任何事情。但是我知道他被殺──都是我的錯。」

「你的錯？」

「我告訴他我懷疑納格利塔號發生漏油事件。」

在飛往蘇倫沃的飛機上，羊皮夾克提過這艘船名，後來他就閉口不談了。

「發生了什麼事？」

「事情發生在幾個月前。你知道蘇倫沃有最嚴格的環保作業程序嗎？以前油輪在靠岸之前，會把船底污水先排出去——這樣就不必在轉運站把污水抽上岸……節省時間等於節省金錢。但是海鳩、北方大潛鳥、鸕鶿、絨鴨甚至連水獺都不見了。現在不會這樣了——他們已經嚴格執行這些程序。可是失誤還是會發生，納格利塔號事件就是一場錯誤。」

「漏油事件？」

哈利點頭，「如果跟布列爾油輪與海后號油輪[10]洩油事件比起來，這並不算嚴重。大副本來應該負責指揮，可是卻掛了病號——很顯然是嚴重宿醉。一個沒做過這種作業的船員拉控制桿的順序不對，問題是那位船員完全不會講英文。現在這不算少見的現象：管理階層可能還是英國人，但公司會找最便宜的人來當助手，有葡萄牙人、菲律賓人等一百種國籍。我的猜測是，這個可憐的傢伙根本不懂上司的指令。」

「這件事被封鎖住了？」

哈利聳肩，「一開始就不算新聞，漏油還不算嚴重。」

雷博思皺眉說：「那麼問題是什麼？」

「如我所說，我告訴米其這件事……」

「你自己怎麼知道的？」

「船員上了轉運站，我在餐廳裡跟其中一個人聊天，他看起來很狼狽——我會講一點西班牙文。他告訴我是他造成的錯誤。」

雷博思點頭，「那米其呢？」

「米其發現某事被掩蓋起來，也就是油輪的真正所有者是誰。這些船的資料很難查——他們在這裡、那裡，到處註冊，讓文件四處旅行。想要從註冊港口取得船隻資料也不是很容易，有時候文件上的名字也沒太大意義——公司有其他子公司，又涉及到更多國家……」

「真正的迷宮。」

「這是故意的。很多航行中的油輪，狀況糟得嚇人。但海事法是國際性的——就算我們要阻止油輪靠岸也辦不到，除非獲得其他簽署國的同意。」

「米其發現雷鳥石油擁有那艘油輪？」

「你怎麼知道？」

「基於現有的資訊猜的。」

「他是這樣跟我說的。」

「你認爲雷鳥石油的某人害他被殺？但是爲什麼？這根本不是會上新聞的漏油事件。」

「如果扯上雷鳥石油，就會被報導。他們拚命想說服政府讓他們把鑽油平台丟在海上。他們大談環境保護與他們的環保紀錄。我們是最乾淨的公司，所以讓我們爲所欲爲吧。」哈利說話時露出潔白的牙齒，他幾乎是嘲諷地說出這些話，「所以探長你告訴我，我是不是疑心病太重？米其被人從窗戶丟出來，並不代表他是被謀殺的，對嗎？」

「喔，他的確是被謀殺的。但是我不確定納格利塔號是否有關係。」哈利停步看著他，「傑可，我想你回家應該不會有事。」雷博思說，「其實我確定你會沒事，但我首先需要一樣東西。」

「什麼？」

「嬌安娜．布魯斯的地址。」

❿ Sea Empress，一九九六年在威爾斯近海發生嚴重洩油事件。

第三十章

回途航程真像是植髮手術——驚險得讓你毛髮直豎。他們把傑可和碧昂妮送回布列，然後把車開回勒威克，拜託佛瑞斯送他們去薩姆堡。他還在生氣，但後來還是氣消了，幫他們找回程班機，在去機場之前他們還有時間在警局喝個杯湯。

在戴斯機場，他們爬進傑克的車子，坐著不動兩分鐘，以適應回到陸地的感覺。然後他們開上A九二高速公路往南，依照哈利給的路線前進。在東尼．艾爾被殺的那晚，雷博思也開車走過這條路。無論如何，他們已經抓到此案的兇手史坦利。雷博思好奇那個年輕的瘋子可能會爆什麼料，尤其是在他失去伊芙之後。他知道她已經跑了，也知道她一定會把他們污來的錢帶走。也許婕兒可以從他口中套出更多事情。

這個案子可能可以讓她一戰成名。

他們看到往科弗灣（Cove Bay）的路標，跟著哈利給的路線來到路邊停車場，前面停著十幾輛廂型車、活動房屋、巴士與露營車。車子開過低矮的土丘，他們來到森林前的一塊空地。狗在叫，小孩們在外面踢著破洞的足球。曬衣線掛在枝幹之間，有人在這裡起了營火，幾個大人圍在營火旁傳著大麻菸，一個女人隨意彈著吉他。雷博思以前也去過這種四處爲家的營地，這可以分成兩類：舊式風格的吉普賽營地有不錯的活動房屋跟工程用卡車，住戶——羅馬尼亞人——有著橄欖色的皮膚，講著雷博思聽不懂的語言。眼前這種是「新世紀雲遊者」營地：這些巴士都是憑著好運勉強通過車輛檢驗，住戶年輕且精明，砍枯樹當柴燒；儘管政府想要防堵，他們還是善於利用社會安全體系。他們給小孩取的名字，會讓小孩長大之後想宰了他們。

當雷博思與傑克走往營火時，沒有人注意他們。雷博思一直把手放在口袋，盡量不要雙手握拳。

「我們來找嬌。」他說。他聽出吉他和弦是威利．尼爾森（Willie Nelson）的〈講道時刻〉（Time of the

Preacher）。「嬌安娜．布魯斯。」他再問了一次。

「不在。」某人說。

「說謊可能讓人倒大楣。」傑克警告說。

大麻菸在他們的手中傳遞。「十年後，」另一個人說，「大麻就會合法化，甚至還會被開在處方上。」笑著的嘴巴裡噴出煙來。

「嬌安娜。」雷博思提醒他們。

「搜索票？」彈吉他的女人問。

「你應該很清楚，」雷博思告訴她，「我只有在抄這個地方時才需要搜索票。你要我去拿一張來嗎？」

「好有男子氣概！」有人喊。

「你要幹什麼？」

有一座小小的白色活動房屋，跟一輛古董路華休旅車連在一起。她打開活動房屋門的上半部探頭出來。

「你聞到培根的香味了嗎，嬌？」彈吉他的女人說。

「嬌安娜，我得跟你談談。」雷博思邊走向活動房屋邊說，「關於米其的事。」

「他什麼事？」

「他為什麼會死。」

嬌安娜．布魯斯看看她的同伴們，知道他們都盯著雷博思，於是也把門的下半打開。「你最好進來。」她說。

活動房屋裡又擠又沒有暖氣。裡面沒有電視，但亂堆著雜誌與報紙，有些文章被剪了下來。在小折疊桌上——兩旁是長凳，連同桌子可以變成一張床——有一台筆記型電腦。雷博思站著，頭頂到屋頂。嬌安娜關上電腦，用手勢示意雷博思跟傑克在長凳上坐下，她自己坐在一疊雜誌上。

「所以，」她雙手交叉胸前說，「什麼事？」

「我正想知道你們發生了什麼事。」雷博思回答。他對她背後的牆壁點點頭，上面釘著一些照片當裝飾。「照片。」她回頭看那些照片，「我剛沖洗了一些相同的照片。」雷博思解釋說，那些照片就是米其信封裡那些消失的照片。她坐在那裡表情木然，不露任何感情。她的眼睛畫著黑眼線，在瓦斯燈下，她的頭髮白得發亮。整整有半分鐘，瓦斯燈的嘶嘶聲是活動房屋裡唯一的聲音。雷博思正在給她時間改變心意，可是她卻利用這段時間豎立更多防禦工事，她的眼睛瞇成一線，嘴巴緊閉著。

「嬌安娜．布魯斯，」雷博思沉吟著，「選這個名字挺有趣的。」她嘴巴半開，卻又閉上。

「嬌安娜是你眞實的名字嗎？還是假名？」

「什麼意思？」

雷博思看著傑克，他坐在那裡裝出一副訪客的樣子，讓她知道這不是二打一，因此她毋須害怕。當雷博思講話時，他對著傑克的臉講。

「你本來姓威爾。」

「怎麼……誰跟你說的？」她試著一笑了之。

「不需要別人跟我說。威爾少校有個女兒，他們決裂，他把她趕出家門。」然後還把她的性別改成兒子，也許是爲了混淆視聽。梅麗的消息來源這麼說。

「不是爸爸不要女兒！是女兒不要爸爸！」

雷博思轉向她。她的臉跟身體都激動起來，就像是黏土有了生命。她緊握雙拳貼著膝蓋。

「兩條線索讓我發現這件事，」他說，「第一，布魯斯這個姓，與布魯斯國王相同⓫，任何學蘇格蘭歷史的人都知道他。威爾少校熟知蘇格蘭歷史，甚至還用班那克伯恩戰役爲他的油田命名，而這場戰役是布魯斯國王打贏的。布魯斯與班那克，我猜你選這個名字的原因是爲了惹他生氣？」

「的確讓他生氣了。」她露出半個微笑。

「第二條線索是米其，我一知道你們兩個是朋友就想到了。傑可．哈利告訴我，米其得到一些納格利塔號的情報，最高機密。米其也許在某些領域很有本事，但是我不認爲他有辦法在繁複的文書作業中查出船籍。他沒什麼行李，在他的公寓或宿舍裡也沒有筆記之類的東西。我假設他是從你這裡獲得情報？」她點頭。「你對雷鳥石油懷有深仇大恨，不然不會下功夫在迷宮裡找答案。但是我們已經知道你與雷鳥石油有仇——在他們總部外的示威，把自己銬在班那克平台給電視拍。我想也許這是私人恩怨……」

「沒錯。」

「威爾少校是你父親？」

她的臉變得苦澀，顯現出怪異的童稚，「他只是生我的人。如果可以做基因移植的話，我會第一個跑去做。」她的口音從來沒有這麼像美國人，「是他殺了米其嗎？」

「你認爲是他殺的？」

「我希望是他。」她凝視著雷博思，「我的意思是，我希望他已經沈淪到這種境界。」

「但是？」

「但沒事。也許是他，也許不是他？」

「你認爲他有動機？」

「當然。」她不自覺地又摳又咬指甲，正要開始咬第二片指甲時，她才注意到自己的行爲。「我是說，納格利塔號漏油與雷鳥石油該被追究的責任，都被消音了……現在又有丟棄產油平台的事。他有很充分的經濟理由要殺人。」

「米其威脅要把這件事向媒體曝光？」

她從舌頭上拿下一小片指甲碎片。「沒有，但我想他本來是想先要脅他們。只要雷鳥石油以環保的方式拆除班那克平台，他就不會把一切事情說出去。」

⓫請見第一部註❶。

「一切事情？」

「什麼？」

「你剛說『一切事情』，好像還有其他的事。」

她搖頭，「沒有。」但是她並沒看著他。

「嬌安娜，我問你一件事，爲什麼不是你去找媒體或要脅你的父親？爲什麼得是米其去做？」

她聳肩，「他有種。」

「是嗎？」

她又聳肩，「不然呢？」

「就我看來……你並不在乎折磨你父親——越公開反而越好。你在每場示威打頭陣，你想辦法讓自己的臉上電視……但是如果你眞的跳出來，讓世界都知道你的身分，這樣不是更有效率嗎？何必要隱瞞？」

她的臉又變得孩子氣，她嘴巴忙著咬手指，膝蓋抖著。一條髮辮掉到她雙眼中間，彷彿她想逃避世界的同時卻被抓到——小孩子的遊戲。

「何必要隱瞞？」雷博思重複道，「我認爲正是因爲你跟你父親之間的仇恨太私密，就像某種祕密遊戲一樣。你喜歡折磨他，讓他想著你何時會公佈這一切。」他停頓一下，「我認爲也許你在利用米其。」

「沒有！」

「利用他向你父親復仇。」

「沒有！」

「這表示他身上有你可利用的地方。那是什麼？」

她站起來，「出去！」

「某件把你們兩個連在一起的事。」

她緊摀住耳朵，搖著頭。

「你們過去的某事……你們的童年。像血緣般把你們連在一起的東西。是多久以前的事，嬌？你跟你父親之間的事——多久以前發生的事？」

她猛地轉身給了他一巴掌，十分用力。雷博思忍著痛。

「這就是你所謂的非暴力示威？」他說，同時揉著被打的地方。

她癱坐在雜誌上，一手摸了摸頭，然後緊張地扭著一條髮辮。「你說對了。」她的聲音小到讓雷博思差點聽不見。

「米其？」

「米其。」她說。她終於想起他了，讓自己感受到痛苦。她身後，光線在照片上閃動著。「我們碰面時他好拘謹。大家都想像不到我們會開始交往——他們說我們是完全不同的人。他們錯了。過了一陣子，他把心事告訴了我。」她抬起頭，「你知道他的背景嗎？」

「失去雙親。」雷博思說。

她點頭，「然後被送去孤兒院。」停頓。「然後被性侵。他說好多次他都想要把這件事告訴別人，但是這麼久了……他覺得說出來也沒什麼用了。」她搖著頭，眼淚盈眶。「他是我見過最不自私的人。但是他心裡彷彿被咬了一個大洞，老天，我知道那是什麼感覺。」

雷博思懂了，「你父親？」

她吸吸鼻子，「他們說他是石油世界裡的瘋子，而我，就住在瘋人院裡……」她深吸一口氣，必須不帶感情地說：「然後被性侵。」

「老天。」傑克輕聲說。雷博思的心臟快速跳動，他努力讓自己的音量不要太大。

「嬌，持續了多久？」

她憤怒地抬起頭，「你以爲我會讓那個混帳得逞兩次？我一找到機會就逃走了，逃了好幾年又想：去他的，又不是我的錯。該逃的人不是我。」

雷博思點頭表示瞭解，「所以你看到米其跟你之間的連結？」

「對。」

「而你也告訴他你的故事？」

「互相交流。」

「包括你父親的身分？」她開始點頭，但又停住，吞了口口水。「這就是他要脅你父親的事──亂倫的故事？」

「我不知道。在我查清楚之前米其就死了。」

「但是他打算這麼做？」

她聳肩，「我猜是吧。」

「嬌，我想我們會需要你來做筆錄。不是現在，稍後，可以嗎？」

「我會考慮一下。」她停頓一下，「我們不能證明任何事情，不是嗎？」

「還不行。」也許不是永遠不行，他心想。他離開長凳，傑克跟著他。外面的營火邊有更多歌聲。蠟燭在圓燈籠裡跳舞，人臉變成發亮的橘色，像是一顆顆南瓜。嬌安娜·布魯斯靠著門的下半部，看著他們離開，雷博思轉身說再見。

「你還會在這裡露營一陣子？」

她聳肩，「以我們的生活方式，誰知道？」

「你喜歡你現在的生活？」

她認眞地想了想，「是種過日子的方式。」

雷博思微笑離開。

「探長！」她喊道。他轉身面向她，她的眼線被淚水沖下臉頰，「如果一切都這麼美好，爲什麼又他媽全搞砸了？」

雷博思對此沒有答案。「不要讓明天的太陽看到你哭泣。」他這樣告訴她。

回程路上，他試著爲她回答這個問題，但是卻回答不出來。也許這跟什麼平衡、因果關係有關。有光的地方，就有黑暗。聽起來像是牧師講道的開場白，而他討厭講道。他試試自己個人的格言：邁爾斯．戴維斯的〈那又如何？〉可是現在聽起來卻不像很聰明的答案。

一點都不聰明。

傑克皺著眉頭，「爲什麼她沒有出面告訴警方這些事情？」他問。

「因爲就她來說，這件事跟我們沒有關係。甚至跟米其也沒有關係，他是誤闖進去的。」

「可是聽起來他像是受邀這麼做。」

「他應該拒絕這個邀請。」

「你認爲是威爾少校幹的？」

「我不確定。我甚至不認爲這是個問題，他逃不掉了。」

「什麼意思？」

「他已經住在她爲他們兩人打造的地獄裡。只要他知道她還在外面抗議一切他重視的事情……這就是他的懲罰，也是她的復仇。他們兩個都逃不掉……」

他們回到飯店時，兩人都累壞了。

「打一輪高爾夫？」傑克建議。

雷博思大笑，「我只有力氣喝杯咖啡，吃些三明治。」

「聽起來不錯，十分鐘後到我房間。」

他們的房間已經被整理好了，新的巧克力被放在枕頭上，床上還有乾淨的浴袍。雷博思很快換了衣服，然後打電話給櫃台問有沒有留言。他先前沒有問——因爲他不想讓傑克知道他在等留言。

「有的，先生。」櫃台人員顫著聲音說，「您有一通電話留言。」雷博思滿懷希望，她不會隨口答應後就跑掉。「需要我念給您聽嗎？」

「請。」

「上面說：『柏克，打烊前半小時。問過其他時間跟地點，但他不肯同意。』沒有署名。」

「沒關係，謝謝。」

「不客氣，先生。」

當然說不客氣，畢竟他是有公司簽帳的顧客。只要你是大公司的人，整個世界都會貼在你身上。他用外線打電話到席芳家，又是電話答錄機。他打到聖里奧納德警局，有人說她不在。再打了通電話到她家，他打算要在答錄機裡留下飯店的電話。留言講到一半，她接起電話。

「如果你在家，何必開答錄機？」他問。

「過濾電話。」她說，「我得先確定你不是打電話只呼吸不說話的怪人，然後才能跟你講話。」

「我的呼吸沒問題，說吧。」

「第一個死者，」她說，「我跟一個羅伯特．高登大學的人談過，死者唸地質學，其中也包括海上實習。在那裡念地質學的人幾乎都到石油產業工作，整個課程也是注重這方面。因爲死者曾到海上實習，所以她做過求生訓練。」

雷博思想著：掉進游泳池裡的直昇機模擬器。

「所以，」席芳接著說，「她也在OSC待過。」

「海上求生訓練中心。」

「進出這裡的人都跟石油有關。我已經要他們把職員與學生名冊傳眞給我，以上是第一個死者的調查。」

她停頓一下，「第二個死者似乎完全不同：她比較老，不同的社交圈，不同的城市。但她是個妓女，我們知道很多商務人士出差時會用這種服務。」

「這我不清楚。」

「第四個死者跟石油業有緊密的工作關係，最後剩下茱蒂絲．凱恩斯，格拉斯哥的受害者。她有好幾份工作，包括在市中心的飯店兼差打掃房間。」

「又是商務人士？」

「是。」

「所以明天飯店會傳眞名字給我。他們並不太樂意，說什麼爲客戶保密什麼的。」

「但是你很有說服力。」

「所以我們期盼出現什麼？費爾蒙飯店的某個客人跟羅伯特．高登大學有關？」

「明天多早可以知道？」

「我會這樣祈禱的。」

「這得看飯店。我也許得開車過去拿名單。」

「我會打電話給你。」

「如果你遇到答錄機，留個我可以找到你的電話。」

「好，再會，席芳。」他放下電話，走到傑克的房間。傑克正穿著浴袍。

「我也許會浪費錢買一件這個。」他說，「三明治正在路上，還有一大壺咖啡。我正要去沖個澡。」

「好，聽著，席芳可能查到什麼眉目了。」他把剛剛的資訊告訴傑克。

「聽起來很有希望，可是……」傑克聳肩。

「老天，我以爲我才是犬儒。」

傑克眨眨眼，走進了浴室。雷博思一直等著，他聽到沖水聲，以及傑克哼著像是〈青春之戀〉（Puppy Love）的歌。傑克的衣物在一張椅子上，雷博思伸手進傑克的外套口袋，拿出車鑰匙，再放進自己的口袋。

他不確定柏克舞廳在週四晚上幾點打烊。他想著要跟賈德．富勒說什麼。他想著富勒會多強硬地回應他說的話。

沖水聲停了，〈青春之戀〉接到〈密爾瓦基爲什麼出名〉〈What Made Milwaukee Famous〉。雷博思喜歡有天主教徒品味的人。傑克走出浴室，穿著浴袍，擺出職業拳擊手的姿勢。

「明天回愛丁堡？」

「一早就回。」雷博思同意了。

「回去面對現實。」

雷博思沒有說，也許在這之前他就得面對別的現實了。等到三明治送來的時候，他已經失去胃口。但他還是很渴，喝了四杯咖啡。他需要保持清醒，漫長的一夜即將來臨，天空裡沒有月亮。

短短的車道一片漆黑，天空下著毛毛雨。雷博思覺得咖啡刺激著他，鬆掉的電線在他的神經上閃著火花。凌晨一點十五分，他已經打過電話到柏克舞廳吧台邊的投幣式電話，問了一個客人那裡幾點關。

「派對快結束了，你這瘋子！」對方用力掛上電話。背景音樂是〈信天翁〉，所以是慢舞時間。兩或三支慢曲，你找到明天早餐伴侶的最後機會。舞池上的緊張時刻，不管你是四十歲或是十來歲。

信天翁。

雷博思打開收音機——毫無意義的流行歌曲、鼓聲強烈的迪斯可、電話call-in的閒扯。然後轉到爵士樂，爵士樂可以，就連在第二電台上聽起來，爵士樂也是很好。他把車停在柏克酒吧附近，看著一場白癡秀，兩個保鑣對上三個鄉下小鬼，他們的女友試著把他們拉走。

「聽女士的話。」雷博思喃喃說，「你們今晚已經證明自己的男子氣概了。」

爭吵漸漸變成手指互指跟罵髒話，保鑣大搖大擺地走了進去。小鬼們最後踢了門，對圓窗吐了口水，然後才離開上路。東北的另一個週末開啓了序幕。雷博思下車鎖了車門，呼吸城市的空氣。聯合街上傳來叫囂聲與警笛聲。他過了馬路，走向柏克舞廳。

門已經鎖上，他踢著門，卻無人應門：他們也許以爲鄉下小鬼又回來了。雷博思繼續踢門，有人從裡面那道門探頭出來，看到他不像是客人，對著裡面喊了幾句。一個保鑣走出來，手上一串鑰匙叮叮噹噹。他看起來想睡了，一天的工作已經結束了。門鎖發出一連串的聲響，他把門拉開一吋。

「什麼事？」他吼。

「我跟富勒先生有約。」

保鑣瞪著他把門拉開。燈光打在主要吧台上，工作人員清理著菸灰缸，擦著桌子，收集一大堆的酒杯。當燈打開時，舞廳內部看起來就像沼澤地風景一樣。兩個看起來像DJ的人——留馬尾，穿黑色無袖T恤——坐在吧台邊抽菸，大口喝著啤酒。雷博思面向保鑣。

「史戴蒙先生在嗎？」

「我以為你是跟富勒先生有約。」

雷博思點頭，「只想知道史戴蒙先生有沒有空。」先跟他談——他是兩人中正常的那個；也是生意人，因此會先聽人說話。

「他也許在樓上。」他們走進大廳，上樓到史戴蒙跟富勒的辦公室。保鑣打開一扇門，「進去。」

雷博思走了進去，但要閃已經太晚了。那隻手擊中他的脖子，力道像屠宰場裡的半邊牛一樣重，讓他立刻倒地。手指掐上他的喉嚨，找著頸動脈的位置，施加壓力。當他視界的周圍開始變黑，雷博思心想，不要有大腦損傷，神啊，求求你，不要有大腦損傷……

第三十一章

他醒來時感覺自己正在溺水。

他的口鼻吸進泡沫與水，發泡的口感——不是水，是啤酒。他用力地搖頭，張開眼睛。濃啤酒流進他的喉嚨，他試著要把它咳出來。有人站在他旁邊，拿著一個倒光的酒瓶咯咯地笑著。雷博思試著轉身，卻感覺雙手像被火燒，眞的被燒。他可以聞到威士忌，也看到地板上有個碎裂的酒瓶。他的手被浸在酒裡，然後被點火。他大叫，蠕動著。一條吧台毛巾拍在火焰上，火熄了。燒焦的毛巾被丟到地板上，笑聲在牆壁間迴繞。

這地方充滿酒味，是個酒窖。這裡有光禿禿的燈泡、啤酒鋁筒、一箱箱的酒與酒杯。六根磚造柱子撐著天花板，他們沒把雷博思綁到柱子上，而是把他吊在一個勾子上，繩索擦傷他的手腕，手臂幾乎要脫臼。雷博思把重心往雙腿移一點。那個人影把啤酒瓶從他背後往前丟到木箱上，然後走到他面前。油滑的黑髮，前面的髮尾有小捲，充滿貪腐的臉正中央，是一只大大的鷹勾鼻，他的一顆牙上閃耀著一顆鑽石。深色西裝、白色T恤，雷博思大膽猜測——賈德．富勒——但發覺自我介紹的時間已經過了。

「抱歉，我沒有東尼．艾爾那種使用電動工具的才華。」富勒說，「但我盡力而爲。」

「從我的觀點看來，你做得很好。」

「謝了。」

雷博思環顧四周，酒窖裡只有他們兩人，沒有人想到要把他的腳綁起來。他可以踢富勒的鳥蛋然後……

那一拳很低，打在他胯部正上方。要是他雙手沒被綁住的話，這一拳一定讓他跪倒在地。他反射性地抬起膝蓋，讓自己的腳騰空。他的肩膀關節告訴他，這種動作並不明智。

富勒往遠處走去，活動著他右手的手指。「所以，條子，」他背對著雷博思說，「到目前爲止你還喜歡吧？」

「如果你要的話，我們可以休息一下。」

「你可以等我解決你的狗命之後再慢慢休息。」富勒轉向他，露齒而笑，然後拿起另一瓶啤酒，敲牆壁把酒瓶敲開，他一口喝掉了半瓶。

酒味令他受不了，他才吞下幾口啤酒，酒精似乎就已經發揮作用。他的眼睛刺痛，他的手被火舌舔過的地方也是，他的手腕已經起水泡了。

「我們這家舞廳不錯。」富勒說，「大家都玩得很開心。你可以四處去問，這裡是熱門的地點。你憑什麼來這裡破壞我們的派對？」

「我不知道。」

「你跟艾力克講話那晚，你讓他很不舒服。」

「他知道你正在做什麼嗎？」

「他永遠也不會知道現在的事。艾力克不知道的話會比較開心，你知道，他有胃潰瘍，因爲他太會擔心。」

「眞不知道他在擔心什麼。」雷博思凝視著富勒。如果在對的陰影下看富勒，他看起來像年輕的李歐納·科恩⓬，說他像屈伏塔差太多了。

「你令人討厭，這就是你，讓人發癢，非抓不可。」

「你還不懂，賈德。你不是在美國，你不可能把屍體藏在這裡，希望沒人會踩到。」

「爲什麼不行？」富勒張開他的手臂，「亞伯丁總是有船進出。把你綁上重物，再丟進北海裡。你知道那裡的魚有多餓嗎？」

「我知道那裡的魚被濫捕——你希望某艘拖網漁船把我撈起來嗎？」

⓬ Leonard Cohen，加拿大創作歌手，也是詩人和小說家。

「第二個選項，」富勒舉起兩根手指說，「丟到山上。讓他媽的綿羊找到你，把你啃到只剩骨頭。選項有很多，不要以爲我們以前沒用過。」他停頓一下，「你今晚爲什麼過來？你到底希望你可以做什麼？」

「我不知道。」

「伊芙打電話來的時候……她藏不住的，她的聲音就說明了一切——我知道她在騙我、設計我。但是我得承認，我以爲上門的會是比較有挑戰性的對手。」

「抱歉讓你失望了。」

「但我很高興是你。我一直想再跟你見一面。」

「我人已經在這裡。」

「伊芙跟你說了什麼？」

「伊芙？她什麼也沒告訴我。」

迴旋踢很慢：雷博思盡力轉了九十度，踢中他的肋骨。富勒緊跟著給了雷博思的臉一拳，可是出手太慢，慢到雷博思都可以看到他手背上的疤——一條又長又醜的鞭痕。雷博思牙齒斷了一根，那顆做過根管治療的。雷博思把牙跟血往富勒噴，他後退了幾步，他很滿意自己那一拳的威力。

雷博思知道，他的對手說好聽是行爲難測，說難聽是瘋子一個。沒有史戴蒙管住他，富勒看起來什麼都做得出來。

「我所做的，」雷博思講話漏風，「就是跟她做個交易。她跟你約時間見面，我讓她走。」

「她一定告訴了你什麼。」

「她什麼都不肯說。我從史坦利身上知道的更少。」雷博思裝出受挫的樣子，這一點都不難。他要富勒相信他全部的故事。

「史坦利跟她一起逃跑？」富勒咯咯笑，「喬叔一定會嚇死。」

「這樣說不算誇大。」

「所以條子，告訴我，你知道多少？說清楚，搞不好我們可以想想辦法。」

「我很願意接受你的提議。」

富勒搖頭，「我不這麼認爲。魯多已經打探過你這方面的事了。」

「可是他並沒有你手上的牌。」

「這是沒錯。」富勒用破碎的瓶口劃過雷博思的臉，卻沒有接觸到皮膚，雷博思只感覺一陣風吹過。「下一次，」富勒說，「我也許會失手。你可能會破相。」

說得一副好像處境悽慘的人還會在乎相貌。但是雷博思正在發抖。

「我看起來像是當烈士的料嗎？我只是在做我的工作，我只是領人薪水，可不是跟工作結了婚！」

「但你很頑固。」

「那你就怪朗斯登，是他先找我麻煩的！」他突然想起一件往事，牛津酒吧的打烊時分，當他們跌跌撞撞走進寒夜時，開玩笑說被鎖在酒窖裡可以把酒都喝光。現在雷博思唯一想要的就是出去。

「你知道多少？」破酒瓶離他的鼻子只有一吋，富勒把手伸長，酒瓶已經在他鼻孔下方。濃啤酒的氣味、玻璃的冰冷觸感逐漸往上靠近。「記得那個老笑話嗎？」富勒問，「問你自己，沒有鼻子的話要怎麼嗅聞東西。」

雷博思吸吸鼻子，「我知道這件事。」他吐出這些字來。

「你知道多少？」

「毒品從格拉斯哥北上，直接送到這裡。你們賣毒品，也送貨到產油平台去。伊芙跟史坦利負責收現金，東尼·艾爾是喬叔派來這裡駐點的人。」

「證據？」

「幾乎沒有，更何況東尼·艾爾已死，伊芙跟史坦利又跑了。但是……」雷博思吞口口水。

「但是什麼？」

雷博思緊閉著嘴巴，富勒把酒瓶往上一動再拉下來，雷博思的鼻子滴著鮮血。

「也許我應該讓你的血流乾！但是什麼？」

「但已經沒關係了。」雷博思說，並試著用襯衫擦鼻子。他的眼睛湧出淚水，他眨眼，眼淚就流下雙頰。

「爲什麼？」富勒感興趣了。

「因爲大家都在講。」

「誰？」

「你知道我不行——」

酒瓶飛往他的右眼，雷博思緊閉雙眼。「我說！我說！」酒瓶停在原地，離他的眼睛近到他必須不把視線焦點放在上面。他深吸一口氣，該是攪這桶屎的時候了，他的偉大計畫。「有多少警察收你們的錢？」

富勒皺眉說：「朗斯登？」

「他一直在講這件事……也有人跟他談過了。」

雷博思幾乎可以聽到富勒腦袋裡的齒輪運轉的聲音，但是他終於想出來了。

「H先生？」富勒張大了眼睛，「H先生跟朗斯登談過，我聽說過這件事，但他們談的應該是跟那個被殺的女人……」富勒忙著在思考。

H先生——付錢給東尼．艾爾的人。現在雷博思知道誰是H先生了——海頓．富萊契。朗斯登爲了凡妮莎．荷登命案，訊問過海頓．富萊契。富萊契付錢給東尼．艾爾去料理米其森——這兩個人也許就是在這裡碰面。也許是富勒介紹他們認識的。

「不只是你。他們也供出艾迪．席格、牟斯．馬隆尼……」雷博思丟出史坦利提過的名字。

「富萊契跟朗斯登？」富勒自言自語。他搖著頭，但雷博思看得出來他已經半信半疑。他瞪著雷博思，雷博思裝出一副喪家之犬的樣子——完全不需要演技。

「蘇格蘭重案組即將採取行動。」雷博思說，「朗斯登跟富萊契都已經是他們的人。」

「他們很快就會變死人。」富勒終於說。

「打鐵要趁熱。」

富勒的臉上閃過冷酷、邪惡的微笑。富萊契跟朗斯登留待未來，但雷博思就在這裡。

「我們去兜兜風。」富勒說，「別擔心，你幹得不錯。我會給你個痛快。一顆子彈打進你後腦杓，讓你不會走出去尖叫。」他讓酒瓶摔在地上，走向樓梯時也踩碎了一些碎片。雷博思快速環顧四周，完全不知道他只剩多少時間。掛住他的勾子看起來很堅固——撐著他的體重到現在都沒問題。要是可以踩在一個箱子上，站高一點，那他就可以讓繩索脫離勾子。離他三英尺之內有一個裝空瓶的木箱，雷博思伸長身體，手臂劇痛，他感覺到鞋子已經碰到木箱的邊緣，然後把木箱勾向他這邊。富勒是從開口在地板上的樓梯爬上這裡，卻沒把開口關上，雷博思可以聽到吧台傳來人聲的回音。也許富勒想要找個保鑣來見證警察的末日。木箱卡在地板上的凹陷處不動，雷博思試著用鞋尖抬起木箱卻抬不動。他全身都濕了：有血、有酒、有汗。木箱動了，他把它拉到腳下，站上去，膝蓋再往上用力。他讓繩子脫離了勾子，然後慢慢把雙手放下來，試著享受這種疼痛，感覺到血液回到雙手的刺痛。他的手指還是又麻又冷，他咬著繩結卻解不開它。附近有很多碎玻璃，但是鋸開繩索會花太長的時間。他彎腰撿起一支破酒瓶，然後看到一樣更好的東西。

一個便宜的粉紅色塑膠打火機。富勒也許是用它點燃雷博思手上的威士忌，然後把它丟在地上。雷博思撿起打火機，四處張望。這裡有很多酒，除了那樓梯之外別無出路。他找到一塊破布，開了一瓶威士忌，把破布塞進瓶口。這還比不上汽油彈，但仍是樣武器。選項一：點燃它再丟進舞廳，以觸發火警警報器，然後等救兵來。前提一是有人會來，前提二是富勒會因此住手……

選項二：再想一下。

他環顧四周，發現二氧化碳鋼瓶、塑膠箱、幾捆塑膠管。掛在牆上：一支小滅火器。他拿起滅火器，做好發射的準備，然後夾在腋下，這樣他才能拿著威士忌酒瓶走上階梯。

舞廳看起來空無一人，燈光昏暗。一盞旋轉彩燈沒關，牆上與天花板上都是五彩繽紛的亮點。他人走到舞池中間時，門突然打開。富勒站在那裡，大廳的光照著他的背後。他本來牙齒咬著一組車鑰匙，他張開嘴巴之後就掉了下來。他伸手進外套口袋時，雷博思點燃了酒瓶上的破布，用雙手把酒瓶丟過去。它在空中旋轉，然後在富勒面前炸開，一池藍色的火焰掃過地板。雷博思繼續前進，手中準備好滅火器。他對著富勒的臉噴滅火劑時，富勒的手裡已經握著槍。接著雷博思用頭撞富勒的鼻梁，膝蓋用力踢了富勒的胯部。這雖然不像教科書上寫的，可是卻強力且有效。美國佬跪在地上，雷博思踢了他的臉一腳然後拔腿就跑，他拉開通往外面的門，差點撞進傑克的懷裡。

「我的老天爺，他們對你幹了什麼事？」

「傑克，他有槍。我們他媽的快閃吧。」

他們跑向車子，傑克從雷博思口袋裡拿出車鑰匙。他們上了車，加速離開，雷博思百感交集，其中最強烈的感覺是歡欣鼓舞。

「你聞起來就像釀酒廠。」傑克說。

「老天，傑克，你怎麼會到這裡？」

「坐計程車。」

「不，我是指……」

「你可以感謝謝德蘭群島。」傑克吸吸鼻子，「那裡的風讓我得了感冒，我伸手進褲子口袋拿手帕……鑰匙不見了。車子也不在停車場，約翰．雷博思也不在床上。」

「然後？」

「然後櫃台把給你的留言重複一次，所以我打電話叫了車。到底發生了什麼事？」

「我被打了。」

「你說得太客氣了。誰手上有槍？」

「賈德．富勒，那個美國佬。」

「我們遇到電話就停下來，找一隊霹靂小組過來。」

「不要。」

傑克看向他，「不要？」雷博思搖著頭。「爲什麼不要？」

「傑克，我在承受計算過的風險。」

「你該去買台新的計算機。」

「我想我的計畫奏效了，現在只要稍待一會兒。」

傑克想了想，「你要他們互相殘殺？」他點頭。「你從來就不照章行事，對吧？是伊芙留的言？」雷博思點頭。「你竟然認爲可以把我排除在外。知道嗎？當我看到車鑰匙不見時，我氣到差點想：『管他的，讓他爲所欲爲吧，反正是他的腦袋。』」

「差點就送命了。」

「你是個白癡的混蛋。」

「傑克，我可是專心練就而成的混蛋。你可以停車幫我鬆綁嗎？」

「我喜歡看你被綁起來。去急診室還是請醫生來？」

「我會沒事的。」鼻子已經不再流血，早就死掉的那顆牙也不痛。

「所以你在那裡做了什麼？」

「我給富勒假情報，並且發現富萊契付錢買兇殺米其森。」

「你的意思是沒別的解決方法？」傑克慢慢搖著頭，「我發誓就算我活到一百歲，我也搞不懂你。」

「我會把你這句話當作讚美。」雷博思把頭靠在座椅上說。

回到飯店後，他們決定該離開亞伯丁了。雷博思先洗了澡，傑克檢視著他的傷勢。

「富勒先生只是業餘的虐待狂。」

「這一點他一開始就道過歉了。」雷博思看著鏡子裡自己缺牙的微笑。

他身體每一個部位都在痛，但是他會活下去，也不需要醫生跟他確認這一點。他們把行李上了車，輕鬆地辦了退房手續，然後上路回家。

「我們假期的結尾眞精彩。」傑克評論說。但是他唯一的聽眾已經睡著了。

當他已經把範圍縮小到四家公司的四個人，就是該使用關鍵的時候——凡妮莎·荷登。大多的嫌疑者都太老了，要不然就是不符合條件：其中一個叫艾力克斯（Alex），結果竟然是女人。

聖經約翰從他自己的辦公室打電話，門關著。他面前放著筆記本，四家公司的四個人。

艾思克弗羅（Eskflo）　　詹姆士·麥金利（James Mackinley）

藍瑟科技（LancerTech）　　馬丁·大衛森（Martin Davidson）

格理賓（Gribbin's）　　史蒂芬·傑可（Steven Jacobs）

葉特蘭（Yetland）　　奧利維·豪威森（Oliver Howison）

這通電話是打到凡妮莎·荷登的公司，一個櫃台小姐接聽。

「哈囉，」他說，「這裡是皇后街刑事組，我是柯利耶警佐（Collier）。有個一般性的問題：不知你們是否接過艾思克弗羅結構工程的案子？」

「艾思克弗羅？」櫃台小姐聽起來起了點疑心，「我把你轉給衛斯特曼先生。」

聖經約翰把這個名字寫下來，圈起來。當衛斯特曼接起電話時，他重複了他的問題。

「這跟凡妮莎有關係嗎？」那人問。

「沒有，先生，但我很遺憾聽到荷登小姐的事，我深表同情——所有的同事也很遺憾。」他環顧辦公室四周，「我很抱歉得在這麼痛苦的時刻打電話過來。」

「謝謝你，警佐。這的確是令人震驚。」

「當然，但請放心，荷登小姐的案子我們正在追幾條線索。但是我目前的問題跟一件詐欺案有關。」

「詐欺？」

「衛斯特曼先生，您跟這一點都沒有關係，但是我們正在調查幾家公司。」

「包括艾思克弗羅？」

「是的。」聖經約翰停頓一下，「我私下告訴您這件事情，您是否可以緊守祕密？」

「喔，當然。」

「現在我們在調查的公司有……」他假裝翻了翻文件，眼睛直視著筆記本，「在這裡：艾思克弗羅、藍瑟科技、格理賓、葉特蘭。」

「葉特蘭，」衛斯特曼說，「我們最近接過他們一些案子。不，等等……我們曾經標過一個合約，但沒標到。」

「其他公司呢？」

「我可以晚點再回電嗎？我得去翻一下檔案，我好像沒辦法集中精神。」

「先生，我瞭解。我等一下得出勤……還是我一小時內再打給你？」

「還是我準備好了再打給你？」

「我一個小時內再打給你，衛斯特曼先生。非常感謝。」

他把話筒放下，咬著手指甲。衛斯特曼會打電話到皇后街刑事組找柯利耶警佐嗎？聖經約翰只給他四十分鐘。

但結果他只等了三十五分鐘。

「衛斯特曼先生？那趟任務沒有我想像中那麼久。不知道你是否發現了什麼？」

「是的，我想我已經找到你要的。」

聖經約翰集中精神，注意聽他的語氣是否有懷疑或疑心，任何衛斯特曼可能跟警方談過的蛛絲馬跡。他發現沒有。

「如同我所說，」衛斯特曼繼續說，「我們去標葉特蘭的合約，但沒標到，那是今年三月的事。藍瑟科技……我們在二月幫他們做過展示牆，他們在海上安全大展有個攤位。」

聖經約翰看看自己的清單，「你知道你們對口的聯絡人是誰嗎？」

「抱歉，這是凡妮莎處理的案子。她很會應付客戶。」

「馬丁．大衛森這個名字有印象嗎？」

「恐怕沒有。」

「您別擔心。另外兩家公司的話……」

「我們以前接過艾思克弗羅的案子，但是最近兩年沒有。格理賓……嗯，老實說，我從來沒聽過這家公司。」

聖經約翰把馬丁．大衛森的名字圈起來，在詹姆士．麥金利的名字旁打了問號：等了兩年才行動？機會不大，但還是有可能。他覺得葉特蘭應該沒什麼希望，但還是想確認一下……

「葉特蘭是找您或是荷登小姐接洽？」

「那時候凡妮莎在休假，海上安全大展剛結束，她累壞了。」

聖經約翰把葉特蘭跟格理賓從名單上劃掉。

「衛斯特曼先生，您幫了很大的忙，感謝。」

「樂意之至。警佐，我有個問題。」

「是，先生。」

「如果你抓到那個殺凡妮莎的混蛋，幫我給他一拳。」

電話簿裡有兩個M．大衛森，一個詹姆士．麥金利，兩個J．麥金利，而且都登記了地址。

聖經約翰再打了通電話到藍瑟科技。

「哈囉，這裡是商會，我們有個一般性的問題。我們正在建立一個資料庫，收集本地與石油產業相關的公司資料。藍瑟科技也跟石油業有關，對不對？」

「喔，對，」櫃台小姐說，「當然有關。」她聽起來有點累了。背景噪音──人員交談、影印機、另一線電話響了。

「可以請你簡單地描述貴公司嗎？」

「這個……我們，嗯，我們設計鑽油平台的安全設施、支援船隻……」她聽起來彷彿正在念小抄，「那一類的東西。」她的聲音越來越小。

「我正在把這些記下來。」聖經約翰告訴她，「如果你們做安全設計，那我想你們也跟RGIT有關係？」

「喔，有啊，關係很密切。我們一起合作了六個計畫，有兩個員工部分時間是在那裡工作。」

聖經約翰在馬丁．大衛森的名字下畫線，兩次。

「謝謝，」他說，「再見。」

電話簿裡有兩個M．大衛森，其中一個可能是女人。他可以打電話，但這樣會讓自大狂先有警覺……他該怎麼處理自大狂？他想怎麼處理自大狂？他因憤怒而開始這項任務，現在他恢復冷靜了……也挺好奇的。他可以報警，匿名線報，警方正等著這類線報。但是他現在知道他不會這麼做。有一度，他以爲自己可以不管這個討厭鬼，繼續像從前一樣過日子。但這是不可能的，自大狂已經改變了一切。他的手指摸向領帶，檢查著領結。他從筆記本撕下那張紙，撕成碎片，再撒進廢紙簍。

他想著如果他留在美國的話會是如何。不，他會一直想回故鄉。他記得早期一個關於他的理論──他已經變成「閉關兄弟會⓭」教派的成員。在某種程度上，他曾經是，也依然是閉關不出，未來也不想出去。

⓭ Exclusive Brethren，基本教義基督教派，其封閉的組織特性，常招致負面評價。

美好的聰明使人蒙恩；奸詐人的道路崎嶇難行⑭。

曾經崎嶇，也將永遠崎嶇。他心想不知對自大狂來說，有無「美好的聰明」？他懷疑，也不認爲他想去瞭解。

眞相是，現在到了這個地步，卻不知道他要什麼。

但他知道他需要什麼。

第三十二章

他們在早餐時間衝到雅登街，但兩個人都不想吃早餐。雷博思在丹地接手開車，讓傑克可以趴在後座睡一小時。這就像他以往徹夜開車亂逛的回程一樣，道路安靜，兔子跟野雉在田野。這是一天中空氣最乾淨的時刻，在人們還沒忙著把它弄髒之前。

公寓門底下有一些信件，答錄機上的留言多到指示燈的紅光幾乎不閃。

「你休想離開。」傑克說，然後拖著腳走進客房，把門開著。雷博思泡了杯咖啡，然後倒進他窗邊的椅子。他手腕上的水泡看起來像蕁麻疹，他的鼻孔塞著血塊。

「好吧，」他對正在醒來的世界說，「其實還挺順利的。」他閉上眼睛五秒，再度張開眼睛時，咖啡已經冷了。他的電話在響，他搶在答錄機之前接起電話。

「喂？」

「刑警醒醒，就像哈利豪森⓯的特效電影一樣。」鑑識組的彼特．修威特。「聽著，我不應該這麼做，但我非常祕密地告訴你……」

「什麼？」

「我們給你做的鑑識——什麼事都沒有。我想他們應該會正式通知你，但我想讓你先鬆口氣。」

「彼特，你要是能讓我鬆口氣就好了。」

⓮出自舊約聖經箴言第十三章。

⓯Ray Harryhausen，美國電影特效大師，擅於運用逐格拍攝（stop-motion）的手法製作動畫特效。

「昨晚很累？」
「又是創下紀錄的一夜。謝了，彼特。」
「再見，探長。」
雷博思沒有放下話筒，他打給席芳。答錄機接的，他留言說他在家。他再打了一個人家裡的電話，這一次有人接了。
「幹嘛？」聲音很無力。
「約翰？」
「早啊，婕兒。」
「還生龍活虎的。案子進行得如何？」
「我跟莫爾肯．托爾談過，我想他就像金礦一樣——他老是在囚房裡用頭撞牆——但是……」
「但是？」
「但我已經把一切都轉給重案組了。畢竟他們才是專家。」沈默。「約翰？聽著，如果你認爲我退縮了，我很抱歉……」
「你看不到我在微笑。婕兒，你這樣做就對了。你會得到你那份榮耀，但讓他們做苦工。你學聰明了。」
「也許是因爲我有個好老師。」
他無聲地微笑，「我不這麼認爲。」
「約翰……謝謝……你爲我做的一切。」
「想知道一個祕密嗎？」
「什麼？」
「我正在戒酒。」
「好事一樁，我眞的覺得很棒，發生了什麼事？」

傑克懶懶地走進來，打著呵欠抓著頭。

「因爲我有個好老師。」雷博思說，同時把話筒放回去。

「我聽到電話聲。」傑克說，「有現成的咖啡嗎？」

「茶壺裡。」

「要一杯嗎？」

「好啊。」雷博思走到玄關去撿起郵件。有個信封比其他的厚，倫敦郵戳。他一邊走進廚房一邊撕開信封，裡面還有另一個信封，也很厚，上面用印刷體寫著他的姓名地址，裡面還有一張便箴。雷博思坐在餐桌邊讀。是洛森．蓋帝斯的女兒寫的。

我父親留下這封信，要我把它寄給你。我才剛從蘭薩羅特島回來，不只得安排葬禮，還得把我父母的房子賣掉，整理清空他們所有的東西。你可能還記得，父親挺喜歡收集一些雜物。很抱歉這封信稍微晚了點寄給你，我相信你會諒解。希望你和你的家人都好。

她的署名是愛琳．傑洛德（原姓蓋帝斯）。

「什麼東西？」傑克問的時候，雷博思正撕開第二個信封。他讀了前兩行，然後抬頭看著傑克。

「是很長的自殺遺書。」他說，「洛森．蓋帝斯寫的。」

傑克坐了下來，他們一起讀信。

約翰，我在這裡寫這封信的時候，已經很確定我要結束自己的生命。我們總說這是懦夫逃避的行徑，記得嗎？我現在不這麼想了，但我覺得也許我比較是自私而非懦弱。自私是因爲我知道電視正在重新檢視史佩凡案——他們甚至還派了一組人到島上。這跟史佩凡無關，而是因爲艾妲。我想念她，也想跟她在一起，就算所謂的來生只不過是我的骨頭躺在她旁邊而已。

雷博思讀信的同時，歲月的鴻溝消失了，他可以聽到洛森的聲音，驕傲地走進警局，或是像個房東一樣大步走進酒吧，不管認不認識的人都可以聊天……傑克起身一分鐘，回座時帶了兩杯咖啡。他們繼續讀下去。

史佩凡已死，我也已經不在人世，那些電視台的人只剩下你可以騷擾。我不願想到這一點——我知道你跟此事完全無關。所以在這麼多年之後，我寫了這封信，也許可以解釋一些事情。拿這封信給你認為該讀的人看，他們說人快死的時候不說謊，也許他們會接受我以下所說的是我所知的眞相。

我在蘇格蘭國防軍服役時認識藍尼．史佩凡。他總是惹麻煩，老是被關禁閉，有時甚至還被關到牢裡去。他也是個懶鬼，這就是他跟牧師扯上關係的原因。史佩凡以前星期天會上教會做禮拜（我這裡寫「教會」——在婆羅洲，指的是帳棚；在家鄉，指的是部隊營房）。但是我想在神的眼中，很多地方都可以是教會。也許當我看到祂時，我會問問。現在外面氣溫高達華氏九十幾度，而我正在喝陳年威士忌，滋味非常好。

雷博思的嘴裡突然感覺到威士忌刺激的口感——記憶作祟。洛森以往都喝卡提．沙克（Cutty Sark）牌。

史佩凡幫牧師的忙，把讚美詩歌放在椅子上，然後再清點數量回收。你自己也知道，部隊裡有些混球連詩歌本都會偷。常去做禮拜的人不多，如果情勢變得險惡，就會有比較多人去，祈禱下一個被釘進棺材的不是他。如我所說，史佩凡在教會輕鬆混日子，我跟他或其他混教會的都沒什麼關係。

約翰，重點是有一樁謀殺案在營區附近發生了——死者是妓女，本地的鄉下女孩。村民把這件事情怪到我們頭上，就連尼泊爾傭兵[16]都知道大概是英國士兵幹的。民間與軍方都進行了調查，其實這很好笑，我們拚命地在殺人——這是我們賺薪水的方式——而他們卻在調查一件命案。反正他們沒有找到兇手，可是這個妓女是被勒死的，她其中一隻涼鞋也失蹤了。

雷博思翻了一頁。

後來一切都跟我無關了。我是個警察，回到蘇格蘭，對我的生活很滿意。然後我被派去調查聖經約翰案。你得記住，我們一直到後期才叫兇手「聖經約翰」。是在第三個死者之後，我們才知道他引用聖經的話，然後報紙才想出這個稱號。當我想到有人引用聖經，而且是個勒斃受害者的強暴犯，我想起了婆羅洲的事件。我去找我上司，告訴他這件事。他說這未免扯得太遠了，但我還是可以利用我自己的時間去查查看。你知道我的個性，約翰，我不是會排斥挑戰的人。更何況我已經找到捷徑——史佩凡。我知道他已經回到蘇格蘭，而他也知道那些上教堂的人的資訊。所以我跟他聯絡上，但是他已經變得更壞，不想跟這件事扯上關係。我是個頑固的人，而他向我的上司抱怨。於是我被警告不要再緊追他不放，可是我不打算要放手。我知道我要什麼：我知道藍尼也許有婆羅洲時期的照片，裡面也許有他跟他那群同伴。我想要拿這些照片給那個跟聖經約翰坐計程車的女人看，看她是否認得其中某人。但是該死的史佩凡一直擋我的路。後來我終於拿到一些照片——繞了一大圈，先找軍隊談，然後再找到當時的牧師，花了幾個星期的時間。

雷博思看著傑克，「安克藍姆給我們看的照片。」傑克點頭。

我們拿照片給目擊者看。提醒你，這些照片已經有八、九年之久，本身的品質也不好，有一些還被水泡過。她說她不能確定，她想其中一個「長得像他」——她自己說的。但是如同我上司所說，世界上有幾

⑯ Gurkhas，英國在殖民地戰爭徵調的土著部隊。

百個人長得跟兇手很像：而我們已經偵訊過其中的多數。我對此並不滿意，我查出照片裡這個人的名字，他叫雷．史隆（Ray Sloane）——一個少見的名字，要找到他並不難。可是他卻沒有嫌疑，他一直都住在埃爾（Ayr）的套房裡，職業是修理技工。但是他最近留了紙條搬走了，沒人知道搬去哪裡。我心裡相信他可能就是我們要找的人，但是我卻無法說服我的上司全力去找他。

約翰，你懂了吧，我跟軍隊打交道拖延了時間，都是史佩凡害的。如果他幫忙的話，我應該可以在史隆打包逃走之前找到他。我知道的，我可以感覺到我也許可以抓到他。可是結果我無功而返，又憤怒又沮喪，我又太公開發洩這些情緒。然後上司把我踢出調查小組，事情就這樣了。

「你的咖啡冷掉了。」傑克說。雷博思喝了一大口，然後翻到下一頁。

至少在史佩凡回到我的生命之前，我以為事情就這樣了。他跟我差不多同時搬到愛丁堡，他彷彿一直纏著我，而我也無法原諒他的所作所為。隨著時間流逝，我越來越鄙視他。這就是為何我要他為艾絲．萊恩德命案負責，我在此向你，以及所有閱讀此信的人坦承，我非常想逮住他，好像肚子裡有顆硬球一樣，只能用手術取出來。有人叫我放過他，我不肯。有人叫我離他遠一點，我越靠近。我跟蹤他——在下班時間——我沒日沒夜地跟蹤他，連續三天沒睡幾個小時。但當我看到他走向那個我們不知道的車庫，一切都是值得的。我狂喜非常，我不知道我們會在裡面發現什麼，但是我有預感會找到東西。這就是為什麼我趕去你家，為什麼我把你拖到那裡去。你問我有沒有搜索票，我叫你別這麼傻。我對你施加很大的壓力，用我們長久以來的友誼來脅迫你——我那時沖昏了頭，什麼都做得出來，違反規定也不算什麼，反正那些都是懲罰警察保護壞人的規定。所以我們進去那裡，發現成堆的箱子，都是昆士費利一家工廠竊案的贓物，還發現了那個包包，結果是艾絲．萊恩德的包包。我幾乎跪下來感謝神讓我找到它。

我知道很多人是怎麼想的——也包括你在內。他們以為是我栽的贓，我在壽終正寢之前發誓（但我是坐在桌子前寫這封信）我沒有栽贓。雖然我逼你跟我一起違規去達成這個目的，但我的確是在現場找到這個包包。可是你看，只因爲我們發現它的方式，這麼關鍵的證物就可能不被法庭採信，這就是爲何我要說服你——違背你的理性——附和我發明的故事。我遺憾這麼做嗎？一半一半。約翰，你現在一定很不舒服，心裡擱著這件事情這麼多年也不好受。但是我們抓到了兇手，在我心裡——天知道我花了多少時間思考、回想、檢視我當年處理的方式——這才是最重要的。

約翰，我希望這些紛擾會平息。史佩凡根本不重要，很少人考慮過艾絲·萊恩德，不是嗎？死者永遠是輸家，我們是爲了死者做這件事。一個惡徒會寫作，並不代表他比較不壞。我讀到納粹集中營的高階軍官晚上都會翹著腳讀經典，聽一點貝多芬。惡魔可以是這個樣子，我現在明白了，是藍尼·史佩凡讓我瞭解的。

你的朋友，洛森

傑克拍拍雷博思的背。「約翰，他已經爲你開脫罪名了。你把這封信拿去給安克藍姆看，一切就結束了。」

雷博思點點頭，希望他可以感覺鬆了一口氣，或是其他合理的情緒。

「怎麼了？」傑克問。

雷博思輕拍著這封信，「這個，」他說，「大部分應該是對的，但這還是謊言。」

「什麼？」

雷博思看著他，「我們在車庫裡找到的東西……我們第一次去艾絲·萊恩德的家時我就看到了。洛森一定是後來去偷的。」

傑克露出不解的神情，「你確定嗎？」

雷博思突然站起來，「不，我不確定，這就是最討厭的地方！我永遠都無法確定。」

「我的意思是，這已經是二十年前的事情，你的記憶可能會出錯。」

「我知道。就算在當年，我也不是百分之百確定我看過這些東西——也許我看到的是不同的包包，不同的帽子。我後來又去過她家再看一次，就是在史佩凡被羈押的時候。我找著我看過的包包跟帽子……它們不見了。啊，媽的，也許我根本沒看過，只是以爲我看過。可是這並不能改變我認爲我看過的事實。我想史佩凡是被陷害的，我一直都這麼認爲……而我卻放手不管。」他又坐下，「直到現在，我從未告訴別人這一點。」他想要拿起馬克杯，可是他的手在發抖。「創傷性譫妄症。」他擠出微笑說。

傑克若有所思，「這有關係嗎？」他終於說。

「你是指我想的是對是錯？老天，傑克，我不知道。」雷博思揉揉眼睛，「這已經是好久以前的事。兇手逍遙法外又有什麼關係？就算我當時說出我的想法，也許可以爲史佩凡脫罪，卻也沒辦法抓到眞兇，不是嗎？」他吐了一口氣，「我這些年來一直像放唱片一樣琢磨著這件事，現在溝紋都快磨平了。」

「該去買張新唱片了？」

雷博思這次眞的微笑了，「也許你說的對。」

「有一件事我不懂……爲什麼史佩凡自己不說出這一切？我是說，他從不在他書裡提這些事情。他可以直接說爲什麼蓋帝斯要陷害他。」

雷博思聳肩，「你看威爾跟他女兒就知道了。」

「你是說這是私人恩怨？」

「我不知道，傑克。」

傑克拿起這封信，翻著信紙，「婆羅洲的照片還挺有趣的。安克藍姆認爲照片的意義在於裡面出現了史佩凡，現在我們知道蓋帝斯要找的是史隆。」傑克看了錶，「我們該去費特斯，拿信給安克藍姆看。」

雷博思點頭，「就這麼辦。但首先我要拷貝一份洛森的信。如你所說，傑克，我也許不相信它，但這是白紙黑字。」他抬頭看他的朋友，「對《司法正義》節目來說，這應該足夠了。」

安克藍姆看起來似乎該裝個減壓閥，他憤怒到幾乎得不斷晃動身體好讓自己鎭靜。他的聲音是休眠火山冒出來的第一縷煙。

「這是什麼？」

雷博思想把一張對折的紙交給他。他們在安克藍姆的辦公室，他坐著，雷博思與傑克站著。

「看了就知道。」雷博思說。

「這是醫師的病假診斷證明。」雷博思解釋說，「四十八小時的腸胃炎。科特醫生寫得很清楚，我應該自我隔離。他說這有傳染性。」

當安克藍姆說話時，他的聲音只比耳語大聲一點，「從什麼時候開始法醫可以開病假單？」

「在我去的健康中心可是大排長龍。」

安克藍姆把紙揉成一團。

「上面有日期等細節。」雷博思說。當然有，他們載著伊芙北上之前，先去找過科特醫生。

「閉嘴，坐下，聽我告訴你為什麼你會受懲戒。不要以為懲戒完就沒事了。」

「也許你應該先讀這個，長官。」傑克把蓋帝斯的信遞過去時說。

「什麼東西？」

「不是事情的結束，長官，」雷博思告訴他，「而是事情的核心。你消化這些文字的同時，我可以看看檔案嗎？」

「為什麼？」

「婆羅洲照片，我想再看一次。」

才讀了蓋帝斯的告白信前幾行，安克藍姆就完全沈浸其中。雷博思可以夾著檔案離開而不被發現，但他只是從封套裡拿出照片一一審視，檢查相片背後找留影者姓名。

其中一張照片，從左邊數來第三個人名叫二等兵R．史隆，雷博思凝視著那張臉。有點模糊，有些水漬還褪色。一個相貌清秀的年輕人，才剛滿二十歲，笑容有點歪，也許是牙齒的關係。

據目擊證人說，聖經約翰有一顆牙蓋著另一顆。

雷博思搖頭，這樣實在太牽強了，而蓋帝斯當年就是因爲過度解釋證據而害了他們兩人。雷博思看到安克藍姆還在專心地讀信，不知道究竟是爲了什麼，他把照片偷放進口袋裡。

「這個，」安克藍姆終於說，「的確需要討論。」

「的確，長官。今天就不用面談了？」

「只有兩個問題。第一，你的鼻子跟牙齒發生了什麼事？」

「我離一顆拳頭太近。還有事嗎，長官？」

「有，你到底對傑克做了什麼？」

雷博思轉身一看，瞭解了安克藍姆的意思，傑克坐在椅子上靠牆睡著了。

「所以，」傑克說，「這就是大挑戰。」

他們來到牛津酒吧，只是爲了找個地方待著。雷博思點了兩杯柳橙汁，然後看著傑克，「你要吃早餐嗎？」傑克點頭。「再來四份薯片，什麼口味都可以。」雷博思對女酒保說。

他們舉杯，說「乾杯」，然後喝果汁。

「想抽菸嗎？」

「想死了。」雷博思笑說。

「所以，」傑克說，「我們完成了什麼事？」

「這得看你的觀點。」雷博思說。他也不斷問自己同樣的問題。也許重案組會把毒販一網打盡：喬叔、富勒、史戴蒙。也許在那之前，富勒會對朗斯登與富萊契動手。也許海頓・富萊契是柏克舞廳的常客，他在那裡遇上東尼・艾爾，說不定還向他弄了一點白粉。也許富萊契是喜歡跟黑道混的人——有些人就是這樣。他看到少校在煩惱，知道米其森是問題所在……他應該會跟東尼・艾爾聊聊，而東尼・艾爾會看到輕鬆賺一筆的機會……也許威爾少校自己下令殺了米其，反正他的女兒已經讓他生不如死。東尼．艾爾眞的想要殺米其嗎？雷博思連這一點也不確定，或許他在最後關頭會把米其頭上的塑膠袋撕下來，然後警告他別再想雷鳥石油的事。

似乎一切都落入某種更大的規律，意外事件跳著連連看的舞蹈。父女、父子、背叛、與我們偶爾稱做記憶的幻象。過去的錯誤餘波蕩漾，或者被虛假的告白證實。這些年來屍體遍野，除了兇手之外，大多數的人已經遺忘這些死者。歷史腐壞，或者是像老照片般褪色。結局……沒有旋律或理由，就這樣發生了。你死去，或消失，或被遺忘。你變成老照片背後的一個名字，有時候比這還慘。

傑叟羅圖樂團：〈活在過去〉（Living in the Past）。雷博思已經當了這首歌的奴隸太久，這是工作造成的。身爲刑警，他活在人們的過去：在他抵達現場之前發生了犯罪，對證人記憶的嚴密搜查。他已經變成歷史學家，而這個角色已經滲入他的私生活。鬼魂、惡夢、迴音。

但也許他還有機會。看看傑克，他已經重新出發。本週喜訊⓱。

電話響起，女酒保接起電話，她對雷博思點點頭。他接過話筒。

「喂？」

「我先打到你家，然後再打到你第二個家。」

席芳。雷博思坐直身子。

「你查到什麼？」

「一個名字：馬丁．大衛森。他在茱蒂絲．凱恩斯命案發生前三週，住過費爾蒙飯店。住宿費由他的公司支付，藍瑟科技，做技術支援的公司。位於阿典斯（Altens），就在亞伯丁旁邊。他們設計鑽油平台器材的安全設施，做這一類的東西。」

「你跟他們談過了？」

⓱ Good news week，雙關語，除了是字面上的意思，也是歐美一知名新聞性諷刺節目。

「我一查到名字就聯絡了。別擔心，我沒提到他。我只是問了幾個普通的問題。櫃台說，我是兩天內第二個問她同樣問題的人。」

「另一個是誰？」

「她說是商會。」他們沈默了一會兒。

「大衛森也跟羅伯特・高登技術學院有關？」

「他今年曾經辦過一些講座。他也在職員名單上。」

確實有關係。雷博思感覺像被人打了一拳，他握著話筒的手指結發白。

「還有，」席芳說，「你知道企業有時候只會住同一家連鎖飯店？這家費爾蒙飯店在本市有連鎖飯店，馬丁・大衛森在安琪・瑞德爾被殺當晚住過。」

雷博思又看到她的形影：安琪。希望她已經準備好可以安息了。

「席芳，你是個天才。你跟別人說過這件事嗎？」

「你是第一個。畢竟給我線索的人是你。」

「我只給你一個預感，就這樣。也許沒有用，全都得靠你。現在把這件事告訴婕兒・譚普勒——她是你上司——告訴她你剛告訴我的事，讓她把消息轉給聖經強尼專案小組。按照程序走。」

「就是他，對不對？」

「把消息傳上去，一定要確定是你的功勞。然後我們就等著看吧，好嗎？」

「是，長官。」

他放下話筒，告訴傑克她剛告訴他的事。然後他們就站在那裡，喝著果汁，盯著吧台後面的鏡子看。一開始很冷靜，然後越來越激動，雷博思首先說出他們都知道的事。

「傑克，我們得去那裡。我得去那裡。」

傑克看著他，點頭說：「你開車還是我開車？」

第三十三章

英國電信在亞伯丁的用戶有兩個叫馬丁．大衛森。但是星期五下午，他應該還在上班。

「這並不表示我們會在阿典斯找到他。」傑克說。

「我們還是去那裡吧。」雷博思一路上只想著一件事：他必須見到馬丁．大衛森，並不一定需要說話，只要看他一眼。視線交會：雷博思想要這樣的回憶。

「他可能在OSC工作，或其他的地方。」傑克接著說，「他人可能都不在亞伯丁。」

「我們還是去那裡吧。」雷博思又說了一次。

阿典斯工業區在該市南方，就在A九二號公路邊。他們在工業區入口找到一張地圖，用它找路往藍瑟科技公司開去。路上一度有塞車的跡象，車子都塞在路上，動也不能動。雷博思下車看了一下，幾乎希望自己沒看到這個景象。那些都是警用車輛，雖沒有警徽，但是他們車上無線電的雜音已經證明了這點。席芳已經傳遞了資訊，有人動作很快。

一個男人兇巴巴地對雷博思說：「你在這裡搞什麼鬼？」

雷博思聳肩，雙手插著口袋。「我是非正式觀察員。」

葛羅根督察長瞇著眼睛。但他心裡有別的事情，沒時間也不想爭吵。

「他在裡面嗎？」雷博思問，並用頭點往藍瑟科技的大樓，那是一棟標準的無窗白色波浪形建築。

葛羅根搖頭，「我們趕到這裡，可是他似乎沒進辦公室。」

雷博思皺眉，「休假？」

「他沒請假。總機打過他家電話，沒人接。」

「你們正要往那裡去？」
葛羅根點頭。
雷博思沒問他們可不可以跟；葛羅根一定會說不行。但是一旦車隊開始前進，沒人會注意到後面多了一輛車跟著。
他上了標緻車，告訴傑克這件事情。當傑克倒車找到一個不擋路的停車位，然後看著警車在狹窄的空間裡倒車，駛往工業區出口，接著慢慢跟上車隊當最後一輛車。
他們沿著安德森路往北跨過黛河，經過更多羅伯特．高登大學的建築物，以及幾家石油公司的總部。終於他們下了安德森路，經過夏丘學院，然後開進了迷宮般的郊區街道，郊區再往前就是一片空地。
兩輛車離開了車隊，也許是要從繞一圈，從另外一頭去包抄大衛森的房子。車隊亮起煞車燈，停在路中間。車門打開，警員們下了車。他們很快地開了會，葛羅根下了命令，雙手指著左右兩邊。大多數的人都盯著那間窗簾緊閉的房子。
「你覺得他跑了嗎？」
「去看看就知道。」雷博思解開安全帶，開了車門。
葛羅根派人到附近的房子去，有些人問問題，有些人潛到後門，從嫌犯屋後進去。
「希望沒白跑一趟。」葛羅根喃喃地說。他看到雷博思，卻視若無睹。
「長官，大家都就位了。」
住戶們走出各自的房屋，想著到底發生了什麼事。雷博思可以聽到遠方傳來冰淇淋販賣車播放的音樂聲。
「長官，霹靂小組就定位。」
「我認爲他們派不上用場。」
「是，長官。」
葛羅根吸吸鼻子，一根手指劃過鼻子下方，然後選了兩個人跟他走到嫌犯的家門口。他按下電鈴，所有人摒息以待，葛羅根又按下電鈴。

「他們在屋後可以看到什麼？」葛羅根其中一個手下用無線電問。

「樓上樓下的窗簾的關著，裡面沒有人活動的跡象。」

就跟屋子前面一樣。

「打電話找法官，我們需要搜索票。」

「是，長官。」

「同時拿一把大槌子來對付這扇門。」

那警官點頭，比了個手勢，然後一輛車子的後門被打開了，裡面有著建築工程車的裝備。大槌被拿出來，撞了三次門就開了。十秒鐘後，有人大叫喊救護車。再過了十秒，有人建議找靈車來就好。

傑克是個好警察：他的車子裡有刑案現場鑑識器材。包括鞋套、手套還有塑膠全身工作服，穿了讓你看起來像個活動保險套。警察們都不准進屋，以免破壞刑案現場，他們擠在門口，想要看看裡面的狀況。當傑克與雷博思走上前去的時候，沒有人認識他們，只把他們當作是鑑識組的人。

避免破壞刑案的規則，似乎並不適用於高階警官與他們周遭的馬屁精：葛羅根站在客廳，雙手插著口袋審視現場。一具年輕男性的屍體躺在黑色皮沙發上，他的金髮蓋著很深的傷口，他臉上與脖子上的血已經乾了。現場有打鬥跡象：銘黃咖啡桌被打翻了，雜亂的雜誌被壓在腳下。一件黑色皮夾克被丟在死者胸部上，體貼地蓋住流血的部位。走近幾步，雷博思在死者脖子血跡下看到傷痕。在屍體前方的地板上，有一個綠色大提袋，是上健身房或週末出遊會拿的那一種提袋。雷博思看到裡面有個背包、一隻鞋子、安琪·瑞德爾的項鍊……還有一段包塑膠皮的晾衣線。

「我想應該可以排除自殺的可能性。」葛羅根喃喃地說。

「先被打昏，然後勒斃。」雷博思猜測說。

「你認爲是他嗎？」

「這個提袋可不是因爲好玩而放在這裡。不管是誰殺了他，他們知道他的身分，而且也想讓我們知道他的身分。」

「是共犯殺了他嗎？」葛羅根問，「一個朋友，他傾訴的對象？」

雷博思再度聳肩，他專注地看著死者的臉孔，感覺被其緊閉的眼睛與安詳所欺騙。我好不容易才查到這裡，可是你這個混蛋卻……他再前進幾步，把皮夾克拉高兩吋看進去裡面，一隻黑色便鞋被塞進馬丁．大衛森的左腋下。

「喔，老天。」雷博思轉向葛羅根與傑克說，「是聖經約翰幹的。」他在他們的臉上看到混合著難以置信的恐懼。雷博思把夾克再拉高一點，讓他們看到那隻便鞋。「聖經約翰一直都在這裡，」他說，「他從未離開過……」

刑案鑑識組進行著他們的工作，拍照、攝影、把可能的證物裝袋或錄影。法醫檢視了屍體，然後說可以把屍體送去太平間。外面已經有記者站在警方封鎖線外。等到鑑識組完成二樓的蒐證，葛羅根帶著雷博思與傑克到那裡去看看。他似乎不介意他們跟在身邊，也許就算開膛手傑克在他身邊也無所謂：葛羅根今晚會上電視，因爲他抓到了聖經強尼。當然他並不是第一個找到聖經強尼的人——有人已經捷足先登。

「你再說一次。」他們上樓時葛羅根說。

「聖經約翰會拿紀念品——鞋子、衣物或手袋，但是他也會把衛生棉放在受害者左腋下。樓下……他是故意讓我們知道是他幹的。」

葛羅根搖頭，他還是不可置信。同時他有些東西要給他們看，主臥室平凡無奇，但是床下有好幾箱雜誌與錄影帶——露骨的性虐待色情刊物，跟東尼．艾爾臥室裡發現的東西差不多，有英文與其他語言的版本。雷博思心想，會不會是某個美國幫派把這些東西帶到亞伯丁。

有一間小客房的門上掛著鎖頭，警方已經把門撬開，房間裡的東西證明了某些假設是錯的。有一些刑警認爲這可能是聖經強尼設下的騙局——先殺了一個無辜的人，然後讓他看起來像是兇手。可是這間客房證實馬丁·大衛森就是聖經強尼，這裡是他崇拜聖經約翰與其他殺人兇手的祭壇：幾十本剪貼簿，剪報與照片被釘在牆上的軟木板，關於連續殺人狂的紀錄片錄影帶與平裝本書籍，上面寫著密密麻麻的筆記。這些東西中間有一張放大的聖經約翰通緝傳單，他和藹的臉上幾乎微笑著，照片上方有著同樣的基本問題：你看過這個人嗎？

雷博思幾乎要回答有。這張臉上有種特殊的東西，他以前在某個地方看過……就在最近這陣子。他從口袋裡拿出那張婆羅洲照片，看看雷·史隆，再看看那張傳單上的照片。這兩個人很相像，可是這並不是困擾著雷博思的問題，而是其他的事情，其他的人……

然後傑克站在門口問他一件事，雷博思的思緒就中斷了。

他們跟著大夥回到皇后街警局。雷博思與傑克因爲案情關連性，成爲調查團隊的一部分。這裡有一股低調的歡樂氣息，但他們也知道另一個兇手還在逍遙法外。但至少如同一個警官所說，「如果是他殺了那個混蛋，祝他好運。」

雷博思猜測，這正是聖經約翰所期待的反應。他應該會希望警方沒花太多力氣找他，如果他眞的復出，也只是爲了一個目的——殺掉這個模仿他的人。聖經強尼已經搶走前輩的風采與成就，現在是受到報應的時候。

雷博思坐在刑警辦公室，眼神凝視著空氣思考著。當某人遞給他一個杯子，他舉杯到唇邊，卻被傑克的手阻止。

「是威士忌。」他警告說。雷博思低頭看到甜美的液體有著蜂蜜的顏色，他凝視著酒液一會兒，然後把杯子放在辦公桌上。辦公室裡有笑聲、歡呼聲與歌聲，就像是足球賽獲勝之後的球迷；同樣的歌聲與口號。

「約翰，」傑克說，「別忘記洛森。」這聽起來像是警告。

「他怎麼了？」

「他走火入魔了。」

雷博思搖頭說：「這一次不同。我知道是聖經約翰幹的。」

「是他又如何？」

雷博思慢慢地搖著頭，「拜託，傑克，我已經跟你說了這麼多事情，史佩凡案與其他的種種，你應該不必再問這個問題了。」

葛羅根揮手要雷博思到電話旁，他微笑著，帶著威士忌的酒氣，把話筒交給雷博思。

「有人要跟你說話。」

「喂？」

「天啊，你到底在那裡做什麼？」

「喔，哈囉，婕兒。恭喜，看起來一切終於順利了。」

她的態度稍微軟化，「是席芳的功勞，不是我的。我只是把訊息傳過去。」

「記住要留下紀錄。」

「我會的。」

「我晚點再跟你談。」

「約翰……你什麼時候回來？」她本來不是要說這個。

「今晚，也許明天。」

「好。」她停頓了一下，「到時候見。」

「星期天要出來嗎？」

她聽起來有些訝異，「出來做什麼？」

「我不知道，開車兜風，散步，到海邊走走？」

「好啊。」

「我再打電話給你，再見，婕兒。」

「再見。」

葛羅根爲自己的杯子添了酒，這裡至少有兩箱威士忌與三箱瓶裝啤酒。

「你從哪裡弄來這些酒？」雷博思問。

葛羅根微笑說，「喔，你知道的。」

「酒吧？舞廳？欠你人情的地方？」

葛羅根只是眨眨眼。更多警察不斷進來——制服員警、民間雇員，甚至還有看起來已經下班的警察。他們都已經聽到消息，也都想參與這一刻。高階警官看似嚴肅卻微笑著，拒絕著旁人爲他們添酒。

「也許是朗斯登幫你買的酒？」

葛羅根皺起臉，「我知道你認爲他陷害了你，但魯多是個好條子。」

「他在哪裡？」

葛羅根看看四周，「不知道。」

其實，沒有人知道朗斯登在哪裡；整天都沒看到他的人影。有人打電話到他家，卻遇到電話答錄機。他的傳呼機有開，但他卻沒回應。有一輛巡邏車繞到他家去，回報說雖然他的車停在外面，卻沒看到他。雷博思想到一個點子，下樓到通訊室。這裡有人在值勤——接電話，與巡邏車和疲累的警察保持聯繫。但是他們有一瓶威士忌，也有四處傳遞的塑膠杯。

他只需要回顧過去一小時的紀錄。一位富萊契太太打電話報案說，她的先生失蹤了，他早上一如往常地上班，人卻沒到公司，然後就沒回家了。報案紀錄上寫著他汽車的型號與他的外型。警方已經要巡邏車留意找這個人，再過十二小時，他們就會更認眞地處理這件案子。

失蹤配偶的受洗名：海頓。

雷博思想起賈德．富勒談過棄屍在海裡或陸地，因爲沒人會去那些地方，所以屍體永遠也找不到。他心想這會不會就是朗斯登與富萊契的命運……不行，他沒辦法放手不管。他在一張紀錄紙的背面寫了一條訊息，然後把它交給值勤警官，他把嘴湊到麥克風前，先把這段話默唸了一次。

「任何在市中心附近的巡邏車，立刻前往大學街的柏克舞廳，逮捕該舞廳的共同所有人賈德．富勒，並帶到皇后街接受偵訊。」值勤警官轉頭看著雷博思，他點頭。「注意要檢查酒窖，」警官接著說，「該處可能有人被非法羈留。」

「請重複。」一輛巡邏車說。這條訊息又被重覆了一次，雷博思走上樓梯。

儘管大家慶賀著，還是有人完成了一些工作。雷博思看到傑克把一個祕書帶到角落，流暢地跟她搭訕。他們附近有兩個坐辦公桌的警察正在打電話。雷博思拿起話筒，打電話給婕兒。

「是我。」

「怎麼了？」

「沒事。聽著，你把托爾跟亞伯丁的所有情報交給重案組了？」

「是。」

「爲什麼要問？」

「誰是你那邊的聯絡人？」

「因爲不管是誰，我有一個訊息給他們。我想賈德．富勒已經抓到魯多維契．朗斯登警佐和一個叫海頓．富萊契的人，而且他打算讓這兩個人永遠消失。」

「什麼？」

「一輛巡邏車已經前往那家舞廳，天知道他們會發現什麼，但是重案組應該也要注意這件事。如果這兩個人被發現，他們會被帶回皇后街。重案組也許會想派人到現場。」

「我會處理這件事。謝了，約翰。」

「小事一樁。」

年紀一大，我心也軟了，他心想，或者也許我只是又找到良心了。

他四處走來走去，拿同樣的問題問了一些喝酒的人，終於有人爲他指出了石油產業聯絡警官，馬克・堅金斯探長。雷博思只是想看看他，史坦利的的供詞中曾經提過朗斯登與他的名字。重案組應該會想找他談談，他正在微笑，看起來很輕鬆，剛度完假神清氣爽，皮膚也曬黑了。一想到這個人很快就會接受內部調查而汗流浹背，雷博思心裡就湧起一股暖流。

也許，終究他並沒變得那麼心軟。

他走到正在工作的警察旁，俯看著他們工作的內容。他們正在爲馬丁・大衛森命案進行初步的工作，整理著鄰居與雇主提供的資訊，試著找到死者的近親，同時不讓媒體靠近這件案子。

其中一個用力把電話掛上，臉上突然露出大大的笑容。他拿起裝著威士忌的馬克杯，然後一飲而盡。

「有收穫？」

一團紙球打中這個警察的頭，他笑著把紙球丟回去。

「死者的鄰居下夜班之後回家，」他說，「他發現一輛車擋住他家車道。他說他從來沒有看過這輛車，並且把車仔細看清楚，所以下次遇到時可以認得出來。他大概午餐時刻醒來，這輛車已經不在了。金屬藍寶馬轎車，五系列，他甚至還記得部分的車牌號碼。」

「地獄鐘聲⑱。」

警員伸手去拿電話，「應該不會太久。」

「最好別太久。」雷博思回應說，「要不然我們的葛羅根督察長恐怕會醉到無法處理了。」

⑱ Hel's bells，意指過去催促工人上工的鐘聲，也是美國老牌搖滾樂團 AC / DC 的歌名。

第三十四章

葛羅根在走廊遇到雷博思，一手大力攬住了他。他的領帶不見了，襯衫頭兩顆鈕釦也沒扣，露出成片灰色的捲胸毛。他跟兩個女警跳了吉格舞⑲，全身都是汗。換班時間已過，或者應該說下一班的值勤警察已經進來了，可是上一班的人還在，他們不想破壞歡樂的氣氛。偶爾有人談到酒館、餐廳、保齡球館，但是似乎沒人要離開，當附近的印度餐館送來裝滿食物的餐盒與袋子，眾人響起了掌聲——高層警官請客，此時他們其實已經離開了現場。雷博思自己吃了印度炸餅（pakora）、碳烤羊肉餡餅（keema nan）、與烤雞丁（chicken tikka），同時一個刑警向另一個人解釋為什麼他說「巴吉，我們不要吃臭死人的巴吉⑳」是個笑話。

從葛羅根的酒氣聞起來，他連晚餐都沒吃。「我的低地小老弟，」他說，「你好嗎？還喜歡我們高地的待客之道嗎？」

「很棒的派對。」

「那為何你的臉這麼緊繃？」

雷博思聳肩，「這是漫長的一天。」他也可以補充說，還有漫長的一夜要熬。

葛羅根拍拍他的背，「我們隨時歡迎你回來這裡，什麼時候都行。」葛羅根正要走向廁所，突然停步轉身，「有看到魯多嗎？」

「什麼？」

「他在市立醫院，隔壁病床躺著一個叫海頓．富萊契的人。」

「病房裡還有個重案組警官，等著他們清醒後做筆錄。這就是朗斯登廉潔的程度，你該清醒過來面對現實。」

雷博思走下樓到他曾經被拷問過的偵訊室，開了門。裡面還有兩個重案組成員，而坐在桌邊抽菸的是賈德·富勒。稍早雷博思已經下來過一次，純粹只是看看，向警官解釋發生過什麼事，並要他們去找婕兒的錄音帶跟筆記。

「晚安，賈德。」雷博思現在說。

「我認識你嗎？」

雷博思走向他，「你這個白癡的混蛋，你已經讓我逃走了，竟然還繼續用你的酒窖。」他搖搖頭，「艾力克會很失望。」

「去他的艾力克。」

雷博思點頭，「每個人都為自己而活，是吧？」

「趕快動手吧。」

「什麼？」

「你之所以進來，」富勒抬頭看著他，「不就是想要免費揍我一拳？這是你唯一的機會，所以好好打。」

「賈德，我不需要打你。」雷博思露齒而笑，露出那顆少了一截的牙齒。

「那你就是膽小鬼。」

雷博思慢慢地搖頭，「我以前是，但現在不是了。」

他轉身走開。

回到刑警辦公室，派對正進行到高潮。有人接起一台卡帶放音機，手風琴樂聲以爆大的音量流洩著。只有兩對在跳舞，也跳得不好；辦公桌之間的空間，對喜好蘇格蘭派對的人來說太窄了。三、四個人頭靠著手臂趴

⓳ jig，通常為三拍子的快舞。

⓴ bhaji，一種辣洋蔥餅，也是人名，故有此一語雙關的笑話。

在桌上，還有個人躺在地板上。雷博思數到九支威士忌空瓶，還有人被派去買更多箱啤酒。傑克還在跟那個祕書講話，他的臉頰因爲室內的高溫而發紅。這個地方開始聞起來像個裝滿人的更衣室。

雷博思在辦公室裡走一圈，牆上還是被聖經強尼犯下的本地命案資料覆蓋住：地圖、圖表、值勤表與照片。他檢視這些照片，彷彿想起那些微笑的臉孔。他看到傳眞機剛把一份東西吐出來。擁有金屬藍寶馬轎車的人的清單與資料。四個在亞伯丁，但只有一個符合目擊證人提供的部分車牌號碼。這輛車登記在尤金營造公司名下，地址在彼得海德。

尤金營造？尤金營造？

雷博思把口袋裡的東西都倒在桌上，看到加油收據，筆記本、抄著電話號碼的紙片、巴士票、一包火柴……然後找到了名片，那個來參加大會的男人給他的名片。雷博思仔細看著名片，上面寫著工程部業務經理，雷恩·史洛肯，公司名稱是尤金營造，地址在彼得海德。雷博思顫抖著拿起那張婆羅洲照片來看，想起那天在酒吧中遇到的男人。

「難怪蘇格蘭越來越慘……難怪我們要獨立。」

他剛遞來他的名片，接著雷博思就說他是個警察。

「我該不會說了什麼顯示我有犯罪的話吧？你在查聖經強尼的案子？」

那張臉、雙眼與身高……跟照片裡的那個人很像。雷·史隆……雷恩·史洛肯，很接近。有人闖進雷博思的公寓，光找東西沒偷東西。也許在找會讓他入罪的東西？他再看了名片一眼，然後拿起電話，終於在席芳家裡找到她。

「席芳，你跟國家圖書館那個館員談過了……？」

「談過了。」

「他跟你描述了那個自稱是記者的人的外型？」

「是。」

「再跟我說一次。」

「等一下。」她去拿她的筆記本。「這是怎麼回事？」

「我等一下再跟你說。念給我聽。」

「『高個子，金髮，五十歲出頭，臉有點長，外型沒有特徵。』」

「口音呢？」

「我這裡沒有寫。」她停頓了一下，「喔，對了，他倒是有說一件事，那人的口音帶鼻音。」

「像美國口音？」

「但還是蘇格蘭口音。」

「就是他。」

「誰？」

「聖經約翰，就像你說的那樣。」

「什麼？」

「追蹤著他的下一代……」雷博思揉揉額頭，再捏捏鼻梁。他緊閉著雙眼。到底是不是？自己是不是已經著魔了？他廚房餐桌上遍布著聖經約翰案剪報，這跟聖經強尼崇拜殺人狂的祭壇有何不同？

「我不知道。」他說。但其實他知道，他很清楚。「晚點再談。」他對席芳說。

「等一下！」

但是他已經無法再等了。他需要知道眞相，現在就得知道，他環視辦公室，看到派對開始解散，現場的人都昏昏沉沉，沒有人可以開車，沒有支援。

只剩下傑克。

他現在已經一手攬著那個祕書，湊在她耳邊說悄悄話。她正在微笑，手穩穩地拿著她的杯子。也許她跟傑克喝一樣的東西，可樂。傑克會給他車鑰匙嗎？沒有合理解釋應該不行，但雷博思想要自己去做這件事，他必

須一個人去。他的動機：正面對決，也許同時幫自己驅魔。更何況，聖經約翰欺騙了他而先找到聖經強尼。

雷博思打電話到樓下，「有車可以借用嗎？」

「你要是喝了酒就沒有。」

「你可以要我做酒精呼氣測試。」

「外面有一輛『伴遊』。」

雷博思在書桌抽屜裡翻找出一本電話簿。彼得海德……史洛肯．R，並沒登記。他可以打電話到英國電信查，可是要找未登錄在電話簿的用戶要花時間。另一個選項，直接上路。反正他也想要這麼做。

城市街道很狂野。另一個星期五晚上，年輕的靈魂跑出來玩。雷博思唱著〈現在沒事了〉（All Right Now），接著哼起門樂團（The Doors）的〈已經低落好久〉（Been Down So Long）。往北開三十英里到彼得海德，一個深水港，油輪與鑽油平台維修的所在。雷博思讓引擎加速運轉，出城的車輛不多。天空已經變成淡粉紅色，謝德蘭群島的人說這是日出之前的晦暗（Simmer dim）。雷博思盡量不要去想他正在做什麼，他正違反著他建議別人別違反的規則。沒有支援、沒有獲得授權、離基地很遙遠。

他有尤金營造的地址，從雷恩．史洛肯的名片上得知的。我在酒吧裡站在聖經約翰的旁邊，他還請我喝了杯酒。雷博思搖頭，如果他們知道眞相的話，也許很多人也會說同樣的話；雷博思並不是特例。名片上有公司的電話，但是打過去卻遇到答錄機。但這並不表示沒人在公司，保全不一定會接電話。名片上還有史洛肯的傳呼機號碼，但是雷博思不打算傳呼他。

公司前面圍著高大的鐵絲網圍牆。他在附近繞了二十分鐘問路，才找到這個地方。這家公司並不在碼頭邊，他早就猜想到這一點。這裡是城市郊區的商業園區，尤金營造就坐落在園區邊緣。雷博思開車到大門，門已經上鎖，他按按喇叭。大門邊有個警衛室，燈亮著，但沒人在裡面。大門後面有漆成紅白雙色的路柵，他的車燈照著路柵，後面有個穿著警衛制服的人快步走來。雷博思沒有讓車子熄火，下車走到大門邊。

「什麼事？」警衛問。

他把警察證貼在鐵絲網上，「警察，我需要你們一個員工的住家地址。」

「不能等到早上嗎？」

他咬緊牙，「恐怕不行。」

警衛──六十幾歲的退休年紀，小腹突出──抓著他的下巴說：「我不知道。」

「聽著，緊急情況時你會跟誰聯絡？」

「我的公司。」

「然後他們會聯絡這家公司的人？」

「應該是這樣吧。我從來沒試過，幾個月前有些小鬼想要爬圍籬，但是他們──」

「你可以打電話回保全公司嗎？」

「──聽到我走過來，立刻就跑走了。什麼？」

「你可以打電話回保全公司嗎？」

「如果是緊急情況，我想可以吧。」警衛走向警衛室。

「你打電話的同時，可以讓我進去嗎？等一下我也需要用你的電話。」

警衛抓抓頭，咕噥著什麼，從口袋裡拿出一串鑰匙走向大門。

「謝了。」雷博思告訴他。

警衛室裡沒什麼裝潢。一個生鏽的托盤上，放著茶壺、馬克杯、咖啡與一小瓶牛奶。裡面有個單管電暖器，兩張椅子，辦公說上有一本平裝小說──西部小說。雷博思拿起電話，向警衛的上司解釋狀況，那人要求再跟警衛講話。

「是，長官。」警衛說，「他有證件。」他盯著雷博思看，彷彿雷博思可能是搶劫集團的頭子。他把電話交給雷博思，警衛的上司給雷博思需要的聯絡人姓名與電話。雷博思撥了那個電話，等待著。

「喂？」

「史特吉先生嗎？」

「是我本人。」

「先生，很抱歉現在打擾你。我是約翰·雷博思探長，我正在貴公司的警衛室打電話。」

「該不會是有人闖進去吧？」那人嘆息了一聲。有人闖入，意謂著他必須穿上衣服趕到現場。

「不是的，先生。我只是需要貴公司一個員工的資料。」

「不能等到早上再說嗎？」

「恐怕不行。」

「到底要找誰？」

「雷恩·史洛肯。」

「雷恩？他怎麼了？」

「先生，他的一個老親人，」雷博思以前用過這套謊話，「生了重病。他們需要史洛肯先生的同意才能開刀。」

「老天爺。」

「因此事情才這麼緊急。」

「是，我瞭解了。」這招總是有效：老奶奶遇到生死關頭。「我並沒有辦法記住每個員工的地址。」

「但是你知道史洛肯先生的地址？」

「曾經去過他家吃過幾次晚餐。」

「他結婚了？」雷博思把配偶放進心中的盤算，他沒想到聖經約翰竟然已婚。

「他老婆叫烏娜，他們感情很好。」

「先生，那地址是？」

「你要的不是電話號碼嗎？」

「兩樣都要。這樣一來，萬一沒人在家，我們可以派人去他家等。」

雷博思把資訊抄在他的筆記本裡，謝過這個人，然後放下話筒。

「你知道要怎麼去『泉景』區嗎？」他問警衛說。

第三十五章

泉景區是城鎮南方海岸公路上的現代社區。雷博思把車停在三藍凱勒死巷外，引擎熄火，仔細觀察著這棟房子。前有景觀花園——修剪整齊的草皮，庭園岩石佈景，矮灌木與花圃。人行道與花園之間沒有圍籬或柵欄，其他的房子也是如此。

這是一棟還挺新的兩層樓尖頂建築。房子右邊連著車庫，客廳窗簾後透出燈光。停在碎石子車道上的是一輛白色標緻一〇六。

「約翰，現在動手，否則就沒機會了。」雷博思告訴自己，他下車時深吸了一口氣。他走到前門，按下門鈴，然後退出前門階梯。如果是史洛肯自己應門，雷博思希望保持一點距離。他回想起他受過的軍事訓練——空手搏鬥——以及一句老格言：先開槍再問問題。他去柏克舞廳時應該先想起這些事情。

從門後傳來一個女人的聲音：「有什麼事嗎？」

雷博思知道有人透過窺視孔看著他。他走上前門階梯，讓她可以看清楚他的樣子。「史洛肯太太？」他舉起他的警察證，「太太，我是刑警。」

門很快被拉開，一個瘦小的女人站在那裡，眼下有黑眼圈，她深色的短髮蓬亂。

「我的天啊，」她說，「發生了什麼事？」她講的是美國口音。

「太太，沒事的。」她的臉露出鬆了口氣的神情。「怎麼會有問題發生呢？」

「雷恩，」她吸吸鼻子忍住眼淚說，「我不知道他人在哪裡。」她想找紙巾，但意識到紙巾在客廳裡，她對雷博思說他最好先進屋。他跟著她走進寬敞、裝潢漂亮的客廳，當她抽紙巾時，他利用機會稍微打開窗簾。如果有輛藍色寶馬轎車出現，他想要第一時間發現。

「也許在加班？」他說，雖然他早已知道答案。

「我打過電話到他辦公室。」

「是，但他是個業務經理，他會不會是帶客戶出去應酬？」

「他一定會先打電話，他在這方面很有責任感。」

責任感。奇怪的講法。客廳看起來還沒弄髒就有人打掃，烏娜．史洛肯看起來就是那個打掃的人。她的雙手扭著一疊面紙，整張臉綳得緊緊的。

「史洛肯太太，請盡量鎮靜。你有什麼藥可以吃嗎？」他敢打賭屋子裡一定有醫生開給她吃的藥。

「浴室裡有，但我不想吃。那些藥讓我昏昏沉沉。」

在客廳的另一頭有一張紅木大飯桌，三件式的壁櫥前有六張直背的椅子。玻璃櫥窗裡有中國娃娃，沐浴在隱藏式燈具光線裡。裡面還有些銀器，沒有家庭照片……

「也許有朋友可以……？」

烏娜．史洛肯坐下來又站起來，突然想起有客人在。「喝點茶嗎？您是……」

「雷博思，雷博思探長。有茶喝的話太好了。」

給她點事情做，讓她分心。廚房只比客廳小一點，雷博思看著外面的後花園，看起來是封閉式，雷恩．史洛肯並無法從那裡偷偷進屋。雷博思的雙耳密切注意著有無車子的聲音……

「他走了。」她突然說，她停在廚房中間，一手拿著電熱水壺，另一手拿著茶壺。

「史洛肯太太，您爲什麼這麼說？」

「一個行李箱，一些衣物……都不見了。」

「也許是出差？臨時的工作？」

她搖頭說：「我整天都在亞伯丁買東西，四處跑。我回家的時候，房子就是感覺不對勁，變得比較空了。我想那時候我就知道了。」

「他有說過要離開的事嗎？」

「沒有。」她臉上閃過一絲微笑，「探長，但是妻子總是會知道丈夫外面有女人。」

「有女人？」

烏娜．史洛肯點頭，「不總是這樣嗎？他最近很……我不知道，就是很不一樣。脾氣不好，心不在焉……我明知他沒有出差，他卻常不在家。」她還在點頭，自己確認著這一點。「他走了。」

「你完全不知道他會去那裡？」

她搖頭說：「就是去她那邊吧。」

雷博思走回客廳，看看窗戶。外面沒有寶馬轎車。一隻手觸碰了他的手臂，他猛地轉身，原來是烏娜．史洛肯。

「老天，」他說，「嚇死我了。」

「雷恩總是抱怨說我老是不出聲，但這是地毯的關係。」半吋厚的威爾頓牌地毯，鋪了一大片。

「史洛肯太太，你們有小孩嗎？」

她搖頭，「我想雷恩希望有個兒子。也許這正是問題所在……」

「你們結婚多久了？」

「很久了，十五年，快要十六年了。」

「你們在哪認識？」

她微笑，神返往日時光，「德州的加爾維斯敦（Galveston）。雷恩是工程師，我在同一家公司當祕書。他幾年前才從蘇格蘭移民過來，我看得出來他想家，我早就知道我們最後還是會回蘇格蘭。」

「你們住在這裡多久了？」

「四年半。」這段時間裡並沒有相關命案發生，所以聖經約翰可能眞的是為了聖經強尼才復出……「當然，」烏娜·史洛肯說，「我們偶爾還是會回美國看我的家人，他們住在邁阿密。雷恩每年也會去那裡出差三、四次。」

雷博思改變了稍早的想法，也許他根本不是去美國出差。

「史洛肯太太，他上教堂嗎？」

她盯著他看，「我們認識時他會去教堂，後來漸漸沒去了，但最近他又開始上教堂了。」

雷博思點頭，「我可以四處看看嗎？他也許會留下前往何處的線索。」

「嗯……我想可以吧。」開水已經煮沸，電熱水壺自動切掉電源。「我去泡茶。」她轉身離開，又停步回頭，「探長，你來這裡做什麼？」

雷博思微笑說：「史洛肯太太，這是例行調查，跟你先生的工作有關。」

她點點頭，彷彿這句話就解釋了一切，然後無聲地走回廚房。

「雷恩的書房在左邊。」她喊道，所以雷博思就先從那裡開始。

書房很小，塞了家具跟書架之後更小。這裡有幾十本關於二次世界大戰的書，放滿了整面牆。書桌上整齊地擺放著紙張——都是史洛肯工作上的資料。抽屜裡有更多工作檔案，還有稅務、房產、壽險與退休金的資料——他的生活被整齊地歸類。還有一台小收音機，雷博思打開電源，聽到專放古典音樂的第三廣播電台。他關掉收音機，此時烏娜·史洛肯剛好走到門口。

「茶在客廳裡。」

「謝謝。」

「喔，還有一件事，他把電腦帶走了。」

「電腦？」

「你知道的，就是筆記型電腦。他常常用電腦，當他工作時都會鎖門，但是我可以聽到鍵盤敲擊的聲音。」

房門內面插著一支鑰匙。當她離開之後，雷博思把門關上反鎖，然後轉身，試著想像這裡就是殺人狂的藏匿處。他沒辦法想像，這裡就只是個工作空間而已。這裡沒有戰利品，也沒有藏匿戰利品的地方。沒有裝著紀念品的袋子，像聖經強尼收集的那樣。這裡沒有崇拜祭壇，沒有收集恐怖事物的剪貼簿。這個人過著雙面人生，可是這裡卻完全沒有跡象可循……

雷博思打開門鎖，走進客廳，再度看了窗戶外面。

「有找到什麼嗎？」烏娜．史洛肯把茶倒進精美的瓷杯，在同套的瓷盤上有切好的貝登堡（Battenberg）雙色方塊蛋糕。

「沒有。」雷博思坦承。他從她手上接過茶杯跟蛋糕，「謝謝。」然後他又回到窗戶邊？

「丈夫是業務員，」她接著說，「你會習慣不能常看到他，習慣參加無聊的派對與聚會，習慣主持晚宴，可是客人都不是你自己選的。」

「很不容易。」雷博思同意。

「但是我從不抱怨。也許我抱怨的話，雷恩會多給我一點注意力。」她看著他，「你確定他沒出事情？」

雷博思裝出他最誠摯的表情，「我很確定，史洛肯太太。」

「你知道，我有精神耗弱的問題，我已經試過所有的東西——藥丸、藥水、催眠……但如果你心裡有問題，他們還能怎麼辦？我是說，如果你一出生就有這種問題，就像小小的定時炸彈……」她環顧四周，「也許是因爲這棟房子，這麼新這麼好，我完全無事可做。」

阿都斯．禪恩曾經預言過這種房子，一棟現代的房子……

「史洛肯太太，」雷博思說，眼睛沒離開窗戶，「這個要求聽起來有點蠢，但你覺得我可以看看你家閣樓嗎？」

二樓入口處有條鍊子，你一拉，活板門就會打開，然後木頭階梯滑到你身邊。

「聰明的機關。」雷博思說。他開始往上走，烏娜．史洛肯留在入口處。

「等你上去時，電燈開關就在你右手邊。」她喊道。

雷博思探頭進這個空間，有點擔心會有鏟子打在他頭上，在黑暗中摸索著開關。一顆沒有燈罩的燈泡照亮了這個鋪著地板的閣樓。

「我們聊過要改建閣樓，」烏娜．史洛肯喊道，「但何必麻煩？這棟房子我們兩個人住已經太大了。」

閣樓比屋裡其他的地方要來的冷一點，雷博思環顧四周，不確定他會找到什麼。禪恩是怎麼說的？旗子：星條旗跟納粹卐標誌。史洛肯住過美國，似乎對第三帝國很著迷。但禪恩也看到，在一棟現代大房子的閣樓裡有一個皮箱。可是雷博思卻沒看到這類的東西，這裡有箱材、成箱的耶誕節裝飾品，一對壞掉的椅子，一扇備用門，兩只敲起來空空如也的行李箱……

「自從去年耶誕節之後，我就沒上來過這裡了。」烏娜．史洛肯說。雷博思伸手幫她爬上最後兩層階梯。

「這裡很大。」雷博思說，「我可以瞭解爲什麼你們想改建這裡。」

「改建許可會是個大問題。這區所有的房子都得維持現狀，你花了一大筆錢買房子，卻不可以動它。」她從一只行李箱裡拉出一方折好的紅布，把行李箱上的灰塵擦掉。這看起來像桌巾，也許是窗簾，但當她甩布，它攤開變成一面大旗，白圓圈裡有黑色的卐，其他的部分都是紅色。她看到雷博思臉上的震驚。

「他以前會收集這一類的東西。」她看看四周，皺起眉頭，「奇怪了。」

雷博思吞了口口水，「怎麼了？」

「皮箱不見了。」她指著地板上的一塊空間。「雷恩一定把它搬走了。」她環顧四周，但皮箱很明顯不在閣樓裡。

「皮箱？」

「又大又舊的東西，他很早就有這個皮箱。爲什麼他要把皮箱搬走？他又是怎麼搬走的？」

「此話怎說？」

「皮箱很重。他總是鎖著它，說裡面裝滿舊東西，在我們認識之前的生活紀念。他承諾有一天會給我看裡面的東西……你覺得他把皮箱帶走了嗎？」

雷博思再度吞了口水，「有可能，」他說，同時走向階梯。聖經強尼只有一個提袋，可是聖經約翰卻需要一整個皮箱。雷博思開始覺得反胃。

「茶壺裡還有茶。」他們走回客廳時，史洛肯太太說。

「謝謝，但是我眞的該走了。」他看到她試著隱藏失望的心情。這眞是殘酷的人生，你唯一的伴是追捕你先生的警察。

「很遺憾，」他說，「雷恩的事。」然後他最後一次望出窗戶。

一輛藍色寶馬轎車停在人行道旁。

雷博思的心臟猛撞胸膛，他沒看到車裡有人，也沒看到有人往這裡走來……

然後門鈴響起。

「雷恩？」史洛肯太太走向門口，雷博思抓住她，把她往後拉，她大聲尖叫。

他把一根手指放在她嘴唇上，示意要她留在原地。他的咽喉往上跑，彷彿快嘔出稍早吃的咖哩。他覺得全身通了電。門鈴再度響起。雷博思深吸一口氣，跑向門口把門拉開。

一個年輕人站在那裡，穿著牛仔夾克與牛仔褲，頭髮抹了髮膠像刺蝟一樣，臉上有青春痘。他拿出一組汽車鑰匙。

「你從哪裡拿來的？」雷博思吼道。年輕人後退一步，踉蹌地退下階梯。「你從哪拿到這輛車？」雷博思現在走出門口逼近他。

「工作，」年輕人說，「這是服……服務的一部……部分。」

「什麼服務？」

「還車……車。從機場開回來。」雷博思瞪著他，要他繼續說明。「我們做代客洗車之類的服務，如果你把車留下，想要我們把車開回你家，我們也做這種服務。辛克萊租車服務……你可以去查！」

雷博思伸出手，把年輕人拉到他旁邊。

「我只是要問你們是否要把車子停好。」年輕人面如死灰地說。

「把車留在原地。」雷博思盡量讓自己不要顫抖。另一輛車接近，按了喇叭。

「接我的車。」年輕人解釋說，他的臉上驚魂未定。

「史洛肯先生去了哪裡？」

「誰？」

「車主。」

年輕人聳肩，「我怎麼知道？」他把車鑰匙放在雷博思手上，然後走下車道。「我們又不是蓋世太保。」他離開前大喊。

雷博思把鑰匙交給史洛肯太太，她凝視著他，似乎有問題要問，彷彿她想要從頭瞭解狀況。雷博思搖頭，大步離去。她看著手中的鑰匙。

「我要怎麼處理這兩輛車？」

但是雷博思已經走了。

他把他的經歷告訴葛羅根。

督察長幾乎已經酒醒了——正準備要回家。他已經跟重案組談過了，他們說明天要再問他一些問題，與朗斯登有關的問題。葛羅根一邊聽，同時漸漸不耐，然後問雷博思有什麼證據。雷博思聳肩。他們可以知道史洛肯的車在可疑的時間出現在命案現場，但也就是如此了。也許鑑識組可以找出一些連結，但是他們兩人都猜測聖經約翰不會笨到留下證據。然後還有蓋帝斯遺書裡的故事——往生者留下的故事——還有婆羅洲的照片。但這些東西都沒有意義，如果雷恩．史洛肯不承認他就是雷．史隆，曾經在六〇年代末期住過格拉斯哥，曾經是，也仍然是——聖經約翰。

但是雷恩．史洛肯已經消失了。

他們聯絡戴斯機場，但是那裡並沒有他搭機出境的紀錄，也沒有計程車或租車公司承認看過他。他已經出國了嗎？他怎麼處理那個皮箱？他是在附近的旅館躲著，等著風頭過去？

葛羅根說他們會調查，同時發警訊給港口與機場。他不知道他們還可以怎麼辦。他們派人去找史洛肯太太談，也許去那棟房子做地毯式搜索……也許明天，或者後天。葛羅根聽起來不怎麼熱中，他今天已經抓到一個連續殺人犯，並不太想去追捕鬼魂。

雷博思在餐廳裡找到傑克，他正在喝茶吃薯片與豆子。

「你去了哪裡？」

雷博思坐在他旁邊，「我以爲我可能妨礙了你泡妞。」

傑克搖頭，「告訴你吧，我差點就邀她回飯店。」

「爲什麼沒有？」

傑克聳肩，「她告訴我，她永遠無法信任一個不喝酒的男人。你想要回去了嗎？」

「好啊。」

「約翰，你剛剛去了哪裡？」

「我們回去的路上再說。也許我的故事會讓你睡不著……」

第三十六章

第二天早上，在椅子上睡了幾個小時之後，雷博思打電話給布萊恩·何姆斯。他想知道布萊恩好不好，以及安克藍姆的威脅是否因蓋帝斯的信而消散。很快就有人接起電話。

「喂？」女人的聲音，是奈兒。雷博思輕輕地把話筒放下。所以她回來了，這是否表示她已經可以接受布萊恩的工作？還是他已經承諾要辭職？雷博思確信他不久就會知道了。

傑克漫步進來，他知道他「看守者」的工作已經結束，但還是留下來過夜——他已經累到無法集中注意力開車回福寇克。

「感謝老天今天是週末。」他說，同時雙手抓著頭髮。「有什麼計畫？」

「我想我可能會到費特斯去一趟，看看安克藍姆那邊怎麼樣了。」

「好主意，我跟你去。」

「你不需要去。」

「但是我想去。」

他們這次改開雷博思的車，但是當他們到費特斯總部時，安克藍姆的辦公室是空的，完全看不出曾經有人使用過的跡象。雷博思打電話到高凡警局，被轉接給安克藍姆。

「都結束了？」他問。

「我會寫我的報告。」安克藍姆說，「你的上司一定會想跟你討論這件事。」

「那布萊恩·何姆斯呢？」

「都會在報告裡。」

雷博思等了一下，「全部？」

「告訴我一件事，雷博思，你到底是聰明或只是運氣好？」

「這兩者有差別嗎？」

「你眞的把事情搞得一團亂。那時如果我們對喬叔動手，我們就可能抓到那個內奸。」

「但你卻可以抓到喬叔。」安克藍姆哼了一聲作爲回應。「你知道內奸是誰了嗎？」

「我的直覺告訴我是藍納克斯，那天你在大廳酒吧見過了。」安迪．藍納克斯警佐，有雀斑與薑黃色的捲髮。「問題是，我沒有具體證據。」

同樣的老問題。在法律上，光是知道並不夠。蘇格蘭法律還是比較嚴格，指控一定要被證實。

「也許下一次吧？」雷博思提議說，然後把話筒放下。

他們開車回公寓，好讓傑克可以拿他的車，但是他得跟雷博思上樓，因爲他忘記了一些自己的東西。

「你眞的要讓我獨自活動？」雷博思問。

傑克笑說：「就從現在起。」

「那既然你還在這裡，幫我把東西搬回客廳吧。」

沒多久就好了，最後雷博思把釣船的畫掛回牆上。

「所以現在呢？」傑克問。

「我想我會去補這顆牙齒。我還說要跟婕兒碰面。」

「工作還是玩樂？」

「完全跟工作無關。」

「我賭五鎊說你一定沒搞頭。」

雷博思微笑說，「我就跟你賭五鎊。你呢？」

「啊，我想既然我還在這裡，我也許會去本地的匿名戒酒會，看看有沒有聚會。我好久沒去了。」雷博思點頭。「你想跟我去嗎？」

雷博思抬起眼睛看著他，點點頭，「有何不可？」他說。

「我們可以做的另外一件事是繼續裝潢房子。」

雷博思皺起鼻子，「我沒那個心情了。」

「你不是要賣房子嗎？」雷博思搖頭。「不去買海邊小屋了？」

「傑克，我想我會在這裡安定下來，這裡似乎很適合我。」

「這裡是指哪裡？」

雷博思想了一下答案，「地獄之北的某處。」

星期天他跟婕兒散步完回家，他拿出五鎊放進信封裡，收信人寫著傑克·莫頓。婕兒跟他聊到托爾家族與美國幫派，談到他們都會因爲那捲錄音帶的威力而完蛋。雷博思的話也許不足以讓海頓·富萊契因蓄意殺人被定罪，但是他有很大的機會可以讓富萊契被定罪，因爲富萊契正要被帶到南方來接受偵訊。雷博思未來的一週會很忙。當他正在整理客廳時，電話響起。

「約翰？」那人說，「我是布萊恩。」

「一切還好吧？」

「很好。」但是布萊恩的聲音聽起來很空洞，「我只是想我……就是……我已經打了報告。」停頓。「大家不都是這麼說的嗎？」

「老天，布萊恩……」

「我一直想跟你學習，但我不確定你是正確的學習榜樣。你也許太強悍了？你知道，約翰，你有的東西我就是沒有。」較長的停頓。「老實說，我也不確定我要的是這個。」

「布萊恩，你不必像我也可以當個好警察。有些人會說，你應該盡量不要跟我一樣。」

「這個……我已經試過這兩種方式，媽的，我甚至連中間的第三條路都試過。可是這三種方式都不好。」

「很遺憾，布萊恩。」

「過一陣子再聚聚，好嗎？」

「當然好，孩子。保重。」

他坐在椅子上，凝視著窗外。這是個明亮的夏日午後，去美多思公園散步的好時間。可是雷博思才剛散過步回來。他眞的還想散步嗎？他的電話再度想起，他讓答錄機去接。他等著對方留言，但只聽到雜訊聲與背景的嘶嘶聲。有人在電話那頭，還沒掛上電話，但是那人不打算留言。雷博思把手放在話筒上，停頓一下，然後拿起來。

「喂？」

他聽到對方把話筒丟回電話機，然後聽到可再撥打電話的訊號聲。他站了一會兒，把話筒放回去，然後走進廚房。他拉開櫥櫃，拿出報紙與剪報。他把這些東西全丟進垃圾桶，然後抓起夾克去散步。

後記

這本書的源起，是我在一九九五年初聽到的一個故事。然後我整年都在寫這本書，在耶誕節之前完成滿意的初稿。接著在一九九六年一月二十九號星期天，當我的編輯正要開始讀我的稿子時，《週日泰晤士報》刊出一條新聞，標題是「聖經約翰『在格拉斯哥低調度日』」，資料來源是將在四月由Mainstream出版社出版的一本書。這本書是唐諾・辛普森（Donald Simpson）寫的《血中權力》（*Power in the Blood*）。辛普森聲稱，他認識一個男人並成為朋友，最後這個人告白說自己是聖經約翰。辛普森也聲稱這個人曾經意圖殺他，也有證據顯示這個兇手曾在格拉斯哥之外的地區犯案。的確，在西岸有很多未破的命案，再加上丹地一九七九與一九八〇年的兩起命案——這兩個受害者被發現時，都是被勒斃且被脫光衣服。

當然這也許是巧合，但是同一天的《蘇格蘭人週日版》卻報導，史崔克萊警察在聖經約翰案偵辦中找到新證據。晚近的DNA分析技術進展，讓警方從第三個死者身上內褲上的精液痕跡，取得基因指紋（genetic fingerprint）。警方也盡可能找出當年的嫌犯們，並要求他們做血液採樣以進行分析。其中一個嫌犯，約翰・厄凡・麥因尼斯（John Irvine McInnes）在一九八〇自殺，所以他的一個家族成員代替他提供血液樣本。分析結果似乎符合到足以讓法庭下令從墳墓裡掘出麥因尼斯的遺體，以進行更進一步的檢驗。二月初，遺體被挖出來（連同麥因尼斯母親的遺體，因為她的棺材放在她兒子棺材的上面）。對這件案子有興趣的人，開始了漫長的等待。

我寫此文的同時（一九九六年六月），大家還在繼續等待。但現在的感覺是警方與他們的科學家將無法找到毫無疑問的證據——他們的確也已經無功而返。對某些人來說，他們的心中反正留下定見——約翰・厄凡・麥因尼斯將會是他們心中的頭號嫌犯。確實，比對他的個人歷史和當年整理出來的聖經約翰人格側寫，是相當引人入勝的閱讀經驗。

但是也有眞實的質疑——有些是基於犯罪者側寫分析。一個連續殺人犯會突然停止殺人，然後等了十一年才自殺？一份報紙假定聖經約翰因爲警方調查而「嚇到了」，因此他停止再度殺人，但是根據這方面至少一位專家指出，這根本就不符合聖經約翰的犯案模式。然後還有調查小組負責人喬·比提深信不疑的目擊證人。在第三樁命案發生後幾天內，麥因尼斯也跟其他嫌犯一起列隊給目擊證人指認。可是海倫·普塔克（Helen Puttock）的妹妹卻沒把他指認出來。她曾經跟兇手共乘計程車，曾看著她的姊姊跟他跳舞，曾經跟他共度過一段時間。一九九六年，當她面對約翰·厄凡·麥因尼斯的照片，她還是說了同樣的事情——殺她姊姊的人沒有麥因尼斯那對突出的耳朵。

還有其他的問題——兇手會給人他的眞實名字嗎？他在計程車裡告訴這兩姊妹的故事是眞的還假的？他明知留下了目擊證人，卻還是動手殺了第三個受害者？就算是DNA分析結果符合，有很多人，包括一些警察與一群像我這樣的人，還是拒絕被說服。對我們來說，他仍然逍遙法外，而且如同羅伯特·布雷克（Robert Black❶）與費德列克·威斯特（Frederick West❷）的案例，他絕對不是一個人作案。

❶英國戀童癖連續殺人狂，因在一九八二～八六年間，至少性侵、殺害三名女童而被判刑。

❷Scottish National Party，中間偏左政黨，主張蘇格蘭獨立。

〈一封讀者的來信〉

浪漫的正義使者：在矛盾中掙扎的靈魂

陳靜妍

認識雷博思，其實是在離開愛丁堡之後。

他不是個好父親、好朋友、好情人，甚至不是個好警察。雖然傾一己之力，對抗著黑暗的力量，然而，正如《黑與藍》故事的開始，他似乎永遠處於低潮。過去的案件如鬼魅般糾纏，被派到偏遠地區的分局收拾殘局，新的被害人向他哭泣。雷博思想要離開愛丁堡，離開這一切，賣掉市區的公寓，搬到海邊小屋，遠離塵世，滋養他疲憊的老靈魂。

然而，離開愛丁堡並不是那樣容易的事：住了就很難離開，離開了又不想回去，因為，無法忍受已經不再住在那裡的事實。在走與不走之間，他唯一眞正擁有的，只有搖滾樂。

搖滾樂中的鄉愁

約翰．雷博思出生於一九四七年，成長過程正好趕上英國的現代化風潮：彩色電視機、廢除絞刑、同性戀和墮胎合法化；還有，搖滾樂的興起：「披頭四」和「滾石合唱團」成立，呼應「愛與和平」的反戰訴求，挑戰權威。對這一代的英國男性而言，搖滾樂就像台灣五年級生的民歌，代表的不僅僅是過去的青年歲月，也是曾經有過的夢想與鄉愁。對於已屆退休年齡的雷博思而言，女人，感情，同事來了又去，只有滾石合唱團是唯一的永恆：放張唱片，倒一杯酒，他擁有的也許不多，但已足夠。

書中的雷博思出身於蘇格蘭低地區法夫的藍領家庭，父親是表演催眠師，祖父從波蘭移民而來。雷博思十五歲離開學校，加入陸軍。在那個年代的蘇格蘭，男生中學畢業不是入伍，就是下煤礦，或是到造船廠工作。

弟弟則跟隨父親腳步學習催眠，後來被雷博思大義滅親。雷博思曾在北愛爾蘭服役，也曾經接受特種部隊的測試訓練，最後，因爲訓練過程的創傷（即第一本書《繩結與十字》的故事），終究放棄特種部隊，加入了蘇格蘭的警察行列。他的背景和經歷，使得他在面對案件時，更瞭解背後的黑暗面，爲被害人追求正義時，也更爲固執。

雷博思之所以是雷博思，是因爲他看到愛丁堡的另一面，如「化身博士」的黑暗面。作者藍欽曾經說，他寫雷博思這個與他出身相仿的人物，是爲了瞭解自己；寫蘇格蘭，是爲了藉由雷博思瞭解蘇格蘭。愛丁堡雖爲蘇格蘭首府，每年風光的出現在國際媒體，然而，卻也如蘇格蘭其他城市般，有著一樣的犯罪問題。即使居住多年，也不一定能看到這些表面下的黑暗面。藉由這些被忽略的，眞正的愛丁堡，雷博思與他的出身連結。

冬日裡的城市靈魂

愛丁堡大學是英國四大名校之一，有四百多年的歷史，座落於城堡後方所謂的「舊城區」。書中雷博思經常必須光顧的停屍間，就在大學和城堡之間，地勢低窪的cowgate，顧名思義，是古代用來趕牛進城的街道（gate是蘇格蘭語的街道，不是閘門）。另一頭是grassmarket，是當初的市場所在，也是絞刑場（如今則是熱鬧的酒館區）。藍欽每每提到停屍間對面就是皇家博物館，其實，這裡也有愛丁堡大學的學生宿舍，同時也隱藏著眞正的Mary King's Close，其中一場謀殺案的地點。在高聳城堡下的愛丁堡，知識殿堂混雜在歷史古蹟之中，也接近最受歡迎的觀光景點。在這裡，多走幾步路，觀光客就容易誤入大學城，而學生只要爬個坡，也彷彿成了遊客。

相較於書香氣息，古蹟環繞的舊城區，位於王子大街後方的是摩登現代的「新城區」。王子大街是愛丁堡的門面，光鮮亮麗的一面。坐火車到愛丁堡，一出車站，抬頭便可見城堡聳立在天際線上。鮮爲人知的是，相較於如今受歡迎的Marks and Spencers，Jenners是愛丁堡的Harrods，是全世界最古老的百貨公司。然而，低調如愛丁堡，Jenners也只是靜靜的佇立在王子大街的一角。

不過，比起觀光客熙來攘往的夏日，冬日沈鬱的愛丁堡，反而更有靈魂。

十月份的愛丁堡才剛開學，還忙於結識新同學，習慣教授的濃厚鄉音，已經調到冬令時間。下午四點，從暖氣過強的教室出來，已經夜幕低垂。英國人的午餐時間是下午一點到兩點，夜色總在午餐後不久便來臨，沒有了「下午」，直接跳到夜晚，感覺分外孤寂，彷彿這裡眞是天之涯、海之角，再向遠去，便會掉入天盡頭、世界的邊緣。

伴隨著北國長夜的，是令人瑟縮前進的風雨。說是風雨，其實風大於雨，雖來自西伯利亞，冷冽多於刺骨，不得不低頭前進，行走間彷彿臣服於遠處的城堡。因爲風，早就放棄雨傘這回事，平行的雨，撐傘也沒有用，故此出門裝備由雨傘變成帽子。漸漸的放棄大衣、雨傘、甚至厚重圍巾，只學當地人穿一件有內裡的風衣，晴天擋風，雨天擋雨，低頭疾步，也似混入城市的街景中。

愛丁堡的冬日盛事是新年派對，在王子大街上倒數，等待煙火。傳統上，在新年倒數之後，人們會互相親吻道新年快樂，連路邊值勤的警察也不例外。冬夜的寒氣、狂歡的氣氛、加上酒精的作用，將跨年的興奮帶到最高點，以人情的溫暖開始新的一年。

以酒沖淡衝突和邪惡

在雷博思系列中，伊恩·藍欽曾經數度提到「威士忌」的蓋爾語「uisgebeatha」，意爲「生命之水」，可稱爲蘇格蘭文化中最重要的單字之一。因此，對於雷博思來說，每一杯酒，都是一次重生。然而，在《黑與藍》裡，這個重生的儀式卻受到試煉。傑克·莫頓曾經是他的同事兼好友，也是酒伴。調離愛丁堡後，再次見面的傑克卻已煙酒不沾。在傑克的鼓勵下，雷博思被迫審視他和酒的關係：是他擁有酒，還是酒擁有他。

雷博思總是在一天的工作之後到牛津酒館去，在這裡，他是熟客，大家經常照面，卻不見得有深交。一進門，酒保已經倒好慣喝的酒。站在吧檯邊啜飲（他最常點的是IPA：Indian Pale Ale），也許追加一杯Laphroaig，試圖沖淡一天下來看盡的衝突與邪惡。然而，雷博思最難面對的，是他心中對於受害者的那一份無

奈。他鮮少在床上睡覺：總是坐在客廳的沙發上，放一張唱片，倒一杯威士忌，在音樂聲中迷迷糊糊的睡去。他曾經說，只有這樣，他才不會作夢。英國有一句諺語說：一個男人的家是他的城堡（A man's home is his castle）。雷博思是這樣的孤獨，天地之大，彷彿只有公寓裡的那張沙發才是他眞正的容身之處。只有在這裡，他才能稍稍忘記外面的世界，手上的案件。在這裡，他與舊城區的分局、街道、隔著一片寬廣的公園The Meadows，願意或不願意，這片公園，是他與現實的距離。

雷博思的家也位於新舊城的矛盾之中。他是刑警，但是，雅登街所在的瑪其蒙，其實卻是受歡迎的學生租屋區。曾經，在感情順利的時候，雷博思也曾把公寓租給學生，棲身情人之處，以爲從此步入感情正軌。不順利的時候，他狼狽倉皇的逃回這個唯一的歸屬，卻因爲無法把學生房客趕走，只能依舊窩在沙發上睡覺。然而，雷博思的感情不順利，並非因爲他沒有愛人或被愛的能力。相反的，書中的雷博思頗有女人緣；他也不是省油的燈，若有良機出現，他也不會錯過。只是，每一段感情只能進展到某一個程度，便無法繼續前進，原因無他：對於那些需要他伸張正義的被害人，他無法遺忘，無法放下。如果鬆懈心防，他便會如書中一景，在不知不覺中，眼淚汨汨而下。爲了對抗這些脆弱的感受，他逃避私人感情，拒人於千里之外，卻永遠有罪惡感，只好再用工作來彌補這份罪惡感。最後，最瞭解他的，反而是他所痛恨的黑幫老大，以及牛津酒館。

伊恩．藍欽筆下的雷博思比自己大了一代，卻也深受六〇年代英國音樂風潮的影響：滾石合唱團、披頭四、狄倫等改變人生的搖滾樂。這一代的男子成年後，家就是播放搖滾樂的當地酒館。對於藍欽的主角雷博思來說，他對酒館的依戀，也是那一代蘇格蘭男性的縮影。

蘇格蘭有兩種主要酒館，學生酒館和當地酒館。學生酒吧通常在大學附近，販賣較多流行酒飲，價格也較低廉。在愛丁堡，這些學生酒吧時有現場音樂表演，或是蘇格蘭民俗音樂。藍欽書中提到的Sandy Bell's，每星期四有就有這樣的音樂表演，吸引不少外國學生、觀光客。對他們而言，課堂之外的學習在此，蘇格蘭的飲酒文化：酒精、音樂、陌生人之間的善意。尤其在漫漫冬夜裡，酒館提供最眞實的溫暖。

飲酒文化在蘇格蘭

在小村莊或是社區裡，所謂的「在地酒館」（local pub）佔有舉足輕重的地位。在那裡，每個人都認識每個人，是八卦集散地，陌生人一進去，馬上可以感覺到氣氛的不同。然而，一旦突破心防，也可能受到極大的歡迎。在一些偏遠鄉間的小酒館，營業時間結束之後，店主關上大門，燈光轉暗，熟客繼續喝酒，直到「the wee hour」，是風土民情的另一面。在辦案的過程中，雷博思也不止一次在「在地酒館」追蹤辦案線索，或是埋伏，或是逼供。對蘇格蘭人來說，不會喝酒是一件奇怪、丟臉的事。喝酒是一種技能、與生俱來的本事，不會喝酒的人不值得被信任（戒酒成功的傑克．莫頓在把妹時就遇到這樣的問題）。然而，節制與過度之間，又是一道模糊的界線。這一條界線，透露出蘇格蘭民族性軟弱的一面。

蘇格蘭人對於酒館的態度，可謂第二個家。下班之後彎到酒館喝一杯，或是麥酒，或是溫熱的啤酒，或是苦啤酒。酒館有許多功能，下班後抒解一天的壓力，作為回家前的緩衝。這裡沒有公事、沒有家事、沒有孩子，是成年男子唯一有的私人空間。如藍欽所言：酒館是療癒、是避難所，是娛樂、也是藝術。週末假日上街或下鄉時，在酒館吃「酒館午餐」；年輕人週末夜晚的狂歡，也是從酒館開始，再轉戰到聲光歌舞的夜店。對於初來乍到的新生而言，酒館是學習蘇格蘭文化的第一站。有一句話說：「什麼人讀什麼書」，在蘇格蘭，「什麼人喝什麼酒」。

和日本人不同的是，蘇格蘭人喝威士忌不加冰塊，只對室溫的水，最好是來自高地的泉水。蘇格蘭威士忌的特色在於強烈泥媒味的水源，在古代，泥煤用來作為燃料，加重了威士忌中煙燻的味道。初初單喝時有點嗆鼻，對水之後，原本嗆鼻的辛辣轉化成剛烈氛圍中的柔情，就像初見面看似粗獷，如「英雄本色」中的豪邁，隱藏著似水的柔情。

在蘇格蘭，飲酒文化如此重要，人人都有一套解酒方法。一個晚上的飲酒之後，最需要的莫過於熱呼呼的炸魚薯條，灑上鹽巴和白醋，用紙包一包，一出店門口便迫不及待的打開享用。在蘇格蘭，連炸魚的麵皮都有不同。英格蘭用的大多是麵糊，蘇格蘭則是麵包屑做的麵皮。這些油炸的東西，只要一旦冷卻，便噁心至極，然而，在那個熱呼呼的當下，卻是人間美味。即使是沒有喝酒的晚上，在寒風中帶一包熱呼呼的炸薯條回家，是暖氣溫暖房子之前，提高溫度的最好方法。

此外，第二天早上解宿醉的方法也無他，唯有一份熱騰騰、油膩膩的「熱早餐」：煎蛋、培根、臘腸、烤豆、磨菇、蕃茄等，更典型的是一瓶Irn-bru，一種非常甜的不含酒精飲料。簡易版則是一份培根三明治，總之，就是需要油膩。

高地v.s低地

在《黑與藍》一書中，故事環繞在首府愛丁堡和東北部大城亞伯丁。自從七〇年代發現北海油田之後，亞伯丁便號稱「歐洲石油之都」，石油工業取代了過去興盛的漁業、造紙、造船、紡織業。雖然數度贏得「進步英國」的獎項，比較起愛丁堡，似乎是石油堆砌起的繁榮，少了一份文化內涵的靈魂。雷博思前往亞伯丁辦案，當地警局招待他進駐豪華套房，免費簽酒帳，便帶著一股雷博思嗤之以鼻的，暴發戶的氣息。

蘇格蘭有自己的銀行發行的鈔票，有別於英格蘭的一英鎊銅板，蘇格蘭是紙鈔。除此之外，蘇格蘭人不說yes，而是說aye。如同威爾斯一般，進到蘇格蘭高地，蓋爾語（Gaelic）和英語的雙語路標到處可見。蓋爾語和愛爾蘭語、威爾斯語同屬賽爾特語系，在蘇格蘭的歷史可追溯至古羅馬帝國。雖然，蓋爾語在近代被英語取代，語言人口剩下不到六萬人（約百分之一），然而，蓋爾語所記錄的民俗和歷史之豐富，近年來引起學習風潮。同時，當今蘇格蘭意識和傳統仍然爲主流的因素，蓋爾語也功不可沒。

從亞伯丁向西部大城格拉斯哥畫一條線，便是高/低地分隔線。分隔線的上方屬於高地，下方屬於低地。愛丁堡位處的蘇格蘭低地有自己的蘇格蘭語（Scots），由中古英文衍生而來，亦和英文屬同一語系。然而，對於通曉英文的外國人而言，蘇格蘭語有如另一種新的語言。因此，蘇格蘭雖然是英國的一部份，在這裡，英語只是通用語言，眞正的文化和歷史，存在於「高地蓋爾語，低地蘇格蘭語」之中。

除了蘇格蘭高低地的分野，雷博思的部下席芳．克拉克，代表了英國的另一個部分：英格蘭。席芳的雙親皆爲英格蘭人，卻給了女兒一個蓋爾語的名字，席芳來到愛丁堡念大學，從此沒有離開。文化上，蘇格蘭高地與低地的差異，是賽爾特文化和盎格魯文化的差異。賽爾特文化是蘇格蘭文化的基礎，從南部北上的盎格魯文化節節逼近，形成彼此間的糾纏與矛盾。這樣的糾葛存在於不同的宗教之中，也存在於足球運動的支持對象。同樣是蘇格蘭的足球隊，來自英格蘭的席芳支持球迷多數是天主教徒的愛爾蘭人隊（Hibernian），透露了自己英格蘭人的出身，而新教徒則多半支持位於格拉斯哥的「遊騎兵隊」（Rangers）。

心軟的大個子

以雷博思爲主角的一系列小說共有十七本，跨越二十年的時空，雷博思在今年的第十七本書退休。然而，在整個系列中，雷博思只升過一次職，不過，他多次拒絕升遷，浪漫理想的個性在此顯現：不希望隨著升遷所帶來的官僚壓力，也懷疑職務的升遷對打擊犯罪有什麼正面的實質意義。然而，更深一層的，是他對權威的不信任。對於政治，他曾經說自己一生中投過三次票：平均分配給三個黨。因爲曾在北愛爾蘭服役，目睹北愛衝突，造成他對分離主義的不喜，他也是典型的蘇格蘭硬漢派，出生於重工業凋零的時代，喜歡酒精，認同在困境中掙扎的人，不信任權威，有著令人生畏的態度。

然而，如同蘇格蘭男性給人粗獷不羈的印象，雷博思的硬漢形象下，是矛盾的脆弱，英國人說的：「心軟的大個子」（a big softie）縱使藍欽將他刻畫爲一位反骨、偏執的硬漢型警探，酗酒、酗菸、失敗的丈夫、無能的父親、無奈的情人，然而，在十六本書之後，我看到的是外冷內熱，面惡心善的雷博思。對他而言，最大的老闆不是長官，不是納稅人，而是被害人。在看盡了人生的黑暗面之後，黑與白，對與錯，已不再那樣清晰。只有爲被害人尋求正義，才能撫慰一顆脆弱的心。喝酒，是爲了不要聽到被害人絕望哭喊的聲音，爲了不要看到腦中浮現的影像。爲了不要心痛。

即使如此的痛苦，在《黑與藍》的尾聲中，雷博思道出了他對於人生眞正的態度。他終於瞭解到，在那一日到來前，「地獄以北」（離地獄不遠之處）是他安身立命的地方，唯一的生存方式是，「不要讓明天的太陽看到你哭泣」。

這些年來，每一本雷博思之書，都成爲一趟旅程。夜深人靜之時，無論身在何處，我隨著雷博思回到蘇格蘭，隨著他的腳步，愛丁堡的街道鮮活起來，蘇格蘭的景色又歷歷在目。即使在溫暖的亞熱帶，也能感受到冷冽的北國冬日；即使不在牛津酒館，也能感受到他的孤寂與無奈。隨著年齡漸長，雷博思已不只是我與愛丁堡的回憶之間，僅存的連結。他是人生的縮影、矛盾的總和、靈魂之所在。

雷博思也許不是一個好父親、好朋友、好情人，他甚至不是個好警察。但是，如果成爲犯罪的被害人或家屬，我會希望有雷博思這樣的警探爲我辦案。我一直很高興他沒有戒酒成功。蘇格蘭人說的：懷疑的時候，去問威士忌。不再徬徨的雷博思，會是多麼的索然無味，如同只有觀光客的愛丁堡。